De man zonder eigenschappen

DEEL

ROBERT MUSIL

De man zonder eigenschappen

ROMAN

Vertaald door Ingeborg Lesener

EERSTE BOEK, HOOFDSTUK I–80

Deze uitgave is tot stand gekomen met financiële steun van de
Deutsche Akademische Austauschdienst, de Europese Gemeenschap en
de Stichting Amsterdams Fonds voor de Kunst

Eerste druk 1988, tiende druk 2005
Oorspronkelijke titel *Der Mann ohne Eigenschaften*
Copyright © 1978 Rowohlt Verlag GmbH, Reinbek bei Hamburg
Copyright Nederlandse vertaling © 1988 Ingeborg Lesener en
J.M. Meulenhoff bv, Amsterdam
Eindredactie Nederlandse vertaling Jo Radersma en Hans Hom
Vormgeving omslag Lava grafisch ontwerpers
Omslagfoto's Martijn de Vries
Foto achterzijde omslag Robert-Musil-Archiv, Klagenfurt
Vormgeving binnenwerk Zeno

www.meulenhoff.nl
ISBN 90 461 3063 0 / NUR 311

INHOUD

EERSTE BOEK

EERSTE DEEL

Een soort inleiding

Waar opmerkelijk genoeg niets uit volgt

Boven de Atlantische Oceaan bevond zich een barometrisch minimum; het trok oostwaarts, in de richting van een boven Rusland gelegen maximum, en vertoonde nog niet de neiging hiervoor naar het noorden uit te wijken. De isothermen en isotheren vervulden hun plicht. De luchttemperatuur stond in de voorgeschreven verhouding tot de gemiddelde jaartemperatuur, tot de temperatuur van zowel de koudste als de warmste maand en tot de aperiodische maandelijkse temperatuurschommeling. De opkomst en ondergang van de zon, van de maan, de lichtvariaties van de maan, van Venus, van de ring van Saturnus en vele andere gewichtige verschijnselen stemden overeen met de voorspellingen daaromtrent in de astronomische jaarboeken. De waterdamp in de lucht had zijn hoogste spankracht en de luchtvochtigheid was gering. In één woord, dat de feitelijke situatie heel aardig weergeeft, ook al is het wat ouderwets: het was een mooie augustusdag in het jaar 1913.

Auto's schoten uit smalle, diepe straten in het ondiepe van lichte pleinen. Voetgangersdonkerte vormde wolkige strengen. Daar waar krachtiger strepen van snelheid dwars door hun luchtige haast bewogen verdikten ze zich, stroomden daarna sneller en vonden na enkele schommelingen hun regelmatige polsslag terug. Honderden klanken waren tot één draadachtig gedruis ineen gedraaid, waar hier en daar pieken uit opstaken, snel langs de scherpe kanten ervan liepen en zich weer effenden, waar heldere tonen vanaf splinterden en vervlogen. Zonder dat zich het karakteristieke van dit gedruis liet beschrijven, zou iemand daar na jarenlange afwezigheid met zijn ogen dicht aan hebben herkend dat hij zich in de rijkshoofdstad en residentie Wenen bevond. Steden zijn net als mensen aan hun gang te herkennen. Als hij zijn ogen opendeed, zou hij hetzelfde zien aan de manier waarop de beweging in de straten golft, veel en veel eerder dan dat hij het door een of ander tekenend detail zou ontdekken. En al zou hij zich alleen maar verbeelden dit te kunnen, dan kan dat ook geen kwaad. Het overschatten van de vraag waar men zich bevindt stamt uit de nomadentijd, toen men zijn voedselplaatsen moest onthouden. Het zou wel belangrijk zijn te weten waarom men er bij een rode neus heel slordig genoegen mee neemt dat hij rood is en er nooit naar vraagt om wat voor speciaal rood het gaat, ofschoon dat aan de hand van de golflengte tot op de micromillimeter precies zou kunnen worden uitgedrukt; terwijl men daarentegen van iets zo veel ingewikkelders als een stad waarin men zich bevindt altijd per se exact wil weten welke stad het is. Het leidt af van belangrijker zaken.

Er moet dus aan de naam van de stad geen bijzondere waarde worden toegekend. Zoals alle grote steden bestond ze uit onregelmatigheid, afwisseling, voortglijden, niet in de pas blijven, het botsen van dingen en zaken, bodemloze punten van stilte daartussen, uit gebaande en ongebaande wegen, uit één grote ritmische slag en uit de eeuwige ontstemdheid en het verschuiven van alle ritmes tegen elkaar in, en alles bijeen leek het wel een kokend hete bel die in een ketel zit die uit de duurzame materie van huizen, wetten, verordeningen en historische tradities bestaat. De twee mensen die daarin door een brede drukke straat liepen hadden deze indruk natuurlijk volstrekt niet. Zij behoorden duidelijk tot een bevoorrechte maatschappelijke laag, waren voornaam in hun kleding, houding en de manier waarop zij met elkaar praatten, droegen de beginletters van hun namen veelbetekenend in hun ondergoed geborduurd en tevens, dat wil zeggen niet naar buiten gekeerd maar wel in de lingerie van hun bewustzijn, wisten zij wie zij waren en dat zij in een hoofdstad en residentie op hun plaats waren. Stel dat zij Arnheim en Ermelinda Tuzzi zouden heten, wat echter niet klopt, want mevrouw Tuzzi bevond zich in augustus in gezelschap van haar echtgenoot in Bad Aussee en dr. Arnheim nog in Constantinopel, dan staat men voor het raadsel wie zij wél waren. Mensen met fantasie worden op straat heel dikwijls voor zulke raadsels gesteld. Ze lossen opmerkelijk genoeg op doordat men ze vergeet, als men zich tenminste niet tijdens de eerstvolgende vijftig stappen kan herinneren waar men die twee eerder heeft gezien. Deze twee hielden nu opeens hun pas in omdat zij voor zich een oploopje ontwaarden. Vlak daarvoor was er al iets uit de rij gesprongen, een schuin slaande beweging; iets had zich omgedraaid, was opzij gegleden, een zware plotseling afgeremde vrachtwagen, naar nu bleek, die nu, met één wiel op de stoeprand gestrand, stilstond. Als bijen om het vlieggat kleefden er in een mum van tijd mensen om een kleine plek heen die zij in het midden vrijlieten. De bestuurder, die uit zijn wagen was geklommen, stond daar midden in, grauw als pakpapier, en met onhandige gebaren vertelde hij de toedracht van het ongeval. De blikken van de toestromenden richtten zich op hem en daalden vervolgens voorzichtig af in de diepte van het gat, waar men een man die er voor dood bij lag aan de rand van het trottoir had neergevlijd. Hij had het aan zijn eigen onoplettendheid te wijten, werd algemeen beaamd. Beurtelings knielden er mensen bij hem neer om iets aan hem te doen; men knoopte zijn colbert open en weer dicht, men probeerde hem overeind te helpen of, omgekeerd, weer neer te leggen; eigenlijk beoogde niemand daar iets anders mee dan de tijd te vullen tot met de ambulancedienst deskundige en bevoegde hulp zou komen.

Ook de dame en haar metgezel waren erbij komen staan en hadden over hoofden en gebogen ruggen heen de man die daar lag bekeken. Toen deden zij een stap terug en aarzelden. De dame voelde iets onaangenaams in haar hart- en maagstreek, waarvan zij mocht aannemen dat het medelijden was; het was een besluiteloos, verlammend gevoel. De heer zei na even te hebben gezwegen tegen haar: 'Die zware vrachtwagens waar ze hier mee rijden hebben een te lange remweg.' De dame voelde zich daardoor opgelucht en bedankte hem met een attente blik. Zij had dat woord weliswaar al vaker gehoord, maar zij wist niet wat een remweg was en wilde het ook niet weten; voor haar was het voldoende dat dit afschuwelijke voorval daarmee in een of ander systeem kon worden ingepast en zo een technisch probleem werd dat haar niet meer rechtstreeks aanging. Men hoorde nu ook al de fluit van een ziekenwagen snerpen, en de snelheid waarmee deze was gearriveerd vervulde alle wachtenden met voldoening. Bewonderenswaardig toch, die sociale voorzieningen. Men tilde het slachtoffer op een draagbaar en schoof hem daarmee de wagen in. Mannen in een soort uniform waren met hem bezig, en het inwendige van het voertuig, waar men een glimp van opving, zag er even proper en geordend uit als een ziekenzaal. Men ging bijna weg met de gerechtvaardigde indruk dat zich een binnen de wet en de orde vallende gebeurtenis had voltrokken. 'Volgens de Amerikaanse statistieken,' merkte de heer op, 'worden daar per jaar door auto's 190.000 personen gedood en raken er 450.000 gewond.'

'Denkt u dat hij dood is?' vroeg zijn metgezellin, en zij had nog steeds het ongerechtvaardigde gevoel iets bijzonders te hebben meegemaakt.

'Ik hoop dat hij in leven is,' antwoordde de heer. 'Toen ze hem in de wagen tilden, had het er alle schijn van.'

– 2 –

Huis en woonvertrekken van de man zonder eigenschappen

De straat waar dit kleine ongeval zich had afgespeeld was een van die lange, kronkelende verkeersrivieren die straalvormig bij de kern van de stad ontspringen, door de buitenwijken lopen en in de voorsteden uitmonden. Als het elegante paar deze straat nog even had gevolgd, dan zou het iets hebben gezien dat beslist in de smaak was gevallen. Het was een gedeeltelijk nog bewaard gebleven tuin uit de achttiende of misschien zelfs uit de zeventiende eeuw, en als je langs het smeedijzeren hek liep, zag je tussen bomen, op een zorgvuldig gemaaid gazon, iets als een kortvleugelig kasteeltje, een jacht- of liefdespaleisje uit voorbije tijden. Om precies te zijn waren de dragende gewelven uit de zeventiende eeuw, het park en de bovenverdieping hadden het aanzien van de achttiende eeuw, de façade was in de negentiende eeuw vernieuwd en een beetje

verknoeid, het geheel maakte aldus een wat onscherpe indruk, als over elkaar gefotografeerde beelden; toch was het zo
dat je onvermijdelijk bleef stilstaan en 'Hé' zei. En als dit blanke, lieflijke fraais dan zijn ramen open had, keek je in de voorname stilte van de boekenwanden in een vertrek van het huis
van een geleerde.

Dit vertrek en dit huis behoorden toe aan de man zonder eigenschappen.

Hij stond achter een van de ramen, keek door het zacht-
groene filter van de tuinlucht uit op de bruinige straat en telde
met zijn horloge al tien minuten lang de auto's, de karren, de
trams en de door de afstand uitgevloeide gezichten van de
voetgangers, die het net van de blik met een wemelende haast
vulden; hij schatte de snelheden, de hoeken, de vitale krachten
van de voorbijbewegende massa's, die het oog bliksemsnel
naar zich toe trekken, vasthouden, loslaten, die gedurende een
tijd waar geen maat voor bestaat, de aandacht dwingen zich
er schrap tegen te zetten, zich los te rukken, naar de volgende
te springen en daar weer achteraan te snellen; kortom, nadat
hij zo een poosje had staan hoofdrekenen stak hij lachend zijn
horloge in zijn zak en stelde vast dat het onzin was wat hij
deed. – Als je de sprongen van de aandacht zou kunnen meten, de verrichtingen van de oogspieren, de pendelbewe-
gingen van de ziel en al die inspanningen die een mens zich
moet getroosten om in de rivier van een straat overeind te
blijven, zou er vermoedelijk – aldus had hij gedacht en spelenderwijs het onmogelijke proberen te berekenen – een
grootheid uitkomen waarbij vergeleken de kracht die Atlas
nodig heeft om de wereld te torsen gering is, en je zou kunnen
meten welk een enorme prestatie tegenwoordig al wordt geleverd door iemand die helemaal niets doet.

Want de man zonder eigenschappen was op dat moment zo
iemand.

En iemand die wel iets doet?

'Daar kun je twee conclusies uit trekken,' zei hij bij zichzelf.

De spierinspanning van een burger die rustig een dag lang
zijn gang gaat, is aanzienlijk groter dan die van een atleet die
eenmaal daags een enorm gewicht heft; dat is fysiologisch

aangetoond, en dus brengen waarschijnlijk ook de kleine dagelijkse inspanningen in hun maatschappelijke som en omdat ze zich ertoe lenen om zo bij elkaar te worden opgeteld veel meer energie in de wereld dan heldhaftige daden; de heldhaftige inspanning lijkt er zelfs ronduit minuscuul bij, als een zandkorrel die met enorme verwachtingen op een berg wordt gelegd. Deze gedachte stond hem aan.

Maar er moet wel bij worden gezegd dat ze hem niet aanstond omdat hij zo veel op had met de burgerlijke leefwijze; integendeel, hij verkoos het alleen om zijn voorliefdes, die ooit anders waren geweest, moeilijkheden te bezorgen. Misschien is het juist de benepen burgerman die een begin van een immens nieuw, collectief, mierachtig heldendom voorvoelt? Men zal het gerationaliseerd heldendom noemen en het prachtig vinden. Wie kan dat nu al weten?! Van zulke onbeantwoorde vragen van het allerhoogste belang bestonden er toen honderden. Ze zaten in de lucht, ze brandden onder je voeten. De tijd bewoog zich. Mensen die er toen nog niet waren zullen het niet willen geloven, maar zelfs toen bewoog de tijd zich al zo snel als een rijkameel; en niet nu pas. Men wist alleen niet waar naar toe. Men kon ook niet goed onderscheiden wat boven en onder was, wat voor en achteruit ging. 'Je kunt doen wat je wilt,' zei de man zonder eigenschappen schouderophalend tegen zichzelf, 'het komt er in deze klit van krachten helemaal niet op aan!' Hij wendde zich af als iemand die geleerd heeft afstand te doen, bijna zo als iemand die ziek is elke hevige emotie mijdt, en toen hij, door zijn aangrenzende kleedkamer benend, langs een boksbal liep die daar hing, gaf hij deze een felle en harde klap, iets wat in stemmingen van berusting of toestanden van zwakte niet bepaald gebruikelijk is.

*Ook een man zonder eigenschappen heeft een vader
met eigenschappen*

De man zonder eigenschappen had, toen hij een poosje geleden uit het buitenland terugkwam, eigenlijk alleen uit overmoed en omdat hij gewone woningen verafschuwde, dit kasteeltje gehuurd, ooit een buiten de stadspoorten gelegen zomerverblijf, dat zijn bestemming had verloren toen de grote stad eroverheen groeide, en op het laatst niet meer voorstelde dan een braakliggend, op het stijgen van de grondprijzen wachtend perceel, waar niemand woonde. De jaarhuur was overeenkomstig laag, maar onverwacht veel geld had het gekost om alles weer in goede staat te laten brengen en aan te passen aan de eisen van de moderne tijd; dat was een avontuur geworden waarvan de afloop hem noopte zich tot zijn vader om hulp te wenden, iets wat hij heel ongaarne deed, want hij was op zijn onafhankelijkheid gesteld. Hij was tweeëndertig jaar en zijn vader negenenzestig.

De oude heer was ontsteld. Niet zozeer eigenlijk omdat het hem overviel, ofschoon ook daarom, want hij verafschuwde onbedachtzaamheid; ook niet om de geldelijke bijdrage die hij moest leveren, want in principe kon hij het billijken dat zijn zoon blijk had gegeven van een behoefte aan huiselijkheid en een geregeld leven. Maar de aanschaf van een gebouw dat je, al was het ook maar met een diminutief, niet anders dan als een kasteel kon bestempelen, kwetste zijn gevoelens en verontrustte hem als een weinig goeds belovende aanmatiging.

Hijzelf was begonnen als huisleraar bij hooggrafelijke families; al als student, en later ook nog als jongste medewerker op een advocatenkantoor, en eigenlijk zonder noodzaak, want zijn vader was al een welgesteld man geweest. – Toen hij later docent aan de universiteit en professor werd, had hij toch het gevoel dat hij daar voor beloond werd, want het zorgvuldig onderhouden van deze relaties bracht nu met zich mee dat hij allengs opklom tot juridisch adviseur van bijna de gehele feodale adel van zijn land, hoewel hij toen al helemaal geen nevenberoep meer nodig had. Nog lang zelfs nadat het vermogen dat hij daarmee had verworven de vergelijking kon doorstaan met de bruidsschat van een Rijnlandse industriëlenfamilie, die de jonggestorven moeder van zijn zoon bij het huwelijk had ingebracht, verwaterden deze in zijn jeugd aangeknoopte en op volwassen leeftijd verstevigde relaties niet. Ofschoon de tot aanzien gekomen geleerde zich nu uit de eigenlijke rechtspraktijk terugtrok en hij alleen zo nu en dan nog een goedbetaalde adviseursfunctie bekleedde, werden toch nog alle gebeurtenissen die met de kringen van zijn voormalige begunstigers verband hielden zorgvuldig geregistreerd in zijn aantekeningen en met grote nauwgezetheid van de vaders op de zoons en kleinzoons getransporteerd, en er ging geen onderscheiding, geen huwelijk, geen verjaar- of naamdag voorbij zonder een schrijven waarin de ontvanger in een kiese mengeling van eerbied en gezamenlijke herinneringen werd gefeliciteerd. Even punctueel kwamen daarna ook telkens de korte antwoordschrijvens binnen waarin de goede vriend en geachte geleerde werd bedankt. Dus was zijn zoon van jongs af aan vertrouwd met dit aristocratisch talent van een bijna onbewust maar zeker afwegende hoogmoed die de maat van een vriendelijkheid precies juist afpast, en de onderdanigheid die iemand die, hoe dan ook, toch tot de geestelijke adel behoort, aan de bezitters van paarden, akkers en tradities betuigde, had hem altijd geïrriteerd. Het was echter geen berekening die zijn vader daar immuun voor maakte; volkomen instinctmatig legde hij op die wijze een grote loopbaan af, hij werd niet alleen professor, lid van academies en van vele wetenschappelijke en overheidscommissies, maar tevens Ridder, Commandeur, en zelfs Grootkruis van hoge orden. Z. Majesteit verhief hem tenslotte in de erfelijke adelstand en had hem daarvóór al benoemd tot lid van het Hogerhuis. Daar had de onderscheidene zich aangesloten bij de liberale burgerlijke vleugel, die dikwijls in de oppositie was tegen die van de hoge adel, maar typisch genoeg nam geen van zijn adellijke begunstigers hem dat kwalijk of verbaasde er zich ook maar over; men had nooit iets anders dan de geest van de opkomende burgerij in hem gezien. De oude heer nam als deskundige ijverig deel aan de wetgeving en zelfs wanneer men hem bij een spannende stemming in het burgerlijke kamp zag, koesterde men daar in het andere kamp helemaal geen wrok over maar had men eerder het gevoel dat hij niet was uitgenodigd. Hij deed in de politiek niets anders dan wat indertijd al zijn functie was geweest: een superieure en zo nu en dan zachtjes corrigerende kennis van zaken verenigen met de indruk dat men zich niettemin op zijn persoonlijke loyaliteit kon verlaten, en had het, naar zijn zoon beweerde, zonder wezenlijk te veranderen van huisleraar tot Hogerhuisleraar gebracht.

Toen hij van die geschiedenis met het kasteel hoorde, kwam hem dat voor als de schending van een niet in de wet omschreven, maar daarom des te waakzamer te respecteren grens, en hij maakte zijn zoon verwijten die nog bitterder waren dan de vele verwijten die hij hem in de loop der tijden al had gemaakt, die zelfs regelrecht klonken als de profetie van een triest einde, dat nu was begonnen. Hij was beledigd in zijn fundamenteelste levensgevoel. Zoals bij veel mannen die iets belangrijks bereiken, bestond dat, verre van uit eigenbaat, uit een diepe liefde voor het bij wijze van spreken algemeen en het bovenpersoonlijk batige, met andere woorden, uit een oprechte verering voor datgene waarop men zijn voordeel bouwt, niet omdat men dat bouwt maar in harmonie en tegelijk daarmee en om algemene redenen. Dat is van groot belang; ook een rashond zoekt zijn plaats onder de eettafel zonder zich door schoppen van de wijs te laten brengen, niet uit hondse nederigheid maar uit aanhankelijkheid en trouw, en zelfs de mensen die alles koel berekenen hebben in het leven niet half zo veel succes als die in de goede verhouding gemengde zielen, die voor mensen en relaties waar zij hun voordeel mee kunnen doen tot werkelijk diepe gevoelens in staat zijn.

Als werkelijkheidszin bestaat, moet
mogelijkheidszin ook bestaan

Als je goed door open deuren wilt komen, moet je rekening
houden met het feit dat ze vaste posten hebben: dit principe,
waarnaar de oude professor altijd had geleefd, is eenvoudig
een eis van de werkelijkheidszin. Maar als werkelijkheidszin
bestaat, en niemand zal eraan twijfelen dat deze bestaansrecht
heeft, dan moet er ook iets bestaan dat je mogelijkheidszin
kunt noemen.

Wie die bezit zegt bijvoorbeeld niet: hier is dit of dat gebeurd, zal gebeuren, moet gebeuren; maar hij bedenkt: hier
zou, moest, of had iets kunnen gebeuren, en als je hem dan van
het een of ander uitlegt dat het is zoals het is, dan denkt hij:
ach, het zou waarschijnlijk ook anders kunnen zijn. Aldus zou
de mogelijkheidszin welhaast te definiëren zijn als het vermogen om alles te denken wat evengoed zou kunnen zijn, en om
aan wat is geen grotere betekenis te hechten dan aan wat niet
is. Men ziet dat de gevolgen van een dergelijke creatieve aanleg opmerkelijk kunnen zijn, en betreurenswaardig genoeg
laten ze niet zelden als verkeerd voorkomen wat de mensen
bewonderen en wat ze verbieden als toegestaan, of ook wel
beide als niet ter zake doend. Zulke mogelijkheidsmensen leven, zegt men, in een fijner spinsel, in een spinsel van nevel,
verbeelding, dromerijen en conjunctieven; bij kinderen die
deze neiging vertonen bant men deze met alle macht uit en tegen hen zegt men dat zulke mensen fantasten, dromers, zwak-
kelingen en betweters of muggezifters zijn.

Als men hen wil prijzen noemt men deze dwazen ook wel
idealisten, maar daarmee omvat men kennelijk alleen hun
zwakke variëteit, die de werkelijkheid niet kan begrijpen of
haar kleinzerig uit de weg gaat, bij wie dus het ontbreken van
werkelijkheidszin werkelijk een gebrek betekent. Het mogelijke omvat evenwel niet alleen de dromen van zenuwzwakke
personen maar ook de nog niet gewekte intenties van God.
Een mogelijke ervaring of een mogelijke waarheid is niet ge-

lijk aan een werkelijke ervaring of een werkelijke waarheid minus de waarde van hun werkelijk-zijn, doch ze hebben, tenminste in de ogen van hun aanhangers, iets zeer goddelijks in zich, een vuur, een opwaartse vlucht, een wil om te bouwen en een bewust utopisme dat de werkelijkheid niet schuwt maar juist als een opdracht en een ontwerp behandelt. Tenslotte is de wereld helemaal niet oud en had blijkbaar nog nooit in zulke gezegende omstandigheden verkeerd. Als men nu op een makkelijke manier de mensen met werkelijkheidszin en die met mogelijkheidszin van elkaar wil onderscheiden, dan hoeft men alleen maar aan een bepaalde som gelds te denken. Alles wat bijvoorbeeld een bedrag van duizend mark aan mogelijkheden bevat, bevat het zonder twijfel, of men het bezit of niet; het feit dat mijnheer Ik of mijnheer Jij het bezit voegt daar evenmin iets aan toe als aan een roos of een vrouw. Maar een dwaas stopt het in een kous, zeggen de werkelijkheidsmensen, en een verstandig iemand doet er iets mee; zelfs aan de schoonheid van een vrouw wordt ontegenzeggelijk iets toegevoegd of afgedaan door degene die haar bezit. Het is de werkelijkheid die de mogelijkheden wekt, en niets zou zo verkeerd zijn als dat te ontkennen. Toch zullen het in de totaliteit of gemiddeld altijd dezelfde mogelijkheden blijven, die zich net zo lang herhalen tot er een mens komt voor wie iets werkelijks niets méér betekent dan iets gedachts. Hij is het die de nieuwe mogelijkheden pas hun zin en hun bestemming geeft, en hij wekt ze.

Zo'n man is echter beslist niet een eenduidige aangelegenheid. Omdat zijn ideeën, voor zover het geen loze hersenspinsels zijn, niets dan nog niet geboren werkelijkheden zijn, heeft natuurlijk ook hij werkelijkheidszin, maar het is een zin voor de mogelijke werkelijkheid, en die bereikt zijn doel veel langzamer dan de zin voor hun werkelijke mogelijkheden die de meeste mensen eigen is. Hij wil als het ware het bos, en de ander wil de bomen; en bos, dat is iets dat moeilijk onder woorden te brengen is, terwijl bomen daarentegen zo- en zoveel kubieke meter hout van een bepaalde kwaliteit vertegenwoordigen. Of misschien kan men het beter anders stellen en zeggen dat de man met gewone werkelijkheidszin op een vis lijkt die naar de haak hapt en de lijn niet ziet, terwijl de man met die werkelijkheidszin die je ook mogelijkheidszin kunt noemen, een lijn door het water trekt en er geen notie van heeft of er aas aan zit. Een buitengewone onverschilligheid jegens het naar het aas happende leven staat bij hem tegenover het gevaar dat hij volstrekt zonderlinge dingen doet. Een onpraktisch man – en dat lijkt hij niet alleen maar dat is hij ook – blijft onbetrouwbaar en onberekenbaar in de omgang met mensen. Hij zal handelingen verrichten die voor hem iets anders betekenen dan voor anderen, maar hij stelt zichzelf steeds gerust over alles zolang het maar in een buitengewoon idee valt samen te vatten. En bovendien staat hij tegenwoordig nog heel ver af van een consequente houding. Het zou bijvoorbeeld heel goed kunnen dat een misdaad waarvan iemand anders de dupe is, hem alleen maar als een maatschappelijk feilen voorkomt, waar niet de misdadiger de schuld van draagt maar de inrichting van de samenleving. Daarentegen is het nog maar de vraag of hij een oorvijg die hij zelf ontvangt zal opvatten als een belediging van de kant van de maatschappij of als iets dat tenminste even onpersoonlijk is als de beet van een hond; waarschijnlijk zal hij in dat geval eerst de oorvijg vergelden en vervolgens vinden dat hij dat niet had moeten doen. En vooral als men een geliefde van hem afpakt zal hij de werkelijkheid van dit incident voorlopig nog niet helemaal kunnen negeren en zich met een verrassend, nieuw gevoel schadeloos kunnen stellen. Deze ontwikkeling is momenteel nog aan de gang en betekent voor een mens zowel een zwakte als een kracht.

En omdat het bezit van eigenschappen een zeker plezier in hun werkelijkheid vooronderstelt, vergunt dat ons een blik op hoe het iemand die ook tegenover zichzelf geen werkelijkheidszin kan opbrengen, onverwachts kan overkomen dat hij zichzelf op een goede dag als een man zonder eigenschappen ziet.

Ulrich

De man zonder eigenschappen, over wie hier wordt verhaald, heette Ulrich, en Ulrich – het is niet prettig om iemand die je nog maar zo vluchtig kent voortdurend bij zijn doopnaam te noemen! maar zijn achternaam moet uit consideratie met zijn vader worden verzwegen – had de eerste proeve van zijn geaardheid al op de grens van jongensjaren en adolescentie afgelegd in een schoolopstel dat een patriottische gedachte tot thema had. Patriottisme was in Oostenrijk een heel speciaal onderwerp. Want Duitse kinderen werd eenvoudig geleerd op de oorlogen van de Oostenrijkse kinderen neer te zien en men bracht ze bij dat Franse kinderen de nazaten waren van decadente losbollen, die het met duizenden tegelijk op een lopen zetten zodra er een Duitse landweerman op ze afkomt die een flinke baard heeft. En met de rollen omgedraaid en de nodige wijzigingen leerden de Franse, Russische en Engelse kinderen, die ook dikwijls hadden gezegevierd, precies hetzelfde. Nu zijn kinderen opscheppers, dol op rovertje spelen en te allen tijde bereid om de familie Y uit de Grote X-straat, als ze daar toevallig toe behoren, als de grootste familie van de wereld te beschouwen. Ze zijn dus gemakkelijk te winnen voor het patriottisme. Maar in Oostenrijk lag dat wat ingewikkelder. Want de Oostenrijkers hadden weliswaar ook alle oorlogen uit hun geschiedenis gewonnen, maar na de meeste van die oorlogen hadden ze het een of ander moeten afstaan. Dat stemt tot nadenken, en Ulrich schreef in zijn opstel over de vaderlandsliefde dat iemand die een serieus vriend van zijn vaderland is zijn eigen land nooit het beste mocht vinden; en zelfs, in een flits die hij buitengewoon fraai vond, al werd hij eerder verblind door de schittering ervan dan dat hij zag wat daarin gebeurde, had hij aan deze verdachte zin nog een twee-de toegevoegd, namelijk dat waarschijnlijk ook God zelf over zijn wereld verkoos te spreken in de conjunctivus potentialis (hic dixerit quispiam = hier zou iemand kunnen tegenwerpen...), want God maakt de wereld en denkt daarbij dat het evengoed anders zou kunnen zijn. – Hij was erg trots geweest op die zin, maar hij had zich misschien niet begrijpelijk genoeg uitgedrukt, want er ontstond een enorme stampei over, en men had hem bijna van school gestuurd, hoewel men niet tot een besluit kwam omdat men niet kon uitmaken of zijn boude bewering nu moest worden opgevat als belediging van het vaderland of als godslastering. Hij bezocht indertijd het deftige gymnasium van de Maria Theresia-ridderacademie, die de staat van de nobelste steunpilaren voorzag, en zijn vader, verbolgen over de schande die zijn ver van de stam gevallen appel over hem bracht, zond Ulrich naar den vreemde, naar een klein Belgisch opvoedingsinstituut dat in een onbekende stad gelegen was en, met slimme koopmansgeest beheerd, tegen voordelige tarieven een flinke omzet had aan ontspoorde scholieren. Daar leerde Ulrich zijn minachting voor de idealen van anderen internationaal te verbreden.

Sindsdien waren er zestien of zeventien jaren voorbijgegaan, zoals de wolken langs de hemel drijven. Ulrich had er geen spijt van maar hij was er ook niet trots op, hij keek ze op zijn tweeëndertigste levensjaar gewoon verbaasd na. Hij was intussen zo hier en daar geweest, soms ook korte tijd in eigen land, en had overal waardevolle en nutteloze dingen gedaan. Er is al op gezinspeeld dat hij wiskundige was en meer hoeft daar nog niet over te worden gezegd, want in elk beroep, als je het niet om het geld maar uit liefde uitoefent, komt een moment waarop het klimmen der jaren tot niets lijkt te leiden. Nadat dit moment geruime tijd had voortgeduurd, herinnerde Ulrich zich dat aan het vaderland het geheimzinnige vermogen wordt toegeschreven het denken wortel te doen schieten en grondeigen te maken, en hij installeerde zich daar met het gevoel van een wandelaar die voor alle eeuwigheid op een bank gaat zitten hoewel hij voorvoelt dat hij meteen weer zal opstappen.

Toen hij zo orde op zijn huis stelde, zoals de bijbel het noemt, deed hij een ervaring op waar hij eigenlijk alleen maar op had zitten wachten. Hij had zichzelf in de aangename positie gemanoeuvreerd zijn verwaarloosde kleine bezitting van ei af aan naar eigen believen te moeten inrichten. Van de stijlzuivere reconstructie tot de volstrekte ongebondenheid toe stonden hem daarvoor alle principes ter beschikking en ook boden zich aan zijn geest alle stijlen aan, van de Assyriërs tot het kubisme. Wat moest hij kiezen? De moderne mens wordt in een kliniek geboren en sterft in een kliniek: hij moet dus ook wonen als in een kliniek! – Deze eis was zojuist geformuleerd door een toonaangevend bouwkunstenaar, en een andere vernieuwer van het binnenhuis had verschuifbare wanden tussen de woningen verlangd, met de toelichting dat de mens al samenlevend de mens moest leren vertrouwen en dat hij zich niet separatistisch mocht afzonderen. Er was toen net een nieuwe tijd aangebroken (want dat doet hij elk moment), en een nieuwe tijd vraagt om een nieuwe stijl. Gelukkig voor Ulrich bezat het kasteeltje zoals hij het aantrof al drie stijlen over elkaar heen, zodat je er echt niet alles mee kon doen wat er werd verlangd; niettemin had hij het gevoel hardhandig te zijn wakker geschud door de verantwoording een eigen huis te mogen inrichten, en het dreigement: 'Zeg mij hoe u woont en ik zal u zeggen wie u bent,' dat hij herhaaldelijk in kunsttijdschriften had gelezen, hing hem boven het hoofd. Na diepgaande bestudering van deze tijdschriften kwam hij tot het besluit dat hij de verbouwing van zijn persoonlijkheid toch liever zelf ter hand nam en hij begon zijn toekomstige meubels eigenhandig te ontwerpen. Maar als hij dan net een expressieve en machtige vorm had uitgedacht, bedacht hij dat hij daar evengoed een slanke en technisch-functionele voor in de plaats kon stellen, en als hij een van pure kracht uitgeteerde vorm van betonijzer ontwierp, deed die hem denken aan de maartse magere vormen van een dertienjarig meisje en hij begon te dromen in plaats van een besluit te nemen.

Dat was – op een gebied dat hem niet echt na aan het hart lag – de bekende onsamenhangendheid van ideeën en de wijze waarop deze zonder middelpunt uitdijen, die zo kenmerkend is voor de tegenwoordige tijd en er de bizarre aritmetica van uitmaakt, die in steeds kleinere getallen verstrikt raakt zonder een eenheid te bezitten. Op het laatst bedacht hij alleen nog maar onuitvoerbare kamers, draaiende kamers, caleidoscopische installaties, schakeltoestellen voor de ziel, en zijn invallen werden steeds inhoudlozer. Toen was hij eindelijk op het punt waar hij al heen getrokken werd. Zijn vader zou het ongeveer als volgt hebben uitgedrukt: Als men iemand liet doen wat hij wilde, zou hij al gauw van verwarring met zijn kop tegen de muur gaan. Of ook wel zo: Wie kan verwezenlijken wat hij wil, weet al gauw niet meer wat hij moet wensen. Ulrich herhaalde dat met groot genot in zichzelf. Deze voorouderlijke wijsheid leek hem een buitengewoon nieuwe gedachte. De mens moet in zijn mogelijkheden, plannen en gevoelens eerst door vooroordelen, tradities, allerlei problemen en beperkingen in zijn bewegingen worden beknot, als een gek in een dwangbuis, en pas dan heeft wat hij vermag voort te brengen misschien waarde, rijpheid en duurzaamheid; – het is inderdaad nauwelijks te overzien wat deze gedachte betekent! Welnu, de man zonder eigenschappen, die naar zijn vaderland was teruggekeerd, zette ook de tweede stap om zich van buitenaf, door de levensomstandigheden, te laten vormen; hij liet, op dit punt van zijn overwegingen aangekomen, de inrichting van zijn huis gewoon over aan het genie van zijn leveranciers, in de stellige overtuiging dat die wel voor traditie, vooroordelen en beperktheid zouden zorgen. Hijzelf friste alleen de oude lijnen op die nog van vroeger waren overgebleven, de donkere hertegeweien onder de witte gewelven van de kleine hal of het strakke plafond van de salon, en deed voor de rest alles wat hem doelmatig en gerieflijk leek.

Toen alles klaar was had hij reden om zich hoofdschuddend af te vragen: Dus dit is het leven dat het mijne moet worden? – Hij was nu in het bezit van een verrukkelijk paleisje; je moest het bijna wel zo noemen want het was helemaal wat je bij dat woord voor je ziet, een smaakvolle residentie voor een officieel persoon, zoals de meubel-, stoffeerders- en installateursfirma's die op hun gebied de toon aangaven, zich die voorstelden. Het ontbrak er alleen nog maar aan dat dit charmante mechaniek was opgewonden; dan zouden er equipages met hoogwaardigheidsbekleders en adellijke dames de oprit zijn opgereden, lakeien zouden van de treeplanken zijn gesprongen en Ulrich achterdochtig hebben gevraagd: 'Brave man, waar is je meester?'

Hij was teruggekeerd van de maan en had zich meteen weer als op de maan geïnstalleerd.

– 6 –

Leona of een verschuiving van het perspectief

Als men orde op zijn huis gesteld heeft, moet men ook een vrouw vrijen. Ulrichs vriendin in die dagen heette Leontine en was chanteuse in een klein variété; zij was groot, slank maar niet mager, provocerend indolent, en hij noemde haar Leona.

Zij was hem opgevallen door de vochtige donkerte van haar ogen, door een smartelijk hartstochtelijke uitdrukking op haar regelmatige, mooie, lange gelaat en door de gevoelige chansons die ze zong, in plaats van ontuchtige. Al die ouderwetse kleine zangstukjes gingen over liefde, leed, trouw, verlatenheid, ruisende bossen en blinkende forellen. Leona stond groot en totaal verlaten op het toneeltje en zong ze met de stem van een huisvrouw geduldig de zaal in, en als er tussendoor toch kleine zedelijke gewaagdheden inslopen, hadden deze een des te spookachtiger effect omdat dit meisje zowel de tragische als de wat schalksere harteroerselen met dezelfde moeizaam gespelde gebaren ondersteunde. Ulrich had meteen moeten denken aan oude fotografieën of aan mooie vrouwen in verdwenen jaargangen van Duitse familiebladen, en terwijl hij zich peinzend in het gezicht van deze vrouw verdiepte, zag hij daarin een heleboel trekjes die helemaal niet werkelijk konden zijn en die toch dit gezicht uitmaakten. Er bestaan natuurlijk in alle tijden alle soorten gezichten; maar één wordt er door de mode van een tijd uitverkoren en tot geluk en schoonheid verheven, terwijl alle andere gezichten zich daar dan bij proberen aan te passen; en zelfs lelijke lukt dat min of meer, met behulp van kapsel en mode, maar de enige die daar nooit in slagen zijn die voor geweldige triomfen voorbestemde gezichten waar het vorstelijke en verbannen schoonheidsideaal van een vroegere tijd concessieloos uit spreekt. Zulke gezichten dolen als de lijken van vroegere begeerten door de grote onwezenlijkheid van het liefdesbedrijf, en de mannen die in de eindeloze saaiheid van Leontines gezang gaapten en niet wisten wat hen overkwam, voelden hun neusvleugels trillen van heel andere gevoelens dan die zij ondergingen als die kleine brutaaltjes met tangokapsels zongen. Toen besloot Ulrich haar Leona te noemen en het leek hem even begerenswaardig om haar te bezitten als zo'n groot, door een bontwerker geprepareerd leeuwevel.

Maar na hun kennismaking ontwikkelde Leona nog een anachronistische eigenschap, zij was vreselijk vraatzuchtig en dat is een zonde waarvan de grote verfijning allang uit de mode is. Het was van oorsprong het eindelijk bevrijde verlangen naar kostbare lekkernijen, waaraan zij als arm kind had geleden; nu had het de kracht van een ideaal dat eindelijk uit zijn kooi is gebroken en de macht heeft gegrepen. Haar vader scheen een keurige burgerman te zijn geweest, die haar iedere keer sloeg als ze met aanbidders ging, maar dat deed ze alleen omdat ze zo dolgraag in de voortuin van een kleine konditorei zat en voornaam naar de voorbijgangers kijkend haar ijs lepelde. Want dat zij niet zinnelijk was kon men weliswaar niet beweren, maar in zoverre dat gepermitteerd is zou je kunnen zeggen dat zij, zoals in alles, ook daarin bepaald lui en werkschuw was. In haar uitdijende lichaam had elke prikkel wonderbaarlijk veel tijd nodig om haar hersenen te bereiken, en het kwam voor dat haar ogen midden op de dag zonder enige reden begonnen weg te drijven, terwijl ze 's nachts onbeweeglijk gericht bleven op een punt op het plafond, alsof ze daar een vlieg gadesloegen. Zo kon zij ook soms midden in een volslagen stilte beginnen te lachen over een grapje dat dán pas tot haar doordrong, terwijl zij het een paar dagen daarvoor kalm had aangehoord zonder het te begrijpen. Als zij geen speciale reden had om het tegendeel te zijn was zij dan ook absoluut fatsoenlijk. Hoe zij trouwens tot haar beroep was gekomen, was nooit uit haar te krijgen. Blijkbaar wist zij het zelf niet meer zo precies. Wel bleek dat zij het werk van chanteuse als een noodzakelijk deel van het leven beschouwde en alles wat zij ooit over kunst en kunstenaars aan indrukwekkends had gehoord daaraan verbond, zodat zij het idee had dat het volkomen correct, pedagogisch verantwoord en gedistingeerd was om avond aan avond op een door sigarerook omwolkt podiumpje te stappen en liederen voor te dragen waarvan de aangrijpendheid een vaststaande zaak was. Natuurlijk schrok zij daarbij, waar het nodig is om het fatsoenlijke op te fleuren, ook geenszins terug voor een zo nu en dan ertussendoor gestrooide onfatsoenlijkheid, maar zij was er vast van overtuigd dat de primadonna van de Keizerlijke Opera precies hetzelfde deed als zij.

Nu ja, als men het per se prostitutie wil noemen als men niet zoals gebruikelijk zijn hele persoon geeft maar alleen zijn lichaam, dan bedreef Leona zo af en toe prostitutie. Maar als je al negen jaar, zoals zij sinds haar zestiende, weet hoe klein de gages zijn die in de onderste zanghellen worden uitbetaald, de prijzen van toiletten en lingerie in je hoofd hebt, het bedrag dat wordt ingehouden, de gierigheid en de willekeur van de eigenaars, de procenten over de consumpties van de gasten die je hebt geanimeerd en over de kamerrekening van het aangrenzende hotel, als je daar dag in dag uit mee te maken hebt, ruzie over moet maken en zakelijk afrekent, dan wordt wat voor de leek een leuke uitspatting lijkt een vak, vol logica, zakelijkheid en milieucodes. Juist prostitutie is immers een zaak waarbij het een groot verschil maakt of je het van bovenaf bekijkt of van onderaf ziet.

Maar al had Leona dan ook een volmaakt zakelijke opvatting over het seksuele vraagstuk, zij had toch ook haar romantische kanten. Alleen was bij haar al het uitbundige, ijdele, verkwistende, waren de gevoelens van trots, afgunst, wellust, van eerzucht en overgave, kortom de drijvende krachten achter de persoonlijkheid en de maatschappelijke carrière, door een speling der natuur niet verbonden met het zogenaamde hart maar met de tractus abdominalis, de eetprocessen, waarmee ze trouwens in vroeger tijden geregeld werden geassocieerd, wat je tegenwoordig nog kunt waarnemen bij primitieven of brassende boeren, die voornaamheid en allerlei

31

andere dingen waardoor de mens zich onderscheidt weten uit te drukken in een feestmaal waarbij men zich pontificaal, met alle gevolgen van dien, overeet. Aan de tafeltjes van haar tingeltangel deed Leona haar plicht; maar waar zij van droomde was een cavalier die haar daarvan door een verhouding voor de duur van een engagement ontsloeg en haar in staat stelde in een voorname houding achter een voorname menukaart in een voornaam restaurant te zitten. Het liefst zou zij dan alle verkrijgbare gerechten tegelijk hebben gegeten, en het verschafte haar een pijnlijk tegenstrijdige voldoening om gelijktijdig te mogen laten zien dat zij wist hoe men een keuze hoorde te maken en een uitgelezen menu samenstelt. Pas bij de kleine nagerechten kon zij haar fantasie de vrije loop laten, en gewoonlijk kwam dat, in omgekeerde volgorde, neer op een copieuze tweede avondmaaltijd. Leona herstelde met behulp van zwarte koffie en stimulerende hoeveelheden drank haar opnamecapaciteit en prikkelde zichzelf net zo lang met kleine surprises tot haar passie was bevredigd. Dan zat haar lichaam zo boordevol voorname zaken dat het nog maar net niet knapte. Zij keek dan loom stralend om zich heen, en hoewel zij nooit erg spraakzaam was knoopte zij in die toestand graag terugblikkende beschouwingen vast aan de kostbaarheden die zij had verorberd. Als zij Polmone à la Torlogna of Pommes à la Melville zei, strooide zij daarmee zoals een ander quasi langs zijn neus weg laat vallen dat hij met de prins of lord van die naam heeft gesproken.

Omdat het in het openbaar verschijnen met Leona nu niet bepaald in Ulrichs stijl was, verlegde hij het voederen van haar gewoonlijk naar zijn huis, waar zij de hertegeweien en de stijlmeubels mocht toespijzen. Zij echter zag zich daardoor van haar sociale voldoening beroofd, en als de man zonder eigenschappen haar met de meest fantastische schotels die een spijzenier maar kan leveren tot eenzame onmatigheid prikkelde, voelde zij zich net zo misbruikt als een vrouw die merkt dat zij niet om haar ziel wordt bemind. Zij was mooi en zij was zangeres, zij hoefde zich niet te verstoppen, en elke avond hingen de begerige blikken van enige tientallen mannen, die haar groot gelijk zouden hebben gegeven, aan haar. Maar deze man, ofschoon hij met haar alleen wilde zijn, speelde het niet eens klaar om tegen haar te zeggen: Godbewaarme, Leona, die r... van jou brengt me in extase! om dan gretig zijn snor af te likken als hij maar naar haar keek, zoals zij dat van haar cavaliers gewend was. Leona keek een beetje op hem neer, al bleef zij natuurlijk trouw bij hem komen, en Ulrich wist dat. Hij wist trouwens heel goed hoe het in Leona's kringen hoorde, maar de tijd waarin hij zoiets nog over zijn lippen had kunnen krijgen en die lippen nog een snor droegen, lag te ver achter hem. En als je iets niet meer klaarspeelt wat je vroeger hebt gekund, hoe onnozel het ook geweest mag zijn, dan is dat toch net alsof je hand of je been door een beroerte is getroffen. Zijn ogen vielen bijna uit hun kassen als hij naar zijn vriendin keek, bij wie spijs en drank naar het hoofd waren gestegen. Je kon haar schoonheid voorzichtig van haar afhalen. Het was de schoonheid van de hertogin die Von Scheffels Ekkehard over de drempel van het klooster droeg, de schoonheid van de edelvrouwe met de valk op haar handschoen, de schoonheid van de met legenden omweven keizerin Elisabeth, met haar zware krans haar, een verrukking voor mensen die allemaal al dood waren. Om het precies te zeggen, zij deed ook denken aan de goddelijke Juno, niet aan de eeuwige en onvergankelijke maar aan wat men in een voorbije of voorbijgaande tijd junonisch noemde. Zo was de droom van het Zijn slechts losjes over de materie gestulpt. Leona wist echter dat men voor een voorname uitnodiging ook iets verschuldigd is als de gastheer niets verlangt, en dat je je niet alleen maar mocht laten aangapen; dus stond zij dan, zodra zij daar weer toe in staat was, op en begon rustig maar met luider stem een lied voor te dragen. Voor haar vriend waren dit soort avonden als een uitgescheurde bladzijde, levendig door allerlei ideeën en gedachten, maar gemummificeerd, zoals alles wordt wat uit zijn verband is gerukt, en vol van die tirannie van wat nu voor altijd zo stilstaat, hetgeen de lugubere aantrekkingskracht van levende beelden vormt, alsof het leven plotseling een slaapmiddel had gekregen, en daar staat het dan, stijf, vol onderlinge verbanden, scherp afgegrensd en toch ontzaglijk zinloos in zijn totaliteit.

7

In een staat van verminderde weerstand loopt Ulrich
een nieuwe geliefde op

Op een ochtend kwam Ulrich lelijk toegetakeld thuis. Zijn kleren hingen in flarden, hij moest vochtige kompressen op zijn gehavende hoofd leggen, zijn horloge en zijn portefeuille waren weg. Hij wist niet of de drie mannen waarmee hij het aan de stok had gekregen ze hadden geroofd of dat ze hem in de korte tijd waarin hij bewusteloos op het plaveisel had gelegen door een stille filantroop waren ontstolen. Hij ging in bed liggen en terwijl zijn moede leden zich weer voorzichtig gedragen en omhuld voelden, dacht hij nog eens na over dit avontuur.

De drie tronies hadden opeens voor hem gestaan; hij kon in de late lege straat een van de mannen in het voorbijgaan even hebben aangeraakt, want zijn gedachten waren verstrooid en met iets anders bezig geweest, maar deze gezichten waren al voorbereid op woede en doken verwrongen op in de lichtkring van de lantaren. Toen had hij een fout gemaakt. Hij had natuurlijk meteen moeten terugdeinzen, alsof hij bang was, en daarbij had hij met zijn rug de vent die achter hem was gaan staan een harde zet moeten geven, of hem met zijn elleboog in zijn maag moeten stompen en op datzelfde moment moeten maken dat hij wegkwam, want tegen drie sterke mannen valt niet te vechten. In plaats daarvan had hij een ogenblik geaarzeld. Dat kwam door zijn leeftijd; zijn tweeëndertig jaren; vijandschap en liefde vergen dan al wat meer tijd. Hij wilde niet geloven dat de drie gezichten die hem opeens in het holst van de nacht met woede en minachting aankeken het alleen op zijn geld hadden voorzien, maar hij had het gevoel gehad dat zich hier haat tegen hem had samengepakt en zich tot gestalten had verdicht; en terwijl de schurken hem al in gemene taal uitscholden dacht hij nog optimistisch dat het misschien helemaal geen schurken waren, maar burgers zoals hij, alleen een beetje aangeschoten en bevrijd van remmingen, die aan zijn voorbijglijdende verschijning waren blijven hangen en een haat op hem ontlaadden die voor hem en voor elke vreemdeling altijd op til is, als onweer in de lucht. Want zoiets voelde hij ook wel eens. Buitengewoon veel mensen voelen zich tegenwoordig betreurenswaardig genoeg tegenover buitengewoon veel andere mensen staan. Het is een grondtrek van de beschaving dat de mens een diep wantrouwen koestert jegens de mensen die buiten zijn eigen kring vallen, dat dus niet alleen een Germaan een jood, maar ook een voetballer een pianist als een onbegrijpelijk en minderwaardig wezen beschouwt. Tenslotte bestaat het ding alleen door zijn grenzen en dientengevolge door een in zekere zin vijandige daad tegen zijn omgeving; zonder de paus zou er geen Luther zijn geweest en zonder de heidenen geen paus, daarom kan niet worden ontkend dat de mens zich het best opwerpt voor zijn medemens door hem te verwerpen. Dat dacht hij natuurlijk niet zo uitvoerig; maar hij kende deze toestand van onbestemde, atmosferische vijandigheid waar in onze generatie de lucht vol van is, en als die zich dan eens plotseling samenpakt in drie onbekende, naderhand weer voorgoed verdwenen mannen om als een donderbui los te barsten, dan is dat bijna een opluchting.

Desondanks scheen hij bij het zien van die drie onverlaten iets te veel te hebben gedacht. Want toen de eerste hem aanvloog sloeg deze weliswaar achterover omdat Ulrich hem met een klap op zijn kin vóór was geweest, maar de tweede man met wie daarna bliksemsnel had moeten worden afgerekend werd door zijn vuist alleen maar geschampt, want intussen had een dreun van achteren met een zwaar voorwerp Ulrichs hoofd bijna doen barsten. Hij zakte door zijn knieën, werd vastgegrepen, kwam met dat bijna onnatuurlijke helderworden van het lichaam dat gewoonlijk op het eerste instorten volgt, nog eenmaal overeind, sloeg er in de wirwar van vreemde lichamen op los en werd door steeds groter wordende vuisten tegen de grond geranseld.

Nu de fout die hij had gemaakt was vastgesteld en alleen op sportief gebied bleek te liggen, zoals ook wel voorkomt dat je een sprong te kort neemt, viel Ulrich, die nog altijd over uitstekende zenuwen beschikte, kalm in slaap, in precies dezelfde vervoering over de wegzwevende spiralen van zijn wegvallend bewustzijn die hij al tijdens zijn nederlaag op de achtergrond had gevoeld.

Toen hij weer wakker werd, vergewiste hij zich ervan dat zijn verwondingen niet ernstig waren en dacht nog eens na over wat hem was overkomen. Een vechtpartij laat altijd een nare nasmaak achter, als van overhaaste intimiteit zou je kunnen zeggen, en los van het feit dat híj de aangevallene was geweest, had Ulrich het gevoel zich ongepast te hebben gedragen. Maar ongepast tegenover wát? Vlak achter de straten waar om de driehonderd stappen een politieagent het kleinste vergrijp tegen de orde bestraft, liggen andere, die dezelfde kracht en instelling vereisen als de jungle. De mensheid produceert bijbels en geweren, tuberculose en tuberculine. Ze is democratisch met koningen en adel; bouwt kerken en tegen die kerken weer universiteiten; maakt kloosters tot kazernes maar wijst de kazernes aalmoezeniers toe. Natuurlijk geeft ze ook onverlaten met lood gevulde rubberslangen in handen, om er het lichaam van een medemens mee kapot te slaan, en legt voor het eenzame en mishandelde lichaam vervolgens donzen dekbedden klaar, zo eentje als Ulrich op dit moment omhulde, alsof het met louter respect en mededogen was gevuld. Het gaat weer om die bekende kwestie met de tegenspraken, de inconsequentie en onvolmaaktheid van het leven. Je kunt erom glimlachen of erover zuchten. Maar zo was Ulrich nu juist niet. Hij haatte deze mengeling van afstand nemen en apeliefde ten aanzien van het leven, dat zich tegenspraken en halfheden laat welgevallen als een ongetrouwd gebleven tante de onbeschaamdheden van haar neefje. Alleen sprong hij ook weer niet meteen zijn bed uit als bleek dat zijn verblijf daar inhield dat hij profiteerde van de chaos in de menselijke aangelegenheden, want in velerlei opzicht is het een overhaaste schikking met het geweten ten koste van de zaak, een kortsluiting, een uitwijken in het persoonlijke, als iemand voor zichzelf het slechte vermijdt en het goede doet, in plaats van zich om de ordening van het geheel te bekommeren. Eigenlijk had Ulrich na zijn onvrijwillige ervaring zelfs het gevoel dat het van wanhopig weinig belang was of nu eens hier de geweren en dan weer daar de koningen worden afgeschaft en een of andere kleinere of grotere vooruitgang de domheid en slechtheid doet afnemen; want de maat van 'weerzinwekkendheden en slechtheden wordt prompt weer gevuld met nieuwe, alsof het ene been van de wereld telkens achteruitglijdt als het andere naar voren schuift. Dáárvan zou je de oorzaak en het geheime mechanisme eens moeten achterhalen! Dat zou natuurlijk heel wat belangrijker zijn dan om naar verouderde principes een goed mens te zijn, en zo voelde Ulrich zich moreel gesproken meer aangetrokken tot de generale staf dan tot het alledaags heldendom van de goede daad.

Hij riep zich nu ook nog eens het vervolg van zijn nachtelijk avontuur voor de geest. Want toen hij na de ongelukkig verlopen vechtpartij weer was bijgekomen, was er een taxi vlak langs de stoeprand gestopt, de bestuurder probeerde de gewonde vreemdeling bij zijn schouders overeind te helpen, en een dame boog zich met een engelachtige gelaatsuitdrukking over hem heen. Op zulke momenten van uit de diepte opstijgend bewustzijn zie je alles als in de wereld van kinderboeken; maar al spoedig had deze bezwijming plaats gemaakt voor de werkelijkheid, de aanwezigheid van een vrouw die zich om hem bekommerde woei Ulrich toe als een briesje, oppervlakkig en opwekkend als eau de cologne, zodat hij meteen ook wist dat hij niet veel letsel kon hebben opgelopen, en hij probeerde op een behoorlijke manier op de been te komen. Het lukte hem niet helemaal zoals hij het had gewild, en de dame bood bezorgd aan hem ergens heen te brengen waar hij kon worden geholpen. Ulrich vroeg of hij naar huis kon worden gebracht, en omdat hij er werkelijk nogal verward en hulpeloos uitzag willigde de dame dat verzoek in. In de wagen was hij al gauw weer tot zichzelf gekomen. Hij voelde iets moederlijk zinnelijks naast zich, een tedere wolk van hulpvaardig idealisme, in de warmte waarvan zich nu de kleine ijskristallen van de twijfel en de angst voor een onbezonnen daad begonnen te vormen terwijl hij weer man werd, en ze vulden de lucht met de zachtheid van sneeuwval. Hij vertelde wat hem was overkomen, en de mooie vrouw, die maar iets jonger dan hij, dus een jaar of dertig, leek te zijn gaf de ruwheid van de mensen de schuld en vond hem ontzettend beklagenswaardig.

Natuurlijk begon hij nu het gebeurde opgewekt te verdedigen en hij legde de verraste moederlijke schoonheid aan zijn zijde uit dat zulke gevechtservaringen niet mochten worden beoordeeld naar hun afloop. Hun aantrekkelijkheid bestaat er in feite uit dat je in een zo kort mogelijke tijd met een in het burgerbestaan verder nooit voorkomende snelheid en door nauwelijks waarneembare tekens geleid, zo veel verschillende, krachtige en toch zo exact mogelijk op elkaar afgestemde bewegingen moet uitvoeren dat het totaal onmogelijk wordt ze met het bewustzijn te controleren. Integendeel, elke sportman weet dat je al een paar dagen voor de wedstrijd moet ophouden met trainen, en wel om geen andere reden dan dat de spieren en zenuwen de laatste afspraken met elkaar kunnen maken zonder dat wil, intentie en bewustzijn daar bij zijn of zelfs maar mogen meespreken. Op het moment van de daad ging het dan ook altijd zo, beschreef Ulrich: de spieren en zenuwen springen rond en strijden met het Ik; maar dit Ik, de totaliteit van het lichaam, de ziel, de wil, die hele, civielrechtelijk tegen zijn omgeving afgegrensde hoofdpersoon en totale persoonlijkheid wordt door die spieren en zenuwen slechts losjes bovenop meegedragen, zoals Europa die op de stier zit, en als dat een keer niet zo was, als er per ongeluk ook maar het kleinste straaltje van overleg in dit donker viel, mislukte geregeld de hele onderneming. – Ulrich was al pratend opgewonden geraakt. Het was in feite – beweerde hij nu – , hij bedoelde, deze ervaring van bijna volkomen vervoering of het doorbreken van de bewuste persoonlijkheid was in principe verwant met verloren gegane ervaringen waar de mystici van alle religies mee vertrouwd waren geweest, en het was bijgevolg in zekere zin een eigentijdse vervanging van eeuwige behoeften, en al was het dan ook een slechte, het was er toch maar een; en boksen en vergelijkbare sporten die dat in een rationeel systeem weten te vangen, waren dus een soort theologie, al kon je natuurlijk niet verlangen dat dit al door iedereen werd ingezien.

Ulrich had zich vermoedelijk ook wel met zo grote levendigheid tot zijn metgezellin gericht uit de ijdele wens haar de beklagenswaardige toestand waarin zij hem had aangetroffen te doen vergeten. Het was voor haar onder deze omstandigheden moeilijk uit te maken of hij nu in ernst sprak of dat hij spotte. In elk geval kon het haar in principe toch volkomen natuurlijk voorkomen dat hij de theologie probeerde te verklaren aan de hand van de sport, wat misschien zelfs interessant was omdat sport iets actueels is, de theologie daarentegen iets waarvan men helemaal niets weet, ofschoon er toch ontegenzeggelijk nog altijd vele kerken zijn. En hoe het ook zij, zij vond dat een gelukkig toeval haar een zeer geestvol man had laten redden, maar intussen vroeg zij zich natuurlijk ook af of hij misschien een hersenschudding had opgelopen.

Ulrich, die nu iets begrijpelijks wilde zeggen, maakte van de gelegenheid gebruik er terloops op te wijzen dat ook de liefde immers tot de religieuze en gevaarlijke ervaringen moet worden gerekend, daar ze de mens uit de armen van de rede tilt en hem in een waarlijk grondeloos zwevende toestand verplaatst.

Ja, zei de dame, maar sport wás toch ruw.

Zeker, haastte Ulrich zich dit toe te geven, sport was ruw. Je zou kunnen zeggen, de neerslag van een uiterst fijn verdeelde, collectieve haat, die in wedstrijden wordt afgeleid. Natuurlijk werd het tegendeel beweerd, sport zou saamhorigheid scheppen, verbroederen en zo meer; maar dat bewees in feite alleen dat ruwheid en liefde niet verder van elkaar verwijderd waren dan de ene vleugel van een grote kleurige stomme vogel van de andere.

Hij had de nadruk gelegd op de vleugels en de kleurige, stomme vogel – een gedachte zonder eigenlijke zin maar vol van iets van die geweldige zinnelijkheid waarmee het leven alle rivaliserende tegenstellingen in zijn mateloze lichaam gelijktijdig bevredigt; hij merkte nu dat zijn buurvrouw het absoluut niet begreep, maar niettemin was de zachte sneeuwval die zij in de wagen verspreidde nog dichter geworden. Toen draaide hij zich helemaal naar haar toe en vroeg of zij er misschien een hekel aan had om over dat soort lichamelijke aangelegenheden te praten? De lichamelijke activiteiten kwamen inderdaad wat al te zeer in de mode en hielden in feite ook een huiveringwekkende sensatie in, omdat het lichaam als het volmaakt getraind is domineert en op elke prikkel zonder vragen en met zijn automatisch ingeslepen bewegingen zo zeker antwoordt dat de bezitter ervan alleen nog maar het griezelige gevoel overhoudt dat hij het nakijken heeft terwijl een of ander lichaamsdeel er als het ware met zijn karakter vandoor gaat.

Het had er inderdaad alle schijn van dat deze kwestie de jonge vrouw diep raakte; zij gaf blijk van opwinding door deze woorden, ademde vlugger en schoof voorzichtig een beetje bij hem vandaan. Een soortgelijk mechanisme als het zojuist beschrevene, een versneld ademen, een blozen van de huid, bonzen van het hart en misschien nog een aantal andere symptomen, leek in haar op gang te zijn gekomen. Maar juist op dat moment was de wagen voor Ulrichs huis gestopt. Hij kon alleen nog met een glimlach naar het adres van zijn redster informeren, om haar zijn dank te kunnen betuigen, maar tot zijn verbazing werd deze gunst hem niet verleend. Dus sloeg het zwarte smeedijzeren hek dicht achter een verwonderde vreemdeling. Vermoedelijk waren daarna de bomen van een oud park hoog en donker opgerezen in het licht van de elektrische lampen, waren ramen verlicht, en hadden de benedenvleugels van een boudoirachtig klein kasteeltje boven een kortgemaaid smaragdgroen gazon zich uitgespreid, had men iets van de wanden gezien die met prenten en kleurige rijen boeken waren bedekt, en de vaarwel gezegde ritgenoot werd door een onverwacht mooi bestaan opgenomen.

Zo was het gegaan, en terwijl Ulrich nog overdacht hoe onaangenaam het zou zijn geweest wanneer hij zijn tijd weer had moeten besteden aan een van die liefdesavonturen waar hij al lang genoeg van had, werd hem een dame aangekondigd die haar naam niet wilde noemen en die zwaar gesluierd bij hem binnentrad. Zij die haar naam en adres niet had genoemd was het die op deze romantisch-charitatieve wijze, onder het mom bezorgd te zijn over zijn toestand, het avontuur eigenmachtig prolongeerde.

Twee weken later was Bonadea al sinds veertien dagen zijn geliefde.

8

Kakanië

Op de leeftijd waarop je nog alles wat met kleermakers en kappers te maken heeft belangrijk vindt en met plezier in de spiegel kijkt, stel je je vaak ook een plaats voor waar je je leven zou willen doorbrengen, of in elk geval een plaats waar het stijlvol is om te vertoeven, zelfs als je voelt dat jij er zelf niet echt graag zou zijn. Zo'n sociale dwangvoorstelling is nu al geruime tijd een soort hyper-Amerikaanse stad, waar iedereen met een stopwatch in de hand rondrent of stilstaat. Lucht en aarde vormen een mierenhoop, dooraderd met de verdiepingen van verkeerswegen. Luchttreinen, grondtreinen, ondergrondse treinen, mensentransport per buizenpost, ketens van vrachtwagens razen horizontaal, expresseliften pompen mensenmassa's verticaal van de ene verkeerslaag naar de andere; op de kruispunten springt men van het ene bewegingsapparaat in het andere, wordt door het ritme ervan, dat tussen twee voortdenderende snelheden een syncope, een pauze, een kleine kloof van twintig seconden vormt, onverwijld aangezogen en naar binnen gesleurd, spreekt in de intervallen van dit algehele ritme gehaast een paar woorden met elkaar. Vragen en antwoorden klikken als machine-onderdelen in elkaar, ieder mens heeft slechts heel specifieke taken, beroepen zijn op bepaalde plaatsen groepsgewijs geconcentreerd, men eet terwijl men zich verplaatst, amusement is geconcentreerd in andere delen van de stad en weer ergens anders staan de torens waar men zijn vrouw, gezin, grammofoon en ziel vindt. Spanning en ontspanning, bezigheid en liefde zijn chronologisch strikt gescheiden en na grondige laboratoriumervaring afgepast. Stuit men bij een van deze bezigheden op een probleem, dan laat men de zaak gewoon liggen; want men vindt wel iets anders of soms een betere manier, of een ander vindt

de manier die je over het hoofd hebt gezien; dat kan helemaal geen kwaad, want door niets gaat zo veel gezamenlijke
kracht verloren als door de aanmatiging dat je geroepen
bent een bepaald persoonlijk doel niet los te laten. In een van
krachten doorstroomde gemeenschap leidt elke weg naar
een goed doel, zolang je niet te lang aarzelt en nadenkt. De
doelen zijn kortbij maar ook het leven is kort, je haalt er zo
dus het maximaal bereikbare uit en meer heeft de mens niet
nodig om gelukkig te zijn, want wat je bereikt vormt je ziel,
terwijl dat wat je wilt zonder dat het in vervulling gaat je
ziel alleen verbuigt; voor het geluk komt het er heel weinig
op aan wat je wilt, alleen dat je het bereikt. Bovendien leert
de zoölogie ons dat een geniaal geheel heel goed uit een som
van gereduceerde individuen kan bestaan.

Het staat helemaal niet vast dat het ook zo zal gaan, maar
zulke voorstellingen behoren tot de reisdromen, waarin het
gevoel van de rusteloze beweging, die ons met zich mee-
voert, zich weerspiegelt. Ze zijn oppervlakkig, onrustig en
kort. God weet wat de toekomst werkelijk brengt. Je zou
kunnen denken dat wij elke minuut opnieuw het begin in
de hand hebben en een plan zouden moeten maken voor ons
allen. Als die toestand met die snelheden ons niet bevalt maken we toch een andere! Bijvoorbeeld een heel langzame,
met een sluierachtig golvend, zeeslakachtig geheimzinnig
geluk en met die diepe koeieblik waar de Grieken al zo mee
dweepten. Maar zo is het absoluut niet. De toestand heeft
ons in de hand. Dag en nacht trek je erin rond en ook al
het overige doe je erin; je scheert je, je eet, je hebt lief, je
leest boeken, oefent je beroep uit alsof de vier muren stil-
stonden, en het benauwende is alleen dat de muren rijden,
zonder dat je het merkt, en dat ze hun spoorstaven voor zich
uit werpen, als lange, tastend gekromde draden, zonder dat
je weet waarheen. En bovendien wil je, als het enigszins kan,
zelf nog tot die krachten behoren die de trein des tijds besturen. Dat is een heel onduidelijke rol en het komt voor dat
als je na een langere tussenpoos naar buiten kijkt het landschap is veranderd; wat daar voorbijvliegt, vliegt voorbij
omdat het niet anders kan, maar ondanks alle berusting

neemt een onaangenaam gevoel steeds meer de overhand, alsof je je doel voorbij bent gereden of op het verkeerde traject terecht bent gekomen. En op een dag is er dan de stormachtige behoefte: uitstappen! Eraf springen! Een heimwee te worden opgehouden, je níet ontwikkelen, blijven steken, terugkeren naar een punt dat vóór het verkeerde zijspoor ligt! En in de goede oude tijd, toen het keizerrijk Oostenrijk nog bestond, kon je in zo'n geval de trein des tijds verlaten, in een gewone trein van een gewone spoorwegmaatschappij gaan zitten en teruggaan naar je vaderland.

Daar, in Kakanië, die sindsdien ten onder gegane, onbegrepen staat, waarin zo veel voorbeeldig is geweest zonder dat het gewaardeerd werd, had je ook tempo, maar niet te veel tempo. Telkens als je in den vreemde aan dit land dacht, zweefde de herinnering je voor ogen aan de witte, brede, welvarende wegen uit de tijd van de voetmarsen en de postkoetsen, die zich er in alle richtingen, als rivieren van orde, als linten van lichte uniformstof doorheen slingerden en de landen met de papierwitte arm van het bestuur omhelsden. En wat voor landen! Gletsjers en zee, karst en Boheemse korenvelden waren er, nachten aan de Adriatische Zee, onrustig door sjirpende krekels, en Slowaakse dorpen, waar de rook uit de schoorstenen opsteeg als uit opengesperde neusgaten, en het dorp tussen twee heuveltjes school, alsof de aarde haar lippen een beetje had geopend om er haar kind tussen te verwarmen. Natuurlijk reden er op deze wegen ook automobielen; maar niet te veel automobielen! Men bereidde zich voor op de verovering van het luchtruim, ook hier; maar niet te intensief. Men liet zo nu en dan een schip naar Zuid-Amerika of naar Oost-Azië varen; maar niet te vaak. Men had geen ambitie om wereldwijd handel te drijven of een wereldmacht te worden; men zat in het middelpunt van Europa, waar de oude wereldassen elkaar snijden; de woorden kolonie en overzee klonken de mensen als iets totaal onbeproefds en verafs in de oren. Men spreidde luxe ten toon; maar in geen geval zo oververfijnd als de Fransen. Men deed aan sport; maar niet zo verdwaasd als de Angelsaksen. Men gaf bedragen uit voor het leger; maar toch maar juist zo veel om in elk geval de op een na zwakste van de grote mogendheden te blijven. Ook de hoofdstad was ietsje kleiner dan alle andere grootste steden ter wereld, maar toch een flink stuk groter dan gewone grote steden zijn. En bestuurd werd dit land op een verlichte, niet al te voelbare, alle toppen voorzichtig snoeiende manier, door de beste bureaucratie van Europa, die je maar van één fout kon betichten: ze beschouwde genie en geniale ondernemingsgeest bij particulieren die daar niet door hoge geboorte of een staatsopdracht toe waren geprivilegieerd, als neuswijs gedrag en aanmatiging. Maar wie duldt er nu graag inmenging van onbevoegden! En in Kakanië werd daarenboven altijd alleen een genie aangezien voor een vlegel, maar nooit, wat elders wél het geval was, de vlegel al voor een genie.

Trouwens, wat zou er niet allemaal voor opmerkelijks te vertellen zijn over dit verzonken Kakanië! Het was bijvoorbeeld keizerlijk-koninklijk én het was keizerlijk én koninklijk; een van die twee stempels k.k. of k. & k. droeg daar alles en iedereen, maar desondanks moest je zijn ingewijd in een geheime wetenschap om altijd met zekerheid te kunnen onderscheiden welke instellingen en personen als k.k. en welke als k. & k. behoorden te worden geadresseerd. Schriftelijk noemde het zichzelf de Oostenrijks-Hongaarse Monarchie en mondeling liet het zich met Oostenrijk aanspreken; met een naam dus die het met een plechtige staatseed had afgezworen maar in alle gevoelskwesties handhaafde, ten teken dat gevoelens net zo belangrijk zijn als staatsrecht en voorschriften nog geen echte levensernst betekenen. Volgens zijn grondwet was het liberaal, maar het werd klerikaal geregeerd. Het werd klerikaal geregeerd, maar men leefde als vrijdenker. Voor de wet waren alle burgers gelijk, maar het waren nu eenmaal niet allemaal burgers. Men had een parlement dat een zo krachtig gebruik maakte van zijn vrijheid dat men het gewoonlijk gesloten hield; men had echter ook een paragraaf op de noodtoestand, met behulp waarvan men het zonder parlement af kon, en telkens als iedereen zich al op het absolutisme begon te verheugen, kondigde de Kroon af dat er nu toch maar weer eens parlementair moest worden geregeerd. Van dat soort gebeurtenissen waren er vele in deze staat, en daar hoorden ook die nationalistische strubbelingen toe die met recht de nieuwsgierigheid van Europa wekten en die tegenwoordig volkomen onjuist worden voorgesteld. Ze waren zo hevig dat om hunnentwege de staatsmachine verscheidene malen per jaar haperde en stilstond, maar in de tussenperiodes en in de regeerpauzes kon men het uitstekend met elkaar vinden en deed men alsof er niets aan de hand was geweest. En er was ook niets aan de hand geweest. Het was domweg de aversie van ieder mens tegen het streven van ieder ander mens, waar wij tegenwoordig allemaal één in zijn, die in deze staat al vroeg, en men kan wel zeggen tot een gesublimeerd ceremonieel, was vervolmaakt, wat nog grote gevolgen had kunnen hebben als die ontwikkeling niet voortijdig door een catastrofe was afgebroken.

Want niet alleen de aversie tegen medeburgers was daar tot een gemeenschapsgevoel opgevoerd, maar ook het wantrouwen jegens de eigen persoon en zijn lotsbestemming nam het karakter aan van een intense zelfverzekerdheid. Men handelde in dit land – en soms tot aan de uiterste grenzen gaand in zijn hartstocht, en met alle gevolgen vandien – altijd anders dan men dacht, of dacht anders dan men handelde. Slecht geïnformeerde waarnemers hebben dit wel aangezien voor beminnelijkheid of zelfs zwakte van wat naar zij meenden het Oostenrijkse karakter was. Maar dat was onjuist; en het is trouwens altijd onjuist om verschijnselen in een bepaald land zomaar uit het karakter van zijn inwoners te verklaren. Want een inwoner van een land heeft minstens negen karakters, een beroeps-, een nationaal, een staats-, een klasse-, een geografisch, een geslachts-, een bewust, een onbewust en misschien ook nog wel een privékarakter; hij verenigt deze in zich, maar ze lossen hem op en eigenlijk is hij niets anders dan een kleine, door die vele straaltjes uitgespoelde poel, waar ze in binnensijpelen en waar ze weer uit stromen, om samen met andere beekjes weer een andere poel te vullen. Daarom heeft elke wereldbewoner ook nog een tiende karakter, en dat is niets anders dan de passieve fantasie van ongevulde ruimten; het staat de mens alles toe, behalve dat ene: serieus te nemen wat zijn op z'n minst negen andere karakters doen en wat er met ze gebeurt; dus met andere woorden, juist niet dat wat haar eigenlijk zou moeten vullen. Deze, zal men moeten toegeven, moeilijk te omschrijven ruimte is in Italië anders van kleur en vorm dan in Engeland, omdat alles wat ertegen afsteekt een andere kleur en vorm heeft, en toch is het zowel hier als daar dezelfde, gewoon een lege, onzichtbare ruimte, waarin de werkelijkheid erbij staat als een door de fantasie in de steek gelaten stadje van bouwdoossteentjes.

Voor zover dat nu voor ieders ogen zichtbaar kan worden was het in Kakanië ook gebeurd, en daarin was Kakanië, zonder dat de wereld het al wist, de meest geavanceerde staat; het was de staat die zichzelf op de een of andere manier alleen nog meemaakte, men was er negatief vrij, maar zich voortdurend bewust van de ontoereikende redenen voor het eigen bestaan, en men werd door de grote fantasie van het niet-gebeurde of toch niet onherroepelijk gebeurde omspoeld als door de lauwe adem der wereldzeeën waaruit de mensheid is voortgekomen.

'Es ist passiert' zei men daar wanneer andere mensen ergens anders dachten dat er wonder wat gebeurd was; het was een eigenaardig, nergens anders in het Duits of in enige andere taal voorkomende uitdrukking, in welks adem feiten en slagen van het noodlot zo licht werden als donsveertjes en gedachten. Ja, ondanks veel wat ertegen pleit was Kakanië misschien toch een land voor genieën; en waarschijnlijk is het daaraan ook te gronde gegaan.

– 9 –

Eerste van drie pogingen om een belangrijk man te worden

Deze man, die was teruggekeerd, kon zich geen enkele periode in zijn leven herinneren waarin hij niet bezield was geweest door de wil een belangrijk mens te worden; met deze wens scheen Ulrich geboren te zijn. Het is waar dat een dergelijk verlangen ook kan wijzen op ijdelheid en domheid; desondanks is het niet minder waar dat het een heel mooie en terechte begeerte is, zonder welke er waarschijnlijk niet veel belangrijke mensen zouden zijn.

Het rampzalige was alleen dat hij niet wist hoe je er een wordt noch wat een belangrijk mens is. In zijn schooltijd dacht hij dat Napoleon er een was; ten dele was dat wegens de natuurlijke bewondering van de jeugd voor het misdadige, ten dele omdat de leerkrachten uitdrukkelijk deze tiran, die Europa op zijn kop had proberen te zetten, als de grootste boosdoener uit de geschiedenis aanwezen. Het gevolg was dat Ulrich zodra hij aan de school was ontkomen vaandrig werd bij een cavalerieregiment. Waarschijnlijk had hij toentertijd, gevraagd naar de redenen van deze beroepskeuze, al niet meer geantwoord: om tiran te worden; maar zulke wensen zijn jezuïeten. Napoleons genie was zich pas begonnen te ontwikkelen nadat hij generaal was geworden, en hoe had Ulrich, als vaandrig, zijn kolonel van de noodzaak van die voorwaarde moeten overtuigen?! Al bij het exerceren van het eskadron bleek niet zelden dat de kolonel een andere mening had dan hij. Niettemin zou Ulrich het exercitieplein, op welks vredig grondgebied verwatenheid niet te onderscheiden is van roeping, niet hebben vervloekt, als hij niet zo ambitieus was geweest. Aan pacifistische zegswijzen als 'volksopvoeding in de wapenen' hechtte hij in die tijd niet de minste waarde, maar liet zich door een hartstochtelijke herinnering aan heroïsche toestanden van heersersmoraal van geweld en trots vervullen. Hij deed mee aan de paardenrennen, duelleerde en onderscheidde slechts drie soorten mensen: officieren, vrouwen en burgers; de laatste een lichamelijk onontwikkelde, intellectueel verachtelijke klasse, wier vrouwen en dochters door de officieren werden afgepakt. Hij gaf zich over aan een groots pessimisme: daar het soldatenberoep een scherp en gloeiend instrument is, had hij het idee dat men de wereld, voor haar eigen bestwil, met dit instrument ook moest branden en snijden.

Hij had weliswaar het geluk dat hem daarbij niets overkwam, maar op een dag deed hij toch een ervaring op. Hij had op een feestje een kleine onenigheid met een bekend financier, die hij op zijn eigen grootse manier wilde beslechten, maar toen bleek dat ook onder burgers mannen voorkomen die hun vrouwelijke familieleden weten te beschermen. De financier had een gesprek met de minister van Oorlog, die hij persoonlijk kende, en het gevolg was dat Ulrich een heel lang onderhoud had met zijn kolonel, waarin hem het verschil tussen een aartshertog en een eenvoudig officier duidelijk werd gemaakt. Van toen af had hij geen plezier meer in het beroep van krijgsman. Hij had verwacht zich op een toneel van wereldschokkende avonturen te bevinden waarop hij de held zou zijn, en opeens zag hij op een leeg, wit plein een dronken jongeman herrie schoppen, die slechts van de stenen antwoord kreeg. Toen hij dat begreep nam hij afscheid van deze ondankbare loopbaan, waarin hij het net tot tweede luitenant had gebracht, en verliet de dienst.

– 10 –

De tweede poging. Aanzetten tot een moraal van de man zonder eigenschappen

Ulrich verwisselde alleen maar van paard toen hij van de cavalerie overstapte op de techniek; het nieuwe paard had stalen ledematen en liep tien keer zo snel.

In de wereld van Goethe was het geklapper van de weefstoelen nog iets storends geweest, in Ulrichs tijd echter begon men het lied van de machinehallen, klinkhamers en fabriekssirenes al te ontdekken. Men moet natuurlijk ook weer niet denken dat het de mensen meteen was opgevallen dat een wolkenkrabber hoger is dan een man te paard; integendeel, zelfs nu gaan ze, als ze willen laten zien dat ze iets voorstellen, niet op een wolkenkrabber zitten maar hoog te paard, zijn ze gezwind als de wind en scherpziend, niet als een reuzentelescoop maar als een adelaar. Hun gevoel heeft nog niet geleerd zich van hun verstand te bedienen en tussen die twee ligt een verschil in ontwikkeling dat bijna even groot is als dat tussen de blindedarm en de hersenschors. Het is dus helemaal niet zo'n beetje geluk hebben als je op het idee komt, zoals Ulrich al overkwam toen hij zijn vlegeljaren nog maar net achter de rug had, dat de mens in alles wat hij als het hogere beschouwt zich heel wat ouderwetser gedraagt dan zijn machines zijn.

Van het eerste moment af dat hij de collegezalen van de mechanica betrad, was Ulrich koortsachtig bevangen. Wat moet je nog met de Apollo van Belvédère als de nieuwe vormen van een turbodynamo of het spel van de zuigerstangen van een stoommachine je voor ogen staan! Wie laat zich nog boeien door het duizendjarige gesprek over wat goed en kwaad is nu gebleken is dat dit helemaal geen 'constanten' zijn maar 'functiewaarden', zodat hoe goed de produkten zijn afhangt van de historische omstandigheden en hoe goed de mensen zijn van de psychotechnische handigheid waarmee je hun eigenschappen exploiteert! De wereld is gewoon komisch als je haar vanuit een technisch standpunt bekijkt: onpraktisch in alles wat de betrekkingen van de mensen onderling aangaat en hoogst oneconomisch en inexact in haar methoden; en wie gewend is zijn zaken met de rekenliniaal op te lossen, kan eenvoudig ruim de helft van de menselijke beweringen niet serieus nemen. De rekenliniaal, dat zijn twee ongelooflijk scherpzinnig met elkaar vervlochten systemen van getallen en streepjes; de rekenliniaal, dat zijn twee witgelakte, in elkaar glijdende staafjes met een vlak, trapeziumvormig profiel, met behulp waarvan je de ingewikkeldste opgaven in een mum van tijd kunt oplossen zonder één gedachte nutteloos te verliezen; de rekenliniaal, dat is een klein symbool dat je in je borstzak draagt en als een harde witte streep op je hart voelt zitten: als je een rekenliniaal bezit en er komt iemand met boude beweringen of grote gevoelens, dan zeg je: Een momentje alstublieft, we zullen eerst de foutenmarges en de waarschijnlijkheidsgraad van dat alles eens berekenen!

Dat was ongetwijfeld een sterke voorstelling van het ingenieurswezen. Ze vormde de lijst van een aantrekkelijk toekomstig zelfportret, dat een man toonde met vastberaden trekken, die een korte pijp tussen zijn tanden houdt, een sportpet op heeft en met prachtige rijlaarzen aan onderweg is tussen Kaapstad en Canada, om geweldige projecten te verwezenlijken voor zijn firma. Tussendoor blijft er dan altijd nog wel tijd over om zo af en toe uit je technisch denken een advies op te stellen voor de organisatie en het bestuur van de wereld of om uitspraken te formuleren als die van Emerson, die in elke werkplaats zou moeten hangen: 'De mensen verkeren op aarde als profetieën van de toekomst en al hun daden zijn pogingen en probeersels, want elke daad kan door de volgende worden overtroffen!' – Strikt genomen was deze zin van Ulrich zelf en uit verscheidene zinnen van Emerson samengesteld.

Het is moeilijk te zeggen waarom ingenieurs niet helemaal zo zijn als volgens het bovenstaande zou moeten. Een voorbeeld: waarom dragen zij zo vaak een horlogeketting die met een eenzijdige scherpe boog van hun vestzak naar een hoger gelegen knoop leidt, of laten zij hem over de buik een heffing en twee dalingen beschrijven, alsof hij zich in een vers bevond? Waarom houden zij ervan om dasspelden met hertetanden of met hoefijzertjes in hun stropdas te steken? Waarom zijn hun kostuums net zo geconstrueerd als de automobiel in zijn beginstadia? En tenslotte, waarom praten zij zelden over iets anders dan over hun beroep; en als zij dat toch doen, waarom hebben zij dan een speciale, stijve, ongeïnteresseerde, uiterlijke manier van praten, die naar binnen toe niet dieper gaat dan tot hun huig? Dat geldt natuurlijk lang niet voor allemaal maar wel voor velen, en degenen die Ulrich leerde kennen toen hij de eerste keer bij een fabriekskantoor in dienst trad, waren zo, en degenen die hij bij de tweede keer leerde kennen waren ook zo. Het bleken mannen te zijn die innig verknocht waren aan hun tekentafels, van hun vak hielden en er een bewonderenswaardige bekwaamheid in bezaten; maar op het voorstel om de vermetelheid van hun ideeën eens in plaats van op hun machines op zichzelf toe te passen, zouden zij net zo hebben gereageerd alsof men hen het onbetamelijke verzoek had gedaan om een hamer te gebruiken op de tegennatuurlijke manier van een moordenaar.

Zo eindigde al gauw de tweede en rijpere poging die Ulrich ondernam om langs de weg van de techniek een buitengewoon man te worden.

– II –

De belangrijkste poging

Ulrich kon over die tijd tot zover nu zijn hoofd schudden alsof men hem over zijn zielsverhuizing zou vertellen, over de derde van zijn pogingen kon hij dat niet. Het is te begrijpen dat een ingenieur opgaat in zijn specialisme in plaats van in de vrijheid en ruimte van de ideeënwereld uit te komen, al worden zijn machines tot aan de uithoeken van de aarde geleverd; want hij hoeft evenmin in staat te zijn het gedurfde en nieuwe van de ziel van zijn techniek over te dragen op zijn persoonlijke ziel als een machine in staat is om de aan haar ten grondslag liggende infinitesimaalvergelijkingen op zichzelf toe te passen. Van de wiskunde kan dat niet gezegd worden; die is de nieuwe denkmethode zelf, de geest zelf, daarin liggen de bronnen van de tijd en de oorsprong van een kolossale transformatie.

Als het de verwezenlijking is van oerdromen om te kunnen vliegen en met de vissen te kunnen trekken, zich onder de lijven van bergreuzen door te boren, met goddelijke snelheden berichten te verzenden, het onzichtbare en verre te zien en te horen spreken, doden te horen spreken, zich in een wonderdoende genezingsslaap te laten wegzinken, met levende ogen te kunnen aanschouwen hoe je er twintig jaar na je dood zult uitzien, in twinkelende nachten duizenden dingen boven en onder deze wereld te weten die vroeger niemand wist, als licht, warmte, kracht, genot en gerieflijkheid oerdromen van de mensheid zijn – dan is het onderzoek van tegenwoordig niet alleen wetenschap maar tovenarij, een ceremonie van de hoogste krachten van hart en hersenen, waarvoor God de ene plooi van zijn mantel na de andere openslaat, een religie waarvan de dogmatiek wordt doordrongen en gedragen door de harde, moedige, beweeglijke, meskoele en vlijmscherpe denkmethode van de wiskunde.

Zeker, het valt niet te ontkennen dat al deze oerdromen volgens niet-wiskundigen opeens op een heel andere manier werkelijkheid zijn geworden dan men zich dat oorspronkelijk had voorgesteld. De posthoorn van de baron van Münchhausen was mooier dan de machinaal ingeblikte stem, de zevenmijlslaarzen mooier dan een automobiel, Laurins rijk mooier dan een spoorwegtunnel, de alruinwortel mooier dan een beeldtelegram, van je moeders hart eten en de taal der vogels verstaan mooier dan een dierpsychologische studie over de uitdrukkingsbewegingen van de vogelstem. Men heeft werkelijkheid gewonnen en droom verloren. Men ligt niet meer onder een boom om tussen zijn grote en zijn tweede teen door de hemel in te kijken, maar men produceert; je mag ook geen honger hebben en je tijd verdromen als je geschikt wilt zijn, maar je moet steaks eten en actief zijn. Het is precies zo alsof het oude onbekwame mensdom in slaap zou zijn gevallen op een mierenhoop, en toen het nieuwe ontwaakte waren de mieren in zijn bloed gekropen, en sindsdien moet het de heftigste bewegingen maken zonder dat het dat luizige gevoel van dierlijke arbeidzaamheid van zich af kan schudden. Er hoeft werkelijk niet veel over te worden gezegd, de meeste mensen van tegenwoordig is het zonder meer duidelijk dat de wiskunde als een demon in alle aspecten van ons leven is gevaren. Misschien geloven niet al die mensen in het verhaal van de duivel aan wie je je ziel kunt verkopen; maar allen die een beetje verstand behoren te hebben van de ziel, omdat zij daar als geestelijke, historicus of kunstenaar ruime inkomsten uit betrekken, geven toe dat zij door de wiskunde zijn geruïneerd en dat de wiskunde de bron vormt van een kwaadaardig intellect, dat de mens weliswaar tot heer en meester der aarde maakt maar ook tot slaaf van de machine. De innerlijke dorheid, de monsterlijke vermenging van nauwkeurigheid wat de details betreft en onverschilligheid tegenover het geheel, de verschrikkelijke verlatenheid van de mens in een woestijn van details, zijn onrust, woede, zijn weergaloze onverschilligheid van hart, zijn zucht naar geld, de kilheid en gewelddadigheid die zo kenmerkend zijn voor onze tijd, moeten volgens deze mededelingen uitsluitend het gevolg zijn van de verliezen die een logische en scherpe denkwijze de ziel toebrengt! En zo waren er ook toen al, toen Ulrich wiskundige werd, mensen die de ineenstorting van de Europese cultuur voorspelden omdat er geen geloof, geen liefde, geen eenvoud, geen goedheid meer zetelde in de mens, en het is tekenend dat al deze mensen in hun jeugd en in hun schooljaren slecht waren in wiskunde. Daarmee stond voor hen later vast dat de wiskunde, de moeder van de exacte wetenschappen, de grootmoeder van de techniek, daarmee ook de aartsmoeder is van die geest waaruit tenslotte gifgassen en gevechtsvliegtuigen zijn opgestegen.

In onwetendheid van deze gevaren leefden eigenlijk alleen de wiskundigen zelf, en hun leerlingen, de natuuronderzoekers, die van dat alles evenmin iets in hun ziel bespeurden als wielrenners die er ijverig op los trappen en die niets anders in de wereld opmerken dan het achterwiel van de man voor hen. Van Ulrich daarentegen kon men met stelligheid één ding zeggen, namelijk dat hij van de wiskunde hield wegens de mensen die haar niet konden uitstaan. Hij was niet zozeer wetenschappelijk als wel menselijk verliefd op de wetenschap. Hij zag dat ze in alle vraagstukken waar ze zich bevoegd in acht anders denkt dan gewone mensen. Als je in plaats van wetenschappelijke beschouwingen levensbeschouwing zou nemen, in plaats van hypothese poging en in plaats van waarheid daad, zou er geen enkel levenswerk van een belangrijk natuuronderzoeker of wiskundige bestaan dat wat moed en revolutionaire kracht betreft de grootste daden in de geschiedenis niet verre zou overtreffen. De man moet nog geboren worden die tot zijn aanhangers zou kunnen zeggen: steel, moord, bedrijf ontucht – onze leer is zo sterk dat ze van de gier uwer zonden bruisend, helder bergwater maakt; in de wetenschap daarentegen komt

het om de paar jaar voor dat iets dat tot dan toe als een mis-
vatting gold opeens alle opvattingen in hun tegendeel doet
verkeren of dat een onbetekenend en geminacht idee de
heerseres wordt van een nieuw ideeënrijk, en zulke voorvallen zijn daar niet alleen omwentelingen maar leiden als een
jakobsladder omhoog. In de wetenschap gaat het net zo kras
en onbekommerd en prachtig toe als in een sprookje. En Ulrich voelde: de mensen weten het alleen niet; zij hebben er
geen idee van hoe er al kan worden gedacht; als je ze opnieuw zou kunnen leren denken, zouden zij ook anders leven.

Nu zal men zich wel afvragen of het op de wereld dan zo
verkeerd toegaat dat ze telkens weer zou moeten worden
omgewenteld? Maar daar heeft de wereld zelf al lang twee
antwoorden op gegeven. Want sinds ze bestaat zijn de meeste mensen in hun jeugd voor omwentelen geweest. Zij vonden het bespottelijk dat de ouderen aan het bestaande hingen
en met hun hart dachten, een stuk vlees, in plaats van met
hun hersenen. Die jongeren hebben altijd opgemerkt dat de
morele domheid van de ouderen even goed een onvermogen
is om nieuwe verbanden te leggen als de gewone intellectuele domheid, en de moraal die voor hen natuurlijk was, is er
een van de prestatie, van de heldhaftigheid en van de verandering geweest. Toch hebben zij, zodra ze op de leeftijd
kwamen dat ze deze konden verwezenlijken, daar niets meer
van geweten, laat staan willen weten. Daarom zullen ook
velen voor wie de wiskunde of de natuurwetenschap een
beroep is het als misbruik beschouwen om om zulke redenen als Ulrich te kiezen voor een wetenschap.

Hoe dan ook, sinds hij jaren geleden dit derde beroep had
gekozen, had hij het er naar het oordeel van deskundigen
lang niet slecht afgebracht.

De dame wier liefde Ulrich na een gesprek over sport
en mystiek heeft gewonnen

Het bleek dat ook Bonadea naar grote ideeën streefde.

Bonadea was de dame die Ulrich op zijn onfortuinlijke boksnacht had gered en die hem de volgende morgen zwaar gesluierd had bezocht. Hij had haar Bonadea gedoopt, de goede godin, omdat zij zo zijn leven was binnengetreden, en ook naar een godin van de kuisheid, die in het oude Rome een tempel heeft bezeten die door een vreemde omkering het middelpunt van alle uitspattingen is geworden. Zij wist dat niet. De welluidende naam die Ulrich haar had geschonken beviel haar en tijdens haar bezoeken droeg zij hem als een prachtig geborduurd negligé. 'Ben ik heus jouw goede godin?' vroeg zij, 'jouw Bona Dea?' — en de juiste uitspraak van die twee woorden vereiste dat zij daarbij haar armen om zijn hals sloeg en hem, met het hoofd iets achterovergebogen, gevoelig aankeek.

Zij was de echtgenote van een gezien man en de liefhebbende moeder van twee mooie zoontjes. Haar lievelingsbegrip was 'in- en inkeurig'; zij paste het toe op mensen, dienstbodes, zaken en gevoelens als zij iets goeds over ze wilde zeggen. Zij was in staat 'het ware, goede en schone' even vaak en natuurlijk uit te spreken als een ander donderdag zegt. Wat haar ideeënbehoefte het diepst bevredigde was het beeld van een stil, ideaal leven, in een kring gevormd door man en kinderen, terwijl diep daaronder het donkere rijk 'Leid mij niet in verzoeking' zweeft en met zijn huiveringen het stralende geluk tempert tot zacht lamplicht. Zij had maar één fout, namelijk dat zij alleen al door de aanblik van mannen in een heel ongebruikelijke mate opgewonden kon raken. Zij was volstrekt niet wulps; zij was zinnelijk zoals andere mensen andere kwalen hebben, klamme handen bijvoorbeeld, of gemakkelijk van kleur verschieten, het was haar schijnbaar aangeboren en zij was eraan overgeleverd. Toen zij Ulrich onder zulke romanachtige, de fantasie zo buitengewoon prikkelende omstandigheden had leren kennen, was zij vanaf het eerste ogenblik gedoemd geweest ten prooi te zijn aan een hartstocht die als medeleven begon, na een korte maar felle strijd overging in verboden heimelijkheden en toen als een wisselend spel van zonde en wroeging werd vervolgd.

Maar Ulrich was in haar leven al het god mag weten hoeveelste geval. Mannen plegen zulke minzieke vrouwen, als zij eenmaal in de gaten hebben hoe de vork in de steel zit, meestal niet veel beter te behandelen dan als idioten, die men met de domste middelen kan overhalen telkens weer over hetzelfde te struikelen. Want de meer tedere gevoelens van mannelijke overgave zijn zoiets als het knorren van een jaguar boven een homp vlees en als hij daarbij wordt gestoord neemt hij dat heel zwaar op. Het gevolg was dat Bonadea vaak een dubbel leven leidde, net als een of andere achtenswaardige burger die overdag respectabel is maar in de duistere tunnels van zijn bewustzijn een treinrover, en deze stille statige vrouw werd zodra niemand haar in de armen hield terneergedrukt door zelfverachting, die werd opgeroepen door de leugens en vernederingen waaraan zij zich blootstelde om in de armen te worden gehouden. Als haar zinnen werden geprikkeld was zij melancholiek en lief, zij kreeg in haar mengeling van geestdrift en tranen, van onbeschaamde natuurlijkheid en de daar onvermijdelijk op volgende wroeging, in het op hol slaan van haar manie vóór de al dreigend wachtende depressie, zelfs een soort aantrekkingskracht die even opwindend was als het onafgebroken geroffel van een donker omfloerste trom. Maar in de aanvalsvrije perioden daartussen, in haar momenten van wroeging tussen twee zwakheden, waarin zij haar hulpeloosheid voelde, zat zij boordevol pretenties van eerbaarheid, wat de omgang met haar er niet gemakkelijker op maakte. Dan moest je opeens oprecht zijn en goed, meevoelen met alle ellende, het keizerlijk huis zijn toegedaan, alles wat je respecteerde respecteren en je op moreel gebied even tactvol gedragen als aan een ziekbed.

Gebeurde dat niet, dan veranderde ook dat niets aan de

loop der dingen. Bij wijze van verontschuldiging had zij daarvoor het sprookje bedacht dat haar man haar, in de onschuldige eerste jaren van het huwelijk, in die betreurenswaardige positie had gebracht. Deze echtgenoot, die aanmerkelijk ouder en forser was dan zij, werd opgevoerd als een niets ontziend monster, en al meteen in de eerste uren van haar nieuwe liefde had zij daar ook tegenover Ulrich op een droevige en insinuerende manier over gesproken. Pas een tijdje later kwam hij erachter dat deze man een bekend en geacht jurist was, die heel bekwaam zijn beroep uitoefende, bovendien een onschuldig dodende jachtliefhebber was en een graag geziene gast aan verscheidene stamtafels van jagers en juristen, waar men mannenkwesties besprak in plaats van kunst en liefde. De enige misstap van deze wat saaie, goedmoedige en opgewekte man was geweest dat hij met zijn vrouw was getrouwd en zodoende vaker dan andere mannen een verhouding met haar had die men in het strafrechtelijk taalgebruik een gelegenheidsverhouding noemt. Het psychische effect van het jarenlang ter wille zijn van iemand wiens vrouw zij veeleer uit verstandelijke overwegingen was geworden dan uit hartsverlangen, had in Bonadea het drogbeeld doen postvatten dat zij lichamelijk hypersensibel was en zij had dit bedenksel welhaast buiten haar bewustzijn om gemaakt. Een voor haar zelf onbegrijpelijke innerlijke dwang ketende haar aan die door de omstandigheden begunstigde man; zij verachtte hem om haar eigen wilszwakte en voelde zich zwak om hem des te beter te kunnen verachten; zij bedroog hem om hem te kunnen ontvluchten, maar praatte daarbij op de meest ongepaste momenten over hem of over de kinderen die zij van hem had, en zij kon zich nooit helemaal van hem losmaken. Zoals zo vele ongelukkige vrouwen vond zij in een verder erg onstabiele levensruimte uiteindelijk haar evenwicht in haar afkeer van haar rotsvaste echtgenoot en zij bracht haar conflict met hem over op elke nieuwe ervaring die haar van hem moest verlossen.

Er bleef, om haar geklaag het zwijgen op te leggen, nauwelijks iets anders over dan haar ijlings uit haar toestand van depressie in die van de manie te verplaatsen. Dan ontzegde zij degene die dat deed en die misbruik maakte van haar zwakheid elk nobel gevoel, maar haar lijden legde een sluier van vochtige tederheid over haar ogen als zij, zoals zij dat met wetenschappelijke distantie placht uit te drukken, tot die man 'inclineerde'.

– 13 –

Een geniaal renpaard doet het inzicht rijpen
een man zonder eigenschappen te zijn

Het is niet zonder wezenlijk belang dat Ulrich van zichzelf kon zeggen dat hij op zijn wetenschappelijke terrein niet weinig had gepresteerd. Zijn werk had hem ook erkenning gebracht. Bewondering zou wat te veel gevraagd zijn, want zelfs in het rijk der waarheid koestert men alleen bewondering voor oudere geleerden, van wie het afhangt of je het al dan niet tot een privaatdocentschap of een professoraat brengt. Strikt genomen was hij wat je noemt een belofte gebleven, en als beloftes betitelt men in de republiek der geesten de republikeinen, dat zijn de mensen die zich verbeelden dat je al je krachten kunt wijden aan de zaak zelf, in plaats van een groot deel ervan te besteden om in de maatschappij vooruit te komen; zij vergeten dat de prestatie van de eenling klein is, vooruit te komen daarentegen ieders wens, en verzuimen hun sociale plicht om op te klimmen, waarbij je onder aan de ladder moet beginnen opdat je in je succesvolle jaren kunt fungeren als steunpilaar en klimpaal langs wiens gunsten anderen zich omhoog kunnen werken.

En op een dag hield Ulrich ook op een belofte te willen zijn. Toen al was de tijd aangebroken waarin men begon te spreken over de genieën van de grasmat of de boksring, maar op ten minste tien geniale ontdekkers, tenoren of schrijvers ontglipte de dagbladen nog niet meer dan hoogstens één geniale centre-half of groot tacticus van de tennissport. De nieuwe geest voelde zich nog niet helemaal zeker van zichzelf. Maar uitgerekend toen las Ulrich ergens, als een te vroeg verwaaide zomerse rijpheid, plotseling de uitdrukking 'het geniale renpaard'. Deze stond in een reportage over een opzienbarend succes op de renbaan, en de schrijver was zich wellicht totaal niet bewust geweest van de volle omvang van zijn vondst die hem door de geest der gemeenschap in de pen was geschoven. Maar Ulrich begreep meteen het onontkoombare verband tussen zijn hele loopbaan en dit genie onder de renpaarden. Want het paard was van oudsher het heilige dier van de cavalerie, en in zijn jonge jaren in de kazerne had Ulrich vrijwel nooit over iets anders horen spreken dan over paarden en vrouwen en dat was hij ontvlucht om een belangrijk man te worden, en toen hij nu na vaak wisselende inspanningen de top van zijn streven misschien iets dichterbij voelde komen, werd hij van daaraf begroet door het paard dat hem voor was geweest.

Dat vindt ongetwijfeld zijn rechtvaardiging in de tijd, want het is helemaal nog niet zo lang geleden dat men zich bij een bewonderenswaardige mannelijke geest een wezen voorstelde wiens moed zedelijke moed was, wiens kracht er een was van een overtuiging, wiens standvastigheid er een was van het hart en de deugd, en waarin snelheid werd beschouwd als iets jongensachtigs, trucs als iets ongeoorloofds, beweeglijkheid en enthousiasme als iets dat in strijd was met de waardigheid. Tenslotte bestond dat wezen weliswaar niet meer in levenden lijve, alleen bij het lerarencorps van gymnasia en in allerlei schriftelijke uitingen kwam het nog voor, het was een ideologisch spook geworden, en het leven moest omzien naar een nieuwe voorstelling van mannelijkheid. Toen het daarnaar aan het omzien was, kwam het echter tot de ontdekking dat de listen en lagen waar een vindingrijke geest zich bij een logische berekening van bedient, echt niet zo erg verschillen van de vechttechnieken van een duchtig getraind lichaam, en er bestaat een algemene psychische strijdvaardigheid die door moeilijkheden en onwaarschijnlijkheden koel en verstandelijk wordt gemaakt, of deze nu gewend is te moeten raden naar de voor een aanval toegankelijke kant van een probleem of van een lichamelijke vijand. Als je een grote geest en een landskampioen boksen psychotechnisch zou analyseren, zouden inderdaad hun sluwheid, hun moed, hun precisie en combinatievermogen, evenals hun reactiesnelheid op een gebied dat voor hen van belang is waarschijnlijk hetzelfde zijn, sterker nog, zij zouden in die deugden en vaardigheden waar zij zo in uitblinken vermoedelijk ook niet verschillen van een beroemd springpaard, want men moet niet onderschatten hoeveel belangrijke eigenschappen eraan te pas komen als je over een haag springt. Nu hebben een paard en een bokskampioen bovendien nog op een grote geest voor dat hun prestatie en betekenis zich onomstotelijk laten meten en dat de beste van hen ook werkelijk als de beste wordt erkend, en op die manier zijn de sport en de zakelijkheid welverdiend aan de beurt om de verouderde begrippen van genie en menselijke grootheid te verdringen.

Wat Ulrich betreft moet men zelfs zeggen dat hij dienaangaande zijn tijd een aantal jaren vooruit is geweest. Want op precies dezelfde manier als waarop je een record verbetert, met een overwinning, een centimeter of een kilogram, had hij wetenschap bedreven. Zijn geest moest zich als zijnde scherp en sterk bewijzen en had het werk der sterken ook verzet. Dit plezier in de kracht van de geest was een verwachting, een krijgshaftig spel, een soort vage gebiedende aanspraak op de toekomst. Hij verkeerde in onzekerheid over wat hij uiteindelijk met deze kracht zou bereiken; je kon er van alles mee doen en niets, een verlosser van de wereld worden of een misdadiger. En dit gaat immers ook min of meer algemeen op voor de gesteldheid van de ziel, welker voorradigheid de wereld van machines en ontdekkingen van telkens nieuw materiaal voorziet. Ulrich had de wetenschap als een voorbereiding, een hardingsproces en een soort training beschouwd. Als bleek dat dit denken te droog, streng, bekrompen en visieloos was, had je dat maar op de koop toe te nemen, zoals ontbering en inspanning die bij grote prestaties van lichaam en wil op iemands gezicht af te lezen zijn. Hij had jarenlang van geestelijke ontbering gehouden. Hij haatte diegenen die niet in staat waren naar het woord van

Nietzsche 'om wille van de waarheid met hun ziel te hongeren', degenen die rechtsomkeert maken, het opgeven, de slappelingen die hun ziel troosten met gebazel over de ziel en deze, omdat het verstand haar naar men zegt stenen voor brood geeft, voeden met religieuze, filosofische en gefingeerde gevoelens, die als in melk geweekte broodjes zijn. Naar zijn mening bevond men zich in deze eeuw met alles wat des mensen is op expeditie, de trots vereiste dat men tegenover alle nutteloze vragen een 'nog niet' stelde en een leven leidde met interim-principes maar in het bewustzijn van een doel, dat zij die na ons komen zullen bereiken. De waarheid is dat de wetenschap een begrip heeft ontwikkeld van een harde, nuchtere intellectuele kracht, die de oude metafysische en morele voorstellingen van het mensdom eenvoudig onverdraaglijk maakt, hoewel ze daarvoor alleen de hoop in de plaats kan stellen dat er ooit een dag zal komen waarop een ras van intellectuele veroveraars zal afdalen in de valleien der spirituele vruchtbaarheid.

Maar dat gaat alleen goed zolang men niet gedwongen is de blik vanuit een visionaire verte te richten op de huidige nabijheid en dan de zin moet lezen dat intussen een renpaard geniaal is geworden. De volgende morgen stapte Ulrich met zijn verkeerde been uit bed en met zijn goede viste hij besluiteloos naar zijn pantoffel. Dat was in een andere stad en een andere straat geweest dan die waarin hij nu woonde, maar pas een paar weken geleden. Op het bruinglimmend asfalt onder zijn ramen schoten de auto's al voorbij; de zuiverheid van de morgenlucht begon zich te vullen met de zurigheid van de dag, en het kwam hem onuitsprekelijk onzinnig voor om nu, in het melkkleurige licht dat door de gordijnen viel, net als anders te beginnen zijn naakte lichaam te strekken en te buigen, het met de buikspieren van de grond te heffen en weer te laten zakken en tenslotte zijn vuisten tegen een boksbal te laten roffelen, zoals zo velen doen op datzelfde uur voor zij naar kantoor gaan. Een uur per dag, dat is een twaalfde van je bewuste leven, en dat is genoeg om een geoefend lichaam in de conditie van een panter te houden die op elk avontuur is voorbereid; het wordt echter geofferd aan een zinloze verwachting, want de avonturen die zo'n voorbereiding waard zouden zijn komen nooit. Precies hetzelfde geldt voor de liefde, waar de mens op de verbazingwekkendste wijze op wordt voorbereid, en tenslotte ontdekte Ulrich nog dat hij ook in de wetenschap leek op iemand die de ene bergketen na de andere is overgeklommen zonder een doel te zien. Hij bezat brokstukken van een nieuwe manier van zowel denken als voelen, maar de aanvankelijk zo sterke aanblik van het nieuwe was teloor gegaan in steeds talrijker wordende details, en als hij al gemeend had van de bron des levens te drinken, dan had hij nu vrijwel al zijn verwachtingen opgedronken. Toen hield hij ermee op, midden in een groot en veelbelovend project. Voor een deel zag hij zijn vakgenoten als onvermurwbare vervolgingszuchtige officieren van justitie en veiligheidsbeambten van de logica, voor een deel als opiumverslaafden en eters van een raar bleek verdovend middel dat hun wereld bevolkte met visioenen van getallen en abstracte relaties. 'Hemelse goedheid!' dacht hij, 'het is toch nooit mijn bedoeling geweest mijn leven lang wiskundige te zijn?'

Maar welke bedoeling had hij eigenlijk gehad? Op dat moment had hij zich alleen nog maar tot de filosofie kunnen wenden. Maar de filosofie, in de staat waarin deze zich toen bevond, deed hem denken aan de geschiedenis van Dido, waarin een ossehuid in repen wordt gesneden terwijl het nog helemaal niet zeker was dat daar ook werkelijk een koninkrijk mee kon worden omspannen; en wat zich als nieuw aandiende was van ongeveer dezelfde aard als wat hij al had gedaan, en kon hem niet bekoren. Hij kon alleen zeggen dat hij zich verder verwijderd voelde van wat hij eigenlijk had willen zijn dan in zijn jeugd, als het al niet helemaal onbekend voor hem was gebleven. Hij zag haarscherp in dat hij, met uitzondering van geldverdienen, wat hij niet hoefde, alle in zijn tijd favoriete vaardigheden en eigenschappen in zich had, maar de mogelijkheid daarvan gebruik te maken was hij kwijtgeraakt. En omdat tenslotte, als zelfs voetballers en paarden al genie hebben, het alleen het gebruik kan zijn dat men ervan maakt wat iemand overblijft om zijn eigenheid te redden, besloot hij een jaar vakantie te nemen van zijn leven om een passend gebruik voor zijn vaardigheden te zoeken.

Jeugdvrienden

Ulrich was sinds zijn terugkeer al een aantal malen bij zijn vrienden Walter en Clarisse geweest, want die twee waren ondanks dat het zomer was niet op reis gegaan en hij had hen verscheidene jaren niet gezien. Elke keer als hij kwam speelden ze piano. Ze vonden het vanzelfsprekend om op zo'n moment geen notitie van hem te nemen tot het stuk ten einde was. Ditmaal was het Beethovens jubellied van de vreugde, de miljoenen zonken, zoals Nietzsche het beschrijft, van huiver vervuld in het stof, de vijandelijke grenzen werden geslecht, het evangelie van de universele harmonie verzoende en vereende hen die gescheiden waren; zij waren het lopen en spreken verleerd en op weg dansend op te stijgen naar de sferen. Hun gezichten waren gevlekt, hun lichamen gekromd, hun hoofden hakten schokkend op en neer, uitgespreide klauwen sloegen in de steigerende klankmassa. Iets onmetelijks geschiedde: een onduidelijk omgrensde, met heet gevoel gevulde bel zwol tot barstens toe op en van de opgewonden vingertoppen, het nerveuze fronsen van de voorhoofden, het schokken van hun lichamen straalde telkens nieuw gevoel door in dit kolossale privé-oproer. Hoe dikwijls zou zich dat al hebben herhaald?

Ulrich had deze altijd openstaande vleugel met zijn blikkerende tanden nooit kunnen uitstaan, dit breedgebekte, kortpotige, uit een teckel en een bulldog gekruiste idool dat het leven van zijn vrienden aan zich had onderworpen, tot de schilderijen aan de muur en de latmagere kunstnijver ontworpen seriemeubels toe; zelfs het feit dat er geen dienstmeisje was maar alleen een hulpje dat kookte en de boel aanveegde maakte daar deel van uit. Achter de ramen van dit huishouden rezen de wijnbergen op, met groepen oude bomen en scheve huisjes, tot aan de golvende woudzomen, maar in de directe omgeving was alles chaotisch, kaal, geïsoleerd en uitgebeten, zoals overal rond grote steden waarvan de randen het land in kruipen. Tussen die nabijheid en de lieflijke verte spande het instrument zijn boog; zwartglanzend zond het vuurkolommen van tederheid en heroïek tegen de bergwanden op, al dwarrelden ze ook, tot vlokken van de allerfijnste toonas gewreven, een paar honderd stappen verder weer neer, zonder ook maar de heuvel met de dennebomen te bereiken, waar de tapperij halverwege de weg stond die naar het bos liep. Maar de woning vermocht de vleugel zo te laten dreunen en was een van die megafoons waardoor de ziel het heelal in roept als een bronstig hert, geen antwoord krijgend dan van de wedijverende gelijkluidende roep van duizend andere eenzaam het heelal in loeiende zielen. Ulrichs sterke positie in dit huis berustte erop dat hij muziek beschouwde als een onmacht van de wil en een ontwrichting van de geest, en er geringschattender over sprak dan hij het bedoelde; want voor Walter en Clarisse was muziek in die tijd het toppunt van hoop en vrees. Deels minachtten zij hem daarom, deels vereerden zij hem als een kwade geest.

Toen hun spel ditmaal ophield bleef Walter slap, leeg en verloren op zijn half omgedraaide kruk achter de vleugel zitten, maar Clarisse stond op en begroette de indringer opgewekt. In haar handen en haar gezicht trilde de elektrische lading van het spel nog na, haar glimlach wrong zich tussen een spanning van geestdrift en weerzin door.

'Kikkerkoning!' zei ze en met haar hoofd wees ze achter zich naar de muziek of naar Walter. Ulrich voelde hoe de verende kracht van de band tussen hem en haar weer werd aangespannen. Zij had hem tijdens zijn laatste bezoek over een verschrikkelijke droom verteld: een glibberig schepsel wilde haar in haar slaap overweldigen, het was buikigzacht, teder en afschuwelijk, en deze grote kikker stond voor Walters muziek. Zijn vrienden hadden niet veel geheimen voor Ulrich. Nauwelijks had Clarisse hem ditmaal begroet of zij wendde zich ook al weer van hem af en keerde vlug terug naar Walter, slaakte nogmaals haar oorlogskreet 'Kikkerkoning', die Walter naar het scheen niet begreep, en trok hem met haar nog van de muziek trillende handen pijnlijk en pijnigend wild aan zijn haren. Haar echtgenoot trok een beminnelijk verbouwereerd gezicht en kwam een stapje terug uit de glibberige leegte van de muziek.

Toen gingen Clarisse en Ulrich zonder hem wandelen in de schuine pijlenregen van de avondzon; hij bleef achter bij de vleugel. Clarisse zei: 'Jezelf iets kunnen ontzeggen dat schadelijk voor je is, is een blijk van levenskracht! Wie uitgeput is voelt zich tot het schadelijke aangetrokken! – Denk je ook niet? Nietzsche beweert toch dat het een teken van zwakte is als een kunstenaar zich te veel met de morele kant van zijn kunst bezighoudt?' Ze was op een heuveltje gaan zitten.

Ulrich haalde zijn schouders op. Toen Clarisse drie jaar geleden met zijn jeugdvriend was getrouwd, was zij twee-entwintig geweest en hij had haar zelf als huwelijksgeschenk de werken van Nietzsche gegeven. 'Als ik Walter was, zou ik Nietzsche uitdagen tot een duel,' antwoordde hij met een glimlach.

Clarisses slanke, zich onder haar japon in zachte lijnen welvende rug spande zich als een boog en ook haar gezicht stond krampachtig gespannen; angstvallig hield zij het van haar vriend afgewend.

'Je bent dus nog altijd meisjesachtig en heroïsch tegelijk...' voegde Ulrich eraan toe; het was een vraag of misschien ook niet, een beetje een grapje, maar er zat ook iets in van tedere verwondering; Clarisse begreep niet helemaal wat hij bedoelde, maar die twee woorden, die hij al eens eerder had gebruikt, boorden zich in haar als een vuurpijl in een rieten dak.

Zo af en toe woei een golf lukraak losgewoelde klanken naar hen toe. Ulrich wist dat zij wekenlang weigerde zich aan Walter te geven als hij Wagner speelde. Desondanks speelde hij Wagner; met een slecht geweten; als een jongenszonde.

Clarisse zou Ulrich graag hebben gevraagd wat hij daarvan wist; Walter kon nooit iets voor zich houden, maar zij geneerde zich ernaar te vragen. Nu was ook Ulrich op een heuveltje gaan zitten, dicht bij haar, en uiteindelijk zei ze heel iets anders. 'Jij houdt niet van Walter,' zei ze. 'Als het erop aankomt ben je niet echt zijn vriend.' Het klonk uitdagend, maar ze lachte erbij.

Ulrich gaf een onverwacht antwoord. 'Wij zijn gewoon jeugdvrienden. Jij was nog maar een kind, Clarisse, toen wij ons al onmiskenbaar in het stadium van een aflopende jeugdvriendschap bevonden. Ontelbaar vele jaren geleden bewonderden wij elkaar en nu wantrouwen wij elkaar met een innig kennen. Elk van ons zou zich graag willen bevrijden van de pijnlijke indruk dat hij de ander ooit met zichzelf heeft verwisseld, en zo dienen wij elkaar tot onomkoopbare lachspiegels.'

'Dus je gelooft niet,' zei Clarisse, 'dat hij nog iets zal bereiken?'

'Er bestaat geen tweede voorbeeld van onontkoombaarheid dat zo sterk is als dat wat een begaafde jongeman biedt wanneer hij zichzelf tot een doodgewone oude man inperkt; zonder een slag van het noodlot, alleen door de verschrompeling waartoe hij was voorbestemd!'

Clarisse perste haar lippen op elkaar. De oude, nog uit hun jeugd daterende afspraak tussen hen dat overtuiging vóór consideratie moest gaan, maakte dat haar hart in haar keel klopte, maar het deed pijn. Muziek! Onophoudelijk woelden de klanken naar hen toe. Zij luisterde. Nu, terwijl ze zwegen, kon je het zieden van de vleugel duidelijk horen. Als je niet oppaste leek het als 'flakkerende gloed' uit de heuveltjes op te stijgen.

Het zou moeilijk geweest zijn te zeggen wat Walter werkelijk was. Hij was een sympathieke man, met sprekende, expressieve ogen, nog steeds, dat stond wel vast, hoewel hij de vierendertig al gepasseerd was, en sinds enige tijd werkte hij bij een of andere kunstinstelling. Zijn vader had hem deze comfortabele ambtenarenbaan bezorgd en er het dreigement aan verbonden dat hij hem zijn financiële steun zou onthouden als hij hem niet aannam. Want eigenlijk was

Walter schilder; tegelijk met zijn studie kunstgeschiedenis aan de universiteit had hij in een schilderklas van de rijksacademie gewerkt en later had hij een tijdlang een atelier bewoond. Ook toen hij met Clarisse dit huis onder de blote hemel had betrokken, hij was kort daarvoor met haar getrouwd, was hij schilder geweest; maar nu, scheen het, was hij weer musicus en in zijn tien jaren van liefde was hij nu eens het een, dan weer het ander geweest en bovendien nog dichter, had een literair tijdschrift uitgegeven, was, om te kunnen trouwen, bij een theaterbureau gaan werken, was daar na een paar weken van teruggekomen, was om te kunnen trouwen na een poosje dirigent van een theaterorkest geworden, had na een half jaar ook daar de onmogelijkheid van ingezien, was tekenleraar, muziekcriticus, kluizenaar en van alles en nog wat geweest, tot zijn vader en zijn toekomstige schoonvader het ondanks hun ruime opvattingen niet langer konden aanzien. Dat soort ouderen placht te beweren dat het hem gewoon aan wil ontbrak; maar dan zou je net zo goed hebben kunnen beweren dat hij zijn leven lang alleen maar een veelzijdige dilettant was geweest, en het merkwaardige was toch juist dat er ook altijd experts waren geweest in de muziek, de schilderkunst en het schrijverschap, die een geestdriftig oordeel hadden over Walters toekomst. In Ulrichs leven, als tegenvoorbeeld, ofschoon hij toch het een en ander had gepresteerd waarvan de waarde buiten kijf stond, was het nooit gebeurd dat iemand naar hem toe was gekomen en had gezegd: U bent de man waar ik altijd naar heb gezocht en waar mijn vrienden op zitten te wachten! In Walters leven was dat om de drie maanden het geval geweest. En al waren het dan niet bepaald de meest gezaghebbende beoordelaars geweest, het waren toch allemaal mensen met een zekere invloed, die een veelbelovend voorstel konden doen, over pas opgerichte firma's, posities, vrienden en middelen beschikten die zij de door hen ontdekte Walter ter beschikking stelden, wiens leven daardoor een zo rijke zigzagloop kon nemen. Hij had iets over zich dat meer om het lijf leek te hebben dan een bepaalde capaciteit. Misschien was het een speciaal talent om voor een groot talent door te gaan. En als dat dilettantisme zou zijn, dan berust het geestesleven van de Duitse natie voor een groot deel op dilettantisme, want dat talent is er in alle gradaties, tot aan de werkelijk heel talentvollen toe, want pas bij dezen mocht het blijkbaar gewoonlijk ontbreken.

En zelfs het talent om dat te doorzien had Walter. Hoewel hij natuurlijk zoals ieder ander bereid was te geloven dat hij zijn succes dankte aan een persoonlijke verdienste, had zijn kwaliteit dat hij door elk gelukkig toeval met zo veel gemak omhoog werd getild hem van oudsher verontrust als een beangstigend gebrek aan gewicht, en telkens als hij van bezigheden en menselijke relaties veranderde, gebeurde dat niet alleen uit ongedurigheid, maar ging het ook gepaard met een grote innerlijke strijd en werd hij opgejaagd door een angstig gevoel dat hij, omwille van de zuiverheid van zijn gemoed, verder moest vóór hij daar zou aarden waar het bedrieglijke al doorheen schemerde. Zijn levensweg was een aaneenschakeling van schokkende avonturen, waaruit de heroïsche strijd van een ziel voortkwam die weerstand bood aan alle halfheden, en er daardoor geen idee van had dat ze daarmee de eigen halfheid diende. Want terwijl hij leed en streed om de moraal van zijn intellectuele handelen, zoals dat een genie betaamt, en de volle inleg neertelde voor zijn talent, dat niet toereikend was voor grote dingen, had zijn noodlot hem al stilletjes binnen de cirkel naar het niets teruggevoerd. Hij had eindelijk de plaats bereikt waar niets hem meer in de weg stond; het stille, teruggetrokken, tegen alle onzindelijkheden van de kunstmarkt afgeschermde werk in zijn semi-wetenschappelijke betrekking liet hem ruimschoots de onafhankelijkheid en de tijd om helemaal gehoor te geven aan zijn innerlijke stem, het bezit van de geliefde nam de doornen uit zijn hart, het huis 'aan de rand van de eenzaamheid', dat hij met haar na zijn huwelijk had betrokken, was als geschapen om er te scheppen; maar toen er niets meer overbleef dat overwonnen moest worden, gebeurde het onverwachte: de werken die door de grootte van zijn overtuiging zo lang waren beloofd bleven uit. Walter leek niet meer te kunnen werken; hij verborg en vernietigde;

hij sloot zich elke ochtend of 's middags als hij thuiskwam uren op, maakte urenlange wandelingen met zijn schetsboek dicht, maar het weinige dat ontstond hield hij achter of vernietigde hij. Hij had daar allerlei redenen voor. Alles bijeen genomen begonnen in die periode echter ook zijn opvattingen opvallend te veranderen. Hij had het niet langer over 'tijdkunst' en 'toekomstkunst', denkbeelden die voor Clarisse al sinds haar vijftiende met hem waren verbonden, maar hij trok zomaar ergens een streep – in de muziek ongeveer bij Bach, in de literatuur bij Stifter, de schilderkunst met Ingres afsluitend – en hij verklaarde dat alles wat daarna was gekomen overladen, ontaard, overtrokken was en bergafwaarts ging; het gebeurde zelfs steeds vaker dat hij heftig beweerde dat in een zo tot in zijn geestelijke wortels vergiftigde tijd als de huidige, een integer talent zich hoe dan ook van scheppen diende te onthouden. Maar het verraderlijke was dat, hoewel er zo'n strenge mening uit zijn mond kwam, uit zijn kamer, zodra hij zich opsloot, steeds vaker de klanken van Wagner naar buiten begonnen door te dringen, dat wil zeggen, van een muziek die hij Clarisse in vroeger jaren had leren minachten als het voorbeeld bij uitstek van een oerburgerlijk, overladen, ontaard tijdperk, maar waar hij zich nu zelf aan overgaf als aan een dik, heet, bedwelmend brouwsel.

Clarisse kwam daartegen in opstand. Zij verfoeide Wagner alleen al om zijn fluwelen jasje en zijn baret. Zij was de dochter van een schilder wiens decorontwerpen over de hele wereld beroemd waren. Zij had haar kindertijd doorgebracht in een rijk van coulissegeur en verflucht, tussen drie verschillende kunstjargons, dat van het toneel, van de opera en van het schildersatelier, omringd door fluweel, tapijten, genie, panterhuiden, bibelots, pauweveren, sierkisten en luiten. Daarom verafschuwde zij uit de grond van haar hart alle weelderigheid in de kunst en voelde zij zich aangetrokken tot alles wat maar mager en streng was, of dat nu de metageometrie van het atonale nieuwe componeren was of de van alle huid ontdane, als een spierpreparaat duidelijk geworden wil van de klassieke vormen. In haar maagdelijke gevangenschap had Walter haar daarvan de eerste boodschap gebracht. 'Lichtprins' had zij hem genoemd, en zij was nog maar een kind toen Walter en zij elkaar al plechtig hadden gezworen niet te trouwen voor hij koning was geworden. De geschiedenis van zijn veranderingen en ondernemingen was tegelijkertijd een geschiedenis van onmetelijk leed en verrukkingen waarin zij de trofee was geweest. Clarisse was niet zo begaafd als Walter, dat had zij altijd gevoeld. Maar zij beschouwde genie als een kwestie van willen. Met onstuimige energie had zij geprobeerd zich de muziekstudie eigen te maken; het was niet onmogelijk dat zij helemaal niet muzikaal was, maar zij beschikte over tien pezige pianovingers en vastberadenheid; zij oefende dagenlang en mende haar vingers als tien magere ossen die iets overmachtig zwaars uit de grond moeten trekken. Op dezelfde manier beoefende zij de schilderkunst. Zij had Walter sinds haar vijftiende als een genie beschouwd omdat zij altijd van plan was geweest alleen met een genie te trouwen. Zij stond hem niet toe er geen te zijn. En toen zij merkte dat hij faalde, verweerde zij zich fel tegen deze verstikkende, sluipende verandering in haar levenssfeer. Juist toen had Walter menselijke warmte nodig, en als zijn machteloosheid hem kwelde, klampte hij zich aan haar vast als een kind dat melk en slaap zoekt, maar Clarisses kleine, nerveuze lichaam was niet moederlijk. Zij had het gevoel alsof zij werd misbruikt door een parasiet die zich in haar wilde nestelen en zij wees hem af. Zij dreef de spot met de dampende waskeukenwarmte waarin hij troost zocht. Het kan zijn dat dit wreed was. Zij wilde de metgezellin zijn van een groot man en worstelde met het noodlot.

Ulrich had Clarisse een sigaret gepresenteerd. Wat zou hij nog hebben moeten zeggen nadat hij zo zonder enige consideratie had gezegd wat hij dacht. De rook van hun sigaretten, die de stralen van de avondzon achterna trok, kwam op enige afstand van hen bij elkaar.

'Hoeveel weet Ulrich daarvan?' dacht Clarisse op haar heuveltje. 'Ach, wat kon hij ook begrijpen van zulke worstelingen!' Zij moest denken aan hoe Walters gezicht verviel, pijnlijk tot aan onbeduidendheid toe, als de kwellingen van de muziek en de zinnelijkheid hem benauwden en hij door haar verzet geen kant uit kon; nee – nam zij aan – van die ontzaglijkheid van een liefdesspel als op de toppen van de Himalaya, opgebouwd uit liefde, minachting, angst en de plichten die de hoogte oplegde, wist Ulrich niets. Zij had geen erg hoge dunk van de wiskunde en zij had hem nooit als even begaafd beschouwd als Walter. Hij was intelligent, hij dacht logisch, hij wist veel; maar is dat meer dan barbaarsheid? Weliswaar had hij vroeger onvergelijkelijk veel beter getennist dan Walter en zij kon zich herinneren dat zij bij zijn onverbiddelijke slagen soms sterk het gevoel had gehad: die zal bereiken wat hij wil, iets dat zij bij Walters schilderen, muziek of ideeën nooit had gevoeld. En zij dacht: 'Misschien weet hij toch alles van ons en zegt hij niets!?' Tenslotte had hij zojuist toch heel duidelijk gezinspeeld op haar heroïek. Dit zwijgen tussen hen was nu buitengewoon spannend.

Maar Ulrich dacht: 'Wat was Clarisse tien jaar geleden toch aardig; half een kind, met haar vurige geloof in de toekomst van ons drieën.' En eigenlijk was zij hem maar één keer onsympathiek geworden, namelijk toen Walter en zij waren getrouwd; toen had zij hem geconfronteerd met dat onaangename egoïsme à deux, dat jonge, ambitieus op haar man verliefde vrouwen voor andere mannen vaak zo onverdraaglijk maakt. 'Intussen is dat een stuk beter geworden,' dacht hij.

– 15 –

Geestelijke omwenteling

Walter en hij waren jong geweest in die nu vervlogen tijd, kort na de laatste eeuwwisseling, toen velen zich inbeeldden dat ook de eeuw jong was.

Zij die toen ten grave was gedaald was in haar tweede helft bepaald geen uitblinkster geweest. In techniek, handel en onderzoek was ze knap geweest, maar buiten deze brand-punten van haar energie was ze even stil en onbetrouwbaar geweest als een moeras. Ze had geschilderd als de Ouden, gedicht als Goethe en Schiller en haar huizen gebouwd in de stijl van de gotiek en renaissance. De eis van het ideale heerste als een hoofdcommissariaat van politie over alle uitingen van het leven. Maar krachtens die geheime wet, die de mens geen enkele nabootsing toestaat zonder die te koppelen aan een overdrijving, werd alles toen zo volgens de regels der kunst gemaakt als de bewonderde voorbeelden nooit hadden weten te bereiken, iets waarvan je tegenwoordig nog de sporen kunt zien in de straten en musea, en, of dat er nu mee te maken heeft of niet, de even kuise als bange vrouwen van die tijd moesten kleren dragen van hun oren tot op de grond, maar wel op een zwellende boezem en een weelderig zitvlak kunnen bogen. Voor het overige weten wij om allerlei redenen van geen enkele voorbije tijd zo weinig als van de drie tot vijf decennia die tussen je twintigste levensjaar en het twintigste levensjaar van je vader liggen. Het kan dus nuttig zijn je er ook aan te laten herinneren dat de verschrikkelijkste huizen en gedichten in slechte tijden volgens precies even fraaie principes worden gemaakt als in de beste; dat iedereen die betrokken is bij het vernietigen van de resultaten van een voorafgaande goede periode het gevoel heeft ze zelfs te verbeteren; en dat de bloedeloze jongeren in zo'n tijd een even hoge dunk hebben van hun frisse bloed als de nieuwe mensen in alle andere tijden.

En telkens is het weer een wonder als er na een zo vlak verzinkend tijdperk opeens een stijging van de ziel volgt, zoals toen het geval was. Uit de spekgladde geest van de laatste twee decennia van de negentiende eeuw was plotseling in heel Europa een bevleugelende koorts opgekomen. Niemand wist precies wat er in wording was; niemand kon zeggen of het een nieuwe kunst, een nieuwe mens, een nieuwe moraal of wellicht een omwenteling van de maatschappij zou zijn. Daarom zei iedereen erover wat hem uitkwam. Maar overal stonden mensen op om te strijden tegen het oude. Opeens zat overal de juiste man op de juiste plaats, en,

wat heel belangrijk is, mannen met praktische onderne-
mingszin en intellectueel ondernemingslustigen vonden elkaar. Er ontwikkelden zich talenten die vroeger gesmoord
zouden zijn of die helemaal niet aan het openbare leven zouden hebben deelgenomen. Ze waren zo verschillend als maar
kon en de tegenstellingen tussen hun doelen konden niet
groter zijn. De Übermensch werd liefgehad en de Unter-
mensch werd liefgehad; men aanbad gezondheid en zon en
de broosheid van tuberculeuze meisjes; men liep warm voor
de held en beleed zijn sociale geloof in Jan en Alleman; men
was zowel gelovig als sceptisch, naturalistisch als gemanië-
reerd, robuust als morbide; men droomde van oude oprijla-
nen, herfsttuinen, glazen vijvers, edelstenen, hasjiesj, ziekte,
demonieën, maar ook van prairies, machtige vergezichten,
van zowel smidses als plaatwerkerijen, naakte strijders, op-
standen van werkslaven, menselijke oerparen en van de ver-
brijzeling van de maatschappij. Dit waren natuurlijk tegenstrijdigheden en wel erg verschillende strijdkreten, maar ze
hadden één gemeenschappelijke adem; als men die tijd zou
hebben ontleed, zou er zoiets onzinnigs uit zijn gekomen als
een hoekige cirkel die van houten ijzer gemaakt zou moeten
zijn, maar in werkelijkheid was alles versmolten tot een vaag
schemerende zin. Deze illusie, die haar belichaming vond in
de magische datum van de eeuwwisseling, was zo sterk dat
sommigen zich geestdriftig op de nieuwe, nog ongebruikte
eeuw stortten, terwijl anderen zich nog gauw even lieten
gaan in de oude, als in een huis waar je toch uit verhuist,
zonder dat zij deze beide gedragswijzen als wel erg verschillend ondergingen.

Als men niet wil hoeft men deze voorbije 'beweging' dus
niet te overschatten. Ze voltrok zich toch al uitsluitend in
die dunne, wispelturige laag van intellectuelen die door de
tegenwoordig god zij dank weer bovengekomen mensen
met een onverwoestbare wereldbeschouwing ondanks alle
verschillen in die wereldbeschouwing eensgezind wordt geminacht, en ze had geen effect op de massa. Hoe dan ook,
al is het geen historische gebeurtenis geworden, een gebeur-
tenisje was het wel, en de beide vrienden Walter en Ulrich

hadden er toen ze jong waren nog net een staartje van meegemaakt. Er woei toen iets door die wirwar van geloven,
zoals wanneer vele bomen zich buigen in één wind, een sek-
tarische en verbeteraarsgeest, het zalige geweten van een
vertrek en een aanbreken, een kleine wedergeboorte en re-
formatie, zoals alleen de beste tijden die kennen, en als je
toen je intrede deed in de wereld voelde je al bij de eerste
hoek de adem van die geest langs je wangen.

– 16 –

Een geheimzinnige kwaal van de tijd

Zij waren dus werkelijk nog niet eens zo lang geleden twee
jongens geweest – dacht Ulrich toen hij weer alleen was –
die merkwaardig genoeg niet alleen als eersten en vóór alle
andere mensen de grootste inzichten verkregen, maar dat
nog gelijktijdig ook, want de een hoefde zijn mond maar
open te doen om iets nieuws te berde te brengen of de ander
deed al dezelfde geweldige ontdekking. Er is iets vreemds
aan jeugdvriendschappen; ze zijn als een ei dat zijn heerlijke
vogeltoekomst al in zijn dooier voelt, maar aan de wereld
toont het nog niets anders dan een wat uitdrukkingloze ei-
lijn, die men niet van een andere kan onderscheiden. Hij zag
duidelijk de jongens- en studentenkamer voor zich waar zij
elkaar zagen wanneer hij, nadat hij de eerste keren in de wereld was uitgevlogen, voor een paar weken terug was. Walters met tekeningen, notities en muziekpapier overdekte
schrijftafel, die de glorie van diens toekomst als beroemd
man al uitstraalde, en het smalle boekenrek daartegenover
waar Walter soms, in vuur geraakt, als Sebastiaan aan zijn
paal tegenaan stond, lamplicht op zijn mooie haar dat Ulrich
heimelijk altijd had bewonderd. Nietzsche, Altenberg, Dostojevski of wie zij ook net gelezen hadden, moesten er maar
genoegen mee nemen op de grond of op het bed te blijven
liggen als ze niet langer werden gebruikt en de stroom van
hun gesprek de kleingeestige storing om ze netjes terug te

74

zetten niet verdroeg. De zelfverheffing van de jeugd, voor wie de grootste geesten net goed genoeg zijn om er zich naar believen van te bedienen, kwam hem op dit moment wonderlijk aandoenlijk voor. Hij probeerde zich die gesprekken te herinneren. Ze waren als een droom, wanneer men bij het ontwaken nog net de laatste gedachten van de slaap kan pakken. En hij dacht met lichte verbazing: 'Als wij indertijd dingen beweerden, dan hadden die nog een ander doel dan alleen juist te zijn, en wel: onszelf te handhaven!' Zo veel sterker was in de jeugd de zucht om zelf licht te verspreiden dan om erin te kijken; hij onderging de herinnering aan dit als op stralen zwevende jeugdige gevoel als een pijnlijk verlies.

Het kwam Ulrich voor dat hij in het begin van zijn volwassenheid in een algehele verflauwing was geraakt, die ondanks een incidentele, spoedig tot rust komende roffel naar een steeds lustelozer en onregelmatiger polsslag wegliep. Het viel nauwelijks te zeggen waar deze verandering uit bestond. Waren er opeens minder belangrijke mannen? Geenszins! En bovendien, op hen komt het helemaal niet aan; het niveau van een tijd hangt niet van hen af; het gebrek aan geest bij de mensen in de jaren zestig en tachtig bijvoorbeeld heeft noch de ontwikkeling van Hebbel en Nietzsche kunnen tegenhouden, noch heeft een van die twee het gebrek aan geest van zijn tijdgenoten kunnen tegengaan. Stagneerde het maatschappelijk leven? Welnee, het was machtiger geworden! Waren er meer verlammende tegenspraken dan vroeger? Meer dan toen konden er nauwelijks zijn! Waren er vroeger geen fouten begaan? Massa's! Onder ons gezegd: men sloofde zich uit voor zwakke figuren en zag de sterke niet staan; het kwam voor dat stommelingen een leidersrol speelden en grote talenten die van zonderling; de Duitser ging onbekommerd door alle barensweeën die hij als decadente en ziekelijke overdrijvingen aanduidde door met het lezen van zijn familiebladen en bezocht in onvergelijkelijk grotere getale de tentoonstellingspaleizen en de salons dan dat hij naar de exposities van de avant-garde ging; de politiek stoorde zich al helemaal niet aan de inzichten van de nieuwe garde en haar tijdschriften en de officiële instellingen bleven tegen het nieuwe afgeschermd als door een pestkordon. – Zouden we niet gewoon kunnen zeggen dat sindsdien alles beter is geworden? Mensen die vroeger slechts aan het hoofd stonden van kleine sektes zijn inmiddels oude beroemdheden geworden; uitgevers en kunsthandelaren rijk; steeds meer nieuwe dingen komen van de grond; iedereen bezoekt nu zowel de tentoonstellingspaleizen als de exposities van de avant-garde en de avant-garde van de avantgarde; de familiebladen hebben hun haar kort laten knippen; de staatslieden tonen zich graag goed thuis in de kunstjes van de cultuur en de kranten maken literatuurgeschiedenis. Wat is dus teloor gegaan?

Iets onbepaalds. Een voorteken. Een illusie. Zoals wanneer een magneet het ijzervijlsel loslaat en het weer door elkaar raakt. Zoals wanneer draden uit een kluwen vallen. Zoals wanneer een menigte zich heeft verspreid. Zoals wanneer een orkest vals begint te spelen. Er zullen hoegenaamd geen bijzonderheden zijn aan te wijzen die ook vroeger niet mogelijk geweest zouden zijn, maar alle verhoudingen waren een tikkeltje verschoven. Ideeën waarvan de draagwijdte mager was geweest werden dik. Personen die men vroeger niet voor vol had aangezien oogstten nu roem. Het steile werd toegankelijker, wat gescheiden was kwam weer bij elkaar, onafhankelijken deden concessies aan het succes, de al gevormde smaak leed onder nieuwe onzekerheden. De scherp afgebakende grenzen waren allerwegen vervaagd en het een of andere nieuwe, niet te beschrijven vermogen om zich te vermaagschappen bracht nieuwe mensen en ideeën naar boven. Niet dat die slecht waren, zeker niet; nee, er was alleen een beetje te veel van het slechte door het goede gemengd, dwaling door de waarheid, aanpassing door de betekenis. Er scheen zelfs een favoriet percentage van dit mengsel te bestaan dat het in de wereld het verst schopte; een kleine, precies toereikende bijmenging van surrogaat, die het genie pas geniaal en het talent veelbelovend liet schijnen, zoals een snuifje vijgekoffie of cichorei volgens menigeen koffie pas de echte pittige koffiesmaak geeft, en plotse-

76

· ling werden alle gewilde en belangrijke posities in de wereld van de geest ingenomen door dat type mensen, en alle besluiten werden in hun lijn genomen. Er is niets dat je daar verantwoordelijk voor kunt stellen. Het is ook niet te zeggen hoe het allemaal gekomen is. Noch tegen personen noch tegen ideeën of tegen bepaalde verschijnselen valt te vechten. Aan talent en goede wil ontbreekt het niet, niet eens aan sterke karakters. Het ontbreekt alleen evenzeer aan alles als aan niets; het is alsof het bloed of de lucht is veranderd, een geheimzinnige kwaal heeft de kleine aanzet tot het geniale van vroeger gesloopt, maar alles fonkelt van nieuwigheid, en op het laatst weet je niet meer of de wereld werkelijk slechter is geworden of jij alleen maar ouder. Dan is voorgoed een nieuwe tijd aangebroken.

Zo was de tijd dus veranderd, als een dag die stralend blauw begint en zich dan zoetjes aan in sluiers hult, en was niet zo vriendelijk geweest op Ulrich te wachten. En hij nam wraak op zijn tijd door de oorzaak van de geheimzinnige veranderingen, die haar kwaal vormden daar ze het genie ondermijnden, als ordinaire domheid te beschouwen. Absoluut niet in beledigende zin. Want als de domheid van binnen niet als twee druppels water op het talent zou lijken, als ze zich uiterlijk niet zou kunnen voordoen als vooruitgang, genie, belofte en verbetering, zou vast niemand dom willen zijn en zou er geen domheid bestaan. Het zou op zijn minst heel eenvoudig zijn om haar te bestrijden. Maar helaas heeft ze iets buitengewoon innemends en natuurlijks over zich. Als je bijvoorbeeld vindt dat een oliedruk een kunstiger werkstuk is dan een met de hand geschilderd olieverfdoek, dan zit daar ook een grond van waarheid in, en die is beter te bewijzen dan dat Van Gogh een groot kunstenaar was. Ook is het heel makkelijk en lonend om als toneelschrijver kernachtiger te zijn dan Shakespeare of als verteller evenwichtiger en harmonischer dan Goethe, en een uitgesproken gemeenplaats heeft altijd meer menselijkheid in zich dan een nieuwe ontdekking. Er bestaan gewoonweg geen gedachten van belang waarvan de domheid geen gebruik zou weten te maken, want ze kan zich naar alle kanten bewegen en alle kleren van de waarheid aantrekken. De waarheid daarentegen heeft altijd maar één kledingstuk en brengt maar één boodschap tegelijk en is altijd in het nadeel.

Na een poosje echter had Ulrich in verband daarmee een wonderlijke inval. Hij stelde zich voor dat de grote kerkfilosoof Thomas van Aquino, gestorven in 1274, nadat hij zich onuitsprekelijke moeite had getroost om de gedachten van zijn tijd zo goed mogelijk te ordenen, zich nog veel grondiger daarin had verdiept en er net mee klaar was gekomen; nu stapte hij, door een bijzondere genade jong gebleven, met stapels folianten onder zijn arm uit zijn romaanse huisdeur, en een elektrische tram gierde rakelings langs hem heen. De stomme verbazing van de doctor universalis, zoals het verleden de befaamde Thomas had betiteld, amuseerde hem. Een motorrijder reed door de lege straat en daverde, o-armen en o-benen, omhoog het perspectief in. Zijn gezicht had de ernst van een met geweldige gewichtigheid brullend kind. Ulrich moest daarbij denken aan de foto van een beroemd tennisspeelster die hij een paar dagen geleden in een tijdschrift had gezien; zij stond op het puntje van haar tenen, had haar been ontbloot tot op haar kouseband en slingerde haar andere been in de richting van haar hoofd, terwijl zij met haar racket hoog uithaalde om een bal te raken; daarbij trok zij het gezicht van een Engelse gouvernante. In hetzelfde blad stond een zwemster afgebeeld die zich na de wedstrijd liet masseren; zowel aan haar voeten als aan haar hoofd stond een ernstig toekijkend vrouwspersoon in wandelkleding, terwijl zij naakt op een bed op haar rug lag, één knie opgetrokken in een houding van overgave, en de masseur daarnaast liet zijn handen erop rusten, hij droeg een doktersjas en keek in de lens alsof dit vrouwenvlees gevild was en aan een haak hing. Zulke dingen begon men toen te zien en op de een of andere manier moet je er waardering voor hebben, zoals je de wolkenkrabbers waardeert en de elektriciteit. 'Je kunt je eigen tijd niet kwaadgezind zijn zonder jezelf te benadelen,' voelde Ulrich. Hij was ook te allen tijde bereid al deze manifestaties van het leven te omhelzen. Wat hij nooit opbracht was alleen ze echt totaal, wat een vereiste is voor een sociaal gevoel van welbehagen, lief te hebben; al een hele tijd bleef er een waas van tegenzin liggen over alles wat hij deed en meemaakte, een schaduw van onmacht en eenzaamheid, een universele tegenzin waar hij de aanvullende zin niet bij kon vinden. Zo nu en dan was het hem zelfs regelrecht te moede alsof hij geboren was met een talent waar tegenwoordig geen doel voor was.

- 17 -

Invloed van een man zonder eigenschappen
op een man met eigenschappen

Terwijl Ulrich met Clarisse praatte had geen van beiden gemerkt dat de muziek achter hen zo nu en dan ophield. Walter ging dan voor het raam staan. Hij kon de twee niet zien maar voelde dat zij vlak voor de grens van zijn blikveld stonden. Jaloezie kwelde hem. De gemene roes van zwaar zinnelijke muziek lokte hem terug. De vleugel achter zijn rug stond open als een bed, omgewoeld door een slaper die niet wakker wil worden, om de werkelijkheid niet onder ogen te hoeven zien. De jaloezie van een verlamde die de gezonden voelt lopen pijnigde hem, en hij bracht het niet op zich bij hen aan te sluiten want zijn pijn bood geen enkele mogelijkheid zich tegen hen te verdedigen.

Als Walter 's ochtends opstond en zich naar kantoor moest haasten, als hij de hele dag met mensen sprak en als hij 's middags te midden van hen naar huis ging, voelde hij dat hij een belangrijk man was en geroepen tot bijzondere dingen. Hij meende dan alles anders te zien; hij kon ontroerd worden door dingen waar anderen achteloos aan voorbijgingen, en waar anderen achteloos naar een ding grepen, was voor hem de beweging van zijn eigen arm al vol geestelijk avontuur of op zichzelf verliefde verlamming. Hij was sentimenteel en zijn gevoel werd altijd bewogen door getob, kuilen, golvende dalen en bergen; hij was nooit onverschillig, maar hij zag in alles een geluk of een ongeluk en had daardoor steeds een aanleiding tot levendige gedachten. Zulke mensen oefenen op anderen een buitengewone aantrekkingskracht uit, omdat de staat van morele bewogenheid, waarin zij voortdurend verkeren, overslaat; in gesprekken met hen krijgt alles een persoonlijke betekenis, en omdat men zich in de omgang met hen voortdurend met zichzelf bezig mag houden, verschaffen zij een genoegen dat men anders alleen tegen betaling bij een psychoanalyticus of psycholoog krijgt, met bovendien nog dit verschil dat men zich daar ziek voelt, terwijl Walter de mensen hielp om zichzelf, om redenen die hun tot dusverre waren ontgaan, heel belangrijk toe te schijnen. Dank zij die eigenschap geestelijke zelfwerkzaamheid uit te dragen had hij ook Clarisse veroverd en mettertijd al zijn rivalen uit het veld geslagen; hij kon, omdat voor hem alles ethische emotie werd, overtuigend spreken over de immoraliteit van het ornament, de hygiëne van de gladde vorm en de bierwalm van Wagners muziek, geheel volgens de nieuwe smaak in de kunst, en zelfs zijn toekomstige schoonpapa, die een schildersbrein had als een pauwestaart, joeg hij daar de schrik mee op het lijf. Er was dus geen twijfel aan dat Walter kon terugzien op successen.

Niettemin trad er nu zodra hij thuiskwam, vol indrukken en plannen die misschien rijper en nieuwer waren dan ooit tevoren, een ontmoedigende verandering in hem op. Hij hoefde maar een doek op de ezel te zetten of een vel papier op zijn tafel te leggen of dat was het signaal voor een verschrikkelijke vlucht uit zijn hart. Zijn hoofd bleef helder en het plan daarin zweefde als het ware in een zeer doorzichtige en heldere lucht, het plan splitste zich zelfs en werd tot twee of meer plannen die om de voorrang hadden kunnen vechten, maar de verbinding tussen zijn hoofd en de eerste bewegingen die voor het uitvoeren ervan noodzakelijk zouden zijn geweest, was als afgesneden. Walter kon niet besluiten ook maar een vinger te verroeren. Hij kwam gewoon niet van de plaats waar hij zat en zijn gedachten gleden af van de opgave die hij zich had gesteld, als sneeuw die smelt op het moment waarop ze valt. Hij wist niet waarmee de tijd werd gevuld, maar voor hij er erg in had was het avond, en omdat hij na een aantal van dat soort ervaringen al met de angst ervoor thuiskwam, begonnen er hele ritsen weken te glijden en verstreken als in een akelige halfslaap. Hij werd door de uitzichtloosheid vertraagd in al zijn beslissingen en bewegingen en leed aan een bittere droefheid, en zijn onvermogen werd een pijn die vaak als een neusbloeding achter zijn voorhoofd zat zodra hij het besluit wilde nemen iets te ondernemen. Walter was bangelijk, en de verschijnselen die hij bij zichzelf waarnam hinderden hem niet alleen bij zijn werk maar beangstigden hem ook heel erg, want ze waren schijnbaar zo onafhankelijk van zijn wil dat ze op hem vaak de indruk van een beginnend geestelijk verval maakten.

Maar terwijl zijn toestand in de loop van het laatste jaar steeds was verergerd, had hij tegelijk een prachtige steun gevonden bij een gedachte die hij vroeger nooit genoeg naar waarde had geschat. Die gedachte was geen andere dan dat het Europa waarin hij gedwongen was te leven reddeloos was ontaard. In tijdperken die het uiterlijk goed gaat, terwijl ze innerlijk dat afglijden doormaken waaraan waarschijnlijk alles en daarom ook de geestelijke ontwikkeling onderhevig is als men er geen bijzondere inspanningen en nieuwe ideeën aan wijdt, zou het juist de meest voor de hand liggende vraag moeten zijn wat je daartegen zou kunnen doen. Maar de wirwar van verstandig, dom, gewoontjes, mooi, is juist in zulke tijden zo compact en ingewikkeld dat het veel mensen blijkbaar eenvoudiger lijkt aan een mysterie te geloven, waardoor zij een niet te stuiten achteruitgang verkondigen van iets dat zich aan het precieze oordeel onttrekt en van een verheven vaagheid is. Het maakt daarbij geen enkel verschil of dit het ras, de rauwkost of de ziel moet zijn, want zoals bij elk gezond pessimisme komt het er alleen op aan dat men iets onontkoombaars heeft waar men zich aan kan vasthouden. Ook Walter ontdekte daar, ofschoon hij in betere jaren om zulke doctrines had kunnen lachen, toen hij het zelf met ze begon te proberen al gauw de grote voordelen van. Terwijl tot dan toe *hij* ongeschikt was geweest om te werken en zich slecht had gevoeld, was nu de *tijd* ongeschikt en hij was gezond. Zijn leven, dat tot niets had geleid, vond opeens een grandioze verklaring, een rechtvaardiging van seculaire afmetingen, die hem waardig was, het nam zelfs regelrecht de proporties aan van een groot offer als hij zijn stift of pen ter hand nam en weer weglegde.

Toch moest Walter nog met zichzelf vechten, en Clarisse kwelde hem. Zij voelde niets voor gesprekken waarin kritiek op hun tijd werd uitgeoefend, zij geloofde regelrecht in het genie. Wat dat was wist zij niet, maar haar lichaam begon te sidderen en zich te spannen als het ter sprake kwam; je voelt het of je voelt het niet, dat was haar enige bewijsstuk. Voor hem bleef zij altijd het kleine, wrede meisje van vijftien. Nooit had zij zijn manier van voelen helemaal begrepen of had hij haar kunnen overheersen. Maar zo koud en hard als zij was, en dan weer zo enthousiast, met haar substantieloos vlammende wil, bezat zij toch een geheimzinnig vermogen om hem te beïnvloeden, alsof er schokken door haar heen kwamen uit een richting die in de drie dimensies van de kamer niet te plaatsen was. Het grensde soms aan het griezelige. Vooral als zij samen musiceerden voelde hij dat. Clarisses spel was hard en kleurloos, het gehoorzaamde aan een wet van opwinding die hem vreemd was; als hun lichamen gloeiden totdat de zielen erdoorheen schemerden, kwam dat als angstaanjagend op hem over. Iets ondefinieerbaars scheurde zich dan in haar los en dreigde met haar ziel weg te vliegen. Het kwam uit een geheime holle ruimte in haar wezen, die men angstvallig op slot moest houden; hij wist niet waaraan hij het voelde en wat het was, maar het pijnigde hem met een onuitsprekelijke angst en met de behoefte er iets beslissends tegen te doen, wat hij niet kon, want niemand behalve hij merkte er iets van.

Hij was er zich half van bewust, terwijl hij door het raam Clarisse terug zag komen, dat hij de behoefte om kwaad te spreken van Ulrich weer niet zou kunnen weerstaan. Ulrich was op een ongelegen tijdstip teruggekeerd. Hij was schadelijk voor Clarisse. Gewetenloos versterkte hij datgene in haar wat Walter niet waagde aan te raken, de caverne van het onheil, het arme, zieke, noodlottig geniale in Clarisse, de geheime lege ruimte, waarin het aan kettingen rukte die op een dag helemaal zouden kunnen losgaan. Nu stond zij blootshoofds voor hem, zojuist binnengekomen, haar zonnehoed in haar hand, en hij keek haar aan. Haar ogen stonden spottend, helder, teder; misschien wat al te helder. Soms had hij het gevoel dat zij eenvoudig een kracht bezat die hem ontbrak. Hij had haar al ondergaan als een doorn die hem niet tot rust mocht laten komen toen zij nog een kind was, en blijkbaar had hij haar zelf nooit anders gewild; en dat was misschien het mysterie van zijn leven, dat de twee anderen niet begrepen.

'Hevig zijn onze pijnen!' dacht hij. 'Ik geloof dat het niet vaak voorkomt dat twee mensen elkaar zo innig liefhebben als wij dit moeten doen.' En zonder overgang begon hij te praten: 'Ik wil niet weten wat Ulo tegen je heeft gezegd, maar ik kan je wel vertellen dat zijn kracht, waar jij je aan vergaapt, niets is dan leegte!' Clarisse keek naar de vleugel en glimlachte; hij was onwillekeurig weer naast de open vleugel gaan zitten. Hij ging door: 'Het moet gemakkelijk zijn om er zulke heroïsche gevoelens op na te houden als je van nature ongevoelig bent, en in kilometers te denken als je geen idee hebt wat er aan rijkdom kan schuilen in elke millimeter!' Zo af en toe spraken zij over hem als Ulo, zoals zij dat in zijn jeugd hadden gedaan, en hij hield daarom van hen, zoals je altijd een glimlachend respect bewaart voor je kinderjuffrouw. 'Hij is blijven stilstaan!' voegde Walter eraan toe. 'Dat merk jij niet; maar denk maar niet dat ik hem niet ken!'

Clarisse had haar twijfels.

Walter viel uit: 'Tegenwoordig is alles verval! Een bodemloze afgrond van intelligentie! Hij beschikt ook over intelligentie, dat geef ik toe; maar van de macht van een complete ziel weet hij niets. Wat Goethe persoonlijkheid noemt, wat Goethe beweeglijke orde noemt, daar heeft hij geen flauw benul van. "Dit schone begrip van macht en grenzen, van willekeur en wet, van vrijheid en maat, van beweeglijke orde…"'

Het vers zweefde in golven over zijn lippen. Clarisse keek verbaasd en welwillend naar die lippen, alsof ze een leuk speelgoedje hadden laten vliegen. Toen schoot haar iets te binnen en als een huismoedertje onderbrak ze hem: 'Wil je een glas bier?' – 'Och, waarom niet? Ik drink er toch altijd eentje.'

'Maar ik heb geen bier in huis!'

'Jammer dat je het vroeg,' zuchtte Walter. 'Ik had er anders misschien niet eens aan gedacht.'

Daarmee was het probleem voor Clarisse opgelost. Maar Walter was nu uit zijn evenwicht geraakt en wist niet goed hoe hij het gesprek moest voortzetten. 'Herinner jij je nog ons gesprek over de kunstenaar?' vroeg hij onzeker.

'Welk?'

'Dat van een paar dagen geleden. Ik heb je toen uitgelegd wat een levend vormprincipe in een mens betekent. Weet je niet meer hoe ik tot de slotsom ben gekomen dat vroeger in plaats van dood en mechanisering van de logica bloed en wijsheid hebben geregeerd?'

'Nee.'

Walter was geremd, zocht, weifelde. Opeens barstte hij los: 'Hij is een man zonder eigenschappen!'

'Wat is dat?' vroeg Clarisse giechelend.

'Niets. Gewoon niets is dat!'

Maar Clarisse was door die benaming nieuwsgierig geworden.

'Daar zijn er tegenwoordig miljoenen van,' beweerde Walter. 'Dat is het slag mensen dat door deze tijd is voortgebracht!' Zijn spontaan opgekomen benaming beviel hem zelf; alsof hij een gedicht begon dreef de benaming hem voort, voor hij de betekenis ervan wist. 'Kijk naar hem! Waar zou jij hem voor aanzien? Ziet hij eruit als een arts, als een zakenman, een schilder of een diplomaat?'

'Dat is hij toch ook niet,' merkte Clarisse nuchter op.

'Welnu, ziet hij er dan soms uit als een wiskundige?!'

'Dat weet ik niet; ik weet toch niet hoe een wiskundige eruit moet zien!'

'Daar zeg je iets dat heel juist is! Een wiskundige lijkt helemaal op niets; dat wil zeggen, hij zal er zo algemeen intelligent uitzien dat het helemaal geen enkele inhoud heeft! Behalve roomskatholieke geestelijken ziet trouwens niemand er tegenwoordig meer uit zoals hij zou moeten, omdat wij ons hoofd nog onpersoonlijker gebruiken dan onze handen; maar wiskunde, dat is het toppunt, dat weet al even weinig over zichzelf als de mensen wanneer zij zich eenmaal in plaats van met vlees en brood, met krachtpillen zullen voeden nog zullen weten van weilanden en jonge kalveren en kippen!' – Clarisse had ondertussen het eenvoudige avondeten op tafel gezet, en Walter had zich daar al flink aan te goed gedaan; misschien had dat hem die vergelijking ingegeven. Clarisse keek naar zijn lippen. Ze deden haar denken aan zijn overleden moeder, het waren uitgesproken vrouwelijke lippen, die aten alsof het een huishoudelijke plicht was, en die een klein, bijgepunt snorretje droegen. Zijn ogen glommen als vers ontbolsterde kastanjes, zelfs als hij alleen maar een stuk kaas zocht op de schaal. Ofschoon hij klein was en eerder wekelijk dan fijn gebouwd, maakte hij indruk en behoorde tot die mensen die altijd goed belicht lijken. Hij ging nu verder met zijn gesprek. 'Uit zijn verschijning kun je geen beroep opmaken en toch ziet hij er ook niet uit als een man die geen beroep heeft. En ga maar eens na hoe hij is: hij weet altijd wat hem te doen staat; hij kan een vrouw in de ogen zien; hij kan elk moment gedegen over alles nadenken; hij kan boksen. Hij is begaafd, wilskrachtig, onbevooroordeeld, moedig, volhardend, doortastend, bedachtzaam – ik wil dat helemaal niet een voor een aantonen, hij zal al die eigenschappen wel hebben. Want hij heeft ze toch niet! Ze hebben dat van hem gemaakt wat hij is en zijn koers bepaald, en ze horen toch niet bij hem. Als hij kwaad is lacht er iets in hem. Als hij verdrietig is zint hij ergens op. Als iets hem ontroert wijst hij het af. Elke slechte handeling zal hem in een of ander verband goed toeschijnen. Bij hem zal altijd een mogelijke samenhang pas beslissen over wat hij van iets vindt. Niets ligt voor hem vast. Alles is tot verandering in staat, is deel in een geheel, in ontelbare gehelen die vermoedelijk tot een supergeheel behoren waar hij echter geen idee van heeft. Dus is elk van zijn antwoorden een deelantwoord, elk van zijn gevoelens slechts een gezichtspunt, en het komt er bij hem helemaal niet op aan wat iets is, maar alleen op een of ander bijkomstig "hoe het is", op een of ander extra iets, daar komt het bij hem altijd op aan. Ik weet niet of wat ik zeg duidelijk voor je is?'

'Ja hoor,' zei Clarisse. 'Maar ik vind dat juist zo aardig in hem.'

Walter had onder het spreken onwillekeurig blijk gegeven van een groeiende antipathie; het oude jongensgevoel van zwakkere vriend versterkte zijn jaloezie. Want hoewel hij ervan overtuigd was dat Ulrich, los van een paar staaltjes van pure verstandelijkheid, nooit iets had gepresteerd, raakte hij heimelijk de indruk niet kwijt lichamelijk altijd de mindere van hem te zijn geweest. Het beeld dat hij ontwierp bevrijdde hem als het slagen van een kunstwerk; niet hij bracht dit uit zich naar buiten, maar zich verbindend met een geheimzinnig slagen van een begin had het ene woord zich buiten aan het andere gerijd, en in zijn innerlijk loste zich daarbij iets op dat hij zich niet bewust werd. Toen hij klaar was had hij zich gerealiseerd dat Ulrich niets anders uitdrukte dan die opgeloste kern die alle verschijnselen tegenwoordig hebben.

'En jou bevalt dat?' vroeg hij nu, pijnlijk verrast. 'Dat kun je toch niet serieus zeggen!'

Clarisse kauwde op haar brood met zachte kaas; ze kon alleen maar met haar ogen glimlachen.

'Ach,' zei Walter, 'iets dergelijks hebben wij misschien vroeger ook gedacht. Maar dat mag je toch als niet meer beschouwen dan een voorstadium! Zo iemand is toch geen mens!'

Nu was Clarisse klaar. 'Dat zegt hij toch zelf!' hield ze vol.

'Wat zegt hij dan zelf?'

'Ach, weet ik het!? Dat tegenwoordig alles in ontbinding is geraakt. Hij zegt dat alles tegenwoordig is blijven steken, niet alleen hij. Maar hij tilt er niet zo zwaar aan als jij. Hij heeft me eens een heel verhaal verteld: als je het wezen van duizend mensen analyseert, stuit je op twee dozijn eigenschappen, sensaties, manieren van verwerking, vormen van opbouw en zo voort, waaruit ze allemaal zijn samengesteld. En als je ons lichaam ontleedt, vind je alleen water en een paar dozijn klompjes materie die daarop ronddrijven. Het water stijgt in ons precies zo omhoog als in de bomen, en het vormt de dierlijke lichamen zoals het de wolken vormt. Ik vind dat alleraardigst. Je weet dan alleen niet goed meer wat je jezelf moet zeggen. En wat je moet doen.' Clarisse giechelde. 'En ik heb hem vervolgens verteld dat jij hele dagen gaat vissen als je vrij hebt, en aan het water ligt.'

'Nou en? Ik zou wel eens willen weten of hij dat ook maar tien minuten zou uithouden. Maar *mensen*,' zei Walter met stelligheid, 'doen dat al tienduizend jaar, zij staren naar de hemel, ondergaan de warmte van de aarde en analyseren dat evenmin als dat men zijn moeder analyseert!'

Clarisse moest weer giechelen. 'Hij zegt dat het sindsdien veel ingewikkelder is geworden. Zoals we op het water drijven, drijven we ook in een zee van vuur, een storm van elektriciteit, een hemel van magnetisme, een moeras van warmte en zo voort. Maar allemaal onvoelbaar. Uiteindelijk blijven er eigenlijk alleen formules over. En wat die voor de mens betekenen is moeilijk te zeggen; dat is het Geheel. Ik ben alweer vergeten wat ik op het lyceum heb geleerd, maar ergens klopt het wel. En als iemand tegenwoordig, zegt hij, zoals de heilige Franciscus of jij de vogels zijn "broeders" zou willen noemen, dan zou hij het zichzelf niet zo gemakkelijk moeten maken maar ook moeten kunnen besluiten de oven in te kruipen, via de trolley van een tram de grond in te springen of door een gootsteenafvoer het riool in te plonzen.'

'Toe maar!' onderbrak Walter het relaas. 'Eerst worden de vier elementen er een paar dozijn, en uiteindelijk drijven wij alleen nog op betrekkingen, op processen, op het gootwater van processen en van formules, op iets waarvan je niet weet of het een ding, een proces, een hersenschim of een god-mag-weten-wat is! Dan is er geen verschil meer tussen een zon en een lucifer, en tussen de mond als het ene eind van het spijsverteringskanaal en zijn andere eind ook niet! Hetzelfde ding heeft honderd aspecten, elk aspect honderd betrekkingen en elk daarvan is verbonden met andere gevoelens. Het menselijk brein is het dan gelukt de dingen te delen; maar de dingen hebben het menselijk hart verdeeld!' Hij was opgesprongen, maar bleef achter de tafel staan. 'Clarisse!' zei hij. 'Hij is een gevaar voor je! Zie je, Clarisse, er is niets waar een mens tegenwoordig zo'n behoefte aan heeft als aan eenvoud, dicht bij de aarde, gezondheid – en ook, ja heus, je kunt zeggen wat je wilt – ook aan een kind, omdat een kind datgene is wat je hecht aan de grond bindt. Wat Ulo je allemaal vertelt is onmenselijk. Ik verzeker je, als *ik* thuiskom *heb* ik de moed gewoon koffie met jou te drinken, naar de vogels te luisteren, een eindje te wandelen, een praatje te maken met de buren en de dag kalm te laten eindigen: dat is het menselijk leven!'

De tederheid van deze beelden had hem langzaam dichter bij haar gebracht; maar zodra vadergevoelens ook maar in de verte hun zoete basstem verhieven, werd Clarisse stug. Haar gezicht verstomde terwijl hij steeds dichter bij haar kwam, en nam een verdedigende positie in.

Toen hij vlak bij haar was, straalde hij een warme tederheid uit, als een goed boerenfornuis. Clarisse wankelde een ogenblik in zijn straling. Toen zei zij: 'Niks daarvan, jongen!' Zij graaide een stuk brood met kaas van tafel en kuste hem vlug op zijn voorhoofd.

'Ik ga eens kijken of er geen nachtuiltjes zijn.'

'Maar Clarisse,' smeekte Walter, 'in dit jaargetijde zijn er toch geen vlinders meer.'

'Ach, je kunt nooit weten!'

Alleen haar lach bleef van haar in de kamer achter. Met haar stuk brood met kaas struinde zij door de weilanden; de buurt was veilig en zij had geen chaperon nodig. Walters warme tederheid zakte in als een ontijdig van het vuur genomen soufflé. Hij slaakte een diepe zucht. Toen ging hij aarzelend weer aan de vleugel zitten en sloeg een paar toetsen aan. Of hij het wilde of niet, het werd vanzelf een improvisatie op wagneriaanse operathema's, en in het geklots van die bandeloos wassende substantie, die hij zichzelf ooit in tijden van hoogmoed had ontzegd, baggerden en ploeterden zijn vingers door de klankvloed. Laat het maar ver te horen zijn! Zijn ruggemerg werd door de narcose van die muziek verlamd en zijn lot verlicht.

– 18 –

Moosbrugger

In die tijd stond het geval Moosbrugger sterk in de publieke belangstelling.

Moosbrugger was een timmerman, een grote, breedgeschouderde man, zonder overtollig vet, een kop met haar als een bruine lamsvacht en goedmoedige sterke knuisten. Goedmoedige kracht en wil tot het goede spraken uit zijn gezicht, en al had men die ook niet gezien, men zou ze toch hebben geroken aan de grove, brave, droge werkdagslucht die bij deze vierendertigjarige hoorde en van de omgang met hout kwam en van werk dat evenveel bedachtzaamheid als inspanning vereist.

Als aan de grond genageld bleef men staan wanneer men dit door God met alle tekenen van goedheid gezegende gezicht voor het eerst tegenkwam, want Moosbrugger werd gewoonlijk vergezeld door twee gewapende gerechtsdienaars en had zijn strak tegen elkaar gebonden handen voor zijn lichaam, aan een korte sterke, stalen ketting, waarvan de knevel werd vastgehouden door een van zijn begeleiders.

Als hij merkte dat men naar hem keek, trok er een glimlach over zijn brede goedmoedige gezicht met het onverzorgde haar en het snorretje met bijpassend sikje; hij had een kort zwart jasje aan met een lichtgrijze broek, zijn houding was wijdbeens en militair, maar het was die glimlach die de rechtbankverslaggevers het meest had beziggehouden. Het kon een verlegen glimlach zijn of een sluwe, een ironische, verraderlijke, pijnlijke, gekke, bloeddorstige of griezelige – : zij zochten duidelijk naar tegenstrijdige uitdrukkingen en zij leken in die glimlach wanhopig iets te zoeken dat zij klaarblijkelijk in de hele rechtschapen verschijning verder nergens vonden.

Want Moosbrugger had een vrouwspersoon, een prostituée van het laagste allooi, op huiveringwekkende wijze gedood. De verslaggevers hadden nauwgezet een van haar strottehoofd tot in de nek reikende halswond beschreven en eveneens de twee steekwonden in de borst die het hart doorboorden, de twee in het linkerdeel van de rug, en het afsnijden van de borsten, die je er bijna af kon nemen; ze hadden hun afschuw daarover uitgedrukt, maar ze hielden niet op voor ze vijfendertig steken in de buik hadden geteld en de bijna van de navel tot aan het heiligbeen reikende snijwond hadden toegelicht, die zich op de rug naar boven toe voortzette in een ontelbaar aantal kleinere, terwijl de hals worgsporen droeg. Zij vonden geen weg terug van zulke verschrikkingen naar Moosbruggers goedmoedige gezicht, hoewel het zelf goedmoedige mensen waren, en desondanks het gebeurde zakelijk, vakkundig en kennelijk in ademloze spanning beschreven. Zelfs van de meest voor de hand liggende verklaring dat zij met een geesteszieke van doen hadden – want Moosbrugger had wegens vergelijkbare misdaden al een aantal malen in gekkenhuizen gezeten – maakten zij weinig gebruik, hoewel een goede verslaggever tegenwoordig uitstekend van dat soort zaken op de hoogte is; het leek wel alsof zij zich voorlopig nog verzetten afstand te doen van de booswicht en het gebeurde uit hun eigen wereld in die van de zieken over te brengen, waarin zij met de psychiaters overeenstemden, die hem al even vaak gezond hadden verklaard als ontoerekeningsvatbaar. En verder kwam daar nog de wat merkwaardige omstandigheid bij dat Moosbruggers ziekelijke gewelddadigheden, toen ze nog maar nauwelijks bekend waren geworden, al door duizenden mensen die de sensatiebelustheid van de kranten afkeuren, als 'eindelijk eens iets interessants' werden ondergaan, zowel door gehaaste ambtenaren als door zoontjes van veertien en door met huiselijke beslommeringen omwolkte echtgenotes. Men zuchtte weliswaar over een dergelijk wanprodukt, maar diep in hun hart hield het hen sterker bezig dan hun eigen levenslange beroep. Het kon zelfs in die dagen wel gebeuren dat een onberispelijke directeur-generaal of procuratiehouder bij het naar bed gaan aan zijn slaperige eega vroeg: 'Wat zou jij nu beginnen als ik een Moosbrugger was…'

Ulrich had, toen zijn blik op dit gezicht viel dat de tekenen droeg van een waarlijk kindschap Gods boven handboeien, meteen rechtsomkeert gemaakt, had een wachtsoldaat van de nabijgelegen arrondissementsrechtbank een paar sigaretten gegeven en naar het konvooi gevraagd dat nog maar pas geleden de poort moest zijn uitgereden; zo vernam hij…: op zo'n manier moet iets dergelijks zich vroeger toch wel hebben afgespeeld, omdat men het vaak zo beschreven vindt, en Ulrich geloofde er bijna zelf in, maar de huidige waarheid was dat hij alles alleen maar in de krant had gelezen. Het zou nog een hele tijd duren voor hij Moosbrugger persoonlijk leerde kennen, en hem voordien in levende lijve te zien lukte hem slechts eenmaal, tijdens de zitting. De waarschijnlijkheid om iets ongewoons via de krant te vernemen is veel en veel groter dan om het werkelijk mee te maken; met andere woorden, in het abstracte gebeurt tegenwoordig het meer wezenlijke en wat van minder belang is gebeurt in de werkelijkheid.

Wat Ulrich langs die weg over Moosbruggers geschiedenis vernam, was ongeveer het volgende:

Moosbrugger was als jongen een arme drommel geweest, een koeienjongen in een gehucht dat zo klein was dat het niet eens een dorpsstraat had, en hij was zo arm dat hij nooit met een meisje praatte. Hij kon altijd alleen maar naar meisjes kijken, ook later, in zijn leertijd, en al helemaal als rondtrekkend gezel. Nu hoeft men zich maar voor te stellen wat dat betekent. Iets waaraan je een even natuurlijke behoefte hebt als aan brood en water, daar mag je altijd alleen maar naar kijken. Na een tijdje wordt je verlangen onnatuurlijk. Het komt langs, de rokken zwaaiend om de kuiten. Het klimt over een hek en wordt tot de knie zichtbaar. Je kijkt het in de ogen, en ze worden ondoorzichtig. Je hoort het lachen, draait je gauw om en kijkt in een gezicht dat zo on-beweeglijk rond is als een gat in de grond waar net een muis in is geglipt.

Het was dus begrijpelijk dat Moosbrugger zich er al na de eerste meisjesmoord op beriep dat hij steeds werd achter-volgd door geesten die hem dag en nacht riepen. Ze gooiden hem uit bed als hij sliep en stoorden hem bij zijn werk; toen hoorde hij ze de hele dag en de hele nacht met elkaar praten en ruziën. Dat was geen geestesziekte, en Moosbrugger kon het niet hebben als er op die manier over werd gesproken; hij smukte het trouwens zelf soms op met reminiscenties aan de taal van geestelijken of hij ging over tot simuleren, vol-gens de adviezen die je in gevangenissen krijgt; maar het materiaal daarvoor lag altijd klaar; alleen ietwat verbleekt, als je er net geen aandacht aan schonk.

Zo was het ook geweest op zijn tochten. In de winter is het voor een timmerman moeilijk werk te vinden, en Moos-brugger stond vaak wekenlang op straat. Dan heb je dagen gelopen, kom je in een plaats, vind je geen onderdak. Moet je tot diep in de nacht doormarcheren. Voor een maaltijd heb je geen geld, dus je drinkt, totdat er twee kaarsen achter je ogen schijnen en alleen je lichaam nog loopt. In het 'nacht-asiel' wil je niet om een slaapplaats vragen, ondanks de war-me soep, deels wegens het ongedierte en deels wegens de vernederende pesterij; dan bedel je liever een paar stuivers bij elkaar en kruipt bij een boer in het hooi. Zonder het hem te vragen natuurlijk, want waarom zou je eerst een hele tijd gaan staan vragen, om je toch alleen maar te laten beledigen. 's Morgens loopt het natuurlijk vaak uit op handgemeen en aangifte van geweldpleging, vagebondage en bedelarij, en tenslotte levert dat een steeds dikker wordend pak van zulke eerdere veroordelingen op, dat elke nieuwe rechter weer ge-wichtigdoenerig openmaakt, alsof Moosbrugger daarin ver-klaard zou zijn.

En wie realiseert zich wat het betekent om je dagen- en wekenlang niet echt te kunnen wassen. De huid wordt zo hard dat ze alleen lompe bewegingen toelaat, zelfs als je lief-kozende wilde maken, en onder zo'n korst verstijft de levende ziel. Het verstand zal er minder door worden getroffen, het hoognodige zul je heel behoorlijk doen; het zal gewoon blijven branden als een lampje in een enorme lopende vuurtoren die volzit met platgetrapte regenwurmen of sprinkhanen, maar al het persoonlijke daarin is vermorzeld en wat loopt is alleen gistende organische materie. Dan kwam de rondtrekkende Moosbrugger als hij door de dorpen kwam of ook wel op de eenzame weg, hele processies van vrouwen tegen. Nu eens een, en een half uur later weliswaar pas weer een vrouw, maar zelfs al kwamen zij met nog zulke grote tussenpozen en hadden zij niets met elkaar te maken, al met al waren het toch processies. Zij gingen van het ene dorp naar het andere of zij hadden alleen net even voor hun huis staan kijken, zij droegen dikke omslagdoeken of vesten die in een stijve kronkellijn om hun heupen uitstonden, zij gingen warme kamers binnen of dreven hun kinderen voor zich uit, of zij waren zo alleen op de weg dat je een steen naar hen had kunnen gooien als naar een kraai. Moosbrugger beweerde dat hij geen lustmoordenaar kon zijn, omdat altijd alleen gevoelens van afkeer jegens deze vrouwspersonen hem hadden bezield, en dat lijkt niet onwaarschijnlijk, want je wilt toch ook een kat begrijpen die voor een kooi zit waarin een dikke blonde kanarie op en neer hipt, of die een muis vangt, laat ontsnappen en weer vangt, alleen om haar nog één keer te zien vluchten; en wat is een hond die een draaiend wiel naloopt, alleen nog spelenderwijs bijtend, hij, de vriend van de mens?: er zit in dit gedrag tegenover het levende, bewegende, stom voor zich uit draaiende of voortbewegende iets van een geheime afkeer van het medeschepsel dat behagen schept in zichzelf. En wat moest je tenslotte beginnen als zij schreeuwde? Je zou alleen tot bezinning kunnen komen of, als je dat gewoon niet kunt, haar gezicht tegen de grond drukken en haar aarde in de mond proppen.

Moosbrugger was maar een timmermansgezel, een heel eenzaam man, en hoewel hij op alle plaatsen waar hij had gewerkt graag gezien was bij zijn kameraden, had hij geen vriend. Zijn sterkste instinct keerde zijn wezen van tijd tot tijd wreed naar buiten; maar misschien hadden hem werkelijk, zoals hij zei, alleen de opvoeding en de kans ontbroken om daar iets anders van te maken, een engel des verderfs voor de massa of schouwburgpyromaan, een groot anarchist; want anarchisten die zich verenigen in geheime genootschappen noemde hij minachtend de verkeerden. Hij was duidelijk ziek; maar al vormde kennelijk zijn ziekelijke aard ook de reden van zijn gedrag, dat hem van andere mensen isoleerde, hemzelf kwam dit voor als een sterker en hoger gevoel van zijn Ik. Zijn hele leven was één belachelijke en ontstellend onbeholpen strijd om daar erkenning voor af te dwingen. Hij had al in zijn leerjaren een broodheer de vingers gebroken toen deze hem wilde straffen. Bij een andere ging hij er met geld vandoor; uit noodzakelijke gerechtigheid, naar hij zei. Hij hield het nergens lang uit; zolang hij met zijn zwijgzame, vriendelijke kalmte en zijn met reusachtige schouders werkende manier van doen, zoals altijd in het begin, de mensen op een afstand hield, bleef hij; zodra zij vertrouwelijk en respectloos met hem begonnen om te gaan alsof zij hem hadden doorzien, maakte hij zich uit de voeten, want dan overviel hem een akelig gevoel, alsof hij niet stevig in zijn vel zat. Eén keer had hij het te laat gedaan; toen spanden vier metselaars op een bouwplaats tegen hem samen, om hem te laten voelen wie er de baas was, zij wilden hem van de bovenste verdieping van de steiger afsmijten; hij hoorde ze al achter zijn rug grinnikend naderbij komen, toen had hij zich met al zijn onmetelijke kracht op hen geworpen, smeet de ene twee trappen af en doorkliefde van de twee anderen alle pezen van hun arm. Dat hij daarvoor was bestraft had zijn gemoed geschokt, naar hij zei. Hij week uit. Naar Turkije; en weer terug, want de wereld sloot zich overal aaneen tegen hem; geen toverwoord kon op tegen deze samenzwering en geen goedheid.

Zulke woorden had hij in de gekkenhuizen en gevangenissen ijverig geleerd; Franse en Latijnse scherven die hij in zijn redevoeringen stopte, sinds hij erachter was gekomen dat het bezit van deze talen datgene was wat de machthebbers het recht gaf over zijn lot te 'beschikken'. Om diezelfde reden deed hij ook zijn best tijdens de zittingen gemaakt deftig te spreken, zei bijvoorbeeld: 'Dit moet als grondslag mijner meedogenloosheid dienen' of 'ik had haar mij als nog wreder voorgesteld dan ik dergelijke vrouwen anders schat'; maar toen hij zag dat ook dat geen indruk maakte, blies hij zich niet zelden op tot een grote theatrale pose en gaf hij zich honend uit voor 'theoretisch anarchist', die zich te allen tijde zou kunnen laten bevrijden door de sociaal-democraten, als hij van die ergste joodse uitbuiters van het werkende, onwetende volk iets had willen aannemen: nu had hij ook eens een 'wetenschap', een gebied waarop de arrogante eruditie van de rechters hem niet kon volgen.

Gewoonlijk leverde hem dat in het gerechtelijk rapport de kwalificatie 'opmerkelijke intelligentie' op, respectvolle consideratie tijdens de zitting en strengere straffen, maar eigenlijk onderging zijn gestreelde ijdelheid deze zittingen als de hoogtijdagen van zijn leven. Daarom haattte hij ook niemand zo hartgrondig als de psychiaters, die meenden zijn hele gecompliceerde karakter te kunnen afdoen met een paar vreemde woorden, alsof het een alledaagse zaak voor hen was. Zoals altijd in zulke gevallen varieerden onder de druk van de zich daarboven plaatsende juridische voorstellingswereld de medische attesten over zijn geestestoestand, en Moosbrugger liet zich geen van deze gelegenheden ontgaan om de psychiaters tijdens de openbare zitting zijn superioriteit te bewijzen, en hen te ontmaskeren als opgeblazen sukkels en charlatans, die er geen snars van begrepen en die hem, als hij simuleerde, in het gekkenhuis zouden moeten opnemen in plaats van hem naar het tuchthuis te sturen, waar hij thuishoorde. Want hij loochende zijn daden niet, hij wilde ze als de tegenslagen van een grootse levensopvatting begrepen weten. De gniffelende vrouwen spanden in de eerste plaats tegen hem samen; zij hadden allemaal hun scharrels, en het oprechte woord van een serieus man beschouwden zij als onzin, zo niet als een belediging. Hij ging hen uit de weg zo lang hij kon, om zich niet te laten provoceren; maar dat was niet altijd mogelijk. Er zijn dagen waarop het je als man duizelt en je niets meer kunt aanpakken omdat je handen zweten van onrust. En moet je dan zwichten, dan kun je ervan op aan dat al bij de eerste stap die je zet, daarginds, als een patrouille die de anderen vooruit hebben gestuurd, zo'n lopend stuk venijn je weg kruist, een bedriegster, die de man heimelijk uitlacht, terwijl zij hem zwak maakt en haar komedie voor hem opvoert, als zij hem in haar gewetenloosheid niet nog iets veel ergers aandoet!

En zo was dus het einde gekomen van die nacht, van een apathisch pimpelend doorgebrachte nacht met veel lawaai om de innerlijke onrust tot bedaren te brengen. Ook zonder dat je dronken bent kan de wereld onvast zijn. De muren van de straten wankelen als coulissen, waarachter iets op de claus wacht om te voorschijn te komen. Aan de rand van de stad, waar je in het open, door de maan verlichte veld komt, wordt het rustiger. Daar moest Moosbrugger omkeren, om met een boog zijn weg naar huis te vinden, en daar, bij de ijzeren brug, had het meisje hem aangesproken. Het was zo'n meisje dat zich beneden aan de rivier aan mannen verkoopt, een werkloos, weggelopen dienstmeisje, zo'n klein ding waarvan je alleen twee lokkende muizeogen onder haar hoofddoek zag. Moosbrugger wees haar af en versnelde zijn pas; maar zij smeekte of hij haar mee naar huis wilde nemen. Moosbrugger liep; rechtdoor, de hoek om, tenslotte hulpeloos heen en weer; hij nam grote stappen, en zij liep naast hem; hij bleef staan, en zij bleef staan als een schaduw. Hij trok haar achter zich aan, dat was het. Toen deed hij nog één poging haar te verjagen; hij draaide zich om en spuwde haar tweemaal in haar gezicht. Maar het hielp niet, zij was onkwetsbaar.

Dat gebeurde in het immense park, dat zij op zijn smalste plaats moesten oversteken. Toen had Moosbrugger voor het eerst zeker geweten dat er een souteneur van het meisje in de buurt moest zijn; want waar had zij anders de moed vandaan gehaald hem ondanks zijn misnoegen te blijven volgen? Hij greep naar het mes in zijn broekzak, want zij wilden hem erin laten lopen; hem misschien weer overvallen; achter vrouwen steekt toch altijd die andere man, die de spot met je drijft. En trouwens, kwam zij hem niet voor als een verklede man? Hij zag schaduwen bewegen en hoorde het hout kraken, terwijl de gluipster naast hem als een wijd uitzwaaiende klokkeslinger steeds weer na een poosje haar verzoek herhaalde; maar er was niets te vinden waarop zijn reusachtige kracht zich had kunnen storten, en hij begon bang te worden voor dit onheilspellende niet-gebeuren.

Toen zij in de eerste, nog heel donkere straat kwamen, stond het zweet hem op zijn voorhoofd en hij beefde. Hij keek niet opzij en vluchtte een café in dat nog open was. Hij sloeg een kop zwarte koffie en drie cognacjes achterover en kon rustig blijven zitten, misschien wel een kwartier lang; maar toen hij afrekende was daar weer de gedachte wat hij moest beginnen als zij nu buiten had gewacht? Je hebt van die gedachten die zich als touw in eindeloze lussen om je armen en benen slingeren. En toen hij nog maar nauwelijks een paar stappen in de donkere straat had gezet voelde hij het meisje aan zijn zijde. Zij was nu helemaal niet onderdanig meer, maar brutaal en zelfverzekerd; zij vroeg ook niet langer maar zweeg slechts. Toen realiseerde hij zich dat hij nooit van haar af zou komen, omdat hij het zelf was die haar achter zich aan trok. Een huilerige walging vulde zijn strot. Hij liep, en dat, schuin achter hem, dat was hij ook weer. Precies zoals hij ook altijd processies was tegengekomen. Hij had eens zelf een grote splinter uit zijn been gesneden omdat hij te ongeduldig was geweest om op de dokter te wachten; precies zo voelde hij nu opnieuw zijn mes, lang en hard lag het in zijn zak.

Maar Moosbrugger kwam met een bijna bovenmenselijke inspanning van zijn moraal op nog een uitweg. Achter de schutting waar de weg nu langs liep, lag een sportterrein; daar was je helemaal ongezien, en hij sloeg de hoek om. In het nauwe lokethokje ging hij liggen en drukte zijn hoofd in de hoek waar het het donkerst was; het weke vervloekte tweede Ik ging naast hem liggen. Hij deed daarom alsof hij meteen insliep, om later stilletjes weg te kunnen sluipen. Maar toen hij zachtjes, met zijn voeten naar voren, naar buiten kroop, was het er weer en sloeg de armen om zijn hals. Toen voelde hij iets hards in haar zak of de zijne; hij trok het met een ruk te voorschijn. Hij wist niet goed of het een schaar was of een mes; hij stak ermee. Zij had beweerd dat het slechts een schaar was, maar het was zijn mes. Zij viel met haar hoofd in het hokje; hij sleurde haar er een stukje uit, op de mulle grond, en stak net zo lang op haar in tot hij haar helemaal van zich had losgesneden. Toen stond hij misschien nog een kwartier bij haar en bekeek haar, terwijl de nacht weer kalmer en wonderbaarlijk glad werd. Nu kon zij geen enkele man meer beledigen en zich aan hem vastklampen. Tenslotte droeg hij het lijk de weg over en legde het voor een bosje, zodat zij gemakkelijker kon worden gevonden en begraven, naar hij beweerde, want nu kon zij het toch ook niet meer helpen.

Tijdens de zitting stelde Moosbrugger zijn verdediger voor de meest onvoorziene problemen. Hij zat breeduit als een toeschouwer op zijn bank, riep 'Bravo!' tegen de officier van justitie als deze iets aanvoerde over het gevaar dat hij vormde voor de gemeenschap, wat hij zichzelf waardig achtte, en hij deelde lovende beoordelingen uit aan getuigen die verklaarden nooit iets aan hem te hebben gemerkt dat op ontoerekeningsvatbaarheid zou kunnen wijzen. 'U bent een rare snuiter,' vleide de rechter die de zitting voorzat hem van tijd tot tijd, en trok gewetensvol de strikken aan die de beklaagde had uitgezet. Dan stond Moosbrugger een ogenblik lang verbouwereerd, als een stier die de arena in wordt gejaagd, liet zijn ogen dwalen en zag aan de gezichten van de aanwezigen, wat hij niet begrijpen kon, dat hij zich weer een laag dieper in zijn schuld had gewerkt.

Wat Ulrich sterk aantrok was dat aan zijn verdediging duidelijk een schimmig herkenbare opzet ten grondslag lag. Hij was niet uitgegaan met de bedoeling te doden, en het was zijn eer te na om ziek te zijn; van lust kon al helemaal niet worden gesproken, maar alleen van walging en minachting: dus moest het delict doodslag zijn, waar het verdachte gedrag van de vrouw, 'deze karikatuur van een vrouw', zoals hij zich uitdrukte, hem toe had verleid. Als men hem goed begreep, eiste hij zelfs dat men zijn moord voor een politiek misdrijf zou aanzien, en hij maakte soms de indruk dat hij helemaal niet voor zichzelf opkwam, maar meer voor deze juridische constructie streed. De tactiek die de rechter daartegen volgde was de gebruikelijke om in alles alleen de onhandige, listige inspanningen te zien van een moordenaar die zich aan zijn verantwoordelijkheid wil onttrekken. 'Waarom hebt u uw bebloede handen afgeveegd? – Waarom hebt u het mes weggegooid? – Waarom hebt u na de daad schoon goed en ondergoed aangetrokken? – Omdat het zondag was? Niet omdat het onder het bloed zat? – Waarom bent u uitgegaan? De daad heeft u dus niet belet dat te doen? Hebt u hoegenaamd enig berouw gevoeld?' Ulrich had begrip voor de diepe berusting waarmee Moosbrugger op zulke momenten zijn ontoereikende opvoeding de schuld gaf, die hem verhinderde dit net van onbegrip te ontwarren, wat echter in de taal van de rechter met bestraffende nadruk luidde: 'U ziet altijd kans anderen de schuld te geven!' Deze rechter vatte alles samen tot één geheel, uitgaande van de politierapporten en de landloperij, en gaf Moosbrugger daarvan de schuld; voor deze echter bestond dit uit louter losse voorvallen, die niets met elkaar te maken hadden en elk een andere oorzaak hadden, die buiten Moosbrugger en ergens in de wereld in zijn geheel lag. In de ogen van de rechter gingen zijn daden van hem uit, in de zijne waren ze op hem afgekomen, aan komen vliegen als vogels. Voor de rechter was Moosbrugger een bijzonder geval; voor zichzelf was hij een wereld, en het is heel moeilijk iets overtuigends te zeggen over een wereld. Het waren twee tactieken die elkaar bestreden, twee eenheden en twee logica's; maar Moosbrugger was in de ongunstigste positie, want zijn eigenaardige schimmige beweegredenen zou ook een slimmer iemand niet onder woorden hebben kunnen brengen. Ze kwamen rechtstreeks voort uit de verwarrende eenzaamheid van zijn leven, en terwijl alle andere levens honderdvoudig bestaan – op dezelfde wijze gezien door hen die ze leiden als door alle anderen die ze bevestigen – bestond zijn ware leven alleen voor hemzelf. Het was iets schimmigs dat onafgebroken vervormt en van gedaante verwisselt. Natuurlijk had hij zijn rechters kunnen vragen of hun leven dan in wezen anders was? Maar zoiets kwam niet bij hem op. Ten overstaan van de rechterlijke macht lag alles wat ná elkaar zo natuurlijk was geweest in hem zinloos náást elkaar, en hij deed zijn uiterste best daar een zin in te leggen die in geen enkel opzicht zou onderdoen voor de waardigheid van zijn voorname tegenstanders. De rechter maakte een bijna welwillende indruk in zijn poging hem daarbij behulpzaam te zijn door hem ideeën aan te reiken, zelfs als ze van dien aard waren dat ze Moosbrugger aan de verschrikkelijkste gevolgen uitleverden.

Het was als het gevecht van een schaduw met de muur, en op het laatst flakkerde Moosbruggers schaduw alleen nog maar op een gruwelijke manier. Op deze laatste zitting was Ulrich aanwezig. Toen de president het rapport voorlas dat hem verantwoordelijk verklaarde, stond Moosbrugger op en deed het gerechtshof kond: 'Ik ben er tevreden mee en heb mijn doel bereikt.' Spottend ongeloof in de ogen om hem heen antwoordde hem en hij voegde er woedend aan toe: 'Gezien het feit dat ik de aanklacht heb afgedwongen, ben ik over de bewijsvoering tevreden!' De president, die nu een en al gestrengheid en bestraffing was geworden, wees hem terecht met de opmerking dat het het gerechtshof niet om zijn tevredenheid te doen was. Toen las hij hem het doodvonnis voor, precies zo, alsof de wartaal die Moosbrugger tot vermaak van alle aanwezigen het hele proces lang had gesproken, nu ook eens serieus moest worden beantwoord. Ditmaal zei Moosbrugger niets, om niet geschrokken te lijken. Toen werd de zitting gesloten, en alles was voorbij. Op dat moment wankelde echter toch zijn geest; hij week terug, machteloos jegens het hoogmoedig onbegrip; terwijl hij al door de gerechtsdienaars naar buiten werd gevoerd, draaide hij zich om, worstelde met woorden, stak zijn handen omhoog en riep met een stem die de stompen van zijn bewakers afschudde: 'Ik ben er tevreden mee, ook al moet ik u wel bekennen dat u een waanzinnige hebt veroordeeld!'

Dat was een inconsequentie; maar Ulrich bleef ademloos zitten. Dat was duidelijk waanzin en even duidelijk niet meer dan een verwrongen samenhang van onze eigen elementen van het Zijn. Verbrokkeld en doorduisterd was het; maar op de een of andere manier kwam het bij Ulrich op: Als de mensheid in haar geheel zou kunnen dromen, moest er Moosbrugger ontstaan. Hij kwam pas weer tot bezinning toen die 'ellendige Hansworst van een verdediger', zoals de ondankbare Moosbrugger hem eens in de loop van het proces had genoemd, aankondigde wegens een of ander detail een eis tot nietigverklaring in te dienen, terwijl hun beider reusachtige cliënt werd afgevoerd.

– 19 –

*Schriftelijke aansporing en gelegenheid om eigenschappen
te verwerven
Concurrentie tussen twee regeringsjubilea*

Zo verstreek de tijd, en op een dag ontving Ulrich een brief van zijn vader. 'Beste zoon! Er zijn thans weer maanden verstreken zonder dat uit je schaarse brieven viel op te maken dat je in je loopbaan ook maar de kleinste stap voorwaarts hebt gezet of je daarop zou hebben voorbereid.

Ik wil met genoegen bevestigen dat ik in de loop van de laatste jaren de voldoening heb mogen smaken van verscheidene hooggeachte zijden je prestaties te horen prijzen en op grond daarvan jou een veelbelovende toekomst heb horen voorspellen. Maar enerzijds de – stellig niet van mij – geërfde neiging die je hebt om als een opdracht je aantrekt de eerste schreden weliswaar onstuimig af te leggen, maar daarna als het ware geheel te vergeten wat je jezelf en diegenen die hun hoop op jou hebben gevestigd verschuldigd bent, anderzijds de omstandigheid dat ik uit jouw tijdingen ook niet het minste teken kan afleiden dat zou kunnen wijzen op een aanzet tot je verder te volgen gedragslijn, vervullen mij met diepe zorg.

Niet alleen ben je op een leeftijd waarop andere mannen al een vaste positie in het leven hebben verworven, maar ik kan elk moment komen te overlijden, en het vermogen dat ik jou en je zuster in gelijke delen zal nalaten zal weliswaar niet klein zijn, maar onder de huidige omstandigheden toch niet zo groot dat alleen het bezit daarvan je van een maatschappelijke positie kan verzekeren, die je dus veeleer eindelijk zelf zult moeten verwerven. De gedachte dat jij sinds je promotie alleen zo vaagweg over plannen spreekt die zich over de meest uiteenlopende gebieden zouden moeten uitstrekken, en die jij op jouw bekende manier misschien sterk overschat, maar nooit schrijft over de bevrediging die een leeropdracht je zou kunnen verschaffen, noch over contact opnemen wegens zulke plannen met een of andere universiteit, noch anderszins over contacten met vooraanstaande kringen, dat is hetgeen mij zo nu en dan grote zorg baart. Men kan mij er beslist niet van verdenken dat ik de wetenschappelijke onafhankelijkheid zou geringschatten, ik die zevenenveertig jaar geleden in mijn jou welbekende, nu in de twaalfde druk verschijnende werk: *Samuel Pufendorfs toerekeningsleer en de moderne jurisprudentie*, de werkelijke verbanden aan het licht brengend, als eerste heb gebroken met de vooroordelen daaromtrent van de oudere richting binnen het strafrecht, doch even weinig vermag ik, na de ervaringen van een arbeidzaam leven, goed te keuren dat men zich helemaal op zichzelf richt en zijn wetenschappelijke en maatschappelijke betrekkingen verwaarloost, die het werk van de eenling pas de ruggesteun verschaffen waardoor het in een vruchtbaar en bevorderlijk verband komt te verkeren.

Ik hoop derhalve vol vertrouwen ten spoedigste van je te horen en de uitgaven die ik voor jouw carrière heb gedaan vergoed te zien doordat je zulke betrekkingen, nu je in het land terug bent, aanknoopt en ze niet langer verwaarloost. Ik heb in deze geest ook geschreven aan mijn ware vriend en protector sinds vele jaren, de voormalige president van de Rekenkamer en huidige president van de Bijzondere Rechtbank van het Keizerlijk Huis bij het kabinet van de hofmaarschalk, Zijne Excellentie graaf Stallburg, en hem gevraagd jouw verzoek, dat je hem eerstdaags zult voorleggen, welwillend te aanvaarden. Mijn hooggeplaatste vriend heeft ook al de goedheid gehad mij per omgaande te antwoorden, en je hebt het geluk dat hij je niet alleen zal ontvangen, maar dat je loopbaan, hem door mij geschetst, zijn warme belangstelling heeft. Hiermee is, voor zover het binnen mijn vermogen en beoordeling ligt en vooropgesteld dat je Zijne Excellentie voor je weet in te nemen en tevens de meningen van de vooraanstaande academische kringen over jou weet te bevestigen, je toekomst verzekerd.

Wat het verzoek betreft dat je Zijne Excellentie zeker gaarne zult willen voorleggen zodra je weet waar het om gaat, het behelst het volgende:

In Duitsland moet in het jaar 1918, en wel omstreeks 15 VI, een grote viering, waarmee de wereld van de grootheid en macht van Duitsland moet worden doordrongen, plaatsvinden ter gelegenheid van het dertigjarige regeringsjubileum van keizer Wilhelm II; en ofschoon het nog verscheidene jaren zal duren voor het zover is, weet men uit betrouwbare bron dat daar nu reeds voorbereidingen toe worden getroffen, hoewel vanzelfsprekend voorlopig nog geheel officieus. Nu weet jij vermoedelijk ook dat onze eerbiedwaardige Keizer in datzelfde jaar het zeventigjarig jubileum van zijn troonsbestijging viert en dat de datum daarvan de 2e december is. Gezien de bescheidenheid die wij Oostenrijkers maar al te zeer aan de dag leggen bij alle kwesties die het eigen vaderland betreffen, moet gevreesd worden dat wij, mag ik wel zeggen, opnieuw een Königgrätz zullen beleven, wat betekent dat de Duitsers ons met hun op effect gerichte methodiek weer vóór zullen zijn, precies zoals zij destijds het naaldgeweer al hadden ingevoerd voor wij op een verrassing bedacht waren.

Gelukkig werd mijn vrees die ik zojuist uitte al voorzien door andere patriottische persoonlijkheden met goede relaties, en ik kan je verklappen dat er in Wenen een actie gaande is om te verhinderen dat deze vrees bewaarheid wordt en om van een zeventigjarige regering rijk aan zegeningen en zorgen het volle gewicht tot uitdrukking te brengen tegenover een slechts dertigjarige. Daar 2 XII natuurlijk onmogelijk naar vóór 15 VI kan worden verzet, is men op de gelukkige gedachte gekomen het hele jaar 1918 in te richten als jubileumjaar van onze Vredeskeizer. Ik ben daarvan weliswaar slechts in zoverre op de hoogte dat de verenigingen waar ik deel van uitmaak in de gelegenheid waren hun standpunt ten aanzien van dit initiatief te bepalen; nadere gegevens zul je zelf vernemen zodra jij je laat aandienen bij graaf Stallburg, die jou in het organisatiecomité een plaats heeft toegedacht die gezien je jeugd zeer vererend is.

Ook moet ik je op het hart drukken je betrekkingen met het gezin van directeur-generaal Tuzzi van het ministerie van Buitenlandse Zaken en van het Keizerlijk Huis, bij wie ik je al zo vaak heb aanbevolen, niet langer op dezelfde voor mij welhaast pijnlijke wijze te negeren, maar met spoed je opwachting te maken bij zijn echtgenote, die zoals je weet de dochter is van een neef van de vrouw van mijn overleden broer en dientengevolge jouw nicht, want naar men mij zegt neemt zij een vooraanstaande positie in het project in waarover ik je zojuist schreef, en mijn geachte vriend graaf Stallburg heeft al de overgrote goedheid gehad haar jouw bezoek in het vooruitzicht te stellen, weshalve je geen moment meer mag aarzelen het af te leggen.

Over mijzelf valt verder niets te melden; het werk aan de nieuwe herdruk van mijn genoemde boek eist buiten mijn colleges al mijn tijd en het laatste restje van de werkkracht waarover men op mijn leeftijd nog beschikt. Men moet zijn tijd ten volle benutten, want hij is kort.

Van je zuster hoor ik alleen dat zij in goede gezondheid verkeert; zij heeft een degelijke en brave man, al zal zij ook nooit toegeven dat zij met haar lot tevreden is en zich gelukkig voelt.

Wees gezegend door je liefhebbende

Vader.'

TWEEDE DEEL

Insgelijks geschiedt

Aanraking met de werkelijkheid
Ondanks zijn gebrek aan eigenschappen gedraagt Ulrich
zich energiek en vurig

Dat Ulrich werkelijk besloot zijn opwachting te maken bij graaf Stallburg had onder andere en niet in de laatste plaats als reden dat hij nieuwsgierig was geworden.

Graaf Stallburg had zijn kantoor in de keizerlijke en koninklijke Hofburg, en de keizer en koning van Kakanië was een legendarische oude heer. Sinds die tijd zijn er wel tal van boeken over hem geschreven en weet men precies wat hij gedaan, verhinderd of nagelaten heeft, maar destijds, in het laatste decennium van zijn en Kakanië's leven, twijfelden jongere mensen die van de stand van zaken in wetenschappen en kunsten op de hoogte waren er vaak aan of hij eigenlijk wel bestond. Het aantal portretten dat je van hem zag was bijna even groot als het inwonertal van zijn rijken; op zijn verjaardag werd evenveel gegeten en gedronken als op die van de Verlosser, op de bergen laaiden de vuren, en de stemmen van miljoenen mensen betuigden dat zij hem als een vader liefhadden; tenslotte was een lied dat te zijner ere opklonk het enige produkt van dichtkunst en muziek waarvan elke Kakaniër tenminste één regel kende: maar deze populariteit en publiciteit was zo over-overtuigend, dat het met het geloof in hem gemakkelijk precies zo gesteld had kunnen zijn als met dat in sterren die je ziet ofschoon ze er al duizenden jaren niet meer zijn.

Het eerste wat nu geschiedde toen Ulrich naar de keizerlijke Hofburg reed, was dat het rijtuig dat hem daarheen moest brengen al op het buitenhof stopte, en de koetsier wenste te worden betaald, waarbij hij beweerde dat hij weliswaar mocht doorrijden, maar dat hij op het binnenhof van de Hofburg niet mocht stilstaan. Ulrich ergerde zich aan de koetsier, die hij als een bedrieger of een bangerik beschouwde, en probeerde hem te bewegen door te rijden; maar hij bleef machteloos tegenover diens angstvallige weigering, en plotseling voelde hij daarin de uitstraling van een macht die sterker was dan hij. Toen hij het binnenhof betrad vielen hem de talrijke rode, blauwe, witte en gele tunieken, broeken en helmpluimen sterk op, die daar stijf in de zon stonden als vogels op een zandplaat. Hij had tot dusverre 'de majesteit' beschouwd als een loze uitdrukking die men nu eenmaal had gehandhaafd, zoals je ook atheïst kunt zijn en toch 'Grüss Gott' zegt; maar nu gleed zijn blik langs de hoge muren, en hij zag een eiland liggen, grijs, gesloten, als een fort, waar het jachtige van de stad nietsvermoedend aan voorbijschoot.

Hij werd, nadat hij zijn wens kenbaar had gemaakt, over trappen en gangen, door kamers en zalen geleid. Hoewel hij zeer goed was gekleed, voelde hij zich daarbij door elke blik die hij ontmoette volkomen juist beoordeeld. Geen mens scheen er hier over te peinzen geestelijke voornaamheid te verwisselen met werkelijke, en er restte Ulrich geen andere genoegdoening dan die van ironisch protest en burgerlijke kritiek. Hij stelde vast dat hij door een grote kast met weinig inhoud liep; de zalen waren bijna ongemeubileerd, maar deze lege smaak had niet het bittere van een grote stijl; hij passeerde een losse opeenvolging afzonderlijke gardesoldaten en bedienden, die eerder een onbeholpen dan luisterrijke bescherming vormden, wat een half dozijn goed betaalde en geschoolde detectives effectiever zou hebben gedaan; en vooral het als banklopers in het grijs geklede en bepette bediendenslag dat tussen de lakeien en lijfwachten ronddoolde, deed hem denken aan een advocaat of een tandarts die kantoor en woonhuis niet voldoende gescheiden houdt. 'Je voelt duidelijk,' dacht hij, 'hoe dit de mensen in de Biedermeiertijd als prachtig schouwspel zal hebben geïntimideerd, maar nu kan het niet eens meer de vergelijking met de elegantie en het comfort van een hotel doorstaan, en daarom doet het zich heel sluw voor als voorname terughoudendheid en stijfheid.'

Toen hij echter bij graaf Stallburg binnenkwam, ontving

Z. Excellentie hem in een groot, hol prisma van voortreffelijke proporties, waar middenin de onooglijke, kaalhoofdige man, licht voorovergebogen en met een orang-oetangachtige knik in zijn benen, voor hem stond, op een manier zoals een hoge hoffunctionaris van goede familie er onmogelijk van nature kon uitzien, maar alleen door nabootsing van iets. Zijn schouders hingen naar voren en zijn lip naar beneden; hij had veel weg van een oude gemeentebode of een brave kassier. En opeens leed het geen twijfel meer aan wie hij deed denken; graaf Stallburg werd doorzichtig en Ulrich begreep dat een man die al zeventig jaar lang het Allerhoogste Middelpunt is van de hoogste macht, er een zekere voldoening in moet vinden zich terug te trekken achter zichzelf, en een verschijning aan te nemen als de ondergeschiktste van zijn onderdanen, waarna het eenvoudig een kwestie wordt van goede manieren en een vanzelfsprekende vorm van discretie om er in de nabijheid van deze Allerhoogste Persoon niet persoonlijker uit te zien dan hij zelf. Dit schijnt er de zin van te zijn dat koningen zichzelf ook zo graag de eerste dienaren van hun staat noemden, en met een snelle blik overtuigde Ulrich zich ervan dat Z. Excellentie werkelijk die asgrauwe, korte, op de kin uitgeschoren bakkebaarden droeg die alle bedienden en spoorwegbeambten in Kakanië bezaten. Men had kunnen menen dat zij in hun voorkomen op hun keizers en koningen probeerden te lijken, maar de diepere behoefte berust in zulke gevallen op wederkerigheid.

Ulrich had tijd om dat te bedenken omdat hij een poosje moest wachten voor Z. Excellentie het woord tot hem richtte. De theatrale oerdrang om je te verkleden en van gedaante te verwisselen, die tot de lusten van het leven behoort, werd hier zonder de minste bijsmaak aan hem vertoond, waarschijnlijk zonder enig besef van komedie; en wel zo sterk dat de burgerlijke gewoonte om theaters te bouwen en van het toneelspelen een kunst te maken die men voor enkele uren huurt, hem naast deze onbewuste en blijvende kunst van het zichzelf-spelen als iets volkomen onnatuurlijks, laattijdigs en gespletens voorkwam. En toen Z. Excellentie eindelijk zijn ene lip van de andere had getild en tegen hem zei: 'Uw beste vader...' en al bleef steken, maar er in zijn stem toch iets zat dat je aandacht vestigde op zijn opvallend mooie, gelige handen en op iets als een gespannen moraliteit om de hele verschijning, vond Ulrich dat charmant, en beging een fout die intellectuelen gauw begaan. Want Z. Excellentie vroeg hem vervolgens wat hij was, en zei: 'Zozo, heel interessant, aan welke school?' nadat Ulrich wiskundige had geantwoord; en toen Ulrich verzekerde dat hij niets met scholen te maken had, zei Z. Excellentie: 'Zozo, heel interessant, ik begrijp het, wetenschap, universiteit.' En dat kwam Ulrich zo bekend voor en zo helemaal als wat je je van een verfijnd conversatiestuk voorstelt, dat hij zich zonder dat hij er erg in had begon te gedragen alsof hij hier thuis was, en zijn eigen gedachtengang volgde in plaats van wat de beschaafde richtlijn in die situatie gebood. Opeens moest hij aan Moosbrugger denken. Hier was de macht van de begenadiging immers vlakbij en niets leek hem eenvoudiger dan te proberen of hij daar gebruik van kon maken. 'Excellentie,' vroeg hij, 'mag ik van deze gunstige gelegenheid gebruik maken om een goed woordje te doen voor een man die ten onrechte ter dood is veroordeeld?'

Bij deze vraag sperde Excellentie Stallburg zijn ogen open.

'Een lustmoordenaar, ongetwijfeld,' gaf Ulrich toe, maar op dat moment zag hij zelf in dat hij zich onmogelijk gedroeg. 'Een geesteszieke natuurlijk,' probeerde hij zichzelf vlug te verbeteren, en 'Uwe Excellentie is bekend dat onze wetgeving uit het midden van de vorige eeuw dateert en op dit punt achterhaald is,' had hij er bijna aan toegevoegd, maar hij moest slikken en zat vast. Hij vergiste zich als hij van deze man verwachtte in discussie te treden over iets dat mensen die het aan intellectuele activiteit is gelegen vaak heel zinloos op zich nemen. Zo'n paar woorden, op de juiste manier ertussendoor gestrooid, kunnen even vruchtbaar zijn als losse tuinaarde, maar op deze plaats hadden ze het effect van een kluitje aarde dat iemand per ongeluk aan zijn schoen mee de kamer in heeft genomen. Maar nu, omdat graaf

Stallburg zijn verlegenheid had opgemerkt, betoonde deze hem een waarlijk grote welwillendheid. 'Ja, ja, ik herinner me hem,' zei hij, nadat Ulrich na enige zelfoverwinning de naam had genoemd, 'en u zegt dus dat het een geesteszieke is en u zou deze man willen helpen?'

'Hij kan er niets aan doen.'

'Ja, dat zijn altijd bijzonder nare gevallen.' Graaf Stallburg scheen zeer te lijden onder hun moeilijkheden. Hij keek Ulrich wanhopig aan en vroeg hem, alsof er toch niets anders te verwachten was, of Moosbrugger al definitief was veroordeeld. Ulrich moest dit ontkennen. 'Ach, nu ja,' vervolgde hij opgelucht, 'dan heeft het nog de tijd,' en hij begon over 'Papa' te praten, het geval Moosbrugger in vriendelijke vaagheid latend voor wat het was.

Ulrich was door zijn ontsporing een moment zijn tegenwoordigheid van geest kwijt, maar merkwaardig genoeg had deze fout op Z. Excellentie geen slechte indruk gemaakt. Graaf Stallburg was weliswaar eerst bijna sprakeloos geweest, alsof men in zijn aanwezigheid zijn colbert zou hebben uitgetrokken; maar daarna vond hij de directheid van een man die hem als zo goed was aanbevolen, energiek en vurig, en hij was blij deze twee woorden te hebben gevonden want hij was van zins zich een goede indruk te vormen. Hij schreef ze ('Wij mogen hopen een energiek en vurig medewerker te hebben gevonden') meteen in zijn introductiebrief, die hij aan de hoofdpersoon van de grote vaderlandse actie richtte. Toen Ulrich deze brief enkele ogenblikken later in ontvangst nam voelde hij zich net een kind waar men afscheid van neemt door het een stukje chocola in zijn handjes te drukken. Hij hield nu iets tussen zijn vingers, en nam voor een volgend bezoek instructies in ontvangst die evengoed een opdracht als een verzoek konden zijn, zonder dat zich de gelegenheid voordeed daartegen te protesteren. 'Dit moet een misverstand zijn, het lag toch absoluut niet in mijn bedoeling – ' had hij willen zeggen; maar toen was hij al op de terugweg door de grote gangen en zalen. Opeens bleef hij staan en dacht: 'Ik ben als een kurk omhoog getild en ergens afgezet waar ik helemaal niet heen wilde!'

Hij bekeek nieuwsgierig de arglistige eenvoud van de inrichting. Hij kon rustig tegen zichzelf zeggen dat die ook nu geen indruk op hem maakte; het was gewoon een wereld die nog niet was opgeruimd. Maar welke sterke, vreemde eigenschap had ze hem toch laten voelen? Verdomd, je kon het bijna niet anders uitdrukken: ze was eenvoudig verbluffend werkelijk.

– 21 –

De ware uitvinding van de Parallelactie door graaf Leinsdorf

De waarlijk drijvende kracht achter de grote patriottische actie – die van nu af aan, om redenen van beknoptheid en omdat ze 'het volle gewicht van een zeventigjarig jubileum rijk aan zegeningen en zorgen tegenover een slechts dertigjarig jubileum tot uitdrukking moest brengen', ook wel de Parallelactie zal worden genoemd – was echter niet graaf Stallburg maar diens vriend, Z. Doorluchtigheid graaf Leinsdorf. In de fraaie, van hoge ramen voorziene werkkamer van deze hoge heer – te midden van talrijke lagen stilte, devotie, goudgalon en de plechtigheid van de glorie – stond omstreeks de tijd dat Ulrich zijn bezoek aan de Hofburg bracht, de secretaris met een boek in zijn hand en las Z. Doorluchtigheid daar een passage uit voor die hem was opgedragen te vinden. Het was dit keer iets van Joh. Gottl. Fichte, dat hij had opgediept uit diens *Reden an die Deutsche Nation* en dat hem heel geschikt leek. 'Om verlost te worden van de erfzonde der traagheid,' las hij voor, 'en haar gevolgen, de lafheid en valsheid, behoeven de mensen voorbeelden die voor hen het mysterie der vrijheid voorconstrueren, zoals zij die in de stichters der godsdiensten hebben gehad. De noodzakelijke overeenstemming inzake de zedelijke overtuiging geschiedt in de Kerk, welker symbolen niet dienen te worden beschouwd als leerstellingen doch slechts als leermiddelen voor de verkondiging der eeuwige waarheden.' Hij had de woorden *traagheid, voorconstrueren* en *Kerk* beklemtoond, Z. Doorluchtigheid had welwillend geluisterd, liet zich het boek tonen maar schudde vervolgens zijn hoofd. 'Nee,' zei de rijksgraaf, 'het boek zou wel goed zijn, maar die protestantse passage over de Kerk kan niet!' – De secretaris keek zo zuur als een kleine ambtenaar die zijn concept van een akte voor de vijfde keer door zijn superieuren moet laten afwijzen, en bracht er voorzichtig tegenin: 'Maar Fichte zou toch in nationale kringen een uitstekende indruk maken?' – 'Ik denk,' antwoordde Z. Doorluchtigheid, 'dat wij daar voorlopig van af moeten zien.' Met het dichtklappende boek klapte ook zijn gezicht dicht, met het zonder woorden bevelende gezicht klapte ook de secretaris dubbel in een berustende buiging en nam Fichte in ontvangst om hem af te ruimen en in de aangrenzende bibliotheek weer op zijn plaats te zetten tussen alle andere filosofische systemen van de wereld; men kookt niet zelf, maar laat dat door zijn personeel doen.

'Het blijft dus,' zei graaf Leinsdorf, 'voorshands bij deze vier punten: Vredeskeizer, Mijlpaal voor Europa, het Ware Oostenrijk en Bezit en Beschaving. In die termen moet u het rondschrijven opstellen.'

Z. Doorluchtigheid had op dat moment een politiek idee gekregen, en in woorden vertaald betekende dat ongeveer: ze komen vanzelf! Hij doelde op die kringen in zijn vaderland die zich niet zozeer onderdanen dáárvan voelden als wel van de Duitse natie. Ze waren hem onsympathiek. Als zijn secretaris een passender citaat had gevonden om hun gevoeligheden te strelen (want daartoe was Joh. Gottl. Fichte uitgekozen), dan zou die passage ook zijn opgenomen; maar nu een storend detail dat verhinderde, haalde graaf Leinsdorf opgelucht adem.

Z. Doorluchtigheid was de uitvinder van de grote vaderlandse actie. Hem was, toen het onrustbarende bericht uit Duitsland kwam, als eerste het woord Vredeskeizer ingevallen. Het was meteen vervlochten met het beeld van een 88-jarige monarch, een ware vader voor zijn volkeren, en met een 70-jarige ononderbroken regering. Deze beide voorstellingen droegen uiteraard de hem vertrouwde trekken van zijn keizerlijke meester, doch de glorie daaromheen was niet die van majesteit, maar van het trotse feit dat zijn vaderland op de oudste en langst regerende monarch van de wereld kon bogen. Mensen die dat niet begrijpen zouden nu in de verleiding kunnen komen daar alleen het plezier in een curiositeit in te zien (zoiets als wanneer graaf Leinsdorf meer waarde had gehecht aan het bezit van de veel zeldzamer dwarsgestreepte Sahara-zegel, met watermerk en ontbrekende tand, dan aan een Greco, wat hij in werkelijkheid ook deed, hoewel hij ze allebei bezat en hij zijn beroemde familiecollectie schilderijen niet helemaal veronachtzaamde), maar zij begrijpen nu eenmaal niet wat een verrijkende kracht een gelijkenis zelfs nog vóór heeft op de grootste rijkdom. In deze gelijkenis van de oude monarch zat voor graaf Leinsdorf tegelijk zijn vaderland, dat hij liefhad, en de wereld, die het tot voorbeeld moest strekken. Graaf Leinsdorf werd bewogen door grote en smartelijke verwachtingen. Hij zou niet hebben kunnen zeggen of het meer de smart was over zijn vaderland dat hij niet helemaal die ereplaats zag innemen 'in de familie der volkeren' die het toekwam, of dat wat hem bewoog afgunst was op Pruisen, dat Oostenrijk van deze plaats had gestoten (in het jaar 1866, door 's lands streken!), of dat hij eenvoudig vervuld was van trots op de adeldom van een oude staat en van het verlangen de voorbeeldigheid van deze staat aan te tonen; want de volkeren van Europa dreven volgens hem allemaal weg in de maalstroom van een materialistische democratie, en wat hem voor de geest stond was een verheven symbool, dat zowel een waarschuwing voor hen moest zijn als een teken tot inkeer. Hij zag duidelijk in dat er iets moest gebeuren dat Oostenrijk aan het hoofd van alle staten zou stellen, opdat deze 'luisterrijke manifestatie van Oostenrijks levenskracht' voor de hele wereld 'een mijlpaal' zou zijn, en kon dienen om haar eigen ware aard te hervinden, en dat dit allemaal vervlochten was met het bezit van een 88-jarige vredeskeizer. Meer of iets naders wist graaf Leinsdorf inderdaad nog niet. Maar het was zeker dat een grote gedachte zich van hem meester had gemaakt. Niet alleen deed deze zijn harts-

tocht ontvlammen – iets waarvoor een streng en verantwoordelijk opgevoed christen toch op zijn hoede had moeten zijn –, maar deze gedachte mondde met duidelijke zekerheid rechtstreeks uit in zulke verheven en stralende
voorstellingen als die van de monarch, het vaderland en het
geluk van de wereld. En wat deze gedachte nog aan duisters
aankleefde, vermocht Z. Doorluchtigheid niet te verontrusten. Z. Doorluchtigheid kende heel goed de theologische
doctrine van de contemplatio in caligine divina, de bespiegeling in het goddelijke duister, dat in zichzelf oneindig helder is maar voor het menselijk intellect verblinding en duisternis; en overigens was het zijn levensovertuiging dat
iemand die iets groots verricht gewoonlijk niet weet waarom – Cromwell zei toch al: 'Nooit komt een mens verder
dan wanneer hij niet weet waar hij heen gaat!' Graaf Leinsdorf gaf zich dus voldaan over aan het genot van zijn gelijkenis, waarvan de onzekerheid hem, zoals hij voelde, sterker
prikkelde dan zekerheden.

Afgezien van de gelijkenissen hadden zijn politieke opvattingen echter een buitengewone soliditeit en de vrijheid van
een groot karakter, die alleen mogelijk wordt gemaakt door
volmaakte afwezigheid van enige twijfel. Hij was als majoraatsheer lid van het Hogerhuis, maar politiek niet actief en
evenmin bekleedde hij een functie aan het hof of in de staat;
hij was 'alleen maar patriot'. Maar juist daardoor en door
zijn onafhankelijke rijkdom was hij het middelpunt geworden van al die andere patriotten die met bezorgdheid de ontwikkeling van het rijk en de mensheid volgden. Zijn leven
was doordrongen van de ethische plicht geen onverschillig
toeschouwer te zijn maar de ontwikkeling 'van bovenaf een
helpende hand toe te steken'. Wat het 'volk' betreft was hij
ervan overtuigd dat het 'goed' was; daar niet alleen zijn vele
functionarissen, employés en bedienden, maar talloze mensen in hun economisch bestaan van hem afhankelijk waren,
had hij het nooit anders leren kennen, behalve op zon- en
feestdagen wanneer het als een vriendelijk bont gewemel als
een operakoor uit de coulissen te voorschijn dringt. Wat niet
in dit beeld paste schreef hij daarom toe aan 'opruiende

elementen'; voor hem was het het werk van onverantwoordelijke, onrijpe en op sensatie beluste individuen. Hij was vroom en feodaal opgevoed, nooit door de omgang met burgers aan tegenspraak blootgesteld, niet onbelezen, maar door de nawerking van de klerikale pedagogiek die over zijn jeugd had gewaakt, zijn leven lang verhinderd om in een boek iets anders te zien dan wat overeenkwam met of als dwaling afweek van zijn eigen principes, en daardoor kende hij het wereldbeeld van zijn tijdgenoten alleen uit parlementaire of journalistieke twisten; en omdat hij voldoende kennis bezat om er de vele oppervlakkigheden van te zien, werd hij dagelijks gestijfd in zijn vooroordeel dat de ware burgerlijke wereld in haar diepere wezen niets anders was dan wat hij zelf dacht. De toevoeging 'de ware' aan politieke overtuigingen was trouwens toch een van zijn hulpmiddelen om zijn weg te vinden in een door God geschapen, maar Hem al te vaak verloochenende wereld. Hij was er vast van overtuigd dat zelfs het ware socialisme overeenkwam met zijn opvattingen, en het was zelfs van het begin af aan zijn zeer persoonlijke idee, dat hij ook voor zichzelf nog ten dele verzweeg, een brug te slaan waarover de socialisten zijn kamp moesten binnenmarcheren. Het is duidelijk dat het een ridderlijke plicht is om de armen te helpen, en dat er voor de ware hoge adel eigenlijk niet zo'n groot verschil kan bestaan tussen een burgerlijke fabrikant en zijn arbeiders; 'diep in ons hart zijn wij toch allemaal socialist' was een van zijn lievelingsuitspraken, en dat betekende zo veel, maar meer ook niet, als dat er aan gene zijde geen sociale verschillen bestaan. In deze wereld beschouwde hij ze echter als noodzakelijke feiten, en van de arbeiders verwachtte hij dat als je hun maar tegemoetkwam inzake het materiële welzijn, zij afstand zouden doen van dwaze, hun aangeprate leuzen en dat zij het natuurlijke wereldbestel zouden begrijpen, waarin ieder zijn plicht vervult in de voor hem voorbestemde omgeving en zich daarbij wel bevindt. De ware aristocraat leek hem daarom even belangrijk als de ware handwerksman, en de oplossing van politieke en economische kwesties kwam voor hem eigenlijk neer op een harmonisch visioen, dat hij vaderland noemde.

Z. Doorluchtigheid zou niet hebben kunnen zeggen wat hij daarvan had gedacht in het kwartier sinds het vertrek van zijn secretaris. Misschien wel alles. De ongeveer zestigjarige man van gemiddelde lengte zat roerloos achter zijn bureau, zijn handen over elkaar in zijn schoot, en wist niet dat hij glimlachte. Hij droeg een lage boord omdat hij aanleg had voor struma, en had een knevel, ofwel om dezelfde reden, ofwel omdat hij daardoor een beetje deed denken aan de portretten van Boheemse aristocraten uit de tijd van Wallenstein. Een hoge kamer stond om hem heen, en die was weer omgeven door de grote, lege ruimten van de hal en de bibliotheek, waaromheen, schil voor schil, meer kamers, stilte, devotie, plechtigheid en in een boog de krans van twee stenen trappen lagen; waar deze in de inrijpoort uitmondden stond in een zware, met tressen beladen mantel, zijn staf in de hand, de grote deurwachter; hij keek door het gat van de poortboog in de heldere vloeistof van de dag, en de voetgangers zwommen voorbij als in een goudviskom. Bij de grens van die beide werelden klommen de speelse ranken van een rococofaçade omhoog, die onder kunsthistorici niet alleen beroemd was om haar schoonheid, maar ook omdat ze hoger was dan breed; ze staat tegenwoordig bekend als de eerste poging om de huid van een breed, comfortabel buiten over het op een burgerlijk bekrompen plattegrond opgetrokken geraamte van een stadshuis te spannen, en daarmee als een van de belangrijkste overgangen van feodale grondheerlijkheid naar de stijl van de burgerlijke democratie. Hier ging het bestaan van de Leinsdorfs door de kunstboeken bekrachtigd over in de tijdgeest. Maar wie dat niet wist zag er even weinig van als de voorbijschietende waterdruppel ziet van de wand van zijn afvoerpijp; hij zag alleen het zachte, grijzige poortgat in de verder compacte straat, een verrassende, bijna opwindende diepte, een grot waarin het goud van de tressen en de grote knop op de deurwachtersstaf blonken. Met mooi weer ging deze deurwachter voor de inrit staan; dan stond hij daar als een veelkleurige, van veraf zichtbare edelsteen, gevat in een façade die niemand bewust in zich opneemt, ofschoon het toch eigenlijk die muren zijn die het tal- en naamloos erlangs gaande gewemel tot de orde van straat verheffen. Tien tegen één dat een groot deel van het 'volk', over welks orde graaf Leinsdorf bezorgd en onophoudelijk waakte, zijn naam, als die viel, nergens anders mee associeerde dan met die deurwachter.

Maar Z. Doorluchtigheid zou daar geen geringschatting in hebben gezien; eerder nog zou hij het bezit van zulke deurwachters hebben beschouwd als 'de ware onbaatzuchtigheid', die een voornaam man betaamt.

– 22 –

De Parallelactie staat in de gedaante van een invloedrijke dame
met een onbeschrijflijke spirituele bekoorlijkheid klaar
om Ulrich te verslinden

Deze graaf Leinsdorf had Ulrich ingevolge graaf Stallburgs wens moeten bezoeken, maar hij had besloten het niet te doen; in plaats daarvan nam hij zich voor zijn 'grote nicht' het hem door zijn vader aanbevolen bezoek te brengen, omdat hem er iets aan gelegen was haar nu eens met eigen ogen te zien. Hij kende haar niet, maar had al een tijdje een heel bijzondere antipathie tegen haar, want het kwam herhaaldelijk voor dat mensen die van zijn familierelatie op de hoogte waren en het goed met hem meenden, hem aanraadden: 'Juist u zou met deze vrouw kennis moeten maken!' Dat gebeurde altijd met die speciale klemtoon op dat 'u', die wil accentueren dat juist de aangesprokene uitstekend geschikt geacht wordt om oog te hebben voor een dergelijk juweel, wat net zo goed een oprecht compliment kan zijn als een dekmantel voor de overtuiging dat jíj nu net het soort idioot bent om zo'n kennis te hebben. Hij had daarom al vaak geïnformeerd naar de bijzondere eigenschappen van deze vrouw, maar er nooit een bevredigend antwoord op gekregen. Of er werd gezegd: 'Zij beschikt over een onbeschrijflijke spirituele bekoorlijkheid', of: 'Zij is de mooiste en intelligentste vrouw die wij kennen.' En sommigen zeiden eenvoudig: 'Zij is een ideale vrouw!' – 'Hoe oud is die dame eigenlijk?' had Ulrich gevraagd, maar niemand wist het en gewoonlijk was de geraadpleegde verbaasd dat hij zelf nooit op het idee was gekomen zich dat af te vragen. 'En wie is eigenlijk haar minnaar?' vroeg Ulrich tenslotte ongeduldig. 'Een verhouding?' De bepaald niet onervaren jonge man tegen wie hij dat zei stond verbaasd. 'U hebt volkomen gelijk. Geen mens zou op dat idee komen.' 'Een spirituele schoonheid dus,' zei Ulrich bij zichzelf; 'een tweede Diotima.' En vanaf die dag noemde hij haar in gedachten zo, naar de befaamde leermeesteres in de liefde.

In werkelijkheid heette zij echter Ermelinda Tuzzi, en in feite eigenlijk alleen Hermine. Nu is Ermelinda weliswaar niet eens de vertaling van Hermine, maar zij had het recht op deze fraaie naam toch op een dag door een intuïtieve inspiratie verworven, toen hij plotseling als een hogere waarheid voor haar geestesoor stond, ofschoon haar echtgenoot ook in het vervolg Hans en niet Giovanni heette, en ondanks zijn achternaam de Italiaanse taal pas op de Consulaire Academie had geleerd. Jegens deze directeur-generaal Tuzzi koesterde Ulrich geen geringer vooroordeel dan jegens zijn echtgenote. Hij was op een ministerie, dat als ministerie van Buitenlandse Zaken en het Keizerlijk Huis nog veel feodaler was dan de rest van de departementen, de enige burgerlijke ambtenaar in een gezaghebbende positie, hij leidde daar de invloedrijkste afdeling, gold als de rechterhand en volgens bepaalde geruchten zelfs als het brein van zijn minister, en behoorde tot de weinige mannen die invloed hadden op het lot van Europa. Maar wanneer in een zo trotse omgeving een burger tot een dergelijke positie opklimt, mag men gevoeglijk aannemen dat hij eigenschappen bezit waarbij op een voordelige manier persoonlijke onmisbaarheid gepaard zal gaan met zich bescheiden kunnen terugtrekken, en Ulrich voelde de neiging om zich de invloedrijke directeur-generaal voor te stellen als een soort nette sergeant-majoor bij de cavalerie, die hoogadellijke rekruten moet commanderen. Daarbij paste als complement een levensgezellin die hij zich ondanks alle loftuitingen over haar schoonheid als niet meer zo jong en ambitieus voorstelde, en met een burgerlijk korset van cultuur.

Maar er stond Ulrich een grote verrassing te wachten. Toen hij zijn opwachting bij haar maakte, ontving Diotima hem met de toegeeflijke glimlach van de vrouw die iets betekent, weet dat zij ook mooi is, en het die oppervlakkige mannen wel moet vergeven dat zij daar altijd het eerst aan denken.

'Ik had u al verwacht,' zei ze, en Ulrich wist niet goed of dat vriendelijk of afkeurend was bedoeld. De hand die zij hem toestak was mollig en gewichtloos.

Hij hield haar net iets te lang vast, zijn gedachten waren niet bij machte zich meteen van deze hand los te maken. Als een dik bloemblad lag ze in de zijne; de puntige nagels als dekschilden leken in staat er elk ogenblik met haar vandoor te vliegen in het onwaarschijnlijke. De overdrevenheid van de vrouwenhand had hem overweldigd, een in feite tamelijk schaamteloos menselijk orgaan, dat als een hondesnuit alles betast, maar officieel de zetel is van trouw, adeldom en tederheid. In die paar seconden constateerde hij dat Diotima's hals verscheidene rollen vertoonde, bedekt met een heel fijne huid; haar haren waren in een Griekse knot gevlochten, die stijf afstond en in zijn volmaaktheid op een wespennest leek. Ulrich voelde iets vijandigs bij zich opkomen, de lust bekroop hem om deze glimlachende vrouw te choqueren, maar hij kon zich niet geheel aan Diotima's schoonheid onttrekken.

Ook Diotima keek hem lang en bijna onderzoekend aan. Zij had dingen over deze neef gehoord die in haar oren lichtelijk naar privé-schandaal zweemden, en bovendien was deze man familie. Ulrich merkte op dat ook zij zich niet geheel kon onttrekken aan de lichamelijke indruk die hij op haar maakte. Hij was daaraan gewend. Hij was glad geschoren, groot, fysiek goed ontwikkeld, lenig en gespierd, zijn gezicht was open en ondoorzichtig; kortom, hij zag zichzelf soms als een vooroordeel dat de meeste vrouwen zich van een imponerende nog jonge man vormen, en hij had alleen niet altijd de kracht om hen daar bijtijds vanaf te brengen. Diotima echter verweerde zich daartegen door hem op geestelijk gebied te beklagen. Ulrich kon zien dat zij zijn verschijning voortdurend bestudeerde en daar blijkbaar geen onprettige gevoelens bij had, terwijl zij misschien bij zichzelf zei dat de nobele eigenschappen die hij zo duidelijk waarneembaar leek te bezitten, door een slechte levenswandel onderdrukt moesten zijn en konden worden gered. Van haar voorkomen ging, ofschoon zij niet veel jonger was dan Ulrich en lichamelijk in volle bloei ontloken, geestelijk iets nog onontloken maagdelijks uit dat een vreemd contrast vormde met haar zelfbewuste houding. Zo bekeken zij elkaar nog terwijl zij al in gesprek waren.

Diotima begon met te zeggen dat de Parallelactie een gewoonweg unieke kans was om dat wat men als het belangrijkste en grootste beschouwde te verwezenlijken. 'Wij moeten en willen een heel groot idee verwezenlijken. Wij hebben de gelegenheid en mogen die niet voorbij laten gaan!'

Ulrich vroeg naïef: 'Denkt u aan iets bepaalds?'

Nee, Diotima dacht niet aan iets bepaalds. Hoe had zij dat ook gekund! Niemand die over het grootste en belangrijkste ter wereld spreekt denkt dat het werkelijk bestaat. Maar met welke vreemde eigenschap van de wereld komt dat overeen? Het komt er allemaal op neer dat het ene groter, belangrijker of ook wel mooier of droeviger is dan het andere, dus op een rangorde en een comparatief, en dáár zou nu geen toppunt en geen superlatief van bestaan? Maakt men daar evenwel iemand die net over het belangrijkste en grootste wil gaan spreken opmerkzaam op, dan komt de verdenking bij hem op dat hij een gevoelloos en on-idealistisch mens tegenover zich heeft. Zo verging het Diotima, en zo had Ulrich gesproken.

Diotima, als vrouw wier geest werd bewonderd, vond Ulrichs tegenwerping oneerbiedig. Na een poosje glimlachte zij en antwoordde: 'Er bestaat zo veel groots en goeds dat nog niet is verwezenlijkt, dat de keuze niet eenvoudig zal zijn. Maar wij zullen commissies uit alle groepen van de bevolking instellen, die ons behulpzaam zullen zijn. Of denkt u niet, mijnheer von..., dat het een reusachtig voorrecht is een natie, ja eigenlijk de hele wereld bij een dergelijke gelegenheid ertoe te mogen oproepen zich te midden van materialistische bezigheden op het geestelijke te bezinnen? U moet niet denken dat wij iets patriottisch in de al lang versleten zin van het woord nastreven.'

Ulrich maakte een ontwijkend grapje.

Diotima lachte niet, zij glimlachte slechts. Zij was gewend aan spitse mannen, maar die waren daarnaast ook nog iets anders. Paradoxen als zodanig leken haar onrijp en ze wekten de behoefte haar familielid op de ernst van de werkelijkheid te wijzen, die aan de grote patriottische onderneming zowel waardigheid als verantwoordelijkheid verleende. Zij sprak nu op een andere toon, afsluitend en weer openend; Ulrich zocht onwillekeurig tussen haar woorden naar dat zwart-gele bindgaren waarmee op de ministeries de dossierbladen worden doorschoten en aan elkaar gehecht. Maar er kwam beslist niet alleen regeringsbekwame maar ook intellectuele kennerstaal uit Diotima's mond, zoals: 'een zielloze, alleen door logica en psychologie gedomineerde tijd' of 'heden en eeuwigheid', en opeens was daartussendoor ook sprake van Berlijn en de 'schat aan gevoel' die het Oostenrijkerdom in tegenstelling tot Pruisen had bewaard.

Ulrich deed een aantal malen een poging deze spirituele troonrede te verstoren; maar ogenblikkelijk wolkte dan een sacristielucht van hoge bureaucratie over de interruptie heen, die de tactloosheid zachtjes verhulde. Ulrich verbaasde zich. Hij stond op. Zijn eerste bezoek was kennelijk ten einde.

In die paar minuten van vertrekken behandelde Diotima hem met de zachtzinnige, voorzichtigheidshalve en duidelijk wat overdreven voorkomendheid die zij van haar man had afgekeken; die maakte daarvan gebruik in zijn omgang met adellijke jongelui die zijn ondergeschikten waren maar op een dag zijn minister konden zijn. Er zat iets van de arrogante onzekerheid van de geest tegenover een ruwere levenskracht in de manier waarop zij hem dringend verzocht terug te komen. Toen hij haar zachte, gewichtloze hand weer in de zijne hield, keken zij elkaar in de ogen. Ulrich had de stellige indruk dat zij waren voorbestemd om elkaar, uit liefde, veel narigheid te bezorgen.

'Waarachtig,' dacht hij, 'een hydra van schoonheid!' Het was zijn bedoeling geweest de grote vaderlandse actie vergeefs op hem te laten wachten, maar ze scheen de gedaante van Diotima te hebben aangenomen en stond klaar om hem te verslinden. Het was een half grappig beeld; ondanks zijn leeftijd en ervaring voelde hij zich een schadelijke, nietige worm, aandachtig bekeken door een grote kip. 'In 's hemelsnaam,' dacht Ulrich, 'laat je door deze zielereuzin vooral niet uitdagen tot kleine schanddaden!' Hij had genoeg van zijn verhouding met Bonadea en stelde zich de uiterste terughoudendheid tot taak.

Bij het verlaten van de woning werd hij getroost door iets dat al bij zijn komst een aangename indruk op hem had gemaakt. Een klein kamermeisje met dromerige ogen liet hem uit. In het donker van de hal waren haar ogen als een zwarte vlinder geweest, toen ze de eerste keer langs hem omhoog fladderden; nu, bij zijn vertrek, daalden ze door het donker neer als zwarte sneeuwvlokken. Iets Arabisch- of Algerijnsjoods, een beeld dat hij niet duidelijk in zich had opgenomen, was zo onopvallend lieflijk aan dit kleintje, dat Ulrich ook nu vergat goed naar het meisje te kijken; pas toen hij op straat stond voelde hij dat na Diotima's aanwezigheid de aanblik van dit wezentje iets buitengewoon levends en verfrissends was geweest.

– 23 –

Eerste inmenging van een groot man

Diotima en haar kamermeisje bleven na Ulrichs vertrek in een licht opgewekte stemming achter. Maar terwijl het de kleine zwarte hagedis telkens als zij een voorname bezoeker uitliet te moede was alsof ze bliksemsnel tegen een grote, zachtglanzende muur omhoog mocht flitsen, behandelde Diotima de herinnering aan Ulrich met de nauwgezetheid van een vrouw die zich niet ongaarne een beetje incorrect behandeld ziet, omdat zij dan de macht tot een milde terechtwijzing in zich voelt. Ulrich wist niet dat er op diezelfde dag een andere man in haar leven was gekomen, die onder haar oprees als een reusachtige uitzichtsberg.

Dr. Paul Arnheim had kort na zijn aankomst zijn opwachting bij haar gemaakt.

Hij was onmetelijk rijk. Zijn vader was de machtigste gebieder over het 'ijzeren Duitsland', en zelfs directeur-generaal Tuzzi had zich tot deze woordspeling verwaardigd; Tuzzi's principe was dat je in je spreektaal zuinig moest zijn, en dat woordspelingen, al kon je die in een geestvol gesprek ook niet altijd geheel ontberen, nooit te goed mochten zijn, omdat dit burgerlijk was. Hij had zijn vrouw zelf geadviseerd het bezoek met alle egards te behandelen; al stond dat soort mensen in het Duitse rijk ook nog niet helemaal aan de top en konden zij wat hun invloed aan het hof betreft niet worden vergeleken met de Krupps, morgen kon dit volgens hem wel het geval zijn, en hij voegde er een vertrouwelijk gerucht aan toe, volgens welk deze zoon – die overigens al een eind in de veertig was – beslist niet alleen de positie van zijn vader ambieerde, maar zich bovendien, steunend op de geest van de tijd en zijn internationale betrekkingen, op een rijksministerschap voorbereidde. Volgens directeur-generaal Tuzzi was dat natuurlijk geheel en al uitgesloten, tenzij voorafgegaan door de ondergang van de wereld.

Hij vermoedde niet wat een storm hij daarmee in de fantasie van zijn vrouw teweegbracht. Het behoorde vanzelfsprekend tot de gangbare opinies in haar kringen om 'kooplui' niet al te hoog aan te slaan, maar zoals alle mensen met een burgerlijke instelling bewonderde zij rijkdom uit een grond van het hart die volkomen vrij is van overtuigingen, en de persoonlijke ontmoeting met een zo buitensporig rijk man had op haar het effect alsof er gouden engelenwieken op haar waren neergedaald. Voor Ermelinda Tuzzi was sinds haar echtgenoot carrière had gemaakt de omgang met roem en rijkdom weliswaar niet ongewoon; maar roem door intellectuele prestaties verworven, vervliegt merkwaardig snel zodra je met de dragers ervan omgaat, en feodale rijkdom heeft ofwel de vorm van dwaze schulden van jonge attachés of is gebonden aan een traditionele levensstijl, zonder ooit dat bruisende te krijgen van losjes opgehoopte bergen geld en de met handenvol rondgestrooide huiver van het goud waarmee de grote banken en wereldindustrieën hun zaken afhandelen. Het enige dat Diotima van het bankwezen wist was dat zelfs middelhoge employés op zakenreizen eersteklas reisden, terwijl zij altijd tweede moest nemen als zij niet in gezelschap van haar man was, en zij had zich daardoor een beeld gevormd van de luxe waarmee de hoogste despoten van zo'n oriëntaals bedrijf omgeven moesten zijn.

Haar kamenierstertje Rachel – het spreekt vanzelf dat Diotima als zij haar riep die naam op zijn Frans uitsprak – had sprookjesachtige dingen gehoord. Het minste dat zij wist te vertellen was dat de nabob met zijn eigen trein was aangekomen, een heel hotel had afgehuurd en een negerslaafje bij zich had. De waarheid was aanzienlijk bescheidener; alleen al omdat Paul Arnheim zich nooit opvallend gedroeg. Slechts de negerjongen was realiteit. Arnheim had hem jaren geleden op een reis in het diepe zuiden van Italië uit een dansgroep opgepikt en onder zijn hoede genomen, in een mengeling van de wens zichzelf te sieren en de bevlieging een schepsel uit de diepte te verheffen, en een Gode welgevallig werk aan hem te verrichten door het leven van de geest voor hem te ontsluiten. Het plezier daarin was hij al gauw kwijtgeraakt en hij gebruikte de jongen, die nu zestien jaar was, alleen nog als knechtje, terwijl hij hem vóór zijn veertiende Stendhal en Dumas te lezen had gegeven. Maar ofschoon de geruchten die haar kamenierster mee naar huis had gebracht zo kinderlijk waren in hun overdrijving dat Diotima erom moest glimlachen, liet zij zich toch alles woord voor woord herhalen, want zij vond het van een onbedorvenheid zoals alleen in deze unieke grote stad kon voorkomen, die 'tot op het onschuldige af cultureel was'. En de negerjongen hield merkwaardig genoeg zelfs haar eigen fantasie bezig.

Zij was de oudste van de drie dochters van een leraar die geen vermogen bezat, zodat haar echtgenoot voor haar al als een goede partij had gegolden toen hij nog maar een onbekende burgerlijke vice-consul was geweest. Zij had in haar meisjesjaren niets anders bezeten dan haar trots, en omdat deze op zijn beurt niets had om trots op te zijn, was hij eigenlijk slechts een opgerolde correctheid geweest, met uitgestoken voelsprieten van sentiment. Maar ook die verbergt soms eerzucht en dromerij en kan een onberekenbare kracht zijn. Al werd Diotima aanvankelijk aangelokt door het vooruitzicht van verre verwikkelingen in verre landen, de teleurstelling kwam al spoedig; want het leverde haar na enkele jaren alleen nog tegenover vriendinnen, die haar om haar vleugje exotisme benijdden, een discreet benut voordeel op en was niet bij machte geweest het inzicht in te dammen dat wat de voornaamste dingen betreft het leven op de diplomatieke posten het leven met de overige van thuis meegebrachte bagage blijft. Diotima's eerzucht dreigde lange tijd te eindigen in de deftige uitzichtloosheid van de vijfde rang, totdat door een toeval plotseling de carrière van haar man begon doordat een welwillende en 'vooruitstrevend' gezinde minister deze burger in de presidiale kanselarij in de residentie binnenhaalde. Door die functie kwamen er nu veel mensen bij Tuzzi die iets van hem wilden, en van dat moment af kwam ook in Diotima, bijna tot haar eigen verbazing, een schat aan herinneringen aan 'geestelijke schoonheid en grandeur' weer tot leven, die zij zich zogenaamd in haar cultureel geïnteresseerde ouderlijk huis en in de wereldcentra, in werkelijkheid ongetwijfeld op het meisjeslyceum als uitstekend studiekopje, eigen had gemaakt; en zij begon daar voorzichtig gebruik van te maken. Het nuchtere maar buitengewoon betrouwbare verstand van haar man had de aandacht onwillekeurig ook op haar gevestigd, en zij handelde nu volmaakt argeloos, als een vochtig sponsje waar weer kan worden uitgeknepen wat het zonder speciaal doel heeft opgezogen, door zodra haar geestelijke kwaliteiten werden opgemerkt met veel genoegen 'hoogst spirituele' ideeën op geschikte plaatsen door haar conversatie te vlechten. En gaandeweg, terwijl haar man verder opklom, verschenen er steeds meer mensen die zijn gezelschap zochten, en haar huis werd een 'salon', die de reputatie had dat 'hogere kringen en geest' elkaar daar ontmoetten. Nu, in de omgang met mensen die op uiteenlopende gebieden iets betekenden, begon Diotima ook zichzelf serieus te ontdekken. Haar correctheid, die nog altijd even goed oplette als op school, het geleerde goed onthield en het tot een plezierig geheel samenvlocht, werd praktisch vanzelf tot geest, gewoon door verbreding, en huize Tuzzi verwierf een erkende status.

– 24 –

Bezit en beschaving; Diotima's vriendschap met graaf Leinsdorf en de taak om beroemde gasten in harmonie met de ziel te brengen

Het werd echter pas een vast begrip door de vriendschap van Diotima met Z. Doorluchtigheid graaf Leinsdorf.

Van de lichaamsdelen waarnaar vriendschappen worden vernoemd zaten die van graaf Leinsdorf op een zodanige plaats tussen hoofd en hart dat men Diotima niet anders zou kunnen betitelen dan als zijn boezemvriendin, als dat woord nog gebruikelijk zou zijn. Z. Doorluchtigheid bewonderde Diotima's geest en schoonheid, zonder zich ongeoorloofde bedoelingen te permitteren. Dank zij zijn goedgunstigheid verwierf Diotima's salon niet alleen een onwrikbare status, maar vervulde, zoals hij het placht uit te drukken, een taak.

Wat hemzelf betrof was Z. Doorluchtigheid de rijksvrije graaf 'alleen maar patriot'. Maar de staat is niet alleen de kroon en het volk, met daartussen het bestuurlijk apparaat, maar er is bovendien nóg iets: de gedachten, de moraal, de idee! – Zo religieus als Z. Doorluchtigheid was, zo weinig sloot hij zich, zijnde een van zijn verantwoordelijkheid doordrongen geest die bovendien op zijn landgoederen fabrieken exploiteerde, af voor het inzicht dat de geest zich tegenwoordig in veel opzichten aan de kerkelijke bevoogding had onttrokken. Want hij kon zich niet voorstellen hoe bijvoorbeeld een fabriek, een fluctuatie op de graanbeurs of een suikercampagne volgens religieuze principes konden worden geleid, terwijl anderzijds een modern grootgrondbezit zonder beurs en industrie rationeel ondenkbaar is; en als Z. Doorluchtigheid het rapport van zijn economisch directeur ontving, waaruit hem bleek dat een transactie samen met een buitenlandse speculantengroep voordeliger kon worden afgesloten dan aan de zijde van de Oostenrijkse landadel, moest Z. Doorluchtigheid in de meeste gevallen tot het eerste besluiten, want de zakelijke verbanden hebben hun eigen logica, waar je niet zomaar op je gevoel tegenin kunt gaan als je als leider van een groot bedrijf niet slechts de verantwoordelijkheid voor jezelf draagt maar ook voor het bestaan van talloze anderen. Er is zoiets als een vakgeweten, dat in sommige gevallen indruist tegen het religieuze geweten, en graaf Leinsdorf was ervan overtuigd dat zelfs de kardinaal-aartsbisschop daarin niet anders zou kunnen handelen dan hij. Natuurlijk was graaf Leinsdorf te allen tijde bereid dit in een openbare zitting van het Hogerhuis te betreuren en de hoop uit te spreken dat het leven de weg naar de eenvoud, natuurlijkheid, bovennatuurlijkheid, gezondheid en noodzakelijkheid van de christelijke principes terug zou vinden. Het was, zodra hij zijn mond opendeed voor zulke uiteenzettingen, alsof je er een stekker uittrok en hij naar een ander stroomcircuit overliep. Overigens vergaat het de meeste mensen zo als zij zich publiekelijk uitspreken; en als iemand Z. Doorluchtigheid zou hebben verweten dat hij, waar het hem zelf betrof, deed wat hij in de openbaarheid bestreed, zou graaf Leinsdorf dit met heilige overtuiging hebben gebrandmerkt als demagogische kletspraat van opruiende elementen, die geen idee hadden van de verreikende verantwoordelijkheid van het leven. Desondanks zag hij zelf in dat het van het grootste belang was een verbinding tot stand te brengen tussen de eeuwige waarheden en de zaken die zo veel gecompliceerder zijn dan de schone eenvoud van de traditie, en hij had ook ingezien dat die nergens anders gevonden kon worden dan in de verdiepte burgerlijke cultuur; met haar grote gedachten en idealen op het gebied van het recht, de plicht, van het ethische en het schone strekte ze zich uit tot alledaagse conflicten en dagelijkse tegenspraken, en deed hem denken aan een brug van zich verstrengelende planten. Men kon er weliswaar niet zo stevig op steunen als op de dogma's van de Kerk, maar was daarom niet minder noodzakelijk en verantwoordelijk, en om die reden was graaf Leinsdorf niet alleen een religieus maar ook een fervent burgerlijk idealist.

Deze overtuigingen van Z. Doorluchtigheid kwamen wat betreft de samenstelling overeen met Diotima's salon. Diotima's ontvangsten waren erom beroemd dat je er op hoogtijdagen mensen tegen het lijf liep met wie je geen woord kon wisselen omdat zij te bekend waren in het een of andere vak om met hen over de laatste nieuwtjes te praten, terwijl je van de naam van het kennisgebied waar hun wereldberoemdheid in was gelegen in veel gevallen nooit had gehoord. Er liepen daar Kenzinisten en Canisianen rond, het kon gebeuren dat een grammaticus van het Bo tegen een partigeenonderzoeker, een tokontoloog tegen een quantumtheoreticus opliep, nog afgezien van de vertegenwoordigers van nieuwe richtingen in kunst en literatuur, die elk jaar van naam veranderden, en die daar in beperkte mate naast hun gearriveerde vakgenoten mochten verkeren. Over het algemeen was dit verkeer zo geregeld dat iedereen door elkaar heen liep en zich harmonisch mengde; alleen de jongere geesten hield Diotima gewoonlijk apart door gescheiden uitnodigingen, en zeldzame of bijzondere gasten wist zij onopvallend voor te trekken en in een lijstje te zetten. Wat Diotima's ontvangsten van alle vergelijkbare onderscheidde was overigens, als men dat zo mag zeggen, juist het lekenelement; dat element van praktisch toegepaste ideeën, dat zich – om met Diotima te spreken – eens als een volk van gelovige scheppenden om de kern der godgeleerdheid had geschaard, eigenlijk als een gemeenschap van louter lekebroeders en -zusters, kortom, het element van de daad; –

en tegenwoordig, nu de godgeleerdheid verdrongen is door de staathuishoudkunde en natuurwetenschap, en Diotima's lijst met uit te nodigen plaatsbekleders van de geest op aarde langzamerhand aangroeide tot de *Catalogue of Scientific Papers* van de British Royal Society, bestonden de lekebroeders en -zusters navenant uit bankdirecteuren, technici, politici, referendarissen en dames zowel als heren uit de zich daarbij aansluitende hogere kringen. Vooral voor de vrouwen interesseerde Diotima zich, maar daarbij prefereerde zij de 'dames' boven de 'intellectueles'. 'Het leven wordt tegenwoordig te zeer belast door kennis,' placht zij te zeggen, 'om afstand te mogen doen van de "ongebroken vrouw".' Zij was ervan overtuigd dat alleen de ongebroken vrouw nog die schikkende macht bezat die het intellect met de krachten van het Zijn vermocht te omstrengelen, wat volgens haar blijkbaar zeer nodig was om dit te kunnen verlossen. Deze opvatting van de omstrengelende vrouw en de kracht van het Zijn werd overigens ook zeer op prijs gesteld door de mannelijke jonge adel die haar salon frequenteerde omdat het als usance gold en directeur-generaal Tuzzi niet ongeliefd was; want het onversnipperde Zijn is nu eenmaal iets voor de adel, en in het bijzonder was huize Tuzzi, waar men zich paarsgewijs in gesprekken mocht verdiepen zonder op te vallen, voor amoureuze ontmoetingen en lange ontboezemingen, zonder dat Diotima het vermoedde, nog populairder dan een kerk.

Z. Doorluchtigheid graaf Leinsdorf vatte deze twee op zich zo pluriforme elementen, die zich bij Diotima mengden, als hij ze niet juist 'de ware voornaamheid' noemde, samen in de aanduiding 'bezit en beschaving'; maar nog liever gebruikte hij daarvoor de term 'taak', die in zijn denken een bevoorrechte plaats innam. Hij verdedigde de opvatting dat elke prestatie – niet alleen die van een ambtenaar maar evengoed die van een fabrieksarbeider of een concertzanger – een taak vertegenwoordigde. 'Ieder mens,' placht hij te zeggen, 'heeft een taak in de staat: de arbeider, de prins, de handwerker zijn taakvervullers!'; dit was een uitvloeisel van zijn altijd en onder alle omstandigheden zakelijk denken, dat geen protectie kende, en in zijn ogen vervulden ook de heren en dames in de hoogste kringen, als zij met de onderzoekers van de Boğazköy-inscripties of kleitabletten babbelden en naar de aanwezige echtgenotes van de geldaristocratie gluurden, een belangrijke, alhoewel niet precies te omschrijven taak. Dit begrip taak verving voor hem wat Diotima aanduidde met de sinds de middeleeuwen verloren gegane religieuze eenheid van het menselijk handelen.

En in feite spruit al dat soort geforceerd sociaal verkeer zoals dat bij haar, als het niet heel naïef en grof is, ook werkelijk voort uit de behoefte een menselijke eenheid voor te spiegelen, die de zo zeer verschillende menselijke activiteiten moet omvatten en er nooit is. Deze illusie noemde Diotima cultuur en gewoonlijk met een speciale toevoeging de oude Oostenrijkse cultuur. Sinds haar eerzucht door verbreding geest was geworden, had zij dit woord steeds vaker leren gebruiken. Zij verstond daaronder: de mooie schilderijen van Velásquez en Rubens, die in de hofmusea hingen. Het feit dat Beethoven bij wijze van spreken een Oostenrijker was. Mozart, Haydn, de Stefansdom, het Burgtheater: Het van de traities stijfstaande ceremonieel aan het hof. Het centrum, waar de elegantste kleding- en textielzaken van een rijk van vijftig miljoen mensen zich geconcentreerd hadden. Het discrete optreden van de hoge ambtenaren. De Weense keuken. De adel, die zich na de Engelse als de hoogste beschouwde, en zijn oude paleizen. De soms met echte maar meestal met schijneruditie doorspekte toon van de hogere kringen. Zij verstond daar ook het feit onder dat in dit land een zo hoge heer als graaf Leinsdorf aandacht aan haar schonk en zijn eigen culturele aspiraties naar haar huis verlegde. Zij wist niet dat Z. Doorluchtigheid dat mede deed omdat het hem ongepast leek zijn eigen paleis open te stellen voor vernieuwingen waarover men gemakkelijk de controle verliest. Graaf Leinsdorf was vaak heimelijk ontdaan over de vrijheid en het begrip waarmee zijn mooie vriendin over menselijke hartstochten sprak en over de verwarringen die deze aanrichtten, of over revolutionaire ideeën. Maar Diotima merkte dat niet. Zij nam een scheiding in acht tussen laten we zeggen onkuisheid beroepshalve en privé-kuisheid, zoals een vrouwelijke arts of een maatschappelijk werkster; zij was overgevoelig, alsof er een zere plek werd aangeraakt, als een bepaalde uitdrukking haar persoonlijk te na kwam, maar onpersoonlijk sprak zij over alles en kon daarbij alleen voelen dat graaf Leinsdorf zich door deze melange sterk aangetrokken toonde.

Alleen, het leven bouwt niets op waarvoor het niet de stenen ergens anders uitbreekt. Tot Diotima's pijnlijke verrassing was een heel kleine, dromerig-zoete amandel van fantasie, die haar bestaan eens omsloot toen het verder nog helemaal niets in zich had, en die er ook nog was geweest toen zij de er als een leren koffer met twee donkere ogen uitziende vice-consul Tuzzi besloot te trouwen, in de jaren van succes verdwenen. Weliswaar was veel van wat zij onder oude Oostenrijkse cultuur verstond, zoals Haydn of de Habsburgers, eens alleen maar lastige leerstof geweest, terwijl de wetenschap er middenin te leven haar nu van een betoverende bekoring leek die even heroïsch is als het hoogzomerse zoemen der bijen; maar op den duur werd dat niet alleen eentonig maar ook vermoeiend en zelfs uitzichtloos. Het verging Diotima met haar beroemde gasten niet anders dan graaf Leinsdorf met zijn bankrelaties; je kon hen nog zozeer in harmonie willen brengen met de ziel, het lukte niet. Over auto's en röntgenstralen kun je wel praten, dat maakt nog gevoelens los, maar wat moest je met al die ontelbare andere uitvindingen en ontdekkingen die tegenwoordig dagelijks worden gedaan anders beginnen dan heel in het algemeen de menselijke gave bewonderen om iets uit te vinden, wat op den duur een blok aan je been wordt! Zo af en toe verscheen Z. Doorluchtigheid en praatte dan met een politicus of liet een nieuwe gast aan zich voorstellen; het was voor hem gemakkelijk om met de verdiepte cultuur te dwepen; maar als je er zo intensief mee te maken had als Diotima, dan bleek dat niet de diepte maar haar breedte het onoverkomelijke was. Zelfs de kwesties die de mensen zo direct aan het hart gingen als de nobele eenvoud van Griekenland of de betekenis van de profeten, losten als je met kenners sprak op in een onoverzichtelijke verscheidenheid van twijfels en mogelijkheden. Diotima ervoer dat ook de beroemde gasten op haar avondjes altijd paarsgewijs converseerden omdat een mens toen al met hoogstens één ander mens zinnig ergens over kon praten, en zij kon het eigenlijk met niemand. Daarmee had Diotima echter bij zichzelf het bekende lijden van de moderne mens ontdekt, dat men civilisatie noemt. Het is een lastige toestand, vol zeep, draadloze golven, de arrogante symbolentaal van wis- en scheikundige formules, staathuishoudkunde, experimenteel onderzoek en het onvermogen tot een eenvoudig maar hoogwaardig menselijk samenzijn. En ook de verhouding van de in haarzelf aanwezige geestesadel tot de maatschappelijke adel, die Diotima grote voorzichtigheid gebood en haar ondanks alle successen menige teleurstelling opleverde, leek haar in de loop der tijd steeds meer van dien aard dat ze niet kenmerkend was voor een beschavingstijdperk maar slechts voor een civilisatietijdperk.

Civilisatie was bijgevolg alles wat haar geest niet de baas kon. En daarom was het al sinds lange tijd, en bovenal, ook haar man.

– 25 –

Lijden van een gehuwde ziel

Zij las veel gedurende haar lijden, en ontdekte zo dat er iets in haar verloren was gegaan waarvan zij voordien nauwelijks had geweten dat zij het bezat: een ziel.

Wat is dat? – Negatief is het eenvoudig te definiëren: het is gewoon dat wat wegkruipt als er sprake is van algebraïsche reeksen.

Maar positief? Het schijnt dat het zich dan met succes onttrekt aan alle pogingen er vat op te krijgen. Het kan zijn dat er ooit iets oorspronkelijks in Diotima was geweest, een intuïtieve fijngevoeligheid, indertijd opgerold in de dungeborstelde mantel van haar correctheid, die zij nu ziel noemde en terugvond in de gebatikte metafysica van Maeterlinck, in Novalis, maar vooral in de naamloze golf van slappe romantiek en godsverlangen, die het machinetijdperk een tijdlang als uiting van intellectueel en artistiek protest tegen zichzelf had uitgebraakt. Het zou ook kunnen dat dit oorspronkelijke in Diotima beter gekenschetst zou kunnen worden als iets van stilte, tederheid, ingetogenheid en goedheid, dat nooit in het juiste spoor was gekomen en dat bij het omineus loodgieten dat het lot met ons doet in die rare vorm van haar idealisme was uitgevloeid. Misschien was het maar fantasie; misschien een vermoeden van het instinctieve vegetatieve proces dat zich dagelijks onderhuids voltrekt, waarboven de bezielde blik van een mooie vrouw ons aankijkt; misschien volgden er alleen nog ondefinieerbare uren, waarin zij zich open en warm voelde, waarin haar gemoedsbewegingen bezielder leken dan gewoonlijk en haar eerzucht en haar wil zwegen, waarin de zachte bedwelming en de volheid van het leven haar bevingen en haar gedachten zich ver van de oppervlakte naar de diepte richtten, zelfs al golden ze slechts kleinigheden, en wereldschokkende gebeurtenissen even ver weg leken als lawaai achter een tuinmuur. Diotima geloofde dan rechtstreeks het ware in zichzelf te zien, zonder dat zij daar moeite voor hoefde te doen; broze ervaringen die nog geen naam hadden sloegen hun sluiers op; en zij voelde zich – om maar iets aan te halen uit de vele beschrijvingen die zij daarvan in de literatuur aantrof – harmonisch, humaan, religieus en dicht bij een oorsprongsdiepte die alles heiligt wat uit haar opwelt en alles zondig doet zijn wat niet uit haar bron voortkomt; maar al kon je dat ook allemaal heel mooi bedenken, niet alleen Diotima, maar ook de geraadpleegde profetische boeken, die in dezelfde geheimzinnige en vage bewoordingen over hetzelfde spraken, kwamen ooit verder dan het stadium van vermoedens en het vluchtig aanduiden van een bijzondere toestand. Er bleef Diotima niets anders over dan ook daarvan de schuld toe te schrijven aan een civilisatietijdperk waarin de toegang tot de ziel nu eenmaal bedolven was onder puin.

Waarschijnlijk was wat zij ziel noemde niet meer dan een

klein kapitaal aan liefdesvermogen dat zij ten tijde van haar huwelijk had bezeten; directeur-generaal Tuzzi bood er niet de juiste beleggingskans voor. Zijn overwicht op Diotima was vanaf het begin en nog lang daarna dat van de oudere man geweest; later kwam daar nog dat van de succesvolle man in een geheimzinnige positie bij, die zijn vrouw weinig inzage biedt in zichzelf en de futiliteiten waarmee zij zich bezighoudt welwillend bekijkt. En afgezien van de periode van de verloofdestederheden was directeur-generaal Tuzzi altijd een utilitair denkend verstandsmens geweest, die nooit uit zijn evenwicht raakte. Toch omgaven de goed zittende rust van zijn handelingen en van zijn kostuum, de, zou je kunnen zeggen, hoffelijk ernstige geur van zijn lichaam en baard, de voorzichtige, vaste bariton waarmee hij sprak hem met een aura die voor de ziel van het meisje Diotima net zo prikkelend was als de nabijheid van de baas voor de jachthond, die zijn snuit op diens knie legt. En zoals die in een haag van gevoelens achter hem aan draaft, had ook Diotima onder zijn ernstige, zakelijke leiding het oneindige landschap van de liefde betreden.

Directeur-generaal Tuzzi verkoos daarin de rechte wegen. Zijn levensgewoontes waren die van een eerzuchtige werker. Hij stond 's ochtends vroeg op, ofwel om te gaan paardrijden of om, liever nog, een uur te gaan wandelen, wat niet alleen tot behoud van zijn elasticiteit diende maar ook een pedant eenvoudige gewoonte was die, onverstoorbaar volgehouden, voortreffelijk paste in het beeld van verantwoordelijke bezigheden. En dat hij zich 's avonds, als zij niet waren uitgenodigd of zelf gasten hadden, aanstonds in zijn werkkamer terugtrok, spreekt vanzelf, want hij was gedwongen zijn grote kennis van zaken op dat niveau te houden waaruit het overwicht op zijn aristocratische collega's en superieuren bestond. Zo'n leven stelt zekere grenzen en rangschikt de liefde onder de overige bezigheden. Zoals alle mannen wier fantasie niet aangetast wordt door het erotische, was Tuzzi in zijn vrijgezellentijd – ofschoon hij zich omwille van de diplomatieke reputatie ook zo nu en dan wel in gezelschap van zijn vrienden met actricetjes vertoonde –

een rustige bordeelbezoeker geweest, en hij bracht de regelmatige ademhaling van deze gewoonte mee ten huwelijk. Diotima leerde de liefde zodoende kennen als iets heftigs, aanvalsgewijs, kortaangebondens, dat door een nog sterkere macht slechts een maal per week werd losgelaten. Deze verandering in het wezen van twee mensen, die op de minuut af begon, om een paar minuten later over te gaan in een kort gesprek over de gebeurtenissen van die dag en vervolgens in een vlakke slaap, iets waarover je in de tussentijd nooit sprak of hoogstens in bedekte termen en toespelingen (ongeveer zoals je een diplomatiek grapje maakt over de 'partie honteuse' van het lichaam), had evenwel onverwachte en hoogst tegenstrijdige gevolgen voor haar.

Enerzijds werd het de oorzaak van haar overmatig gezwollen idealiteit; van die officieuze, naar buiten gekeerde persoonlijkheid, wier liefdeskracht, wier zielsverlangen zich uitstrekte over alles wat in haar omgeving aan groots en verhevens zichtbaar werd, en zich daar zo intens mee bemoeide en mee associeerde, dat Diotima dat voor mannelijke begrippen zo verwarrende beeld opriep van een indrukwekkend gloeiende maar platonische liefdeszon, door de afschildering waarvan Ulrich benieuwd was geworden kennis met haar te maken. Anderzijds had echter het langzame ritme van echtelijke aanrakingen zich bij haar zuiver fysiologisch gezien ontwikkeld tot een gewoonte die haar eigen baan had en zich zonder verbinding met de hogere delen van haar wezen aandiende als de honger van een knecht wiens maaltijden schaars maar machtig zijn. Mettertijd, toen er kleine haartjes op Diotima's bovenlip begonnen te groeien en zich door haar meisjesachtige wezen de mannelijke zelfstandigheid van de rijpere vrouw mengde, werd zij zich daar met een schok van bewust. Zij hield van haar man, maar dat ging gepaard met een toenemende mate van weerzin, zelfs met een verschrikkelijke krenking van de ziel, die je tenslotte alleen kon vergelijken met de gevoelens die de volkomen in zijn grote ondernemingen opgaande Archimedes gehad zou hebben als de vreemde soldaat hem niet had doodgeslagen maar hem een oneerbaar voorstel had gedaan. En omdat

En omdat haar echtgenoot dat niet merkte, noch er op zo'n manier over zou hebben gedacht, maar haar lichaam haar tegen haar wil tenslotte toch telkens weer aan hem verried, voelde zij zich geknecht door een tirannie; het was er dan wel een die niet als onhebbelijk geldt, maar na verloop van tijd werd die voor haar even pijnlijk als zij zich het hebben van een tic of de onontkoombaarheid van de zonde voorstelde. Nu zou Diotima hierdoor misschien alleen een beetje zwaarmoedig zijn geworden en nóg idealer, maar ongelukkig genoeg viel het net in de tijd waarin ook haar salon haar psychische moeilijkheden begon te bezorgen. Directeur-generaal Tuzzi steunde natuurlijk het spirituele streven van zijn vrouw, omdat hij al gauw had ingezien hoeveel voordeel daar voor zijn eigen positie aan vast zat, maar hij had er zich nooit mee bemoeid, en men zou zelfs kunnen zeggen dat hij het niet serieus nam; want deze ervaren man nam alleen de macht, de plicht, hoge afkomst serieus, en, op enige afstand daarvan, intelligentie. Hij waarschuwde Diotima er zelfs herhaaldelijk voor niet te veel eerzucht in haar esthetische regeringszaken te steken, want al was cultuur, zou je kunnen zeggen, ook het zout in de levenspap, de betere kringen hielden toch niet van een al te hartige keuken; hij zei dat zonder enige ironie, want het was zijn overtuiging, maar Diotima voelde zich gekleineerd. Zij voelde voortdurend een glimlach in de lucht hangen waarmee haar man haar idealistisch streven begeleidde; en of hij nu thuis was of niet, en of die glimlach – áls hij al glimlachte, wat beslist niet altijd zeker was – speciaal haar gold of alleen hoorde bij de gelaatsuitdrukking van een man die er beroepshalve te allen tijde superieur uit moet zien, in de loop van de tijd werd het voor haar steeds onverdraaglijker, zonder dat zij zich kon bevrijden van de infame schijn van gelijk die deze zich aanmat. Zo af en toe wierp Diotima de schuld op een materialistisch tijdperk, dat van de wereld een kwaadaardig, zinloos spel heeft gemaakt waarin een bezield mens niet de vrijheid krijgt zich tussen atheïsme, socialisme en positivisme tot zijn ware wezen te verheffen; maar ook dat baatte vaak niet.

Zo lagen de verhoudingen in huize Tuzzi toen de grote

patriottische actie de gebeurtenissen bespoedigde. Sinds graaf Leinsdorf, om de aristocratie niet te exponeren, het middelpunt ervan had verlegd naar het huis van zijn vriendin, heerste daar een onuitgesproken geest van verantwoordelijkheid, want Diotima was vastbesloten haar echtgenoot, nu of nooit, te bewijzen dat haar salon geen stuk speelgoed was. Z. Doorluchtigheid had haar toevertrouwd dat de grote patriottische actie een kronend idee behoefde, en zij brandde van eerzucht dat te vinden. Het denkbeeld om met de middelen van een heel rijk en onder het aandachtig toeziend oog van de wereld iets te moeten verwezenlijken dat van een grandioze culturele inhoud zou dienen te zijn of, in iets bescheidener opzet, misschien iets dat de Oostenrijkse cultuur in haar essentie moest tonen, – dit denkbeeld had op Diotima de uitwerking alsof de deuren van haar salon waren opengesprongen en tegen de drempels, als een voortzetting van de vloer, de eindeloze zee deinde. – Het kon niet worden ontkend dat het eerste dat zij daarbij voelde een onmetelijke, zich onmiddellijk openende leegte was.

Er zit vaak iets waars in eerste indrukken! Diotima was ervan overtuigd dat er iets onvergelijkelijks zou gebeuren en trommelde haar vele idealen op; zij mobiliseerde het pathos van haar geschiedenislessen van toen zij een klein meisje was, waarin zij had leren rekenen in rijken en eeuwen, zij deed werkelijk alles wat men in een dergelijke situatie moet doen, maar nadat op die manier een aantal weken waren verstreken moest zij constateren dat haar volstrekt niets was ingevallen. Het zou haat geweest zijn wat Diotima op dat moment voor haar echtgenoot voelde, als zij hoe dan ook tot haat – een laag gevoel! – in staat was geweest; daarom werd het zwaarmoedigheid, en een tot dusver onbekende 'wrok tegen alles en iedereen' welde in haar op.

Dat was het tijdstip waarop dr. Arnheim in gezelschap van zijn negerknaapje arriveerde, en Diotima kort daarop zijn belangwekkende bezoek ontving.

De vereniging van ziel en economie. De man die dat kan wil
de barokke bekoring van de oude Oostenrijkse cultuur proeven
Waardoor de Parallelactie een idee wordt geboren

Diotima kende geen verkeerde gedachten, maar waarschijnlijk verborg zich die dag van alles achter het onschuldige ne-
gerjongetje dat haar bezighield nadat zij haar kamenierster
'Rachelle' de kamer had uitgestuurd. Zij had haar verhaal
nogmaals vriendelijk aangehoord nadat Ulrich het huis van
zijn grote nicht had verlaten, en de mooie, rijpe vrouw voelde zich jong en alsof ze zich met een stukje rinkelend speelgoed amuseerde. Ooit had de adel, had de aristocratie er
zwarte bedienden op na gehouden; er schoten haar alleraar-
digste tafereeltjes te binnen, van sledetochten met bewim-
pelde paarden, met bepluimde lakeien en met rijp bepoeder-
de bomen; maar die fantasierijke kant van de aristocratie had
al lang opgehouden te bestaan. 'Het maatschappelijk leven
is tegenwoordig zielloos geworden,' dacht zij. Iets in haar
hart nam het op voor de vermetele buitenstaander die nog
een zwarte knecht durfde te houden, voor die incorrect deftige burger, de indringer die generaties lang gevestigde
macht beschaamde, zoals de geleerde Griekse slaaf ooit zijn
Romeinse meesters had beschaamd. Haar door allerlei scrupules geketende zelfbewustzijn deserteerde als zustergeest
naar zijn kamp en dit, vergeleken met al haar andere, heel
natuurlijke gevoelens, maakte dat zij zelfs door de vingers
zag dat dr. Arnheim – ook al waren de geruchten daarover
tegenstrijdig en lag er nog geen betrouwbare informatie ter
tafel – van joodse afkomst zou zijn: van zijn vader werd dat
namelijk met zekerheid gezegd, alleen zijn moeder was al zo
lang dood dat er enige tijd overheen zou gaan voor men het
precies wist. Het zou overigens heel goed hebben gekund
dat een bepaald wreed kosmisch verdriet in Diotima's hart
helemaal niet naar een dementi verlangde.

Voorzichtig had Diotima haar gedachten toegestaan de
negerjongen te verlaten en diens meester te naderen. Dr.

Paul Arnheim was niet alleen een rijk man, hij was ook een belangrijke geest. Zijn roem reikte veel verder dan dat hij de erfgenaam van wereldwijde handelsondernemingen was, en in zijn ledige uren had hij boeken geschreven die in progressieve kringen als buitengewoon golden. De mensen die zulke zuiver spirituele kringen vormen zijn verheven boven geld en burgerlijk eerbewijs; men mag echter niet vergeten dat het juist daarom iets bijzonder fascinerends voor hen heeft als een rijk man hen tot zijns gelijken maakt, en Arnheim verkondigde in zijn brochures en boeken bovendien niets minder dan uitgerekend de vereniging van ziel en economie, of van idee en macht. De gevoelige geesten, begiftigd met de fijnste neus voor wat komen gaat, verspreidden het bericht dat hij deze beide op aarde gewoonlijk gescheiden polen in zich verenigde, en zij gaven voedsel aan het gerucht dat er een moderne kracht onderweg was, geroepen op zekere dag het lot van het land en, wie weet, wellicht van de wereld ten goede te keren. Want dat de principes en methoden van de oude politiek en diplomatie Europa de greppel in menden was al geruime tijd een algemeen verbreid gevoel, en op elk gebied trouwens was toen al de periode aangebroken waarin men zich afwendde van de vaklui.

Ook Diotima's toestand zou men een rebellie tegen het denkpatroon van de oudere diplomatieke school kunnen noemen; daarom begreep zij direct welke wonderbaarlijke gelijkenis er bestond tussen haar positie en die van deze geniale buitenstaander. De beroemde man had bovendien zodra het maar kon zijn opwachting bij haar gemaakt, haar huis was veruit het eerste dat deze eer te beurt viel, en in de introductiebrief van een gemeenschappelijke vriendin was sprake van de oude cultuur van de Habsburgerstad en haar bewoners, waar de noeste werker tussen zijn onvermijdelijke zaken door van hoopte te proeven; Diotima voelde zich uitverkoren als een schrijver die voor het eerst in een vreemde taal wordt vertaald, toen zij daaruit afleidde dat deze beroemde buitenlander de reputatie van haar geest kende. Zij merkte op dat hij er absoluut niet joods uitzag, maar een voorname bedachtzame man was van het antiek-Fenicische type. Maar ook Arnheim was verrukt toen hij in Diotima een vrouw trof die niet alleen zijn boeken had gelezen, maar als een met lichte corpulentie bekleed klassiek beeld ook aan zijn schoonheidsideaal beantwoordde, dat Helleens was, met een ietsje meer vlees, om het klassieke wat minder star te maken. Diotima kwam er al gauw achter dat de indruk die zij, in een gesprek van slechts twintig minuten, in staat was te maken op een man met werkelijk internationale betrekkingen radicaal alle twijfels wegnam waarmee haar eigen, toch wat met zijn verouderde diplomatieke methodes vooringenomen echtgenoot haar belangrijkheid kleineerde.

Met zacht welbehagen herhaalde zij dit gesprek in zichzelf. Het was nog maar nauwelijks begonnen toen Arnheim al zei dat hij alleen naar deze oude stad was gekomen om in de barokke bekoring van de oude Oostenrijkse cultuur een beetje bij te komen van het gereken, het materialisme, de lege ratio waarin een mens van de huidige civilisatie leeft en werkt.

Deze stad had inderdaad iets zonnigs en bezielends – had Diotima geantwoord, en daar was ze tevreden over.

'Ja,' had hij gezegd, 'wij hebben geen innerlijke stemmen meer; wij weten te veel tegenwoordig, het verstand tiranniseert ons leven.'

Daarop had zij geantwoord: 'Ik ga graag met vrouwen om; omdat ze niets weten en ongebroken zijn.' En Arnheim zei daarop: 'Toch begrijpt een mooie vrouw veel meer dan een man, die ondanks zijn logica en psychologie niets van het leven weet.' En toen had zij hem verteld dat een soortgelijk probleem als de ziel te bevrijden van de civilisatie, alleen in groter verband en op staatsniveau geprojecteerd, de toonaangevende kringen hier bezighield: 'Men zou – ' had zij gezegd, en Arnheim onderbrak haar: 'Dat zou schitterend zijn; nieuwe ideeën of, als hij zo vrij mocht zijn dit te zeggen (hier zuchtte hij even), in het algemeen eens ideeën in machtssferen te brengen!' En Diotima was doorgegaan: Men wilde comités vormen uit alle groepen van de bevolking om die ideeën gestalte te geven – maar juist op dat

moment had Arnheim iets buitengewoon belangrijks gezegd, en op zo'n toon van vriendschappelijke warmte en
respect had hij het gezegd dat de waarschuwing diep in Diotima's ziel binnendrong: Niet gauw, had hij uitgeroepen,
zou op die manier iets groots tot stand komen; geen democratie van commissies, maar slechts een paar sterke persoonlijkheden, met ervaring zowel in de werkelijkheid als op het
gebied van ideeën zouden de actie kunnen leiden! –
Tot hier had Diotima het gesprek woordelijk in zichzelf
herhaald, maar op dit punt aangekomen loste het op in glorie; zij kon zich niet meer herinneren wat zij daarop had te-
ruggezegd. Een vaag, enerverend gevoel van geluk en verwachting had haar al die tijd steeds hoger opgetild; nu leek
haar geest een ontsnapt kleurig ballonnetje dat heerlijk stralend hoog in de lucht naar de zon toe zweeft. En het volgende ogenblik knapte het.
Toen was de grote Parallelactie een idee geboren dat er tot
dan toe aan had ontbroken.

– 27 –

Aard en inhoud van een groot idee

Het zou eenvoudig zijn te zeggen waar dit idee uit bestond, maar de betekenis ervan zou geen mens kunnen beschrijven! Want waarin een pakkend groot idee nu juist
verschilt van een gewoon, misschien zelfs onbegrijpelijk
gewoon en verkeerd idee, is dat het zich in een soort smelttoestand bevindt, waardoor het Ik in oneindige verten verzeild raakt, en omgekeerd de weidse verten van het wereld-
ruim het Ik binnentreden, waarbij je niet meer kunt zien
wat tot het eigene en wat tot het oneindige behoort. Daarom bestaan pakkende grote ideeën uit een vergankelijk lichaam dat evenals dat van de mens compact maar zwak is,
en uit een eeuwige ziel, die hun betekenis uitmaakt maar
niet compact is, doch bij elke poging haar met koude
woorden vast te pakken in het niets oplost.

Dit vooropgesteld moet worden gezegd dat Diotima's grote idee uit niets anders bestond dan dat de Pruis Arnheim de geestelijke leiding van de grote Oostenrijkse actie op zich moest nemen, alhoewel de actie Pruisisch Duitsland een jaloerse hak wilde zetten. Maar dat is alleen het dode woordlichaam van het idee, en wie het onbegrijpelijk of bespottelijk vindt, mishandelt een lijk. Wat daarentegen de ziel van dit idee betreft, moet worden gezegd dat die een kuise en geoorloofde was, en voor alle zekerheid hechtte Diotima bij wijze van spreken nog een codicil voor Ulrich aan haar besluit. Zij wist niet dat ook haar neef – hoewel op een veel lager plan dan Arnheim en schuilgaand achter diens uitstraling – indruk op haar had gemaakt, en zij zou zichzelf waarschijnlijk hebben verfoeid als zij zich dat had gerealiseerd; maar instinctief had zij desondanks een tegenmaatregel getroffen door hem tegenover haar bewustzijn 'onrijp' te verklaren, ofschoon Ulrich ouder was dan zij. Zij had zich voorgenomen hem te beklagen, en dat vergemakkelijkte haar overtuiging dat het een plicht was om Arnheim in plaats van hem voor de leiding van de zo grote verantwoordelijkheid eisende actie te kiezen; maar anderzijds, nadat zij dit besluit had gebaard, meldde zich ook het vrouwelijke denkbeeld dat de achtergestelde nu haar hulp nodig had en waardig was. Als er iets aan hem ontbrak, kon hij het op geen enkele manier beter verwerven dan door een medewerkerschap aan de grote actie, dat hem de gelegenheid bood vaak in haar en Arnheims nabijheid te vertoeven. Aldus besloot Diotima ook dit nog, maar dat waren ongetwijfeld slechts aanvullende overwegingen.

Een hoofdstuk dat een ieder die geen al te hoge dunk heeft
van het denken als bezigheid kan overslaan

Ulrich zat intussen thuis aan zijn bureau te werken. Hij had het onderzoek te voorschijn gehaald dat hij weken geleden, toen hij het besluit nam terug te keren, halverwege had afgebroken; hij wilde het niet afmaken, maar had er gewoon plezier in dat hij tot dit alles nog steeds in staat was. Het was mooi weer, maar hij had de laatste dagen zijn huis alleen af en toe verlaten om een boodschap te doen, hij ging niet eens de tuin in, hij had de gordijnen dichtgetrokken en werkte in het gedempte licht als een acrobaat die in een halfdonker circus, nog voor het publiek is toegelaten, voor een paar rijen kenners gevaarlijke nieuwe sprongen demonstreert. De nauwkeurigheid, kracht en zekerheid van dit denken, die in het leven hun weerga niet kennen, vervulden hem bijna met zwaarmoedigheid.

Hij schoof het met formules en symbolen bedekte papier, waarop hij als laatste een toestandsvergelijking van water had geschreven, bij wijze van natuurkundig voorbeeld om een nieuw wiskundig proces dat hij beschreef toe te passen, nu van zich af; maar zijn gedachten waren al een poosje afgedwaald.

'Heb ik Clarisse niet iets verteld over water?' vroeg hij zich af; hij kon het zich evenwel niet duidelijk herinneren. Het deed er ook eigenlijk niet toe, en zijn gedachten gingen slordig alle kanten op.

Helaas is in de schone letteren niets zo moeilijk weer te geven als een denkend mens. Een grote ontdekker had, toen men hem eens vroeg hoe hij het klaarspeelde zo veel nieuwe ideeën te krijgen, geantwoord: 'Doordat ik er onophoudelijk aan dacht.' En inderdaad, men mag gerust stellen dat onverwachte invallen door niets anders komen dan doordat men ze verwacht. Ze zijn voor een niet gering deel de vrucht van karakter, regelmatige gewoonten, taaie ambitie en onophoudelijk ermee bezig zijn. Wat moet zo'n volharding vervelend zijn! Maar in een ander opzicht voltrekt het oplossen van een intellectueel probleem zich niet heel anders dan als wanneer een hond die een stok in zijn bek heeft door een smalle deur wil; hij draait zijn kop dan net zo lang naar links en naar rechts tot de stok erdoorheen schiet, en wij doen het precies zo, alleen met dit verschil dat wij het niet helemaal op goed geluk proberen, maar uit ervaring al ongeveer weten hoe je het moet aanpakken. En al heeft een knappe kop natuurlijk ook veel meer handigheid en ervaring in die draaibewegingen dan een domme, het erdoor schieten komt toch ook voor hem als een verrassing, ineens is het er, en men kan heel duidelijk een licht gevoel van verbluftheid bij zichzelf waarnemen dat de gedachten zich zelf hebben gemaakt, in plaats van op hun geestelijke vader te wachten. Dit gevoel van verbluftheid noemen veel mensen heden ten dage intuïtie, nadat het vroeger ook wel inspiratie werd genoemd, en zij geloven daar iets bovenpersoonlijks in te moeten zien; maar het is alleen maar iets onpersoonlijks, namelijk de affiniteit en het bij elkaar horen van de zaken zelf die in een brein samenkomen.

Hoe helderder het brein, hoe minder men ervan merkt. Daarom is het denken, zolang het niet af is, eigenlijk een heel treurige toestand, een soort koliek van alle hersenkronkels, en als het af is heeft het al niet meer de vorm van de gedachte waarin je het ervaart, maar al die van het gedachte, en dat is helaas een onpersoonlijke vorm, want de gedachte is dan naar buiten toe gekeerd en voor mededeling aan de wereld klaargemaakt. Men kan als iemand denkt bij wijze van spreken nooit het moment tussen het persoonlijke en het onpersoonlijke vatten, en daarom is het denken voor schrijvers kennelijk zo'n netelige kwestie dat zij het liever vermijden.

Maar de man zonder eigenschappen dacht nu eenmaal na. Men make daaruit op dat dit, deels tenminste, geen persoonlijke aangelegenheid was. Wat is het dan? Uit- en ingaande wereld; aspecten van de wereld die in een brein worden opgebouwd. Er was hem volstrekt niets belangrijks ingevallen; nadat hij zich met het water als voorbeeld had beziggehouden was hem niets anders ingevallen dan dat water als element drie maal groter is dan het land, zelfs wanneer je alleen meerekent wat iedereen als water beschouwt, rivier, zee, meer, bron. Er is lang gedacht dat het verwant was aan lucht. De grote Newton dacht dat ook en is wat het grootste deel van zijn andere denkbeelden betreft toch nog van deze tijd. Volgens de Grieken waren de wereld en het

leven uit het water voortgekomen. Het was een god: Okea-
nos. Later vond men nixen uit, elfen, undines, nimfen. En
er werden tempels en orakels aan de oevers neergezet. En
ook de kathedralen van Hildesheim, Paderborn en Bremen
zijn gebouwd op onderaardse bronnen, en kijk, ze staan er
toch nog? En men doopt toch nog steeds met water? En bestaan er soms geen watervrienden en apostelen van de hy-
drotherapie, wier ziel van een eigenaardige grafachtige gezondheid is? Er was dus ergens op de wereld een plaats als
een uitgewiste punt of als platgetrapt gras. En natuurlijk had
ook de moderne kennis wel ergens een plaats in het bewustzijn van de man zonder eigenschappen, of hij daar nu op dat
moment aan dacht of niet. En daarin is water gewoon een
kleurloze, alleen in dikke lagen blauwe, geur- en smaakloze
vloeistof, hetgeen je op school zo vaak hebt opgezegd dat je
het nooit meer kunt vergeten, ofschoon het fysiologisch gezien ook bacteriën, plantaardige stoffen, lucht, ijzer, zwavel-
zuur en dubbelkoolzure kalk bevat, en de oervorm van alle
vloeistoffen natuurkundig in feite helemaal geen vloeistof is,
maar naar gelang de omstandigheden een vast lichaam, een
vloeistof of een gas. Uiteindelijk lost het geheel zich op in
systemen van formules die op de een of andere manier onderling samenhangen, en op de hele wereld bestaan er maar
een paar dozijn mensen die zelfs over zoiets eenvoudigs als
water hetzelfde denken; alle anderen spreken erover in talen
die ergens tussen vandaag en een paar duizend jaar geleden
thuishoren. Daarom moet je dus wel zeggen dat iemand als
hij maar een beetje nadenkt in zekere zin in een heel wanor-
delijk gezelschap terechtkomt!

En nu herinnerde Ulrich zich ook dat hij dat allemaal werkelijk aan Clarisse had verteld, en zij was zo onontwikkeld
als een klein dier, maar ondanks al het bijgeloof waar zij uit
bestond had je een vaag gevoel van eenheid met haar. Het
gaf hem een steek, als een hete naald.

Hij ergerde zich.

Het bekende, door de geneesheren ontdekte vermogen
van gedachten om diep woekerende, ziekelijk verstrengelde
conflicten, die in de duistere regionen van het Ik ontstaan,

op te lossen en uit elkaar te halen berust waarschijnlijk op niets anders dan op het sociale en op de buitenwereld gerichte, het individu met andere mensen en dingen verbindende karakter ervan; helaas echter schijnt datgene wat ze die genezende kracht verleent hetzelfde te zijn wat hun persoonlijke beleefbaarheid vermindert. Het terloops vermelden van een haar op iemands neus weegt zwaarder dan de meest relevante gedachte; en daden, gevoelens en gewaarwordingen wekken, wanneer ze worden herhaald, de indruk een voorval, een al dan niet belangrijke persoonlijke gebeurtenis te hebben bijgewoond, hoe doodgewoon en onpersoonlijk ze ook mogen zijn.

'Dom,' dacht Ulrich, 'maar het is zo.' Het leek op die dom-diepe, opwindende, rechtstreeks het Ik rakende indruk die je hebt als je aan je eigen huid ruikt. Hij stond op en trok de gordijnen voor zijn ramen opzij.

De schors van de bomen was nog vochtig van de dauw. Buiten lag over de straat een viooltjesblauwe benzinenevel. De zon scheen naar binnen, en de mensen bewogen zich levendig. Het was een asfaltlente, een jaargetijdeloze lentedag in de herfst, zoals steden die te voorschijn toveren.

– 29 –

Verklaring en onderbrekingen van een
normale bewustzijnstoestand

Ulrich had met Bonadea een teken afgesproken wanneer hij alleen thuis zou zijn. Hij was altijd alleen, maar hij gaf het teken niet. Hij had al lang kunnen verwachten dat Bonadea onaangekondigd met hoed en sluier binnen zou komen. Want Bonadea was buitensporig jaloers. En als zij een man opzocht – al was het ook alleen maar om hem te vertellen dat zij hem met minachting afwees – arriveerde zij altijd vol innerlijke zwakheid, want de indrukken van onderweg en de blikken van de mannen die zij was tegengekomen deinden in haar als een lichte zeeziekte. Maar als de man dit bevroedde en zonder omwegen op haar afstevende, alhoewel hij zich al lange tijd liefdeloos niet om haar had bekommerd, dan was zij gekwetst, maakte ruzie met hem en stelde met haar verwijten uit waar zij zelf nauwelijks nog op kon wachten, en had iets van een in haar wiek geschoten eend die in liefdes wijde wateren is gevallen en zich al zwemmend probeert te redden.

En opeens zat Bonadea er dus werkelijk, huilde en voelde zich misbruikt.

Op die momenten, als zij kwaad was op haar minnaar, smeekte zij haar echtgenoot hartstochtelijk om vergiffenis voor haar misstappen. Volgens een goede oude regel van ontrouwe vrouwen, die ze toepassen om zich niet door een onbedachtzaam woord te verraden, had ze hem verteld over de interessante geleerde die ze af en toe bij een vriendin thuis ontmoette maar niet uitnodigde omdat hij wat gezelschap betrof te verwend was om haar uit zichzelf te bezoeken en zij niet genoeg in hem zag om hem desondanks uit te nodigen. De halve waarheid die daarin zat verzachtte voor haar de leugen en de andere helft nam ze haar minnaars kwalijk.
– Wat moest haar man wel denken, vroeg ze, als ze nu opeens de omgang met die naar voren geschoven vriendin weer zou beperken?! Hoe moest ze hem zulke wisselvalligheden van haar sympathie aan zijn verstand brengen?! Zij had groot ontzag voor de waarheid omdat ze ontzag had voor alle idealen, en Ulrich onteerde haar als hij haar dwong daar verder dan nodig van af te wijken!

Zij maakte een hartstochtelijke scène, en toen die voorbij was vielen verwijten, bezweringen en kussen in het aldus ontstane vacuüm. Toen ook die voorbij waren, was er niets gebeurd, alledaagse praatjes vulden opborrelend de leegte en de tijd zette belletjes af als in een glas verschaald water.

'Wat is ze toch veel mooier als ze razend wordt,' bedacht Ulrich, 'en hoe mechanisch heeft alles zich weer voltrokken.' Haar aanblik had hem ontroerd en tot liefkozingen verleid; nu het over was voelde hij opnieuw hoe weinig het hem aanging. Het ongelooflijk snelle van zulke veranderingen, die een gezond mens in een schuimbekkende idioot veranderen, werd daardoor overduidelijk. Toch had hij het idee dat deze liefdesmetamorfose van het bewustzijn slechts een bijzonder geval was van iets veel algemeners; want ook een avondje toneel, een concert, een kerkdienst, al die manifestaties van het innerlijk zijn tegenwoordig van die snel weer in het niets verdwijnende eilanden van een tweede bewustzijnstoestand, die tijdelijk de gewone wordt binnengeschoven.

'Zoëven zat ik toch nog te werken,' dacht hij, 'en daarvoor liep ik op straat en heb ik papier gekocht. Ik heb een heer gegroet die ik van het Natuurkundig Genootschap ken. Ik heb met hem nog niet zo lang geleden een serieus gesprek gehad. En nu, als Bonadea zich een beetje zou willen haasten, zou ik in die boeken daar, die ik door de kier van de deur zie staan, iets kunnen naslaan. Maar ondertussen zijn we door een wolk van waanzin gevlogen, en niet minder griezelig is het hoe de normale ervaringen zich weer sluiten boven dat verdwijnende gat en zich in al hun taaiheid laten zien.'

Bonadea haastte zich echter niet en Ulrich moest aan iets anders denken. Zijn jeugdvriend Walter, die wat vreemd geworden man van de kleine Clarisse, had eens over hem beweerd: 'Ulrich doet altijd met de grootste energie alleen datgene wat hij als niet noodzakelijk beschouwt!' Het kwam op dat moment bij hem op. 'Dat zou je tegenwoordig over ons allemaal kunnen zeggen,' bedacht hij. Hij herinnerde het zich heel goed: rondom het zomerhuis liep een houten balkon. Ulrich was te gast bij Clarisses ouders; het was een paar dagen voor de bruiloft, en Walter was jaloers op hem. Walter kon heel mooi jaloers zijn. Ulrich stond buiten in de zon toen Clarisse en Walter de kamer achter het balkon binnenkwamen. Hij bespiedde hen, zonder zich te verstoppen. Verder herinnerde hij zich nu alleen die ene zin nog. En vervolgens het beeld; de diepe schaduw van de kamer hing als een geplooide, slechts iets openstaande buidel aan de door schel zonlicht beschenen buitenmuur. In de plooien van die buidel verschenen Walter en Clarisse; Walters gezicht was pijnlijk in de lengte vertrokken en zag eruit alsof het lange gele tanden had. Je zou ook kunnen zeggen, een paar lange gele tanden lag in een met zwart fluweel bekleed kistje, en deze twee mensen stonden er als geesten naast. Die jaloezie was natuurlijk onzin; Ulrich werd niet aangetrokken door de vrouwen van zijn vrienden. Maar Walter had altijd een heel bijzonder vermogen bezeten om hevig te beleven. Hij kwam nooit toe aan wat hij wilde omdat hij zo veel voelde. Hij leek een zeer melodische geluidsversterker voor het kleine geluk en ongeluk in zich mee te dragen. Hij gaf voortdurend gouden en zilveren gevoelsmuntjes uit, terwijl Ulrich meer in het groot opereerde, met gedachtencheques bij wijze van spreken waar enorme bedragen op stonden; maar uiteindelijk was het maar papier. Als Ulrich zich Walter heel karakteristiek voor de geest wilde halen, lag hij aan de zoom van een bos. Hij had dan een korte broek aan en vreemd genoeg zwarte kousen. Hij had niet de benen van een man, noch de krachtig gespierde, noch de schrale pezige, maar die van een meisje; een niet zo heel mooi meisje, met mollige, lelijke benen. Met zijn handen onder zijn hoofd keek hij het landschap in en de hemel wist dat je hem dan stoorde. Ulrich herinnerde zich niet Walter bij een bepaalde gelegenheid, die in zijn geheugen gegrift zou zijn, zo te hebben gezien; dit beeld was eerder een afdruk, als van een zich sluitend stempel na vijftien jaren. En van de herinnering dat Walter toen jaloers op hem was geweest ging een zeer aangename prikkeling uit. Dat had zich allemaal afgespeeld in een tijd waarin je nog plezier had in jezelf. En Ulrich dacht: 'Ik ben nu al een paar keer bij hen geweest zonder dat Walter mijn bezoeken heeft beantwoord. Desondanks zou ik vanavond wel weer eens naar hen toe kunnen gaan; wat kan mij het schelen!'

Hij nam zich voor hun zodra Bonadea eindelijk klaar zou zijn met aankleden een berichtje te sturen; in Bonadea's aanwezigheid was dat niet raadzaam, wegens het vervelende kruisverhoor dat dan onverbiddelijk volgde.

En daar gedachten snel zijn en Bonadea nog lang niet klaar was, viel hem nu nóg iets in. Ditmaal was het een kleine theorie; ze was eenvoudig, verhelderend en verdreef de tijd. 'Een jongeman die geestelijk actief is,' zei Ulrich bij zichzelf, en bedoelde daarmee waarschijnlijk nog zijn jeugdvriend Walter, 'zendt onophoudelijk naar alle richtingen ideeën uit. Maar alleen het idee dat op de resonantie van zijn omgeving stuit straalt weer naar hem terug en concentreert zich, terwijl alle andere die uitgezonden worden in de ruimte verstrooid raken en verloren gaan!' Ulrich nam zondermeer aan dat iemand die geest heeft daarvan elke soort bezit, zodat geest oorspronkelijker moest zijn dan eigenschappen; hijzelf was een man van veel tegenstellingen, en hij stelde zich voor dat alle eigenschappen die ooit in de mensheid tot uitdrukking zijn gekomen, tamelijk dicht op elkaar in de geest van elk mens rusten, als hij tenminste al geest heeft. Dat zal wel niet helemaal juist zijn, maar wat wij van het ontstaan van zowel goed als kwaad weten strookt nog het beste met dat iedereen weliswaar zijn innerlijke maat heeft, maar zich in de meest verschillende kleren van die maat kan steken als het lot ze voor hem klaarlegt. En zo kwam Ulrich ook dat wat hij zojuist had gedacht niet geheel zonder betekenis voor. Want als in de loop van de tijd de middelmatige en onpersoonlijke invallen helemaal vanzelf sterker worden en de buitengewone minder worden, zodat bijna iedereen, met de zekerheid van een mechanisch verband, steeds middelmatiger wordt, dan verklaart dat immers waarom, ondanks de duizendvoudige mogelijkheden die voor ons openstaan, de gewone mens nu eenmaal de gewone is! En het verklaart ook dat er zelfs bij de bevoorrechte mensen, die slagen en aanzien verwerven, een bepaald mengsel is, van ongeveer 51% diepte en 49% oppervlakkigheid, dat het meeste succes heeft, en dat kwam Ulrich al heel lang zo ingewikkeld zinloos voor en zo onverdraaglijk triest, dat hij daar graag nog langer over zou hebben nagedacht.

Hij werd daarvan afgehouden doordat Bonadea nog steeds geen teken gaf dat zij klaar was; toen hij voorzichtig door de deuropening gluurde zag hij dat zij opgehouden was zich aan te kleden. Zij vond, als het om de laatste druppels van het kostelijk samenzijn ging, verstrooidheid onkies; gekrenkt door zijn zwijgen wachtte zij af wat hij zou doen. Zij had een boek gepakt en gelukkig bevatte het mooie afbeeldingen uit de geschiedenis van de kunst.

Ulrich voelde zich, toen hij zijn beschouwingen hervatte, door dit wachten geïrriteerd en raakte in een vaag ongeduldige stemming.

Ulrich hoort stemmen

En opeens trokken zijn gedachten zich samen, en alsof hij door een daardoor ontstane spleet keek, zag hij Christian Moosbrugger, de timmerman, en zijn rechters.

Pijnlijk belachelijk voor iemand die zo niet denkt, sprak de rechter: 'Waarom hebt u uw bebloede handen afgeveegd? – Waarom hebt u het mes weggegooid? – Waarom hebt u na de daad schoon goed en ondergoed aangetrokken? – Omdat het zondag was? Niet omdat het onder het bloed zat? – Waarom bent u de avond daarna naar een danslokaal gegaan? De daad heeft u dus niet belet dat te doen? Hebt u hoegenaamd enig berouw gevoeld?'

In Moosbrugger ontwaakt een flakkering: oude tuchthuiservaring, je moest berouw veinzen. De flakkering trekt Moosbruggers mond scheef en hij zegt: 'Jazeker!'

'Maar op het politiebureau zei u: Ik voel geen berouw, alleen haat en woede, tot aan paroxisme toe!' haakte de rechter daar meteen op in.

'Mogelijk,' zegt Moosbrugger, weer meer op zijn gemak en voornaam. 'Mogelijk dat ik toen geen andere gevoelens had.'

'U bent een grote, sterke man,' interrumpeert de officier van justitie, 'hoe kon u nu bang zijn voor Hedwig!'

'Edelachtbare,' antwoordt Moosbrugger met een glimlach, 'ze begon te flemen. Ik stelde me haar nog wreder voor dan ik zulk soort vrouwen anders beoordeel. Ik zie er wel sterk uit, en ben het ook...'

'Nou dan,' bromt de president, bladerend in het dossier.

'Maar in bepaalde situaties,' zegt Moosbrugger luid, 'ben ik schuw en zelfs laf.'

De ogen van de president vliegen op uit het dossier; als twee vogels een tak verlaten ze de regel waarop ze zoëven nog zaten. 'Indertijd, toen u het aan de stok had gekregen met uw collega's op de bouw, was u toch helemaal niet laf!' zegt de president. 'Want eentje hebt u twee verdiepingen naar beneden gegooid en de anderen met uw mes...'

'Meneer de president,' roept Moosbrugger met dreigende stem, 'ik sta nu nog steeds op het standpunt...'

De president gebaart afwerend.

'Onrecht,' zegt Moosbrugger, 'dat moet als grondslag dienen van mijn meedogenloosheid. Ik stond als naïef man voor mijn rechters, en heb gedacht, de heren rechters zullen het allemaal wel weten. Maar men heeft mij teleurgesteld!'

De rechter zit al lang weer met zijn neus in het dossier.

De officier van justitie glimlacht en zegt vriendelijk: 'Maar die Hedwig was toch een heel onschuldig meisje!'

'In míjn ogen niet!' antwoordt Moosbrugger, nog altijd boos.

'En ík heb het gevoel,' eindigt de president met nadruk, 'dat u altijd anderen de schuld weet te geven!'

'Dus waarom bent u haar met uw mes te lijf gegaan?' begint de officier van justitie vriendelijk van voren af aan.

– 31 –

Aan wiens kant sta je?

Dat was uit de zitting die Ulrich had bijgewoond, of alleen uit de verslagen die hij had gelezen? Hij herinnerde het zich zo levendig alsof hij deze stemmen hoorde. Hij had nog nooit in zijn leven 'stemmen gehoord'; God nee, zo was hij niet. Maar als je ze hoort, dan dalen ze ongeveer neer als de vrede van vallende sneeuw. Ineens staan daar muren, van de aarde tot in de hemel; waar vroeger lucht was, loop je door zachte dikke muren, en alle stemmen die in de kooi van de lucht van de ene plaats naar de andere zijn gehipt, vliegen nu vrij in de tot je binnenste samengegroeide witte wanden.

Hij was waarschijnlijk overprikkeld van het werken en de verveling, dan heb je dat wel eens; maar hij vond het beslist niet naar om stemmen te horen. En plotseling zei hij half-luid: 'Je hebt een tweede vaderland, waar alles wat je doet onschuldig is.'

Bonadea frunnikte aan een vetertje. Zij was intussen zijn kamer binnengekomen. Het gesprek mishaagde haar, zij vond het onkies; de naam van de meisjesmoordenaar, over wie zo veel in de kranten te lezen was geweest, was zij allang weer vergeten, en kwam slechts met tegenzin in haar herinnering terug toen Ulrich over hem begon te praten.

'Maar als Moosbrugger,' zei hij na een poosje, 'die verontrustende indruk van onschuld weet op te roepen, kan dat toch des te meer gezegd worden van dat arme, verwaarloosde, verkleumde schepsel met die muizeogen onder haar hoofddoek, die Hedwig, die om onderdak op zijn kamer smeekte en die daarom door hem is gedood?'

'Hou op!' adviseerde Bonadea en haalde haar blanke schouders op. Want toen Ulrich deze wending aan het gesprek had gegeven, was dat precies gebeurd op dat boosaardig gekozen moment waarop de half opgetrokken kleren van zijn gekwetste en naar verzoening dorstende vriendin, nadat zij de kamer was binnengekomen, opnieuw op het kleed die kleine, bekoorlijk mythologische schuimkrater hadden gevormd waaruit Aphrodite oprijst. Bonadea stond daarom klaar om Moosbrugger te verafschuwen en met een vluchtige huivering over zijn slachtoffer heen te stappen. Maar Ulrich stond dat niet toe, en begon haar in forse streken het lot te schilderen dat Moosbrugger wachtte. 'Twee mannen zullen hem de strop om de hals leggen, zonder ook maar in het minst kwade gevoelens jegens hem te koesteren, maar alleen omdat zij daarvoor worden betaald. Misschien zullen zo'n honderd mensen toekijken, deels omdat hun functie dat vereist, deels omdat iedereen wel een keer in zijn leven een terechtstelling wil hebben gezien. Een plechtige heer met hoge hoed, in jacquet en met zwarte handschoenen trekt de strop aan en op datzelfde ogenblik gaan zijn twee assistenten aan Moosbruggers benen hangen, zodat zijn nek breekt. Dan legt de heer zijn hand met de zwarte handschoen op Moosbruggers hart en voelt met de bezorgde blik van een arts of het nog klopt; want als het nog klopt wordt alles iets ongeduldiger en minder plechtig nog eens overgedaan. Ben je nu eigenlijk voor of tegen Moosbrugger?' vroeg Ulrich.

Bonadea was langzaam en pijnlijk, als iemand die op een verkeerd moment wordt gewekt, uit 'de stemming' geraakt, – zo placht zij haar aanvallen van echtbreuk te noemen. Nu moest zij gaan zitten, nadat haar handen een tijdlang besluiteloos haar afglijdende kleren en haar openstaande rijglijfje hadden opgehouden. Zoals elke vrouw in zulke omstandigheden had zij alle vertrouwen in een openbare orde, die zo rechtvaardig was dat je zonder eraan te hoeven denken je met je particuliere aangelegenheden kon bezighouden; nu, terwijl zij aan het tegendeel werd herinnerd, stond voor haar al spoedig vast dat zij meelevend partij trok voor Moosbrugger het slachtoffer, met uitschakeling van elke gedachte aan Moosbrugger de schuldige.

'Je bent dus,' beweerde Ulrich, 'steeds vóór het slachtoffer en tegen de daad.'

Bonadea gaf uiting aan het voor de hand liggende gevoel dat zo'n gesprek in zo'n situatie ongepast was.

'Maar Bonadea, als je oordeel zo consequent tegen de daad is,' antwoordde Ulrich in plaats van zich direct te verontschuldigen, 'hoe wil je dan je echtbreuken rechtvaardigen?!'

Vooral het meervoud was onkies! Bonadea zweeg, ging met een minachtende trek op haar gezicht in een van de zachte fauteuils zitten en keek gekrenkt naar de snijlijn van muur en plafond.

De vergeten, buitengewoon belangrijke geschiedenis
met de echtgenote van een majoor

Het is niet raadzaam je verwant te voelen met een evidente
gek, en Ulrich deed dat ook niet. Maar waarom beweerde
de ene deskundige dat Moosbrugger gek was en de andere
dat hij dat niet was? Waar haalden de verslaggevers die vlot-
te zakelijkheid vandaan waarmee zij het werk van zijn mes
beschreven? En door welke eigenschappen baarde Moosbrugger al dat opzien, riep hij die huiveringen op die voor
de helft van de twee miljoen mensen die in deze stad woon-
den even belangrijk waren als een familietwist of een verbroken verloving; buitengewoon persoonlijk opwindend,
gewoonlijk slapende gebieden van de ziel rakend, terwijl
zijn geval in de provinciesteden al nauwelijks meer nieuws
was, en in Berlijn of Breslau helemaal niets meer betekende,
omdat men daar van tijd tot tijd zijn eigen, de Moosbruggers van de eigen familie had? Dit vreselijke spel van de
maatschappij met haar slachtoffers hield Ulrich bezig. Hij
voelde het in zichzelf herhaald. Het was geen wil die hem
bezielde, noch om Moosbrugger te bevrijden, noch om de
gerechtigheid bij te springen, en zijn gevoel ging recht overeind staan, als de haren van een kat. Moosbrugger ging hem
door iets onbekends meer aan dan het leven dat hij zelf leidde; hij greep hem aan als een duister gedicht, waarin alles
een beetje vervormd en verschoven is en een fragmentari-
sche, in het diepe van het gemoed drijvende betekenis open-
baart.

'Gruwelromantiek!' sprak hij zichzelf tegen. Het gruwelijke of ongeoorloofde in de geoorloofde gedaante van dromen en neuroses te bewonderen vond hij helemaal passen bij
mensen van dit burgerlijke tijdperk. 'Óf 't een óf 't ander!'
dacht hij. 'Óf je bevalt me, óf je bevalt me niet! Óf ik ver-
dedig je in al je monsterlijkheid, óf ik zou me voor mijn kop
moeten slaan omdat ik ermee speel!' En uiteindelijk zou zelfs
ook een koud maar doortastend mededogen zeer op zijn

plaats zijn; er zou tegenwoordig een heleboel kunnen worden gedaan om zulke voorvallen en figuren te voorkomen wanneer de maatschappij zich slechts de helft van de morele inspanning zou willen getroosten die ze van zulke slachtoffers eist. Maar toen kwam er nog een heel andere kant naar voren van waaruit je de zaak zou kunnen bekijken, en er kwamen merkwaardige herinneringen bij Ulrich boven.

Ons oordeel over een daad is nimmer een oordeel over die kant van de daad die God beloont of bestraft: vreemd genoeg heeft Luther dat gezegd. Waarschijnlijk onder invloed van een van de mystici met wie hij een poosje bevriend was. Natuurlijk had menig andere gelovige dat ook kunnen zeggen. Het waren, in burgerlijke zin, allemaal immoralisten. Tussen de zonden en de ziel, die ondanks de zonden onbevlekt kan blijven, maakten zij bijna hetzelfde onderscheid als Machiavelli maakte tussen het doel en de middelen. Het 'menselijk hart' was hun 'ontnomen'. 'Ook in Christus was een uiterlijke en een innerlijke mens, en alles wat hij met betrekking tot uiterlijke dingen deed, deed hij vanuit de uiterlijke mens, en daar stond de innerlijke mens in onbeweeglijke afzondering naast,' zegt Eckehart. Zulke heiligen en gelovigen zouden, tenslotte, nog in staat zijn geweest zelfs Moosbrugger vrij te spreken!? De mensheid is er sindsdien beslist op vooruitgegaan; maar ook als ze Moosbrugger zal doden heeft ze toch nog het zwak om die mannen te bewonderen die hem, wie weet, zouden hebben vrijgesproken.

En nu kwam er een zin in Ulrichs herinnering terug waar een golf van onbehagen aan voorafging. Deze zin luidde: 'De ziel van de sodomiet zou zonder iets te vermoeden dwars door de menigte kunnen gaan, met in haar ogen de doorzichtige glimlach van een kind; want alles hangt af van een onzichtbaar principe.' Er was niet veel verschil met de voorafgaande zinnen, maar in zijn lichte overdrijving verspreidde hij een zwakke, weeïgzoete geur van verdorvenheid. En het bleek dat bij deze zin een ruimte hoorde, een kamer met gele Franse boeken op de tafels, met gordijnen van aaneengeregen glazen staafjes in plaats van deuren, – en in zijn borst ontstond een gevoel als wanneer een hand in het open karkas van een kip woelt om het hart eruit te trekken: want deze zin had Diotima tijdens zijn bezoek uitgesproken. Hij was bovendien nog afkomstig van een eigentijds schrijver van wie Ulrich in zijn jonge jaren had gehouden, maar die hij sindsdien als een salonfilosoof had leren beschouwen, en zinnen zoals deze smaken even slecht als brood waar parfum overheen is gegoten, zodat je de eerste tientallen jaren niets met dit alles meer van doen wilt hebben.

Maar hoe levendig de weerzin ook was die daardoor in Ulrich werd gewekt, op dit moment vond hij het toch schandelijk dat hij er zich zijn leven lang van had laten weerhouden terug te keren tot die andere, tot de echte zinnen van die geheimzinnige taal. Want hij had er een speciaal, een direct begrip voor, je kon het eerder nog een zekere vertrouwdheid noemen, die het begrijpen oversloeg; zonder dat hij echter ooit had kunnen besluiten zich volkomen tot ze te bekeren. Ze lagen – zulke zinnen, die hem met een toon van zusterlijkheid aanspraken, met een zachte donkere intimiteit die tegengesteld was aan de gebiedende toon van de wiskundige en wetenschappelijke taal, maar zonder dat je kon zeggen waar die uit bestond – als eilanden tussen zijn bezigheden, zonder samenhang en zelden bezocht; maar als hij ze overzag, voor zover hij ze had leren kennen, had hij het idee dat je hun samenhang kon voelen, alsof die eilanden niet zo ver uit elkaar voor een kust lagen die achter ze schuilging, of overblijfselen vormden van een vasteland dat al in de oertijden was verzonken. Hij voelde de zachtheid van zee, mist en lage zwarte landruggen die in geelgrijs licht slapen. Hij herinnerde zich een korte zeereis, een vlucht in de trant van 'Ga eens op reis' of 'Verzet uw zinnen', en hij wist precies welke vreemde, belachelijk magische ervaring zich door haar afschrikwekkende kracht eens en voor al voor alle soortgelijke had geschoven. Een ogenblik lang klopte het hart van een twintigjarige in zijn borst, waarvan de behaarde huid met de jaren dikker en grover was geworden. Het kloppen van een twintigjarig hart in zijn tweeëndertigjarige borst kwam hem voor als de onzedelijke kus die een knaap aan een man geeft. Desondanks ging hij ditmaal de herinnering niet uit de weg. Het was de herinnering aan een vreemd geëindigde passie die hij als twintigjarige had gehad voor een vrouw die in jaren en voornamelijk door haar doorkneedheid in huiselijke aangelegenheden aanzienlijk ouder was dan hij.

Typisch genoeg kon hij zich nauwelijks nog heugen hoe zij eruit had gezien; een stijve foto en de herinnering aan de uren waarin hij alleen was geweest en aan haar had gedacht namen de plaats in van rechtstreekse herinneringen aan gezicht, kleding, bewegingen en stem van deze vrouw. Haar wereld was hem intussen zo vreemd geworden dat de verklaring dat zij de vrouw van een majoor was geweest hem vermakelijk ongeloofwaardig aandeed. 'Zij zal nu wel allang de vrouw van een kolonel buiten dienst zijn,' dacht hij. In het regiment werd verteld dat zij een volleerd kunstenares was, een pianovirtuose, maar daar ingevolge de wens van haar familie nooit in het openbaar gebruik van had gemaakt, en later werd dit door haar huwelijk uiteraard onmogelijk. Zij speelde op regimentsfeesten werkelijk heel mooi piano, met de stralende gloed van een goed vergulde zon die boven afgronden van het gemoed zweeft, en Ulrich was van het begin af aan minder verliefd geweest op de zinnelijke aanwezigheid van deze vrouw dan op het begrip dat zij voor hem vertegenwoordigde. De tweede luitenant die destijds zijn naam droeg was niet verlegen; zijn blik had zich al geoefend op het vrouwelijk kleingoed en had zelfs al bij menige eerbare vrouw het lichtelijk uitgesleten dievenpad ontdekt dat naar haar leidde. Maar de 'grote liefde', dat was voor zulke twintigjarige officiertjes, als zij daar al naar taalden, iets anders, dat was een begrip; het lag buiten de reikwijdte van hun ondernemingen en was zo arm aan inhoudelijke ervaring en juist daardoor ook zo verblindend leeg als alleen heel grote begrippen dat zijn. En toen Ulrich voor het eerst van zijn leven de mogelijkheid in zichzelf ontwaarde om dit begrip in praktijk te brengen, moest het daarom ook gebeuren; de majoorsvrouw kreeg hierbij geen andere rol toebedeeld dan die van laatste aanleiding die een ziekte helpt uitbreken.

Ulrich werd ziek van liefde. En omdat echte liefdesziekte geen verlangen is naar bezit, maar een zich zachtjes ontsluieren van de wereld, omwille waarvan men graag afziet van het bezit van de geliefde, verklaarde de tweede luitenant de wereld aan de majoorsvrouw op zo'n ongewone en volhardende manier als zij nog nooit had gehoord. Hemellichamen, bacteriën, Balzac en Nietzsche kolkten in een trechter van gedachten, waarvan zij de punt met groeiende duidelijkheid op zekere, naar de toenmalige mode van het fatsoen verboden verschillen voelde wijzen, die haar lichaam scheidden van dat van de tweede luitenant. Zij raakte in verwarring door deze diepgaande betrekking van de liefde tot vraagstukken die bij haar weten tot dan toe nog nooit eerder iets met liefde te maken hadden gehad; tijdens een ritje liet zij, toen ze naast hun paarden liepen, haar hand even in die van Ulrich rusten, en merkte tot haar schrik dat haar hand als bezwijmd in de zijne bleef liggen. De volgende seconde vlamde er een vuur van haar polsen tot haar knieën, en een bliksemschicht velde die twee, zodat ze zowat in de berm waren gevallen, waar ze nu op het mos gingen zitten, elkaar hartstochtelijk kusten en tenslotte verlegen werden, omdat de liefde zo groot en ongewoon was dat hun tot hun verrassing niets anders te binnen schoot om te zeggen en te doen dan wat men bij zulke omhelzingen gewoon is. De paarden, die ongeduldig werden, bevrijdden tenslotte de twee gelieven uit die situatie.

De liefde van de majoorsvrouw en de te jonge tweede luitenant bleef ook in haar hele verdere verloop kort en onwezenlijk. Zij verwonderden zich allebei, drukten zich nog een paar maal tegen elkaar aan, zij voelden allebei dat er iets niet in orde was, iets dat hen in hun omhelzingen ook dan niet lijf aan lijf zou laten komen als zij zich van alle obstakels aan kleding en fatsoen ontdeden. De majoorsvrouw wilde zich niet verzetten tegen een hartstocht waarover zij voelde niet te kunnen oordelen, maar heimelijk klopten er verwijten in haar, vanwege haar echtgenoot en het leeftijdsverschil, en toen Ulrich haar op zekere dag, omkleed met magere en gezochte redenen, meedeelde dat hij voor langere tijd op verlof moest, haalde de officiersvrouw door haar tranen heen opgelucht adem. Ulrich had toen al geen enkele andere wens meer dan uit pure liefde zo gauw en zo ver mogelijk uit de buurt te komen van de bron van die liefde. Hij reisde in het wilde weg, tot een kust een einde maakte aan de spoorlijn, liet zich nog per boot op het dichtstbijzijnde eiland dat hij had gezien afzetten, en daar, in een onbekend en toevallig oord, bleef hij, armoedig behuisd en slecht verzorgd, en meteen de eerste nacht schreef hij de eerste van een reeks lange brieven aan zijn geliefde, die hij nooit verstuurde.

Deze nachtelijk stille brieven, die zijn gedachten ook overdag in beslag namen, was hij later kwijtgeraakt; en eigenlijk was dat ook hun bestemming. Hij had daarin aanvankelijk nog veel geschreven over zijn liefde, en over allerlei gedachten die hem daardoor werden ingegeven, maar al spoedig werd dat steeds meer verdrongen door het landschap. De zon lichtte hem 's ochtends van zijn bed, en als de vissers op het water en de vrouwen en kinderen om hun huizen bezig waren, dan leken hij en een het struikgewas en de rotsrichels tussen de beide gehuchten van het eiland afgrazende ezel de enige hogere wezens te zijn die er op dit avontuurlijk vooruitgeschoven stuk wereld bestonden. Hij volgde het voorbeeld van zijn metgezel en klom op een van de rotsrichels of hij ging aan de rand van het eiland liggen, in gezelschap van zee, rots en hemel. Dat is niet aanmatigend gezegd, want het verschil van grootte verdween, zoals overigens ook het verschil tussen geest, dierlijke en dode natuur in zo'n samenzijn verdween en alle soorten verschil tussen de dingen kleiner werden. Om het heel nuchter uit te drukken, die verschillen zullen wel niet verdwenen of verkleind zijn, maar de betekenis viel van ze af, men was niet langer 'onderworpen aan de scheidingen van het mensdom', precies zoals de door de mystieke liefde gegrepen godgelovigen dat hebben beschreven, van wie de jonge cavalerieluitenant toen nog nooit had gehoord. Hij dacht ook niet na over deze verschijnselen — zoals je anders, als een jager achter het wild, een waarneming op het spoor komt en erachter aan denkt —, ja, hij nam ze zelfs niet eens waar maar nam ze in zich op. Hij ging op in het landschap, ofschoon dat evengoed een onuitsprekelijk gedragen-worden was, en als de wereld zijn blikveld overschreed, dan sloeg haar betekenis van binnen in stille golven tegen hem aan. Hij was terechtgekomen in het hart van de wereld; van hem tot aan de verre geliefde was even ver als tot de dichtstbijzijnde boom; innig voelen verbond de wezens zonder ruimte, zoals in een droom twee wezens door elkaar heen kunnen lopen zonder zich te vermengen, en veranderde al hun betrekkingen. De toestand had echter verder niets met dromen gemeen. Hij was helder en boordevol heldere gedachten; alleen bewoog niets in hem zich naar oorzaak, doel en lichamelijke begeerte, maar alles breidde zich uit in telkens weer nieuwe kringen, zoals wanneer een straal zonder einde in een waterbekken valt. En dat was precies wat hij ook in zijn brieven beschreef, en anders niets. Het was een volledig veranderde gedaante van het leven; niet in het brandpunt van de normale aandacht geplaatst, van zijn scherpte verlost en zo gezien, eerder was alles wat er deel van uitmaakte een beetje verward en wazig; maar blijkbaar werd het vanuit andere middelpunten weer gevuld met prille zekerheid en helderheid. Want al 's levens problemen en gebeurtenissen kregen een onvergelijkelijke mildheid, zachtheid en kalmte en tegelijkertijd een volkomen veranderde betekenis. Liep er bijvoorbeeld een kever langs de hand van de denkende, dan was het niet een naderbijkomen, voorbijgaan en zich verwijderen, en ging het niet om kever of mens, het was een onbeschrijflijk hartroerend gebeuren, het was zelfs niet eens een gebeuren, maar, ofschoon het gebeurde, een toestand. En met behulp van zulke stille ervaringen ontving alles wat anders het gewone leven uitmaakt een omwentelende betekenis, telkens als Ulrich ermee in aanraking kwam. Ook zijn liefde voor de majoorsvrouw nam in deze toestand al gauw de voorbestemde gedaante aan. Hij probeerde soms om zich de vrouw, aan wie hij onophoudelijk dacht, voor de geest te halen en zich voor te stellen wat zij op dat moment aan het doen was, daarbij enorm gesteund door zijn precieze kennis van haar levensomstandigheden; maar zodra het lukte en hij

de geliefde voor ogen had, werd zijn zo oneindig helder-
ziend geworden gevoel blind, en hij moest zijn best doen om
haar beeld weer snel te temperen tot de gelukzalige zekerheid van het ergens-voor-hem-bestaan van een grote geliefde. Het duurde niet lang of zij was geheel de onpersoonlijke
krachtcentrale, de verzonken dynamo van zijn verlichtings-
installatie geworden, en hij schreef haar een laatste brief,
waarin hij haar uiteenzette dat het grote leven-voor-de-
liefde in feite helemaal niets te maken had met bezit en de
wens wees-de-mijne, die uit de sfeer van sparen, bezit verwerven en vraatzucht voortkwamen. Dat was de enige brief
die hij verstuurde, en dit was min of meer de crisis geweest
in zijn liefdesziekte, waarop al spoedig het einde en plotselinge afbreking volgden.

– 33 –

Breuk met Bonadea

Bonadea had zich intussen, omdat zij niet voortdurend naar
het plafond kon blijven kijken, op haar rug op de divan uitgestrekt, haar zachte moederlijke buik ademde in het witte
batist, ongehinderd door rijglijfje en banden; zij noemde die
houding: nadenken. Het schoot haar door het hoofd dat
haar man niet alleen rechter was maar ook jager, en dat hij
wel eens met schitterende ogen sprak over beschermde
roofdieren die achter het wild aanzaten; zij had het gevoel
dat daaruit iets moest volgen dat zowel gunstig voor Moosbrugger als voor zijn rechters zou zijn. Anderzijds wenste zij
echter haar man niet door haar geliefde in het ongelijk te laten stellen, behalve op dat ene punt, de liefde; haar familiezin
vereiste dat de heer des huizes als waardig en respectabel
werd beschouwd. Zo kwam zij tot geen enkel besluit. En
terwijl dit dilemma als twee amorf in elkaar overvloeiende
wolkenbanken haar horizon slaperig verduisterde, genoot
Ulrich de vrijheid om zich aan zijn gedachten over te geven.
Dat had nu toch wel wat lang geduurd, en omdat Bonadea

niets te binnen was geschoten dat een wending aan de zaak had kunnen geven, kwam haar gram over het feit dat Ulrich haar achteloos gekrenkt had weer boven, en de tijd die hij liet verstrijken zonder het goed te maken begon als een irriterende last op haar te drukken. 'Jij vindt dus dat ik er verkeerd aan doe jou op te zoeken?' Dat was de vraag die zij uiteindelijk langzaam en nadrukkelijk tot hem richtte, bedroefd maar met samengebalde strijdlust.

Ulrich haalde zwijgend zijn schouders op; hij wist allang niet meer waar zij het over had, maar hij kon haar op dit moment onmogelijk verdragen.

'Jij bent dus werkelijk in staat míj verwijten te maken over onze passie??'

'Aan elk van dat soort vragen kleven even veel antwoorden als er bijen in een korf zijn,' antwoordde Ulrich. 'De hele psychische chaos van de mensheid met haar nooit beantwoorde vragen kleeft op een walgelijke manier aan elke vraag afzonderlijk.' Daar zei hij weliswaar niets anders mee dan wat hij die dag al een aantal keren had gedacht, maar Bonadea betrok de psychische chaos op zichzelf en vond dat dit te ver ging. Zij zou graag de gordijnen weer hebben dichtgetrokken om op die manier deze ruzie uit de wereld te helpen, maar even graag had zij wel willen huilen van ellende. En zij meende opeens te begrijpen dat Ulrich genoeg van haar had gekregen. Dank zij haar temperament was zij haar geliefden nooit anders kwijtgeraakt dan op de manier waarop je iets verlegt en uit het oog verliest als je zelf tot iets nieuws wordt aangetrokken; of op die andere manier, dat zij zich even snel van hen gescheiden als met hen verenigd had gezien, wat bij alle persoonlijke misère toch iets had van de bestiering van een hogere macht. Haar eerste gevoel was daarom, bij het kalme verzet van Ulrich, oud te zijn geworden. Haar hulpeloze en obscene situatie, half ontkleed op een divan te zijn overgeleverd aan allerlei beledigingen, maakte dat ze zich schaamde. Zonder na te denken kwam ze overeind en pakte haar kleren. Maar het ritselende, ruisende van de zijden kelken waar zij in terugglipte wekte bij Ulrich geen berouw. De stekende pijn van de onmacht zat boven

Bonadea's ogen. 'Hij is een lomperik, hij heeft mij met opzet gekwetst!' herhaalde zij bij zichzelf. 'Hij steekt geen vinger uit!' stelde ze vast. En met elk lint dat ze strikte, en met elk haakje dat zij sloot zonk zij dieper in de afgrondzwarte bron van dit lang vergeten kinderverdriet te zijn verlaten. Rondom haar trok duisternis op; Ulrichs gezicht was zichtbaar als in het laatste licht, hard en grof stak het af tegen het donker van het verdriet. 'Hoe heb ik van dit gezicht kunnen houden?!' vroeg Bonadea zich af; maar tegelijkertijd deed de zin: 'Voor eeuwig verloren!' haar hele borst samenkrimpen.

Ulrich, die haar besluit om niet terug te komen bevroedde, legde haar niets in de weg. Bonadea bracht nu met een heftig gebaar haar haren voor de spiegel in orde, vervolgens zette zij haar hoed op en bond haar sluier voor. Nu was, omdat de sluier voor haar gezicht zat, alles voorbij; het was plechtig als een doodvonnis of zoals wanneer een kofferslot dichtklikt. Hij mocht haar niet meer kussen en niet het vermoeden krijgen dat hij zijn laatste kans om dat te mogen voorbij liet gaan!

Zij was hem daarom van medelijden bijna om de hals gevallen om daar uit te huilen.

— 34 —

Een hete straal en verkilde muren

Toen Ulrich Bonadea beneden had uitgelaten en weer alleen was, had hij geen zin meer om verder te werken. Hij ging de straat op met de bedoeling een bode met een paar regels bij Walter en Clarisse langs te sturen om hun zijn bezoek voor die avond aan te kondigen. Toen hij door zijn kleine hal liep viel hem een hertegewei aan de muur op, dat net zo'n beweging in zich had als Bonadea toen zij voor de spiegel haar sluier had vastgestrikt; alleen keek het niet met een berustende glimlach voor zich uit. Hij keek in het rond en nam zijn omgeving in ogenschouw. Al die o-lijnen, kruislijnen, rechte lijnen, golven en vlechtsels waaruit een interieur is samengesteld, en die zich om hem hadden opgehoopt, kwamen niet voort uit de natuur noch uit innerlijke noodzaak, maar stonden tot in de details stijf van barokke overdadigheid. De stroom en harteklop die onophoudelijk door alle dingen in onze omgeving vloeit was een ogenblik blijven stilstaan. 'Ik ben maar toevallig,' grinnikte de noodzaak; 'ik zie er niet wezenlijk anders uit dan het gezicht van een lupuslijder, als je me onbevooroordeeld bekijkt,' bekende de schoonheid. In feite was er helemaal niet zo veel voor nodig; een vernis was afgebladderd, een suggestie was vervlogen, een keten van gewoonte, verwachting en spanning was verbroken, een vloeiend, geheim evenwicht tussen gevoel en wereld was een seconde lang verstoord. Alles wat je voelt en doet geschiedt op de een of andere manier 'in de richting van het leven', en de minste beweging uit die richting is moeilijk of schrikaanjagend. Dat is al precies zo als je gewoon loopt: je tilt je zwaartepunt op, schuift het naar voren en laat het vallen; maar verander daar eens een kleinigheid aan, een beetje schroom voor dit zich-in-de-toekomst-laten-vallen of alleen verwondering daarover – en je kunt niet meer rechtop staan! Je mag er niet over nadenken. En Ulrich bedacht dat alle momenten die in zijn leven iets beslissends betekenden een soortgelijk gevoel hadden achtergelaten als dit.

Hij wenkte een bode en overhandigde hem zijn briefje. Het was ongeveer vier uur in de middag, en hij besloot heel langzaam terug te lopen.

De laat-lenteachtige herfstdag stemde hem gelukkig. De lucht gistte. De gezichten van de mensen hadden iets van langsdrijvend schuim. Na de monotone concentratie van zijn gedachten van de laatste dagen had hij het gevoel uit een kerker in een zacht bad te zijn verplaatst. Hij deed zijn best om vriendelijk en soepel te lopen. In een door gymnastiek getraind lichaam zit zo veel bereidheid tot beweging en strijd dat het hem nu even onaangenaam aandeed als het gezicht van een oude komediant, dat vol zit met vaak gespeelde onechte hartstochten. Op diezelfde manier had het streven naar waarheid zijn innerlijk gevuld met bewegingsvor-

men van de geest, het opgedeeld in goed tegen elkaar exer-
cerende groepen gedachten en hem een, strikt genomen, onware en toneelmatige uitdrukking bezorgd, die alles, zelfs de
oprechtheid zelf, aanneemt op het moment waarop het een
gewoonte wordt. Zo dacht Ulrich. Hij stroomde als een
golf door de golvenbroeders, als je dat zo mag zeggen; en
waarom zou dat niet mogen, als een man die zich in eenzaamheid heeft afgemat weer in de gemeenschap terugkeert
en het geluk voelt dezelfde kant op te stromen als zij!

Op zo'n moment lijkt niets zo ver weg als het idee dat het
leven dat de mensen leiden en dat hen leidt, hun niet echt,
niet innerlijk aangaat. Toch weet iedereen dat, zolang hij
jong is. Ulrich herinnerde zich hoe zo'n dag er in deze straten voor hem tien of vijftien jaar geleden had uitgezien.
Toen was alles eens zo prachtig, en toch zat er heel duidelijk
in die ziedende begeerte een kwellend voorgevoel van een
komende gevangenschap; een verontrustend gevoel: alles
wat ik denk te bereiken bereikt mij; een knagend vermoeden
dat in deze wereld de valse, achteloze en persoonlijk onbe-
langrijke uitingen luider zullen weerklinken dan de eigenste
en eigenlijke. Die schoonheid? – dacht men – allemaal
goed en wel, maar is het de mijne? En is de waarheid die ik
leer kennen mijn waarheid? De doelen, de stemmen, de
werkelijkheid, al dit verleidelijke dat je verlokt en leidt,
waar je gehoor aan geeft en waar je je in stort: – is het wel
de werkelijke werkelijkheid of vertoont zich daarvan nog
niet meer dan een zweem die ongrijpbaar op de zich voor-
doende werkelijkheid ligt?! Het zijn de kant en klare onder-
verdelingen en vormen van het leven die zich zo sterk aan
het wantrouwen opdringen, het insgelijkse, dit al geslach-
tenlang voorgevormde, dit kant en klare idioom, niet alleen
van de taal maar ook van de ervaringen en gevoelens. Ulrich
was voor een kerk stil blijven staan. Lieve hemel, als daar in
de schaduw nu eens een reusachtige matrone had gezeten,
met een grote, trapsgewijs afhangende buik, haar rug tegen
de puien van de huizen geleund en daarboven, in duizend
rimpels, op wratjes en pukkels, de zonsondergang op haar
gezicht; had hij het niet evengoed mooi kunnen vinden? O

hemel, wat was dat toch mooi! Je wilt je er toch zeker niet aan onttrekken dat je in het leven bent gezet met de plicht het te bewonderen; maar zoals gezegd, het zou ook niet onmogelijk zijn om de brede, rustig hangende vormen en het filigrain van het rimpelwerk van een eerbiedwaardige matrone mooi te vinden, het is alleen makkelijker om te zeggen: zij is oud. En deze overgang van het oud- naar het mooi-vinden van de wereld is min of meer dezelfde als die van de mentaliteit van jonge mensen naar de hogere moraal der volwassenen, die net zo lang een belachelijk leerstuk blijft tot je haar opeens zelf hebt. Het waren maar seconden dat Ulrich voor deze kerk stond, maar ze groeiden de diepte in en beklemden zijn hart met de hele oerweerstand die je van oorsprong hebt tegen deze tot miljoenen centenaren steen verharde wereld, tegen dit verstarde maanlandschap van het gevoel, waar je willoos in bent neergezet.

Het kan zijn dat het voor de meeste mensen een genoegen en een steun is om de wereld, op een paar persoonlijke kleinigheden na, kant en klaar aan te treffen, en het moet op geen enkele manier in twijfel worden getrokken dat datgene wat vast blijft houden aan het geheel niet alleen conservatief is, maar ook het fundament van alle vooruitgang en revoluties, ofschoon moet worden gesproken van een diep, schimmig onbehagen dat op eigen houtje levende mensen daarbij voelen. Terwijl hij zo met volledig begrip het architectonisch raffinement van het heilig bouwwerk in ogenschouw nam, drong verrassend levendig tot Ulrich door dat je evengoed mensen zou kunnen eten als zulke bezienswaardigheden kon bouwen of laten staan. De huizen daarnaast, het zwerk daarboven, alles bijeen een onuitsprekelijke harmonie van alle lijnen en ruimten die de blik opnamen en leidden, het uiterlijk en de uitdrukking van de mensen die daaronder langs liepen, hun boeken en hun moraal, de bomen in de straat...: dat alles is soms zo stijf als een kamerscherm en zo hard als het gestoken stempel van een drukpers en zo – men kan het echt niet anders noemen dan compleet, zo compleet en af dat jij zelf daarnaast een overbodige mistflard bent, een uitgeblazen ademtochtje, waar God zich verder niet om bekommert. Op dat moment wenste hij dat hij een man zonder eigenschappen was. Maar dat zal niet zo heel veel verschillen van wat anderen ook wel eens voelen. In feite weten in de jaren van 's levens midden weinig mensen meer hoe zij eigenlijk aan zichzelf zijn gekomen, aan hun genoegens, hun wereldbeschouwing, hun vrouw, hun karakter, beroep en hun successen, maar ze hebben het gevoel dat daar nu niet veel meer aan te veranderen is. Je zou zelfs kunnen beweren dat ze bedrogen zijn, want nergens is een afdoende reden te ontdekken waardoor het allemaal is gegaan zoals het is gegaan: het had ook anders kunnen gaan; de gebeurtenissen zijn immers zelden van hen zelf uitgegaan, meestal hingen ze af van allerlei omstandigheden, van hun stemming, van het leven of de dood van heel andere mensen, en zijn als het ware gewoon op een gegeven moment op hen toegesneld. Zo lag in hun jeugd het leven nog als een onuitputtelijke ochtend voor hen, naar alle kanten vol mogelijkheid en niets, en 's middags al is er opeens iets dat er aanspraak op mag maken nu hun leven te zijn, en dat is alles bijeengenomen toch even verrassend als wanneer er op een dag plotseling iemand tegenover je zit met wie je twintig jaar lang hebt gecorrespondeerd zonder hem te kennen, en je had je hem heel anders voorgesteld. Maar nog veel merkwaardiger is het dat de meeste mensen het helemaal niet merken; zij adopteren de man die bij hen is gekomen, wiens leven zich in hen heeft ingeleefd, zijn belevenissen komen hun nu voor als de uitdrukking van hún eigenschappen en zijn lot is hún verdienste of ongeluk. Er is iets met hen omgegaan als vliegenpapier met een vlieg, het heeft hen hier aan een haartje, daar in hun beweging vastgehouden en hen geleidelijk ingepakt, tot zij begraven liggen onder een dikke laag, die nog maar heel in de verte gelijkenis vertoont met hun oorspronkelijke vorm. En zij hebben dan nog maar een vaag beeld van hun jeugd, toen er iets als een tegenkracht in hen aanwezig was. Deze andere kracht rukt en zoemt, wil nergens blijven en lokt een storm van doelloze vluchtbewegingen uit; de spot van de jeugd, haar verzet tegen het bestaande, de bereidheid van de jeugd tot alles wat heldhaftig is, tot zelfopoffering en misdaad, haar vurige ernst en haar wispelturigheid – dat zijn allemaal niets dan vluchtbewegingen. In feite geven ze alleen weer dat niets van al wat de jonge mens onderneemt uit innerlijke noodzaak lijkt voort te komen en ondubbelzinnig is, ook al drukken ze dat uit op een manier alsof alles waar hij zich op dat moment op stort geen enkel uitstel gedoogt en noodzakelijk is. Iemand ontdekt een mooi nieuw gebaar, een uiterlijk of een innerlijk gebaar – Hoe vertaal je dat? Een levensgebaar? Een vorm waar het innerlijk in binnenstroomt als gas in een glazen bol? Een uitdrukking van de indruk? Een techniek van het Zijn? Het kan een nieuwe snor zijn of een nieuwe gedachte. Het is toneelspelerij, maar het heeft zoals alle toneelspelerij natuurlijk een zin – en ogenblikkelijk vliegen de jonge zielen eropaf, als mussen van de daken wanneer je voer strooit. Men hoeft het zich maar voor te stellen: als er buiten een zware wereld op tong, handen en ogen rust, het verkilde maanlandschap van aarde, huizen, gebruiken, beelden en boeken – en binnen is niets behalve een ongrijpbaar beweeglijke mist: wat moet het dan een geluk zijn als iemand je een uitdrukking aan de hand doet waarin je jezelf meent te herkennen. Is er iets natuurlijkers dan dat elk hartstochtelijk mens zich van die nieuwe vorm meester maakt nog voor de gewone mensen dat doen?! Ze schenkt hem het moment van Zijn, het spanningsevenwicht tussen binnen en buiten, tussen worden platgedrukt en vervliegen. Op niets anders berust – dacht Ulrich, en natuurlijk raakte hem dat allemaal ook persoonlijk; hij had zijn handen in zijn zakken, en zijn gezicht zag er zo stil en slapend gelukkig uit alsof hij in de zonnestralen die naar binnen wervelden een milde bevriezingsdood stierf – op niets anders, dacht hij, berust dus ook het eeuwigdurende fenomeen dat men nieuwe generaties, vaders en zoons, geestelijke omwenteling, verandering van stijl, ontwikkeling, mode en vernieuwing noemt. Wat deze renovatiezucht van het bestaan tot een perpetuum mobile maakt, is niets anders dan het ongemak dat er tussen het mistige eigen Ik en het al tot een vreemde schil verharde Ik van je voorganger wéér slechts een pseudo-Ik, een min of meer passende groepsziel wordt geschoven. En wanneer je maar een beetje oplet kun je in de zojuist gearriveerde jongste toekomst altijd wel het komende vroeger zien. De nieuwe ideeën zijn dan alleen zo'n dertig jaar ouder, maar voldaan, en met hier en daar een vetkussentje, of ze hebben hun beste tijd gehad, zoals je naast de zachtglanzende gelaatstrekken van een meisje het uitgebluste gezicht van de moeder ziet; of ze hebben geen succes gehad, zijn uitgeteerd en verschrompeld tot een hervormingvoorstel, voorgestaan door een oude gek die door zijn vijftig bewonderaars de grote Die-en-Die wordt genoemd.

Hij bleef nu opnieuw stilstaan, ditmaal op een plein waar hij enkele huizen herkende en herinnerd werd aan de felle polemieken en alle intellectuele opwinding die met het bouwen gepaard waren gegaan. Hij dacht terug aan de vrienden uit zijn jeugd; het waren allemaal jeugdvrienden geweest, of hij hen nu persoonlijk had gekend of alleen van naam, of ze nu even oud waren geweest als hij of ouder, de rebellen die nieuwe dingen en mensen op de wereld wilden brengen, of dat nu hier was of verstrooid over alle plaatsen die hij had leren kennen. Nu stonden deze huizen als lieve tantes met ouderwetse hoeden in het late middaglicht, dat al vaal begon te worden, heel aardig en onbeduidend en allesbehalve opwindend. Je kreeg de neiging om te glimlachen. Maar de mensen die deze pretentieloos geworden overblijfselen hadden nagelaten, waren inmiddels professoren, beroemdheden en namen, een bekend deel van de bekende progressieve ontwikkeling geworden, zij waren langs een min of meer korte weg uit de mist in de verstarring geraakt, en daarom zal de geschiedenis, als die bij gelegenheid eens hun eeuw portretteert, over hen vermelden: Aanwezig waren...

Directeur Leo Fischel en het principe
van de ontoereikende grond

Op dit moment werd Ulrich gestoord door een kennis die hem onverwacht aansprak. Deze kennis had diezelfde dag in zijn aktentas, toen hij die 's ochtends voor hij van huis ging opendeed, in een zijvak, onaangenaam verrast, een rondschrijven van graaf Leinsdorf ontdekt, dat hij al een tijdje vergeten was te beantwoorden, omdat zijn gezonde zakeninstinct afkerig was van vaderlandse acties die van hoge kringen uitgingen. 'Bedenkelijke zaak,' had hij toen wellicht bij zichzelf gezegd; dat zou beslist niet zijn geweest wat hij daar in het openbaar over gezegd zou willen hebben, maar toen, zoals geheugens nu eenmaal zijn, had het zijne hem een lelijke streek geleverd, doordat het zich op de gevoelig liggende eerste inofficiële opdracht richtte, en de zaak liet versloffen in plaats van de overdachte beslissing af te wachten. En derhalve stond in het schrijven, toen hij het weer openmaakte, iets dat uiterst pijnlijk voor hem was, ofschoon hem dat daarvoor helemaal niet was opgevallen; het was eigenlijk alleen een uitdrukking, twee woordjes waren het, die op alle mogelijke plaatsen in het rondschrijven opdoken, maar dit woordenpaar had de deftige man met zijn tas in zijn hand voor zijn vertrek verscheidene minuten van besluiteloosheid gekost, en het luidde: de ware.

Directeur Fischel – want zo heette hij, directeur Leo Fischel van Lloyds Bank, eigenlijk alleen procuratiehouder met de titel van directeur, – Ulrich mocht zich zijn jongere vriend uit vroeger tijden noemen, en was tijdens zijn laatste verblijf heel goed bevriend geraakt met zijn dochter Gerda, maar had haar sinds zijn terugkeer slechts eenmaal bezocht – directeur Fischel kende Z. Doorluchtigheid als een man die zijn geld voor zich liet werken en gelijke tred hield met de methodes van zijn tijd, ja hij 'crediteerde hem', zoals de vakterm luidt, op het moment dat hij de noteringen in zijn geheugen naging, als een zeer gewichtig man, want Lloyds

Bank was een van die instellingen waardoor graaf Leinsdorf zijn beursopdrachten liet verzorgen. Leo Fischel kon daarom de achteloosheid niet begrijpen waarmee hij een zo zeer op het gemoed werkende uitnodiging als deze had behandeld, waarin Z. Doorluchtigheid een selecte kring van mensen opriep zich beschikbaar te stellen voor een groot en gezamenlijk project. Hijzelf was eigenlijk alleen door heel speciale, later te vermelden omstandigheden bij deze kring betrokken, en dat was alles bij elkaar de reden waarom hij zich, nadat hij Ulrich nog maar net in het oog gekregen had, op hem stortte; hij had vernomen dat Ulrich met de zaak, en nog wel op 'prominente wijze', te maken had — wat een van die onbegrijpelijke maar niet zeldzame ontstaansvormen van een gerucht was waarin men het bij het juiste eind heeft nog voor hct juist is —, en als een pistooltje zette hij hem de drie vragen op de borst: wat hij zich nu eigenlijk voorstelde bij 'ware vaderlandsliefde', 'ware vooruitgang' en het 'ware Oostenrijk'?

Ulrich, uit de stemming waarin hij verkeerde opgeschrikt zonder er uit te raken, antwoordde op de manier waarop hij altijd met Fischel was omgegaan: 'Het PVDOG.'

'Het...?' Directeur Fischel spelde het in al zijn onschuld na en dacht nu eens niet aan een schertsend antwoord, want dat soort afkortingen, hoewel ze toen nog niet zo talrijk waren als tegenwoordig, kende men van kartels en toporganisaties en ze straalden vertrouwen uit. Maar toen zei hij toch: 'Maakt u alstublieft geen grapjes; ik heb haast, ik moet naar een vergadering.'

'Het principe van de ontoereikende grond!' herhaalde Ulrich. 'U bent toch filosoof en zult wel weten wat men onder het principe van de ontoereikende grond verstaat. Alleen voor zichzelf maakt de mens daar een uitzondering op: in ons werkelijke, waarmee ik ons persoonlijke en ons officieel-historische leven bedoel, gebeurt er altijd wel iets waar eigenlijk geen goede grond voor is.'

Leo Fischel aarzelde of hij dit moest tegenspreken of niet; directeur Leo Fischel van Lloyds Bank filosofeerde graag, zulke mensen komen in de praktische beroepen nog voor, maar hij had werkelijk haast; daarom antwoordde hij: 'U wilt mij niet begrijpen. Ik weet wat vooruitgang is, ik weet wat Oostenrijk is, en ik weet waarschijnlijk ook wat vaderlandsliefde is. Maar misschien kan ik mij niet helemaal goed voorstellen wat de ware vaderlandsliefde, het ware Oostenrijk en de ware vooruitgang is. En dat is wat ik u vraag!'

'Goed; weet u wat een enzym of wat een katalysator is?'

Leo Fischel hief alleen afwerend zijn hand.

'Die dragen materieel niets bij maar brengen gebeurtenissen op gang. U moet uit de geschiedenis weten dat het ware geloof, de ware zedelijkheid en de ware filosofie nooit hebben bestaan; niettemin hebben de oorlogen, vijandigheden en pesterijen die om hunnentwil zijn begonnen, de wereld met vrucht herschapen.'

'Een andere keer!' bezwoer Fischel hem en probeerde de openhartige te spelen. 'Luistert u nu eens, ik heb daar op de beurs mee te maken en ik zou de eigenlijke bedoelingen van graaf Leinsdorf echt graag willen weten; wat beoogt hij met dat predikaat "waar"?'

'Ik zweer u,' antwoordde Ulrich ernstig, 'dat ik noch iemand anders weet wat de of het ware is; maar ik kan u verzekeren dat het op het punt staat te worden gerealiseerd!'

'U bent een cynicus!' verklaarde directeur Fischel en hij ging er haastig vandoor, had zich echter na zijn eerste stap weer omgedraaid en zichzelf gecorrigeerd: 'Ik zei laatst nog tegen Gerda dat u een groot diplomaat had kunnen worden. Ik hoop dat u ons gauw weer eens komt bezoeken.'

– 36 –

Dank zij voornoemd principe bestaat de Parallelactie concreet,
nog voor men weet wat ze is

Directeur Leo Fischel van Lloyds Bank geloofde, zoals alle bankdirecteuren voor de oorlog, aan de vooruitgang. Als een man die goed was in zijn vak wist hij natuurlijk dat je alleen over die zaken waar je werkelijk grondig van op de hoogte bent een overtuiging kunt hebben waar je zelf op wilt inzetten; de enorme uitbreiding van de activiteiten laat niet toe dat ze elders ontstaat. Daarom hebben bekwame en hardwerkende mensen buiten hun strikt beperkte vakgebied geen enkele overtuiging die ze niet meteen zouden prijsgeven wanneer ze daar enige druk van buitenaf tegen voelen opkomen; je zou zelfs kunnen zeggen dat ze zich door nauwgezetheid genoopt zien anders te handelen dan ze denken. Directeur Fischel bijvoorbeeld stelde zich bij ware vaderlandsliefde en het ware Oostenrijk helemaal niets voor, over de ware vooruitgang daarentegen had hij een persoonlijke mening, en die was beslist anders dan die van graaf Leinsdorf; opgeslokt als hij werd door pandbrieven en effecten of wat ook maar onder hem berustte, met eens in de week een vaste plaats in de opera als enige ontspanning, geloofde hij in een vooruitgang van het geheel die de op de een of andere manier moest lijken op het beeld van de stijgende rentabiliteit van zijn bank. Maar toen graaf Leinsdorf pretendeerde ook daar meer vanaf te weten en op Leo Fischels geweten begon te werken, kreeg deze het gevoel van 'je kunt nooit weten' (behalve dan bij pandbrieven en effecten), en omdat je weliswaar niet weet, maar anderzijds ook niets wilt mislopen, nam hij zich voor bij zijn president-directeur langs zijn neus weg te informeren wat die van de zaak vond.

Maar toen hij dat deed had zijn president-directeur daar om geheel vergelijkbare redenen al over gesproken met de gouverneur van de nationale bank en was volledig op de hoogte. Want niet alleen de president-directeur van Lloyds Bank, maar vanzelfsprekend ook de gouverneur van de nationale bank had van graaf Leinsdorf een uitnodiging ontvangen, en Leo Fischel, die maar een afdelingschef was, had de zijne uitsluitend te danken aan de familierelaties van zijn vrouw, die uit de hoge bureaucratie stamde en die connectie nooit vergat, noch in haar sociale omgang, noch in haar huiselijke twisten met Leo. Daarom beperkte hij zich, als hij met zijn meerderen over de Parallelactie sprak, tot een veelzeggend hoofdwiegen, wat 'geweldige zaak' betekende, maar ook wel eens 'bedenkelijke zaak' had kunnen betekenen; kwaad kon het in geen geval, maar wat zijn vrouw aanging zou Fischel er beslist blijer mee zijn geweest als de zaak bedenkelijk zou zijn gebleken.

Voorlopig had von Meier-Ballot, de gouverneur die door de president-directeur om advies was gevraagd, zelf toch een zeer goede indruk. Toen hij het 'initiatief' van graaf Leinsdorf ontving ging hij voor de spiegel staan – natuurlijk, al ging het daar niet alleen om – en er keek hem van daaruit boven zijn rok met de ordeketentjes het goedgeordende gezicht van een burgerlijk minister aan, waarin van de hardheid van de valuta hoogstens ergens helemaal achter in zijn ogen nog iets over was, en zijn vingers hingen als vaantjes in de windstilte van zijn handen af, alsof ze nooit de haastige telbewegingen van een leerling-bankbediende hadden moeten uitvoeren. Deze bureaucratisch overgecultiveerde grootfinancier, die nauwelijks nog iets gemeen had met de hongerig rondzwervende wilde honden van het beursspel, zag vage maar aangenaam getempereerde mogelijkheden, en diezelfde avond was hij nog in de gelegenheid zichzelf in die opvatting te stijven toen hij op de industriële club met de voormalige ministers von Holtzkopf en baron Wisnieczky sprak.

Deze beide heren waren welingelichte, voorname en terughoudende mannen op een of andere hoge post waarop men hen aan de kant had gezet toen de korte overgangsregering tussen twee politieke crises waar zij deel van hadden uitgemaakt weer overbodig was geworden; het waren mannen die een heel leven in dienst van de staat en de kroon achter de rug hadden zonder voor het voetlicht te willen treden, behalve wanneer hun Hoogste Soeverein hen dat beval. Zij wisten van het gerucht dat de grote actie nog een subtiele hatelijkheid jegens Duitsland zou bevatten. Zij waren ervan overtuigd, zowel na als voor het mislukken van hun opdracht, dat de beklagenswaardige fenomenen die het politieke leven in de Dubbelmonarchie toen al tot een besmettingshaard voor Europa maakten, buitengewoon gecompliceerd waren. Maar precies zoals zij zich verplicht hadden gevoeld deze moeilijkheden als oplosbaar te beschouwen indien het bevel daartoe aan hen was uitgevaardigd, wilden zij het ook nu niet als uitgesloten beschouwen dat er met middelen zoals graaf Leinsdorf die initieerde iets zou kunnen worden bereikt; zij hadden met name het gevoel dat een 'mijlpaal', een 'luisterrijke manifestatie van levenskracht', een 'machtig optreden naar buiten toe, dat ook op de interne verhoudingen verheffend werkt', door graaf Leinsdorf zo treffend geformuleerde wensen waren dat men zich er evenmin aan kon onttrekken als wanneer gevraagd zou zijn of een ieder die het goede wil zich wilde melden.

Het zou natuurlijk kunnen dat Holtzkopf en Wisnieczky, als mannen met kennis en ervaring in publieke aangelegenheden, allerlei bezwaren hadden gevoeld, vooral omdat zij mochten aannemen dat zij zelf waren uitverkoren voor een of andere rol in het verdere verloop van deze actie. Maar voor mensen die met beide benen op de grond staan is het makkelijk om kritisch te zijn en iets af te wijzen; bevind je je echter in je levensgondel op drieduizend meter hoogte, dan stap je niet zomaar uit, ook al ben je het niet overal mee eens. En daar men in die kringen werkelijk loyaal is en, in tegenstelling tot het zoëven genoemde burgerlijke levensgedrang, liever niet anders handelt dan men denkt, moet men er in veel gevallen genoegen mee nemen niet al te diep over een zaak na te denken. Gouverneur von Meier-Ballot werd daarom door de uiteenzettingen van de beide heren nogmaals bevestigd in zijn gunstige indruk van de zaak; en ook al neigde hij dan persoonlijk en beroepsmatig tot een zekere voorzichtigheid, wat hij hoorde was toch voldoende om te besluiten dat men te maken had met een aangelegenheid waarvan men de verdere ontwikkeling – zowel in elk geval als afwachtend – moest volgen.

Intussen bestond de Parallelactie toen eigenlijk nog helemaal niet, en waaruit ze zou bestaan wist zelfs graaf Leinsdorf nog niet. Het enige dat daar met zekerheid over kan worden gezegd was ook het enige definitieve dat hem tot op dat tijdstip was ingevallen: een reeks namen.

Maar ook dat is heel wat. Want daardoor bestond er op dat tijdstip, zonder dat iemand ook maar een concrete voorstelling hoefde te hebben, al een net van bereidwilligheid dat een groot geheel omspande; en men mag wel zeggen dat dit de juiste volgorde is. Want eerst moesten er messen en vorken worden uitgevonden, en daarna pas leerde de mensheid netjes eten; aldus verklaarde graaf Leinsdorf.

– 37 –

Een publicist bezorgt graaf Leinsdorf veel narigheid
met zijn uitvinding 'Oostenrijks Jaar';
Z. Doorluchtigheid verlangt hevig naar Ulrich

Graaf Leinsdorf had weliswaar naar vele zijden oproepen verzonden die 'de idee' moesten 'opwekken', maar hij zou misschien toch niet zo snel vooruitgang hebben geboekt als niet een invloedrijk publicist, die aan de weet was gekomen dat er iets in de lucht hing, in zijn blad gauw twee grote artikelen had gepubliceerd waarin hij alles wat er naar hij vermoedde te gebeuren stond als stimulerende bijdrage van zijn kant naar voren bracht. Hij wist niet veel – want waar had hij het vandaan moeten hebben? – maar dat viel niet op, juist dat gaf aan zijn beide artikelen de mogelijkheid zo meeslepend te werken. Hij was eigenlijk de uitvinder van het begrip 'Oostenrijks Jaar', waar hij in zijn kolommen over schreef, zonder zelf te kunnen zeggen wat daarmee bedoeld werd, maar in steeds nieuwe zinnen, zodat deze woorden zich als in een droom met andere woorden verbonden en voortdurend veranderden en een geweldig enthousiasme teweegbrachten. Graaf Leinsdorf was aanvankelijk verbijsterd, maar ten onrechte. Men kan aan het begrip Oostenrijks Jaar afmeten wat journalistiek genie betekent, want deze term was door het juiste instinct uitgevonden. Hij gaf een stem aan emoties die bij het denkbeeld van een Oostenrijkse Eeuw stom zouden zijn gebleven, terwijl de oproep zoiets in te stellen bij zinnige mensen zelfs zou hebben gegolden als een idee dat niemand serieus neemt. Waarom dat zo is, is moeilijk te zeggen. Misschien gaven een zekere vaagheid en metaforische kwaliteit, waarbij men minder aan de realiteit denkt dan anders, niet alleen vleugels aan graaf Leinsdorfs gevoelens. Want vaagheid heeft een verheffende en vergrotende kracht.

Het schijnt dat de brave, praktische werkelijkheidsmens de werkelijkheid nergens volmaakt liefheeft en serieus neemt. Als kind kruipt hij onder de tafel, om de kamer van zijn ouders, als zij niet thuis zijn, door deze geniaal eenvoudige truc avontuurlijk te maken; hij hunkert als jongen naar een horloge; als jongeling met gouden horloge naar de bijpassende vrouw; als man met horloge en vrouw naar de betere positie; en als hij deze kleine cirkel van wensen voorspoedig tot stand heeft gebracht en daarin als een slinger kalm heen en weer zwaait, schijnt zijn voorraad onvervulde dromen nochtans niets verminderd te zijn. Want wil hij daarboven uitstijgen, dan gebruikt hij een vergelijking. Omdat sneeuw hem klaarblijkelijk wel eens minder bevalt, vergelijkt hij die met zachtglanzende vrouwenborsten, en zodra de borsten van zijn vrouw hem beginnen te vervelen, vergelijkt hij ze met zachtglanzende sneeuw; hij zou ontzettend schrikken als haar tepels op een dag hoornige duivesnavels zouden blijken te zijn of ingezette koralen, maar poëtisch windt het hem op. Hij is in staat alles in van alles te veranderen – sneeuw in huid, huid in bloesem, bloesem in suiker, suiker in poeder en poeder weer in sneeuwgedwarrel –, want het komt hem er blijkbaar alleen op aan iets te maken tot iets wat het niet is, wat er wel het bewijs voor is dat hij het nergens lang uithoudt, waar hij zich ook bevindt. Vooral echter kon geen enkele echte Kakaniër het in zijn hart uithouden in Kakanië. Als je van hem nu een Oostenrijkse Eeuw zou hebben gevraagd, zou hem dat een helse straf hebben toegeschenen, die hij zichzelf en de wereld met een belachelijk vrijwillige inspanning moest opleggen. Een Oostenrijks Jaar daarentegen was iets totaal anders. Dat betekende: we zullen eens laten zien wat we eigenlijk zouden kunnen zijn; maar bij wijze van spreken tot wederopzegging en hoogstens voor een jaar. Je zou je daarbij kunnen voorstellen wat je wilde, het was immers niet voor de eeuwigheid, en dat raakte het hart, al wist je niet hoe. Het wekte de innigste liefde voor het vaderland tot leven.

Zo kwam het dat graaf Leinsdorf een onvermoed succes behaalde. Ook hij had immers zijn idee oorspronkelijk als zo'n vergelijking ontvangen, maar bovendien was hem een reeks namen ingevallen, en zijn morele aard verlangde naar iets buiten die toestand van onvastheid; hij had een uitgesproken idee over hoe men de fantasie van het volk of, zoals hij nu tegen een hem toegenegen journalist zei, de fantasie van het publiek, moest richten op een doel dat helder, gezond, verstandig en in overeenstemming met de ware doelen van de mensheid en het vaderland was. Deze journalist schreef dit, aangemoedigd door het succes van zijn collega, meteen op, en omdat hij op zijn voorganger voor had dat hij het uit 'betrouwbare bron' wist, behoorde het tot de techniek van zijn beroep dat hij zich in vette letters op deze 'informatie uit invloedrijke kringen' beriep; en dat was ook precies wat graaf Leinsdorf van hem had verwacht, want Z. Doorluchtigheid hechtte er grote waarde aan geen ideoloog maar een ervaren 'realpolitiker' te zijn, en hij wilde een fijne streep getrokken weten tussen het Oostenrijks Jaar van een geniaal journalistiek brein en de bedachtzaamheid van verantwoordelijke kringen. Hiertoe bediende hij zich van de techniek van de anders door hem niet graag als voorbeeld beschouwde Bismarck: hij legde zijn ware intenties in de mond van kranteschrijvers teneinde ze al naar de eis van het ogenblik te kunnen erkennen of ontkennen.

Maar terwijl graaf Leinsdorf zo slim te werk ging, had hij aan één ding niet gedacht. Niet alleen een man als hij zag het ware dat wij zo nodig hebben, maar ontelbare anderen wanen het ook te bezitten. Men kan dit welhaast typeren als een verhardingsvorm van de voornoemde toestand waarin men nog vergelijkingen gebruikt. Op een bepaald moment kwijnt ook het plezier daarin weg, en velen van diegenen in wie dan een voorraad voorgoed onvervulde dromen achterblijft, schaffen zich dan een punt aan waarnaar ze heimelijk gaan staren, alsof daar een wereld zou moeten beginnen die men hun verschuldigd is gebleven. Binnen de kortste keren nadat hij zijn krantebericht had doen uitgaan meende Z. Doorluchtigheid al te merken dat alle mensen die geen geld hebben in plaats daarvan een onsympathieke sektariër in zich meedragen. Deze halsstarrige mens in de mens gaat 's ochtends mee naar kantoor en is ook verder op geen enkele manier effectief bij machte tegen 's werelds loop te protesteren, maar laat in plaats daarvan zo lang hij leeft geen oog meer af van een geheim punt, dat niemand anders wil zien, ofschoon daar toch duidelijk al het ongeluk begint van een wereld die haar verlosser niet erkent. Zulke gefixeerde punten, waarin het evenwichtscentrum van een persoon samenvalt met het evenwichtscentrum van de wereld, zijn bijvoorbeeld een kwispedoor die met een eenvoudige handgreep af te sluiten is, of de afschaffing van de zoutvaatjes in restaurants, waar mensen met hun mes in zitten, waardoor in één klap aan de verspreiding van de het mensdom geselende tuberculose een eind zou worden gemaakt, of de invoering van het stenosysteem Öhl, dat door zijn weergaloze tijdbesparing meteen ook het sociale vraagstuk oplost, of de bekering tot een natuurlijke levenswijze, die de heersende verwildering een halt toeroept, maar ook een metapsychische theorie van de bewegingen der hemellichamen, de vereenvoudiging van het bestuursapparaat en een hervorming van het seksuele leven. Zijn de omstandigheden zo iemand gunstig gezind, dan troost hij zich door op een dag een boek te schrijven over zijn punt, of een brochure, of op zijn minst een kranteartikel waardoor hij zijn protest in zekere zin in het dossier van de mensheid laat opnemen, wat geweldig oplucht, zelfs als het door niemand wordt gelezen; maar gewoonlijk komen er een paar mensen op af die de auteur verzekeren dat hij een nieuwe Copernicus is, waarna zij zichzelf aan hem voorstellen als onbegrepen Newtons. Deze gewoonte om zo elkaars pels te vlooien op punten is weldadig en wijdverbreid, maar het effect ervan is niet van lange duur omdat de betrokkenen na een poosje ruzie krijgen en weer helemaal alleen achterblijven; toch komt het ook voor dat iemand een kleine kring van bewonderaars om zich heen verzamelt, die met vereende krachten de hemel aanklagen, die zijn gezalfde zoon niet genoeg steunt. En valt er dan opeens van grote hoogte een straaltje hoop op zulke opeenhopinkjes van punten – zoals gebeurde toen graaf Leinsdorf publiekelijk liet weten dat een Oostenrijks Jaar, als dat werkelijk zou worden gerealiseerd, wat nog niet gezegd was, in elk geval in overeenstemming moest zijn met de ware doelen van het bestaan – dan verwelkomen zij dat als heiligen aan wie God een verschijning zendt.

Graaf Leinsdorf had gedacht dat zijn werk een machtige, uit het midden van het volk zelf opwellende manifestatie zou worden. Hij had daarbij aan de universiteit gedacht, aan de geestelijkheid, aan enkele namen die nooit ontbraken op de lijsten van charitatieve acties, ja zelfs aan de kranten zelf; hij hield rekening met de patriottische partijen, met de 'gezonde instelling' van de burgerij, die op 's keizers verjaardag de vlag uitstak, en met de steun van de haute finance, hij hield zelfs ook rekening met de politiek, want hij hoopte in het geheim juist die met zijn grote werk overbodig te maken door haar onder de algemene noemer vaderland te brengen, die hij later beoogde te delen door land, om de vaderlijke heerser als enige rest over te houden; maar aan één ding had Z. Doorluchtigheid nu juist niet gedacht, en hij werd verrast door de wijdverbreide behoefte de wereld te verbeteren, die door de warmte van een grote gelegenheid wordt uitgebroed als insekteneitjes tijdens een brand. Daar had Z. Doorluchtigheid geen rekening mee gehouden; hij had heel wat patriottisme verwacht, maar hij was niet voorbereid op uitvindingen, theorieën, wereldsystemen en mensen die van hem verlossing wilden uit hun geestelijke kerkers. Zij belegerden zijn paleis, prezen de Parallelactie als een mogelijkheid om de waarheid eindelijk aan een doorbraak te helpen, en graaf Leinsdorf wist niet wat hij met hen aan moest. Bewust als hij zich was van zijn maatschappelijke positie kon hij toch niet met al die mensen om één tafel gaan zitten, als een van hooggespannen moraal vervulde geest wilde hij zich daar ook niet aan onttrekken, en omdat hij politiek en filosofisch, maar volstrekt niet natuurwetenschappelijk en technologisch onderlegd was, kon hij er op geen enkele manier uit wijs worden of die voorstellen nu iets inhielden of niet.

In die situatie verlangde hij steeds heviger naar Ulrich, die hem juist was aanbevolen als de man die hij nodig zou hebben, want zijn secretaris, iedere gewone secretaris trouwens, was tegen zulke eisen natuurlijk niet opgewassen. Hij bad zelfs eens, toen hij zich heel erg aan zijn personeel had geërgerd, tot God – ofschoon hij zich daar de volgende dag over schaamde –, dat Ulrich toch eindelijk mocht komen opdagen. En toen dit niet gebeurde ging Z. Doorluchtigheid systematisch zelf op zoek. Hij liet hem in het adresboek naslaan, maar Ulrich stond er nog niet in. Hij begaf zich vervolgens naar zijn vriendin Diotima, die gewoonlijk wel raad wist, en inderdaad, de bewonderenswaardige had ook al met Ulrich gesproken, maar was vergeten naar zijn adres te informeren, of liet dat zo voorkomen, want zij wilde de gelegenheid te baat nemen om Z. Doorluchtigheid een nieuw en veel beter voorstel ter overweging te geven voor de post van secretaris van de grote actie. Maar graaf Leinsdorf reageerde erg geprikkeld en verklaarde zeer gedecideerd dat hij al aan Ulrich gewend was, een Pruis niet kon gebruiken, ook een Reformpruis niet, en al helemaal geen zin had in nog meer complicaties. Hij was ontdaan toen zijn vriendin zich daarna gekwetst toonde, en kreeg zodoende een zelfstandige inval; hij verklaarde dat hij nu linea recta naar zijn vriend de hoofdcommissaris van politie zou rijden, die tenslotte toch achter het adres van elke staatsburger moest kunnen komen.

– 38 –

Clarisse en haar demonen

Toen Ulrichs briefje arriveerde, speelden Walter en Clarisse weer zo woest piano dat de dunpotige kunstnijverheidsmeubels stonden te dansen en de Dante Gabriel Rossetti-gravures aan de muren hingen te trillen. De oude bode, die alle deuren in huis open had aangetroffen zonder dat iemand hem tegenhield, sloegen bliksem en donder in zijn gezicht toen hij tot in de huiskamer doordrong, en het heilig lawaai waar hij in terecht was gekomen drukte hem van eerbied tegen de muur. Het was uiteindelijk Clarisse die de verder opdringende muzikale opwinding in twee geweldige slagen ontlaadde en hem bevrijdde. Terwijl zij de brief las, wrong de onderbroken uitbarsting zich nog uit Walters handen; een melodie liep trekkend als een ooievaar en spreidde toen zijn vleugels uit. Clarisse nam het wantrouwig waar terwijl zij Ulrichs schrijven ontcijferde.

Toen zij hem de komst van hun vriend aankondigde zei Walter: 'Jammer!'

Zij ging weer naast hem zitten op het draaibare pianokrukje en een glimlach, die Walter om een of andere reden als wreed onderging, spleet haar lippen vaneen, die er zinnelijk uitzagen. Het was het moment waarop de pianospelers hun bloed stilzetten om het in een gelijk tempo los te kunnen laten en hun oogassen als vier gelijkgerichte lange stelen uit hun hoofd komen, terwijl zij met hun zitvlakken gespannen hun krukje vasthouden, dat op de lange nek van zijn houten schroef steeds wil wiebelen.

Het volgende moment waren Walter en Clarisse er als twee naast elkaar wegschietende locomotieven vandoor gegaan. Het stuk dat zij speelden vloog als flitsende spoorrails op hun ogen af, verdween in de voortdenderende machine en lag als klinkend, gehoord, op een wonderbaarlijke wijze aanwezig blijvend landschap achter hen. Tijdens deze razende rit werd het gevoel van deze beide mensen tot één enkel samengeperst; gehoor, bloed en spieren werden willoos meegesleept door dezelfde belevenis; glanzende, zich buigende, zich welvende klankmuren dwongen hun lichamen in hetzelfde spoor, lieten ze samen buigen, verwijdden en vernauwden hun borst in eenzelfde ademtocht. Op de fractie van een seconde precies vlogen vrolijkheid, droefheid, woede en angst, liefhebben en haten, begeerte en afkeer door Walter en Clarisse heen. Het was een eenwording lijkend op die in een grote paniek, als honderden mensen die zojuist nog in alles van elkaar hadden verschild dezelfde roeiende vluchtbewegingen maken, dezelfde zinneloze gillen slaken, op dezelfde manier mond en ogen opensperren, door een doelloze macht gezamenlijk naar voren en naar achteren worden getrokken, naar links en rechts worden getrokken, brullen, stuiptrekken, krioelen en sidderen. Het had echter niet die doffe, allesoverheersende macht zoals het leven die heeft, waarin zulke gebeurtenissen niet zo gemakkelijk voorkomen, maar in plaats daarvan al het persoonlijke zonder op tegenstand te stuiten uitdooft. De woede, de liefde, het geluk, de blijheid en droefenis die Clarisse en Walter in hun vlucht doorleefden waren geen volle gevoelens, maar niet veel meer dan het tot razernij geprikkelde stoffelijk omhulsel daarvan. Zij zaten stijf en extatisch op hun krukje, waren op niets en over niets of elk van hen op, door en over iets anders kwaad, verliefd en bedroefd, dachten verschillend en bedoelden ieder het hunne; het bevel van de muziek verenigde hen in de hoogste passie en schonk hun tegelijk iets afwezigs zoals in de dwangslaap van de hypnose.

Elk van deze beide mensen voelde dat op zijn eigen wijze. Walter was gelukkig en opgewonden. Hij beschouwde, zoals de meeste muzikale mensen doen, deze kolkende deiningen en emotionele roerselen van het innerlijk, dat wil zeggen, de wolkig omgeroerde lichamelijke ondergrond van de ziel, als de eenvoudige, alle mensen verbindende taal van het eeuwige. Hij raakte in verrukking als hij Clarisse met de sterke arm van het oergevoel tegen zich aan kon drukken. Hij was die dag vroeger dan anders van zijn kantoor thuisgekomen. Hij had het druk gehad met het catalogiseren van kunstwerken die nog het stempel droegen van grote, ongebroken tijden en een geheimzinnige wilskracht uitstraalden. Clarisse was aardig tegen hem geweest, zij was nu hecht met hem verbonden in de immense wereld van de muziek. Alles op deze dag had iets van een geheim welslagen in zich, een geluidloze mars, alsof er goden onderweg waren. 'Misschien is vandaag de dag?' dacht Walter. Want hij wilde Clarisse niet met dwang tot hem terugbrengen, maar uit haar eigen diepste innerlijk moest het inzicht geboren worden en haar zachtjes naar hem toe buigen.

De piano sloeg glinsterende notekoppen in een wand van lucht. Hoewel dit proces in zijn oorsprong geheel en al werkelijk was, verdwenen de muren van de kamer, en in hun plaats verhief zich het gouden portaal van de muziek, deze geheimzinnige ruimte waarin ik en wereld, waarneming en gevoel, binnen en buiten op de meest onbestemde manier in elkaar vallen, terwijl deze ruimte zelf geheel en al uit gevoel, bepaaldheid, precisie, ja, uit in een hiërarchie van glans geordende details bestaat. Aan deze zintuiglijke details waren de draden van het gevoel bevestigd, die zich uit de golvende nevel van de zielen spannen; en die nevel spiegelde zich in de precisie van de wanden en kwam zichzelf duidelijk voor. Als poppige coconnetjes hingen de zielen van die twee mensen in de draden en stralen. Hoe dikker ze werden omwikkeld en hoe breder ze werden uitgestraald, des te behaaglijker voelde Walter zich, en zijn dromen namen zo zeer de gedaante aan van een klein kind dat hij zo nu en dan de noten een vals en sentimenteel accent begon te geven.

Maar voordat dat gebeurde en teweegbracht dat een door de gouden mist slaande vonk van gewoon gevoel het tweetal weer in een aardse relatie tot elkaar bracht, verschilden Clarisses gedachten van aard al zo veel van de zijne als maar mogelijk is bij twee mensen die met tweelinggebaren van wanhoop en extase naast elkaar voortstormen. In de wapperende mistflarden doken beelden op, versmolten, trokken over elkaar heen, verdwenen, dat was Clarisses denken; zij had daarvoor een eigen manier; vaak waren er verscheidene gedachten tegelijkertijd in elkaar aanwezig, vaak helemaal geen, maar dan kon je de gedachten als demonen achter de coulissen voelen staan, en het elkaar opvolgen in tijd van de belevenissen, dat voor andere mensen een ware steun betekent, werd in Clarisse tot een sluier die zijn plooien nu eens dicht over elkaar wierp, dan weer in een nauwelijks nog zichtbaar waas oploste.

Drie personen omringden Clarisse ditmaal; Walter, Ulrich en de vrouwenmoordenaar Moosbrugger.

Over Moosbrugger had Ulrich haar verteld.

Aantrekking en afstoting mengden zich daarbij tot een vreemde betovering.

Clarisse knaagde aan de wortel van de liefde. Gespleten is zij, met kus en beet, met blikken die aan elkaar hingen en een gekweld wegdraaien van de ogen op het laatste moment. 'Dwingt het goed met elkaar overweg kunnen tot haat?' vroeg zij zich af. 'Vraagt het beschaafde leven om bruutheid? Behoeft het vredige de wreedheid? Verlangt de orde ernaar te worden verscheurd?' Dat was het, en was het niet, wat Moosbrugger opriep. Onder het gedender van de muziek hing een wereldbrand om haar heen, een nog niet uitgebroken wereldbrand; innerlijk aan het gebinte vretend. Maar net als in een vergelijking, waarin de dingen dezelfde zijn, maar ook weer heel verschillend, en zowel uit de ongelijkenis van het gelijke als uit de gelijkenis van het ongelijke twee rookkolommen opstijgen, met de sprookjesachtige geur van gepofte appels en op het vuur gestrooide dennetakjes, zo was het ook.

'Je zou nooit mogen ophouden met spelen,' zei Clarisse tegen zichzelf, en begon met een vliegensvlug terugbladeren van de muziek het stuk van voren af aan toen het was afgelopen. Walter glimlachte bevangen en volgde haar.

'Wat doet Ulrich eigenlijk met die wiskunde?' vroeg zij hem.

Walter trok onder het spelen met zijn schouders, alsof hij een racewagen bestuurde.

'Je zou altijd maar door moeten spelen, tot aan het einde,' dacht Clarisse. 'Als je tot aan je levenseinde onafgebroken zou kunnen spelen, wat zou Moosbrugger dan zijn? Gruwelijk? Een gek? Een zwarte vogel uit de hemel?' Ze wist het niet.

Ze wist helemaal niets. Op een dag — zij had tot op de dag kunnen uitrekenen wanneer dat gebeurd was — was ze uit de slaap van het kind-zijn ontwaakt, en toen had ook al meteen de overtuiging klaargestaan dat zij ertoe geroepen was iets tot stand te brengen, een bijzondere rol te spelen, misschien zelfs voorbestemd was tot iets groots. Zij wist toen nog helemaal niets van de wereld. Zij geloofde ook niets van wat men er haar over vertelde, haar ouders, haar oudere broer: het waren klinkende woorden, allemaal goed en mooi, maar je kon je niet eigen maken wat ze zeiden; je kon het eenvoudig niet, evenmin als een chemisch lichaam een ander absorbeert dat er niet 'eigen' aan is. Toen kwam Walter, dat was de dag; van die dag af was alles 'eigen'. Walter had een snorretje, een borsteltje; hij zei: Juffrouw; opeens was de wereld geen verlaten, onoverzichtelijke, gebroken vlakte meer maar een schitterende kring, Walter een middelpunt, zij een middelpunt, twee in één samenvallende middelpunten waren ze. Aarde, huizen, afgevallen en niet weggeveegde bladeren, pijnlijke luchtlijnen (zij herinnerde zich het ogenblik als een van de pijnlijkste uit haar kinderjaren, toen zij met haar vader op een 'uitzicht' stond en hij, de schilder, daar een eindeloosheid lang in vervoering bleef staan, terwijl de blik op de wereld langs deze lange luchtlijnen haar alleen maar pijn deed, alsof zij met haar vinger over een liniaalsnede moest strijken): uit zulke dingen had het leven vroeger bestaan, en nu was het haar opeens eigen geworden, als vlees van haar vlees.

Zij wist nu dat zij eens iets titanisch zou doen; wat dat zou zijn kon ze nog niet zeggen, maar vooralsnog had ze dat gevoel het hevigst bij muziek, en dan hoopte zij dat Walter een nog groter genie zou zijn dan Nietzsche; om over Ulrich maar te zwijgen, die later opdook en haar alleen maar Nietzsches werken had geschonken.

Van toen af was het voorwaarts gegaan. Hoe snel was nu helemaal niet meer te zeggen. Wat had zij vroeger slecht piano gespeeld, hoe weinig van muziek begrepen; nu speelde zij beter dan Walter. En hoeveel boeken had zij niet gelezen! Waar waren die allemaal vandaan gekomen? Zij zag ze voor zich als zwarte vogels die in zwermen om een klein meisje dat in de sneeuw staat heen fladderen. Maar even later zag zij een zwarte muur met witte vlekken; alles wat zij niet kende was zwart, en ofschoon het witte tot kleine en grotere eilanden ineenvloeide, bleef het zwarte onveranderd oneindig. Van dit zwart ging angst uit en beroering. 'Is het de duivel?' dacht ze. 'Is de duivel Moosbrugger geworden??' dacht ze. Tussen de witte vlekken zag zij nu smalle grijze paden lopen; zo was zij in haar leven van het een naar het ander gegaan; het waren gebeurtenissen; vertrekken, aankomsten, opgewonden gesprekken, strijd met haar ouders, het huwelijk, het huis, de ontzettende worsteling met Walter. De smalle grijze paden kronkelden zich. 'Slangen,' dacht Clarisse, 'kronkelingen.' Deze gebeurtenissen slingerden zich om haar heen, hielden haar vast, lieten haar niet komen waar zij heen wilde, waren glibberig en lieten haar onverwacht schieten op een punt waar zij dat niet wilde.

Slangen, kronkelingen, glibberig: zo liep het leven. Haar gedachten begonnen net zo te lopen als het leven. De toppen van haar vingers doken in de stortbeek van de muziek. In de beekbedding van de muziek kwamen slangen en kronkelingen naar beneden. Daar doemde reddend, als een stille bocht, de gevangenis op waarin Moosbrugger verborgen werd gehouden. Clarisses gedachten traden huiverend zijn cel binnen. 'Je moet tot het einde toe muziek maken!' herhaalde zij, zichzelf bemoedigend, maar haar hart beefde hevig. Toen het tot rust was gekomen was de hele cel vol met haar Ik. Het was een zacht gevoel, als een wondzalf, maar toen zij het voor altijd wilde vasthouden begon het open te gaan en uit elkaar te schuiven als een sprookje of een droom. Moosbrugger zat met zijn hoofd in zijn handen en zij maakte zijn boeien los. Terwijl haar vingers zich bewogen kwamen kracht, moed, deugd, goedheid, schoonheid en rijkdom de cel binnen, als een wind, door haar vingers geroepen, die van verschillende weiden komt. 'Het komt er niet op aan waarom ik dit mag doen,' voelde Clarisse, 'belangrijk is alleen dat ik het nu doe!' Zij legde haar handen, een deel van haar eigen lichaam, over zijn ogen, en toen zij haar vingers wegtrok was Moosbrugger een schone jongeling geworden, en zijzelf stond naast hem als een beeldschone vrouw, wier lichaam zo zoet en zacht was als wijn uit het Zuiden en volstrekt niet weerspannig, wat het lichaam van de kleine Clarisse anders toch was. 'Het is onze onschuldsgedaante!' stelde zij vast in een diep daaronder denkende laag van haar bewustzijn.

Maar waarom was Walter niet zo?! Oprijzend uit de diepte van haar muziekdroom herinnerde zij zich hoe kinderlijk zij nog was toen zij al van Walter hield, met haar vijftien jaren toen, en zij hem met moed, kracht en goedheid had willen redden van alle gevaren die zijn genie bedreigden. En hoe prachtig het was toen Walter overal die diepe gevaren voor de ziel zag! En zij vroeg zich af of dat alles alleen maar kinderlijk was geweest? Het huwelijk had dit overstraald met een storend licht. Er was opeens een grote verlegenheid voor de liefde uit dit huwelijk ontstaan. Ofschoon die laatste periode natuurlijk ook heerlijk was, misschien wel rijker van inhoud en substantiëler dan de daaraan voorafgegane, was toch dat reusachtige vuur, dat tot hoog in de hemel opvlammende, verworden tot de problemen van een haardvuur dat niet goed wil branden. Clarisse was er niet helemaal zeker van of haar gevechten met Walter werkelijk nog groot waren. En het leven liep als deze muziek, die onder je handen verdween. In een oogwenk zou het voorbij zijn! Clarisse werd allengs door een heilloze angst bekropen. En op dat moment merkte zij hoe Walters spel onzeker werd. Als grote regendruppels kletterden zijn gevoelens op de toetsen. Zij raadde meteen waaraan hij dacht: het kind. Zij wist dat hij haar met een kind aan zich wilde binden. Dat was haar gevecht, dag in dag uit. En de muziek hield geen moment op, de muziek kende geen nee. Als een net, waarvan zij niet gemerkt had dat het haar verstrikte, trok het razendsnel dicht.

Toen sprong Clarisse midden onder het spelen op en sloeg de klep dicht, zodat Walter zijn vingers nog maar net in veiligheid kon brengen.

O, dat deed pijn! Nog geheel verschrikt begreep hij alles. Het was Ulrichs komst die Clarisse, alleen al door de aankondiging ervan, in een buitensporige gemoedsgesteldheid bracht! Hij schaadde haar door botweg datgene in haar los te woelen wat Walter zelf nauwelijks durfde aanraken, het onzalig geniale in Clarisse, de geheime spelonk, waar iets onheilspellends aan ketenen rukte die op een dag konden loslaten.

Hij verroerde zich niet en keek Clarisse alleen maar sprakeloos aan.

En Clarisse gaf geen enkele verklaring, bleef daar staan en hijgde.

Wis en waarachtig hield ze niet van Ulrich, verzekerde zij hem nadat Walter had gesproken. Als ze van hem zou houden, zou ze het meteen zeggen. Maar zij voelde zich door hem aangestoken, als een licht. Zij had weer het gevoel meer licht te verspreiden en iets waard te zijn als hij in de buurt was. Terwijl Walter altijd maar weer de luiken wilde sluiten. En wat zij voelde ging niemand aan, Ulrich niet en Walter niet!

En toch meende Walter tussen de woede en verontwaardiging die uit haar woorden ademden een verdovend, dodelijk korreltje op te snuiven van iets dat geen woede was.

Het was avond geworden. De kamer was zwart. De vleugel was zwart. De schaduwen van de twee mensen die elkaar liefhadden waren zwart. Clarisses ogen lichtten op in het donker, aangestoken als een licht, en in Walters van pijn rusteloze mond glansde het glazuur van een tand als ivoor. Ook al vonden er buiten in de wereld misschien de belangrijkste politieke gebeurtenissen plaats, het leek ondanks alle narigheden een van die momenten te zijn omwille waarvan God de aarde heeft geschapen.

– 39 –

Een man zonder eigenschappen
bestaat uit eigenschappen zonder man

Alleen, Ulrich kwam die avond niet. Nadat directeur Fischel hem inderhaast had verlaten, hield hem de vraag uit zijn jeugd weer bezig, waarom alle oneigenlijke en in hogere zin onware uitingen zo ontzettend door de wereld werden begunstigd. 'Je komt juist altijd pas dan een stap verder als je liegt,' dacht hij; 'dat had ik hem ook nog moeten zeggen.'

Ulrich was een hartstochtelijk man, maar men moet daarbij onder hartstocht niet datgene verstaan wat men 'de hartstochten' noemt. Er moest wel iets geweest zijn dat hem daar steeds weer naar toe had gedreven, en dat was misschien hartstocht, maar in een toestand van opwinding en tijdens de opgewonden handelingen zelf was zijn gedrag zowel hartstochtelijk als ongeïnteresseerd. Hij had zo ongeveer alles meegemaakt wat er was en voelde dat hij zich nog te allen tijde in iets zou kunnen storten dat helemaal niet veel voor hem hoefde te betekenen, als het zijn behoefte aan actie maar stimuleerde. Zonder al te sterk te overdrijven kon hij daarom over zijn leven zeggen dat alles zich daarin had voltrokken alsof het meer bij elkaar hoorde dan bij hem. Op A was altijd B gevolgd, of dat nu in een gevecht was geweest of in de liefde. En zo moest hij ook wel aannemen dat de persoonlijke eigenschappen die hij daarbij had verworven meer bij elkaar hoorden dan bij hem, en zelfs dat elk daarvan, als hij goed bij zichzelf naging, niet intiemer met hem te maken had dan met andere mensen die ze misschien ook bezaten.

Maar ongetwijfeld word je niettemin door ze bepaald en besta je eruit, ook als je er niet identiek mee bent, en zo kom je jezelf in rustende toestand soms even vreemd voor als in bewogen. Als Ulrich zou hebben moeten zeggen hoe hij eigenlijk was, zou hij in verlegenheid zijn geraakt, want hij had zoals zo vele mensen zichzelf nooit anders bekeken dan aan de hand van een taak en in relatie daarmee. Zijn zelfbewustzijn was niet geschonden, noch was het verwend en ijdel, en het kende niet de behoefte aan dat sleutelen en oliën dat men gewetensonderzoek noemt. Was hij een sterke persoonlijkheid? Dat wist hij niet; wat dat betrof maakte hij misschien een fatale vergissing. Maar in elk geval was hij altijd iemand geweest die op zijn kracht vertrouwde. Ook nu twijfelde hij er niet aan dat dit verschil tussen het hebben van eigen ervaringen en eigenschappen en hun vreemdblijven slechts een verschil van instelling was, in zekere zin een wilsbesluit of een gekozen verhouding van algemeenheid en eigenheid. Heel simpel gezegd, je kunt je ten aanzien van de dingen die je overkomen of die je doet meer algemeen of meer persoonlijk gedragen. Je kunt een klap behalve als pijn ook als een belediging ondergaan, waardoor hij ondraaglijke proporties aanneemt; maar je kunt hem ook sportief opnemen, als een hindernis waardoor je je noch laat imponeren noch in blinde drift laat ontsteken, en dan komt het niet zelden voor dat je er helemaal niets van merkt. In dat tweede geval is er echter niets anders gebeurd dan dat je hem in een groter geheel, namelijk in de gevechtshandeling hebt gerangschikt, waarbij zijn wezen afhankelijk bleek van de taak die hij te vervullen had. En juist dit verschijnsel, dat een ervaring haar betekenis of zelfs haar inhoud pas verkrijgt door haar positie in een reeks coherente handelingen, is waarneembaar bij ieder mens die dit niet als alleen maar een persoonlijke gebeurtenis ziet maar als een uitdaging van zijn geestkracht. Ook hij zal wat hij doet dan minder sterk voelen; maar wonderlijk genoeg noemt men datgene wat men bij boksen als superieure geestkracht ervaart slechts koud en gevoelloos zodra het bij mensen die niet kunnen boksen ontstaat uit een hang naar een spirituele levenshouding. Er zijn in feite nog allerlei onderscheidingen gebruikelijk om al naar gelang een meer algemene of meer persoonlijke houding aan te nemen en te eisen. Bij een moordenaar wordt het uitgelegd als bijzondere wreedheid als hij zakelijk te werk gaat; bij een professor die in de armen van zijn vrouw doorrekent aan een som als knekelige dorheid; bij een politicus die over lijken gaat om carrière te maken, al naar gelang het succes, als laagheid of grootheid; van soldaten, beulen en chirurgen daarentegen eist men domweg die onverstoorbaarheid die men in anderen veroordeelt. Zonder verder in te hoeven gaan op de moraal van deze voorbeelden, valt de onzekerheid op waarmee telkens een compromis wordt gesloten tussen zakelijk juist en persoonlijk juist gedrag.

Deze onzekerheid verleende Ulrichs persoonlijke vraag een brede achtergrond. Men was vroeger met een beter geweten een persoonlijkheid dan tegenwoordig. De mensen leken op de halmen in het koren; ze werden door God, hagel, hevige branden, pest en oorlog waarschijnlijk heviger heen en weer bewogen dan nu, maar in het algemeen, per stad, per landstreek, per veld, en wat er voor de individuele halm behalve dat nog aan persoonlijke beweging overbleef, kon dat worden verantwoord en was een duidelijk afgebakende zaak. Tegenwoordig daarentegen ligt het zwaartepunt van de verantwoordelijkheid niet bij de mensen maar in de zakelijke verbanden. Heeft men niet gemerkt dat de ervaringen zich onafhankelijk hebben gemaakt van de mens? Ze zijn het toneel opgegaan; de boeken in, de rapporten van de onderzoeksinstellingen en wetenschappelijke expedities in, de gemeenschappen van gelijkgezinden en de religieuze groeperingen in, die bepaalde vormen van ervaring ontwikkelen ten koste van andere, als bij een sociaal experiment, en voor zover die ervaringen zich niet in het werk zelf bevinden, zitten ze gewoon in de lucht; wie kan er tegenwoordig nog beweren dat zijn woede werkelijk zijn woede is als er zo veel mensen over meepraten en het beter begrijpen dan hij zelf?! Er is een wereld ontstaan van eigenschappen zonder man, van belevenissen zonder degene die ze beleeft, en het lijkt bijna wel alsof in het ideale geval de mens helemaal niets meer persoonlijk zal beleven, en de vriendelijke last van de persoonlijke verantwoording wel moet opgaan in een formulesysteem van mogelijke betekenissen. Waarschijnlijk is het verval van het antropocentrische gedrag, dat de mens zo lang als het middelpunt van het heelal heeft beschouwd, maar dat nu al eeuwenlang aan het verdwijnen is, eindelijk bij het Ik zelf beland, want het geloof dat het belangrijkste van een belevenis is dat men die beleeft, en van het doen dat men het doet, begint de meeste mensen als een naïviteit voor te komen. Er bestaan nog wel mensen die heel persoonlijk leven; zij zeggen 'we waren gisteren bij die of die' of 'vandaag gaan we dit of dat doen', en zonder dat het verder nog inhoud of betekenis hoeft te hebben verheugen ze zich daarop. Zij houden van alles wat met hun vingers in aanraking komt, en zij zijn zo puur particulier als maar kan; de wereld wordt hun particuliere wereld zodra deze met hen te maken krijgt, en straalt als een regenboog. Misschien zijn ze heel gelukkig; maar dit soort mensen wordt door anderen gewoonlijk al absurd gevonden, hoewel het nog absoluut niet zeker is waarom. – En opeens moest Ulrich zichzelf in het licht van deze overweging met een glimlach bekennen dat hij ondanks alles toch wel een karakter was, ook zonder er een te hebben.

– 40 –

Een man met alle eigenschappen, maar ze zijn hem onverschillig
Een prins van de geest wordt gearresteerd en
de Parallelactie krijgt haar eresecretaris

Het is niet moeilijk om deze tweeëndertigjarige man Ulrich in zijn grondtrekken te beschrijven, ook al weet hij van zichzelf slechts dat hij even dicht bij alle eigenschappen is als hij er ver vanaf staat en dat ze hem allemaal, of ze nu de zijne zijn geworden of niet, op een merkwaardige wijze onverschillig zijn. Psychische wendbaarheid, die eenvoudig een zeer gevarieerde aanleg veronderstelt, is bij hem nog verbonden met een zekere strijdlust. Hij is een mannelijk denker. Hij is niet fijngevoelig ten aanzien van andere mensen en heeft zich zelden in hen verplaatst, behalve om hen voor eigen doeleinden te leren kennen. Hij respecteert geen rechten als hij degene die ze bezit niet respecteert, en dat gebeurt zelden. Want in de loop der tijd heeft zich in hem een zekere bereidheid ontwikkeld tot een negatieve benadering, een buigzame dialectiek van het gevoel, die hem er gemakkelijk toe brengt in iets dat algemeen wordt goedgekeurd een mankement te ontdekken, daarentegen iets verbodens te verdedigen en plichten af te wijzen met de onwilligheid die voortkomt uit de wil zijn eigen plichten te scheppen. Ondanks dit willen laat hij zijn morele leiding, met zekere uitzonderingen die hij zich veroorlooft, eenvoudig over aan die ridderlijke welvoeglijkheid die zo ongeveer alle mannen in de burgermaatschappij leidt zolang ze in geregelde omstandigheden leven, en leidt op die manier, met de arrogantie, de meedogenloosheid en achteloosheid van iemand die tot zijn daad geroepen is, het leven van een ander, die van zijn neigingen en bekwaamheden een min of meer normaal, nuttig en sociaal gebruik maakt. Hij was gewend zichzelf van

195

nature en zonder ijdelheid te beschouwen als het werktuig voor een niet onbelangrijk doel, dat hij dacht nog bijtijds te leren kennen, en zelfs nu, in dit begonnen jaar van zoekende onrust, nadat hij het stuurloos voortdrijven van zijn leven had ingezien, diende zich al spoedig het gevoel weer aan op weg te zijn, en hij getroostte zich helemaal geen bijzondere moeite meer voor zijn plan. Het is niet bepaald gemakkelijk om in een dergelijke natuur de drijvende hartstocht te onderkennen; aanleg en omstandigheden hebben haar veelvormig gemaakt, haar lot is nog door geen werkelijk harde tegendruk blootgelegd, de hoofdzaak is echter dat haar voor een beslissing nog iets ontbreekt dat ze niet kent. Ulrich is iemand die door iets gedwongen wordt tegen zichzelf te leven, hoewel hij zich schijnbaar zonder dwang laat gaan.

De vergelijking van de wereld met een laboratorium had in hem nu een oud beeld doen herleven. Zo, als een groot proefstation waarin de beste manieren om mens te zijn moesten worden getest en nieuwe moesten worden ontdekt, had hij zich het leven vroeger vaak voorgesteld, wilde het hem bevallen. Dat het totaallaboratorium ietwat onsystematisch werkte en dat de directeur en de theoretici van het geheel ontbraken was een ander chapiter. Men zou zelfs kunnen stellen dat hij zelf zoiets had willen worden als een prins en heer van de geest: wie niet tenslotte?! Het is zo natuurlijk dat de geest geldt als het hoogste dat over alles heerst. Het wordt geleerd. Wat kan tooit zich met geest, smukt zich op. Geest is, in combinatie met iets, het meest verbreide wat er is. De geest van trouw, de geest van liefde, een mannelijke geest, een ontwikkelde geest, de grootste geest van de huidige tijd, wij willen de geest van deze of gene zaak hooghouden, en wij willen handelen in de geest van onze bewogenheid: hoe degelijk en onaanstotelijk klinkt dat tot in de onderste regionen. Al het andere, de alledaagse misdaad of het nijver winstbejag, verschijnt daarnaast als iets dat men liever verzwijgt, als het vuil dat God van onder zijn teennagels verwijdert.

Maar als geest alleen staat, als naakt substantief, kaal als een spook dat men een laken zou willen lenen, — hoe is het dan? Men kan zijn schrijvers lezen, de filosofen bestuderen, schilderijen kopen en nachtenlange gesprekken voeren: maar is het geest wat men daarbij verwerft? Laten wij aannemen dat men hem verwerft: maar bezit men hem dan? Deze geest is zo hecht verbonden met de toevallige gedaante waarin hij optreedt! Hij gaat dwars door degenen die hem zouden willen ontvangen heen en laat alleen een lichte trilling achter. Wat moeten wij met al die geest beginnen? Hij wordt op massa's papier, steen, linnen, in schier astronomische hoeveelheden steeds opnieuw geproduceerd, wordt even onophoudelijk onder reusachtig verbruik van zenuwenergie ontvangen en genoten: maar wat gebeurt er daarna met hem? Verdwijnt hij als een drogbeeld? Valt hij in partikels uiteen? Onttrekt hij zich aan de aardse wet van het behoud? De stofdeeltjes die in ons neerdwarrelen en langzaam tot rust komen staan in geen verhouding tot alle drukte. Waar is hij heen? Wie, wat is hij? Zou het, als men er meer over wist, misschien beklemmend stil worden rond dit substantief geest?!

Het was avond geworden; huizen als uit de ruimte gebroken, asfalt, stalen rails vormden de afkoelende schelp stad. De moederschelp, vol kinderlijk, blijmoedig, boos menselijk bewegen. Waarin elke druppel als druppeltje begint, dat spat en spettert; met een explosietje aanvangt, door de wanden wordt opgevangen en afgekoeld, milder, onbeweeglijker wordt, teder blijft hangen aan de schaal van de moederschelp en tenslotte tegen haar wand kristalliseert. 'Waarom,' dacht Ulrich opeens, 'ben ik geen pelgrim geworden?' Zuivere, onvoorwaardelijke levenswijze, hongerig makend fris als heel heldere lucht, stond hem voor ogen; wie geen ja wil zeggen tegen het leven, zou tenminste het nee van de heilige moeten zeggen: en toch was het eenvoudig onmogelijk daar serieus aan te denken. Hij kon evenmin avonturier worden, hoewel het leven dan iets zou hebben van een eeuwigdurende verlovingstijd en zowel zijn ledematen als zijn moed de lust daartoe voelden. Hij had ook geen schrijver kunnen worden, noch een van die gedesillusioneerden die alleen in geld en macht geloven, ofschoon hij voor alles aanleg had.

Hij vergat zijn leeftijd, hij stelde zich voor dat hij twintig was: desondanks was er innerlijk evenzeer besloten dat hij niets van dat al kon worden; iets trok hem naar alles wat er was toe, en iets sterkers liet hem daar niet bij komen. Waarom leefde hij dan zo onduidelijk en weifelend? Ongetwijfeld – zei hij tegen zichzelf – was dat wat hem in een afzijdige en onbenoemde bestaansvorm gevangen hield niets anders dan de dwang tot dat ontbinden en weer binden van de wereld, dat men, met een woord dat men niet graag alleen tegenkomt, geest noemt. En Ulrich wist zelf niet waarom, maar opeens werd hij treurig en dacht: 'Ik hou gewoon niet van mezelf.' In het bevroren, versteende lichaam van de stad voelde hij helemaal in het binnenste zijn hart kloppen. Daar zat iets in hem dat nergens had willen blijven, dat langs de wanden van de wereld had getast en had gedacht: er bestaan nog miljoenen andere wanden; deze langzaam afkoelende, belachelijke druppel Ik, die zijn vuur, de nietige gloeikern niet wilde afstaan.

De geest heeft ervaren dat schoonheid goed, slecht, dom of betoverend maakt. Hij ontleedt een schaap en een boeteling en vindt in allebei deemoed en geduld. Hij onderzoekt een stof en ziet dat deze in grote hoeveelheden een gif, in kleinere een genotmiddel is. Hij weet dat het slijmvlies van de lippen verwant is aan het slijmvlies van de darm, maar hij weet ook dat de deemoed van die lippen verwant is aan de deemoed van al wat heilig is. Hij brengt in de war, ontwart en brengt er opnieuw samenhang in. Goed en kwaad, boven en onder zijn voor hem geen sceptisch-relatieve voorstellingen, maar wel onderdelen van een functie, waarden die afhangen van de samenhang waarin ze zich bevinden. Hij heeft van de eeuwen afgekeken dat ondeugden deugden en deugden ondeugden kunnen worden, en beschouwt het in feite slechts als een onhandigheid als men het niet eens klaarspeelt om binnen de duur van een leven van een misdadiger een nuttig mens te maken. Hij erkent niets ontoelaatbaars en niets toelaatbaars, want alles kan een eigenschap hebben waardoor het op een dag deel heeft aan een grote, nieuwe samenhang. Hij heeft heimelijk een dodelijke hekel aan alles wat net doet alsof het voor eens en voor al vaststaat, de grote idealen en wetten en hun kleine versteende afdruk, het omheinde karakter. Hij beschouwt niets als vast, geen Ik, geen orde; omdat onze kennis met de dag kan veranderen, gelooft hij in geen enkele binding, en alles bezit de waarde die het heeft slechts tot het volgende bedrijf van de schepping, als een gezicht waartegen men spreekt, terwijl het met de woorden verandert.

Zo is de geest de grote Al-Naar-Gelang-Maker, maar hemzelf krijgt men nergens te pakken, en men zou bijna kunnen denken dat er van zijn werking niets overblijft dan verval. Alle vooruitgang is een verrijking wat het detail betreft en een scheiding wat betreft het geheel; dit is een groei van macht die in een voortgaande groei van onmacht uitmondt; en men kan er maar niet mee ophouden. Ulrich voelde zich herinnerd aan dit bijna met het uur groeiende lichaam van feiten en ontdekkingen, waaruit de geest tegenwoordig naar buiten moet kijken als hij een of ander vraagstuk eens nauwkeurig wil bestuderen. Dit lichaam groeit van het innerlijk weg. Ontelbare opvattingen, meningen, ordenende gedachten van alle windstreken en tijden, alle vormen van gezonde en zieke, wakende en dromende hersenen lopen er weliswaar doorheen als duizenden kleine, gevoelige zenuwstrengen, maar het straalpunt waarin ze bij elkaar komen ontbreekt. De mens voelt het gevaar nabij dat hij het lot van de reusachtige prehistorische dierenrassen die aan hun grootte te gronde zijn gegaan zal delen; maar hij kan er geen afstand van doen. – Daardoor werd Ulrich nu weer herinnerd aan het wel zeer twijfelachtige denkbeeld waaraan hij lange tijd had geloofd en dat hij zelfs nu nog niet helemaal bij zichzelf had uitgeroeid, dat de wereld het best door een senaat van wetenden en gevorderden zou kunnen worden bestuurd. Het ligt zo voor de hand te denken dat de mens, die zich door voor het vak opgeleide artsen laat behandelen als hij ziek is en niet door schaapherders, geen reden heeft om, als hij gezond is, zich door herderachtige kletsmeiers te laten behandelen, zoals hij dat in zijn openbare aangelegenheden laat doen, en jonge mensen die iets aan de wezenlijke inhouden van het leven gelegen is, beschouwen daarom aanvankelijk alles op de wereld dat noch waar noch goed noch mooi is, dus bijvoorbeeld ook een belastingambtenaar of zelfs een parlementsdebat, als bijzaak; tenminste, zo waren ze toen, want tegenwoordig zullen ze dank zij hun politieke en economische scholing wel anders zijn. Maar ook vroeger leerde men, als men ouder werd en na een langere bekendheid met de rookkamer van de geest waarin de wereld haar zakelijke spek rookt, zich aan de werkelijkheid aan te passen, en de uiteindelijke toestand van iemand met enige geestelijke ontwikkeling was ongeveer dat hij zich tot zijn 'vak' beperkte en voor de rest van zijn leven de overtuiging meenam dat het geheel misschien wel anders behoorde te zijn, maar dat het totaal geen zin had daarover na te denken. Zo ongeveer ziet de innerlijke balans eruit van mensen die geestelijk iets presteren. En opeens vertoonde het geheel zich wonderlijk genoeg aan Ulrich in de vorm van de vraag of het er uiteindelijk, nu er toch kennelijk voldoende geest was, wellicht alleen op neerkwam dat het de geest zelf aan geest ontbrak?

. Hij had zin om erom te lachen. Tenslotte was hij zelf een van diegenen die het erbij lieten zitten. Maar teleurgestelde, nog levende ambitie doorkliefde hem als een zwaard. Twee Ulrichs liepen er op dat moment. De ene keek glimlachend om zich heen en dacht: 'Daar heb ik dus ooit een rol willen spelen, tussen zulke coulissen als deze. Ik ben op een dag wakker geworden, niet zacht, zoals in moeders bedje, maar met de harde overtuiging iets tot stand te moeten brengen. Men heeft mij clausen gegeven, en ik heb gevoeld dat ze mij niets aangaan. Als van trillende plankenkoorts was toen alles vervuld van mijn eigen voornemens en verwachtingen. Ongemerkt is echter intussen de vloer gedraaid, ik ben een stuk naar voren gekomen op mijn weg en sta misschien al bij de uitgang. Binnenkort zal hij mij eruit hebben gedraaid, en ik zal van mijn grote rol nog maar net hebben gezegd: "De paarden zijn gezadeld." De duivel hale jullie allemaal!' Maar terwijl de ene met deze gedachten glimlachend door de zwevende avond liep, hield de andere zijn vuisten gebald, in pijn en woede; hij was de minst zichtbare, en waar hij aan dacht was een bezweringsformule te vinden, een handvat dat men misschien zou kunnen pakken, de eigenlijke geest van de geest, het ontbrekende, misschien maar kleine stukje dat de verbroken kring sluit. Deze tweede Ulrich vond geen woorden tot zijn beschikking. Woorden springen als apen van boom naar boom, maar in het donkere gebied waar men wortelt moet men hun vriendelijke bemiddeling ontberen. De grond stroomde onder zijn voeten. Hij kon zijn ogen nauwelijks opendoen. Kan een gevoel blazen als een storm en toch volstrekt geen stormachtig gevoel zijn? Als men het over een storm van het gevoel heeft, bedoelt men er een waarin de schors van de mens kraakt en de takken van de mens zwiepen, alsof ze zullen afbreken. Dit echter was een storm waarbij de oppervlakte heel kalm bleef. Slechts bijna een toestand van bekering, van omkering; geen spier van zijn gezicht vertrok, maar van binnen leek geen atoom op zijn plaats te blijven. Ulrichs zintuigen waren helder, toch werd ieder die hem tegemoet kwam door het oog anders dan anders waargenomen, en elke toon door het oor. Men kon niet zeggen scherper; eigenlijk ook niet dieper, niet zachter, niet natuurlijker of onnatuurlijker. Ulrich kon helemaal niets zeggen, maar hij dacht op dat moment aan de wonderlijke ervaring 'geest' als aan een geliefde door wie men zijn leven lang bedrogen wordt zonder haar minder lief te hebben, en het verbond hem met alles wat op zijn weg kwam. Want als men liefheeft is alles liefde, ook als het pijn en afschuw is. Het twijgje aan de boom en het bleke raam in het avondlicht werden een diep in het eigen wezen verzonken ervaring, die zich nauwelijks in woorden liet uitdrukken. De dingen leken niet van hout en steen te zijn, maar uit een grandioze en oneindig tere immoraliteit te bestaan die op het moment waarop ze met hem in aanraking kwam een diepe morele schok werd.

Dit had de duur van een glimlach, en Ulrich bedacht net: 'Nu wil ik voor een keer eens blijven waarheen het me heeft gedragen,' toen het ongeluk wilde dat deze spanning tegen een hindernis te pletter sloeg.

Wat nu gebeurde komt inderdaad uit een volkomen ande-re wereld dan die waarin Ulrich zojuist nog boom en steen had ondergaan als een zeer gevoelige voortzetting van zijn eigen lichaam.

Want een arbeidersblad had, zoals graaf Leinsdorf het zou noemen, een destructieve klodder speeksel op de Grote Idee laten vallen door te beweren dat deze zich enkel als een nieu-we sensatie van de heersende klasse bij de laatste lustmoord aansloot, en een brave arbeider, die een beetje veel had ge-dronken, voelde zich daardoor geprikkeld. Hij was langs twee burgers geschampt die tevreden waren met de zaken van die dag en, in het bewustzijn dat een goede gezindheid te allen tijde gehoord mocht worden, tamelijk luid hun in-stemming met de vaderlandse actie uitwisselden, waarover zij in hun krant hadden gelezen. Er ontstond een woorden-wisseling, en omdat de nabijheid van een politieagent de goedgezinden evenzeer aanmoedigde als ze de aanvaller tergde, nam deze scène steeds heviger vormen aan. De agent bekeek het eerst van over zijn schouder, later van voren en vervolgens van dichtbij; hij woonde het waarnemend bij, als een vooruitspringend gedeelte van het ijzeren heftoestel Staat, dat in knopen en andere metalen delen eindigt. Nu heeft het voortdurende verblijf in een goed georganiseerde staat echter beslist iets spookachtigs; men kan de straat niet opgaan, geen glas water drinken of in de tram stappen zon-der de uitgebalanceerde hefbomen van een reusachtig appa-raat van wetten en betrekkingen aan te raken, ze in bewe-ging te zetten, of er zich in de rust van zijn bestaan door te laten beschermen. Men kent er bijna niet één van die welke diep in het binnenwerk grijpen, terwijl ze anderzijds opgaan in een netwerk waarvan nog geen mens trouwens de hele constructie heeft ontraadseld; men loochent ze derhal-ve, zoals de staatsburger de lucht loochent en beweert dat het leegte is, maar schijnbaar ligt juist daarin, dat al het ge-loochende, al het kleur-, geur-, smaak-, gewicht- en mo-raalloze zoals water, lucht, ruimte, geld en het verstrijken van de tijd in waarheid het belangrijkste is, een zekere spookachtigheid van het leven; de mens kan zo nu en dan door paniek worden bevangen als in de willoze droom, een bewegingsstorm van dol om zich heen slaan als een dier dat in het onbegrijpelijke mechanisme van een net verstrikt is geraakt. Zo'n uitwerking hadden de knopen van de agent op de arbeider, en op dat moment ging het staatsorgaan, dat zich niet naar behoren gerespecteerd voelde, over tot inhechtenisneming.

Die verliep niet zonder verzet en herhaalde betuigingen van rebelse gezindheid. Het gebaarde opzien vleide de dronkeman, en een tot dusver verborgen, volstrekte aversie jegens het medeschepsel bleek ontketend. Een hartstochtelijke strijd om de hegemonie begon. Een hoger gevoel van zijn Ik kwam in conflict met een griezelig gevoel, alsof hij niet vast in zijn huid zat. Ook de wereld was niet vast, maar een onzeker waas, dat voortdurend van vorm en gedaante veranderde. Huizen stonden scheef uit de ruimte gebroken, de mensen daartussenin waren belachelijke, wemelende en toch broederlijke sukkels. Ik ben geroepen om hier orde in aan te brengen, voelde de buitengewoon dronken man. Het hele toneel was gevuld met iets flikkerends, een of ander stuk weg van het gebeuren kwam duidelijk op hem af, maar dan draaiden de muren weer. Zijn oogassen staken als stelen uit zijn hoofd, terwijl zijn voetzolen de aarde vasthielden. Een bovennatuurlijk stromen uit zijn mond was begonnen; uit zijn diepste binnenste welden woorden op, waarvan onbegrijpelijk was hoe ze daar in waren gekomen, mogelijk waren het scheldwoorden. Dat viel niet zo precies te onderscheiden. Buiten en binnen schoven onstuitbaar in elkaar. De woede was geen innerlijke woede, doch alleen het tot razernij gebrachte stoffelijk omhulsel van de woede, en het gezicht van een agent naderde heel langzaam een gebalde vuist, tot het bloedde.

Maar ook de agent had zich intussen verdrievoudigd; met de toesnellende politieambtenaren waren mensen te hoop gelopen, de dronkeman had zich op de grond geworpen en wilde zich niet laten arresteren. Toen beging Ulrich een onvoorzichtigheid. Hij had uit de oploop het woord 'majesteitsschennis' opgevangen, en merkte nu op dat deze man, in zijn toestand, niet in staat was een schennis te plegen, en dat men hem naar zijn bed zou moeten sturen. Hij dacht er niet zozeer bij na, maar bleek aan het verkeerde adres. De man schreeuwde nu dat wat hem betrof zowel Ulrich als zijne majesteit...! – en een politieagent, die de schuld van deze terugval kennelijk aan de inmenging weet, sommeerde Ulrich bars zich weg te scheren. Nu was deze niet gewend de staat anders te beschouwen dan als een hotel waarin men recht heeft op beleefde bediening, en hij accepteerde de toon niet waarop men tegen hem sprak, wat de politieman onverwacht tot het inzicht bracht dat één dronkeman niet genoeg was voor de aanwezigheid van drie politiemannen, zodat ze Ulrich ook meteen maar meenamen.

De hand van een geüniformeerde omspande zijn arm. Zijn arm was heel wat sterker dan deze beledigende omklemming, maar hij kon die niet verbreken als hij niet wilde beginnen aan een uitzichtloze bokswedstrijd met het gewapend openbaar gezag, zodat hem uiteindelijk niets anders overbleef dan beleefd te verzoeken of men hem vrijwillig wilde laten meegaan. Het wachtlokaal bevond zich in het gebouw van een districtshoofdbureau, en toen hij het betrad voelde Ulrich zich door vloer en muren herinnerd aan een kazerne; het was van hetzelfde sombere gevecht tussen hardnekkig binnengedragen vuil en grove schoonmaakmiddelen vervuld. Het volgende dat hij opmerkte was het aldaar geïnstalleerde symbool van het burgerlijk gezag, twee schrijftafels met een balustradetje waaraan enkele zuiltjes ontbraken, schrijfkisten eigenlijk, met een gescheurde en geschroeide viltbekleding, op heel lage bolpoten rustend en ten tijde van keizer Ferdinand gepolitoerd met een geelbruine lak, waarvan alleen de laatste schilfers nog aan het hout hingen. Ten derde was de ruimte gevuld met het dikke gevoel dat men hier diende te wachten zonder te mogen vragen. Zijn agent stond, nadat hij de reden voor de arrestatie had gemeld, als een zuil naast Ulrich. Ulrich probeerde meteen een of andere uitleg te geven, de hoofdagent en bevelvoerder van deze vesting sloeg een oog op van een stuk waarin hij al had zitten schrijven toen het escorte was bin-

·nengekomen, monsterde Ulrich, daarna ging zijn oog weer omlaag, en de ambtenaar ging zwijgend door met op zijn papier te schrijven. Ulrich kreeg de indruk van oneindigheid. Toen schoof de agent het blad opzij, pakte een boek van de plank, schreef iets in, strooide er zand over, legde het boek terug, nam een ander, schreef in, strooide, trok een dossier te voorschijn uit een stapel gelijksoortige en zette zijn bezigheid daaraan voort. Ulrich had de indruk dat zich een tweede oneindigheid afrolde, tijdens welke de hemellichamen regelmatig hun baan beschreven, zonder dat hij op de wereld was.

Vanuit het bureau leidde een openstaande deur naar een gang waar zich de cellen bevonden. Daar had men Ulrichs beschermeling terstond heen gebracht, en omdat men verder niets van hem hoorde, zou zijn roes hem wel de zegening van de slaap geschonken hebben; er waren echter andere griezelige dingen op te merken. De gang met de cellen moest nog een tweede ingang hebben; Ulrich hoorde herhaaldelijk zwaar komen en gaan, slaande deuren, onderdrukte stemmen, en opeens, toen er weer iemand werd binnengebracht, verhief zich zo'n stem, en Ulrich hoorde hem wanhopig smeken: 'Als u ook maar een greintje menselijk gevoel hebt, arresteert u mij niet!' De stem sloeg over en het klonk merkwaardig misplaatst, bijna lachwekkend, dit appel aan een functionaris om gevoel te tonen, omdat functies immers toch alleen zakelijk kunnen worden uitgeoefend. De agent hief even zijn hoofd op, zonder zijn papieren helemaal te laten rusten. Ulrich hoorde het hevige geschuifel van vele voeten, waarvan lichamen klaarblijkelijk zwijgend een tegenstribbelend lichaam aanspoorden. Daarna tuimelde alleen nog het geluid van twee voeten, als na een duw. Toen sloeg een deur met een klap in het slot, een grendel knarste, de man in uniform aan de schrijftafel had zijn hoofd alweer gebogen, en in de lucht hing het zwijgen van een punt die op de juiste plaats achter een zin is gezet.

Maar Ulrich scheen zich te hebben vergist in de veronderstelling dat hij zelf nog niet voor de kosmos der politie geschapen was, want bij het volgende heffen van zijn hoofd keek de agent nu hem aan, de laatste geschreven regels bleven vochtig glanzen zonder dat ze werden gedroogd, en het geval Ulrich bleek hier nu opeens al een hele poos een ambtelijk leven te leiden. Naam? Leeftijd? Beroep? Adres?...: Ulrich werd ondervraagd.

Hij waande zich in een machine terechtgekomen die hem in onpersoonlijke, algemene bestanddelen ontleedde voor er van zijn schuld of onschuld ook maar sprake was. Zijn naam, die twee woorden die het armst aan betekenis maar het rijkst aan gevoel zijn in de taal, zei hier helemaal niets. Zijn werken, die hem in de wetenschappelijke wereld, die toch overigens als solide bekend staat, aanzien hadden verschaft, bestonden in deze wereld hier niet; er werd zelfs niet één keer naar geïnformeerd. Zijn gezicht telde alleen als signalement; hij had de indruk zich er nooit eerder van bewust te zijn geweest dat zijn ogen grijze ogen waren, een van de beschikbare vier officieel toegelaten ogenparen, waarvan er miljoenen stuks waren; zijn haar was blond, zijn postuur groot, zijn gezicht ovaal, en bijzondere kenmerken had hij geen, ofschoon hij daar zelf een andere mening over had. Voor zijn gevoel was hij fors, zijn schouders waren breed, zijn borstkas stond als een bol zeil voor de mast, en de gewrichten van zijn lichaam sloten als smalle stalen delen zijn spieren af zodra hij zich ergerde, vocht of Bonadea zich tegen hem aan vlijde; hij was daarentegen tenger, fijngebouwd, donker en zo week als een in het water drijvende medusa zodra hij een boek las dat hem aangreep, of door een zuchtje van de nergens wonende grote liefde werd beroerd, wier in-de-wereld-zijn hij nooit had kunnen begrijpen. Hij was daarom zelfs op dit ogenblik nog ontvankelijk voor de statistische onttovering van zijn persoon, en de door het politie-orgaan op hem toegepaste meet- en beschrijvingsmethode zette hem in vuur en vlam als een door Satan bedacht liefdesgedicht. Het wonderbaarlijkste daaraan was nog dat de politie een mens niet alleen op zo'n manier kan ontleden dat er niets van hem overblijft, maar dat ze hem uit deze onbeduidende delen ook weer onverwisselbaar in elkaar zet en daaraan herkent. Voor deze prestatie is alleen nodig dat er iets ondefinieerbaars bijkomt, dat ze verdenking noemt.

Ulrich begreep meteen dat hij zich alleen door zijn hoofd uiterst koel te houden zou kunnen redden uit de situatie waarin hij door zijn dwaasheid terecht was gekomen. De ondervraging ging verder. Hij stelde zich voor welk effect het zou hebben als hij, naar zijn adres gevraagd, zou antwoorden: mijn adres is dat van een mij onbekend persoon? Of op de vraag waarom hij had gedaan wat hij gedaan had zou antwoorden dat hij altijd iets anders deed dan waar het voor hem werkelijk op aankwam? Maar naar buiten toe gaf hij braaf straat en huisnummer op en probeerde een verontschuldigende voorstelling van zaken voor zijn gedrag te verzinnen. De innerlijke autoriteit van de geest stond daarbij op uiterst pijnlijke wijze machteloos tegenover de uiterlijke autoriteit van de agent. Eindelijk zag hij toch een reddende wending. Nog terwijl hij, naar zijn beroep gevraagd, 'ambteloos' antwoordde – ambteloos geleerde zou hij niet over zijn lippen hebben kunnen krijgen – had hij een blik op zich voelen rusten die er precies uitzag alsof hij 'dakloos' had gezegd; maar toen bij het opgeven van zijn personalia zijn vader aan de beurt was, en aan het licht kwam dat deze lid was van het Hogerhuis, werd het een andere blik. Hij was nog steeds wantrouwig, maar iets gaf Ulrich meteen een gevoel als van een door de golven van de zee heen en weer geslingerde man die met zijn grote teen even vaste grond raakt. Met een snel ontwakende tegenwoordigheid van geest buitte hij het uit. Hij zwakte ogenblikkelijk alles af wat hij al had toegegeven, gaf de autoriteit van de oren, die zich in de eedtoestand van de dienst hadden bevonden, nadrukkelijk de wens te kennen door de commissaris zelf te worden gehoord, en toen dit slechts een glimlach te voorschijn riep, loog hij – met een goedgelukte natuurlijkheid, heel terloops en bereid direct weer op zijn bewering terug te komen voor het geval men daar voor hem de strop van een precieze verklaringen eisend vraagteken van zou willen draaien – dat hij bevriend was met graaf Leinsdorf en secretaris was van de grote patriottische actie, waarover men waarschijnlijk in de kranten wel had gelezen. Hij kon meteen constateren dat hij daarmee die meer serieuze nadenkendheid omtrent zijn persoon wekte die hem tot dusver onthouden was gebleven, en hield zijn voordeel vast. Het gevolg was dat de agent hem woedend monsterde, omdat hij noch de verantwoording op zich wilde nemen om deze vangst langer vast te houden, noch om hem te laten lopen; en omdat er rond dit uur geen hogere ambtenaar in het gebouw was, kwam hij op een uitweg die aan de eenvoudige agent een fraai getuigschrift uitreikte over hoeveel hij van de manier waarop zijn hogergeplaatste conceptambtenaren onaangename stukken afhandelden had opgestoken. Hij zette een gewichtig gezicht en uitte de ernstige vermoedens dat Ulrich zich niet alleen schuldig had gemaakt aan belediging van een politieman in functie en belemmering van ambtsuitoefening, maar zeker als men aan de positie dacht die hij beweerde te bekleden, ook van onopgehelderde, misschien politieke machinaties werd verdacht, zodat hij maar diende te wennen aan het idee te worden overgedragen aan de afdeling Politieke Zaken van het hoofdbureau.

Aldus reed Ulrich een paar minuten later in een wagen die men hem ter beschikking had gesteld door de nacht, een weinig tot praten geneigde agent in burger aan zijn zijde. Toen zij het hoofdbureau van politie naderden zag de arrestant dat de ramen van de eerste verdieping feestelijk waren verlicht, want er vond op dat late uur nog een belangrijke vergadering plaats bij de hoofdcommissaris, het gebouw was geen sombere kast maar leek wel een ministerie, en hij ademde al vertrouwdere lucht. Hij merkte ook al spoedig dat de agent van de nachtdienst, aan wie hij werd voorgeleid, snel de onzin onderkende die het getergde perifere orgaan met zijn proces-verbaal had aangericht; desondanks leek het hem buitengewoon onraadzaam om iemand uit de klauwen van de gerechtigheid te ontslaan die zo onbekommerd was geweest daar zelf in te rennen. Ook de ambtenaar van het hoofdbureau droeg een ijzeren machine in zijn gezicht en verzekerde de gevangene dat zijn onbezonnenheid het buitengewoon moeilijk leek te maken om vrijlating te verantwoorden. Deze had reeds tweemaal alles aangevoerd wat zo'n gunstig effect had gehad op de hoofdagent, maar tegenover de hogergeplaatste beambte bleef dit vergeefs, en Ulrich wilde zijn zaak al als verloren beschouwen, toen er in het gezicht van zijn rechter opeens een merkwaardige, bijna gelukkige verandering optrad. Hij bekeek het proces-verbaal nog eens goed, liet zich Ulrichs naam nog eens zeggen, vergewiste zich van zijn adres, en verzocht hem beleefd een ogenblik te wachten terwijl hij de kamer verliet. Het duurde tien minuten voor hij terugkwam als iemand die iets prettigs te binnen is geschoten, en hij nodigde de arrestant nu al opvallend beleefd uit hem te volgen. Bij de deur van een van de verlichte kamers, op de bovenste verdieping, zei hij verder niets dan 'Mijnheer de hoofdcommissaris wenst u zelf te spreken', en het volgende moment stond Ulrich voor een uit de aangrenzende vergaderzaal afkomstige heer met de gesplitste bakkebaarden die hij nu al kende. Hij was vastbesloten zijn aanwezigheid lichtelijk verwijtend uit te leggen als een misgreep van het districtsbureau, maar de hoofdcommissaris was hem voor en begroette hem met de woorden: 'Een misverstand, waarde doctor, mijnheer de commissaris heeft het mij allemaal al verteld. Desondanks moeten wij een lichte straf opleggen, want...' Hij keek hem bij deze woorden ondeugend aan (voor zover men bij een hoogste politieambtenaar al van ondeugend mag spreken) alsof hij hem het raadsel zelf wilde laten oplossen.

Ulrich kon het echter absoluut niet oplossen.

'Zijne Doorluchtigheid!' hielp de hoofdcommissaris.

'Zijne Doorluchtigheid graaf Leinsdorf,' voegde hij eraan toe, 'heeft bij mij nog maar enkele uren geleden met warme belangstelling naar u geïnformeerd.'

Ulrich begreep het nog maar half. 'U staat niet in het adresboek, beste doctor!' verklaarde de hoofdcommissaris met een grappig bedoeld verwijt, alsof dat Ulrichs enige misdrijf zou zijn.

Ulrich boog, afgemeten glimlachend.

'Ik neem aan dat u Zijne Doorluchtigheid morgen een bezoek zult moeten brengen in verband met een aangelegenheid van het grootste algemene belang, en ik kan het niet over mijn hart verkrijgen u daar door opsluiting van te weerhouden.' Zo besloot de gebieder der ijzeren machine zijn grapje.

Men mag aannemen dat de hoofdcommissaris de inhechtenisneming in elk ander geval ook als onterecht zou hebben ervaren, en dat de commissaris, die zich toevallig herinnerde in welk verband Ulrichs naam een paar uur geleden voor het eerst in dit gebouw was opgedoken, de hoofdcommissaris het voorval precies zo had afgeschilderd als de hoofdcommissaris het met dit doel moest zien, zodat niemand willekeurig in de loop der dingen had ingegrepen. Z. Doorluchtigheid kreeg dit verband overigens nooit te horen. Ulrich voelde zich verplicht de dag die op de majesteitsschennisavond volgde zijn opwachting bij hem te maken, en werd bij deze gelegenheid meteen eresecretaris van de grote patriottische actie. Graaf Leinsdorf zou, als hij de toedracht had gekend, niets anders hebben kunnen zeggen dan dat het als door een wonder was geschied.

– 41 –

Rachel en Diotima

Kort daarop vond bij Diotima de eerste grote zitting van de vaderlandse actie plaats.

De eetkamer naast de salon was in een raadkamer veranderd. De eettafel stond, uitgetrokken en met groen laken bedekt, in het midden van de kamer. Vellen ivoorwit ministerpapier en potloden van verschillende hardheid lagen bij iedere plaats. Het buffet was verwijderd. De hoeken van de kamer stonden leeg en streng te wachten. De wanden waren eerbiedig kaal, op een portret van Zijne Majesteit, dat Diotima had opgehangen, en dat van een dame met keurslijfje na, dat mijnheer Tuzzi ooit van ergens waar hij consul was geweest mee naar huis had gebracht, ofschoon het evengoed voor het portret van een stammoeder kon doorgaan. Het liefst had Diotima nog een crucifix aan het hoofd van de tafel gezet, maar directeur-generaal Tuzzi had haar uitgelachen voordat hij om redenen van tact die dag zijn huis verliet.

Want de Parallelactie moest als een strikt particuliere aangelegenheid beginnen. Er zouden geen ministers of hoge ambtenaren komen; ook geen enkele politicus; dat was opzet; er moesten in het begin in zo klein mogelijke kring slechts onbaatzuchtige dienaren van de gedachte bijeen worden gebracht. Men verwachtte de gouverneur van de staatsbank, de heren von Holtzkopf en baron Wisnieczky, een paar dames uit de hoge adel, bekende personen uit het particuliere liefdadigheidswezen en, getrouw aan Leinsdorfs grafelijke principe 'bezit en beschaving', vertegenwoordigers van de universiteiten, van de kunstgenootschappen, de industrie, bezitters van onroerend goed en vertegenwoordigers van de Kerk. De regeringsinstanties hadden onopvallende jonge ambtenaren, die maatschappelijk in deze kring pasten en het vertrouwen van hun chefs genoten, opdracht gegeven hen te vertegenwoordigen. Deze samenstelling beantwoordde aan de wensen van graaf Leinsdorf, wie immers een spontaan uit het midden des volks opwellende manifestatie voor ogen stond, maar voor wie het na de ervaring met de punten toch ook een grote geruststelling was te weten met wie men daarbij van doen had.

Het kamenierstertje Rachel (haar naam werd door haar mevrouw ietwat vrij als Rachelle in het Frans vertaald) was al vanaf zes uur 's ochtends op de been. Zij had de grote eettafel uitgetrokken, daar twee kaarttafels tegenaan geschoven, groen laken eroverheen gespannen, stofte nu extra goed af en verrichtte elk van deze lastige bezigheden met groot enthousiasme. De avond tevoren had Diotima tegen haar gezegd: 'Morgen wordt bij ons wellicht wereldgeschiedenis gemaakt!' en Rachel gloeide over haar hele lichaam van geluk dat zij huisgenote van een dergelijke gebeurtenis mocht zijn, wat zeer voor die gebeurtenis pleitte, want Rachels lichaam was onder haar zwarte japonnetje zo verrukkelijk als Meissner porselein.

Rachel was negentien jaar oud en geloofde in wonderen. Zij was geboren in een armzalig krot in Galicië, waar de mezoeza aan de deurpost hing en de vloer spleten had waar de aarde doorheen kwam. Zij was vervloekt en de deur uitgezet. Haar moeder had er een hulpeloos gezicht bij getrokken, en haar broertjes en zusjes hadden met bange gezichten gegrijnsd. Smekend had zij op haar knieën gelegen, en de schaamte verscheurde haar hart, maar niets had haar geholpen. Een gewetenloze knaap had haar verleid; zij wist niet meer hoe; zij had bij vreemde mensen moeten bevallen en toen het land verlaten. En Rachel was op reis gegaan; onder de smerige hobbelkar waarin zij reed dreunde de wanhoop mee; zij was leeggehuild; zij zag de hoofdstad, waar zij door een of ander instinct gedreven heen vluchtte, slechts als een grote muur van vlammen voor zich, waar zij zich in wilde storten om te sterven. Maar o, een wonder, die muur spleet zich en nam haar op; sindsdien was het Rachel nooit anders te moede geweest dan alsof zij in het binnenste van een gouden vlam leefde. Het toeval had haar Diotima's huis binnengeleid, en die had het volkomen vanzelfsprekend gevonden dat iemand uit een Galicisch ouderlijk huis wegliep als zij daardoor bij haar was gekomen. Zij vertelde het kleintje, nadat ze vertrouwelijk waren geworden, wel eens over de beroemde en hooggeplaatste personen die in het huis verkeerden waarin 'Rachelle' de eer genoot te mogen dienen; en zelfs over de Parallelactie had zij haar al een en ander toevertrouwd, omdat het een genot was zich te verlustigen in Rachels ogen die bij iedere mededeling flonkerden, en wel gouden spiegeltjes leken die het beeld van haar mevrouw stralend weerkaatsten.

Want de kleine Rachel was weliswaar vanwege een gewetenloze knaap door haar vader vervloekt, maar zij was desondanks een eerbaar meisje en hield eenvoudig van alles wat van Diotima was: het zachte donkere haar dat zij 's ochtends en 's avonds mocht borstelen, de kleren die zij haar hielp aantrekken, het Chinese lakwerk en de Indische tafeltjes met snijwerk, de her en der liggende boeken in vreemde talen, waar zij geen woord van begreep; zij hield ook van mijnheer

Tuzzi, en sinds kort van de nabob, die al de tweede dag na zijn aankomst – zij maakte er de eerste van – haar mevrouw had bezocht; Rachel had hem in de hal vol vervoering aangestaard, alsof het de Heiland der christenen betrof die uit zijn gouden schrijn was gestapt, en het enige wat haar verdroot was dat hij zijn Soliman niet had meegebracht om haar meesteres te bedienen.

Maar vandaag, zo dicht in de buurt van een wereldgebeuren, was zij ervan overtuigd dat er ook voor haar iets stond te gebeuren, en zij nam aan dat ditmaal Soliman waarschijnlijk in gezelschap van zijn meester mee zou komen, zoals het plechtige karakter van de gebeurtenis dat vereiste. Deze verwachting was echter geenszins de hoofdzaak, maar niet meer dan de bijpassende verwikkeling, de plot of de intrige die in geen van de romans ontbrak waarmee Rachel zichzelf vormde. Want Rachel mocht de romans lezen die Diotima wegdeed, zoals zij ook het ondergoed dat Diotima niet meer droeg voor zichzelf mocht vermaken. Rachel naaide en las vlot, dat was haar joodse erfgoed, maar als zij een roman in handen had die Diotima haar als een groot kunstwerk omschreef – en die las zij het liefst – begreep zij de gebeurtenissen natuurlijk slechts zoals men een echte gebeurtenis van grote afstand of in een vreemd land volgt; zij werd door de voor haar onbegrijpelijke bewogenheid gegrepen, zelfs ontroerd, zonder er iets tegenin te kunnen brengen, en daar hield zij boven alles van. Als men haar om een boodschap stuurde of als er voornaam bezoek in huis kwam, genoot zij op dezelfde wijze van de opwindende grandeur van een keizerstad, een alle begrip verre te boven gaande weelde aan schitterende details, waaraan zij eenvoudig deel had doordat zij zich op een bevoorrechte plaats in het middelpunt ervan bevond. Zij wilde het helemaal niet beter begrijpen; haar elementaire joodse opvoeding, de wijze spreuken van haar ouderlijk huis was zij van woede vergeten en zij had er even weinig behoefte aan als een bloem een lepel en vork nodig heeft om zich met de sappen van de bodem en de lucht te voeden.

Dus verzamelde zij nu nog een keer alle potloden en stak

hun glanzende punten voorzichtig in de kleine machine die aan de hoek van de tafel was bevestigd, en die het hout zo volmaakt schilde als je aan de slinger draaide dat bij herhaling van de handeling er geen vezeltje meer afviel; vervolgens legde zij de potloden weer naast de fluwelig witte vellen papier, drie van verschillende soort, en bedacht dat deze volmaakte machine, die zij mocht bedienen, uit het ministerie van Buitenlandse Zaken en het Keizerlijk Huis afkomstig was, want een bode had die gisteravond gebracht, en ook de potloden en het papier. Het was inmiddels zeven uur geworden; Rachel wierp een vlugge bevelhebbersblik over alle onderdelen van de schikking en snelde de kamer uit om Diotima te wekken, want al om kwart over tien was de zitting belegd, en Diotima was na het vertrek van mijnheer nog even in bed gebleven.

Deze ochtenden met Diotima waren een bijzonder genoegen van Rachel. Het woord liefde geeft het niet weer; eerder het woord verering, als men het zich in zijn volle betekenis voorstelt, waarin de overgedragen eer iemand dermate doordringt dat hij er tot diep in zijn binnenste door wordt vervuld en haast van zijn eigen plaats in zichzelf wordt weggedrukt. Rachel had sinds haar avontuur in haar geboorteland een klein meisje, dat nu anderhalf jaar was, en droeg aan een pleegmoeder punctueel elke eerste zondag van de maand een groot deel van haar loon af, waarbij zij dan ook haar dochtertje zag; maar ofschoon zij haar plicht als moeder niet verzaakte, zag zij daarin slechts een in het verleden opgelopen straf, en haar gevoelens waren weer die van een meisje geworden wier kuise lichaam nog niet door de liefde is opengegaan. Zij ging bij Diotima's bed staan en haar blik gleed, vol aanbidding als een bergbeklimmer die de besneeuwde top aanschouwt die uit het ochtenddonker in het eerste blauw oprijst, over Diotima's schouder, voor zij de parelmoerzachte warmte van de huid met haar vingers beroerde. Dan genoot zij van de subtiel samengestelde geur van de hand, die slaperig vanonder de deken te voorschijn kwam om zich te laten kussen, en die naar toiletwaters van de vorige dag rook, maar ook naar de luchtjes van de nachtrust; zij hield de zoekende blote voet het ochtendmuiltje voor en ontving de ontwakende blik. De zinnelijke aanraking met het prachtige vrouwenlichaam zou echter bij lange na niet zo heerlijk voor haar zijn geweest als die niet zo volledig doorstraald werd door Diotima's morele betekenis.

'Heb je voor Zijne Doorluchtigheid de stoel met de armleuningen klaargezet? Op mijn plaats de kleine zilveren bel? Op de plaats van de notulant twaalf vellen papier neergelegd? En zes potloden, Rachelle, zes, niet slechts drie, op de plaats van de notulant?' zei Diotima ditmaal. Rachel telde bij elk van deze vragen bij zichzelf nog eens op haar vingers alles na wat zij had gedaan, en schrok hevig van eerzucht, alsof er een leven op het spel stond. Haar meesteres had een ochtendjas omgeslagen en begaf zich nu naar de raadkamer. Haar manier om 'Rachelle' op te voeden bestond eruit dat zij haar bij alles wat zij deed of naliet eraan herinnerde dat je dit nooit uitsluitend als je persoonlijke aangelegenheid mocht beschouwen, maar dat je aan de algemene betekenis moest denken. Brak Rachel een glas, dan kreeg 'Rachelle' te horen dat de schade op zich volkomen onbetekenend was, maar dat het doorzichtige glas als symbool voor de alledaagse kleine plichten stond die het oog nauwelijks nog waarnam daar het zich graag op hogere zaken richt, doch waaraan je juist daarom bijzondere aandacht moest besteden...; en Rachel konden bij een zo ministerieel hoffelijke behandeling de tranen in de ogen springen, van berouw en geluk, terwijl zij de scherven bijeenveegde. De keukenmeisjes, van wie Diotima correct denken en erkenning van begane fouten verlangde, waren elkaar al vaak opgevolgd sinds Rachel in dienst was, maar Rachel hield met heel haar hart van deze prachtige frasen, zoals zij van de keizer, begrafenissen en de stralende kaarsen in het donker van de katholieke kerken hield. Zo nu en dan loog ze, om zich uit een netelige situatie te redden, maar zij vond zichzelf daarna heel slecht; ja, zij hield misschien zelfs van leugentjes, omdat zij daarbij in vergelijking met Diotima heel haar slechtigheid voelde, maar permitteerde ze zich gewoonlijk alleen dan als zij iets verkeerds stilletjes nog vlug in waarheid hoopte te kunnen omzetten.

Als iemand zo in alle opzichten tegen een ander opkijkt, komt het voor dat zijn lichaam hem gewoonweg wordt onttrokken en als een kleine meteoriet in de zon van het andere lichaam stort. Diotima had nergens iets op aan te merken gevonden en haar dienstertje vriendelijk op haar schouder geklopt; toen begaven zij zich naar de badkamer en begonnen aan het toilet voor de grote dag. Als Rachel het warme water mengde, zeep liet schuimen of met de ruige handdoek Diotima's lichaam even stevig mocht afdrogen alsof het haar eigen lichaam was, verschafte haar dat veel meer genoegen dan wanneer het werkelijk alleen haar eigen lichaam was geweest. Dat leek haar onaanzienlijk en het vertrouwen niet waard; het kwam niet bij haar op er ook maar vergelijkenderwijs aan te denken, zij voelde zich, als zij de standbeeldachtige weelde van Diotima aanraakte, als een boerenpummel die als rekruut deel uitmaakt van een schitterend regiment.

Zo werden Diotima voor de grote dag de wapens aangegord.

– 42 –

De grote zitting

Toen de laatste minuut voor het vastgestelde uur versprong, verscheen graaf Leinsdorf vergezeld van Ulrich. Rachel, die al gloeide omdat er tot dan toe aan één stuk door gasten waren gearriveerd die zij moest binnenlaten en uit hun jassen helpen, herkende hem meteen en stelde tot haar voldoening vast dat ook hij geen willekeurige bezoeker was geweest, doch een man die door veelbetekenende verbanden in het huis van haar meesteres was gebracht, zoals thans bleek, nu hij in gezelschap van Z. Doorluchtigheid terugkeerde. Zij fladderde naar de deur van de kamer, die zij plechtig opende, en hurkte vervolgens voor het sleutelgat om te zien wat er nu zou gebeuren. Het was een breed sleutelgat, en zij zag de geschoren kin van de gouverneur, de paarse bef van prelaat

Niedomansky alsook de gouden sabelkwast van generaal Stumm von Bordwehr, die door het ministerie van Oorlog was afgevaardigd ofschoon het eigenlijk niet was uitgenodigd; het had desondanks in een schrijven aan graaf Leinsdorf verklaard bij een zo 'bij uitstek patriottische aangelegenheid' niet te willen ontbreken, al had het ook met de oorsprong ervan en het te verwachten verloop niet rechtstreeks te maken. Dat was Diotima echter vergeten Rachel mede te delen, en zo was deze door de aanwezigheid van een officier bij de bespreking erg opgewonden, maar kon voorlopig van de dingen die in de kamer plaatsvonden weinig aan de weet komen.

Diotima had ondertussen Z. Doorluchtigheid verwelkomd en aan Ulrich weinig aandacht geschonken, want zij stelde de aanwezigen voor en presenteerde als eerste dr. Paul Arnheim aan Z. Doorluchtigheid, waarbij zij verklaarde dat een gelukkig toeval deze beroemde vriend des huizes hierheen had gevoerd, en al mocht hij er dan ook als buitenlander geen aanspraak op maken formeel aan de zittingen deel te nemen, zij hoopte toch dat men hem als haar persoonlijk adviseur zou toelaten; want – en hier voegde zij er meteen een licht dreigement aan toe – zijn grote ervaring en vele relaties op internationaal cultureel gebied en de samenhang van de vraagstukken met die van de economie waren een onschatbare steun voor haar, en zij had daar tot dusver in haar eentje verslag van moeten doen en zou waarschijnlijk ook in de toekomst niet zo gauw vervangen kunnen worden en was zich desondanks van haar te kort schietende krachten maar al te zeer bewust.

Graaf Leinsdorf was overrompeld en moest zich voor het eerst sinds het begin van hun betrekkingen verbazen over een tactloosheid van zijn burgerlijke vriendin. Ook Arnheim voelde zich in verlegenheid gebracht, als een soeverein wiens intocht niet naar behoren georganiseerd is, want hij was er vast van overtuigd geweest dat graaf Leinsdorf op de hoogte was van zijn uitnodiging en die had goedgekeurd. Maar Diotima, wier gezicht er op dit moment rood en eigenzinnig uitzag, liet niet af en, zoals alle vrouwen die in kwesties van huwelijkse moraal een te zuiver geweten hebben, wist zij een onuitstaanbare vrouwelijke opdringerigheid te ontwikkelen als het om een eerbare aangelegenheid ging.

Zij was toen al verliefd op Arnheim, die in de tussentijd enige malen bij haar was geweest, maar in haar onervarenheid had zij geen idee van de aard van haar gevoel. Zij bespraken met elkaar wat een ziel beweegt die tussen voetzool en kruin het vlees adelt en de warrige indrukken van de civilisatie in harmonische vibraties van de geest verandert. Maar ook dat was al heel wat, en doordat Diotima gewend was voorzichtig te zijn en er haar leven lang op bedacht was geweest zich nooit bloot te geven, kwam deze vertrouwelijkheid haar al te plotseling voor, en zij moest zeer grote gevoelens mobiliseren, grote zondermeer, en waar vind je die zo gauw? Daar waar iedereen ze naar verlegt: in het historische gebeuren. De Parallelactie was voor Diotima en Arnheim zogezegd de vluchtheuvel in hun aanzwellend zielsverkeer; zij beschouwden dat wat hen op een zo belangrijk ogenblik te zamen had gebracht als een bijzondere lotsbeschikking, en er bestond tussen hen niet het geringste meningsverschil over dat de grote vaderlandse onderneming mensen met geest een schitterende kans en verantwoordelijkheid bood. Ook Arnheim zei dat, ofschoon hij nooit vergat eraan toe te voegen dat het daarbij in de eerste plaats aankwam op sterke, zowel op economisch gebied als op het gebied van de ideeën ervaren mensen, en daarna pas op de omvang van de organisatie. Zo was de Parallelactie in Diotima onscheidbaar met Arnheim verbonden, en de leegte aan denkbeelden die aanvankelijk met deze onderneming gepaard was gegaan, had plaatsgemaakt voor een rijke overvloed. De verwachting was gerechtvaardigd dat de schat aan gevoel die in het Oostenrijkerdom lag, door Pruisische gedachtentucht allergelukkigst zou kunnen worden versterkt, en deze indrukken waren zo krachtig dat de correcte vrouw geen gevoel had voor de verrassingsaanval die zij ondernam toen zij Arnheim uitnodigde de oprichtingszitting bij te wonen. Nu was het te laat om van gedachten te veranderen; maar Arnheim, die deze samenhang bevroedde, vond er toch iets wezenlijk verzoenends in, hoezeer de positie waarin hij was gebracht hem ook mishaagde, en Z. Doorluchtigheid was in feite zijn vriendin veel te welgezind om aan zijn verbazing een scherpere uitdrukking te geven dan de onwillekeurige; hij deed er na Diotima's verklaring het zwijgen toe, en na een pijnlijke korte stilte reikte hij dr. Arnheim beminnelijk de hand, waarbij hij hem zeer hoffelijk en op de vleiendste wijze zo welkom heette als hij was. Van de andere aanwezigen had waarschijnlijk het merendeel het kleine voorval opgemerkt, en zij verbaasden zich ook, voor zover zij wisten wie hij was, over Arnheims aanwezigheid, maar onder welopgevoede mensen gaat men ervan uit dat alles een goede reden heeft, en het geldt als een gebrek aan wellevendheid om daar nieuwsgierig navraag naar te doen.

Intussen had Diotima haar statige kalmte hervonden, opende na enkele ogenblikken de zitting en verzocht Z. Doorluchtigheid haar huis de eer aan te doen daarvan het voorzitterschap te aanvaarden.

Z. Doorluchtigheid hield een korte toespraak. Hij had hem al dagenlang voorbereid, maar het karakter van zijn denken was van een veel te grote vastheid dan dat hij in staat was geweest daar op het laatste moment iets aan te veranderen; hij kon alleen nog net de meest onomwonden toespelingen op het Pruisische naaldgeweersysteem (dat in '66 de Oostenrijkse voorladers achterbaks voor was geweest) afzwakken. 'Wat ons te zamen heeft gebracht,' zei graaf Leinsdorf, 'is onze eensgezindheid dat een machtige, uit het midden des volks opwellende manifestatie niet aan het toeval mag worden overgelaten, doch een ver vooruitziende, en vanaf een positie die een goed overzicht biedt, dus van bovenaf komende beïnvloeding vereist. Zijne Majesteit, onze geliefde Keizer en Gebieder, zal in het jaar 1918 het unieke feest van zijn 70-jarige zegenrijke troonsbestijging vieren; zo het God behaagt met de krasheid en levendigheid die wij gewoon zijn in hem te bewonderen. Wij zijn ervan overtuigd dat dit feest door de dankbare volkeren van Oostenrijk zal worden gevierd op een wijze die de wereld niet alleen onze diepe liefde zal tonen, doch ook dat de Oostenrijks-Hongaarse monarchie onwrikbaar als een rots om haar monarch staat geschaard.' Hier aarzelde graaf Leinsdorf of hij gewag zou maken van de tekenen van verval die deze rots zelf bij een gemeenschappelijke huldiging van zijn keizer en koning vertoonde; want men diende daarbij rekening te houden met het verzet van Hongarije, dat alleen een koning erkende. Z. Doorluchtigheid had daarom oorspronkelijk over twee rotsen willen spreken die onwrikbaar geschaard stonden. Maar ook dat gaf zijn Oostenrijks-Hongaars staatsgevoel nog niet juist weer.

Dit Oostenrijks-Hongaarse staatsgevoel was een zo zonderling geconstrueerd iets dat het welhaast vergeefs moet lijken om het iemand uit te leggen die het niet zelf heeft meegemaakt. Het bestond bijvoorbeeld niet uit een Oostenrijks en een Hongaars deel, die elkaar, zoals men dan zou kunnen denken, aanvulden, maar het bestond uit een geheel en een deel, namelijk uit een Hongaars en een Oostenrijks-Hongaars staatsgevoel, en dit tweede was thuis in Oostenrijk, waardoor het Oostenrijkse staatsgevoel eigenlijk vaderlandloos was. De Oostenrijker kwam alleen in Hongarije voor, en daar als aversie; thuis noemde hij zich onderdaan van de in de Rijksraad vertegenwoordigde koninkrijken en landen der Oostenrijks-Hongaarse monarchie, wat neerkomt op een Oostenrijker plus een Hongaar minus deze Hongaar, en dat deed hij beslist niet uit enthousiasme, maar omwille van een idee dat hem tegenstond, want hij kon de Hongaren even weinig luchten als de Hongaren hem, waardoor het verband nog ingewikkelder werd. Velen noemden zich daarom eenvoudig Tsjech, Pool, Sloveen of Duitser, en daarmee begonnen dat voortschrijdende verval en die bekende 'onwelgevallige verschijnselen van intern politieke aard', zoals graaf Leinsdorf ze noemde, die volgens hem 'het werk waren van onverantwoordelijke, onrijpe, sensatiebeluste elementen', die van de politiek te weinig geschoolde massa der inwoners niet de nodige afwijzing ondervonden. Na deze toespelingen, een onderwerp waarover sindsdien vele deskundige en scherpzinnige boeken zijn geschreven, zal men gaarne de verzekering aanvaarden dat noch op deze plaats noch in het vervolg een geloofwaardige poging zal worden ondernomen een historiestuk te schilderen en een concurrentiestrijd aan te gaan met de werkelijkheid. Het is ruim voldoende als men inziet dat de geheimen van het dualisme (zo luidde de vakterm) minstens even moeilijk te doorgronden waren als die van de triniteit; want het historische proces lijkt overal min of meer op een juridisch proces, met honderd clausules, aanhangsels, schikkingen en bezwaren, en alleen daarop zou de aandacht gericht behoren te worden. Argeloos leeft en sterft de gewone mens te midden daarvan, maar geheel tot zijn heil, want als hij zich rekenschap zou willen geven van in wat voor proces, met welke verdedigers, onkosten en motieven hij verstrikt is, zou hij waarschijnlijk in elke staat aan vervolgingswaanzin ten prooi vallen. Het begrijpen van de werkelijkheid is uitsluitend een zaak voor de historisch-politieke denker. Voor hem volgt het heden op de slag bij Mohács of bij Lietzen als het gebraad op de soep, hij kent alle protocollen en heeft op elk moment het gevoel van een met processuele redenen omklede noodzaak; en is hij zelfs, zoals graaf Leinsdorf, een aristocratisch politiek-historisch geschoold denker, wiens voorvaderen, zwaard- en spillemagen zelf aan de voorbereidende onderhandelingen hadden meegewerkt, dan is het resultaat voor hem zo glad als een opgaande lijn te overzien.

Daarom had Z. Doorluchtigheid graaf Leinsdorf voor de zitting tegen zichzelf gezegd: 'Wij mogen niet vergeten dat het nobele besluit van Z. Majesteit om het volk een zeker recht van medezeggenschap in zijn eigen aangelegenheden te schenken nog van niet zó lang geleden dateert dat ook reeds overal die politieke rijpheid heeft kunnen intreden welke in elk opzicht het door de hoogste instantie grootmoedig betoonde vertrouwen waardig lijkt. Men zal dus niet, zoals het afgunstige buitenland, in zulke op zichzelf verwerpelijke verschijnselen, zoals wij die helaas meemaken, een teken van seniele aftakeling moeten zien, doch veeleer een teken van nog onrijpe maar daarom des te onverwoestbaarder jeugdige kracht van het Oostenrijkse volk!' En daaraan had hij ook tijdens de zitting willen herinneren, maar omdat Arnheim erbij was zei hij niet alles wat hij bij zichzelf had bedacht, doch beperkte hij zich tot een gerichte toespeling op de onbekendheid van het buitenland met de ware Oostenrijkse verhoudingen en de overschatting van bepaalde onwelgevallige verschijnselen. 'Want,' zo besloot Z. Doorluchtigheid, 'als wij op een niet mis te verstane manier willen wijzen op onze kracht en eenheid, dan doen wij dit beslist ook in het internationale belang, omdat een goede verstandhouding binnen de Europese statenfamilie op wederzijds respect en achting voor de kracht van de ander berust.' Hij herhaalde daarna alleen nog eens dat een dergelijk natuurlijk krachtvertoon werkelijk uit het midden des volks moest komen en dus van bovenaf zou moeten worden geleid, en om de wegen daartoe te vinden was nu deze vergadering belegd. Als men zich herinnert dat graaf Leinsdorf tot voor kort nog niet meer was ingevallen dan een reeks namen, waarbij hij van buitenaf alleen het idee van een Oostenrijks Jaar ontving, dan zal men een grote vooruitgang kunnen constateren, hoewel Z. Doorluchtigheid niet eens alles uitsprak wat hij had bedacht.

Na deze rede nam Diotima het woord om de bedoelingen van de voorzitter toe te lichten. De grote patriottische actie, verklaarde zij, moest een groot doel vinden, dat, zoals Z. Doorluchtigheid had betoogd, uit het midden des volks opwelt. 'Wij, die vandaag voor de eerste maal in vergadering bijeen zijn, voelen ons niet geroepen dit doel nu al vast te leggen, doch wij zijn vooralsnog alleen bijeengekomen om een organisatie in het leven te roepen die het ontwikkelen van voorstellen die tot dit doel voeren in banen moet leiden.' Met deze woorden opende zij de discussie.

Vervolgens viel er een stilte. Sluit vogels van verschillende pluimage, die niet weten wat ze te wachten staat, op in een gemeenschappelijke kooi, dan zwijgen ze het eerste ogenblik precies zo.

Eindelijk vroeg een professor het woord; Ulrich kende hem niet, Z. Doorluchtigheid had deze heer waarschijnlijk op het laatste moment nog via zijn privé-secretaris laten uitnodigen. Hij sprak over de weg der geschiedenis. Als wij voor ons kijken – zei hij – : een ondoorzichtige muur! Als wij links en rechts kijken: een overmaat aan belangrijke gebeurtenissen, zonder herkenbare richting! Hij noemde er slechts enkele: het huidige conflict met Montenegro. De zware strijd die de Spanjaarden in Marokko hadden te verduren. De obstructie van de Oekraïners in de Oostenrijkse Rijksraad. Als men echter achterom kijkt is door een wonderbaarlijke beschikking alles orde en doel geworden... Daarom, als hij het zo mocht stellen: wij beleven elk ogenblik het geheim van een wonderbaarlijke bestiering. En hij verwelkomde het als een grote gedachte om een volk bij wijze van spreken de ogen daarvoor te openen, het een bewuste blik in de voorzienigheid te laten werpen, door het op te roepen om in een zeker geval van bijzondere verhevenheid... Alleen dat had hij willen zeggen. Zo liet men immers ook in de moderne pedagogiek de leerling samen met de leraar werken in plaats van hem kant en klare uitkomsten voor te zetten.

De vergadering keek versteend voor zich uit, vriendelijk naar het groene tafellaken; zelfs de prelaat, die de aartsbisschop vertegenwoordigde, had tijdens dit geestelijk lekenwerk slechts dezelfde beleefd afwachtende houding in acht genomen als de ministeriële vertegenwoordigers, zonder het kleinste blijk van hartelijke instemming aan zijn gezicht te laten ontglippen. Men scheen een gevoel te hebben zoals wanneer iemand op straat onverwacht luid en tegen iedereen begint te praten; allen, ook degenen die even helemaal nergens aan dachten, voelen dan opeens dat ze naar ernstige zakelijke doelen onderweg zijn of dat er misbruik wordt gemaakt van de openbare weg. De professor had terwijl hij sprak met verlegenheid te kampen gehad, waar hij zijn woorden afgescheurd en bescheiden doorheen perste, alsof wind hem de adem benam; nu echter wachtte hij of hem een antwoord gewerd, en trok deze wachthouding op zijn gezicht niet zonder waardigheid weer in.

Allen ondergingen het als een verlossing toen na dit incident de vertegenwoordiger van het keizerlijk secretariaat snel het woord vroeg en de vergadering een overzicht gaf van de giften en schenkingen die in het jubileumjaar uit Hoogstdeszelves privaatkas tegemoet konden worden gezien. Het begon met de gift voor de bouw van een bedevaartskerk en een schenking ten bate van onbemiddelde kapelaans, vervolgens marcheerden de veteranenverenigingen Aartshertog Karl en Radetzky, de oorlogsweduwen en -wezen van de veldtochten van '66 en '78 op, er kwamen fondsen ter ondersteuning van oud-onderofficieren en van de Academie van Wetenschappen, en zo ging het door; er was aan deze lijsten niets opwindends, behalve hun vaste verloop en gewone plaats bij alle officiële uitingen van Hoogstdeszelves goedgunstigheid. Toen ze waren neergedaald stond dan ook meteen een dame op, de vrouw van fabrikant Weghuber, een dame die zich zeer verdienstelijk had gemaakt in het liefdadigheidswezen, volkomen ontoegankelijk voor het idee dat er iets belangrijkers zou kunnen bestaan dan de onderwerpen van haar zorg, en zij wendde zich met het voorstel voor een 'Groot-Oostenrijkse-Franz-Josef-Soepkeuken' tot de vergadering, die met instemming toehoorde. Alleen merkte de vertegenwoordiger van het ministerie van Cultuur en Onderwijs op dat ook op zijn departement een in zekere zin daarmee overeenkomstig initiatief was binnengekomen, namelijk om een monumentaal boekwerk, getiteld *Keizer Franz Josef I en zijn tijd*, uit te geven. Maar na deze geslaagde aanzet deed het zwijgen weer zijn intrede, en de meeste aanwezigen voelden zich in een pijnlijk parket gebracht.

Als men hun op weg hierheen zou hebben gevraagd of zij wisten wat historische, grote of dergelijke gebeurtenissen waren, zouden zij daarop zeker bevestigend hebben geantwoord, maar gesteld tegenover de zware opgave zo'n gebeurtenis te bedenken, voelden zij zich allengs flauw worden, en er kwam iets als het knorren van een heel natuurlijke natuur in hen naar boven.

Net op dit gevaarlijke ogenblik onderbrak de altijd tactvolle Diotima, die voor verversingen had gezorgd, de zitting.

Ulrichs eerste ontmoeting met de grote man
In de wereldgeschiedenis gebeurt niets redeloos, maar Diotima
beweert dat het ware Oostenrijk de hele wereld is

In de pauze merkte Arnheim op: Hoe veelomvattender de organisatie was, des te verder zouden de voorstellen uiteen gaan lopen. Dit was een kenmerk van de alleen op het verstand gebaseerde huidige ontwikkeling. Maar juist daarom was het een geweldig plan om een heel volk te dwingen zich op de wil, de inspiratie en het wezenlijke te bezinnen, wat dieper lag dan het verstand.

Ulrich antwoordde met de vraag of hij dan dacht dat er uit deze actie iets zou ontstaan?

'Zonder twijfel,' antwoordde Arnheim, 'grote gebeurtenissen zijn altijd de uitdrukking van een algemene situatie!' Deze was vandaag gegeven; en reeds het feit dat een bijeenkomst zoals die van vandaag érgens mogelijk was geweest, bewees de diepe noodzaak daarvan.

Daar zat echter iets aan dat moeilijk te onderkennen was, meende Ulrich. Stel nu bijvoorbeeld dat de componist van het laatste wereldsucces op operettegebied een intrigant zou zijn en zich zou opwerpen als wereldpresident, wat toch gezien zijn enorme populariteit binnen de mogelijkheden zou liggen: zou dat dan een sprong in de geschiedenis zijn of een uitdrukking van de algemene geestesgesteldheid?

'Dat is volkomen onmogelijk!' zei dr. Arnheim ernstig. 'Zo'n componist kan noch een intrigant noch een politicus zijn; zijn komisch-muzikaal genie zou anders niet te begrijpen zijn, en in de wereldgeschiedenis gebeurt niets redeloos.'

'Maar in de wereld toch zo vaak?'

'In de wereldgeschiedenis nooit!'

Arnheim was zichtbaar nerveus. Vlakbij stonden Diotima en graaf Leinsdorf, in levendig zacht gesprek. Z. Doorluchtigheid had er tegenover zijn vriendin tenslotte toch zijn verbazing over uitgesproken bij deze bij uitstek Oostenrijkse aangelegenheid een Pruis tegen te komen. Hij hield het al om redenen van tact voor volstrekt uitgesloten dat een buitenlander in de Parallelactie een leidende rol zou kunnen spelen, ofschoon Diotima op de voortreffelijke en geruststellende indruk wees die een zodanige afwezigheid van politiek eigenbelang in het buitenland moest maken. Maar toen veranderde zij van tactiek en breidde haar plan verrassend uit. Zij sprak over de tact van de vrouw, die een zekerheid van het hart was en zich daardoor diep vanbinnen niets van maatschappelijke vooroordelen aantrok. Z. Doorluchtigheid zou eens naar die stem moeten luisteren. Arnheim was een Europeaan, een in heel Europa bekende geest; en juist omdat hij geen Oostenrijker was, zou men door zijn deelname bewijzen dat de geest als zodanig in Oostenrijk een thuis had, en eensklaps beweerde zij dat het ware Oostenrijk de hele wereld was. De wereld, verklaarde zij, zou niet eerder rust vinden vooraleer de volkeren er in net zo'n hogere eendracht zouden leven als de Oostenrijkse stammen in hun vaderland. Een Groter-Oostenrijk, een Wereld-Oostenrijk, daar had zij Z. Doorluchtigheid op dit gelukkige moment op gebracht, dat was de bekronende idee waar het de Parallelactie tot dusver aan had ontbroken. – Meeslepend, pacifistisch gebiedend stond de schone Diotima voor haar doorluchtige vriend. Graaf Leinsdorf kon er nog niet toe besluiten zijn bedenkingen op te geven, maar hij bewonderde weer eens het vurig idealisme en de brede blik van deze vrouw, en overwoog of het niet toch voordeliger zou zijn Arnheim in het gesprek te betrekken dan meteen op zulke verstrekkende voorstellen in te gaan.

Arnheim was onrustig, omdat hij dit gesprek vermoedde zonder het te kunnen beïnvloeden. Hij en Ulrich waren omringd door nieuwsgierigen die door de persoon van de Croesus waren aangetrokken, en Ulrich zei net: 'Er zijn duizenden beroepen waar de mensen in opgaan; daarin zit hun intelligentie. Indien men echter het algemeen menselijke en wat allen gemeen hebben van hen vraagt, dan kunnen er eigenlijk maar drie dingen overblijven: de domheid, het geld of op zijn hoogst wat religieuze herinnering!' 'Zeer juist, de religie!' haakte Arnheim daar nadrukkelijk op in, en vroeg Ulrich of hij soms geloofde dat die al helemaal met wortel en al was verdwenen? – Hij had het woord religie zo luid beklemtoond dat graaf Leinsdorf het wel moest horen.

Z. Doorluchtigheid scheen intussen met Diotima een compromis te hebben gesloten, want voorgegaan door zijn vriendin naderde hij nu de groep, die zich tactvol verspreidde, en sprak dr. Arnheim aan.

Ulrich ontdekte opeens dat hij alleen stond en kon op zijn lippen bijten.

Hij begon – God weet waarom, om de tijd te verdrijven of om er niet zo verlaten bij te staan – aan de rit naar deze bijeenkomst te denken. Graaf Leinsdorf, die hem had meegenomen, bezat als moderne geest auto's, maar omdat hij tegelijkertijd aan traditie hechtte, gebruikte hij soms ook een span prachtige Bruinen, dat hij met koetsier en calèche aanhield, en toen zijn intendant zijn orders haalde, had Z. Doorluchtigheid het passend gevonden met twee van zulke fraaie, nu bijna al historische schepselen naar de oprichtingsbijeenkomst van de Parallelactie te rijden. 'Dit is Pepi, en dat is Hans,' verklaarde graaf Leinsdorf onderweg; je zag de dansende bruine heuvels van hun kroepen en zo nu en dan een knikkend hoofd, dat in het ritme opzij keek, zodat het schuim van de bek vloog. Het was moeilijk te begrijpen wat er in de dieren omging; het was een mooie ochtend, en ze liepen. Misschien zijn voer en lopen de enige grote paardehartstochten, als men in aanmerking neemt dat Pepi en Hans gecastreerd waren en de liefde niet als concreet verlangen kenden, doch slechts als een vleug en een lieflijk waas, dat soms met glanzend dun doorschijnende wolken langs hun wereldbeeld trok. De hartstocht van voer zetelde in een marmeren kribbe met kostelijke haverkorrels, in een ruif met groen hooi, in het zoemende geluid van de stalhalster aan de ring; en samengepakt in de slobberdampen van de warme stal, waarin het ammoniakhoudende sterke ikgevoel als naalden door de kruidige, gladde geur drong: hier zijn paarden! Het lopen, dat was misschien iets heel anders. Daarbij is de arme ziel nog met de kudde verbonden, waar vooraan, in de leider of in alle paarden tegelijk, ineens ergens vandaan een beweging komt en de hele groep zon en wind tegemoet galoppeert; want als het dier eenzaam is en alle vier de verten van de ruimte voor hem openstaan, dan loopt er vaak een krankzinnig rillen door zijn schedel, en het stormt er doelloos vandoor, stort zich in een verschrikkelijke vrijheid, die in de ene richting even leeg is als in de andere, tot het van radeloosheid stil blijft staan en met een bak haver terug te lokken is. Pepi en Hans waren goed ingereden paarden; ze liepen flink door, sloegen de zonovergoten, door huizen omheinde straat met hun hoeven; mensen waren een grauw gewriemel voor ze dat geen aangename gevoelens schonk maar ook geen schrik aanjoeg; de bonte uitstallingen van de winkels, de in schitterende kleuren prijkende vrouwen – stukken weiland waarvan je niet kunt eten; de hoeden, dassen, boeken, briljanten langs de straat: een woestenij. Slechts de twee droomeilanden van stal en draf rezen daaruit op, en soms schrokken Hans en Pepi als in een droom of spel van een schaduw, duwden tegen de dissels, lieten zich door een vlakke zweepslag weer verkwikken en leunden dankbaar in de teugels.

En plotseling was graaf Leinsdorf rechtop in zijn kussens gaan zitten en had Ulrich gevraagd: 'Stallburg vertelde mij, doctor, dat u zich voor iemand inzet?' Verrast als hij was kon Ulrich niet zo gauw op het juiste verband komen, en Leinsdorf vervolgde: 'Heel mooi van u. Ik weet alles. Ik bedoel, er zal niet veel aan te doen zijn, een vreselijke kerel overigens; maar dat onbegrijpelijk eigene en genade behoevende, dat ieder christenmens in zich heeft, vertoont zich vaak juist in een dergelijk sujet, en als men zelf iets groots wil verrichten, moet men met des te meer nederigheid denken aan de hulpelozen. Misschien kan men hem nog een keer medisch laten onderzoeken.' Nadat graaf Leinsdorf deze lange rede rechtop zittend in de schuddende wagen had afgestoken, liet hij zich in de kussens terugvallen en voegde eraan toe: 'Maar wij mogen niet vergeten dat wij nu op dit moment verplicht zijn al onze krachten aan een historische gebeurtenis te wijden!'

228

Ulrich voelde eigenlijk een beetje genegenheid voor deze naïeve oude aristocraat, die nog steeds met Diotima en Arnheim stond te praten, en bijna iets van jaloezie. Want het gesprek scheen zeer geanimeerd te verlopen; Diotima glimlachte, graaf Leinsdorf hield onthutst zijn ogen opengesperd om het te kunnen volgen, en Arnheim voerde in voorname kalmte het woord. Ulrich ving de uitdrukking: 'gedachten in machtssferen brengen' op. Hij kon Arnheim niet uitstaan, zuiver als levensvorm niet, principieel, het model Arnheim. Deze combinatie van geest, zaken, een luxeleven en belezenheid was voor hem hoogst ondraaglijk. Hij was ervan overtuigd dat Arnheim het er de avond tevoren al helemaal op had aangelegd om 's ochtends op deze zitting noch als eerste noch als laatste binnen te komen; maar dat hij desondanks stellig voor hij vertrok niet op de klok had gekeken, doch misschien het laatst voor hij aan zijn ontbijt ging zitten en het verslag van zijn secretaris aanhoorde, die hem de post overhandigde: aldus had hij de tijd die hij tot zijn beschikking had veranderd in de innerlijke bezigheid die hij tot aan zijn vertrek wilde afmaken, en als hij zich dan onbevangen aan deze bezigheid overgaf, wist hij zeker dat die precies de tijd zou volmaken, want het juiste en de tijd die daarvoor staat hangen door een geheimzinnige kracht met elkaar samen, zoals een beeldhouwwerk met de ruimte waarin het thuishoort, of een speerwerper met het doel dat hij treft zonder ernaar te kijken. Ulrich had al veel over Arnheim gehoord en iets van hem gelezen. In een van zijn boeken stond dat een man die zijn pak in de spiegel inspecteert niet in staat is tot een ongebroken handelwijze. Want de spiegel, oorspronkelijk voor ons genoegen geschapen, zo redeneerde hij, was tot een instrument van de angst verworden, zoals de klok, die moet compenseren dat onze bezigheden elkaar niet langer natuurlijk opvolgen.

Ulrich moest zich even afwenden om niet ongemanierd naar het groepje naast hem te staren, en zijn ogen bleven rusten op het kleine kamermeisje, dat tussen de koutende groepjes door dwaalde en met een eerbiedige oogopslag verversingen aanbood. Maar de kleine Rachel zag hem niet;

zij was hem vergeten en verzuimde zelfs met haar blad naar hem toe te komen. Zij was nu vlak bij Arnheim gekomen en bood hem haar verversingen aan als aan een god; zij zou het liefst zijn korte, kalme hand hebben gekust toen die de limonade pakte en het glas verstrooid vasthield, zonder dat de nabob dronk. Nadat dit hoogtepunt voorbij was deed zij haar plicht als een verward automaatje en maakte dat zij zo vlug mogelijk de kamer der wereldgeschiedenis uit kwam, waar het een en al benen en gesprek was, de hal weer in.

— 44 —

Het verdere verloop en einde van de grote zitting
Ulrich schept behagen in Rachel
Rachel in Soliman
De Parallelactie krijgt een hechte organisatie

Ulrich hield van zulke meisjes, die eerzuchtig zijn, zich netjes gedragen en in hun welopgevoede bedeesdheid op vruchtboompjes lijken, wier zoete rijpheid op een dag een jonge cavalier uit luilekkerland in de mond valt, als hij zich verwaardigt zijn lippen te openen. 'Zij moeten dapper en gehard zijn als de vrouwen uit de steentijd, die 's nachts het leger van hun krijgers deelden en overdag op de marsen hun wapens en huisraad droegen,' dacht hij, ofschoon hij zelf, behalve in de verre grijze voortijd van zijn ontwakende mannelijkheid, nooit zo'n krijgspad had bewandeld. Zuchtend nam hij plaats, want de bespreking was weer begonnen.

In zijn herinnering viel hem op dat het zwart-witte ornaat waarin men deze meisjes steekt dezelfde kleuren had als dat van nonnen; hij zag het voor het eerst, en hij verwonderde zich erover. Maar nu sprak reeds de goddelijke Diotima en verklaarde dat de Parallelactie haar hoogtepunt moest vinden in een groot teken. Dat wilde zeggen, ze kon niet elk willekeurig, van verre zichtbaar doel hebben, hoe patriottisch dit ook mocht zijn. Want dit doel zou het hart van de wereld moeten raken. Het mocht niet louter praktisch zijn, het moest een dichtwerk zijn. Het moest een mijlpaal zijn. Het moest een spiegel zijn, waarin de wereld keek en bloosde. Niet alleen bloosde maar, zoals in het sprookje, haar ware gezicht had aanschouwd en niet meer had kunnen vergeten. Z. Doorluchtigheid had daarvoor de suggestie 'Vredeskeizer' gedaan.

Dit vooropgesteld viel niet te ontkennen dat de tot dusver ingediende voorstellen daaraan niet voldeden. Toen zij in het eerste deel van de zitting symbolen had gezegd, bedoelde zij natuurlijk geen soepkeukens, het ging integendeel om niets minder dan om het hervinden van die menselijke eenheid die door de zozeer uiteengelopen menselijke belangen verloren was gegaan. Hier drong zich evenwel de vraag op of de huidige tijd en de volkeren van tegenwoordig eigenlijk nog wel tot zulke heel grote gemeenschappelijke ideeën in staat waren. Het was allemaal even voortreffelijk wat men had voorgesteld, maar het liep sterk uiteen, waaruit al bleek dat geen van deze voorstellen die eenheid brengende kracht bezat waar het op aankwam!

Ulrich observeerde Arnheim terwijl Diotima sprak. Maar het waren niet de bijzonderheden van diens fysionomie waar zijn aversie aan bleef hangen, maar zondermeer het geheel. Ofschoon deze bijzonderheden – de Fenicische harde schedel van de grote zakenman, het scherpe, maar als met iets te weinig materiaal en daarom vlak gevormde gezicht, het rustige chique Engelse maatwerk van zijn figuur, en op de tweede plaats, waar de man uit het kostuum te voorschijn komt, de wat kortvingerige handen – opmerkelijk genoeg waren. De goede verhouding waarin alles tot elkaar stond was nu net wat Ulrich irriteerde. Arnheims boeken bezaten deze zekerheid ook; de wereld was in orde zodra Arnheim haar had verkend. In Ulrich ontwaakte een kwajongensachtige lust om met stenen of straatvuil naar deze in perfectie en rijkdom opgegroeide man te gooien, terwijl hij toekeek hoe aandachtig hij zich hield om de malle gebeurtenissen die zij moesten bijwonen te volgen; hij dronk ze plechtig in als een kenner wiens gezicht uitdrukt: Ik wil niet te veel zeggen, maar dit is een buitengewoon edele drank!

Diotima was intussen aan het slot toegekomen. Direct na de pauze, toen zij weer waren gaan zitten, was het alle aanwezigen aan te zien geweest dat zij ervan overtuigd waren dat er nu een resultaat zou komen. Niemand had daar intussen over nagedacht, maar allen namen de houding aan van iets belangrijks te verwachten. En nu besloot Diotima: — Als zich dus de vraag opdrong of de huidige tijd en de volkeren van tegenwoordig eigenlijk nog wel tot heel grote gemeenschappelijke ideeën in staat waren, dan moest men daaraan toevoegen: tot de verlossende kracht! Want het ging om een verlossing. Om een verlossende opbloei. Kort gezegd; al kon men zich die ook nog niet zo goed voorstellen. Hij moest uit de gemeenschap als geheel komen of hij zou helemaal niet komen. Daarom was zij zo vrij, na ruggespraak met Z. Doorluchtigheid, om het volgende, de zitting van vandaag afsluitende, voorstel te doen: Z. Doorluchtigheid had terecht opgemerkt dat in feite de grote ministeries al een indeling van de wereld naar de hoofdgezichtspunten als religie en onderwijs, handel, industrie, recht en zo voort representeerden. Als men derhalve wilde besluiten commissies in te stellen, waarbij aan het hoofd van elk daarvan een gedelegeerde van deze staatsorganen stond, en men aan diens zijde vertegenwoordigers van de daarvoor in aanmerking komende corporaties en volksdelen zou kiezen, dan zou men een opbouw creëren die de voornaamste morele krachten van de wereld al geordend bevatte, waardoor ze zouden kunnen binnenstromen en waarin ze konden worden gefilterd. De uiteindelijke bundeling zou dan in de centrale commissie plaatsvinden, en deze opbouw zou alleen nog met enkele speciale commissies en subcommissies, zoals een propagandacomité, een commissie tot het bijeenbrengen van fondsen en dergelijke moeten worden aangevuld, waarbij zij zich persoonlijk de formatie van een commissie van de geest ter verdere uitwerking van de fundamentele ideeën, natuurlijk in overleg met alle andere commissies, zou willen voorbehouden.

Weer zwegen allen, maar ditmaal opgelucht. Graaf Leinsdorf knikte meermaals met zijn hoofd. Iemand vroeg, voor een beter begrip, hoe in de zo gedachte actie het specifiek Oostenrijkse element er zou worden ingebracht.

Om daarop te antwoorden stond generaal Stumm von Bordwehr op, terwijl alle sprekers vóór hem zittend hadden gesproken. Hij was zich heel wel bewust – zei hij – dat de soldaat in de raadkamer een bescheiden rol paste. Als hij nu toch het woord nam, dan was dat niet om zich in de onovertrefbare kritiek op de tot dan toe gedane voorstellen te mengen, die allemaal voortreffelijk waren. Niettemin zou hij tot besluit de volgende ideeën in welwillende overweging willen geven. De voorgenomen manifestatie moest indruk maken naar buiten. Wat naar buiten indruk maakte, was echter de macht van een volk. Ook was de situatie in de Europese statenfamilie van dien aard, zoals Z. Doorluchtigheid had gezegd, dat een zodanige manifestatie zeker niet nutteloos zou zijn. De idee van de staat was nu eenmaal die van de macht, zoals Treitschke zei; staat was de macht om zich in de volkenstrijd te handhaven. Hij raakte slechts aan een oud zeer als hij aan de onbevredigende toestand refereerde waarin de versterking van onze artillerie en die van de marine zich ten gevolge van de onverschilligheid van het parlement bevond. Hij gaf daarom ter overdenking dat, mocht er geen ander doel gevonden worden, wat immers nog op zich liet wachten, een brede, nationale deelname aan kwesties van het leger en zijn bewapening in dat geval een zeer waardig doel zou zijn. Si vis pacem para bellum! De kracht die men tijdens de vrede ontplooide, hield de oorlog op afstand of bekortte hem op zijn minst. Hij kon dus wel de verzekering geven dat een dergelijke maatregel ook bevorderend zou zijn voor de verzoening der volkeren en een krachtige manifestatie zou vormen van een vredelievende gezindheid.

Op dat moment was er iets merkwaardigs aan de hand in de kamer. De meeste aanwezigen hadden aanvankelijk de indruk gehad dat deze rede niet bij het eigenlijke doel van hun samenzijn paste, maar toen de generaal zich akoestisch steeds verder verspreidde, begon het te klinken naar de geruststellende marspas van in het gelid lopende bataljons. De oorspronkelijke opzet van de Parallelactie 'Beter dan Pruisen' stak schuchter de kop op, alsof verweg een regimentskapel de mars van prins Eugenius blies, die tegen de Turken optrok, of het 'Gott erhalte...'. Ongetwijfeld zouden ze, als Z. Doorluchtigheid, wat hij echter absoluut niet van zins was, nu zou zijn opgestaan om voor te stellen dat ze hun Pruisische broeder Arnheim aan het hoofd van de regimentskapel moesten plaatsen, in de vage toestand van verheffing waarin ze innerlijk verkeerden, hebben kunnen denken de Pruisische hymne 'Heil dir im Siegerkranz' te horen, en er nauwelijks iets tegenin hebben kunnen brengen.

Aan het sleutelgat signaleerde 'Rachelle': 'Nu hebben ze het over oorlog!'

Dat zij aan het eind van de pauze meteen had gemaakt dat zij weer de hal in kwam, was ook een beetje geweest omdat Arnheim ditmaal werkelijk zijn Soliman in zijn kielzog had gehad. Daar het weer verslechterde, was de negerknaap zijn meester met een overjas achterna gekomen. Hij had een brutale snoet getrokken toen Rachel hem opendeed, want hij was een verpest Berlijns joch, dat door de vrouwen werd verwend op een manier waar hij nog niet goed raad mee wist. Maar Rachel had gedacht dat je met hem in negertaal moest praten, en was domweg niet op het idee gekomen het in het Duits te proberen; zij had, omdat zij zich per se verstaanbaar moest maken, boudweg haar arm om de schouders van de zestienjarige jongen geslagen, naar de keuken gewezen, een stoel voor hem aangeschoven en wat er aan gebak en dranken was voor hem neergezet. Zij had zoiets in haar leven nog nooit gedaan, en toen zij van de tafel overeind was gekomen had haar hart gebonsd alsof er in een vijzel suiker werd gestampt.

'Hoe heet u?' vroeg Soliman; hij sprak Duits!

'Rachelle!' had Rachel gezegd en was weggelopen.

Soliman had zich intussen in de keuken gebak, wijn en broodjes goed laten smaken, een sigaret opgestoken en een praatje met de kokkin aangeknoopt. Toen Rachel van het serveren terugkwam, stak dit haar. Zij zei: 'Binnen gaan ze

nu direct weer over iets heel belangrijks beraadslagen!'
Maar op Soliman maakte dat geen indruk, en de kokkin, die
wat ouder was, lachte. 'Daar kan zelfs oorlog van komen!'
had Rachel er opgewonden aan toegevoegd, en als climax
kwam nu haar bericht van voor het sleutelgat dat het al bijna
zover was.

Soliman spitste zijn oren. 'Zijn er Oostenrijkse generaals
bij?' vroeg hij.

'Kijk zelf maar!' zei Rachel. 'Eén is er al,' en ze liepen samen naar het sleutelgat.

Daar viel hun blik nu eens op een wit papier, dan weer op
een neus, nu eens trok er een grote schaduw voorbij, dan
schitterde er weer een ring. Het leven viel uiteen in lichte
details; men zag groen laken zich als een gazon uitstrekken;
een witte hand rustte ontheemd, ergens, wasachtig als in een
panopticum; en als je je hoofd heel scheef hield, kon je in een
hoek de gouden sabelkwast van de generaal zien glimmen.
Zelfs de verwende Soliman was onder de indruk. Het leven
zwol sprookjesachtig en angstaanjagend op, gezien door een
deurkier en een verbeelding. De gebukte houding deed het
bloed in hun oren suizen, en de stemmen achter de deur
stommelden nu eens als rotsblokken, dan weer gleden ze als
op gezeepte planken. Rachel richtte zich langzaam op. De
grond leek onder haar voeten te rijzen, en de geest van de
gebeurtenis omhulde haar, alsof zij haar hoofd onder zo'n
zwarte doek had gestoken die goochelaars en fotografen gebruiken. Toen richtte ook Soliman zich op, en het bloed
zakte trillend uit hun hoofden weg. De kleine neger glimlachte, en achter zijn blauwe lippen glansde scharlakenrood
tandvlees.

Terwijl deze seconde in de hal tussen de aan de wanden
hangende overjassen van invloedrijke personen langzaam als
op de trompet geblazen wegstierf, werd in de kamer binnen
alles tot besluit verheven, nadat graaf Leinsdorf daar had
uitgesproken dat men grote dank verschuldigd was aan de
buitengewoon belangrijke voorstellen van de generaal, maar
voorlopig nog niet op kwesties van inhoudelijke aard wilde
ingaan, doch alleen tot besluiten wilde komen op funda-

menteel organisatorisch gebied. Daartoe was echter, behalve de aanpassing van het plan aan de wereld volgens de hoofdlijnen van de ministeries, alleen nog een slotresolutie nodig, inhoudende dat de aanwezigen met algemene stemmen overeen waren gekomen om zodra door hun actie de wens van het volk kenbaar was gemaakt, die aan Z. Majesteit voor te leggen met het onderdanigste verzoek om over de middelen die toegezegd waren om daaraan concreet gestalte te geven met goedgunstige toestemming van Hoogstdeszelves vrij te mogen beschikken. – Dit had het voordeel dat het volk in de positie kwam zelf, maar toch door tussenkomst van Hoogstdeszelves wil, het doel te stellen dat als het meest waardig werd bevonden, en dit was op speciaal verzoek van Z. Doorluchtigheid besloten, want ofschoon het daarbij slechts om een formele kwestie ging, vond hij het belangrijk dat het volk niets alleen uit zichzelf en zonder de tweede constitutionele factor zou doen; ook niet deze eren.

De overige deelnemers zouden het niet zo nauw hebben genomen, maar juist daarom brachten zij er ook niets tegenin. En dat de zitting met een resolutie eindigde was uitstekend. Want of men achter een vechtpartij met zijn mes een punt zet, of aan het slot van een muziekstuk met alle tien vingers tegelijk een paar maal op de toetsen hamert, of dat een danser een buiging maakt voor zijn dame, of dat men een resolutie aanneemt: het zou een angstaanjagende wereld zijn als de gebeurtenissen er gewoon stilletjes vandoor gingen en niet aan het slot nog eens ordentelijk de verzekering zouden geven dat ze waren gebeurd; en daarom doet men het.

– 45 –

Zwijgende ontmoeting van twee bergtoppen

Toen de zitting afgelopen was, had dr. Arnheim het onopvallend zo weten te manoeuvreren dat hij als laatste achterbleef, het initiatief daartoe was van Diotima uitgegaan; directeur-generaal Tuzzi nam een beleefdheidsmarge in acht, om in geen geval voor het einde van de zitting thuis te komen.

In deze minuten tussen het vertrek van de gasten en de consolidering van de achterblijvende situatie, tijdens de gang van de ene kamer naar de andere, die werd onderbroken door kleine, alles doorkruisende maatregelen en overwegingen en de onrust die een vertrekkende grote gebeurtenis achterlaat, had Arnheim Diotima glimlachend met zijn blik gevolgd. Diotima voelde dat haar woning in een staat van trillende beweging was; alle dingen die wegens het evenement hun plaats hadden moeten verlaten, keerden nu een voor een terug, het was alsof een grote golf uit ontelbare kleine kuilen en slenken weer over het zand afvloeit. En terwijl Arnheim in voornaam zwijgen wachtte tot zij en deze beweging om haar heen weer tot rust waren gekomen, kwam het bij Diotima op dat hoeveel mensen er ook al bij haar te gast waren geweest, er, op directeur-generaal Tuzzi na, nog nooit eerder een man zo huiselijk met haar alleen was geweest dat je het zwijgende leven van de lege woning voelde. En plotseling werd haar kuisheid in verwarring gebracht door een zeer ongebruikelijk beeld; haar nu lege woning, waarin ook haar man ontbrak, kwam haar voor als een broek waar Arnheim in was geschoten. Er bestaan van die momenten, ze kunnen als gedrochten van de nacht de kuiste mensen overkomen, en de wonderbaarlijke droom van een liefde waarin ziel en lichaam helemaal één zijn straalde in Diotima.

Arnheim had daar niet het minste vermoeden van. Zijn broek zette een onberispelijke loodrechte lijn op het spiegelend parket, zijn jacquet, zijn das, zijn kalm glimlachende voorname hoofd spraken niet, zo volmaakt waren ze. Hij was eigenlijk van plan geweest Diotima verwijten te maken over het incident bij zijn aankomst en voorzorgsmaatregelen te treffen voor de toekomst; maar er was op dat moment iets dat deze man, die met Amerikaanse geldmagnaten als met zijns gelijken verkeerde en door keizers en koningen was ontvangen, deze nabob, die elke vrouw haar gewicht in platina kon uitbetalen, in plaats daarvan gefascineerd naar Diotima deed staren, die in werkelijkheid Ermelinda, of eigenlijk gewoon Hermine Tuzzi heette en slechts de vrouw was van een hoge ambtenaar. Voor dit iets moet hier weer eens het woord ziel worden gebruikt.

Het is een woord dat al vaker, maar niet precies in de duidelijkste context is opgetreden. Bijvoorbeeld als dat wat in de huidige tijd verloren is gegaan of zich niet laat verenigen met de civilisatie; als dat wat in tegenstelling staat tot lichamelijke driften en echtelijke gewoonten; als dat wat door een moordenaar niet slechts met tegenzin verwekt werd; als dat wat door de Parallelactie moest worden bevrijd; als religieuze bespiegeling en contemplatio in caligine divina bij graaf Leinsdorf; als liefde voor vergelijkingen bij vele mensen, en zo voort. Van alle eigenaardigheden van het woord ziel is echter de merkwaardigste dat jonge mensen het niet kunnen uitspreken zonder te lachen. Zelfs Diotima en Arnheim schroomden om het zonder verbinding te gebruiken; want een grote, edele, laffe, dappere, lage ziel te hebben, dat laat zich nog uitspreken, maar gewoon 'mijn ziel', dat krijg je niet over de lippen. Het is ontegenzeggelijk een woord voor oudere mensen, en dat is alleen te begrijpen als je aanneemt dat er in de loop van je leven iets is dat zich steeds sterker moet doen gevoelen, waarvoor je dringend een naam behoeft zonder hem te vinden, tot je uiteindelijk de oorspronkelijk daarvoor versmade benaming tegenstribbelend in gebruik neemt.

Hoe moet het dus beschreven worden? Hoe je het ook wendt of keert, het wezenlijke is niet wat je voor je hebt, wat je ziet, hoort, wilt, onderneemt, beheerst. Het ligt als horizon, als halve cirkel voor je; maar de einden van deze halve cirkel zijn verbonden door een koorde, en het vlak van die koorde loopt door het midden van de wereld. Aan de voorkant kijken het gezicht en de handen eruit, lopen de gewaarwordingen en inspanningen voor haar langs, en niemand twijfelt eraan: dat wat men daar doet, is altijd verstandig of ten minste hartstochtelijk; dat wil zeggen, de omstandigheden buiten verlangen handelingen van ons op een wijze die voor iedereen begrijpelijk is, of als wij, gegrepen door onze hartstocht, onbegrijpelijk handelen, dan heeft dat tenslotte ook zijn eigen aard en wijze. Maar hoe volkomen begrijpelijk en in zichzelf besloten alles daarbij ook lijkt, het gaat toch gepaard met een duister gevoel dat het maar iets halfs is. Er ontbreekt iets aan het evenwicht, en de mens loopt door, om niet te wankelen, zoals een koorddanser dat doet. En als hij zich door het leven dringt en het geleefde achter zich laat, vormen het nog te leven en het geleefde leven een wand, en zijn weg lijkt op het laatst op die van een worm in het hout, die kan kronkelen wat hij wil, zich zelfs kan omdraaien, maar altijd de lege ruimte achter zich laat. En aan dit ontzettende gevoel van een blinde, afgesneden ruimte achter al het gevulde, aan die helft die nog altijd ontbreekt, ook al is alles al een geheel, merk je tenslotte dat op wat men de ziel noemt.

Je denkt, vermoedt, voelt haar er natuurlijk altijd bij; in de uiteenlopendste soorten vervangingen en al naar gelang je temperament. In je jeugd als een duidelijk gevoel van onzekerheid bij alles wat je doet, of het ook echt het beste is. Als je oud bent als een verwondering over hoe weinig je hebt gedaan van wat je eigenlijk van plan was. Daar tussenin als troost dat je een verdomd flinke, dekselse kerel bent, al is ook niet alles wat je doet te rechtvaardigen; of dat de wereld immers ook niet is zoals ze zou moeten zijn, zodat uiteindelijk alles wat je hebt verzuimd nog een billijke compensatie vormt; en tenslotte denken sommige mensen zelfs boven alles uit aan een God, die het hun ontbrekende stuk in Zijn zak heeft. Een bijzondere positie neemt daarbij alleen de liefde in; in dit uitzonderlijke geval groeit namelijk de tweede helft erbij aan. De geliefde persoon lijkt daar te staan waar anders altijd iets ontbreekt. De zielen verenigen zich bij wijze van spreken dos à dos en maken zich daarbij overbodig. Waardoor de meeste mensen nadat die ene grote jeugdliefde is overgegaan het ontbreken van de ziel niet meer voelen, en deze zogenaamde zotheid een dankbare sociale taak vervult.

Noch Diotima noch Arnheim had liefgehad. Van Diotima weet men het, maar ook de grote financier bezat een in ruimere zin kuise ziel. Hij was altijd bang geweest dat de gevoelens die hij in vrouwen wekte niet hem maar zijn geld konden betreffen, en leefde derhalve alleen met vrouwen aan wie ook hij geen gevoelens gaf, maar geld. Hij had nooit een vriend gehad, omdat hij vreesde te worden misbruikt, maar alleen zakenvrienden, ook als de zakelijke uitwisseling van spirituele aard was. Zo was hij doortrapt van levenservaring, maar ongerept en liep gevaar alleen te blijven toen hij Diotima ontmoette, die het lot voor hem had bestemd. De geheimzinnige krachten in hen botsten op elkaar. Het laat zich alleen met het strijken van de passaatwinden vergelijken, met de golfstroom, de vulkanische trillingsgolven van de aardkorst; krachten, ontzaglijk superieur aan die van de mens, verwant aan die der sterren, zetten zich in beweging, van de een naar de ander, over de grenzen van uur en dag heen; onmetelijke stromen. Het is op zulke momenten volstrekt niet van belang wat er wordt gezegd. Uit de loodrechte vouwen van zijn broek oprijzend leek Arnheims lichaam daar te staan in de godseenzaamheid van de bergreuzen; door de golf van het dal met hem verenigd stond aan de andere zijde, door eenzaamheid overstraald, Diotima, in haar japon van de toenmalige mode, die om haar bovenarmen kleine poffen vormde, boven haar maag de boezem in een ingenieus geplooide wijdheid liet opgaan en zich onder de knieholte weer tegen de kuit vleide. De kralensnoeren van de deurversieringen spiegelden als vijvers, de lansen en pijlen aan de muren trilden hun gevederde en dodelijke hartstocht uit, en de gele Calman-Lévy-delen op de tafels zwegen als citroenbosschages. Wij gaan uit eerbiedige schroom voorbij aan wat er in het begin werd gezegd.

– 46 –

Idealen en moraal zijn het beste middel
om het grote gat te vullen dat men ziel noemt

Arnheim schudde als eerste de betovering van zich af. Want nog langer in een dergelijke toestand te verwijlen was volgens hem niet mogelijk zonder dat men ofwel in een doffe, lege, vadsige broeierigheid wegzinkt, ofwel zijn devotie met een stevig geraamte van gedachten en overtuigingen schraagt, dat dan echter niet meer helemaal van gelijke aard is als zij.

Zo'n middel, dat de ziel weliswaar doodt, maar haar dan als het ware in kleine hoeveelheden voor algemeen gebruik geconserveerd bewaart, is van oudsher haar verbintenis met de rede, de overtuigingen en het praktisch handelen geweest, zoals alle moralen, filosofieën en religies met succes hebben verwezenlijkt. God mag weten, zoals gezegd, wat een ziel trouwens is! Er kan in het geheel geen twijfel aan bestaan dat het brandend verlangen om alleen haar te gehoorzamen een onmetelijke speelruimte, een ware anarchie overlaat, en er zijn voorbeelden van dat om zo te zeggen chemisch zuivere zielen regelrechte misdaden begaan. Zodra daarentegen een ziel moraal bezit of religie, filosofie, verdiepte burgerlijke ontwikkeling en idealen op het gebied van de plicht en het schone, is haar daarmee een systeem van voorschriften, voorwaarden en uitvoeringsbepalingen gegeven dat ze moet invullen voor ze eraan mag denken een opmerkelijke ziel te zijn, en haar gloed wordt als die van een hoogoven in fraaie zandrechthoeken geleid. Er blijven dan in feite nog slechts logische interpretatiekwesties over van het soort of een handeling onder het ene dan wel onder het andere gebod valt, en de ziel heeft de kalme overzichtelijkheid van een veld na de uitgevochten slag, waarop de doden stilliggen en men meteen kan zien waar nog een restje leven overeindkomt of kreunt. Daarom voltrekt de mens, zo gauw hij kan, deze overgang. Als geloofszorgen hem kwellen, wat in zijn jeugd af en toe voorkomt, gaat hij aanstonds over tot vervolging van ongelovigen; als de liefde hem in verwarring brengt maakt hij er het huwelijk van; en als geestdrift voor het een of ander hem overweldigt onttrekt hij zich aan de onmogelijkheid om voortdurend ín haar vuur te leven door vóór dit vuur te gaan leven. Dat wil zeggen, hij vult de vele ogenblikken van zijn dag, die elk een inhoud en een motivatie behoeven, in plaats van met zijn ideale toestand met het bezigzijn voor zijn ideale toestand, dat wil zeggen met de vele middelen tot het doel, hindernissen en incidenten, die hem veilig waarborgen dat hij die nooit hoeft te bereiken. Want alleen dwazen, geestelijk gestoorden en mensen met dwangvoorstellingen kunnen het blijvend in het vuur der bezieling uithouden; de gezonde mens moet zich tevreden stellen met het afleggen van de verklaring dat zonder een sprankje van dit geheimzinnige vuur het leven hem niet waard zou lijken om te leven.

Arnheims leven was boordevol activiteiten; hij was een man van de werkelijkheid en hij had met een welwillende glimlach en niet zonder gevoel voor de goede, beschaafde manieren van de oude Oostenrijkers aangehoord hoe men op de zitting die hij bijwoonde over een Keizer-Franz-Josef-Soepkeuken en de relatie tussen plichtsgevoel en militaire marsen had gesproken; het kwam niet bij hem op zich daar vrolijk over te maken zoals Ulrich had gedaan, want hij was ervan overtuigd dat er heel wat minder moed en superioriteit uit sprak om grote gedachten te volgen dan om in zulke alledaagse en ietwat lachwekkende zielen van goed voorkomen de vertederende kern van idealisme te laten gelden.

Maar toen daar middenin Diotima, deze klassieke schoonheid met een Weens extraatje, het woord Wereld-Oostenrijk had uitgesproken, een woord dat zo heet en bijna ook zo menselijk onbegrijpelijk was als een vlam, was hij door iets aangedaan.

Er deed over hem een verhaal de ronde. Hij bezat in zijn Berlijnse huis een zaal die helemaal vol stond met barokke en gotische beelden. Nu beeldt echter de katholieke Kerk (en Arnheim koesterde voor haar een grote liefde) haar heiligen en de vaandeldragers van het Goede meestal af in gelukzalige en zelfs extatische poses. Daar werd door heiligen in alle houdingen gestorven, en de ziel wrong de lichamen als een stuk wasgoed waar men het water uit perst. De standen van de als degens gekruiste armen en verwonde halzen, losgemaakt uit hun oorspronkelijke omgeving en in een vreemde kamer verenigd, wekten de indruk van een verzameling katatonielijders in een gekkenhuis. Deze collectie had een grote reputatie en trok vele kunsthistorici aan, met wie Arnheim gesprekken van niveau voerde, maar dikwijls ging hij ook alleen en eenzaam in zijn zaal zitten, en dan was het hem heel anders te moede; een schrikachtige verbazing nam bezit van hem als over een half waanzinnige wereld. Hij voelde hoe in de moraal oorspronkelijk een onuitsprekelijk vuur had gegloeid, bij de aanblik waarvan zelfs een geest als hij niet veel meer kon doen dan in de gedoofde sintels staren. Die duistere aanblik van datgene wat alle religies en mythen tot uitdrukking brengen met het verhaal dat de wetten de mens oorspronkelijk door de goden zijn geschonken, dat vermoeden dus van een aanvangsstadium van de ziel, dat niet helemaal onbedenkelijk maar voor de goden toch beminnenswaardig moest zijn geweest, vormde dan een vreemde rand van onrust om zijn anders zo zelfgenoegzaam ontvouwde denken. En Arnheim had een tuinknecht, een doodsimpele man, zoals hij dat noemde, met wie hij vaak gesprekken voerde over het leven van de bloemen, omdat men van zo'n man meer kan leren dan van geleerden. Tot Arnheim er op een dag achter kwam dat deze knecht hem bestal. Men zou kunnen zeggen dat hij als een bezetene alles stal wat hij te pakken kon krijgen, en hij spaarde de opbrengst op om voor zichzelf te beginnen, dat was de enige gedachte die hem dag en nacht obsedeerde; maar op een keer verdween er ook een beeldje, en de politie die erbij was gehaald ontdekte hoe het zat. Dezelfde avond dat Arnheim van deze ontdekking op de hoogte werd gesteld, liet hij de man roepen en maakte hem de hele nacht verwijten over de dwaalwegen van zijn hartstochtelijke winzucht. Er werd verteld dat hij daarbij heel erg van streek was geweest en er bij tijden na aan toe was om in een donkere zijkamer te gaan zitten huilen. Want hij benijdde deze man, om redenen die hij voor zichzelf niet kon verklaren, en de volgende morgen liet hij hem door de politie wegvoeren.

Deze geschiedenis werd door goede vrienden van Arnheim bevestigd, en zo ongeveer was het hem ook ditmaal te moede geweest toen hij met Diotima alleen in een kamer stond en iets als het geluidloze opvlammen van de wereld rondom de vier wanden voelde.

47

Wat allen afzonderlijk zijn, is Arnheim in één persoon

In de weken die volgden beleefde Diotima's salon een geweldige opbloei. Men kwam er om het laatste nieuws over de Parallelactie te horen en om de nieuwe man te zien, van wie het verluidde dat Diotima zich aan hem had overgeleverd, een Duitse nabob, een rijke jood, een zonderling die gedichten schreef, de kolenprijs dicteerde en een persoonlijke vriend was van de Duitse keizer. Niet alleen verschenen er dames en heren uit graaf Leinsdorfs kringen en uit de diplomatieke wereld, maar ook het burgerlijke zakenmilieu en de intelligentsia gaven blijk van toegenomen belangstelling. Zo stuitten specialisten op het gebied van de Ewe-taal en componisten op elkaar die nog nooit een klank van elkaar hadden gehoord, weefstoelen en biechtstoelen, mensen die bij het woord 'banken' aan speelbanken, hypotheekbanken of collegebanken dachten.

Nu gebeurde er echter iets dat nog nooit was vertoond: er bestond een man die met iedereen in ieders taal kon spreken, en dat was Arnheim.

Hij meed in het vervolg de officiële zittingen, na de pijnlijke indruk die hij bij het begin van de eerste had gekregen, maar nam ook niet altijd deel aan de ontvangsten, want hij was vaak buiten de stad. Van zijn secretarisschap was natuurlijk geen sprake meer; hij had Diotima zelf uiteengezet waarom dat idee niet gepast zou zijn, ook voor hem niet, en Diotima kon Ulrich weliswaar niet aankijken zonder hem als een usurpator te zien, maar zij schikte zich in Arnheims oordeel. Hij kwam en ging; drie of vijf dagen vervlogen ongemerkt en hij keerde terug uit Parijs, Rome, Berlijn; wat bij Diotima plaatsvond was maar een klein partje uit zijn leven. Maar hij behandelde het met voorkeur en was er met zijn hele persoonlijkheid bij aanwezig.

Dat hij met grootindustriëlen over de industrie en met bankiers over de economie kon praten was te begrijpen; maar hij was in staat even onbeperkt over moleculaire natuurkunde, mystiek of duivenschieten te kouten. Hij was een buitengewoon goed spreker; als hij eenmaal was begonnen hield hij evenmin op als dat men een boek kan afsluiten voor daarin alles is gezegd wat dringend op verwoording wacht; maar hij had een stil voorname, vloeiende manier van spreken, een manier die bijna treurig was over zichzelf, zoals een door donker struikgewas omzoomde beek, en dat gaf aan zijn vele praten als het ware iets noodzakelijks. Zijn belezenheid en zijn geheugen waren werkelijk enorm; hij kon specialisten de subtielste trefwoorden op hun gebied geven, maar kende evengoed elke belangrijke figuur uit de Engelse, de Franse of Japanse adel en wist alles van de ren- en golfbanen, niet alleen in Europa, maar ook in Australië en Amerika. Zo verlieten zelfs gemzejagers, paardevangers en mensen met een vaste loge in de Hoftheaters, die gekomen waren om een gekke rijke jood te zien (weer eens wat anders – zeiden ze dan), Diotima's huis met een eerbiedig hoofdschudden.

Z. Doorluchtigheid nam Ulrich een keer terzijde en zei tegen hem: 'Weet u, de hoge adel heeft de laatste honderd jaar pech gehad met zijn huisleraren! Vroeger waren dat mensen van wie een groot deel naderhand in de encyclopedie is gekomen; en deze huisleraren brachten op hun beurt muziek- en tekenleraren mee, die als dank dingen maakten die men tegenwoordig onze oude cultuur noemt. Maar sinds die nieuwe voor iedereen toegankelijke scholen bestaan en mensen uit mijn kringen, neemt u mij niet kwalijk, de doctorstitel verwerven, zijn op de een of andere manier de huisleraren slecht geworden. Onze jeugd heeft groot gelijk als zij op de fazante- en zwijnejacht gaat, paardrijdt en er leuke vriendinnetjes op na houdt, – daar is weinig tegen als men jong is; maar vroeger wisten nu juist de huisleraren een deel van die jeugdige energie zo te sturen dat men de geest en de kunst net zo op peil moet houden als de fazanten, en dat ontbreekt tegenwoordig.' Dat was zomaar bij Z. Doorluchtigheid opgekomen, en er kwamen wel vaker zulke dingen bij hem op; plotseling draaide hij zich helemaal naar Ulrich toe en besloot: 'Ziet u, het is dat noodlottige jaar '48 dat het burgerdom van de adel, tot hun beider nadeel, heeft gescheiden!' Hij wierp een bezorgde blik op het gezelschap. Hij ergerde zich elke keer als de woordvoerders van de oppositie in het parlement prat gingen op hun burgerlijke cultuur, en hij zou graag hebben gezien dat de ware burgerlijke cultuur bij de adel te vinden was geweest; de arme adel echter zag er niets in, de burgerlijke cultuur was een voor hen onzichtbaar wapen waarmee men hen sloeg, en omdat ze in de loop van deze ontwikkeling steeds meer macht hadden verloren, kwamen ze tenslotte bij Diotima om de zaak te bekijken. Zo voelde graaf Leinsdorf het soms met bekommernis in zijn hart als hij de drukte gadesloeg; hij zou hebben gewild dat men de taak waartoe in dit huis gelegenheid was gegeven serieuzer had opgevat. 'Doorluchtigheid, het vergaat het burgerdom tegenwoordig met de intellectuelen precies zo als het indertijd de hoge adel met hun huisleraren is vergaan!' probeerde Ulrich hem te troosten. 'Dat is vreemd volk voor hen. Moet u nu eens zien hoe ze allemaal met bewondering naar die doctor Arnheim staan te kijken.'

Maar graaf Leinsdorf had toch al de hele tijd alleen maar naar Arnheim gekeken. 'Dat is trouwens al geen geest meer,' ging Ulrich in op die bewonderende blikken, 'dat is een fenomeen, als een regenboog die je bij de voet kunt pakken en echt kan aanraken. Hij praat over liefde en economie, over chemie en kajaktochten, hij is een geleerde, een landgoedbezitter en een beursman; kortom, wat wij allen afzonderlijk zijn, is hij in één persoon, en daar staan we gewoon van te kijken. Schudde Uwe Doorluchtigheid van nee? Maar ik weet het heel zeker, de wolk van die zogenaamde vooruitgang van de tijd, waarin niemand kan binnenkijken, heeft hem hier voor onze neus neergezet.'

'Ik schudde mijn hoofd niet over u,' corrigeerde Z. Doorluchtigheid, 'ik dacht aan doctor Arnheim. Al met al moet men toegeven dat hij een interessante persoonlijkheid is.'

48

De drie oorzaken van Arnheims beroemdheid
en het geheim van het geheel

Maar dit alles was slechts de gewone uitwerking die de persoon van dr. Arnheim had.

Hij was een man van groot formaat.

Zijn activiteiten strekten zich over zowel de continenten van de wereld als van de wetenschap uit. Hij kende alles: de filosofen, de economie, de muziek, de wereld, de sport. Hij drukte zich vloeiend uit in vijf talen. De beroemdste kunstenaars van de wereld waren zijn vrienden, en de kunst van morgen kocht hij op de halm, nog voor de prijzen waren opgelopen. Hij verkeerde aan het keizerlijk hof en sprak met arbeiders. Hij bezat een villa in de modernste stijl, die in alle tijdschriften voor eigentijdse bouwkunst werd afgebeeld, en een gammel oud kasteel in een uithoek van de armelijkste adellijke Mark, dat er bijna net zo uitzag als de vermolmde bakermat van de Pruisische gedachte zelf.

Een zo brede kennis en zo'n bevattingsvermogen gaan zelden samen met eigen prestaties; maar ook daarin vormde Arnheim een uitzondering. Hij trok zich een of twee maal per jaar op zijn landgoed terug en schreef daar de ervaringen van zijn intellectuele leven neer. Naar deze boeken en verhandelingen, waarvan hij er nu al een flinke rij had gepubliceerd, was veel vraag, ze bereikten hoge oplagen en werden in vele talen vertaald; want in een zieke dokter heeft men geen vertrouwen, maar wat iemand te zeggen heeft die blijk heeft gegeven goed voor zichzelf te zorgen, daar moet toch zeker wel wat waars in zitten. Dit was de eerste bron van zijn beroemdheid.

De tweede ontsprong uit het wezen van de wetenschap. De wetenschap staat bij ons hoog in aanzien en met recht; maar alhoewel het stellig een heel mensenleven vult als men zich aan het onderzoek van de nierfunctie wijdt, zijn er toch ook momenten waarop men zich genoopt ziet, dit wil zeggen humanistische momenten, om te wijzen op het verband tussen de nieren en het volkslichaam als geheel. Daarom wordt er in Duitsland zo veel Goethe geciteerd. Wil een academicus echter heel duidelijk aantonen dat hij niet alleen over geleerdheid, maar ook over een levendige, optimistische geest beschikt, dan legitimeert hij zich het best door te verwijzen naar geschriften waarmee de bekendheid niet alleen tot eer strekt, maar nog meer eer belooft, zoals een aandeel dat stijgende is, en in zulke gevallen mochten citaten uit Paul Arnheim zich in een groeiende belangstelling verheugen. De uitstapjes in de gebieden der wetenschappen die hij ondernam om zijn algemene opvattingen te schragen, voldeden evenwel niet altijd aan de strengste eisen. Ze wezen wel op het spelenderwijs kunnen beschikken over een grote belezenheid, maar de vakman vond zonder mankeren die kleine onjuistheden en misverstanden waaraan men dilettantenwerk zo haarfijn kan herkennen, zoals aan de naad van een japon die door een huisnaaister is gemaakt al het verschil te zien is met een die uit een echt modehuis stamt. Nu moet men beslist niet denken dat dit de vaklui belette om Arnheim te bewonderen. Zij glimlachten zelfingenomen; hij imponeerde hen als iets heel eigentijds, als iemand waarover alle kranten spraken, een koning van de economie, wat hij presteerde was vergeleken met wat oudere koningen intellectueel presteerden altijd nog superieur, en als zij mochten opmerken dat zij op hun eigen gebied toch nog wel iets heel anders voorstelden dan hij, toonden zij daarvoor hun dankbaarheid door hem een geestrijk man te noemen, of geniaal, of eenvoudigweg universeel, wat onder vaklui even veel zegt als wanneer men als mannen onder elkaar van een vrouw zegt dat zij in de ogen van vrouwen een schoonheid is.

De derde bron van Arnheims beroemdheid lag in het bedrijfsleven. Hij bracht het er niet slecht af vergeleken bij de oude rotten in het vak; als hij met hen moest onderhandelen over een grote transactie, wist hij zelfs de sluwsten beet te nemen. Zij hadden weliswaar niet zo'n hoge dunk van hem als koopman en noemden hem 'de kroonprins', ter onderscheiding van zijn vader, wiens korte dikke tong niet zo lenig kon praten, maar die in ruil daarvoor tot in de verste omtrek en uit de kleinste aanwijzing proefde wat een interessante transactie was. Hem vreesden en vereerden zij; maar als zij hoorden welke filosofische eisen de kroonprins aan hun beroep stelde en die zelfs door de zakelijkste besprekingen vlocht, dan glimlachten zij. Hij was erom berucht dat hij tijdens directievergaderingen de grote schrijvers citeerde en volhardde in zijn standpunt dat het bedrijfsleven iets was dat men niet los kon zien van de overige menselijke bezigheden en dat men alleen kon behandelen in het grote verband van alle vraagstukken aangaande het nationale leven, het geestelijke, en zelfs het zieleleven. Maar desondanks, al glimlachten zij er ook om, zij konden er toch niet helemaal aan voorbijgaan dat Arnheim junior juist door deze extra's bij het zakendoen de publieke opinie in toenemende mate bezighield. Nu eens verscheen in de economische, dan weer in de politieke of culturele bijlage van de grote kranten van alle landen een stuk over hem, een waarderende bespreking van een werk van zijn hand, een verslag van een opmerkelijke rede die hij ergens had gehouden, de mededeling dat hij door een of andere machthebber of kunstvereniging was ontvangen, en er was in die anders in alle stilte en achter dubbelgesloten deuren opererende kring van grootindustriëlen al spoedig niemand over wie daarbuiten zo veel gesproken werd als over hem. En men moet niet denken dat de heren presidenten, commissarissen, president-directeuren en directeuren van banken, hoogovens, concerns, mijnen en scheepvaartmaatschappijen diep in hun hart zulke kwaadwillige mensen zijn als zij vaak worden afgeschilderd. Afgezien van hun sterk ontwikkelde familiezin is de innerlijke ratio van hun levens die van het geld, en dat is een ratio met een gezond gebit en een ijzeren maag. Zij waren er allemaal van overtuigd dat de wereld er stukken beter aan toe zou zijn als men haar maar aan het vrije spel van vraag en aanbod zou overlaten in plaats van aan pantserschepen, bajonetten, majesteiten en inzake het bedrijfsleven ondeskundige diplomaten; gewoon omdat de wereld is zoals ze is, en omdat omwille van een oud vooroordeel een leven dat eerst het eigen en daardoor pas het algemene belang dient lager wordt aangeslagen dan ridderlijkheid en loyaliteit jegens de staat, en staatsopdrachten moreel hoger staan dan particuliere opdrachten, zouden zij de laatsten zijn om daar geen rekening mee te houden, en zij maakten zich zoals bekend de voordelen die het gebruik van wapens bij douanetarieven-onderhandelingen of tegen stakers ingezette militairen het algemeen welzijn bieden, krachtig ten nutte. Langs deze weg echter voert het zakendoen tot de filosofie, want zonder filosofie wagen tegenwoordig alleen misdadigers het nog om anderen te benadelen, en zo raakten zij eraan gewend in Arnheim junior een soort Vaticaanse gezant van hun aangelegenheden te zien. Bij alle ironie die zij voor zijn liefhebberijen gereed hielden vonden zij het prettig in hem een man te bezitten die hun belangen even goed wist te vertegenwoordigen op een bisschoppenconferentie als op een sociologencongres; hij kreeg op het laatst zelfs een vergelijkbare invloed op hen als een mooie en kunstzinnige echtgenote die uitoefent, die smaalt op het eeuwige kantoorwerk, maar goed is voor de zaak omdat zij door iedereen wordt bewonderd. Nu hoeft men zich daar alleen nog het effect van de maeterlinckiaanse of bergsoniaanse filosofie, toegepast op de kwesties van de kolenprijs of het kartelvormingsbeleid bij voor te stellen om te begrijpen hoe drukkend Arnheim junior nu eens in Parijs, dan weer in Petersburg of Kaapstad op de bijeenkomsten van industriëlen en in directiekantoren kon werken, zodra hij daar als afgezant van zijn vader kwam en van begin tot einde moest worden aangehoord. De resultaten voor het zakendoen waren even aanzienlijk als geheimzinnig, en uit dit alles ontstond het bekende gerucht over 's mans buitengewone betekenis en zijn gelukkige hand.

Zo zou er nog van alles over Arnheims succes kunnen worden verteld. Over de diplomaten, die het hun wezensvreemde maar belangrijke gebied van de economie behandelden met de voorzichtigheid van mannen die met de zorg voor een niet geheel betrouwbare olifant zijn belast, terwijl hij er met de zorgeloosheid van de inheemse oppasser mee omging. Over de kunstenaars, die hij zelden hielp, maar die desondanks het gevoel hadden met een mecenas om te gaan. Tenslotte over de journalisten, die er zelfs als eersten aanspraak op zouden mogen maken genoemd te worden, omdat zij het waren die door hun bewondering Arnheim pas tot een groot man maakten, zonder het omgekeerde verband te zien; want zij vernamen geruchten en zij verbeeldden zich het gras van de tijd te horen groeien. Het grondpatroon van zijn succes was overal hetzelfde; omgeven door het aureool van zijn rijkdom en de mare van zijn belangrijkheid moest hij altijd met mensen verkeren die hem op hun gebied overtroffen, maar hij viel bij hen in de smaak als leek met een verrassende kennis van hun vak, en hij imponeerde hen doordat hij in zijn persoon betrekkingen van hun wereld belichaamde met andere werelden waar zij geen idee van hadden. Zo was het zijn tweede natuur geworden in een gezelschap van echte specialisten als geheel en als uit één stuk over te komen. Soms zweefde hem een soort Weimars of Florentijns tijdperk van industrie en handel voor de geest, het leiderschap van sterke, de welvaart vergrotende persoonlijkheden, die in staat moesten zijn om de afzonderlijke verworvenheden en prestaties van de techniek, de wetenschappen en de kunsten in zich te verenigen en vanaf een hoge positie te sturen. De bekwaamheid daartoe was voor zijn gevoel in hem aanwezig. Hij bezat het talent nooit in iets aantoonbaars en speciaals uit te blinken, maar wel door een vloeiend en zich elk ogenblik uit zichzelf vernieuwend evenwicht in elke situatie boven te komen drijven, wat wellicht werkelijk de fundamentele bekwaamheid van een politicus is; Arnheim echter was er daarbij ook nog van overtuigd dat het een diep mysterie was. Hij noemde dit 'het geheim van het geheel'. Want ook de schoonheid van een mens bestaat vrijwel nooit uit iets op zichzelf staands en uit iets aantoonbaars, maar uit dat magische Iets waaraan zelfs kleine foutjes zich dienstbaar maken; en op precies dezelfde manier staan de intense goedheid en liefde, de waardigheid en grootheid van een individu bijna los van hetgeen hij doet, ze zijn zelfs in staat alles wat hij doet te adelen. Op geheimzinnige wijze gaat in het leven het geheel voor de details. Mogen kleine lieden dan uit hun deugden en gebreken bestaan, de grote mens verleent aan zijn eigenschappen pas hun kwaliteit; en als het geheim van zijn succes is dat dit uit geen van zijn verdiensten en geen van zijn eigenschappen goed kan worden verklaard, dan is eenvoudig de aanwezigheid van een kracht die meer is dan elk hunner uitingen het geheim waar al wat groot is in het leven op berust. Zo had Arnheim het in een van zijn boeken beschreven, en toen hij dit neerschreef geloofde hij bijna het bovenaardse bij de plooi van zijn mantel te hebben, en liet dat ook in de tekst doorschemeren.

– 49 –

Beginnende tegenstellingen tussen oude en nieuwe diplomatie

De omgang met personen met geboorteadel als specialisme vormde daarop geen uitzondering. Arnheim temperde zijn eigen voornaamheid en beperkte zich zo bescheiden tot geestesadel, die zijn voorrechten en grenzen kent, dat na enige tijd de dragers van hoogadellijke namen naast hem de indruk wekten alsof zij van het dragen van die last een kromme arbeidersrug hadden. Wie dat het scherpst waarnam was Diotima. Zij herkende het geheim van het geheel met het begrip van een kunstenaar die zijn levensdroom verwerkelijkt ziet op een wijze die elke verbetering uitsluit.

Zij was nu weer volkomen verzoend met haar salon. Arnheim waarschuwde tegen overschatting van de uiterlijkheden van de organisatie; grove materiële belangen zouden zich van de zuivere intentie meester maken; hij hechtte meer waarde aan de salon.

Directeur-generaal Tuzzi sprak daarentegen de vrees uit dat men langs die weg niet over een afgrond van gepraat heen zou komen.

Hij had zijn ene been over het andere geslagen en zijn sterk geaderde, magere donkere handen daarvoor gekruist;

hij zag er met zijn baardje en zijn zuidelijke ogen naast de in een onberispelijk pak van zachte stof rechtop zittende Arnheim uit als een Levantijnse zakkenroller naast een Bremer handelsmagnaat. Hier botsten twee voornaamheden op elkaar, en de Oostenrijkse, die, beantwoordend aan een veelvoudig samengestelde smaakcultuur, zich graag een zweem van onverschilligheid aanmat, beschouwde zichzelf geenszins als de mindere. Directeur-generaal Tuzzi had een charmante manier om naar de vorderingen van de Parallelactie te informeren, alsof hij zelf niet of niet rechtstreeks mocht weten wat er in zijn huis gebeurde. 'Wij zouden het op prijs stellen als wij, indien mogelijk en liefst spoedig, mochten vernemen wat de plannen zijn,' zei hij en keek zijn vrouw en Arnheim aan met een vriendelijke glimlach die moest uitdrukken: ik ben in dit geval hier immers een buitenstaander. Vervolgens vertelde hij dat het gezamenlijke werk van zijn vrouw en Z. Doorluchtigheid de instanties al ernstig zorgen baarde. De minister had tijdens zijn laatste verslag Z. Majesteit gepolst over welke manifestaties van buitenaf naar aanleiding van het jubileum eventueel op Hoogstdezelves goedkeuring mochten rekenen, met name in hoeverre bij Hoogstdezelve het plan in de smaak zou vallen om hem, vooruitlopend op de tijdgeest, aan het hoofd van een internationale pacifistische actie te plaatsen; – want dat zou de enige mogelijkheid zijn, lichtte Tuzzi toe, als men de bij Z. Doorluchtigheid opgekomen gedachte aan een Wereld-Oostenrijk politiek wilde vertalen. Maar Z. Majesteit, in Zijn welbekende gewetensvolheid en terughoudendheid, vertelde hij nu verder, had dit meteen weggewuifd met de krachtige opmerking: 'Ach, 'k wil me niet opdringe,' en nu wist men niet of Hoogstdezelve daarmee niet een intentieverklaring aflegde die hiermee uitdrukkelijk in strijd was.

Tuzzi behandelde zo op kiese wijze de kleine geheimen van zijn beroep onkies, zoals iemand doet die tegelijkertijd grotere geheimen goed weet te bewaren. Hij eindigde ermee dat de gezantschappen nu de stemming aan de andere hoven dienden te peilen, omdat men van de stemming aan het eigen hof niet zeker was en toch ergens een vast punt moest

zien te vinden. Want tenslotte waren er zuiver technisch gesproken immers vele mogelijkheden gegeven, vanaf het bij-
eenroepen van een algemene vredesconferentie, via een
twintig-heersers-bijeenkomst, tot aan de aankleding van het
Haagse Vredespaleis met muurschilderingen van Oostenrijkse kunstenaars of een gift ten bate van de kinderen en
wezen van het personeel aldaar. Hij knoopte daar de vraag
aan vast hoe men aan het Pruisische hof over het jubileumjaar dacht. – Arnheim verklaarde daarvan niet op de hoogte
te zijn. Het Oostenrijkse cynisme stuitte hem tegen de borst;
hij die zelf zo elegant kon converseren, voelde zich in Tuzzi's nabijheid zo terughoudend als iemand die wenst te bena-
drukken dat het koel en serieus moet worden zodra er van
staatszaken sprake is. Zo vertoonden de twee tegengestelde
voornaamheden, staats- en levensstijlen, zich niet geheel
zonder rivaliserend oogmerk aan Diotima. Maar zet een ha-
zewindhond naast een mops, een wilg naast een populier,
een wijnglas op een geploegde akker of hang een portret in
plaats van op een expositie in een zeiljacht, kortom, plaats
twee hooggecultiveerde en geprononceerde vormen van leven naast elkaar, en er ontstaat tussen die twee een leegte,
een elkaar opheffen, een zeer kwaadaardige, bodemloze belachelijkheid. Dat voelde Diotima in haar ogen en oren,
zonder het te begrijpen, en geschrokken gaf zij een andere
wending aan het gesprek door haar man met grote beslist-
heid te verklaren dat zij met de Parallelactie in de eerste
plaats iets groots op geestelijk gebied nastreefde, en alleen
de behoeften van werkelijk moderne mensen in de leiding
daarvan zou laten binnenstromen!

Arnheim was er erkentelijk voor dat aan de gedachte haar
waardigheid weer was teruggegeven, want juist omdat hij
zich tegen bepaalde ogenblikken van wegzinken moest ver-
weren, wenste hij met de gebeurtenissen die zijn samenzijn
met Diotima op grootse wijze rechtvaardigden evenmin te
spotten als een drenkeling met zijn reddingsboei. Maar tot
zijn eigen verrassing vroeg hij Diotima niet zonder twijfel
in zijn stem wie zij dan wel in de spirituele top van de Parallelactie wilde kiezen.

Dit was Diotima natuurlijk nog geheel onduidelijk; de dagen van haar samenzijn met Arnheim hadden haar zo'n overvloed aan inspiratie en ideeën geschonken dat zij er niet aan toe was gekomen bepaalde resultaten te selecteren. Weliswaar had Arnheim enige keren tegenover haar herhaald dat het niet op de democratie in de commissies, maar op sterke en veelzijdige persoonlijkheden aankwam, maar daarbij had zij eenvoudig het gevoel gehad: jij en ik, – al was dit ook nog geenszins een besluit, zelfs nog geen inzicht; nu was het waarschijnlijk juist dat waaraan zij door het pessimisme dat in Arnheims stem lag werd herinnerd, want ze antwoordde: 'Bestaat er tegenwoordig eigenlijk nog wel iets dat we zo belangrijk en groot kunnen noemen dat we het met alle kracht zouden willen verwezenlijken?!'

'Het is het kenmerk van een tijd die de innerlijke zekerheid van gezonder tijden heeft verloren,' gaf Arnheim daarop ten antwoord, 'dat zich daarin slechts heel moeizaam iets tot het belangrijkste en grootste ontwikkelt.'

Directeur-generaal Tuzzi keek met neergeslagen ogen naar een pluisje op zijn broek, zodat zijn glimlach als instemming kon worden opgevat.

'Inderdaad, wat zou het moeten zijn?' vervolgde Arnheim onderzoekend. 'De religie?'

Directeur-generaal Tuzzi richtte nu zijn glimlach opwaarts; Arnheim had het woord weliswaar niet zo nadrukkelijk en vrij van scepsis uitgesproken als eerder in aanwezigheid van Z. Doorluchtigheid, maar toch wel met welluidende ernst.

Diotima protesteerde tegen de glimlach van haar echtgenoot en wierp tegen: 'Waarom niet? Ook de religie!'

'Welzeker, maar omdat wij een praktisch besluit moeten nemen: hebt u er ooit aan gedacht een bisschop in de commissie te kiezen die een actueel doel voor de actie moet vinden? God is in diepste wezen onmodern: wij kunnen hem ons niet voorstellen in rokkostuum, gladgeschoren en met een scheiding in zijn haar, maar wij stellen hem ons voor als een patriarch. En wat is er nog meer behalve de religie? De natie? De staat?'

Hier verheugde Diotima zich, omdat Tuzzi gewoonlijk de staat als een mannelijke aangelegenheid behandelde, waarover men met vrouwen niet spreekt. Nu zweeg hij echter en probeerde iets in zijn blik te leggen alsof daarover nog wel wat meer te zeggen zou zijn.

'De wetenschap?' vroeg Arnheim door; 'de cultuur? Blijft over de kunst. Inderdaad, zij zou als eerste datgene moeten zijn wat de eenheid van het leven en zijn innerlijke orde weerspiegelt. Maar wij kennen toch de aanblik die ze tegenwoordig biedt. Verscheurdheid alom; uitersten zonder samenhang. Van het nieuwe gemechaniseerde maatschappelijk leven en het gevoelsleven hebben Stendhal, Balzac en Flaubert al in het begin het epos geschapen, het demonium van de onderliggende lagen hebben Dostojevski, Strindberg en Freud blootgelegd: wij mensen van tegenwoordig hebben diep in ons hart het gevoel dat er al met al voor ons niets meer valt te doen.'

Hier plaatste directeur-generaal Tuzzi de opmerking dat hij Homerus ter hand nam als hij iets degelijks wilde lezen, of Peter Rosegger.

Arnheim ging er meteen op in: 'U zou de bijbel er nog bij moeten nemen. Met de bijbel, Homerus en Rosegger of Reuter komt men een heel eind! En dan zijn wij ook aangeland bij de kern van het probleem! Gesteld dat wij een nieuwe Homerus hadden: dan moeten wij ons toch oprecht afvragen of wij eigenlijk in staat zouden zijn naar hem te luisteren. Ik denk dat wij dat moeten ontkennen. Wij hebben hem niet omdat wij hem niet nodig hebben!' Arnheim zat nu te paard en ging in galop. 'Als wij hem nodig zouden hebben, zouden wij hem hebben! Want uiteindelijk gebeurt er in de wereldgeschiedenis niets negatiefs. Wat kan het derhalve betekenen dat wij al het waarlijk grote en wezenlijke naar het verleden verleggen? Homerus en Christus zijn nimmer geëvenaard, laat staan overtroffen; er is niets mooiers dan het Hooglied; gotiek en renaissance staan voor de moderne tijd als een bergland voor de ingang naar een vlakte; waar zijn tegenwoordig de grote heersersfiguren?! Hoe kort van adem lijken zelfs de daden van Napoleon naast die van de farao's, het werk van Kant naast dat van Boeddha, dat van Goethe naast dat van Homerus! Maar tenslotte leven wij en moeten wij voor iets leven: welke conclusie dienen wij daaruit te trekken? Geen andere dan dat – ' Hier onderbrak Arnheim zichzelf evenwel en verzekerde dat hij aarzelde het uit te spreken: want er bleef alleen de conclusie over dat alles wat men belangrijk vond en als groot beschouwde niets te maken had met datgene wat de innerlijkste kracht van ons leven was.

'En dat is?' vroeg directeur-generaal Tuzzi; tegen de uitspraak dat men aan de meeste dingen veel te veel belang hechtte had hij weinig in te brengen.

'Niemand kan dat tegenwoordig zeggen,' antwoordde Arnheim. 'Het civilisatieprobleem is alleen met het hart op te lossen. Door het ten tonele verschijnen van een nieuwe figuur. Door de innerlijke aanschouwing en de zuivere wil. Het verstand heeft niets anders teweeggebracht dan het grote verleden tot het liberalisme af te zwakken. Maar misschien reikt onze blik niet ver genoeg en zien wij het op te kleine schaal; elk ogenblik kan het ogenblik zijn van een keerpunt in de wereldgeschiedenis!'

Diotima had willen tegenwerpen dat er dan voor de Parallelactie helemaal niets meer overbleef. Maar vreemd genoeg werd zij door Arnheims sombere visie meegesleept. Misschien was er een rest van 'lastige leerstof' in haar achtergebleven die haar bezwaarde als zij steeds weer de nieuwste boeken moest lezen en over de nieuwste schilderijen moest meepraten; het pessimisme jegens de kunst bevrijdde haar van tal van schoonheden waar zij in feite helemaal niets om had gegeven; en het pessimisme jegens de wetenschap verlichtte haar angst voor de civilisatie, voor de overmaat aan wetenswaardigs en gezaghebbends. Zo was Arnheims van hoop verstoken oordeel over de tijd voor haar een weldaad, die zij opeens voelde. En aangenaam trof de gedachte haar hart dat Arnheims melancholie op de een of andere manier met haar te maken had.

Verdere ontwikkeling. Directeur-generaal Tuzzi besluit zich
klaarheid te verschaffen omtrent de persoon van Arnheim

Diotima had goed geraden. Vanaf het moment dat Arnheim
had opgemerkt dat de boezem van deze prachtige vrouw,
die zijn boeken over de ziel had gelezen, werd opgestuwd
en bewogen door een macht die men niet kon misverstaan,
was hij ten prooi aan een schroomvalligheid die hem anders
vreemd was. Om het kort en in zijn eigen termen uit te
drukken, het was de schroomvalligheid van de moralist die
opeens en onverwacht de hemel op aarde aantreft, en wil
men zich in zijn gevoelens verplaatsen dan hoeft men zich
alleen maar voor te stellen hoe het zou voelen als er rondom
ons niets anders zou zijn dan die stille blauwe plas vol drijvende zachte witte donsballen.

Op zichzelf beschouwd is de morele mens bespottelijk en
onaangenaam, zoals de lucht van die berustende arme mensen leert die niets het hunne noemen behalve hun moraal; de
moraal vraagt om grootse taken, waaraan ze haar betekenis
ontleent, en daarom had Arnheim het complement van zijn
tot moralisme neigende aard altijd in het wereldgebeuren
gezocht, in de wereldgeschiedenis, in het doordringen van
zijn bezigheden met ideologie. Het was zijn lievelingsidee
om gedachten in machtssferen te brengen en zaken niet anders te behandelen dan in samenhang met geestelijke vraagstukken. Hij haalde graag vergelijkingen uit de geschiedenis, om ze met nieuw leven te vullen; de rol van het geldwe-
zen heden ten dage kwam hem analoog voor aan die van de
katholieke Kerk, als een achter de schermen werkende, in
zijn omgang met de heersende machten onbuigzaam-buig-
zame macht, en hij zag zijn eigen bezigheden soms als die
van een kardinaal. Maar deze keer was hij toch eigenlijk
meer in een opwelling op reis gegaan; en ofschoon hij ook
een reis in een opwelling niet ondernam zonder bepaalde bedoeling, kon hij zich toch niet herinneren hoe het plan daarvoor, overigens een gewichtig plan, oorspronkelijk bij hem

was opgekomen. Er hing iets van onvoorziene inspiratie en plotseling besluit over zijn reis, en het was waarschijnlijk dit kleine element van vrijheid dat bewerkstelligde dat een vakantiereis naar Bombay nauwelijks een exotischer indruk op hem zou hebben gemaakt dan de afgelegen Duitse metropool waarin hij nu terecht was gekomen. De in Pruisen volstrekt onmogelijke gedachte dat hij was uitgenodigd om een rol te spelen in de Parallelactie had de rest gedaan en stemde hem fantasievol onlogisch als een droom waarvan de ongerijmdheid zijn praktische intelligentie niet ontging, zonder dat deze evenwel in staat was geweest de bekoring van het sprookjesachtige te verbreken. Hij had het doel van zijn komst waarschijnlijk ook veel eenvoudiger en rechtstreeks kunnen bereiken, doch hij beschouwde het als een verlof van de rede hier telkens weer terug te keren, en hij werd door zijn zakelijke geest voor zo'n uitstapje naar sprookjesland bestraft doordat hij het zwarte punt voor zedelijkheid, dat hij zichzelf had moeten geven, als grijze tint over alles uitwreef.

Tot een zo vergaande beschouwing in donkere tinten als toen in Tuzzi's bijzijn kwam het echter geen tweede keer; alleen al niet omdat directeur-generaal Tuzzi zich gewoonlijk slechts vluchtig vertoonde, en Arnheim zijn woorden over de meest verschillende personen moest verdelen, die hij in dit mooie land daarvoor verbazingwekkend ontvankelijk vond. Hij noemde in het bijzijn van Z. Doorluchtigheid kritiek onvruchtbaar en de huidige tijd ontgoddelijkt, waarbij hij opnieuw te verstaan gaf dat de mens uit een zo negatieve existentie slechts door het hart kon worden verlost, en er voor Diotima de bewering op liet volgen dat alleen het zuiden van Duitsland met zijn rijke cultuur nog in staat zou kunnen zijn het Duitse wezen en wellicht zelfs de wereld van de excessen van het rationalisme en haar rekenmanie te bevrijden. Hij sprak, omringd door dames, over de noodzaak de innerlijke tederheid te mobiliseren om de wereld van de bewapeningswedloop en ziellooosheid te redden. Hij becommentarieerde voor een groep ondernemende heren Hölderlins uitspraak dat er in Duitsland geen mensen meer waren doch alleen nog beroepen. 'En niemand kan in zijn beroep zonder gevoel voor een hogere eenheid iets tot stand brengen; de financier nog het allerminst!' besloot hij deze uiteenzetting.

Men luisterde graag naar hem, want het was mooi dat een man die zo veel ideeën had ook geld bezat; en het feit dat ieder die hem sprak weer wegging met de indruk dat een onderneming als de Parallelactie een hoogst verdachte, met de gevaarlijkste geestelijke tegenstrijdigheden gepaard gaande aangelegenheid was, stijfde allen in hun indruk dat niemand zo geschikt zou zijn om de leiding in dit avontuur op zich te nemen als hij.

Maar directeur-generaal Tuzzi zou niet in alle stilte een van de belangrijkste diplomaten van zijn land zijn geweest als hij van de grondige aanwezigheid van Arnheim in zijn huis niets had gemerkt; hij kon er alleen op geen enkele manier wijs uit worden. Maar hij liet dat niet merken, omdat een diplomaat nooit laat merken wat hij denkt. Deze vreemdeling was hem hoogst onsympathiek, als persoon, maar bij wijze van spreken ook als principe; en dat hij kennelijk de salon van zijn vrouw tot operatieterrein voor wie weet wat voor geheime bedoelingen had uitgekozen, onderging Tuzzi als een provocatie. Hij hechtte geen moment geloof aan Diotima's verzekering dat de nabob de keizerstad aan de Donau alleen maar zo vaak bezocht omdat zijn geest zich te midden van haar oude cultuur het prettigst voelde, maar stond vervolgens voor een probleem waarvoor ieder aanknopingspunt om het op te lossen hem ontbrak, want zo'n soort man was hij onder zijn officiële relaties nog nooit tegengekomen.

En sinds Diotima hem haar plan uiteen had gezet om Arnheim een leidende positie in de Parallelactie te geven, en zich over het verzet van Z. Doorluchtigheid beklaagde, was Tuzzi ernstig verontrust. Hij had met de Parallelactie niet veel op, noch met graaf Leinsdorf, maar hij had het idee van zijn vrouw politiek zo verrassend tactloos gevonden, dat het hem op dit ogenblik te moede was alsof de jarenlange mannelijke opvoedingstaak, die hij zich mocht vleien te hebben volbracht, als een kaartenhuis ineenstortte. Zelfs van deze vergelijking had directeur-generaal Tuzzi zich in zichzelf bediend, ofschoon hij zichzelf anders nooit vergelijkingen toestond, omdat ze te literair zijn en naar een onmaatschappelijke instelling rieken; maar ditmaal voelde hij zich werkelijk diep geschokt.

Diotima verbeterde evenwel daarna haar positie weer dank zij haar koppigheid. Zij was fijntjes beledigend geworden en had verteld over een nieuw soort mensen dat de geestelijke verantwoordelijkheid voor 's werelds loop niet langer passief aan beroepsbestuurders kon overlaten. Toen had zij over de tact van de vrouw gesproken, die soms een zienersgave kon zijn en de blik mogelijkerwijs op weidser verten kon richten dan de dagelijkse beroepsbezigheden. Tenslotte zei zij dat Arnheim een Europeaan was, een in heel Europa bekende geest, dat de leiding van staatszaken in Europa te weinig Europees geschiedde en met veel te weinig geest, en dat de wereld geen vrede zou vinden voor er een Wereldoostenrijkse geest doorheen zou waaien, op dezelfde manier als waarop de oude Oostenrijkse cultuur zich op het grondgebied van de monarchie om de veeltalige stammen strengelde. – Zij had nog nooit zo vastberaden verzet durven plegen tegen de superioriteit van haar man, maar directeur-generaal Tuzzi was daardoor weer even gerustgesteld, want hij had de aspiraties van zijn vrouw nooit voor belangrijker gehouden dan kleermakersaangelegenheden, was gelukkig als anderen haar bewonderden, en zag nu ook deze kwestie milder en ongeveer alsof een vrouw die van fleurig houdt voor een keer een te fel gekleurd lint had uitgezocht. Hij beperkte zich ertoe met ernstig gemeende hoffelijkheid de redenen te herhalen die het in de mannenwereld uitgesloten deden lijken om een Pruis publiekelijk de beslissing over Oostenrijkse aangelegenheden toe te vertrouwen, maar gaf voor het overige toe dat het voordelen kon bieden met een man in een zo unieke positie vriendschap te sluiten, en verzekerde Diotima dat zij zijn bedenkingen verkeerd zou interpreteren als zij daaruit wilde opmaken dat het hem niet aangenaam was Arnheim zo vaak mogelijk in haar gezelschap te zien. Hij hoopte in stilte dat er zich op die manier wel een gelegenheid zou voordoen om voor de vreemdeling een val te zetten.

Pas toen Tuzzi mede moest aanzien hoe Arnheim overal succes had, kwam hij er weer op terug en zei dat Diotima zich al te geëngageerd toonde met deze man, maar hij moest nu opnieuw ervaren dat zij zijn wil niet zoals anders respecteerde, hem tegensprak en zijn bezorgdheid voor hersenspinsels verklaarde. Hij besloot om als man niet tegen de dialectick van een vrouw te vechten, maar het uur af te wachten waarop zijn vooruitziende blik vanzelf zou triomferen; toen gebeurde het evenwel dat hij een geweldige impuls kreeg. Want op een nacht alarmeerde hem iets dat hem als een van oneindig ver komend huilen voorkwam; het stoorde hem aanvankelijk nauwelijks, hij begreep het eenvoudig niet, maar van tijd tot tijd verminderde de psychische afstand sprongsgewijs en opeens was de dreigende onrust vlak bij zijn oren, en hij schrok zo abrupt uit zijn slaap dat hij rechtop in bed ging zitten. Diotima lag op haar zij en reageerde niet, maar iets zei hem dat zij wakker was. Hij riep haar zachtjes bij haar naam, herhaalde deze vraag en probeerde met tedere vingers haar blanke schouder naar zich toe te draaien. Maar toen hij haar omdraaide en haar gezicht in het donker boven haar schouder omhoogkwam, keek het hem kwaad aan, drukte koppigheid uit en had gehuild. Helaas had zijn vaste slaap Tuzzi intussen al weer half overmand, trok hem hardnekkig van achteren terug in de kussens, en Diotima's gezicht zweefde hem nog slechts als een pijnlijke bleke grimas voor ogen, die hij op geen enkele manier meer kon begrijpen. 'Wat is er dan?' bromde hij in de zachte bas van het al inslapen, en hij kreeg een helder, geïrriteerd, onaangenaam antwoord in zijn oor geslagen, dat in zijn slaapdronkenheid viel en daarin bleef liggen als een blinkende munt in het water. 'Jij slaapt zo onrustig dat niemand naast jou kan slapen!' had Diotima hard en duidelijk gezegd; zijn oor had het in zich opgenomen, maar daarmee was Tuzzi ook al van de wakende staat afgesneden, zonder dieper op het verwijt te kunnen ingaan.

Hij voelde alleen dat hem groot onrecht was aangedaan.

Rustig slapen behoorde volgens hem tot de voornaamste deugden van een diplomaat, want het was een voorwaarde voor elk welslagen. Men mocht hem daarin niet te na komen, en hij voelde zich door Diotima's opmerking ernstig in twijfel getrokken. Hij begreep dat er veranderingen in haar hadden plaatsgevonden. Het kwam weliswaar zelfs in zijn slaap niet bij hem op om zijn vrouw van feitelijke ontrouw te verdenken, maar toch leed het voor hem geen moment twijfel dat het persoonlijke onbehagen dat hem was aangedaan met Arnheim in verband moest staan. Hij sliep om zo te zeggen boos tot de ochtend door en werd wakker met het vaste besluit zich omtrent de persoon van deze rustverstoorder klaarheid te verschaffen.

– 51 –

Huize Fischel

Directeur Fischel van Lloyds Bank was die bankdirecteur, of juister gezegd procuratiehouder met de titel van directeur, die een uitnodiging van graaf Leinsdorf om vooralsnog onbegrijpelijke redenen was vergeten te beantwoorden en daarna niet meer werd uitgenodigd. En ook die eerste oproep had hij alleen aan de relaties van zijn vrouw Klementine te danken gehad. Klementine Fischel stamde uit een oude ambtenarenfamilie, haar vader was president van de Hoogste Rekenkamer geweest, haar grootvader kameraar, en drie van haar broers bekleedden hoge posten op verschillende ministeries. Zij had Leo Fischel vierentwintig jaar geleden om twee redenen getrouwd; ten eerste omdat gezinnen van hoge ambtenaren soms meer kinderen dan vermogen bezitten, ten tweede echter ook uit romantiek, omdat in tegenstelling tot de pijnlijk spaarzame beperktheid van haar ouderlijk huis het bankwezen haar een vrijdenkend, modern beroep had geleken en een ontwikkeld mens in de negentiende eeuw de waarde van een ander niet beoordeelt naar het feit of hij jood of katholiek is; zij voelde het zelfs, zoals het toen was, bijna als een blijk van bijzondere beschaving om zich over het naïeve antisemitische vooroordeel van het gewone volk heen te zetten.

De arme vrouw moest het later beleven dat in heel Europa een geest van nationalisme opkwam en daarmee ook een golf van aanvallen op joden opsteeg, die haar man bij wijze van spreken in haar armen van een gerespecteerde vrije geest in de bijtende geest van een bodemvreemde afstammeling veranderde. Aanvankelijk had zij zich daar met alle grimmigheid van een 'ruimdenkend hart' tegen verzet, maar met de jaren werd zij door de naïef wrede, steeds verder om zich heen grijpende vijandigheid murw gemaakt en door het algemene vooroordeel geïntimideerd. Ja, zij moest het zelfs beleven dat zij voor zichzelf bij de tegenstellingen die zich allengs tussen haar en haar man steeds heviger openbaarden – toen hij om redenen waarover hij nooit echt opheldering wilde geven, niet hoger kwam dan de rang van procuratiehouder en ieder vooruitzicht ooit werkelijk bankdirecteur te worden kwijt raakte – veel van wat haar kwetste schouderophalend verklaarde uit het feit dat Leo's karakter nu eenmaal het hare vreemd was, zij het ook dat zij tegenover buitenstaanders de principes van haar jeugd nooit verloochende.

Deze tegenstellingen bestonden natuurlijk in feite uit niets anders dan uit gebrek aan overeenstemming, zoals in veel huwelijken een om zo te zeggen natuurlijk ongeluk aan de oppervlakte komt zodra ze ophouden blind gelukkig te zijn. Sinds Leo's loopbaan aarzelend op de post van hoofd Beurszaken was blijven steken, was Klementine niet langer in staat bepaalde eigenaardigheden van hem te verklaren met het excuus dat hij nu eenmaal niet in een spiegelstil oud ministerieel kantoor, doch aan de 'suizende weefstoel van de tijd' zat, en wie weet of zij hem niet juist vanwege dit Goethe-citaat had getrouwd?! Zijn uitgeschoren bakkebaarden, die bij haar indertijd, samen met de midden op zijn neus tronende knijpbril, het beeld van een Engels lord met koteletten hadden opgeroepen, deden haar nu denken aan een beursmakelaar, en bepaalde gewoontes in gebaar en spreektrant begonnen voor haar nu welhaast onverdraaglijk te worden. Klementine probeerde aanvankelijk haar echtgenoot te corrigeren, maar zij stuitte daarbij op buitengewone moeilijkheden, want het bleek dat nergens ter wereld een criterium bestond dat kon uitmaken of een bakkebaard rechtmatig aan een lord of aan een makelaar doet denken, en of een knijpbril een plaats op de neus heeft die samen met een handbeweging enthousiasme of cynisme uitdrukt. Bovendien was Leo Fischel er ook helemaal de man niet naar om zich te laten corrigeren. Hij verklaarde de aanmerkingen die hem tot het christelijk-Germaanse schoonheidsideaal van een referendaris wilden omvormen tot mondaine malligheden, en wees de discussie als zijnde een redelijk man onwaardig van de hand, want hoe meer zijn vrouw zich aan kleinigheden ergerde, hoe meer hij de grote richtlijnen van de rede benadrukte. Daardoor veranderde huize Fischel allengs in het strijdperk van twee wereldbeschouwingen.

Directeur Fischel van Lloyds Bank filosofeerde graag, maar slechts tien minuten per dag. Hij hield ervan het menselijk bestaan voor op de rede gefundeerd te crediteren, geloofde aan de geestelijke rentabiliteit ervan, die hij zich conform aan de degelijke hiërarchische structuur van een grote bankinstelling voorstelde, en nam dagelijks met genoegen nota van wat hij over nieuwe stappen voorwaarts in de krant las. Dit geloof aan de onwrikbare richtlijnen van de rede en de vooruitgang had hem lange tijd in staat gesteld de aanmerkingen van zijn vrouw met een schouderophalen of een scherp antwoord af te doen. Maar daar het ongeluk had gewild dat de nieuwe mentaliteit zich in de loop van dit huwelijk van de oude, Leo Fischel gunstig gezinde principes van het liberalisme, de grote voorbeelden van de vrijdenkerij, de menselijke waardigheid en de vrije handel afwendde, en rede en vooruitgang in heel het avondland door rassentheorieën en straatleuzen werden verdrongen, bleef ook hij daardoor niet onaangetast. Hij had deze ontwikkeling aanvankelijk eenvoudigweg genegeerd, precies zoals graaf Leinsdorf bepaalde 'onwelgevallige verschijnselen van publieke aard' placht te negeren; hij wachtte tot ze vanzelf zouden verdwijnen, en dit wachten is de eerste, nauwelijks nog voelbare graad van de tortuur door ergernis die het leven mensen met een rechtschapen karakter aandoet. De tweede graad heet gewoonlijk, en heette daarom ook bij Fischel zo, het 'gif'. Het gif is het druppelsgewijs opkomen van nieuwe opvattingen aangaande moraal, kunst, politiek, gezin, kranten, boeken en sociaal verkeer, dat al gepaard gaat met een machteloos gevoel van onherroepelijkheid en een opstandige ontkenning die niet om een zekere erkenning van het bestaan ervan heen kan. Directeur Fischel bleef echter ook de derde en laatste graad niet bespaard, waarin de afzonderlijke buien en vlagen van het nieuwe tot een gestage regen zijn samengevloeid, en mettertijd wordt dat een van de vreselijkste martelingen die een mens die dagelijks slechts tien minuten tijd voor filosofie heeft kan ondergaan.

Leo leerde in hoevele dingen de mens verschillende meningen kan hebben. De drang gelijk te hebben, een behoefte die bijna synoniem is aan menselijke waardigheid, begon in huize Fischel orgieën te houden. Deze drang heeft in duizenden jaren duizenden bewonderenswaardige filosofieën, kunstwerken, boeken, daden en partijaanhangers voortgebracht, en als deze bewonderenswaardige, maar ook fanatieke en monsterachtige, de menselijke natuur aangeboren drang zich tevreden moet stellen met tien minuten levensfilosofie of discussies over principiële problemen van huishoudelijke aard, dan is het onvermijdelijk dat hij als een druppel kokend lood in ontelbare punten en pieken uiteenspat, die allerpijnlijkst kunnen verwonden. Hij barstte op de vraag of een dienstmeisje moest worden ontslagen of niet, en of tandestokers nu op tafel horen of niet; maar waar hij ook op barstte, hij bezat het vermogen zich onmiddellijk te vervolledigen tot twee, aan details onuitputtelijk rijke wereldbeschouwingen.

Dat ging nog wel overdag, want dan was directeur Fischel op zijn kantoor, maar 's nachts was hij mens, en dat verslechterde de verhouding tussen hem en Klementine enorm. In feite kan een mens bij de huidige complexiteit van alle dingen toch slechts van één gebied werkelijk verstand hebben, en dat waren bij hem pandbrieven en effecten, zodat hij 's nachts geneigd was tot een zekere toegeeflijkheid. Klementine daarentegen bleef ook dan bits en ontoegeeflijk, want zij was in de plichtsbewuste, stabiele atmosfeer van een ambtenarengezin opgegroeid, waar nog bij kwam dat haar standsbewustzijn geen gescheiden slaapkamers verdroeg om de toch al ontoereikende woonruimte niet nog meer te verkleinen. Gemeenschappelijke slaapkamers echter brengen een man, zodra het licht uit is, in de positie van een acteur die voor een onzichtbaar publiek de dankbare, maar al erg doodgespeelde rol van held moet vertolken die een blazende leeuw te voorschijn tovert. Al in geen jaren had Leo's donkere zaal zich daarbij ook maar het zwakste applaus, noch het geringste teken van afwijzing laten ontvallen, en men mag zeggen dat dit de sterkste zenuwen kan schokken. 's Ochtends, aan het ontbijt, dat volgens eerbare traditie gezamenlijk werd genuttigd, was Klementine zo stijf als een bevroren lijk en Leo trilde van emotie. Zelfs hun dochter Gerda merkte daar telkens iets van, en stelde zich vol afgrijzen en bittere weerzin het huwelijksleven voor als een kattegevecht in het nachtelijk donker.

Gerda was drieëntwintig jaar en vormde het geliefkoosde strijdobject tussen haar ouders. Leo Fischel vond dat het tijd werd dat hij aan een voordelig huwelijk voor haar ging denken. Gerda daarentegen zei: 'Je bent ouderwets, lieve papa,' en had haar vrienden gekozen uit een bent christelijk-Germaanse leeftijdgenoten die niet het geringste vooruitzicht op een goed verzorgde toekomst boden, maar in plaats daarvan het kapitaal verachtten en verkondigden dat er nog nooit een jood was geweest die bewezen had de mensheid een groot symbool te kunnen schenken. Leo Fischel noemde hen antisemitische lummels en wilde hun de toegang tot het huis ontzeggen, maar Gerda zei: 'Je begrijpt het niet, papa, dat is toch alleen maar symbolisch,' en Gerda was nerveus en bloedarm en wond zich meteen zo op als je haar niet voorzichtig behandelde. Dus duldde Fischel deze omgang, zoals eens Odysseus de vrijers van Penelope in zijn huis had moeten dulden, want Gerda was de lichtstraal in zijn leven; maar hij duldde niet stilzwijgend, want dat lag niet in zijn aard. Hij meende zelf heel goed te weten wat moraal en grote ideeën waren, en hij zei dit bij elke gelegenheid, om een goede invloed op Gerda uit te oefenen. En Gerda antwoordde elke keer: 'Ja, je zou beslist gelijk hebben, papa, als je deze kwestie niet fundamenteel anders zou moeten bekijken dan jij maar blijft doen!' En wat deed Klementine als Gerda zo praatte? Niets! Zij deed er met een gelaten gezicht het zwijgen toe, maar Leo kon er staat op maken dat zij achter zijn rug Gerda zou steunen, alsof zíj wist wat symbolen waren! Leo Fischel had altijd alle reden gehad om te veronderstellen dat zijn goede joodse hersens superieur waren aan die van zijn vrouw, en niets maakte hem zo woedend als te zien dat zij van Gerda's malligheid gebruik maakte. Waarom zou uitgerekend hij opeens niet meer in staat zijn modern te denken? Dat was opzet! Toen herinnerde hij zich die nacht. Dat was geen ondergraven meer van zijn eer; dat was de eer met wortel en al uitgraven! 's Nachts heeft een mens alleen een nachthemd aan en daaronder zit meteen zijn karakter. Vakmanschap noch vakkennis beschermen hem. Men zet zijn hele persoon in. Niets anders. Wat wilde het dus zeggen dat Klementine als het christelijk-Germaanse standpunt aan de orde was, een gezicht trok of hij een wilde was?

Nu is de mens een wezen dat even slecht bestand is tegen verdachtmakingen als zijdepapier tegen regen. Sinds Klementine Leo niet meer knap vond vond zij hem onverdraaglijk, en sinds Leo voelde dat Klementine aan hem twijfelde, zag hij in iedere aanleiding een samenzwering in zijn huis. Daarbij waren Klementine en Leo, zoals iedereen wie dat door fatsoen en literatuur wordt aangepraat, gevangen in het vooroordeel dat zij door hun passies, karakters, lotgevallen en handelingen van elkaar afhingen. Maar in werkelijkheid bestaat het leven natuurlijk voor meer dan de helft niet uit handelingen, maar uit verhandelingen waarvan men de betekenis in zich opneemt, uit beschouwingen met tegensprekende tegenbeschouwingen en uit de opgehoopte onpersoonlijkheid van hetgeen men heeft gehoord en weet. Het lot van deze beide echtgenoten hing voor het grootste deel af van een troebele, taaie, ongeordende gelaagdheid van gedachten, die helemaal niet de hunne waren maar tot de publieke opinie behoorden en tegelijk daarmee waren veranderd, zonder dat zij zich daarvan konden vrijwaren. Vergeleken bij deze afhankelijkheid was de persoonlijke afhankelijkheid van elkaar slechts een nietig deel, een waanzinnig overschat residu. En terwijl zij zichzelf wijsmaakten een privé-leven te hebben en hun karakter en wil wederzijds ter discussie stelden, lag de wanhopige moeilijkheid in de onwerkelijkheid van deze strijd, die zij met alle mogelijke irritaties maskeerden.

Het was Leo Fischels ongeluk dat hij noch kaartspeelde, noch er plezier in had met leuke meisjes uit te gaan, maar, vermoeid van zijn werk, aan een uitgesproken familiezin leed, terwijl zijn vrouw, die niets anders om handen had dan dag en nacht de schoot van die familie te vormen, zich door geen enkele romantische voorstelling daarvan meer van de wijs liet brengen. Leo Fischel werd soms bevangen door een gevoel van verstikking dat, nergens grijpbaar, hem van alle kanten bekroop. Hij was een hardwerkende kleine cel in het maatschappelijke lichaam, die braaf haar plicht deed maar van alle kanten vergiftigde sappen binnenkreeg. En ofschoon dit zijn behoefte aan filosofie verre te boven ging, begon hij, door zijn levensgezellin in de steek gelaten, als ouder wordend man die geen enkele reden zag om de verstandige mode uit zijn jeugd op te geven, de diepe onbeduidendheid van het zieleleven te vermoeden, de vormeloosheid ervan, die eeuwig van vorm verandert, de langzame maar rusteloze omwenteling, die altijd alles met zich mee doet draaien.

Op zo'n ochtend waarop zijn denken door gezinsproblemen in beslag werd genomen, was Fischel vergeten het rondschrijven van Z. Doorluchtigheid te beantwoorden, en op vele daaropvolgende ochtenden kreeg hij beschrijvingen van wat er in de kringen rondom directeur-generaal Tuzzi's vrouw zoal voorviel, die het zeer betreurenswaardig deden lijken dat een zo goede gelegenheid voor Gerda om in de beste kringen te worden opgenomen niet was benut. Fischel had zelf geen al te zuiver geweten, omdat zijn eigen president-directeur en de gouverneur van de staatsbank er immers ook kwamen, maar zoals bekend wijst men verwijten des te feller van de hand naarmate men zelf sterker verdeeld is tussen schuld en onschuld. Maar elke keer als Fischel met de superioriteit van de werkende man grappen over deze patriottische aangelegenheid probeerde te maken, werd hem te verstaan gegeven dat een met zijn tijd meegaande geldmagnaat als Paul Arnheim er natuurlijk anders over dacht. Het was verbazingwekkend hoeveel Klementine, en ook Gerda – die zich wat het overige betrof natuurlijk tegen haar moeders wensen verzette – over deze man te weten waren gekomen, en nu er ook op de beurs allerlei wonderlijke geruchten over hem de ronde deden voelde Fischel zich in de verdediging gedrongen, want hij kon het eenvoudigweg niet meer bijhouden en kon over een man met zulke connecties in de zakenwereld ook niet beweren dat men hem niet serieus kon nemen.

Als Fischel zich echter in de verdediging gedrongen voelde, nam dat in overeenstemming met de feitelijke situatie de vorm aan van een contramine, dat wil zeggen, hij zweeg zo ondoorzichtig als hij maar kon bij alle toespelingen die op huize Tuzzi, Arnheim, de Parallelactie en zijn eigen tekortschieten betrekking hadden, won inlichtingen in over Arnheims verblijf en wachtte heimelijk op een gebeurtenis die de innerlijke holheid van dit alles in één klap aan het licht zou brengen en de hoge gezinskoers van deze aangelegenheid in zou laten storten.

– 52 –

Directeur-generaal Tuzzi constateert een leemte in de organisatie van zijn ministerie

Directeur-generaal Tuzzi smaakte na zijn besluit om zich omtrent de persoon van dr. Arnheim klaarheid te verschaffen al spoedig de voldoening in de organisatie van het voorwerp van zijn zorg, het ministerie van Buitenlandse Zaken en het Keizerlijk Huis, een wezenlijke leemte te ontdekken: het was niet ingesteld op personen als Arnheim. Op het gebied der schone letteren las hij behalve memoires slechts de bijbel, Homerus en Rosegger, en daar bewees hij zichzelf een dienst mee, omdat het hem voor versnippering behoedde; maar dat er op zijn hele departement van Buitenlandse Zaken niemand te vinden was die een boek van Arnheim had gelezen onderkende hij als een onvolkomenheid.

Directeur-generaal Tuzzi bezat de bevoegdheid andere hogere ambtenaren bij zich te kunnen laten roepen, maar de ochtend na die door tranen verstoorde nacht had hij zich naar de chef van het bureau Voorlichting begeven, geleid door een gevoel dat de aanleiding die hem om een onderhoud gebood te vragen, nog niet helemaal het volle ambtelijke gewicht kon worden toegekend. De chef van het bureau Voorlichting bewonderde directeur-generaal Tuzzi om de overvloed aan persoonlijke details die deze over Arnheim wist, gaf wat hemzelf betrof toe de naam ook al dikwijls te hebben gehoord, maar wees meteen de veronderstelling van de hand dat de man in de dossiers van zijn afdeling zou voorkomen, daar hij zich niet kon herinneren dat deze ooit het voorwerp van een ambtelijke bemoeienis was geweest en de verwerking van het krantemateriaal zich begrijpelijkerwijs niet tot de levensuitingen van privé-personen uitstrekte. Tuzzi gaf toe dat iets anders ook geenszins te verwachten was, maar maakte de kanttekening dat de grens tussen het ambtelijke en het particuliere belang van personen en verschijnselen tegenwoordig niet altijd duidelijk te trekken was, wat het hoofd van het bureau Voorlichting heel scherp gezien vond, waarna zij het erover eens werden voor een zeer interessante onvolkomenheid van het systeem te zijn geplaatst.

Het was blijkbaar een ochtend waarop Europa zich een beetje rust gunde, want de beide heren lieten de bureauchef komen om een dossier aan te leggen, dat van het opschrift 'Arnheim, dr. Paul' moest worden voorzien, al bleef het voorlopig ook nog leeg. Na de bureauchef kwamen de chefs van het Dossier-archief en het Archief voor Kranteknipsels aan de beurt, die direct uit hun hoofd en stralend van bekwaamheid wisten te vertellen dat er in hun registers geen Arnheim voorkwam. Tenslotte liet men de rapporteurs halen, die dagelijks de bladen moesten bewerken en hun chefs de uittreksels hadden voor te leggen, en allen trokken een gewichtig gezicht toen hun naar Arnheim werd gevraagd, en zij verzekerden dat hij in hun bladen heel vaak en in de meest welwillende termen werd genoemd, maar konden niets over de inhoud van zijn geschriften mededelen, omdat zijn activiteiten, zoals zij meteen wisten te melden, niet tot de taken van de ambtelijke berichtgeving behoorden. Hoe onberispelijk de machinerie van het ministerie van Buitenlandse Zaken functioneerde bleek zodra men maar op de knop drukte, en alle ambtenaren verlieten de kamer met het gevoel een gunstige indruk van hun betrouwbaarheid te hebben gegeven. 'Het is precies zoals ik u zei,' wendde het hoofd van het bureau Voorlichting zich voldaan tot Tuzzi, 'geen mens weet iets.'

De beide heren hadden de mededelingen met een plechtige glimlach aangehoord, zaten – door hun omgeving als het ware voor de eeuwigheid geprepareerd, als vliegen in barnsteen – in prachtige leren fauteuils op het zachte rode tapijt, achter de donkerrode hoge vensterdraperieën van de wit-gouden kamer, die nog uit Maria Theresia's tijden dateerde, en zagen in dat de leemte in het systeem, die zij nu tenminste hadden ontdekt, moeilijk te vullen zou zijn. 'Op onze afdeling,' zei het hoofd daarvan trots, 'wordt elke officiële uitspraak verwerkt; maar men moet nu eenmaal aan het begrip officieel ergens een grens stellen. Ik kan ervoor instaan dat elke interruptie die enige gedeputeerde, op welke landdag dan ook, in het lopende jaar heeft gemaakt, binnen tien minuten in onze archieven terug te vinden is, en elke interruptie van de laatste tien jaar, voor zover ze betrekking heeft op de buitenlandse politiek, binnen op zijn hoogst een half uur. Dat geldt ook voor elk politiek kranteartikel; mijn mensen werken consciëntieus. Maar dat zijn concrete, bij wijze van spreken verantwoordelijke uitingen, die verband houden met vaste omstandigheden, machten en begrippen. En als ik mij zuiver als vakman afvraag onder welke rubriek de ambtenaar die de uittreksels of de catalogus maakt, een essay van iemand moet inschrijven die alleen op persoonlijke titel... ach, wie zullen we eens nemen?'

Tuzzi noemde behulpzaam de naam van een van de jongste schrijvers die in Diotima's salon kwam. De chef van het bureau Voorlichting keek hardhorig en verontrust naar hem op. 'Vooruit, laten we zeggen die dan; maar waar trekt men de grens tussen waar men op let en waar men stilzwijgend aan voorbij gaat? Er is zelfs ook al sprake geweest van politieke gedichten. Moet je nu elke rijmelaar...? Of zou je misschien alleen schrijvers die voor het Burgtheater...?'

De beide heren lachten.

'Hoe zou men er trouwens achter moeten komen wat zulke mensen bedoelen, al zouden zij Schiller en Goethe zelf zijn?! Een hogere zin heeft het natuurlijk altijd, maar wat praktische doeleinden betreft spreken zij zichzelf om het andere woord tegen.'

Het was de beide heren inmiddels duidelijk geworden dat zij het risico liepen zich in te spannen voor iets 'onmogelijks', dit woord ook opgevat in die zin van maatschappelijke belachelijkheid waar diplomaten zo'n fijn gevoel voor hebben. 'Men kan geen hele staf van boekbesprekers en theatercritici aan het ministerie verbinden,' stelde Tuzzi met een glimlach vast, 'maar anderzijds, als je er eenmaal op begint te letten, valt niet te ontkennen dat die lieden een zekere invloed hebben op de vorming van de in onze wereld heersende inzichten en langs die weg ook in de politiek doorwerken.'

'Op geen enkel ministerie van Buitenlandse Zaken ter wereld doet men dat,' viel de chef hem bij.

'Natuurlijk niet. Maar de gestage druppel holt de steen.' Tuzzi vond dat dit gezegde heel goed een zeker gevaar uitdrukte. 'Misschien kan er organisatorisch toch iets worden geprobeerd?'

'Ik weet het niet, ik heb zo mijn twijfels,' merkte het hoofd op.

'Ik natuurlijk ook!' voegde Tuzzi daaraan toe. Hij had tegen het eind van dit onderhoud een pijnlijke sensatie, als van een beslagen tong, en kon niet goed uitmaken of waar hij over had gesproken nu onzin was of dat het misschien toch een staaltje van de scherpzinnigheid zou blijken te zijn waar hij om.beroemd was. Ook•de chef van het bureau Voorlichting kon dat niet uit elkaar houden, en daarom verzekerden de beide heren elkaar dat zij dit probleem later nog eens zouden bespreken.

De chef van het bureau Voorlichting gaf opdracht het complete werk van Arnheim voor de bibliotheek van het ministerie te bestellen, opdat de zaak toch nog een zekere afronding zou hebben, en directeur-generaal Tuzzi begaf zich naar een politieke afdeling, alwaar hij officieel verzocht de ambassade in Berlijn opdracht te geven voor een uitvoerig rapport over de persoon van Arnheim. Dit was het enige dat hem op dat moment te doen overbleef, en in afwachting van dit rapport had hij alleen zijn vrouw om hem over Arnheim in te lichten, wat hij nu helemaal een onprettig idee vond. Hij moest denken aan Voltaires uitspraak dat mensen woorden alleen gebruiken om hun gedachten te verbergen, en zich alleen van gedachten bedienen om er hun onrechtvaardige handelingen mee te motiveren. Zeker, dat was altijd diplomatie geweest. Maar dat iemand zo veel praatte en schreef als Arnheim om zijn ware bedoelingen achter woorden te verbergen, dat verontrustte hem als iets nieuws, waar hij achter moest zien te komen.

— 53 —

Moosbrugger wordt naar een nieuwe gevangenis overgebracht

Christian Moosbrugger, de moordenaar van de prostituée, was enkele dagen nadat in de kranten de berichten over het tegen hem gevoerde proces waren opgehouden te verschijnen al vergeten, en de opwinding van het publiek had zich op andere onderwerpen gericht. Alleen een kring van ter zake kundigen hield zich nog verder met hem bezig. Zijn verdediger had een verzoek tot nietigverklaring ingediend, om een nieuw onderzoek naar zijn geestestoestand verzocht en zo nog het een en ander gedaan; de terechtstelling was voor onbepaalde tijd uitgesteld, en Moosbrugger werd naar een andere gevangenis overgebracht.

De voorzorgsmaatregelen die daarbij werden genomen vleiden hem; geladen geweren, veel mensen, ijzeren boeien aan armen en benen: men besteedde aandacht aan hem, men was bang voor hem, en daar hield Moosbrugger van. Toen hij in de celwagen stapte keek hij uit naar bewondering en wierp een blik in de verbaasde ogen van de voorbijgangers. Koude wind die door de straat woei speelde in zijn krullen, de lucht trok aan hem. Twee seconden lang; toen duwde een bewaker hem tegen zijn achterste om hem in de wagen te krijgen.

Moosbrugger was ijdel; hij hield er niet van om zo te worden geduwd; hij was bang dat de bewakers hem zouden kunnen stompen, tegen hem zouden schreeuwen of hem zouden uitlachen; de geboeide reus durfde geen van zijn begeleiders aan te kijken en schoof uit zichzelf door tot de voorwand van de wagen.

Hij was echter niet bang voor de dood. Men moet in het leven veel verduren dat beslist meer pijn doet dan opgehangen worden, en of je een paar jaar meer of minder leeft, daar komt het al helemaal niet op aan. De passieve trots van een man die vaak opgesloten heeft gezeten verbood het hem bang te zijn voor de straf; maar hij hing ook verder niet aan het leven. Van wat zou hij daarin hebben moeten houden? Toch niet van de voorjaarswind of van de open wegen of van de zon? Die maken alleen moe, heet en stoffig. Niemand die ze werkelijk kent houdt ervan. 'Te kunnen vertellen,' dacht Moosbrugger, 'gisteren heb ik in dat restaurant daar op de hoek een uitstekend stuk varkensvlees gegeten!' Dat was al wat meer. Maar ook daar zou je buiten kunnen. Wat hem plezier zou hebben gedaan was de bevrediging van zijn eerzucht, die altijd alleen domme beledigingen had ondervonden. Een verward gehobbel drong vanuit de wielen via de bank in zijn lichaam door; achter de ijzeren tralies in de deur liepen de straatstenen achteruit, vrachtwagens bleven achter, soms tuimelden mannen, vrouwen of kinderen dwars door de tralies, van heel uit de verte kwam een fiaker aangeschoven, werd groter, kwam dichterbij, begon leven te sproeien als een aambeeld vonken, de paardehoofden leken door de portieren te willen stoten, toen ging het geklepper van de hoeven en het zachte geluid van de rubberbanden achter de wand voorbij. Moosbrugger draaide zijn hoofd langzaam terug en bekeek opnieuw het dak, waar het vóór aan de zijwand grensde. Het lawaai buiten bruiste, schalde; was als een doek gespannen, waarover zo nu en dan snel een schaduw van een of ander voorval gleed. Moosbrugger onderging deze rit als een afwisseling, zonder erg te letten op wat deze inhield. Tussen twee donkere, slaperige gevangenisperiodes schoot een kwartier van ondoorzichtig wit schuimende tijd. Zo had hij ook zijn vrijheid altijd ondergaan. Niet speciaal als prettig. 'Dat met die laatste maaltijd,' dacht hij, 'met de gevangenisgeestelijke, de beulen en het kwartier tot het allemaal voorbij is, zal niet echt anders zijn; het zal ook op zijn wielen vooruitdansen, je zult wel voortdurend bezig zijn, net als nu, om bij dat gehots niet van je bank te vallen, en je zult wel niet veel zien en horen, omdat er allemaal mensen om je heen springen. Het zou zo gek nog niet zijn om van dat alles eindelijk eens rust te krijgen!'

De superioriteit van een man die zich heeft bevrijd van de wens om te leven is heel groot. Moosbrugger herinnerde zich de commissaris die hem als eerste bij de politie had verhoord. Dat was een fijne man geweest, die zachtjes praatte. 'Kijk eens, meneer Moosbrugger,' had hij gezegd, 'ik smeek u gewoon: gunt u mij toch dit succes!' En Moosbrugger had geantwoord: 'Goed, als u dat succes wilt dan maken we nu proces-verbaal op.' De rechter had dat later niet willen geloven, maar de commissaris had het voor de rechtbank bevestigd. 'Als u dan niet uit eigen beweging uw geweten wilt ontlasten, schenkt u mij dan tenminste de persoonlijke voldoening om het ter wille van mij te doen.' Dat had de commissaris voor de hele rechtbank herhaald, zelfs de president had beminnelijk geglimlacht, en Moosbrugger was opgestaan. 'Alle respect voor deze verklaring van mijnheer de commissaris!' had hij luid verkondigd, en er met een elegante buiging aan toegevoegd: 'Ofschoon mijnheer de commissaris mij heeft laten vertrekken met de woorden: "Wij zullen elkaar waarschijnlijk niet meer terugzien," heb ik nu toch de eer en het genoegen mijnheer de commissaris hier vandaag terug te zien.'

De glimlach van zelfingenomenheid deed Moosbruggers gezicht stralen, en hij vergat de bewakers die tegenover hem zaten en die net als hij door het hotsen van de wagen heen en weer werden geslingerd.

– 54 –

Ulrich toont zich in een gesprek met Walter en Clarisse reactionair

Clarisse zei tegen Ulrich: 'Er moet iets voor Moosbrugger worden gedaan, die moordenaar is muzikaal!'

Ulrich had eindelijk op een vrije middag alsnog het bezoek afgelegd dat door zijn arrestatie met zulke verstrekkende gevolgen was verhinderd.

Clarisse hield de revers van zijn jasje op borsthoogte vast; Walter stond er met een niet helemaal oprecht gezicht naast.

'Hoe bedoel je dat: muzikaal?' vroeg Ulrich glimlachend.

Clarisse trok een vrolijk beschaamd gezicht. Onwillekeurig. Alsof de schaamte door al haar trekken naar buiten drong, en zij haar gezicht vrolijk moest spannen om dat tegen te houden. Zij liet hem los. 'Nou ja,' zei ze. 'Jij bent nu toch een invloedrijk man geworden!' Er was niet altijd wijs uit haar te worden.

De winter was al een keer begonnen en toen weer opgehouden. Hier, buiten de stad, lag nog sneeuw; witte velden en daartussen als donker water de zwarte aarde. De zon overgoot alles gelijkmatig. Clarisse had een oranje jasje aan en een blauwe wollen muts op. Ze gingen gedrieën wandelen, en Ulrich moest haar te midden van de woest opgebroken natuur de geschriften van Arnheim uitleggen. Er was daarin sprake van algebraïsche reeksen en van benzolringen, van de materialistische geschiedenisbeschouwing en de universalistische, van brugpijlers, de ontwikkeling van de muziek, de geest van de auto, Hata 606, de relativiteitstheorie, de atomistiek van Bohr, het autogene lasprocédé, de flora van de Himalaya, de psychoanalyse, de psychologie van het individu, de experimentele psychologie, de fysiologische psychologie, de sociale psychologie, en alle andere verworvenheden die een daaraan rijk geworden tijd verhinderen om goede, hele en harmonische mensen voort te brengen. Maar dit alles kwam op een zeer geruststellende wijze in Arnheims geschriften voor, want hij verzekerde zijn lezers dat alles wat men niet begreep niet meer was dan een exces van de onvruchtbare intellectuele krachten, terwijl het ware altijd de eenvoud, de menselijke waardigheid en het instinct voor bovenmenselijke waarheden was, iets dat iedereen kon verwerven mits hij eenvoudig leefde en met de sterren verbonden was. 'Er zijn tegenwoordig veel mensen die zoiets beweren,' lichtte Ulrich toe, 'maar van Arnheim wordt het geloofd omdat men zich hem mag voorstellen als een groot, rijk man, die beslist weet waarover hij het heeft, die zelf de Himalaya heeft bezocht, auto's bezit en zo veel benzolringen draagt als hij maar wil!'

Clarisse wilde weten hoe benzolringen eruitzien, geleid door een vage associatie met carneoolringen.

'Je bent toch allerliefst, Clarisse!' vond Ulrich.

'God zij dank hoeft zij al die chemische onzin niet te begrijpen!' nam Walter het voor haar op; maar toen begon hij Arnheims geschriften die hij had gelezen te verdedigen. Hij wilde niet zeggen dat Arnheim het beste was wat men zich zou kunnen voorstellen, maar het was toch wel het beste wat de tegenwoordige tijd had voortgebracht; dit was een nieuwe geest! Weliswaar onweerlegbare wetenschap, maar tegelijk ook het weten overstijgend! Zo verliep de wandeling. Het eindresultaat voor allen was natte voeten, een geïrriteerd brein, alsof de dunne, in de winterzon glimmende naakte boomtakken als splinters in hun netvlies waren blijven steken, het gedeelde verlangen naar hete koffie en het gevoel van menselijke verlorenheid.

Verdampende sneeuw steeg op van hun schoenen. Clarisse had plezier omdat de kamer vuil werd, en Walter hield zijn vrouwelijk volle lippen de hele tijd door opgetrokken omdat hij ruzie zocht. Ulrich vertelde over de Parallelactie. Bij Arnheim aangekomen kregen zij weer onenigheid.

'Ik zal je zeggen wat ik tegen hem heb,' herhaalde Ulrich. 'De wetenschappelijke mens is tegenwoordig een totaal onvermijdelijke zaak; men kan niet níet willen weten! En in geen enkele tijd is het verschil tussen de ervaring van een vakman en die van een leek zo groot geweest als in de tegenwoordige. Aan de bekwaamheid van een masseur of een pianist merkt iedereen het; men stuurt tegenwoordig zelfs geen paard meer zonder speciale voorbereiding de renbaan op. Alleen in kwesties die het menszijn betreffen acht iedereen zich nog bevoegd te beslissen, en een oud vooroordeel houdt staande dat men als mens geboren wordt en sterft! Al weet ik echter dat de vrouwen vijfduizend jaar geleden woordelijk dezelfde brieven aan hun minnaars hebben geschreven als tegenwoordig, dan kan ik toch zo'n brief niet meer lezen zonder me af te vragen of het niet ooit zou kunnen veranderen!'

Clarisse bleek geneigd daarmee in te stemmen. Walter daarentegen glimlachte als een fakir die geen spier wil vertrekken terwijl men hem een hoedepen door zijn wangen steekt.

'Dat wil dus niets anders zeggen dan dat jij tot nader order weigert een mens te zijn!' wierp hij tegen.

'Ongeveer. Er kleeft een onaangenaam gevoel van dilettantisme aan!'

'Maar ik wil tegenover jou nog iets heel anders toegeven,' vervolgde Ulrich na enig nadenken. 'De specialisten zullen nooit klaar komen. Niet alleen dat ze nu niet klaar zijn; maar ze kunnen zich de voltooiing van hun werk niet eens voorstellen. Misschien kunnen zij het niet eens wensen. Kun je je bijvoorbeeld voorstellen dat de mens nog een ziel zal hebben nadat hij die biologisch en psychologisch volkomen heeft leren doorgronden en behandelen? Toch streven wij die toestand na! Dat is het. Het weten is een gedrag, een hartstocht. In feite een ongeoorloofd gedrag; want net als de zucht naar drank, naar seksualiteit en naar geweld, creëert ook de dwang te moeten weten een karakter dat niet in evenwicht is. Het is helemaal niet waar dat de onderzoeker achter de waarheid aangaat, ze loopt hém na. Hij ondergaat haar. Het ware is waar, en het feit is werkelijk, zonder zich om hem te bekommeren: hij heeft daar alleen de hartstocht voor, de drankzucht naar het feitelijke, die zijn karakter tekent, en het interesseert hem geen barst of er uit zijn bevindingen een geheel, iets menselijks, volmaakts of wat dan ook voortkomt. Het is een hoogst tegenstrijdig, een lijdend en daarbij ontzaglijk energiek wezen!'

'En?' vroeg Walter.

'Wat: en?'

'Je wilt toch niet beweren dat je het daarbij kunt laten?!'

'Ik zou het daarbij willen laten,' zei Ulrich kalm. 'De voorstelling die wij hebben van onze omgeving, maar ook van onszelf, verandert met de dag. Wij leven in een doorgangstijd. Misschien zal die, als wij onze essentieelste taken niet beter aanpakken dan tot nog toe, tot het einde van onze planeet duren. Toch moet je als je in het donker bent neergezet niet als een kind uit angst beginnen te zingen. Zo'n gezang uit angst is het echter als je net doet of je weet hoe je je in dit ondermaanse hebt te gedragen; dan kun je schreeuwen wat je wilt, het is toch alleen maar angst! Voor de rest ben ik ervan overtuigd: wij galopperen! Wij zijn nog ver van de doelen verwijderd, ze komen niet dichterbij, wij zien ze niet eens, wij zullen nog vaak verkeerd rijden en de paarden moeten verwisselen; maar op een dag — overmorgen of over tweeduizend jaar — zal de horizon beginnen te schuiven en bruisend op ons af komen stormen!'

Het was schemerig geworden. 'Niemand kan mijn gezicht zien,' dacht Ulrich. 'Ik weet zelf niet eens of ik lieg.' Hij praatte zoals men op een moment dat men niet zeker is van zichzelf het resultaat van tientallen jaren zekerheid samenvat. Hij herinnerde zichzelf eraan dat deze jeugddroom, die hij Walter nu voorhield, inmiddels toch al lang hol was geworden. Hij wilde niet meer verder praten.

'En wij moeten,' antwoordde Walter scherp, 'dan maar van elke zin van het leven afzien?!'

Ulrich vroeg hem waarvoor hij nu eigenlijk een zin nodig had. Het ging zo toch ook, vond hij.

Clarisse giechelde. Zij bedoelde het niet kwaad, de vraag kwam haar zo grappig voor.

Walter deed het licht aan, want het leek hem niet nodig dat Ulrich tegenover Clarisse gebruik maakte van het voordeel van de man in het donker. Irritant verblindend licht overgoot het drietal.

Ulrich ging koppig door met zijn uitleg: 'Wat je in het leven nodig hebt is alleen maar de overtuiging dat jouw zaak beter loopt dan die van je buurman. Dat wil zeggen: jouw schilderijen, mijn wiskunde, vrouw en kinderen voor iemand anders; alles wat iemand ervan verzekert dat hij weliswaar absoluut niets ongewoons is, maar op die manier, met geenszins iets ongewoons te zijn, zijns gelijke toch niet zomaar heeft!'

Walter was nog niet opnieuw gaan zitten. Er was onrust in hem. Triomf. Hij riep uit: 'Weet je wat je daar zegt? Doormodderen! Jij bent gewoon een Oostenrijker. Jij preekt de Oostenrijkse staatsfilosofie van het doormodderen!'

'Dat is misschien niet zo slecht als jij denkt,' gaf Ulrich ten antwoord. 'Men kan uit een hartstochtelijke behoefte aan scherpte en precisie of schoonheid een punt bereiken dat men aan doormodderen de voorkeur geeft boven alle experimenten in de nieuwe geest! Ik feliciteer je ermee dat je Oostenrijks wereldmissie hebt gevonden.'

Walter wilde antwoorden. Maar het bleek dat het gevoel dat hem had doen oprijzen niet alleen triomf was, maar – hoe zegt men dat? – ook de wens even naar achteren te gaan. Hij aarzelde tussen die twee wensen. Maar ze lieten zich niet verenigen, en zijn blik gleed van Ulrichs ogen in de richting van de deur.

Toen ze alleen waren zei Clarisse: 'Die moordenaar is muzikaal. Dat wil zeggen – ' zij wachtte even, ging toen op geheimzinnige toon door: 'Je kunt helemaal niets zeggen, maar jij moet iets voor hem doen.'

'Wat moet ik dan doen?'

'Hem bevrijden.'

'Je droomt zeker?'

'Je meent toch vast niet alles wat je tegen Walter zegt?!' vroeg Clarisse, en haar ogen leken hem een antwoord te willen afdwingen waarvan hij de inhoud niet kon raden.

'Ik weet niet waar je heen wilt,' zei hij. Clarisse keek halsstarrig naar zijn lippen; toen herhaalde zij: 'Toch zou je moeten doen wat ik je zei; het zal je veranderen.'

Ulrich keek haar aan. Hij begreep het niet goed. Er moest hem iets zijn ontgaan; een vergelijking of een of ander 'wat-als' dat haar woorden zin gaf. Het klonk heel vreemd om haar zonder die zin zo natuurlijk te horen praten, alsof het om een normale ervaring ging die zij had gehad.

Maar toen kwam Walter terug. 'Ik moet toegeven – ' begon hij. De onderbreking had het gesprek van zijn scherpte ontdaan.

Hij zat weer op zijn kruk voor de vleugel en keek voldaan naar zijn schoenen, waar aarde aan was blijven zitten. Hij dacht: 'Waarom zit er aan Ulrichs schoenen geen aarde? Het is de laatste redding voor de Europese mens.'

Maar Ulrich keek naar de benen boven Walters schoenen; ze staken in zwarte katoenen kousen en hadden de lelijke vorm van mollige meisjesbenen. 'Je moet het waarderen als een man tegenwoordig nog de ambitie heeft iets heels te zijn,' zei Walter.

'Dat bestaat niet meer,' vond Ulrich. 'Je hoeft maar een krant in te kijken. Die staat boordevol onmetelijke ondoorzichtigheid. Er is daarin sprake van zo veel dingen dat het het denkvermogen van een Leibniz te boven zou gaan. Maar we merken het niet eens; we zijn veranderd. Er is geen hele mens meer die tegenover een hele wereld staat, maar een menselijk iets beweegt zich in een algemene voedingsvloeistof.'

'Heel juist,' zei Walter meteen. 'Er bestaat gewoon geen universele ontwikkeling meer in goetheaanse zin. Maar daarom is er voor elke gedachte tegenwoordig een tegengedachte en voor elke neiging meteen de tegenovergestelde. Elke daad en haar tegendeel vinden tegenwoordig in het intellect de scherpzinnigste redenen, waarmee men haar zowel kan verdedigen als veroordelen. Ik begrijp niet hoe jij dat kunt verdedigen!'

Ulrich haalde zijn schouders op.

'Je moet je helemaal terugtrekken,' zei Walter zacht.

'Het gaat zo toch ook,' antwoordde zijn vriend. 'Misschien zijn we onderweg naar de mierenstaat of naar een andere onchristelijke manier van opdelen van de taken!' Ulrich merkte in zichzelf op dat je het net zo goed eens kon zijn als oneens. In de beleefdheid lag de minachting zo helder als een lekkernij in aspic. Hij wist dat ook zijn laatste woorden Walter moesten ergeren, maar hij begon ernaar te verlangen eens met iemand te praten met wie hij het helemaal eens kon zijn. Zulke gesprekken waren er tussen Walter en hem ooit geweest. Dan worden de woorden door een geheimzinnige kracht uit de borst gehaald, en geen daarvan mist zijn doel. Als men daarentegen met antipathie spreekt, stijgen ze op als nevel van een ijsvlakte. Hij keek Walter zonder wrok aan. Hij was er zeker van dat ook hij het gevoel had door dit gesprek, hoe langer het doorging, steeds meer in zijn innerlijke mening te worden misvormd, maar de schuld daarvan bij hem legde. 'Alles wat men denkt is of sympathie of antipathie!' dacht Ulrich. Het kwam hem op dit moment zo levendig en zo waar voor dat hij het als een lichamelijke dwang onderging die lijkt op het wankelen van mensen die tegen elkaar aan worden gedrukt in een dicht opeengepakte menigte. Hij zocht Clarisse met zijn ogen.

Maar Clarisse luisterde blijkbaar al lang niet meer; zij had op een bepaald moment de krant die voor haar op tafel lag gepakt; daarna was zij bij zichzelf nagegaan waarom zij daar nu zo'n intens plezier in had. Zij voelde de onmetelijke ondoorzichtigheid waarover Ulrich had gesproken voor haar ogen, en de krant tussen haar handen. Haar armen ontvouwden het donker en openden zich. De armen vormden met de stam van het lichaam een kruisbalk, en daartussen hing de krant. Dat was het plezier, maar de woorden waarmee het te beschrijven is had Clarisse niet. Zij wist alleen dat zij naar de krant staarde, zonder te lezen, en dat het haar voorkwam dat er in Ulrich iets barbaars geheimzinnigs zat, een aan haarzelf verwante kracht, zonder dat haar daar iets preciezers bij inviel. Haar lippen hadden zich weliswaar geopend, alsof zij zou gaan glimlachen, maar het gebeurde buiten haar bewustzijn, slechts in een losse verstarde spanning.

Walter ging zachtjes door: 'Je hebt gelijk als je zegt dat tegenwoordig niets meer serieus, verstandig of zelfs maar te doorgronden is; maar waarom wil je niet inzien dat juist die groeiende verstandelijkheid, die het geheel verziekt, daar schuldig aan is. In alle hersenen heeft zich het verlangen genesteld steeds verstandelijker te worden, meer dan ooit het leven te rationaliseren en te specialiseren, en tegelijkertijd het onvermogen zich te kunnen voorstellen wat er van ons terecht zal komen zodra wij alles identificeren, analyseren, onderverdelen, in machines veranderen en standaardiseren. Het kan zo niet doorgaan.'

'Mijn God,' antwoordde Ulrich bedaard, 'de christen in de monnikentijd had maar gelovig te zijn, ofschoon hij zich slechts een hemel kon voorstellen die met zijn wolken en harpen tamelijk vervelend was; en wij zijn bang voor de hemel van de ratio, die ons aan de linialen, rechte banken en afschuwelijke krijtfiguren uit onze schooltijd doet denken.'

'Ik heb het gevoel dat ongebreidelde excessen van het fantastische het gevolg zullen zijn,' voegde Walter er peinzend aan toe. Er zat een kleine lafheid en list in zijn woorden. Hij dacht aan het geheimzinnige irrationele in Clarisse, en terwijl hij over de ratio sprak die tot excessen leidde, dacht hij aan Ulrich. De beide anderen merkten het niet, en dat vervulde hem met de pijn en de triomf van de onbegrepene. Hij zou Ulrich het liefst hebben verzocht zijn huis niet meer te betreden zolang hij in de stad bleef, als dat zonder Clarisse tot opstand te provoceren zou hebben gekund.

Zo keken de twee mannen zwijgend naar Clarisse.

Clarisse merkte plotseling dat zij niet langer twistten, wreef in haar ogen en keek vriendelijk knipperend naar Ulrich en Walter, die, door geel licht beschenen, als in een vitrine voor de avondblauwe ramen zaten.

– 55 –

Soliman en Arnheim

De meisjesmoordenaar Christian Moosbrugger bezat echter nog een tweede vriendin. De vraag of hij schuldig was of leed had een paar weken daarvoor haar hart even hevig in beroering gebracht als dat van vele anderen, en zij had een opvatting over het geval die enigszins afweek van de gerechtelijke. De naam Christian Moosbrugger beviel haar zeer, en zij stelde zich daar een eenzame, rijzige man bij voor, die bij een met mos begroeide molen zat en naar het gebulder van het water luisterde. Zij was er vast van overtuigd dat de beschuldigingen die men tegen hem inbracht op een volkomen onverwachte wijze zouden worden weerlegd. Als zij in de keuken of in de eetkamer zat met haar naaiwerk, gebeurde het wel eens dat Moosbrugger, nadat hij zijn ketenen had afgeschud, naast haar kwam staan, en dan ontsponnen zich heel wilde fantasieën. Het was daarin geenszins uitgesloten dat Christian, als hij haar, Rachel, bijtijds had leren kennen, zijn loopbaan als meisjesmoordenaar zou hebben opgegeven en zich zou hebben ontpopt tot een roverhoofdman met een geweldige toekomst.

Die arme man in zijn kerker had geen idee van het hart dat over Diotima's te verstellen ondergoed gebogen voor hem klopte. Het was helemaal niet ver van het huis van directeur-generaal Tuzzi naar de arrondissementsrechtbank. Van het ene dak naar het andere zou voor een adelaar maar een paar vleugelslagen zijn geweest; maar voor de moderne ziel, die oceanen en continenten spelenderwijs overbrugt, is niets zo onmogelijk als de verbinding te vinden naar de zielen die vlak om de hoek wonen.

Zo waren de magnetische stromen weer opgelost, en Rachel hield sinds enige tijd van de Parallelactie in plaats van van Moosbrugger. Zelfs als binnenskamers de dingen niet zo goed op dreef kwamen als zou moeten, gebeurde er op de gangen heel veel. Rachel, die vroeger altijd tijd had gevonden om de kranten te lezen die van mijnheer en mevrouw in de keuken belandden, kwam daar niet meer aan toe sinds zij van vroeg tot laat als een kleine schildwacht voor de Parallelactie stond. Zij hield van Diotima, van directeur-generaal Tuzzi, van Z. Doorluchtigheid graaf Leinsdorf, van de nabob, en sinds zij had gemerkt dat hij een rol in dit huis begon te spelen, ook van Ulrich; zo houdt een hond van de vrienden des huizes, met één gevoel en toch verschillende geuren, die opwindende afwisseling betekenen. Maar Rachel was slim. Aan Ulrich bijvoorbeeld merkte zij heel goed dat hij altijd een beetje tegenover de anderen stond, en haar fantasie was al begonnen hem een speciale en nog niet helemaal duidelijk geworden rol in de Parallelactie toe te schrijven. Hij keek altijd vriendelijk naar haar, en de kleine Rachel merkte dat hij haar vooral bijzonder lang observeerde als hij dacht dat zij het niet zag. Zij was er zeker van dat hij iets van haar wilde; kwam het maar; haar blanke velletje trok zich vol verwachting samen, en uit haar mooie zwarte ogen schoot zo nu en dan een heel klein gouden pijlpuntje in zijn richting! Ulrich voelde het knisteren van dit wezentje, zonder zich er rekenschap van te kunnen geven, terwijl zij tussen de deftige meubels en de bezoekers rondliep, en het gaf hem wat afleiding.

Hij had zijn plekje in Rachels aandacht voor een niet gering deel te danken aan de geheimzinnige gesprekken in de hal, waardoor Arnheims overheersende positie aan het wankelen was geraakt; want deze briljante man had, zonder het te weten, behalve hem en Tuzzi nog een derde vijand: zijn kleine bediende Soliman. Deze negerjongen was de fonkelende gesp van de tovergordel die de Parallelactie Rachel had omgedaan. Als een grappig knaapje dat achter zijn meester aan uit sprookjesland naar de straat was gekomen waar Rachel diende, was hij door haar eenvoudig als het regelrecht voor haar bestemde deel van het sprookje in bezit genomen; zo was het maatschappelijk beschikt; de nabob was de zon en kwam Diotima toe, Soliman hoorde bij Rachel en was een in de zon glinsterende, betoverend bonte scherf die zij voor zichzelf bewaarde. Maar dat was niet helemaal hoe de jongen erover dacht. Hij was, ondanks zijn kleine gestalte, al tussen de zestien en de zeventien, en een wezen vol romantiek, verdorvenheid en persoonlijke pretenties. Arnheim had hem ooit in het zuiden van Italië uit een troep dansers gehaald en bij zich genomen; de rare kleine woelwater met zijn melancholieke apeblik was hem aan het hart gegaan, en de rijke man had toen besloten de poorten tot een hoger leven voor hem te openen. Dit was gebeurd uit een diep verlangen naar een intieme, trouwe metgezel, zoals dit de eenzame niet zelden als een soort zwakheid bekroop maar dat hij gewoonlijk verborg achter verhoogde activiteit, en hij had Soliman tot diens veertiende jaar met ongeveer dezelfde achteloosheid als gelijke behandeld als men vroeger in rijke families de zoogbroertjes en -zusjes van de eigen kinderen grootbracht, die aan alle spelletjes en pleziertjes mee mogen doen tot het moment komt waarop men duidelijk moet maken dat de melk van een moederborst minder voedt dan die van een min. Soliman had dag en nacht, aan het bureau of tijdens urenlange gesprekken met beroemde bezoekers, aan de voeten, achter de rug of op de knieën van zijn meester gezeten. Hij had Scott, Shakespeare en Dumas gelezen als Scott, Shakespeare en Dumas toevallig op tafel lagen, en hij had leren spellen uit het handwoordenboek der geesteswetenschappen. Hij at het snoepgoed van zijn meester en begon al vroeg, als niemand het zag, ook diens sigaretten te roken. Er kwam een eigen onderwijzer die hem – ietwat onregelmatig wegens hun vele reizen – de elementaire schoolkennis bijbracht. Bij dat alles had Soliman zich verschrikkelijk verveeld en hij had niets leuker gevonden dan het werk van een kamerdienaar, dat hij eveneens mocht doen, want dat was een echte en volwassen bezigheid die zijn ondernemingslust streelde. Maar op een dag, en dat was nog niet eens zo lang geleden, had zijn meester hem bij zich laten roepen en hem op vriendelijke toon uitgelegd dat hij niet geheel aan zijn verwachtingen had voldaan, dat hij nu geen kind meer was en dat Arnheim, de meester, er de verantwoordelijkheid voor droeg dat Soliman, de kleine bediende, een fatsoenlijk mens zou worden; om welke reden hij had besloten hem van nu af aan precies te behandelen als degene die hij op een dag zou moeten zijn, zodat hij daar nog tijdig aan kon wennen. Vele succesvolle mannen – had Arnheim eraan toegevoegd – waren als schoenpoetser of bordewasser begonnen, en daar had nu juist hun kracht in gelegen, want het belangrijkste was dat men van het begin af aan alles helemaal deed.

Dat uur, waarin hij van een onbestemd luxepaardje tot bediende met vrije kost en inwoning plus een klein loontje was bevorderd, richtte in Solimans hart een verwoesting aan waar Arnheim geen flauw idee van had. Soliman had de onverwachte mededelingen die Arnheim hem had gedaan volstrekt niet begrepen, maar hij had de strekking ervan wel degelijk aangevoeld, en hij haatte zijn meester sinds die verandering aan hem was voltrokken. Ook in het vervolg bleef hij zeker niet van de boeken, het snoepgoed en de sigaretten af, maar terwijl hij vroeger slechts had genomen waar hij zin in had gehad, bestal hij Arnheim nu welbewust, en met dit wraakgevoel kwam hij nog zo weinig aan zijn trekken dat hij soms ook gewoon dingen brak, verstopte of weggooide, die tot verwondering van Arnheim, die ze zich vaag meende te herinneren, nooit meer te voorschijn kwamen. Terwijl Soliman zich zo als een kobold wreekte, wist hij zich in zijn dagelijkse verplichtingen en gedienstig optreden buitengewoon goed in te houden. Hij bleef net als vroeger de sensatie van alle kokkinnen, kamermeisjes, hotelpersoneel en vrouwelijke bezoekers, werd door hun blikken en lieve lachjes verwend, door straatjongens spottend aangegaapt en bleef het gewend zich een boeiende en gewichtige persoonlijkheid te voelen, ook als hij onderdrukt werd. Zelfs zijn meester schonk hem nog af en toe een tevreden en gevleide blik of een vriendelijk en wijs woord, iedereen prees hem als een handige, gewillige jongen, en als het eens zo uitkwam dat Soliman kort daarvoor iets bijzonder verwerpelijks op zijn geweten had geladen, genoot hij gedienstig grijnzend van zijn superioriteit als van een schielijk ingeslikte bal gloeiend koud ijs.

Rachel had het vertrouwen van deze jongen gewonnen op het moment waarop zij hem vertelde dat er in haar huis mogelijk een oorlog werd voorbereid, en sindsdien moest zij van hem de schandelijkste ontboezemingen over haar afgod Arnheim aanhoren. Ondanks al zijn geblaseerdheid zag Solimans fantasie eruit als een speldekussen vol zwaarden en dolken, en in alles wat hij Rachel over Arnheim vertelde donderde het van de paardehoeven en zwaaiden er fakkels en touwladders. Hij vertrouwde haar toe dat hij helemaal geen Soliman heette, en noemde haar een lange, vreemd klinkende naam, die hij zo snel uitsprak dat zij hem nooit zou kunnen onthouden. Later voegde hij daar het geheim aan toe dat hij de zoon was van een negerkoning, en dat hij als kind van zijn vader, die duizenden krijgers, runderen, slaven en edelstenen bezat, was gestolen; Arnheim had hem gekocht om hem op een dag verschrikkelijk duur terug te verkopen aan de koning, maar hij was van plan om te vluchten, en had dat tot nu toe alleen nog niet gekund omdat zijn vader zo ver weg woonde.

Rachel was niet zo dom om deze verhalen te geloven; maar zij geloofde ze omdat haar in de Parallelactie geen graad van ongelooflijkheid hoog genoeg was. Zij zou het Soliman ook graag hebben verboden om zo over Arnheim te praten; maar zij moest het laten bij een met afgrijzen vermengd wantrouwen jegens zijn vermetelheid, want op de een of andere manier onderging zij de bewering dat zijn meester niet te vertrouwen was, ondanks al haar twijfels, als een geweldige, steeds naderbij komende, spannende intrige in de Parallelactie.

Het waren onweerswolken waarachter de rijzige man in de met mos begroeide molen verdween, en een vaalbleek licht verzamelde zich in de rimpelige grimassen van Solimans apegezichtje.

56

De comités van de Parallelactie zijn druk aan het werk
Clarisse schrijft Z. Doorluchtigheid en stelt
een Nietzsche-jaar voor

In die tijd moest Ulrich twee tot drie maal per week bij Z. Doorluchtigheid komen. Er was daar een hoog, smal, alleen al als ruimte verrukkelijk vertrek voor hem ingericht. Voor het raam stond een groot Maria-Theresia-bureau. Aan de wand hing een donker schilderij, met uit de diepte oplichtende rode, blauwe en gele vlekken, die een stuk of wat ruiters voorstelden die andere, gevallen ruiters lansen door de weke delen boorden; en aan de tegenoverliggende wand bevond zich een vereenzaamde dame, wier weke delen zorgvuldig door een wespelijfje met goudborduursel waren beschermd. Het was onbegrijpelijk waarom men haar helemaal alleen naar deze wand had verbannen, want zij had duidelijk tot de familie Leinsdorf behoord, en haar jonge gepoederde gezicht leek op dat van de graaf als een voetstap in droge sneeuw op een voetstap in natte zware klei. Ulrich had trouwens weinig gelegenheid om het gezicht van graaf Leinsdorf goed te bekijken. Het uiterlijke verloop van de Parallelactie had sedert de laatste zitting een zo hoge vlucht genomen dat Z. Doorluchtigheid er nooit meer toe kwam zich aan de grote gedachten te wijden, doch zijn tijd moest besteden aan het doorlezen van verzoekschriften, aan bezoekers, besprekingen en visites afleggen. Zo had hij reeds een onderhoud met de minister-president, een gesprek met de aartsbisschop en een bespreking in de Hofkanselarij achter de rug, en een aantal malen in het Hogerhuis contact gezocht met leden van de hoge adel en van de geadelde bourgeoisie. Ulrich was bij deze besprekingen niet geconsulteerd, en hem kwam alleen ter ore dat alle partijen op sterke politieke weerstanden bij de tegenpartij rekenden, zodat al die instanties verklaarden de Parallelactie des te krachtiger te kunnen steunen naarmate ze daarin minder werden genoemd, en zich voorlopig in de comités alleen door waarnemers lieten vertegenwoordigen.

Gelukkig boekten de comités van week tot week aanzienlijke vooruitgang. Ze hadden, zoals in de oprichtingsvergadering was besloten, de wereld naar de grote gezichtspunten van de religie, het onderwijs, de handel, de landbouw enzovoorts ingedeeld, in elk comité zat nu een vertegenwoordiger van het overeenkomstige ministerie, en alle comités wijdden zich reeds aan hun taak, die eruit bestond dat elk comité, in goed overleg met alle andere comités, op de vertegenwoordigers van de zich op hun gebied bewegende instellingen en volksdelen wachtte om hun wensen, suggesties en petities vast te leggen teneinde die aan het hoofdcomité te doen toekomen. Op die wijze hoopte men de 'hoofdzakelijkste' morele krachten van het land geordend en gebundeld daar heen te kanaliseren, en men smaakte al de voldoening dat dit schriftelijke verkeer toenam. De brieven van de comités aan het hoofdcomité konden zich al na korte tijd op andere brieven beroepen, welke het hoofdcomité reeds waren toegezonden, en begonnen met een zin te beginnen die keer op keer gewichtiger werd en met de woorden aanving: 'Onder verwijzing naar referentie... getal... nummer..., resp. nummer..., schuine streep, Romeinse...', waarna opnieuw een getal volgde; en al die getallen werden bij iedere brief groter. Dat had op zich al iets van een gezonde groei, en daar kwam bij dat ook de gezantschappen via semi-officiële kanalen begonnen te rapporteren over de indruk die dit krachtvertoon van Oostenrijks patriottisme op het buitenland maakte; dat de buitenlandse gezanten al voorzichtig gelegenheid zochten zich op de hoogte te stellen; dat attent geworden volksvertegenwoordigers naar de plannen informeerden; en het particuliere initiatief tot uiting begon te komen in de aanvragen van bedrijven, die de vrijheid namen voorstellen te doen of om een vast aanknopingspunt voor het contact tussen hun bedrijf en het patriottisme verzochten. Het apparaat was er nu, en omdat het er was moest het werken, en omdat het werkte begon het op gang te komen, en als een automobiel op een uitgestrekt terrein op gang begint te komen, zelfs al zit er niemand aan het stuur, dan zal hij toch een bepaalde, zelfs heel indrukwekkende en bijzondere weg afleggen.

Op deze wijze ontstond dus een geweldige voortstuwing, en graaf Leinsdorf begon die te voelen. Hij zette zijn lorgnet op en las alle ingekomen brieven met grote ernst van begin tot eind. Dit waren niet langer de voorstellen en verlangens van onbekende hartstochtelijke personen die hem aanvankelijk hadden overspoeld voordat de zaak in geregelde banen was geleid, en zelfs als deze verzoeken of aanvragen uit de schoot des volks kwamen, waren ze in elk geval door de besturen van alpinistenverenigingen ondertekend, door vrijdenkersbonden, jongedamescongregaties, beroepsverenigingen, gezelligheidsverenigingen, sociëteiten en meer van die vage groepjes die voor de overgang van het individualisme naar het collectivisme uit lopen als straatvuil voor een wervelende wind. En al was Z. Doorluchtigheid het ook niet met alles wat er van hem gevraagd werd eens, over het algemeen stelde hij toch een wezenlijke vooruitgang vast. Hij zette zijn lorgnet af, gaf de brief weer aan zijn referendaris of secretaris die hem aan hem had overhandigd, en knikte tevreden, zonder enig commentaar; hij had het gevoel dat de Parallelactie op een goede en juiste weg was, en dat de ware weg nog wel zou worden gevonden.

De referendaris, die de brief had teruggekregen, legde hem gewoonlijk op een stapel andere brieven, en als de laatste bovenop lag, las hij in de ogen van Z. Doorluchtigheid. Dan placht Z. Doorluchtigheids mond te spreken: 'Dat is allemaal uitstekend, maar men kan geen ja en geen nee zeggen zolang we over het middelpunt van onze doelen in beginsel niets weten.' Dit was nu net wat de referendaris al bij elke voorgaande brief in de ogen van Z. Doorluchtigheid had gelezen, en het was ook precies wat hij er zelf van vond, en hij hield een gouden zakpotlood in zijn hand, waarmee hij al onder iedere brief de toverformule 'Ass.' had geschreven. Deze toverformule Ass., die in de Kakanische departementen werd gebruikt, stond voor 'geasserveerd', wat in gewone taal iets betekende als 'tot nader besluit weggelegd', en was een voorbeeld van het beleid dat niets verloren laat gaan en niets overhaast. Geasserveerd werd bijvoorbeeld de aanvraag van de kleine ambtenaar om een buitengewone kraamvrouwentoelage totdat het kind volwassen zou zijn en in staat in zijn eigen onderhoud te voorzien, en dat om geen andere reden dan dat de materie intussen misschien wettelijk kon zijn geregeld en het hart van zijn meerdere voordien een dergelijke aanvrage niet wilde afwijzen; geasserveerd werd echter ook het rekest van een invloedrijk persoon of ambtelijke instantie die men niet door een afwijzing mocht krenken, ofschoon men wist dat een andere invloedrijke instantie tegen dat rekest was, en in beginsel werd alles wat zich voor het eerst tot een departement richtte net zo lang geasserveerd tot er een vergelijkbaar geval aan voorafging.

Maar het zou heel verkeerd zijn de draak te steken met deze gewoonte op de departementen, want buiten die kantoren wordt nog veel meer geasserveerd. Wat zegt het zelfs eigenlijk dat in de troonrede der koningen nog altijd de gelofte voorkomt de Turken of de heidenen te beoorlogen, als men bedenkt dat er in de geschiedenis van de mensheid nog nooit een zin helemaal is geschrapt of helemaal is uitgeschreven, waar dan soms dat verwarrende tempo van de vooruitgang uit voortkomt dat zo sprekend lijkt op een gevleugelde os. Daarbij raakt in de departementen toch tenminste wel eens iets zoek, maar in de wereld niets. Zodoende is asservatie een van de basisformules van ons levensgebouw. Indien echter Z. Doorluchtigheid iets bijzonder dringend voorkwam, moest hij een andere methode kiezen. Hij stuurde het voorstel dan eerst naar het Hof, aan zijn vriend graaf Stallburg, met het verzoek of men het als 'voorlopig definitief', zoals hij dat noemde, mocht bestempelen. En dan kwam na enige tijd steevast het antwoord terug dat hem op dit punt thans nog geen wilsbeschikking van Hoogstdeszelven kon worden overgebracht, en dat het veeleer gewenst leek daaromtrent eerst de publieke opinie zichzelf te laten vormen, en het voorstel, al naar gelang hoe het zou worden ontvangen, en al naar gelang andere behoeften die daar dan uit naar voren zouden komen, later weer in overweging te nemen. Het officiële stuk, wat het voorstel daarmee was geworden, ging dan naar het ministeriële departement waar het onder ressorteerde, en kwam daarvandaan weer terug met de aantekening dat men zich op die afdeling niet bevoegd achtte daar alleen over te beslissen, en als dat gebeurd was noteerde graaf Leinsdorf dat hij op een van de eerstvolgende zittingen van het hoofdcomité zou verzoeken of er een interministeriële subcommissie ter bestudering van de kwestie zou kunnen worden ingesteld.

Onvermurwbaar vastbesloten was hij slechts in dat ene geval dat er een schrijven binnenkwam dat noch de ondertekening van een verenigingsbestuur, noch van een van staatswege erkend kerkelijk, wetenschappelijk of artistiek genootschap droeg. Zo'n brief kwam in die dagen van Clarisse, waarin zij zich op Ulrich beriep en voorstelde een Oostenrijks Nietzsche-jaar te organiseren, waarbij men tevens iets voor de vrouwenmoordenaar Moosbrugger zou moeten doen; als vrouw voelde zij zich geroepen het voor te stellen, schreef zij, en voorts wegens de veelzeggende overeenkomst dat Nietzsche geesteszick was geweest en Moosbrugger het ook was. Ulrich kon zijn ergernis nauwelijks met een grapje verhullen toen graaf Leinsdorf hem die brief toonde, die hij al aan het eigenaardige onvolwassen, maar met vette lijnen en onderstrepingen doorsneden handschrift had herkend. Graaf Leinsdorf evenwel, die zijn verlegenheid meende te bespeuren, zei serieus en vriendelijk: 'Dat is niet oninteressant. Het is, zou ik willen zeggen, vurig en energiek; maar wij moeten helaas al dat soort individuele voorstellen ad acta leggen, anders komen wij nergens. Misschien kunt u deze brief, daar u de dame die hem schrijft toch persoonlijk schijnt te kennen, doorgeven aan mevrouw uw nicht?'

57

*Grote opleving. Diotima doet vreemde ervaringen op
met het wezen van grote ideeën*

Ulrich stak de brief bij zich om hem te laten verdwijnen,
maar het zou ook helemaal niet zo gemakkelijk zijn geweest
er met Diotima over te praten, want die voelde zich, sinds
het artikel over het Oostenrijkse Jaar was verschenen, in de
greep van een volkomen chaotische opleving. Niet alleen
droeg Ulrich, als het kon ongelezen, alle stukken die hij van
graaf Leinsdorf kreeg aan haar over, ook de post bracht dagelijks stapels brieven en kranteknipsels, boekhandelaren
stuurden haar geweldige hoeveelheden boeken op zicht, het
verkeer in haar huis zwol aan zoals de zee aanzwelt als wind
en maan gezamenlijk aan haar zuigen, ook de telefoon kwam
geen moment tot rust, en als de kleine Rachel niet met het
heilig vuur van een aartsengel aan het toestel had gestaan en
de meeste inlichtingen niet zelf zou hebben verstrekt, omdat
zij inzag dat men haar meesteres niet aan één stuk door kon
lastigvallen, zou Diotima onder de last van haar verplichtingen zijn ingestort.

Deze zenuwinstorting, die nooit plaatsvond maar voortdurend trillend in haar lichaam klopte, schonk Diotima nu
echter een geluk dat zij nooit had gekend. Het was een hui-
veren, een zachtjes ritselend overstoven worden met gewichtigheid, een knisteren als de druk in een steen die in de
nok van het wereldgebouw zit, een tintelen als het gevoel
van het Niets als men op een hoog boven alles uittorenende
bergtop staat. Kortom, het was het gevoel van positie waar
de dochter van een bescheiden leraar aan de middelbare
school en de jonge vrouw van een burgerlijke vice-consul,
die zij in weerwil van haar carrière in de meest frisse delen
van haar wezen tot dusver toch was gebleven, zich ineens
van bewust werd. – Een dergelijk gevoel van positie behoort evenzeer tot de onopgemerkte maar wezenlijk belangrijke condities van het leven als het niet merken dat de aarde
draait of het niet zien welk persoonlijk aandeel wij aan onze

waarnemingen bijdragen. De mens draagt het grootste deel van zijn ijdelheid, daar hem is geleerd dat hij haar niet in zijn hart mag dragen, onder zijn voeten, al wandelende op het grondgebied van een groot vaderland, een religie of een inkomstenbelastinggroep, en bij ontstentenis van een dergelijke positie neemt hij zelfs genoegen met wat iedereen kan hebben, namelijk zich op de op dat moment hoogste top van de uit het niets opgerezen tijdzuil te bevinden, dat wil zeggen, precies op dat moment te leven waarop alle eerderen tot stof zijn vergaan en er nog geen lateren zijn. Maar stijgt deze ijdelheid, die gewoonlijk onbewust is, door wat voor oorzaken dan ook, hem opeens van zijn voeten naar zijn hoofd, dan kan dat een lichte gekte teweegbrengen, net als bij die maagden die zwanger denken te gaan van de wereldbol. Zelfs directeur-generaal Tuzzi bewees Diotima nu de eer bij haar te informeren naar de ontwikkelingen en haar soms te vragen zich met deze of gene kleine opdracht te belasten, waarbij de glimlach waarmee hij anders over haar salon placht te spreken had plaatsgemaakt voor een waardige ernst. Men wist nog altijd niet in hoeverre het plan bij Hoogstdezelve in de smaak zou vallen om zich aan het hoofd van een internationale pacifistische organisatie geplaatst te zien, maar hij verbond aan deze mogelijkheid herhaaldelijk het bezorgde verzoek of Diotima zich toch vooral niet met buitenlandse politiek zou willen inlaten zonder hem van tevoren om raad te vragen. Hij gaf zelfs meteen het advies dat men, als ooit serieus het initiatief tot een internationale vredesactie zou opduiken, er meteen zorg voor moest dragen dat daardoor geen politieke verwikkelingen zouden ontstaan. Men hoefde een zo mooi idee in geen geval te verwerpen, maakte hij zijn vrouw duidelijk, zelfs niet als de mogelijkheid zou bestaan het te verwezenlijken, maar het was wel strikt noodzakelijk van het begin af aan alle mogelijkheden om het door te voeren zowel als om er zich uit terug te trekken open te houden. Hij zette Diotima vervolgens de verschillen uiteen tussen een ontwapening, een vredesconferentie, een bijeenkomst van regeringsleiders tot aan de reeds genoemde gift ten bate van de aankleding van het Haagse Vredespaleis met muurschilderingen van Oostenrijkse kunstenaars toe, en had nog nooit zo'n zakelijk gesprek met zijn vrouw gehad. Hij kwam zelfs af en toe, met zijn aktentas onder zijn arm, nog eens terug in de slaapkamer om zijn uiteenzettingen aan te vullen, bijvoorbeeld toen hij was vergeten eraan toe te voegen dat hij persoonlijk alles wat met de naam Wereld-Oostenrijk samenhing vanzelfsprekend alleen in verbinding met een pacifistische of humanitaire onderneming voor mogelijk hield, als men niet voor gevaarlijk onberekenbaar of iets dergelijks wilde doorgaan.

Diotima antwoordde met een geduldige glimlach: 'Ik zal mijn best doen met jouw wensen rekening te houden, maar je moet je van het belang dat de buitenlandse politiek voor ons heeft niet overdreven veel voorstellen. Er is een gewoonweg verlossende binnenlandse opleving gaande, en die komt uit de anonieme diepten van het volk; je hebt geen idee met hoeveel verzoeken en voorstellen ik dagelijks word overspoeld.'

Zij was bewonderenswaardig; zij had namelijk, zonder dat het aan haar te merken was, met geweldige problemen te kampen. In de discussie van het grote, vanuit de gezichtspunten van de religie, de rechtspraak, de landbouw, het onderwijs enzovoorts opgebouwde centrale comité ontmoetten alle hogere initiatieven dezelfde ijzige en bangelijke terughoudendheid die Diotima zo goed van haar man kende toen hij nog niet zo attent was geworden; en zij werd soms geheel moedeloos van ongeduld, en kon voor zichzelf niet verhelen dat deze weerstand van de trage wereld moeilijk te breken zou zijn. Hoe glashelder het Oostenrijks Jaar voor haar ook bestond als het Wereld-Oostenrijks Jaar en de Oostenrijkse naties het voorbeeld zouden zijn voor de naties in de hele wereld, waar eigenlijk niets anders voor nodig was dan te bewijzen dat de geest in Oostenrijk zijn ware vaderland had, even duidelijk bleek dat hieraan voor de tragen van begrip nog een bijzondere inhoud moest worden verbonden en moest worden uitgebreid met een inval die door zijn veeleer aanschouwelijke dan algemene aard aan de begrijpelijkheid tegemoet kwam. En Diotima studeerde urenlang in vele boeken om een idee te vinden dat dit tot stand kon brengen, en natuurlijk moest het op zijn eigen wijze ook een symbolisch Oostenrijks idee zijn; Diotima deed echter vreemde ervaringen op met het wezen van grote ideeën.

Het bleek dat zij in een grote tijd leefde, want haar tijd zat vol grote ideeën; maar men zou haast niet geloven hoe moeilijk het is het grootste en belangrijkste daarvan te verwezenlijken, zodra alle voorwaarden daarvoor gegeven zijn behalve die ene, namelijk welk idee nu eigenlijk het grootste en het belangrijkste is! Telkens als Diotima bijna ten gunste van zo'n idee had beslist, moest zij merken dat het ook iets groots zou zijn het tegendeel daarvan te verwezenlijken. Zo is het nu eenmaal, en dat kon zij ook niet helpen. Idealen hebben merkwaardige eigenschappen, waaronder ook die dat ze in hun tegendeel verkeren als men ze precies wil naleven. Zo had je bijvoorbeeld Tolstoj en Berta Suttner – twee auteurs over wier ideeën men destijds ongeveer evenveel hoorde –, maar hoe kan, dacht Diotima, de mensheid zich zonder geweld zelfs maar voorzien van braadkippen? En wat moest je beginnen met een soldaat als men, zoals die twee eisten, niet zult doden? Zij worden brodeloos, de ongelukkigen, en de misdadigers beleven gouden tijden. Maar dat soort voorstellen lag wel ter tafel, en het gerucht ging dat er al handtekeningen werden ingezameld. Diotima had zich een leven zonder eeuwige waarden nooit kunnen voorstellen, maar nu moest zij tot haar verwondering merken dat elke eeuwige waarheid in twee- en veelvoud bestaat. Daarom heeft de rationele mens, en dat was in dit geval directeur-generaal Tuzzi, die daardoor zelfs in zekere zin werd gerehabiliteerd, een ingeworteld wantrouwen jegens eeuwige waarheden; hij zal weliswaar nooit betwisten dat ze onmisbaar zijn, maar hij is ervan overtuigd dat mensen die ze letterlijk nemen gek zijn. Naar zijn opvatting – die hij zijn vrouw behulpzaam aanreikte – bevatten de menselijke idealen een overmaat aan eisen, wat tot ondergang moet leiden als men ze niet al van meet af aan niet helemaal serieus neemt. Als het beste bewijs daarvoor voerde Tuzzi aan dat woorden als ideaal en eeuwige waarheid op kantoren waar het om serieuze dingen gaat, hoegenaamd niet voorkomen; een afdelingschef die het in zijn hoofd zou halen ze in een stuk te gebruiken zou ogenblikkelijk dringend worden aangeraden zich ter verkrijging van ziekteverlof door de medische dienst te laten onderzoeken. Maar Diotima, ofschoon zij hem ook weemoedig aanhoorde, putte uit zulke momenten van zwakte uiteindelijk toch weer nieuwe kracht om zich op haar studies te storten.

Zelfs graaf Leinsdorf was verrast over haar geestelijke energie toen hij eindelijk tijd had gevonden om voor een ruggespraak te verschijnen. Z. Doorluchtigheid wilde een uit het midden des volks opwellende manifestatie. Hij wenste oprecht de volkswil te peilen en door voorzichtige beïnvloeding van bovenaf te louteren, want hij wilde deze Z. Majesteit te eniger tijd voorleggen, niet als een geschenk uit byzantinisme, doch als een teken van zelfbezinning van de in de maalstroom der democratie meedrijvende volkeren. Diotima wist dat Z. Doorluchtigheid nog altijd aan de gedachte 'Vredeskeizer' vasthield en daarmee aan een luisterrijke manifestatie van het ware Oostenrijk, ofschoon hij ook het voorstel Wereld-Oostenrijk niet principieel verwierp, voor zover daarin het gevoel van een om haar patriarch geschaarde volkerenfamilie maar goed tot uitdrukking kwam. Van deze familie zonderde Z. Doorluchtigheid ondershands en stilzwijgend Pruisen uit, ofschoon hij op de persoon van dr. Arnheim niets aan te merken vond en hem zelfs nadrukkelijk een interessante persoonlijkheid had genoemd. 'Wij willen immers beslist geen patriottisme in de versleten zin van het woord,' waarschuwde hij, 'wij moeten de natie, de wereld wakkerschudden. Ik vind het idee om een Oostenrijks Jaar te houden heel mooi, en heb toch eigenlijk zelf al tegen de journalisten gezegd dat men de fantasie van het publiek op iets dergelijks zou moeten richten. Maar hebt u er al eens over nagedacht, lieve mevrouw, gesteld dat het bij dat Oostenrijks Jaar blijft, wat wij in dat jaar moeten doen? Ziet u, daar hebt u het al! Dat moet men ook weten. Dan moet men wel een beetje van bovenaf meehelpen, anders krijgen de onrijpe elementen de overhand. En ik kan er absoluut de tijd niet voor vinden iets te bedenken!'

Diotima vond Z. Doorluchtigheid wat zorgelijk en antwoordde opgewekt: 'De actie moet haar hoogtepunt vinden in een groot teken of helemaal niet! Dat staat vast. Ze moet het hart van de wereld raken, maar vraagt ook om een beïnvloeding van bovenaf. Dat kan niet worden ontkend. Het Oostenrijks Jaar is een prachtig voorstel, maar volgens mij zou een Wereldjaar nog mooier zijn; een Wereld-Oostenrijks Jaar, waarin de Europese geest in Oostenrijk zijn ware vaderland zou kunnen aanschouwen!'

'Voorzichtig! Voorzichtig!' waarschuwde graaf Leinsdorf, die al vaker was geschrokken van de geestelijke driestheid van zijn vriendin. 'Uw ideeën zijn wellicht altijd een tikje te groot, Diotima! U hebt dat al eens gezegd, maar men kan niet voorzichtig genoeg zijn! Wat had u zich voorgesteld dat wij in dat Wereldjaar moeten doen?'

Met deze vraag had graaf Leinsdorf echter, geleid door die rechtlijnigheid die zijn denken zo karaktervol maakte, precies het pijnlijkste punt in Diotima geraakt. 'Doorluchtigheid,' zei zij na enig aarzelen, 'dat is de moeilijkste vraag van de wereld, waarop u van mij een antwoord wilt. Ik ben van plan zo spoedig mogelijk een kring van onze eminentste mannen uit te nodigen, onder wie schrijvers en denkers, en ik wil de voorstellen uit die bijeenkomst afwachten voor ik iets zeg.'

'Dat is uitstekend!' riep Z. Doorluchtigheid uit, meteen gewonnen voor het afwachten. 'Dat is uitstekend! Men kan niet voorzichtig genoeg zijn! Als u eens wist wat ik tegenwoordig dagelijks te horen krijg!'

– 58 –

De Parallelactie roept twijfels op. In de geschiedenis
van de mensheid bestaat er echter geen vrijwillig terug

Op een keer had Z. Doorluchtigheid ook tijd voor een wat diepgaander gesprek met Ulrich. 'Die dr. Arnheim bevalt mij niet erg,' vertrouwde hij hem toe. 'Zeker, een buitengewoon geestvolle man, van uw nicht begrijpen wij het heel goed; maar het blijft een Pruis. Hij kíjkt zo. Weet u, toen ik een jongen was, in '65 was dat, toen had mijn vader zaliger op kasteel Chrudim eens een jachtgast, die keek ook altijd zo, en een jaar later bleek dat geen mens wist wie hem eigenlijk bij ons had geïntroduceerd, en dat het een majoor was van de Pruisische generale staf! Ik wil daarmee vanzelfsprekend helemaal niets zeggen, maar het bevalt me niet dat die Arnheim alles van ons weet.'

'Doorluchtigheid,' zei Ulrich, 'ik ben blij dat u mij de gelegenheid geeft mij uit te spreken. Het wordt tijd dat er iets gebeurt; ik verneem dingen die mij tot nadenken stemmen en die voor een buitenlandse waarnemer niet geschikt zijn. De Parallelactie moet immers alle mensen gelukkig stemmen, dat beoogt Uwe Doorluchtigheid toch ook?!'

'Welja, natuurlijk!'

'Maar het tegendeel wordt bereikt!' riep Ulrich uit. 'Ik heb de indruk dat alle ontwikkelde mensen er opvallend zorgelijk en treurig van worden!'

Z. Doorluchtigheid schudde met zijn hoofd en draaide met zijn ene duim om de andere, wat hij altijd deed als zijn geest in gedachten verzonken versomberde. Inderdaad had ook hij al dingen meegemaakt die leken op die welke Ulrich hem nu beschreef.

'Sinds het bekend is geworden dat ik iets met de Parallelactie te maken heb,' vertelde deze, 'gaan er als ik iemand tegenkom die zomaar een praatje met mij wil maken, nog geen drie minuten voorbij of er wordt me al gevraagd: "Wat wilt u eigenlijk met die Parallelactie bereiken? Er zijn tegenwoordig toch immers geen grote prestaties en geen grote mannen meer!"'

'Ja, daar bedoelen zij alleen zichzelf niet mee!' bracht Z. Doorluchtigheid daar tegenin. 'Ik ken dat, ik krijg het ook te horen. De grootindustriëlen schelden op de politiek, die hun niet genoeg protectie geeft, en de politici schelden op de industrie, die te weinig verkiezingsgelden ter beschikking stelt.'

'Zo is het!' nam Ulrich zijn betoog weer op. 'De chirurgen geloven er heilig in dat de chirurgie sinds de dagen van Billroth vorderingen heeft gemaakt; maar zij zeggen dat de rest van de medische wetenschap en het hele natuuronderzoek voor de chirurgie van te weinig nut is. Ik zou zelfs willen beweren, als Uwe Doorluchtigheid het mij toestaat, dat ook de theologen ervan overtuigd zijn dat de theologie tegenwoordig toch iets verder is dan in Christus' tijd – '

Graaf Leinsdorf stak in welwillende afweer zijn hand op.

'Neemt u mij alstublieft niet kwalijk als ik iets ongepasts heb gezegd, dat was ook helemaal nergens voor nodig; want wat ik wil laten zien, schijnt een heel algemeen verschijnsel te zijn. De chirurgen, zei ik, beweren dat het natuuronderzoek niet helemaal voldoet aan wat men ervan zou mogen verwachten. Spreekt men daarentegen met een natuuronderzoeker over de tijd van tegenwoordig, dan klaagt hij op zijn beurt dat hij over het algemeen graag zijn blik wat zou willen verruimen, maar zich in het theater verveelt en geen roman tegenkomt die hem boeit en stimuleert. Spreekt men met een schrijver, dan zegt die dat er geen geloof is. En spreekt men, laat ik de theologen nu even overslaan, met een schilder, dan kan men er tamelijk zeker van zijn dat hij zal beweren dat de schilders in een tijd met een zo armzalige literatuur en filosofie niet het beste van zichzelf kunnen geven. De volgorde waarin de een de schuld op de ander schuift is natuurlijk niet altijd dezelfde, maar het heeft steeds iets weg van zwartepieten, als Uwe Doorluchtigheid dat kent, of van stuivertje-wisselen; en de regel die daaraan ten grondslag ligt, of de wet, daar kan ik niet achter komen! Ik ben bang dat men moet zeggen dat iedereen individueel nog wel tevreden is over zichzelf, maar dat hij zich in het algemeen, om een of andere universele reden, niet prettig voelt, en het schijnt dat de Parallelactie is voorbestemd om dat aan het licht te brengen.'

'Lieve God,' antwoordde Z. Doorluchtigheid op dit betoog, zonder dat goed duidelijk werd wat hij daarmee bedoelde, 'een en al ondankbaarheid!'

'Ik heb overigens,' ging Ulrich door, 'al twee mappen vol

schriftelijke voorstellen van algemene aard, waarvoor ik nog geen gelegenheid heb gevonden om ze aan Uwe Doorluchtigheid terug te geven. Ik heb een daarvan van het opschrift "Terug naar...!" voorzien. Het is namelijk opvallend hoeveel mensen ons mededelen dat de wereld in vroeger tijden in een beter stadium verkeerde dan nu, zodat de Parallelactie haar daar alleen naar terug zou hoeven te leiden. Als ik even afzie van de vanzelfsprekende wens Terug naar het Geloof, blijven nog over een Terug naar de Barok, naar de Gotiek, naar de Natuurlijke Staat, naar Goethe, naar het Duitse Recht, naar Reinheid van Zeden en nog ettelijke andere dingen.'

'Hm, ja; maar misschien zit daar wel een ware gedachte tussen, die men niet zou moeten ontmoedigen?' veronderstelde graaf Leinsdorf.

'Het zou kunnen; maar hoe daarop te antwoorden? Uw hooggewaardeerde voorstel van de zoveelste dezer rijpelijk overwogen hebbende, achten wij thans het tijdstip nog niet geschikt...? Of: Met interesse uw... gelezen hebbende, vragen wij u om gedetailleerde opgave van uw wensen met betrekking tot de restauratie van de wereld in barok, gotiek, enzovoorts?'

Ulrich glimlachte, maar graaf Leinsdorf vond dat hij op dit moment wat al te vrolijk was, en draaide afwerend, met geconcentreerde energie, zijn ene duim om de andere. Zijn gezicht met de knevel herinnerde in de hardheid die het aannam aan de tijd van Wallenstein, en toen deed hij een uitspraak die heel opmerkelijk was. 'Beste doctor,' zei hij, 'in de geschiedenis van de mensheid bestaat er geen vrijwillig terug!'

Deze uitspraak was vooral voor graaf Leinsdorf zelf een verrassing, want hij had eigenlijk iets heel anders willen zeggen. Hij was conservatief, ergerde zich aan Ulrich en had willen opmerken dat het burgerdom de universele geest van de katholieke Kerk had versmaad en nu aan de gevolgen leed. Ook zou het voor de hand hebben gelegen de tijden van het absolute centralisme te loven, waarin de wereld nog door van hun verantwoordelijkheid bewuste lieden vanuit algemeen geldende gezichtspunten werd geleid. Maar opeens, terwijl hij nog naar woorden zocht, was het bij hem opgekomen dat hij werkelijk onaangenaam verrast zou zijn als hij op een ochtend zonder warm bad en spoorwegen wakker zou moeten worden en er in plaats van de ochtendbladen alleen een keizerlijke heraut door de straten zou rijden. Graaf Leinsdorf dacht dus: 'Wat eens is geweest zal er nooit meer op dezelfde manier zijn,' en terwijl hij dat dacht was hij zeer verbaasd. Want gesteld dat er in de geschiedenis geen vrijwillig terug bestaat, dan is de mensheid net een man die door een griezelige zwerfdrang wordt voortgedreven, voor wie er geen terugkeer bestaat en geen bereiken, en dat was een heel opmerkelijke toestand.

Nu bezat Z. Doorluchtigheid weliswaar een buitengewone gave om twee gedachten die met elkaar in strijd konden zijn, op geslaagde wijze uit elkaar te houden zodat ze elkaar in zijn bewustzijn nooit ontmoetten, maar deze gedachte, die tegen al zijn principes indruiste, zou hij hebben moeten verwerpen. Hij had alleen een zekere genegenheid voor Ulrich opgevat, en voor zoverre zijn verplichtingen hem daartoe tijd lieten, schiep hij er groot genoegen in om politieke onderwerpen voor deze hem zo goed gerecommandeerde man met zijn levendige geest, die natuurlijk als burger een beetje buiten de werkelijk grote vraagstukken stond, strikt logisch te verklaren. Maar als je eenmaal met logica begint, waarin een gedachte vanzelf uit de voorafgaande volgt, weet je op het laatst nooit hoe dat afloopt. Graaf Leinsdorf nam daarom zijn uitspraak niet terug maar keek Ulrich slechts doordringend zwijgend aan.

Ulrich pakte nog een tweede map en benutte de pauze om beide mappen aan Z. Doorluchtigheid te overhandigen. 'De tweede heb ik het opschrift "Voorwaarts naar…!" moeten geven,' begon hij uit te leggen, maar Z. Doorluchtigheid schrok opeens op en vond dat zijn tijd al om was. Hij verzocht hem dringend het vervolg voor een andere keer te bewaren, als er meer tijd over zou zijn om na te denken. 'Uw nicht zal trouwens een gezelschap van onze eminentste denkers hiertoe uitnodigen,' vertelde hij, reeds staande. 'Gaat u daar heen; gaat u daar alstublieft heen; ik weet niet of het mij vergund zal zijn daarbij aanwezig te zijn!'

Ulrich pakte de mappen in, en graaf Leinsdorf draaide zich, omlijst door het donker van de deuropening, nog eenmaal om. 'Een grootse poging maakt natuurlijk iedereen kleinmoedig; maar wij schudden hen wel wakker!' Zijn plichtsgevoel stond hem niet toe Ulrich zonder troost achter te laten.

Moosbrugger denkt na

Intussen had Moosbrugger zich zo goed als het ging in zijn nieuwe gevangenis geïnstalleerd. Nauwelijks was de poort gesloten of hij was al afgeblaft. Men had hem toen hij opstoof met slaag gedreigd, als hij het zich goed herinnerde. Men had hem in een isoleercel gestopt. Tijdens het luchten op de binnenplaats waren zijn handen geboeid, en de ogen van zijn oppassers bleven onafgebroken op hem gericht. Hij was kaal geschoren, ondanks dat zijn veroordeling nog niet van kracht was, zogenaamd om hem op te meten. Men had hem met stinkende groene zeep afgeboend, onder het mom hem te desinfecteren. Hij was een oudgediende, hij wist dat niets van dat alles geoorloofd was, maar achter de ijzeren poort is het niet eenvoudig eervol te leven. Ze deden met hem wat ze wilden. Hij liet zich bij de gevangenisdirecteur brengen en deed zijn beklag. De directeur moest toegeven dat een en ander niet volgens de voorschriften was, maar het was geen straf, zei hij, doch voorzorg. Moosbrugger beklaagde zich bij de gevangenisgeestelijke; maar dat was een goedige grijsaard, wiens vriendelijke zielzorg het verouderde gebrek vertoonde bij zedenmisdrijven te kort te schieten. Hij verafschuwde ze met het onbegrip van een lichaam dat er zelfs nooit ook maar in de buurt van was gekomen, en hij schrok er zelfs van dat Moosbrugger met zijn eerlijke uiterlijk de zwakheid van het persoonlijk medelijden in hem

305

wekte; hij verwees hem naar de gevangenisarts, terwijl hij zelf, zoals in al dat soort gevallen, slechts een lang gebed omhoogzond naar de Schepper, waarin hij op geen enkel detail inging en in zulke algemene termen over de verwarringen van het aardse sprak dat op het moment van het gebed Moosbrugger daar evenzeer bij inbegrepen was als de vrijdenkers en atheïsten. De gevangenisarts gaf Moosbrugger echter te verstaan dat alles waar hij zich over beklaagde helemaal zo erg nog niet was, gaf hem een gemoedelijke schouderklop, en was er niet toe te bewegen op zijn klachten in te gaan, want als Moosbrugger het goed begreep was dat overbodig zolang de faculteit nog niet had beslist over de vraag of hij ziek was of simuleerde. Verbolgen vermoedde Moosbrugger dat ieder van hen zei wat hem uitkwam, en dat het dit spreken was dat hun de macht gaf met hem om te gaan zoals zij wilden. Hij had het gevoel van eenvoudige mensen dat men ontwikkelde mensen de tong zou moeten uitsnijden. Hij keek in het doktersgezicht met de duellittekens, in het vanbinnen uitgedroogde geestelijkengezicht, in het streng opgeruimde kantoorgezicht van de directeur, zag elk op een andere manier in het zijne kijken, en er lag iets voor hem onbereikbaars in die gezichten, iets dat zij echter gemeen hadden en dat levenslang zijn vijand was geweest.

De samentrekkende kracht, die in de wereld buiten ieder mens met zijn eigendunk moeizaam tussen al het andere vlees perst, was ondanks alle discipline ietwat verslapt, was onder het dak van de strafinrichting, waar het leven uit wachten bestond en de levende betrekkingen tussen de mensen onderling, zelfs als ze ruw en heftig waren, door een schimmige onwerkelijkheid uitgehold. Moosbrugger reageerde met heel zijn sterke lichaam op het wegvallen van de spanning na de strijd van het proces. Hij kwam zichzelf voor als een loszittende tand. Zijn huid jeukte. Hij voelde zich besmet en ellendig. Het was een kleinzerige, licht nerveuze overgevoeligheid die hem soms overviel: de vrouw die onder de aarde lag en die hem dit had geleverd, kwam hem als hij haar met zichzelf vergeleek voor als een grof kwaadaardig wijf tegenover een kind. Desondanks was Moosbrugger over het algemeen niet ontevreden; hij kon aan veel dingen merken dat hij hier een gewichtig persoon was, en dat vleide hem. Zelfs de staatsverzorging, die alle gestraften gelijkelijk ten deel viel, schonk hem voldoening. De staat moest hen voeden, baden, kleden en zich om hun werk, gezondheid, hun boeken en hun gezang bekommeren sinds zij zich aan iets hadden schuldig gemaakt, terwijl hij dat daarvoor nooit had gedaan. Moosbrugger genoot van die zorg, hoe streng die ook was, als een kind dat het gelukt is zijn moeder te dwingen zich boos met hem bezig te houden; maar hij wilde niet dat het lang zou duren; het denkbeeld dat hij gratie kon krijgen tot levenslange tuchthuisstraf of weer aan een krankzinnigengesticht kon worden overgedragen, wekte in hem hetzelfde verzet dat wij voelen als al onze inspanningen om aan ons leven te ontkomen ons telkens weer in dezelfde, gehate omstandigheden terugbrengen. Hij wist dat zijn verdediger zich voor heropening van zijn zaak inzette en dat hij nog een keer moest worden onderzocht, maar hij nam zich voor daar bijtijds tegen te protesteren en erop te staan dat men hem ter dood zou brengen.

Dat zijn afscheid in overeenstemming moest zijn met zijn waardigheid stond voor hem vast, zijn leven was immers een gevecht om zijn recht geweest. In zijn isoleercel dacht Moosbrugger na over wat zijn recht was. Dat kon hij niet zeggen. Maar het was dat wat men hem zijn leven lang had onthouden. Op hetzelfde ogenblik dat hij daaraan dacht zwol zijn gevoel op. Zijn tong welfde zich en zette zich schrap voor een beweging als een hengst in Spaanse pas; zo elegant wilde hij het beklemtonen. 'Recht,' dacht hij buitengewoon langzaam om dit begrip te definiëren, en hij dacht het net zo als wanneer hij met iemand zou praten, 'dat is als je geen onrecht doet of zo, nietwaar?' – en plotseling viel hem in: 'Recht is *jus*.' Zo was het; zijn recht was zijn jus! Hij bekeek zijn houten bed om erop te gaan zitten, draaide zich omstandig om, sjorde vergeefs aan de op de vloer vastgeschroefde brits en nam aarzelend plaats. Zijn jus had men hem onthouden! Hij dacht aan de vrouw van de baas die hij op zijn zestiende had. Hij had gedroomd dat er iets kouds op zijn buik blies, toen was het in zijn lichaam verdwenen, hij had geschreeuwd, was uit zijn bed gevallen, en de volgende morgen had hij zich van top tot teen gebroken gevoeld. Nu hadden andere leerjongens hem eens verteld dat als je een vrouw je vuist zo voorhoudt dat je duim een stukje tussen je middelvinger en je wijsvinger uitsteekt, zij je niet zou kunnen weerstaan. Hij voelde zich in verwarring gebracht; ze deden alsof ze het allemaal al eens hadden uitgeprobeerd, maar als hij eraan dacht zakte de grond hem onder de voeten weg, of zijn hoofd ging anders op zijn nek zitten dan hij gewend was, kortom, er speelde zich iets in hem af dat een haarbreed van de natuurlijke orde afweek en niet helemaal in de haak was. 'Bazin,' zei hij, 'ik zou graag lief voor u willen zijn...' Ze waren alleen, toen keek zij hem in zijn ogen, moest daarin iets hebben gelezen, en antwoordde: 'Maak gauw dat je de keuken uitkomt!' Daarop hield hij haar zijn vuist met de daar uit stekende duim voor. De toverkunst werkte maar half; de bazin werd bloedrood en sloeg hem, zo snel dat hij niet weg kon komen, met de pollepel die zij in haar hand had over zijn gezicht; hij besefte het pas toen het bloed over zijn lippen begon te lopen. Maar dit moment herinnerde hij zich nu heel goed, want het bloed ging opeens de andere kant op, stroomde omhoog en steeg tot boven zijn ogen; hij stortte zich op het machtige vrouwmens dat hem zo schandelijk had beledigd, de baas kwam erbij, en wat er vanaf toen gebeurde tot aan het moment waarop hij met knikkende knieën op straat stond en hem zijn spullen achterna werden gegooid, was alsof er een grote rode lap in flarden werd gescheurd. Zo had men zijn jus bespot en geslagen, en hij begon weer rond te trekken. Vindt men zijn jus langs de weg?! Alle vrouwen waren al het jus van iemand anders, en alle appels en alle onderkomens voor de nacht ook; en de gendarmes en de kantonrechters waren erger dan de honden.

Maar wat het eigenlijk was waardoor de mensen hem altijd te pakken kregen en waarom zij hem in gevangenissen en krankzinnigengestichten opsloten, daar kon Moosbrugger nooit goed achter komen. Hij bleef lang naar de grond en ingespannen naar de hoeken van zijn cel zitten staren; hij voelde zich als iemand wiens sleutel op de grond is gevallen. Maar hij kon hem niet vinden; de grond en de hoeken werden weer grijs en nuchter als de dag, nadat ze zojuist nog als de grond in een droom waren geweest waaruit plotseling iets of iemand opgroeit als er een woord op valt. Moosbrugger raapte al zijn logica bij elkaar. Alleen alle plaatsen waar het was begonnen kon hij zich precies herinneren. Hij had ze kunnen opsommen en beschrijven. Een keer was het in Linz geweest en een keer daarna in Brăila. Daar lagen jaren tussen. En voor het laatst hier in de stad. Hij zag elke steen voor zich. Zo duidelijk als stenen gewoonlijk helemaal niet zijn. Hij herinnerde zich ook het slechte humeur waarmee dat elke keer gepaard ging. Alsof hij gif in plaats van bloed in zijn aderen had, zou je kunnen zeggen, of iets dergelijks. Hij werkte bijvoorbeeld ergens buiten, en er liepen vrouwen voorbij; hij wilde niet naar hen kijken omdat ze hem stoorden, maar onophoudelijk liepen er nieuwe voorbij; dan volgden zijn ogen hen uiteindelijk met afschuw, en dat was dan weer, dat langzame heen en weer draaien van zijn ogen, alsof ze in pek of hardwordend cement bewogen. Dan merkte hij dat zijn denken zwaar begon te worden. Hij dacht toch al langzaam, de woorden kostten hem moeite, hij had nooit genoeg woorden, en soms als hij met iemand praatte gebeurde het dat deze hem plotseling verbaasd aankeek en niet begreep hoeveel een enkel woord zei als Moosbrugger het langzaam uitbracht. Hij benijdde alle mensen die al in hun jeugd makkelijk hadden leren te spreken; bij hem plakten de woorden juist op die momenten waarop hij ze het hardst nodig had als gom tegen zijn gehemelte, en dan verstreek er soms een oneindige tijd voor hij een lettergreep kon losscheuren en weer vooruitkwam. De verklaring dat dit al geen natuurlijke oorzaak meer had mocht niet van de hand gewezen worden. Maar als hij voor de rechtbank zei dat het de vrijmetselaars of de jezuïeten of de socialisten waren die hem op die manier belaagden, was er geen mens die hem begreep. De juristen konden weliswaar beter praten dan hij en hielden hem van alles voor, maar van de werkelijke verbanden hadden ze geen idee.

En als dat zo een poosje was doorgegaan werd Moosbrugger bang. Vraag eens aan iemand om met geboeide handen op straat te gaan staan en af te wachten hoe de mensen zich gedragen! Het besef dat zijn tong, of iets dat zich nog dieper in zijn binnenste bevond, als met lijm vast zat, bezorgde hem ecn ellendige onzekerheid, en om die te verbergen moest hij dagenlang moeite doen. Maar dan kwam er plotseling een scherpe, je zou bijna ook kunnen zeggen geluidloze grens. Opeens was er een koude vlaag. Of in de lucht dook vlak voor hem een grote bal op en vloog in zijn borst. En op datzelfde moment voelde hij iets tegen zich aan, in zijn ogen, op zijn lippen of in zijn gelaatsspieren; de hele omgeving begon te vervagen, werd zwart, en terwijl de huizen zich op de bomen legden, flitsten uit het kreupelhout misschien een paar snel wegspringende katten te voorschijn. Het duurde maar een seconde, en dan was die toestand voorbij.

En daarmee begon eigenlijk pas die periode waarover ze allemaal iets wilden weten en onophoudelijk praatten. Ze voerden dingen tegen hem aan die nergens op sloegen, en helaas kon hij zich zijn ervaringen maar vaag en naar hun betekenis herinneren. Want die periodes waren een en al betekenis! Ze duurden soms minuten, soms hielden ze echter ook dagenlang aan, en soms gingen ze over in andere, soortgelijke, die maanden konden duren. Om met deze laatste te beginnen, omdat het de meer eenvoudige zijn, die ook een rechter volgens Moosbrugger kon begrijpen: hij hoorde dan stemmen of muziek of een waaien en zoemen, ook wel eens suizen en ratelen of schieten, donderen, lachen, roepen, praten en fluisteren. Dat kwam overal vandaan; het zat in de muren, in de lucht, in zijn kleren en in zijn lichaam. Hij had de indruk dat hij het in zijn lichaam bij zich droeg zolang het zweeg; en zodra het was ontsnapt verborg het zich in de omgeving, maar ook nooit erg ver van hem vandaan. Als hij aan het werk was praatten de stemmen meestal in onsamenhangende woorden en korte zinnen op hem in, ze scholden en leverden kritiek op hem, en als híj iets dacht dan spraken zíj het uit voor hij daar zelf toe kwam, of ze zeiden boosaardig het tegendeel van wat hij wilde. Moosbrugger kon er alleen maar om lachen dat men hem daarom ziek wilde verklaren; hijzelf behandelde die stemmen en verschijningen niet anders dan als apen. Het amuseerde hem te horen en te zien wat ze voor streken uithaalden; dat was onvergelijkelijk veel mooier dan de taaie, zware gedachten die hij zelf had; maar als ze hem erg plaagden werd hij woedend, dat was tenslotte niet meer dan natuurlijk. Omdat hij altijd heel goed op alle woorden die men op hem toepaste had gelet, wist Moosbrugger dat men het hallucineren noemt, en hij was het ermee eens dat hij die eigenschap te kunnen hallucineren op anderen voor had die het niet kunnen; want hij zag ook veel wat anderen niet zien, mooie landschappen en gedrochtelijke dieren, maar hij vond het belang dat men daaraan toekende erg overdreven, en als het verblijf in de krankzinnigengestichten hem al te onaangenaam werd, beweerde hij zondermeer dat hij maar wat fantaseerde. Die zogenaamde slimmeriken vroegen hem hoe luid het was; bepaald slim was die vraag niet: natuurlijk was wat hij hoorde soms zo luid als een donderslag en soms was het het zachtste fluisteren. Ook de pijnen die hem zo nu en dan kwelden konden ondraaglijk zijn of enkel zo licht als een inbeelding. Dat was niet het belangrijke. Vaak zou hij niet precies hebben kunnen beschrijven wat hij zag, hoorde en voelde; toch wist hij wat het was. Het was soms erg onduidelijk; de verschijningen kwamen van buiten hem, maar een glimp van waarneming zei hem tegelijk dat ze desondanks uit hemzelf kwamen. Het belangrijke was dat het helemaal niets belangrijks betekent of iets buiten is of binnen; in zijn toestand was dat als helder water aan beide kanten van een doorzichtige glazen wand.

En in zijn grote tijden lette Moosbrugger helemaal niet op de stemmen en verschijningen, maar hij dacht. Hij noemde het zo omdat dit woord altijd indruk op hem had gemaakt. Hij dacht beter dan anderen, want hij dacht buiten en binnen. Tegen zijn eigen wil in werd in hem gedacht. Hij zei dat gedachten in hem werden gemaakt. En zonder dat hij zijn langzame mannelijke bedachtzaamheid verloor, wonden de kleinste bijzaken hem op, zoals een vrouw dat overkomt als de melk in haar borsten stuwt. Zijn denken vloeide dan als een door honderden springende beekjes gevoede beek door een malse wei. Moosbrugger had nu zijn hoofd laten zakken en keek naar het hout tussen zijn vingers. 'Hier zeggen ze tegen een cekhoorn eekkatte,' viel hem in; 'maar iemand zou eens moeten proberen met de juiste ernst op zijn tong en zijn gezicht "de eekkatte" te zeggen! Ze zouden er allemaal van ophoren, alsof er te midden van de scheten bij een gevechtsoefening plotseling een scherp schot valt! In Hessen zeggen ze boomvos. Wie verre reizen maakt weet zoiets.' En dan deden de psychiaters nog of ze o zo benieuwd waren als ze Moosbrugger een plaatje van een eekhoorntje lieten zien, en hij dan antwoordde: 'Dat is gewoon een vos of misschien is het een haas; het kan ook een kat zijn of zo.' Ze vroegen hem dan telkens heel vlug: 'Hoeveel is veertien plus veertien?' En hij antwoordde hun bedachtzaam: 'Zo ongeveer achtentwintig tot veertig.' Dit 'ongeveer' stelde hen voor problemen waarover Moosbrugger fijntjes glimlachte. Want het is doodeenvoudig; hij weet ook dat je bij achtentwintig aankomt als je vanaf de veertien weer veertien verder gaat, maar wie zegt dat je daar dan moet ophouden?! Moosbruggers blik dwaalt nog een heel stuk verder, zoals die van een man die een zich tegen de hemel aftekenende heuvelkam heeft bereikt en nu ziet dat er daarachter nog ettelijke van zulke heuvelkammen zijn. En als een eekkatte geen kat is en geen vos en in plaats van een hoorn net zulke tanden heeft als de haas die de vos opvreet, hoef je het niet zo nauw te nemen, maar op de een of andere manier is het uit dat alles aan elkaar genaaid en rent over de bomen. Volgens Moosbruggers ervaring en overtuiging kon men er geen ding apart uitpikken, omdat het een met het ander samenhing. En het was in zijn leven ook al voorgekomen dat hij tegen een meisje zei: 'Uw lieve rozemond!', maar plotseling liet het woord bij de naden los en ontstond er iets heel pijnlijks: het gezicht werd zo grauw als aarde waarover nevel hangt, en op een lange stam stond daar een roos; dan was de verleiding een mes te pakken en haar af te snijden of haar een klap te geven, zodat ze zich weer in dat gezicht terugtrok, ontzettend groot. Zeker, Moosbrugger pakte niet altijd meteen zijn mes; hij deed dat alleen als hij het op een andere manier niet meer klaarspeelde. Gewoonlijk wendde hij al zijn reuzenkracht aan om de wereld bij elkaar te houden.

In een goed humeur kon hij een man in zijn gezicht kijken en daar dan zijn eigen gezicht in zien, zoals het tussen vissen en heldere stenen vanuit een ondiepe beek terugkijkt; in een slecht humeur hoefde hij het gezicht van een man maar vluchtig te inspecteren om te zien dat het dezelfde man was met wie hij altijd al ruzie had gekregen, hoezeer die zich ook elke keer anders voordeed. Wie kan hem dat kwalijk nemen?! Wij hebben allemaal bijna altijd ruzie met dezelfde man. Als men zou onderzoeken wie de mensen zijn aan wie wij zo onzinnig blijven vastzitten, zou zeker blijken dat het de man is met de sleutelbaard waarvoor wij het slot hebben. En in de liefde? Hoeveel mensen kijken dag in dag uit in hetzelfde geliefde gezicht, maar zouden als zij hun ogen sluiten niet kunnen zeggen hoe het eruitziet. Of ook los van liefde en haat: aan welke veranderingen staan de dingen onophoudelijk bloot, al naar gelang hun gewoonte, humeur en standpunt! Hoe dikwijls brandt vreugde af en komt er een onverwoestbare kern van verdriet te voorschijn?! Hoe vaak slaat een mens niet doodgemoedereerd op een ander in, maar zou hij hem evengoed met rust kunnen laten. Het leven vormt een oppervlak dat doet alsof het moet zijn zoals het is, maar onderhuids dringen en duwen de dingen. Moosbrugger stond altijd met zijn benen op twee kluiten aarde en hield ze bij elkaar, verstandig proberend alles te vermijden wat hem kon verwarren; maar soms brak een woord in zijn mond los, en welk een revolutie en welk een droom van dingen welde dan uit zo'n afgekoeld, uitgebrand dubbel woord als eekkatte of rozelippen!

Zoals hij daar in zijn cel op zijn bank zat, die tegelijk zijn bed en zijn tafel was, betreurde hij zijn opvoeding, die hem niet had geleerd zijn ervaringen zo uit te drukken als zou moeten. Het kleine vrouwmens met haar muizeogen, dat hem nu nog, terwijl zij al zo lang onder de aarde lag, zo veel narigheid bezorgde, wekte zijn woede. Iedereen stond aan haar kant. Hij stond onbeholpen op. Hij voelde zich brokkelig als verkoold hout. Hij had al weer honger; de gevangeniskost was te weinig voor zo'n enorme man, en hij had geen geld om daar verbetering in te brengen. In een dergelijke toestand kon hij zich onmogelijk alles herinneren wat men van hem wilde weten. Er was zomaar vanzelf een verandering ingetreden, dagenlang, wekenlang, zoals maart komt of april, en toen was daar die geschiedenis nog bovenop gekomen. Hij wist er ook niet meer van dan er in het proces-verbaal stond, en wist niet eens hoe dat erin was gekomen. De redenen, de overwegingen, voor zover hij zich die kon herinneren, die had hij tijdens het proces toch al meegedeeld; maar wat er werkelijk was gebeurd, dat kwam hem voor alsof hij plotseling vloeiend iets in een vreemde taal had gezegd, iets dat hem heel gelukkig had gemaakt, maar dat hij niet meer kon herhalen.

'Laat het allemaal maar zo gauw mogelijk afgelopen zijn!' dacht Moosbrugger.

– 60 –

Excursie naar het rijk van logica en moraal

Alles wat er uit juridisch gezichtspunt over Moosbrugger was te zeggen had men in één zin kunnen samenvatten. Moosbrugger was een van die grensgevallen uit de jurisprudentie en de forensische geneeskunde die zelfs de leek bekend zijn als gevallen van verminderde toerekeningsvatbaarheid.

Tekenend voor deze ongelukkigen is dat zij niet alleen een minderwaardige gezondheid maar ook een minderwaardige ziekte hebben. De natuur heeft er een merkwaardige voorliefde voor om dat soort mensen bij de vleet voort te brengen; natura non fecit saltus, ze maakt geen sprong, ze prefereert overgangen en houdt ook op grotere schaal de wereld in een overgangstoestand tussen zwakzinnigheid en gezondheid. Maar de jurisprudentie neemt daar geen notitie van. Ze zegt: non datur tertium sive medium inter duo contradictoria, ofte wel: de mens is óf in staat in strijd met de wet te handelen óf hij is dat niet, want tussen twee tegenstellingen bestaat geen derde of middenweg. Door dit vermogen wordt hij strafbaar, door zijn eigenschap van strafbaarheid wordt hij rechtspersoon, en als rechtspersoon heeft hij deel aan de bovenpersoonlijke zegeningen van het recht. Wie dat niet direct snapt, denke aan de cavalerie. Als een paard bij elke poging het te berijden als een dolle tekeergaat, wordt er speciale zorg aan hem besteed, krijgt het de zachtste windsels, de beste ruiters, het meest uitgelezen dieet en wordt het met het grootste geduld behandeld. Als een ruiter zich daarentegen aan iets schuldig maakt, stopt men hem in een hok vol vlooien, onthoudt hem zijn eten en slaat hem in de boeien. De verklaring voor dit verschil is dat het paard slechts tot het dierlijk-empirische rijk behoort, terwijl de dragonder deel uitmaakt van het logisch-morele. In die zin onderscheidt de mens zich van de dieren en, mag men eraan toevoegen, ook van de geesteszieken, doordat hij door zijn verstandelijke en zedelijke eigenschappen in staat is onwettig te handelen en een misdaad te begaan; en daar het vooral de eigenschap van strafbaarheid is die hem tot zedelijk wezen verheft, wordt het begrijpelijk dat de jurist daar met ijzeren hand aan vast moet houden.

Helaas komt daar nog bij dat de gerechtelijke psychiaters, wier taak het zou moeten zijn daartegen te opponeren, gewoonlijk veel bangelijker zijn in de uitoefening van hun beroep dan de juristen; zij verklaren alleen die personen voor echt ziek die zij niet kunnen genezen, wat lichtelijk overdreven is, want zij kunnen de anderen ook niet genezen. Zij onderscheiden ongeneeslijke ziekten van de geest, ziekten die met Gods hulp na een tijdje vanzelf overgaan, en tenslotte nog het soort ziekte dat de dokter weliswaar ook niet kan genezen, maar dat de patiënt heel goed had kunnen voorkomen, vooropgesteld natuurlijk dat door hogere bestiering bijtijds de juiste invloeden en overwegingen op hem hadden ingewerkt. Deze tweede en derde groep leveren alleen maar die minderwaardige zieken die de engel der geneeskunde wel als patiënt behandelt als zij bij hem komen in zijn particuliere praktijk, maar die hij schuchter aan de engel der wet overlaat als hij hen in zijn forensische praktijk krijgt.

Zo'n geval was Moosbrugger. Men had hem in de loop van zijn rechtschapen, door excessen van een lugubere bloeddorstigheid onderbroken leven even vaak in gekkenhuizen opgesloten als hem daaruit ontslagen, en hij was aangemerkt als paralytisch, paranoïde, epileptisch en als cyclothyme krankzinnige, voordat twee bijzonder gewetensvolle gerechtelijke geneesheren hem tijdens de laatste behandeling zijn gezondheid weer teruggaven. Natuurlijk bevond zich toen in die grote, overvolle zaal geen mens meer, zijzelf inbegrepen, die er niet van overtuigd was dat Moosbrugger op een of andere manier ziek was; maar het was geen manier die beantwoordde aan de door de wet gestelde voorwaarden en die door gewetensvolle breinen kon worden erkend. Want als men gedeeltelijk ziek is, is men volgens de rechtendocenten ook gedeeltelijk gezond; is men echter gedeeltelijk gezond, dan is men althans gedeeltelijk toerekeningsvatbaar; en is men gedeeltelijk toerekeningsvatbaar, dan is men het helemaal; want toerekeningsvatbaarheid is, naar hun zeggen, de toestand waarin de mens de kracht bezit onafhankelijk van elke hem dwingende noodzaak vanuit zichzelf te besluiten tot een bepaald doel, en een zodanige beslotenheid kan men niet gelijktijdig bezitten en ontberen.

Weliswaar sluit dat niet uit dat er personen zijn wier staat en aanleg het hun bemoeilijken 'immorele aandriften' te weerstaan en 'op het rechte pad te blijven', zoals de juristen dat noemen, en zo iemand, bij wie omstandigheden die een ander nog niet eens raken al het 'besluit' tot een delict oproepen, was Moosbrugger. Maar ten eerste waren zijn geestelijke en verstandelijke vermogens naar het inzicht van de rechtbank in zoverre onaangetast dat bij gebruikmaking ervan de daad evengoed achterwege had kunnen blijven, en was er derhalve geen reden om hem van het morele goed der verantwoordelijkheid uit te sluiten. Ten tweede vereist een geregelde rechtspleging dat elke schuldige handeling wordt bestraft als ze willens en wetens is voltrokken. En ten derde neemt de juridische logica aan dat in alle geesteszieken – met uitzondering van die diep ongelukkigen die hun tong uitsteken als men hun vraagt hoeveel zeven maal zeven is, of die 'ik' zeggen als zij de naam van Zijne Keizer- en Koninklijke Majesteit moeten noemen – nog een minimum aan onderscheidings- en zelfbeschikkingsvermogen aanwezig is, en het zou alleen maar een bijzondere inspanning van intelligentie en wilskracht hebben gevergd om het misdadige karakter van de daad te onderkennen en de misdadige aandriften te weerstaan. Dat is toch wel het minste wat men van zulke gevaarlijke personen mag eisen!

Gerechtshoven lijken op kelders waarin de wijsheid van onze voorvaderen op flessen ligt; men ontkurkt ze en zou wel willen huilen, zo ongenietbaar wordt het hoogste, meest uitgegiste menselijke streven naar nauwkeurigheid voor die volmaakt is. Toch schijnen mensen die nog niet gehard zijn er een roes van te krijgen. Het is een bekend verschijnsel dat de engel der geneeskunde, als hij langere tijd de uiteenzettingen van de juristen heeft aangehoord, heel dikwijls zijn eigen missie vergeet. Hij klapt dan rinkelend zijn vleugels in en gedraagt zich in de rechtszaal als een reserve-engel van de jurisprudentie.

– 61 –

Het ideaal van de drie verhandelingen of
de utopie van het exacte leven

Op die manier was Moosbrugger aan zijn doodvonnis gekomen, en hij had het alleen aan graaf Leinsdorfs invloed en diens vriendelijke gezindheid jegens Ulrich te danken dat de kans bestond dat zijn geestestoestand nogmaals zou worden onderzocht. Ulrich was echter toentertijd totaal niet van plan om zich Moosbruggers lot nog verder aan te trekken. De ontmoedigende mengeling van wreedheid en lijden, die het wezen van dat soort mensen is, was hem even onaangenaam als de mengeling van precisie en nonchalance die de oordelen kenmerkt die men over hen pleegt te vellen. Hij wist precies wat hij van hem moest denken als hij het geval nuchter bekeek, en welke maatregelen men kon proberen te nemen met mensen zoals hij die noch in de gevangenis noch in de vrijheid thuishoren, en voor wie ook de krankzinnigengestichten geen geschikte plaats zijn. Maar hij was er zich ook van bewust dat duizenden anderen dat ook wisten, dat door hen elk van deze kwesties, die hun speciale belangstelling hebben, onophoudelijk wordt besproken en van alle kanten bekeken, en dat de staat Moosbrugger uiteindelijk wel ter dood zal brengen omdat dit in zo'n toestand van onvoltooidheid eenvoudig het duidelijkst, goedkoopst en veiligst is. Het mag dan weinig fijnzinnig zijn om je daarbij neer te leggen, maar de snelle vervoermiddelen eisen ook meer slachtoffers dan alle tijgers van Indië, en kennelijk stelt de nietsontziende, gewetenloze en onverschillige houding waarmee wij dat tolereren ons anderzijds in staat tot de successen die ons niet ontzegd kunnen worden.

Deze geestesgesteldheid, die voor het dichtstbijzijnde zo scherpziend en voor het geheel zo blind is, komt het veelzeggendst tot uiting in een ideaal dat men het ideaal van een levenswerk zou kunnen noemen, dat uit niet meer dan drie verhandelingen bestaat. Er zijn geestelijke activiteiten waarin niet de grote boeken doch de kleine verhandelingen iemands trots zijn. Als iemand bijvoorbeeld zou ontdekken dat stenen in bepaalde omstandigheden die tot dusverre nog niet zijn waargenomen kunnen spreken, zou hij voor het beschrijven en verklaren van een zo revolutionair verschijnsel maar een paar bladzijden nodig hebben. Over de juiste houding kan men daarentegen telkens opnieuw een boek schrijven, en dat is volstrekt niet alleen een kwestie van geleerdheid, want het komt neer op een methode waarbij men met de belangrijkste levensvragen nooit in het reine komt. Men zou de menselijke activiteiten kunnen indelen naar het aantal woorden dat ervoor nodig is; hoe meer woorden, des te slechter is het met hun karakter gesteld. Alle kennis die onze soort van het dierevel tot de vliegmachine heeft geleid zou met bewijzen en al in voltooide staat niet meer dan een handbibliotheek vullen; terwijl daarentegen een boekenkast ter grootte van de wereld nog lang niet toereikend zou zijn om de hele rest te bevatten, nog geheel afgezien van de zeer omvangrijke discussie die niet met de pen maar met zwaard en ketenen is gevoerd. Het ligt voor de hand te denken dat wij onze menselijke onderneming uiterst onrationeel exploiteren als wij het niet aanpakken zoals de wetenschappen dat doen, die ons op hun manier zo voorbeeldig voor zijn gegaan.

Dat nu is ook werkelijk de sfeer en gesteldheid van een tijdperk – van een aantal jaren, nauwelijks van decennia – waarvan Ulrich nog iets had meegemaakt. Men dacht in die tijd – maar dit 'men' is een opzettelijk vage omschrijving; men zou immers niet kunnen zeggen wie en hoevelen zo dachten, in elk geval, het hing in de lucht – dat men wellicht exact zou kunnen leven. Men zal tegenwoordig vragen: wat houdt dat in? Het antwoord zou waarschijnlijk zijn dat men zich een levenswerk evengoed als bestaande uit drie verhandelingen kan voorstellen als bestaande uit drie gedichten of handelingen, waarin het persoonlijke prestatievermogen tot het uiterste is opgevoerd. Het zou dus ongeveer neerkomen op zwijgen wanneer men niets te zeggen heeft; alleen doen wat nodig is zolang men niets bijzonders om handen heeft; en wat het belangrijkste is, gevoelloos blijven zolang men niet het onbeschrijflijke gevoel heeft zijn armen uit te spreiden en door een golf der schepping te worden opgetild! Men zal opmerken dat daarmee het grootste deel van ons zieleleven zou ophouden te bestaan, maar dat zou misschien ook niet zo'n pijnlijk verlies zijn. De these dat de grote omzet aan zeep van grote zindelijkheid getuigt, hoeft niet op te gaan voor de moraal, waarvoor de nieuwere stelling juister is dat een uitgesproken wasdwang op niet helemaal propere innerlijke verhoudingen wijst. Het zou een nuttig experiment zijn als men het aanwenden van moraal, dat (van welk fabrikaat dan ook) met al ons handelen gepaard gaat, nu eens tot een minimum zou beperken en er genoegen mee zou willen nemen alleen moreel te zijn in die uitzonderingsgevallen waarin het de moeite loont, maar in alle andere gevallen over zijn handelen niet anders te denken dan over de noodzakelijke standaardisering van potloden of schroeven. Dan zou er stellig ook niet veel goed gebeuren, maar sommige dingen beter; er zou geen talent overblijven, maar alleen het genie; en uit het beeld van het leven zouden de te bleke proefdrukken verdwijnen die ontstaan uit de vage gelijkenis die de handelingen met de deugden hebben, en in hun plaats zou het zalige een-zijn van de deugden in de heiligheid komen. Kortom, van elke centenaar moraal zou een milligram overblijven van een essentie die in een miljoenste gram nog wonderbaarlijk gelukzalig maakt.

Maar men zal tegenwerpen dat dit toch een utopie is! Natuurlijk is het er een. Utopieën betekenen ongeveer zo veel als mogelijkheden; dat een mogelijkheid geen werkelijkheid is, betekent niets anders dan dat de omstandigheden waarmee ze tegenwoordig vervlochten is haar dat beletten, want anders zou ze immers gewoon een onmogelijkheid zijn; maakt men haar nu los uit haar verbindingen en staat men haar toe dat ze zich ontwikkelt, dan ontstaat de utopie. Dat is eenzelfde soort proces als wanneer een onderzoeker de verandering van een element binnen een samengesteld verschijnsel bestudeert en daaruit zijn conclusies trekt; utopie betekent het experiment waarin de mogelijke verandering van een element wordt geobserveerd en de effecten die die teweegbrengt in het samengestelde verschijnsel dat wij leven noemen. Is nu het geobserveerde element de exactheid zelf, isoleert men het en laat men het zich ontwikkelen, beziet men het als denkgewoonte en levenshouding en laat men het zijn voorbeeldige invloed uitoefenen op alles wat ermee in aanraking komt, dan resulteert dat in een mens in wie een paradoxale verbinding van precisie en onbepaaldheid plaatsvindt. Hij bezit die onomkoopbare bewuste koelbloedigheid die het temperament van de exactheid vormt; maar alles wat boven deze eigenschap uitstijgt blijft onbepaald. De vaste verhoudingen van het innerlijk die door een moraal worden gewaarborgd hebben weinig waarde voor iemand wiens fantasie op veranderingen is gericht; en als

dan ook nog de eis van de meest precieze en grootste vervulling wordt overgedragen van het intellectuele gebied op
dat der hartstochten, blijkt, zoals is aangestipt, de verbazen-
de uitkomst te zijn dat de hartstochten verdwijnen en dat er
in hun plaats iets oervuurachtigs van goedheid te voorschijn
komt. – Dat is de utopie van de exactheid. Men vraagt zich
af hoe zo iemand zijn dag moet doorkomen, omdat hij toch
niet voortdurend in de roes van het scheppen kan verkeren
en het haardvuur van zijn beperkte gevoelens zal hebben
opgeofferd aan een imaginaire vuurzee. Maar deze exacte
mens bestaat tegenwoordig! Als mens in de mens leeft hij
niet alleen in de onderzoeker, maar ook in de zakenman, in
de organisator, in de sportman, in de technicus; ook al is dat
voorlopig nog alleen maar tijdens die belangrijkste delen
van de dag die zij niet hun leven noemen maar hun beroep.
Want hij die alles zo grondig en onbevooroordeeld bekijkt,
verafschuwt niets zozeer als het idee zichzelf eens heel grondig te bekijken, en het lijdt helaas nauwelijks twijfel dat hij
de utopie van zichzelf voor een immoreel experiment zal
aanzien, uitgevoerd op personen die serieus druk bezig zijn.

Daarom had Ulrich met zijn vraag of men aan de machtigste groep innerlijke vermogens de overige moest aanpas-
sen of niet, met andere woorden, of men voor iets dat ons
overkomt en ons is overkomen, een doel en een zin kan vinden, zijn leven lang altijd tamelijk alleen gestaan.

– 62 –

Ook de aarde, maar met name Ulrich, huldigt
de utopie van het essayisme

Precisie, als menselijke houding, vereist ook een precies
doen en zijn. Ze stelt aan doen en zijn in die zin een maxima-
le eis. Alleen dient hier een onderscheid te worden gemaakt.

Want in werkelijkheid is er immers niet alleen de fantastische precisie (die er in werkelijkheid nog helemaal niet is)
maar ook een pedante, en die twee onderscheiden zich van

elkaar doordat de fantastische zich aan de feiten houdt en de pedante zich aan de produkten van de fantasie. De precisie bijvoorbeeld waarmee de zonderlinge geest van Moosbrugger in een systeem van tweeduizend jaar oude rechtsbegrippen werd ingepast, leek op de pedante krachtsinspanningen van een dwaas die een vogel in de vrije lucht aan een naald wil spietsen, doch ze bekommerde zich helemaal niet om de feiten, maar alleen om het fantastische begrip van het rechtsgoed. De precisie daarentegen die de psychiaters aan de dag legden in hun houding ten aanzien van het grote probleem of men Moosbrugger ter dood mocht veroordelen of niet, was door en door exact, want ze waagde het niet om meer te zeggen dan dat zijn ziektebeeld met geen enkel tot dusver geobserveerd ziektebeeld helemaal overeenstemde, en liet de beslissing verder aan de juristen over. Het is een beeld van het leven zelf dat de rechtszaal bij die gelegenheid bood, want al die vitale moderne mensen, die het volstrekt ondenkbaar zouden achten om in een auto te rijden die ouder was dan vijf jaar, of een ziekte te laten behandelen volgens de principes die tien jaar geleden nog de beste waren, die bovendien al hun tijd vrijwillig-onvrijwillig aan het stimuleren van dat soort uitvindingen wijden en die er trots op zijn dat zij alles wat binnen hun bereik komt rationaliseren, laten de kwesties van schoonheid, rechtvaardigheid, liefde en geloof, kortom, alle vraagstukken van de humaniteit, voor zover zij daar geen zakelijk belang bij hebben, het liefst aan hun vrouwen over, en zolang dezen nog niet helemaal goed voldoen, aan een subspecies van mannen die hun over kelk en zwaard des levens vertellen in duizend jaar oude zinswendingen, die zij lichtzinnig, gemelijk en sceptisch aanhoren, zonder erin te geloven en zonder aan de mogelijkheid te denken dat het ook anders zou kunnen. Er zijn dus in werkelijkheid twee geesteshoudingen, die elkaar niet alleen bestrijden maar die gewoonlijk, wat erger is, naast elkaar bestaan, zonder een woord te wisselen, behalve dat ze elkaar verzekeren dat ze allebei wenselijk zijn, elk op haar plaats. De ene stelt zich ermee tevreden precies te zijn, en houdt zich aan de feiten; de andere stelt zich daar niet tevreden mee maar kijkt altijd naar het geheel en leidt haar inzichten af van zogenaamde eeuwige en grote waarheden. De ene verwerft daarbij meer succes, en de andere meer omvang en waardigheid. Het is duidelijk dat een pessimist ook zou kunnen zeggen dat de resultaten van de ene niets waard zijn en die van de andere niet waar. Want wat moet men op de Jongste Dag, wanneer de menselijke werken worden gewogen, met drie verhandelingen over mierezuur, en al waren het er dertig?! Anderzijds, wat weet men van de Jongste Dag als men niet eens weet wat er tot dan toe allemaal nog met dat mierezuur kan gebeuren?!

Tussen die twee polen van dit noch-noch slingerde de ontwikkeling heen en weer toen er zo'n ruim achttien maar nog geen twintig eeuwen waren verstreken sinds de mensheid voor het eerst vernam dat er aan het einde der dagen zo'n geestelijk gericht zou plaatsvinden. Het strookt met de ervaring dat daarbij op de ene richting altijd de tegenovergestelde volgt. En ofschoon het denkbaar en wenselijk zou zijn dat een dergelijke ommekeer zich zou voltrekken als een schroefgang, die bij elke richtingverandering hoger komt, wint om onbekende redenen de ontwikkeling daarbij zelden meer dan ze door omwegen en destructie verliest. Dr. Paul Arnheim had dus echt gelijk toen hij tegen Ulrich zei dat de wereldgeschiedenis nooit iets negatiefs toestaat; de wereldgeschiedenis is optimistisch, ze kiest altijd geestdriftig voor het ene en pas daarna voor het tegendeel ervan! Zodoende resulteerden ook die eerste fantasieën der exactheid geenszins in de poging ze te verwezenlijken, maar men liet ze over aan het vleugelloze gebruik van ingenieurs en geleerden en wendde zich weer tot de waardiger en omvangrijker geesteshouding.

Ulrich kon zich nog goed herinneren hoe het onzekere weer tot aanzien was gekomen. Hoe langer hoe meer hadden uitingen zich opgehoopt waarin mensen die een wat onzeker métier bedreven, dichters, critici, vrouwen en degenen die het beroep van een nieuwe generatie uitoefenden, de klacht aanhieven dat de zuivere kennis op een onzalig Iets leek dat alle verheven werken van de mens vernielde zonder ze weer te kunnen herstellen, en ze verlangden een nieuw geloof in de mensheid, terugkeer naar de innerlijke oorsprongen, hernieuwd geestelijk elan en zo nog het een en ander. Hij had aanvankelijk naïef aangenomen dat het om mensen ging die zich beurs hebben gereden en hinkend van hun paard stappen, jammerend dat men hen met ziel moest insmeren; maar hij moest geleidelijk inzien dat de steeds terugkerende roep die hem aanvankelijk zo grappig had geleken, een brede weerklank vond; kennis begon onmodern te worden, het onscherpe type mens dat ons tijdperk domineert was begonnen veld te winnen.

Ulrich had zich ertegen verzet dit serieus te nemen, en ontwikkelde nu zijn geestelijke voorkeuren op zijn eigen wijze.

Uit de vroegste tijd van het eerste zelfbewustzijn van de jeugd, die als wij er later op terugzien vaak zo vertederend en ontroerend is, waren nu nog allerlei eens geliefkoosde denkbeelden in zijn herinnering te vinden, en daaronder het begrip 'hypothetisch leven'. Het drukte nog altijd de moed en de onvrijwillige onbekendheid met het leven uit, waarin elke stap een waagstuk zonder ervaring is, en het verlangen naar grote verbanden en de zweem van herroepelijkheid die een jong mens voelt als hij aarzelend het leven binnentreedt. Ulrich dacht dat daar eigenlijk niets van hoefde te worden teruggenomen. Een spannend gevoel tot iets te zijn uitverkoren, is het mooie en enig zekere in degene wiens blik voor het eerst de wereld opneemt. Hij kan, als hij zijn gevoelens onder controle heeft, op niets zonder voorbehoud ja zeggen; hij zoekt de mogelijke geliefde, maar weet niet of zij de ware is; hij is in staat te doden, zonder er zeker van te zijn of hij dat moet doen. De drang van zijn eigen natuur om zich te ontwikkelen verbiedt hem in het voltooide te geloven; maar alles wat op zijn weg komt doet alsof het voltooid is. Hij heeft een vermoeden: deze orde is niet zo bestendig als ze zich voordoet; geen ding, geen ik, geen vorm, geen beginsel staat vast, alles is aan een onzichtbaar maar nooit rustend veranderingsproces bezig, in het onbestendige ligt meer van de toekomst dan in het bestendige, en het heden is niets anders dan een hypothese waar men nog niet van is afgestapt. Wat zou hij dan beter kunnen doen dan zich voor de wereld te vrijwaren, in de goede zin, zoals een onderzoeker zichzelf behoedt voor feiten die hem willen verleiden overhaast in ze te geloven?! Daarom aarzelt hij om iets van zichzelf te maken; een karakter, beroep, een vaste aard, dat zijn voor hem voorstellingen waarin het geraamte zich al aftekent dat er uiteindelijk van hem zal overblijven. Hij tracht zichzelf op een andere manier te begrijpen; met een voorkeur voor alles wat hem innerlijk verrijkt, zelfs als dat moreel of intellectueel verboden is, voelt hij zich als een stap die naar alle kanten vrij is maar van het ene evenwicht naar het volgende en altijd vooruit leidt. En denkt hij eens de juiste inval te hebben, dan neemt hij waar dat er een druppel van een onuitsprekelijke gloed in de wereld is gevallen, waarvan de uitstraling de wereld een ander aanschijn geeft.

In Ulrich was later, toen zijn intellectuele vermogens waren toegenomen, hieruit een denkbeeld ontstaan dat hij nu niet langer met het onzekere woord hypothese maar om bepaalde redenen met het eigenaardige begrip essay verbond. Ongeveer zoals een essay in de opeenvolging van zijn paragrafen een ding van vele kanten aanvat zonder het helemaal te omvatten, – want een helemaal omvat ding verliest meteen zijn omvang en versmelt tot een begrip – zo geloofde hij de wereld en zijn eigen leven het best te kunnen beschouwen en tegemoet te treden. De waarde van een handeling of van een eigenschap, ja zelfs hun wezen en aard, leken hem afhankelijk van de omstandigheden die ze omringden, van de doelen die ze dienden, kortom, van het nu eens zo en dan weer anders geaarde geheel waartoe ze behoorden. Dit is overigens slechts de simpele beschrijving van het feit dat een moord ons een misdaad of een heldendaad kan toeschijnen en het liefdesuur de veer die uit de vleugel van een engel of een gans is gevallen. Maar Ulrich veralgemeende het. Daarbij vonden alle morele gebeurtenissen plaats in een krachtveld waarvan de constellatie ze met betekenis laadde, en ze bevatten het goed en het kwaad zoals een atoom de mogelijkheden tot chemische verbindingen bevat. Ze waren in zekere zin dat wat ze werden, en zoals het ene woord 'hard', al naar gelang de hardheid met liefde, grofheid, drift of strengheid samenhangt, vier verschillende karakters aanduidt, leken alle morele gebeurtenissen hem wat hun betekenis betreft de afhankelijke functie van andere. Er ontstond op deze wijze een oneindig systeem van verbanden, waarin onafhankelijke betekenissen, zoals het gewone leven ze bij een globale eerste benadering aan handelingen en eigenschappen toeschrijft, helemaal niet meer bestonden; het schijnbaar bestendige werd daarin tot een poreus voorwendsel voor vele andere betekenissen, dat wat gebeurde tot symbool van iets dat misschien niet gebeurde maar erdoorheen werd gevoeld, en de mens als samenvatting van zijn mogelijkheden, de potentiële mens, het ongeschreven gedicht van zijn bestaan, trad de mens tegemoet als de geschreven neerslag, als werkelijkheid en karakter. Eigenlijk voelde Ulrich zich, volgens deze opvatting, tot elke deugd en elke slechtheid in staat, en dat deugden evenzeer als zonden in een evenwichtig maatschappelijk bestel algemeen, zij het ook stilzwijgend, als hinderlijk worden ervaren, bewees voor hem nu juist wat in de natuur alom geschiedt, namelijk dat elk krachtenspel mettertijd een gemiddelde waarde en gemiddelde toestand, een vergelijk en een verstarring nastreeft. De moraal in de gebruikelijke zin van het woord was voor Ulrich niet meer dan de bejaarde vorm van een krachtenstelsel dat niet zonder aan ethische kracht in te boeten met haar mag worden verwisseld.

Het kan zijn dat in deze opvattingen ook een bepaalde onzekerheid over het leven tot uitdrukking kwam; alleen is onzekerheid soms niets anders dan de onvoldaanheid over de bestaande zekerheden, en voor de rest mag er wel eens aan worden herinnerd dat zelfs een zo ervaren persoon als de mensheid is klaarblijkelijk volgens heel vergelijkbare beginselen handelt. Ze herroept op den duur alles wat ze heeft gedaan en stelt er iets anders voor in de plaats, ook voor haar veranderen op den duur misdaden in deugden en omgekeerd, ze bouwt grote geestelijke samenhangen van alle gebeurtenissen en laat ze na enkele generaties weer instorten; alleen gebeurt dat successievelijk in plaats van binnen één uniform levensgevoel, en de aaneenschakeling van haar experimenten laat geen stijgende lijn zien, terwijl een bewust menselijk essayisme zich min of meer voor de taak zou zien gesteld deze achteloze bewustzijnstoestand van de wereld in een wil te veranderen. En veel afzonderlijke ontwikkelingslijnen wijzen erop dat dit binnen afzienbare tijd zou kunnen gebeuren. De assistente in een ziekenhuis die, in het hagelwit gekleed, de poep van een patiënt in een wit porseleinen schaaltje met behulp van zuren tot een purperkleurig smeersel fijnwrijft, waarvan de juiste kleur haar aandacht beloont, bevindt zich nu reeds, ook al weet zij dat niet, in een veranderlijker wereld dan de jongedame die huivert bij het zien van dezelfde substantie op straat. De misdadiger die in het morele krachtveld van zijn daad is terechtgekomen, beweegt zich nog slechts als een zwemmer die met een onstuimige stroom mee moet, en elke moeder wier kind daar ooit in is meegesleurd weet dat; men heeft haar alleen tot nog toe niet geloofd, omdat men geen plaats had voor dit geloof. De psychiatrie noemt de grote opgewektheid een opgewekte ontstemming, alsof het om een opgewekte onlust ging, en heeft doen inzien dat elke grote verheviging, zowel van kuisheid als van zinnelijkheid, zowel van stiptheid als van lichtzinnigheid, zowel van wreedheid als van mededogen, in het ziekelijke uitmondt; hoe weinig zou het gezonde leven nog betekenen als het alleen een gemiddelde toestand tussen twee overdrijvingen ten doel zou hebben! Hoe armzalig zou zijn ideaal al niet zijn als het werkelijk uit niets anders zou bestaan dan uit het loochenen van de overdrevenheid van zijn idealen!? Dat soort inzichten leidt er dus toe in de morele norm niet langer de rust van starre regels te zien doch een beweeglijk evenwicht, dat elk moment eist dat er aan zijn vernieuwing wordt gewerkt. Men begint het steeds meer als beperkt te ervaren iemands onwillekeurig verworven neigingen tot herhaling als zijn karakter te bestempelen, om dan vervolgens zijn karakter voor die herhalingen verantwoordelijk te stellen. Men leert het wisselende spel tussen binnen en buiten doorzien, en juist door het begrip voor het onpersoonlijke aan de mens is men op nieuwe sporen van het persoonlijke gestuit, op bepaalde eenvoudige fundamentele gedragspatronen, een ik-bouwinstinct dat als het nestbouwinstinct van vogels uit allerlei materialen volgens een paar methodes zijn Ik opbouwt. Men is al bijna zo ver dat men door bepaalde invloeden allerlei ontaarde toestanden kan indammen als een bergbeek, zodat het vrijwel alleen nog neerkomt op een maatschappelijke slordigheid of een restje onhandigheid als men van misdadigers niet bijtijds aartsengelen maakt. En zo zou er nog heel wat zijn aan te voeren, verspreide, nog niet nader tot elkaar gekomen zaken, die samen bewerkstelligen dat men de globale benaderingen moe wordt die onder eenvoudiger voorwaarden voor hun gebruik zijn ontstaan, en men langzamerhand de noodzaak voelt om een moraal die al tweeduizend jaar telkens alleen wat details betreft aan de veranderende smaak is aangepast, een fundamenteel ander model te geven en in te ruilen voor een andere, die soepeler aansluit bij de beweeglijkheid der feiten.

Naar Ulrichs overtuiging ontbrak daartoe eigenlijk alleen nog de formule; die uitdrukking die het doel van een beweging, nog voor het is bereikt, op een of ander gunstig moment moet vinden opdat het laatste stuk van de weg kan worden afgelegd, en dat is altijd een gewaagde, volgens de stand van zaken nog niet te rechtvaardigen uitdrukking, een combinatie van exact en niet-exact, van precisie en hartstocht. Maar er was nu juist in die jaren die hem hadden moeten aansporen iets merkwaardigs met hem gebeurd. Hij was geen filosoof. Filosofen zijn dwingelanden die geen leger tot hun beschikking hebben en daarom de wereld aan zich onderwerpen door haar op te sluiten in een systeem. Waarschijnlijk is dat ook de reden dat er in de eeuwen der tirannieën grote filosofische naturen zijn geweest, terwijl het in de eeuwen van voortgeschreden beschaving en democratie niet lukt een overtuigende filosofie voort te brengen, althans in zoverre dat kan worden opgemaakt uit het leedwezen dat men daarover algemeen hoort betuigen. Daarom wordt er tegenwoordig schrikbarend veel gefilosofeerd en détail, zodat eigenlijk alleen de warenhuizen maar overblijven waar men zonder wereldbeschouwing iets kan krijgen, terwijl tegen filosofie en gros een uitgesproken wantrouwen heerst. Men beschouwt haar gewoonweg als onmogelijk, en ook Ulrich was daar geenszins vrij van, hij dacht er na zijn wetenschappelijke ervaringen zelfs ietwat spottend over. Dit bepaalde zijn houding, zodat hij altijd opnieuw door wat hij zag tot nadenken werd geprikkeld, maar toch behept was met een zekere angst voor te veel denken. Wat echter uiteindelijk beslissend was voor zijn houding was nog iets anders. Er was iets in Ulrichs aard dat op een warrige, verlammende, hem van zijn wapens berovende manier het logische ordenen, het ondubbelzinnige willen, de doelgerichte aandriften van de eerzucht tegenwerkte, en ook dat hing samen met de indertijd door hem gekozen benaming essayisme, zij het ook dat het nu juist die bestanddelen bevatte die hij mettertijd en onbewust zorgvuldig uit dit begrip had geëlimineerd. De vertaling van het woord essay met proeve, zoals die is gegeven, bevat slechts vaag de meest wezenlijke zinspeling op het literaire voorbeeld; want een essay is niet de voorlopige of terloopse uitdrukking van een overtuiging die bij een betere gelegenheid tot waarheid verheven, maar evengoed ook als een dwaling aangemerkt zou kunnen worden (van dat soort zijn alleen de opstellen en verhandelingen die geleerden als 'spaanders uit hun werkplaats' presenteren); maar een essay is de unieke en onveranderlijke gedaante die het innerlijk leven van een mens in een beslissende gedachte aanneemt. Niets is er vreemder aan dan de onverantwoordelijkheid en halfvoltooidheid van de invallen die men subjectiviteit noemt, maar ook waar en onwaar, wijs en onwijs zijn geen begrippen die van toepassing zijn op dat soort gedachten, die nochtans gehoorzamen aan wetten die niet minder streng zíjn dan ze kwetsbaar en onuitsprekelijk líjken. Er zijn niet weinig van dat soort essayisten en meesters van het innerlijk zwevende leven geweest, maar het zou geen zin hebben hen te noemen; hun rijk ligt tussen religie en kennis, tussen voorbeeld en leer, tussen amor intellectualis en gedicht, het zijn heiligen met en zonder religie en soms zijn het ook gewoon mensen die in een avontuur verzeild zijn geraakt.

Niets is overigens tekenender dan de onvrijwillige ervaring die men opdoet met geleerde en rationele pogingen om zulke grote essayisten uit te leggen, om de levensleer zoals ze is in een levenswetenschap te veranderen en de beweging van de bewogenen een 'inhoud' te ontfutselen; er blijft dan van dat alles ongeveer even veel over als van het tere kleurenlichaam van een medusa nadat men die uit het water heeft gehaald en op het zand gelegd. De leer van de gegrepenen valt in de ratio van de ongegrepenen uiteen tot stof, tegenstrijdigheid en onzin, en toch mag men haar niet echt kwetsbaar noemen of niet bestand tegen het leven, omdat men anders ook een olifant te kwetsbaar zou moeten noemen om te overleven in een luchtledige, niet aan zijn levensbehoeften beantwoordende ruimte. Het zou zeer betreurenswaardig zijn als deze beschrijvingen de indruk zouden wekken van een geheim, of zelfs maar van muziek waarin de harpklanken en zuchtende glissandi de boventoon voeren. Het tegendeel is waar, en de eraan ten grondslag liggende vraag was bij Ulrich beslist niet alleen als vermoeden opgekomen, maar ook heel nuchter in de volgende vorm: Een man die de waarheid wil, wordt geleerde; een man die zijn subjectiviteit vrij spel wil geven wordt misschien schrijver; maar wat moet een man doen die iets wil dat ertussenin ligt? Voorbeelden van iets dat 'ertussenin' ligt worden echter door elk moreel gebod geleverd, zoals meteen al door het bekende en eenvoudige: Gij zult niet doden. In één oogopslag ziet men dat het noch een waarheid is noch een subjectiviteit. Men weet dat wij ons er in menig opzicht strikt aan houden, in andere opzichten zijn bepaalde en zeer talrijke, doch precies gedefinieerde uitzonderingen toegelaten, maar in een heel groot aantal gevallen van een derde soort, zoals bij het fantaseren, in onze wensen, in toneelstukken of onder het genot van kranteberichten, dwalen wij zonder enige lijn heen en weer tussen afkeer en verlokking. Men noemt iets dat noch een waarheid is noch een subjectiviteit wel eens een eis. Men heeft deze eis aan de dogma's van de religie en de wet gekoppeld, en hem zo het karakter gegeven van een afgeleide waarheid, maar de romanschrijvers vertellen ons over de uitzonderingen, vanaf Abrahams offer tot aan de mooie vrouw die onlangs haar geliefde neerschoot, en lossen hem weer op in subjectiviteit. Men kan zich dus of aan de paaltjes vasthouden of zich ertussenin op de brede deining heen en weer laten drijven; maar met wat voor gevoel?! Het gevoel van de mens voor dit gebod is een mengeling van blindelings gehoorzamen (de 'gezonde natuur' inbegrepen, die zich ertegen verzet om aan zoiets ook maar te denken, maar het met een klein zetje van alcohol of hartstocht wel meteen doet) en gedachteloos poedelen in een golf van mogelijkheden. Moet dit gebod nu werkelijk alleen zo worden begrepen? Ulrich voelde dat iemand die iets met hart en ziel zou willen doen op die manier noch weet of hij het moet doen, noch of hij het moet laten. En hij had toch het vermoeden dat je het vanuit je hele wezen kon doen of laten. Een inval of een verbod zei hem helemaal niets. Het aanknopen aan een wet daarboven of daarbinnen wekte de kritiek van zijn verstand, sterker nog, er school ook nog een ontwaarding in die behoefte om dat moment dat zo zelfverzekerd was door een afstamming in de adelstand te verheffen. Bij dat alles bleef zijn hart zwijgen en sprak alleen zijn hoofd; maar hij voelde dat op een andere wijze zijn beslissing zou kunnen samenvallen met zijn geluk. Hij zou gelukkig kunnen zijn omdat hij niet doodde, of gelukkig kunnen zijn omdat hij doodde, maar nooit zou hij de onverschillige incasseerder van de aan hem gestelde eis kunnen zijn. Wat hij op dit moment voelde was geen gebod, het was een gebied dat hij had betreden. Hij begreep dat alles daarin al was beslist en zijn verstand als met moedermelk was gesust. Maar het was geen denken meer wat hem dit zei, en ook geen voelen op de gewone, als in stukken gebroken manier; het was een 'volledig begrijpen' en toch ook weer slechts zoals wanneer de wind een boodschap van ver overbrengt, en die leek hem waar noch onwaar, rationeel noch irrationeel, maar ontroerde hem, alsof er een kalme, gelukzalige overdrijving in zijn hart was neergedaald.

En evenmin als men uit de echte delen van een essay een waarheid kan maken, kan men aan een dergelijke toestand een overtuiging ontlenen; tenminste niet zonder hem op te geven, zoals iemand die liefheeft de liefde moet loslaten om haar te beschrijven. De grenzeloze ontroering die hij soms passief onderging was in strijd met Ulrichs behoefte aan actie, die naar grenzen en vormen streefde. Nu is het waarschijnlijk wel terecht en natuurlijk om eerst te willen weten alvorens je je gevoel laat spreken, en onwillekeurig stelde hij zich voor dat wat hij later ooit hoopte te vinden, zelfs als dit niet de waarheid zou zijn, daar aan stevigheid toch niet voor onder zou doen; maar in zijn speciale geval deed hij daardoor denken aan een man die een uitrusting samenstelt terwijl de bedoeling die hij ermee had hem begint te ontgaan. Op welk moment men hem ook bij het schrijven van wiskundige en wiskundig-logische verhandelingen of bij zijn bemoeienissen met de natuurwetenschap zou hebben gevraagd welk doel hem voor ogen stond, hij zou hebben geantwoord dat er maar één kwestie de moeite van het denken werkelijk loonde, en dat was die van het juiste leven. Maar als men een eis lange tijd stelt zonder dat er iets mee gebeurt, vallen de hersens net zo in slaap als een arm gaat slapen wanneer hij lang iets omhooghoudt, en onze gedachten kunnen evenmin voortdurend op de been blijven als soldaten 's zomers bij een parade; als ze te lang moeten wachten vallen ze gewoon flauw. Omdat Ulrich zo rond zijn zesentwintigste het ontwerp voor zijn levensopvatting had voltooid, kwam het hem op zijn tweeëndertigste als niet meer helemaal oprecht voor. Hij had zijn gedachten niet verder ontwikkeld, en afgezien van een onzeker en spannend gevoel, zoals je dat hebt als je met je ogen dicht iets verwacht, waren er in hem ook niet veel tekenen van persoonlijke beweging te bespeuren sinds de dagen van de trillende eerste inzichten voorbij waren. Waarschijnlijk was het toch zo'n soort onderaardse beweging die hem allengs in zijn wetenschappelijke werk vertraagde en hem ervan weerhield zich er met heel zijn wil voor in te zetten. Hij raakte daardoor in een eigenaardige tweestrijd. Men mag niet vergeten dat de exacte geesteshouding in wezen geloviger is dan de esthetische; want ze zou zich aan 'Hem' onderwerpen zodra Hij zich zou verwaardigen zich aan haar te vertonen onder de voorwaarden die ze voor de erkenning van zijn feitelijkheid voorschrijft, terwijl onze estheten daarentegen, als Hij zich zou manifesteren, alleen zouden vinden dat zijn talent niet oorspronkelijk en zijn wereldbeeld niet begrijpelijk genoeg zouden zijn om hem op één lijn met werkelijk door God begenadigde talenten te stellen. Zo gemakkelijk als iemand van dat slag kon Ulrich zich dus niet aan vage vermoedens overgeven, maar anderzijds kon hij voor zichzelf evenmin verhelen dat hij in louter exactheid jarenlang alleen maar tegen zichzelf in had geleefd, en hij wenste dat hem iets onvoorziens zou overkomen, want als hij datgene deed wat hij een beetje spottend zijn 'vakantie houden van het leven' noemde, bezat dit in geen enkel opzicht iets dat hem rust schonk.

Misschien zou men tot zijn verontschuldiging kunnen aanvoeren dat het leven in bepaalde jaren ongelooflijk snel voorbijvliegt. Maar de dag waarop je moet beginnen naar je laatste wil te leven voor je de rest daarvan achterlaat, ligt ver in het verschiet en duldt geen uitstel. Dit was dreigend tot hem doorgedrongen sinds er bijna een half jaar was verstreken zonder dat er iets veranderde. Terwijl hij zich op de kleine en dwaze bezigheden die hij op zich had genomen heen en weer liet drijven, praatte, graag te veel praatte, leefde met de wanhopige volharding van een visser die zijn net in een lege rivier uitwerpt, terwijl hij niets deed dat beantwoordde aan de persoon die hij tenslotte toch voorstelde, en het opzettelijk niet deed, wachtte hij. Hij wachtte achter zijn persoon, voor zover dit woord het door wereld en levensloop gevormde deel van een mens aanduidt, en zijn kalme, daarachter afgedamde wanhoop steeg met de dag. Hij verkeerde in de ergste noodsituatie van zijn leven en minachtte zichzelf om alles wat hij verzuimde. Zijn grote beproevingen het voorrecht van grote naturen? Hij zou dat graag hebben geloofd, maar het is niet juist, want ook de simpelste zenuwachtige naturen hebben hun crises. Zo bleef hem in zijn grote verwarring eigenlijk alleen dat restje onwankelbaarheid over dat alle helden en misdadigers bezitten, het is geen moed, het is geen wil, het is geen vertrouwen, maar domweg een taai vasthouden aan zichzelf, dat zich even moeilijk laat uitdrijven als het leven uit een kat, zelfs als ze al helemaal door de honden is verscheurd.

Wil men zich voorstellen hoe zo iemand leeft als hij alleen is, dan kan hooguit worden verteld dat 's nachts de verlichte ramen de kamer inkijken, en de gedachten, nadat ze zijn gebruikt, rondhangen als de cliënten in de wachtkamer van een advocaat over wie zij niet tevreden zijn. Of misschien dat Ulrich in zo'n nacht een keer de ramen opendeed en uitzag op de boomstammen, kaal als slangen, waarvan de kronkels tussen het sneeuwdek op hun kruinen en op de grond er wonderlijk zwart en glad bijstonden, en opeens zin kreeg om in pyjama, zo als hij was, de tuin in te lopen; hij wilde de kou in zijn haar voelen. Toen hij beneden was deed hij het licht uit om niet voor de verlichte deur te staan, en alleen uit zijn werkkamer stak een dak van licht uit in de schaduw. Eén pad leidde naar het hek dat op de straat uitkwam, een tweede kruiste dit donker-duidelijk. Ulrich liep daar langzaam heen. En toen deed die tussen de boomkruinen oprijzende duisternis hem plotseling wonderbaarlijk aan de reusachtige gestalte van Moosbrugger denken, en de naakte bomen kwamen hem merkwaardig lichamelijk voor; akelig en nat als wormen en toch zo dat je ze zou willen omarmen en met tranen op je wangen bij ze neer zou willen knielen. Maar hij deed het niet. De sentimentaliteit van de opwelling stootte hem af op hetzelfde moment waarop ze hem aanraakte. Door het melkwitte schuim van de nevel liepen langs het tuinhek op dat moment wat late voetgangers voorbij, en hij had hun wel een idioot kunnen toeschijnen zoals zijn beeld, in rode pyjama tussen zwarte stammen, zich daar nu uit losmaakte; maar hij liep met flinke stappen het pad op en ging betrekkelijk tevreden weer naar binnen, want als er iets was dat voor hem was weggelegd, moest het iets totaal anders zijn.

Bonadea heeft een visioen

Toen Ulrich de ochtend die op die nacht volgde laat en volkomen geradbraakt opstond, werd hem Bonadea's bezoek aangekondigd, het was voor het eerst sinds hun onenigheid dat zij elkaar weer zouden zien.

Bonadea had in de periode van scheiding veel gehuild. Bonadea had zich gedurende die periode ook vaak misbruikt gevoeld. Zij had vaak geroffeld als een omfloerste trom. Zij had vele avontuurtjes gehad en vele teleurstellingen. En ofschoon de herinnering aan Ulrich bij ieder avontuur in een diepe put wegzakte, steeg ze daar na elke teleurstelling weer uit op; machteloos en vol verwijt als het desolate verdriet op een kindergezicht. Bonadea had haar vriend al honderd maal in stilte om vergiffenis voor haar jaloezie gesmeekt, haar 'slechte trots afgestraft', zoals zij dat noemde, en tenslotte besloot zij hem een vredesaanzoek te doen.

Zij was beminnelijk, melancholiek en mooi zoals zij daar voor hem zat, en had een ellendig gevoel in haar maag. Hij stond 'als een jongeling' voor haar. Zijn huid marmerachtig gepolijst door grote gebeurtenissen en diplomatie, waartoe zij hem in staat achtte. Het was haar nooit eerder opgevallen hoe energiek en resoluut zijn gezicht eruitzag. Zij zou graag met hart en ziel voor hem zijn gecapituleerd, maar zo ver durfde zij niet te gaan, en hij maakte volstrekt geen aanstalten om haar daartoe uit te nodigen. Deze kilheid was onbeschrijflijk triest voor haar, maar zo levensgroot als een standbeeld. Bonadea pakte onverwachts zijn afhangende hand en kuste die. Ulrich streek haar peinzend over haar haren. Haar benen werden op de vrouwelijkste manier van de wereld zwak, en zij wilde voor hem op haar knieën vallen. Toen drukte Ulrich haar zachtjes in haar stoel, bracht whisky met soda en stak een sigaret op.

'Een dame drinkt 's ochtends geen whisky!' protesteerde Bonadea; even vond zij weer de kracht om gekrenkt te zijn, en haar hart bonsde tot in haar hoofd, want het leek haar dat de vanzelfsprekendheid waarmee Ulrich haar een zo straffe en, naar zij dacht, teugelloze drank offreerde, een liefdeloze toespeling inhield.

Maar Ulrich zei vriendelijk: 'Het zal je goed doen; alle vrouwen die iets hebben betekend in de grote politiek dronken whisky.' Want Bonadea had, om weer bij Ulrich in de gratie te komen, gezegd dat zij de grote patriottische actie bewonderde en graag zou willen meehelpen.

Dat was haar plan. Zij geloofde altijd in meer dingen tegelijk, en halve waarheden vergemakkelijkten haar het liegen.

De whisky was als vloeibaar goud en verwarmde haar als een meizonnetje.

Bonadea had het gevoel alsof ze zeventig was en voor een huis op een tuinbank zat. Zij werd oud. Haar kinderen werden groot. De oudste was nu al twaalf jaar. Het was zonder enige twijfel schandalig om een man die je niet eens echt goed kende achterna te lopen tot in zijn huis, alleen omdat hij ogen had waarmee hij je bekeek zoals een man achter een raam kijkt. Je kunt aan deze man, dacht ze, heel goed kleine dingen opmerken die je niet bevallen en die je zouden moeten waarschuwen; je zou het trouwens – als iets je op zulke momenten maar zou tegenhouden! – met schaamte overdekt en misschien zelfs laaiend van woede uit kunnen maken; maar omdat het niet gebeurt, groeit deze man steeds hartstochtelijker in zijn rol. En jijzelf voelt je heel duidelijk als een door schijnwerpers belicht decorstuk; wat je voor je hebt zijn toneellogen, een toneelsnor, kostuumknopen die opengaan, en de ogenblikken vanaf het betreden van de kamer tot het ontzettende eerste weer nuchtere gebaar spelen zich af in een bewustzijn dat uit het hoofd is gestapt en de kamerwanden met een behang van waan bedekt. Bonadea gebruikte niet helemaal dezelfde woorden, dacht het trouwens toch maar gedeeltelijk in woorden, maar terwijl zij het zich probeerde voor te stellen, voelde zij zich meteen weer aan deze verandering van het bewustzijn overgeleverd. 'Wie dat zou kunnen beschrijven zou een groot kunstenaar zijn; nee, hij zou een pornograaf zijn!' dacht ze terwijl ze Ulrich aankeek. Want de goede voornemens en haar beste wil om keurig te zijn verloor ze ook als ze in zo'n staat was geen moment. Die stonden dan buiten te wachten en hadden in deze door begeerten veranderde wereld alleen niets in te brengen. Als Bonadea weer bij zinnen kwam was dat haar grootste kwelling. De bewustzijnsverandering door de geslachtsroes, waar andere mensen als iets natuurlijks aan voorbijgaan, nam bij haar door de diepte en het plotselinge van zowel de roes als het berouw een hevigheid aan die haar beangstigde zodra zij weer in de vredige huiselijke kring was teruggekeerd. Zij kwam zichzelf dan als een waanzinnige voor. Zij durfde haar kinderen nauwelijks aan te kijken uit angst hun met haar verdorven blik kwaad te doen. En zij kromp ineen als haar man haar iets vriendelijker aankeek, en was bang voor de vrijheid van het alleenzijn. Daarom was in de weken van scheiding het plan in haar gerijpt geen andere geliefde meer te hebben dan Ulrich; hij zou haar houvast zijn en haar voor uitspattingen met anderen behoeden. 'Hoe heb ik ertoe kunnen komen kritiek op hem te hebben,' dacht zij nu terwijl zij voor het eerst weer tegenover hem zat, 'hij is zo veel volmaakter dan ik,' en zij schreef hem de verdienste toe dat zij in de periode van zijn omhelzingen een beter mens was geweest, en bedacht daarbij ongetwijfeld ook dat hij haar op de eerstvolgende liefdadigheidsbijeenkomst bij zijn nieuwe kennissenkring moest introduceren. Bonadea deed in stilte een eed op de vlag en kreeg tranen van ontroering in haar ogen terwijl zij dat allemaal zat te bedenken.

Maar Ulrich dronk in het trage tempo van een man die een moeilijk besluit moet bekrachtigen zijn whisky op. – Het was op dit tijdstip nog niet mogelijk haar bij Diotima te introduceren, legde hij haar uit.

Bonadea wilde vanzelfsprekend precieze uitleg waarom dat niet kon; en vervolgens wenste zij precies te weten wanneer het wel zou kunnen.

Ulrich moest haar uiteenzetten dat zij noch in de kunst noch in de wetenschap en evenmin op het gebied van de liefdadigheid van zich had doen spreken, en dat het daarom een hele tijd zou duren voor hij Diotima de noodzaak van haar medewerking duidelijk kon maken.

Nu was Bonadea echter in die tussentijd vervuld geraakt van eigenaardige gevoelens jegens Diotima. Zij had genoeg over haar deugden gehoord om niet jaloers te zijn; veeleer benijdde en bewonderde zij deze vrouw, die haar geliefde aan zich bond zonder onzedelijke concessies te doen. Zij schreef de standbeeldachtige onbewogenheid die zij bij Ulrich meende op te merken aan deze invloed toe. Zij noemde zichzelf 'hartstochtelijk', waaronder zij evenzeer haar eerloosheid verstond als een toch nog altijd eervolle verontschuldiging daarvoor; maar zij bewonderde koele vrouwen met hetzelfde gevoel als waarmee de ongelukkige bezitters van eeuwig klamme handen de hunne in een bijzonder droge en mooie hand leggen. 'Zij is het!' dacht ze. 'Zij heeft Ulrich zo veranderd!' Een felle boor in haar hart, een zoete boor in haar knieën: die twee gelijktijdig en tegen elkaar in draaiende boren deden Bonadea bijna in zwijm vallen toen zij bij Ulrich op tegenstand stuitte. Zij speelde haar laatste troef uit: Moosbrugger!

Het was haar na pijnlijk nadenken duidelijk geworden dat Ulrich een eigenaardige voorliefde had voor deze vreeswekkende figuur. Zij zelf gruwde gewoon van de 'ruwe zinnelijkheid' die naar haar overtuiging in Moosbruggers daden tot uitdrukking kwam; zij ervoer deze kwestie, natuurlijk zonder het te weten, net zo als prostituées, die met geheel ongemengde gevoelens en zonder enige burgerlijke romantiek in een lustmoordenaar gewoon een gevaar voor hun beroep zien. Maar zij had, met inbegrip van haar onvermijdelijke misstappen, een fatsoenlijke en eerlijke wereld nodig, en Moosbrugger moest dienen om die te herstellen. Omdat Ulrich een zwak voor hem had, en zij een echtgenoot die rechter was en nuttige informatie kon verschaffen, was in haar verlatenheid helemaal vanzelf de gedachte gerijpt haar zwak door tussenkomst van haar echtgenoot te verenigen met Ulrichs zwak, en dit verlangende beeld had de troostende kracht van een door rechtsgevoel gezegende zinnelijkheid. Maar toen zij haar brave man daarmee benaderde, was deze hoogst verbaasd over haar juridische vurigheid, ofschoon hij wist dat zij gemakkelijk ontvlamde voor al het menselijk goede en hoge; en omdat hij niet alleen rechter maar ook jager was, antwoordde hij goedmoedig afwijzend dat het enige juiste was die wilde beesten overal uit te roeien, zonder veel sentimentele omhaal, en daar bleef zijn informatie verder bij. Bij een tweede poging, die zij enige tijd later ondernam, vernam Bonadea van hem alleen het aanvullende standpunt dat hij het baren als een vrouwenzaak, het doden echter als een mannenaangelegenheid beschouwde, en omdat zij zich in deze netelige kwestie geen verdenking op de hals mocht halen door al te grote ijver, was voor haar de weg van het recht voorlopig afgesloten. Zo was zij op de weg van de genade terechtgekomen, de enige die haar overbleef wilde zij voor Ulrichs plezier iets voor Moosbrugger doen, en die weg liep, men kan niet eens zeggen verrassenderwijze, eerder aantrekkelijkerwijze, via Diotima.

Zij zag zichzelf in haar verbeelding als Diotima's vriendin, en vervulde zo haar wens om met de bewonderde rivale omwille van de zaak die geen uitstel gedoogde kennis te moeten maken, zelfs al zou zij er te trots voor zijn om dat uit persoonlijke behoefte te doen. Zij had zich voorgenomen haar voor Moosbrugger te winnen, wat Ulrich, zoals zij meteen geraden had, klaarblijkelijk niet lukte, en haar fantasie schilderde het haar in prachtige taferelen af. De grote marmeren Diotima legde haar arm om de warme, onder zonden gebogen schouders van Bonadea, en Bonadea verwachtte voor zichzelf ongeveer de rol dat ze dit hemels onbezoedelde hart met een druppeltje menselijke zwakheid zou zalven. Dit was het plan dat zij haar verloren vriend uiteenzette.

Maar Ulrich was die dag op geen enkele manier te winnen voor het idee om Moosbrugger te redden. Hij kende Bonadea's nobele gevoelens en wist hoe gemakkelijk bij haar het opvlammen van één enkele mooie opwelling zich kon uitbreiden tot de paniek van een het hele lichaam in haar greep krijgende vuurzee. Hij maakte haar duidelijk dat hij absoluut niet van plan was zich te mengen in het proces dat men tegen Moosbrugger voerde.

Bonadea keek hem met gekwetste mooie ogen aan, waar-in het water op het ijs stond als op de grens tussen winter en voorjaar.

Nu was Ulrich nooit helemaal een zeker gevoel van dank-baarheid kwijtgeraakt voor hun kinderlijk mooie eerste ont-moeting die nacht toen hij bewusteloos op het plaveisel had gelegen, Bonadea hurkend naast zijn hoofd, terwijl de onze-kere, avontuurlijke onbestemdheid van de wereld, van de jeugd en van de gevoelens uit de ogen van deze jonge vrouw in zijn ontwakend bewustzijn druppelde. Hij probeerde dus zijn kwetsende afwijzing te verzachten en in een langer ge-sprek op te lossen. 'Neem eens aan,' stelde hij voor, 'jij loopt 's nachts door een groot park, en twee schurken vallen je lastig: zou jij dan bedenken dat het eigenlijk stakkers zijn, en dat de maatschappij de schuld is van hun onbeschofte ge-drag?'

'Maar ik loop 's nachts nooit door een park,' antwoordde Bonadea prompt.

'Maar als er een politieagent aankwam, dan zou je dat stel toch laten arresteren?'

'Ik zou hem dringend verzoeken mij te beschermen!'

'Dat komt er toch op neer dat hij hen arresteert?!'

'Ik weet niet wat hij dan met hen doet. Trouwens, Moos-brugger is geen schurk.'

'Welnu, stel dan eens dat hij als meubelmaker bij jou thuis werkt. Je bent met hem alleen in huis en hij begint van die rollende ogen op te zetten.'

Bonadea protesteerde. 'Dat is toch afgrijselijk, wat jij van mij vraagt!'

'Jazeker,' zei Ulrich, 'maar ik wil je laten zien dat zulke mensen die snel uit hun evenwicht raken uiterst onaange-naam zijn. Onpartijdigheid jegens hen kun je je eigenlijk al-leen veroorloven als een ander de klappen opvangt. Juist dan eisen zij van ons de uiterste zachtzinnigheid en zijn zij het slachtoffer van de maatschappelijke orde of van het noodlot. Je moet toegeven dat niemand schuld heeft aan zijn fouten wanneer hij ze door zijn eigen ogen ziet; het zijn voor hem-zelf in het ergste geval vergissingen of slechte eigenschappen van een geheel, dat er daardoor niet minder goed om wordt, en natuurlijk heeft hij groot gelijk!'

Bonadea had iets aan haar kous te verschikken en voelde zich genoodzaakt Ulrich daarbij met een enigszins achterovergebogen hoofd aan te kijken, zodat er op haar knie, zonder toezicht van haar ogen, een contrastrijk tafereel ontstond van kanten zomen, gladde kous, gespannen vingers en het zacht ontspannen paarlemoer van de huid.

Ulrich stak gauw een sigaret op en vervolgde: 'De mens is niet goed, maar hij is altijd goed; dat is een enorm verschil, begrijp je? Men glimlacht over die sofisterij van de eigenliefde, maar men zou daaruit de consequentie moeten trekken dat de mens helemaal niets slechts kan doen; hij kan alleen een slechte invloed hebben. Met dat inzicht zouden wij bij het juiste uitgangspunt zijn voor een sociale moraal.'

Bonadea streek met een zucht haar rok weer naar de plaats waar hij hoorde, ging rechtop zitten en probeerde zichzelf met een slok van het dofgele goudvuur te kalmeren.

'En nu zal ik je uitleggen,' voegde Ulrich er glimlachend aan toe, 'waarom je voor Moosbrugger wel van alles kunt voelen, maar desondanks niets kunt doen. In wezen lijken al die gevallen op een eindje draad dat uitsteekt, als je eraan trekt rafel je het hele maatschappelijke weefsel uit. Ik zal je dat om te beginnen aantonen aan de hand van vraagstukken van zuiver verstandelijke aard.'

Bonadea verloor op onverklaarbare wijze een schoen. Ulrich bukte zich, en de voet kwam met de warme tenen naar de schoen in zijn hand toe als een klein kind. 'Laat maar, toe, ik doe het zelf wel!' zei Bonadea, terwijl zij hem haar voet voorhield.

'Zo heb je in de eerste plaats de psychiatrisch-juridische vraagstukken,' vervolgde Ulrich onverbiddelijk zijn uitleg, terwijl van het been de geur van verminderde toerekeningsvatbaarheid hem in de neus steeg. 'Die vraagstukken waarvan wij weten dat medici nu bijna al zover zijn dat zij de meeste van dat soort misdaden zouden kunnen voorkomen, als wij het daarvoor benodigde geld maar ter beschikking zouden willen stellen. Dat is dus alleen nog een sociaal vraagstuk.'

'Ach hou toch alsjeblieft op!' smeekte Bonadea toen hij nu al voor de tweede keer 'sociaal' zei. 'Als er over dat soort dingen wordt gepraat, ga ik thuis de kamer uit; ik vind dat doodvervelend.'

'Goed dan,' bond Ulrich in, 'ik had willen zeggen, zoals de techniek van kadavers, vuilnis, afval en giftige stoffen al lang nuttige dingen maakt, zou dit de psychologische techniek bijna ook al kunnen lukken. Maar de wereld neemt voor het oplossen van deze vraagstukken buitensporig lang de tijd. De staat stelt geld beschikbaar voor allerlei onzin, maar heeft geen cent over voor de oplossing van de belangrijkste morele vraagstukken. Dat ligt in zijn aard, want de staat is het domste en kwaadaardigste menselijke wezen dat er bestaat.'

Hij zei het met overtuiging; maar Bonadea probeerde hem tot de kern van de zaak terug te brengen. 'Liefste,' zei zij smachtend, 'het is toch juist het beste voor Moosbrugger dat hij niet verantwoordelijk is?'

'Het zou waarschijnlijk belangrijker zijn om ettelijke verantwoordelijken ter dood te brengen dan één niet-verantwoordelijke ervan te vrijwaren dat hij ter dood wordt gebracht!' weerde Ulrich af.

Hij liep nu vlak voor haar heen en weer. Bonadea vond hem revolutionair en opruiend; het lukte haar zijn hand te pakken en die tegen haar borst te leggen.

'Goed,' zei hij, 'dan zal ik je nu de vraagstukken van gevoelsmatige aard uitleggen.'

Bonadea spreidde zijn vingers en legde zijn hand zo op haar borst. De begeleidende blik zou een stenen hart hebben geroerd; Ulrich meende in de volgende ogenblikken twee harten in zijn borst te voelen, zoals in een klokkemakerswinkel de klokslagen door elkaar heen klinken. Met inspanning van al zijn wilskracht herstelde hij de orde in zijn borst en zei zacht: 'Nee, Bonadea!'

Bonadea was nu bijna in tranen, en Ulrich sprak haar toe. 'Is het dan soms niet tegenstrijdig dat jij je over deze ene zaak druk maakt omdat ik jou daar toevallig iets over heb verteld, terwijl je van miljoenen even grote onrechtvaardigheden die dag in dag uit plaatsvinden niets merkt?'

'Maar dat heeft er toch niets mee te maken,' verweerde Bonadea zich. 'Van die ene heb ik nu eenmaal weet! En ik zou een slecht mens zijn als ik daar rustig onder bleef!'

Ulrich vond dat je rustig behoorde te blijven; onstuimig rustig zelfs, – voegde hij eraan toe. Hij had zich van Bonadea losgemaakt en was op enige afstand van haar gaan zitten. 'Alles gebeurt tegenwoordig "intussen" of "voorlopig",' merkte hij op, 'dat is nu eenmaal zo. Want wij worden door ons zo gewetensvolle verstand gedwongen tot een ontzettende gewetenloosheid van ons hart.' Nu had hij zichzelf ook nog een whisky ingeschonken en zijn benen op de divan getrokken. Hij begon moe te worden. 'Ieder mens denkt van nature na over het leven als geheel,' verklaarde hij, 'maar hoe preciezer hij nadenkt, des te meer perkt het zich in. Als hij volwassen is, heb je met iemand te maken die op een bepaalde vierkante millimeter even goed de weg weet als op de hele wereld hoogstens twee dozijn anderen, iemand die precies ziet hoe iedereen die niet zo goed op de hoogte is als hij onzin uitkraamt over zijn aangelegenheden, en die zich toch niet mag verroeren, want zodra hij ook maar een micromillimeter van zijn plaats gaat kraamt hij zelf onzin uit.' Zijn vermoeidheid was nu van net zulk vloeibaar goud als het drankje dat op tafel stond. 'Ook ik kraam al een half uur onzin uit,' dacht hij; maar deze gereduceerde toestand was aangenaam. Hij was maar voor één ding bang, namelijk dat Bonadea op het idee zou kunnen komen om bij hem te gaan zitten. Daar bestond maar één remedie tegen: praten. Hij had zijn hoofd ondersteund en lag daar languit, als de figuren op de tombes in de Capella Medicea. Opeens viel hem dat in, en werkelijk, terwijl hij in die houding ging liggen stroomde grootheid door zijn lichaam, alsof hij zweefde in hun rust, en hij voelde zich machtiger dan hij was; voor het eerst dacht hij, vanuit de verte, deze kunstwerken, die hij tot nog toe alleen maar vreemde dingen had gevonden, te begrijpen. En in plaats van iets te zeggen zweeg hij. Ook Bonadea voelde iets. Het was een 'moment', zoals men dat noemt, dat niet te omschrijven is. Iets theatraal verhevens verenigde die twee, die plotseling stil werden.

'Wat is er van mij overgebleven?' dacht Ulrich bitter. 'Misschien een man die moedig is en niet corrupt, en zich inbeeldt dat hij omwille van de vrijheid van het innerlijk maar weinig wetten van buitenaf respecteert. Maar die vrijheid van het innerlijk houdt in dat je je alles kunt indenken, dat je in elke menselijke situatie weet waarom je je daaraan niet behoeft te binden en nooit weet waardoor je je zou willen laten binden!' In dit weinig gelukkige ogenblik, waarin de zonderlinge, korte gevoelsgolf die hem een seconde lang had opgenomen weer wegebde, zou hij bereid zijn geweest toe te geven dat hij niets anders bezat dan het vermogen aan elke zaak twee kanten te ontdekken, die morele ambivalentie die kenmerkend was voor vrijwel al zijn tijdgenoten, en de gave van zijn generatie vormde of wellicht ook haar lot. Zijn betrekkingen tot de wereld waren vaag geworden, schimmig en negatief. Welk recht had hij om Bonadea slecht te behandelen? Het was altijd hetzelfde irritante gesprek dat zich tussen hen herhaalde. Het ontstond uit de innerlijke akoestiek van de leegte, waarin een schot dubbel zo hard weerklinkt en niet ophoudt na te dreunen; het drukte op hem dat hij tegen haar niet anders meer kon praten dan op die manier, waarvan de bijzondere kwelling die deze hun allebei bereidde hem de half toepasselijke grappige benaming Barok van de Leegte ingaf. En hij kwam overeind om iets aardigs tegen haar te zeggen. 'Er viel mij zojuist iets op,' wendde hij zich tot Bonadea, die er nog steeds in een waardige pose bij zat. 'Het is iets grappigs. Een merkwaardig verschil: iemand die toerekeningsvatbaar is, kan altijd ook anders, de ontoerekeningsvatbare nooit!'

Bonadea antwoordde iets heel belangrijks. 'Ach jij!' antwoordde zij. Dat was de enige onderbreking, en het zwijgen sloot zich weer.

Zij hield er niet van dat Ulrich in haar aanwezigheid over algemene dingen sprak. Zij voelde zich met recht bij al haar misstappen toch altijd te midden van een menigte mensen zoals zij, en had een juist gevoel voor het onsociale, overdrevene en eenzame van de manier waarop hij haar op gedachten in plaats van op gevoelens vergastte. Maar toch waren

344

misdaad, liefde en treurigheid in haar nu tot een ideeëncircuit versmolten dat hoogst gevaarlijk was. Ulrich kwam haar nu bij lange na niet meer zo intimiderend en volmaakt voor als bij het begin van hun weerzien; maar als vergoeding daarvoor had hij er iets jongensachtigs bijgekregen dat haar idealisme wekte, zoals een kind dat ergens niet langs durft om zijn moeder in de armen te vliegen. Zij voelde al een hele tijd een ontspannen, enigszins uitgelaten, speelse tederheid voor hem. Maar sinds Ulrich de eerste uiting daarvan had afgewezen, legde zij zichzelf met geweld terughouding op. Zij was nog niet over de herinnering heen hoe zij tijdens haar laatste bezoek hier ontkleed en hulpeloos op zijn divan had gelegen, en had zich voorgenomen, als het moest, liever nog met hoed en sluier tot het laatste moment op haar stoel te blijven zitten, opdat hij zou leren inzien dat hij iemand voor zich had die zich indien nodig even goed wist te beheersen als haar rivale Diotima. Bonadea miste voortdurend bij de grote opwinding waarin zij door de nabijheid van een minnaar kwam te verkeren de grote idee; weliswaar is dat iets dat men helaas van het hele leven zou kunnen zeggen, dat het veel opwinding biedt en weinig zin heeft, maar Bonadea wist dat niet, en zij probeerde een of andere idee uit te drukken. Die van Ulrich misten voor haar de waardigheid die zij nodig had, en het is waarschijnlijk dat zij er een zocht die mooier en gevoeliger was. Maar ideaal aarzelen en platvloerse aantrekking, aantrekking en een verschrikkelijke angst om voortijdig te worden aangetrokken, mengden zich daarbij met de drang tot zwijgen, waarin de onuitgevoerde handelingen bleven jeuken, en met de herinnering aan de grote rust die haar een seconde lang met haar geliefde had verbonden. Tenslotte was het zoals wanneer er een regenbui in de lucht hangt en het niet kan regenen: een klamheid die zich over haar hele huid verspreidde en Bonadea het schrikbeeld voorhield dat zij haar beheersing zou kunnen verliezen zonder het te merken.

En plotseling sprong daar een lichamelijke illusie uit te voorschijn, een vlo. Bonadea wist niet of hij werkelijkheid was of inbeelding. Zij voelde een rilling in haar hersenen, een ongeloofwaardige indruk, alsof zich daar een voorstelling had losgemaakt uit de schimmige gebondenheid aan de andere, maar toch slechts inbeelding was; en tegelijk een ontwijfelbare, werkelijkheidsgetrouwe rilling op de huid. Zij hield haar adem in. Als iets, triptrap, de trap op komt, en men weet dat de trap leeg is, en men hoort toch heel duidelijk triptrap, dan is het zo. Bonadea begreep als verlicht door een bliksemflits dat dit een onvrijwillig vervolg was op de verloren schoen. Het betekende een wanhopig redmiddel voor een dame. Toch voelde zij op het moment dat zij het spook wilde verdrijven een fel steekje. Zij slaakte een zachte gil, kreeg hoogrode wangen en verzocht Ulrich om haar te helpen zoeken. Een vlo heeft een voorkeur voor dezelfde plaatsen als een minnaar; de kous werd tot aan de schoen onderzocht, de blouse moest op de borst worden opengemaakt. Bonadea verklaarde dat hij uit de tram of van Ulrich afkomstig moest zijn. Maar hij was niet te vinden en had geen sporen achtergelaten.

'Ik weet niet wat het was!' zei Bonadea.

Ulrich glimlachte onverwacht vriendelijk.

Toen begon Bonadea, als een klein meisje dat iets stouts heeft gedaan, te huilen.

– 64 –

Generaal Stumm von Bordwehr bezoekt Diotima

Generaal Stumm von Bordwehr had Diotima zijn opwachting gemaakt. Hij was de officier die door het ministerie van Oorlog naar de grote oprichtingsvergadering was afgevaardigd, waar hij een rede had gehouden waar allen van onder de indruk waren, zonder daarmee echter te kunnen voorkomen dat bij de samenstelling van de comités voor het grote vredeswerk, wat naar het model van de ministeries gebeurde, het ministerie van Oorlog om voor de hand liggende redenen werd gepasseerd. – Hij was geen erg imposante generaal, met zijn buikje en het borsteltje op zijn lip in plaats

346

van een snor. Zijn gezicht was rond en deed denken aan zo'n familiekring waarin elk vermogen dat uitging boven het in het huwelijksvoorschrift voor legerofficieren vereiste ontbrak. Hij zei tegen Diotima dat de soldaat in de raadkamer een bescheiden rol paste. Het sprak bovendien vanzelf dat het ministerie van Oorlog uit politieke overwegingen bij de formatie van de comités niet in aanmerking kon komen. Nochtans waagde hij het erop te wijzen dat de voorgenomen actie een indruk naar buiten toe moest maken, maar wat naar buiten toe indruk maakte, was de macht van een volk. Hij herhaalde dat de beroemde filosoof Treitschke had gezegd dat de staat de macht was om zich in de volkenstrijd te handhaven. De kracht die men in vredestijd ontplooide hield de oorlog op afstand of bekortte dit wrede bedrijf op zijn minst. Hij sprak nog een kwartier lang, bediende zich van enkele klassieke citaten die hij zich, zo voegde hij eraan toe, nog met voorliefde uit zijn gymnasiumtijd herinnerde, en verzekerde dat deze jaren van klassieke opleiding de mooiste van zijn leven waren geweest; trachtte Diotima te laten merken dat hij haar bewonderde en verrukt was geweest van de wijze waarop zij de grote zitting had geleid; wilde slechts nog een maal herhalen dat indien goed begrepen een versterking van de krijgsmacht, die nog ver achterbleef bij die van de andere grootmachten, het veelzeggendste blijk van vredelievendheid kon betekenen, en verklaarde voor het overige erop te vertrouwen dat een brede, bij het volk levende belangstelling voor de problemen van het leger vanzelf zou komen.

Deze beminnelijke generaal joeg Diotima een dodelijke schrik aan. Er waren in Kakanië indertijd families waar officieren over huis kwamen omdat hun dochters met officieren trouwden, en families waarin de dochters niet met officieren trouwden, ofwel omdat er geen geld was voor de huwelijkscautie, of uit principe, zodat daar ook geen officieren over huis kwamen; Diotima's familie had om beide redenen tot de tweede soort behoord, en het gevolg was dat de gewetensvolle mooie vrouw het leven inging met een beeld van de militair dat leek op een met kleurige lappen behangen

347

Dood. Zij antwoordde dat er zo veel groots en goeds op de wereld was dat de keuze niet gemakkelijk zou zijn. Het was een groot voorrecht te midden van alle materialisme in de wereld een groot teken te mogen geven, maar ook een zware plicht. En per slot van rekening moest de manifestatie uit het midden van het volk zelf opwellen, zodat zij haar eigen wensen een beetje terzijde moest schuiven. Zij koos haar woorden zorgvuldig, als met zwart-geel bindgaren aaneengehecht, en brandde zachte reukoffers van hoog-bureaucratische taal op haar lippen.

Maar nadat de generaal afscheid had genomen viel het innerlijk van deze grote dame in onmacht. Als zij tot een zo laag gevoel als haat in staat zou zijn geweest, zou zij deze kleine ronde man met zijn pluimstrijkende ogen en de gouden knopen op zijn buik hebben gehaat, maar omdat zij dat nog altijd niet kon, had zij het doffe gevoel te zijn beledigd, zonder dat zij kon zeggen waarom. Zij opende ondanks de winterse kou de ramen en liep verscheidene keren snel de kamer op en neer. Toen zij de ramen weer sloot had zij tranen in haar ogen. Zij was hoogst verbaasd. Het was nu al de tweede keer dat zij zonder reden huilde. Zij dacht terug aan die nacht waarin zij aan de zijde van haar man tranen had vergoten, zonder daar een verklaring voor te hebben. Ditmaal was het zuiver nerveuze karakter van het verschijnsel, dat met geen enkele inhoud overeenkwam, nog duidelijker; die dikke officier dreef haar als een ui de tranen uit de ogen, zonder dat daarbij enig zinnig gevoel een rol speelde. Terecht werd zij daardoor verontrust; een angstig voorgevoel zei haar dat er een of andere onzichtbare wolf om haar schaapskooi sloop, en dat het hoog tijd werd hem met de macht van de idee te verdrijven. Zo kwam het dat zij zich na het bezoek van de generaal voornam nu met de grootste spoed de in het vooruitzicht gestelde bijeenkomst van grote geesten te laten plaatsvinden die haar moest helpen de patriottische actie van een inhoud te voorzien.

Uit de gesprekken tussen Arnheim en Diotima

Het was Diotima een pak van het hart dat Arnheim zojuist was teruggekeerd van een reis en tot haar beschikking stond.

'Ik heb nog maar een paar dagen geleden een gesprek met uw neef gehad over generaals,' antwoordde hij meteen, en hij trok bij deze mededeling het gezicht van iemand die zinspeelt op een bedenkelijk verband zonder te willen aangeven waar het om gaat. Diotima kreeg de indruk dat haar tegenstrijdige neef, die weinig enthousiast was over de grote idee van de actie, nu ook nog eens de duistere gevaren bevorderde die van de generaal uitgingen, en Arnheim vervolgde: 'Ik zou dit in tegenwoordigheid van uw neef niet willen blootstellen aan spot,' met deze woorden leidde hij een nieuwe wending in, 'maar er is mij veel aan gelegen u iets te laten voelen waar u, als iemand die daar ver vanaf staat, nauwelijks uit uzelf op zou kunnen komen: het verband tussen het zakendoen en de dichtkunst. Ik bedoel natuurlijk het zakendoen in het groot, op wereldschaal, waartoe ik, door de positie waarin ik ben geboren, voorbestemd ben; het is verwant aan de dichtkunst, het bezit irrationele, welhaast mystieke kanten; ik zou zelfs willen zeggen, juist het zakendoen bezit die. U moet beseffen, geld is een buitengewoon onverdraagzame macht.'

'In alles wat mensen met inzet van hun hele persoonlijkheid doen zit waarschijnlijk een zekere onverdraagzaamheid,' antwoordde Diotima, wier hoofd nog bij het onafgemaakte eerste gedeelte van het gesprek was, na enig aarzelen.

'Dat geldt vooral voor geld!' zei Arnheim snel. 'Alleen dwazen verbeelden zich dat het bezit van geld een genoegen is! Het is in werkelijkheid een verschrikkelijke verantwoordelijkheid. Ik wil het niet hebben over de tallozen die voor hun bestaan zo zeer van mij afhankelijk zijn dat ik voor hen bijna het lot vertegenwoordig; laat mij u alleen vertellen dat mijn grootvader in een middelgrote stad in het Rijnland is begonnen met een vuilnisafvoerbedrijf.'

Bij deze woorden kreeg Diotima werkelijk een plotselinge koude rilling die haar als economisch imperialisme voorkwam; maar dat was een vergissing, want zij was niet volkomen vrij van de vooroordelen van haar milieu, en omdat zij bij 'vuilnisafvoer' in de spreektrant van haar land aan de vuilnisboer dacht, maakte de moedige bekentenis van haar vriend haar aan het blozen.

'Met dat veredelen van vuilnis,' vervolgde de bekenner, 'heeft mijn grootvader de basis gelegd voor de invloed van de Arnheims. Maar ook mijn vader is voor ons nog een selfmade man, als men bedenkt dat hij dit bedrijf in veertig jaar heeft uitgebouwd tot een wereldconcern. Hij heeft niet meer dan twee klassen handelsschool doorlopen, maar doorziet in één oogopslag de meest gecompliceerde verhoudingen in de wereld en weet alles wat hij moet weten vóór anderen het weten. Ik heb staathuishoudkunde gestudeerd en alle mogelijke wetenschappen, maar hem zijn ze volstrekt onbekend, en het is op geen enkele manier te verklaren hoe hij het klaarspeelt, maar er is niets wat hem ooit mislukt. Dat is het geheim van het sterke, eenvoudige, grote en gezonde leven!'

Arnheims stem had, terwijl hij over zijn vader sprak, een ongewone, eerbiedige klank aangenomen, alsof de belerende kalmte ervan ergens een barstje vertoonde. Het viel Diotima des te meer op omdat Ulrich haar onlangs had verteld dat de oude Arnheim gewoon werd afgeschilderd als een kleine, breedgeschouderde man met een benig gezicht en een knobbelneus, altijd gekleed in een wijd openstaande pandjesjas, en met zijn aandelenbezit even traag en omzichtig omgaand als een schaker met zijn pionnen. En zonder haar antwoord af te wachten vervolgde Arnheim na een korte pauze: 'Als een zaak zo groot wordt als die heel weinige waarover ik het hier heb, is er nauwelijks een aangelegenheid in het leven waar hij niet mee van doen heeft. Het is een kosmos in het klein. U zou versteld staan als u wist welke schijnbaar volstrekt niet-commerciële kwesties, kunstzinnige, morele en politieke ik soms in de besprekingen met onze senior chef aan de orde moet stellen. Maar de firma groeit niet meer zo snel als in de begintijd, die ik heroisch zou willen noemen. Er bestaat ook voor bedrijven, ondanks alle voorspoed, een geheimzinnige grens aan hun groei, zoals voor alles wat organisch is. Hebt u zich weleens afgevraagd waarom er tegenwoordig geen enkel dier meer boven het formaat van een olifant uitgroeit? U treft datzelfde mysterie aan in de geschiedenis van de kunst en in de wonderlijke verhoudingen in het leven van volkeren, culturen en tijdperken.'

Het speet Diotima nu dat zij van de veredeling van vuilnis had gehuiverd, en voelde zich in verwarring gebracht.

'Het leven zit vol met dat soort mysteries. Er is iets waar we met ons hele verstand machteloos tegenover staan. Mijn vader heeft daar een verbond mee. Maar een man als uw neef,' zei Arnheim, 'een activist, die altijd bezig is te bedenken hoe alles anders en beter zou kunnen, heeft daar geen gevoel voor.'

Diotima gaf, toen Ulrichs naam weer viel, door een glimlach te kennen dat een man als haar neef er geen enkele aanspraak op kon maken invloed op haar uit te oefenen. De effen, enigszins gelige huid van Arnheim, die in zijn gezicht zo glad was als een peer, was nu tot boven zijn wangen rood geworden. Hij had toegegeven aan een wonderlijke behoefte die Diotima al geruime tijd bij hem opriep, om haar in alles, tot in de laatste, onbekende details toe, onvoorwaardelijk in vertrouwen te nemen. Nu sloot hij zich weer af, nam een boek van tafel, las de titel ervan zonder dat die tot hem doordrong, legde het boek ongeduldig terug en zei met zijn normale stem, die op Diotima op dit moment een even schokkende uitwerking had als het gebaar van iemand die zijn kleren bij elkaar raapt waardoor zij besefte dat hij naakt was geweest: 'Ik ben nogal ver afgedwaald. Wat ik u wilde zeggen over de generaal, is dat u niets beters zou kunnen doen dan uw plan zo spoedig mogelijk te verwezenlijken, en door de invloed van de humane geest en zijn erkende vertegenwoordigers onze actie te versterken. Maar u hoeft de generaal ook niet principieel af te wijzen. Hij is misschien persoonlijk van goede wil, en u kent immers mijn principe dat men de gelegenheid om geest in een sfeer van zuivere macht te brengen nooit voorbij moet laten gaan.'

Diotima greep zijn hand en vatte dit onderhoud in haar afscheid samen: 'Ik dank u voor uw oprechtheid!'

Arnheim liet haar zachte hand een ogenblik lang besluiteloos in de zijne rusten, en bleef er peinzend op staren, alsof hij iets vergeten was te zeggen.

– 66 –

Tussen Ulrich en Arnheim is een en ander
niet in orde

Haar neef gunde zichzelf in die tijd niet zelden het genoegen Diotima verslag te doen van de ervaringen die hij aan de zijde van Z. Doorluchtigheid in diens dienst opdeed, en hij stelde het vooral op prijs haar steeds weer de mappen te laten zien met de voorstellen die bij graaf Leinsdorf binnenkwamen.

'Machtige nicht,' rapporteerde hij, met een dikke stapel dossiers in zijn hand, 'ik kan het alleen niet meer af; de hele wereld schijnt van ons verbeteringen te verwachten, en de ene helft ervan begint met de woorden "Los van...", terwijl de andere helft met de woorden "Op naar..." begint! Ik heb hier oproepen bij me van "Los van Rome" tot "Op naar de groentecultuur". Welke wilt u hebben?'

Het viel niet mee om orde te scheppen in de wensen die de medemens tot graaf Leinsdorf richtte, maar twee groepen brieven vielen op door hun aantal. De ene gaf een of ander klein detail de schuld van alle misstanden van hun tijd, en eiste dat het uit de weg geruimd zou worden, en die details waren niets minder dan de joden of de katholieke Kerk, het socialisme of het kapitalisme, de mechanistische denkwijze of de verwaarlozing van de technische ontwikkeling, de rassenvermenging of de rassenscheiding, het grootgrondbezit of de grote steden, de intellectualisering of de tekortkomingen van het volksonderwijs. De andere groep daarentegen onderscheidde een verder liggend doel, dat als het werd bereikt geheel afdoende zou zijn, en die nastrevenswaardige doelen van de tweede groep verschilden zoals gewoonlijk in niets anders van de te liquideren details van de eerste groep dan in de gevoelsvoortekens van hun toonzetting, en dat kennelijk alleen omdat er op de wereld nu eenmaal kritische en positief ingestelde naturen zijn. Zo lieten de brieven van de tweede groep bijvoorbeeld met blijmoedige ontkenning verluiden dat men nu eindelijk eens met die belachelijke cultus rond de kunsten zou moeten breken, omdat het leven een groter schrijver was dan alle scribenten bij elkaar, en ze eisten bundels rechtbankverslagen en reisbeschrijvingen voor algemeen gebruik; terwijl daarentegen in hetzelfde geval de brieven van de eerste groep blijmoedig positief beweerden dat het gevoel op de top te staan voor bergbeklimmers boven alle verheven gevoelens in de kunst, de filosofie en de religie uitging, zodat men in plaats van kunst liever alpinistenverenigingen moest steunen. Aldus twee wegen bewandelend eiste men evenzeer vertraging van het tijdstempo als een prijsvraag voor het beste feuilleton, omdat het leven óf onverdraaglijk óf zo heerlijk kort was, en men wenste de bevrijding van de mensheid door en van tuinsteden, door en van vrouwenemancipatie, door en van dans, sport of wooncultuur evenzeer als door en van nog talloze andere zaken.

Ulrich klapte de map dicht en begon een persoonlijk gesprek. 'Machtige nicht,' zei hij, 'het is een wonderlijk verschijnsel dat de ene helft zijn heil in de toekomst zoekt en de andere in het verleden. Ik weet niet wat je daaruit moet concluderen. Z. Doorluchtigheid zou zeggen dat het heden heilloos is.'

'Doelt Z. Doorluchtigheid daarmee op iets kerkelijks?' vroeg Diotima.

'Hij is op dit moment na een innerlijke strijd tot het inzicht gekomen dat er in de geschiedenis van de mensheid geen vrijwillig terug bestaat. Maar wat het zo moeilijk maakt is dat wij toch ook geen bruikbaar voorwaarts hebben. Staat u mij toe het als een merkwaardige situatie te typeren wanneer het noch vooruit noch terug gaat en ook het heden als onverdraaglijk wordt ervaren.'

Als Ulrich zo praatte verschanste Diotima zich in haar rijzige lichaam als in een toren die in de reisgids drie sterren heeft.

'Gelooft u, mevrouw, dat iemand die vandaag voor of tegen een bepaalde zaak strijdt,' vroeg Ulrich, 'indien hij morgen door een wonder tot absoluut alleenheerser over de wereld zou worden gemaakt, nog dezelfde dag zou doen wat hij zijn leven lang heeft verlangd? Ik ben ervan overtuigd dat hij zichzelf een paar dagen uitstel zou geven.'

Omdat Ulrich vervolgens een kleine pauze inlaste, wendde Diotima zich bij verrassing naar hem toe, zonder te antwoorden, en vroeg streng: 'Waarom hebt u bij de generaal verwachtingen gewekt ten aanzien van onze actie?'

'Bij welke generaal?'

'Generaal Stumm!'

'Dat is toch die kleine ronde generaal van de grote eerste zitting? Ik? Ik heb hem sindsdien niet eens gezien, laat staan dat ik hem iets in het vooruitzicht heb gesteld!'

Ulrichs verbazing was overtuigend en vroeg om een verklaring. Maar omdat ook een man als Arnheim onmogelijk onwaarheid kon spreken, moest er dus sprake zijn van een misverstand, en Diotima legde uit waar haar veronderstelling op berustte.

'Ik zou dus met Arnheim over generaal Stumm hebben gesproken? Ook dat nooit!' verzekerde Ulrich. 'Ik heb met Arnheim – geeft u mij alstublieft een ogenblikje' – hij dacht na, en opeens lachte hij. 'Dat zou wel heel vleiend zijn, als Arnheim aan al mijn woorden zo veel waarde hechtte! Ik heb de laatste tijd herhaaldelijk een praatje met hem gemaakt, als u onze meningsverschillen zo zou willen noemen, en één keer heb ik het daarbij inderdaad ook over een generaal gehad, maar niet over een bepaalde, en alleen terloops, bij wijze van voorbeeld. Ik beweerde dat een generaal die om strategische redenen bataljons naar een wisse ondergang stuurt een moordenaar is als men hem in verband brengt met het feit dat het duizenden zonen van moeders zijn; maar dat hij meteen iets anders wordt als men hem in verband brengt met andere ideeën, bijvoorbeeld met de noodzaak van offers of dat ons korte leven er niet toe doet. Ik heb ook nog heel wat andere voorbeelden gebruikt. Maar hier moet u mij een uitweiding toestaan. Om zeer voor de hand liggende redenen behandelt elke generatie het leven zoals ze dat aantreft als een vaststaand gegeven, op die paar dingen na die ze graag zou willen veranderen. Dat is nuttig maar verkeerd. De wereld zou toch op elk moment ook naar alle kanten kunnen worden veranderd, of tenminste naar alle gewenste; het zit haar bij wijze van spreken in het bloed. Het zou daarom een originele manier van leven zijn als men eens zou proberen zich niet te gedragen als een definitief bepaald mens in een definitief bepaalde wereld waarin, zou ik willen zeggen, alleen maar een paar knoopjes hoeven te worden verzet, wat men dan ontwikkeling noemt; maar van meet af aan als een tot verandering geboren mens die door een tot verandering geschapen wereld wordt ingesloten, zo ongeveer als een waterdruppeltje in een wolk. Minacht u mij omdat ik weer onduidelijk ben?'

'Ik minacht u niet maar ik kan u niet begrijpen,' zei Diotima en beval: 'vertelt u mij toch het hele gesprek!'

'Welnu, Arnheim heeft dit op zijn geweten; hij klampte mij aan en forceerde me gewoon tot een gesprek,' begon Ulrich. ' "Wij zakenlui," zei hij met die onweerstaanbare glimlach die met de kalme houding die hij anders aanneemt een beetje in tegenspraak is, maar toch heel majesteitelijk, "wij zakenlui rekenen niet, zoals u wellicht zou denken. Maar wij – ik bedoel natuurlijk de hele grote; de kleintjes zullen heus wel onophoudelijk rekenen – leren onze werkelijk succesvolle ideeën te zien als iets dat met elke berekening spot, wat ook opgaat voor het persoonlijke succes van de politicus en uiteindelijk ook voor de kunstenaar." Daarna verzocht hij mij om over wat hij nu zou gaan zeggen te oordelen met de welwillendheid waarop iets irrationeels recht mocht doen gelden. Hij had vanaf de dag dat hij mij voor het eerst ontmoette bepaalde ideeën over mij gehad, vertrouwde hij me toe, en u, waarde nicht, moet hem ongetwijfeld ook het een en ander over mij hebben verteld, maar hij had dat helemaal niet eerst hoeven horen, verzekerde hij, en hij verklaarde dat ik merkwaardig genoeg een heel abstract, theoretisch beroep had gekozen, want hoeveel aanleg ik daarvoor ook mocht hebben, ik vergiste mij toch als ik dacht een wetenschapsman te zijn, en mijn werkelijke talent lag, ook al zou mij dat wel verbazen, op het gebied van het handelen en de persoonlijke invloed!'

'Zo?' zei Diotima.

'Ik ben het geheel met u eens,' haastte Ulrich zich te antwoorden. 'Ik ben voor niets zo onbegaafd als voor mij zelf.'

'U spot altijd, in plaats van u aan het leven te wijden,' vond Diotima, die nog kwaad op hem was vanwege de mappen.

'Arnheim beweert het tegendeel. Ik heb de behoefte om uit mijn denken al te absolute conclusies te trekken omtrent het leven, – beweert hij.'

'U spot een beetje en u bent negativistisch; u staat altijd op het punt een sprong te nemen in het onmogelijke en ontwijkt elke werkelijke beslissing!' stelde Diotima vast.

'Het is gewoon mijn overtuiging,' antwoordde Ulrich, 'dat denken een instituut op zichzelf is, en het werkelijke leven een ander. Want het niveauverschil tussen die twee is tegenwoordig te groot. Ons brein is enkele duizenden jaren oud, maar als het alles slechts voor de helft tot het einde toe door heeft gedacht en het de andere helft is vergeten, zou de getrouwe afspiegeling daarvan de werkelijkheid zijn. Je kunt slechts weigeren daar intellectueel aan deel te nemen.'

'Is dat niet: je er al te gemakkelijk vanaf maken?' vroeg Diotima zonder dat zij bedoelde hem te kwetsen, gewoon zoals een berg neerziet op een beekje aan zijn voet. 'Arnheim houdt ook van theorie, maar ik geloof dat hij niet veel laat passeren zonder het in al zijn verbanden te onderzoeken: denkt u niet dat het de zin van al ons denken is om geconcentreerde toepasbaarheid te zijn…?'

'Nee,' zei Ulrich.

'Ik zou graag horen wat Arnheim daarop heeft geantwoord.'

'Hij zei me dat de geest tegenwoordig een machteloze toeschouwer is bij de werkelijke ontwikkelingen, omdat hij de grote taken die het leven ons oplegt uit de weg gaat. Hij heeft me gevraagd eens goed te letten op wat de kunsten behandelen, met welke enghartigheden de kerken zich bezighouden, hoe bekrompen zelfs het gezichtsveld van de geleerde wereld is! En ik moest goed bedenken dat onderwijl de aarde letterlijk werd opgedeeld. Daarna verklaarde hij dat dit nu precies datgene was waarover hij het met mij had willen hebben!'

'En wat hebt u geantwoord?' vroeg Diotima vol spanning, want zij dacht te raden dat Arnheim haar neef diens gebrek aan interesse voor de problemen van de Parallelactie voor de voeten had willen werpen.

'Ik antwoordde hem dat het verwezenlijken mij altijd minder aantrekt dan het onverwezenlijkte, en ik bedoel daarmee niet zomaar alleen het toekomstige, maar evenzeer het voorbije en verzuimde. Mij dunkt dat het onze geschiedenis is dat we telkens als we van een idee een klein stukje hebben verwezenlijkt, in onze blijdschap daarover het overgrote deel ervan laten voor wat het is. Geweldige instituten zijn over het algemeen verbroddelde ontwerpen voor ideeën; geweldige persoonlijkheden trouwens ook, en dat heb ik hem gezegd. Het was in zekere zin een verschil van richting in onze benadering.'

'Dat was twistziek van u!' zei Diotima gepikeerd.

'Hij deelde mij op zijn beurt mee wat voor indruk ik op hem maakte als ik de energie verloochende om wille van een of andere achterhaalde theoretische en algemene regel. Wilt u het horen? Als van een man die naast een bed dat voor hem is opgemaakt op de grond gaat liggen. Het was energieverspilling, dus zelfs natuurkundig iets immoreels, voegde hij er voor mij persoonlijk aan toe. Hij heeft er ernstig bij me op aangedrongen toch in te zien dat geestelijke doelen van groot formaat alleen met gebruikmaking van de tegenwoordig bestaande economische, politieke, en niet in de laatste plaats geestelijke machtsverhoudingen kunnen worden gerealiseerd. Hij persoonlijk vond het ethischer daar gebruik van te maken dan ze te veronachtzamen. Hij heeft mij het vuur na aan de schenen gelegd. Hij noemde mij een zeer actief man in een afweerhouding, in een verkrampte afweerhouding. Ik denk dat hij een of ander niet helemaal zuiver motief heeft waarom hij mijn respect wil winnen!'

'Hij wil u van dienst zijn!' riep Diotima bestraffend uit.

'Welnee,' meende Ulrich. 'Ik mag dan misschien maar een kiezelsteentje zijn en hij een prachtige buikige glazen stuiter, maar ik heb de indruk dat hij bang voor me is.'

Diotima gaf daar geen antwoord op. Wat Ulrich had gezegd kon dan wel aanmatigend zijn, maar zij vond het frappant dat het gesprek dat hij had weergegeven beslist niet helemaal was zoals het volgens de indruk die Arnheim bij haar had gewekt had moeten zijn. Dat verontrustte haar zelfs. Ofschoon zij Arnheim niet in staat achtte tot ook maar het minste intrigantentrekje, kreeg zij toch meer vertrouwen in Ulrich, en zij richtte de vraag tot hem wat hij haar zou aanraden te doen met generaal Stumm.

'Weghouden!' was Ulrichs antwoord, en Diotima kon zichzelf het verwijt niet besparen dat dit haar goed beviel.

- 67 -

Diotima en Ulrich

Diotima's verstandhouding met Ulrich was in die tijd door hun tot gewoonte geworden samenzijn sterk verbeterd. Zij moesten vaak samen tochtjes maken om bezoeken af te leggen, en hij kwam verscheidene malen per week en niet zelden onaangekondigd en op ongebruikelijke tijden bij haar thuis. Het was onder deze omstandigheden voor beiden prettig om van hun familierelatie te profiteren en zich binnenshuis wat minder aan de strenge etiquette die de maatschappij hun oplegde te houden. Diotima ontving hem niet altijd in de salon en van haarknot tot rokzoom gepantserd in volmaaktheid, maar soms in een lichte huiselijke wanordelijkheid, al was dat ook alleen maar een zeer behoedzame wanordelijkheid. Er was een soort saamhorigheid tussen hen ontstaan die voornamelijk in de vorm van hun omgang gelegen was; maar vormen hebben hun invloed naar binnen toe, en de gevoelens waaruit ze zijn opgebouwd kunnen er ook door worden gewekt.

Ulrich voelde soms in alle doordringendheid dat Diotima heel mooi was. Hij zag haar dan als een jong, groot, stevig rund van goed ras, zeker rondlopend en met diepe blik de droge grashalmen bestuderend die het afrukte. Hij bekeek haar dus ook dan niet zonder die hatelijkheid en ironie die zich door vergelijkingen uit het dierenrijk op Diotima's geestesadel wreekten en die voortkwamen uit een diepe boosheid; die gold minder deze dwaze modelleerlinge zelf dan de school waarbinnen haar prestaties werden toegejuicht. 'Wat zou zij aangenaam kunnen zijn,' dacht hij, 'als zij onontwikkeld, slordig en goedmoedig was, wat een groot warm vrouwenlichaam altijd is zolang het zich niet op bijzondere ideeën laat voorstaan!' De beroemde echtgenote van de veelbefluisterde directeur-generaal Tuzzi verdampte dan uit haar lichaam, en er bleef alleen dat lichaam over, als een droom die met kussens, bed en dromer in een witte wolk verandert die met haar tederheid geheel alleen op de wereld is.

Keerde Ulrich echter terug van zo'n uitstapje van de verbeeldingskracht, dan zag hij een ambitieuze burgerlijke geest voor zich die omgang zocht met adellijke gedachten. Lichamelijke verwantschap tussen sterk tegengestelde naturen verontrust overigens, en het idee van alleen verwantschap, het zelfbewustzijn, is ook al voldoende; broers en zusters kunnen elkaar soms niet uitstaan op een manier die alles wat daar gerechtvaardigd aan zou kunnen zijn verre te boven gaat, wat alleen voortkomt uit het feit dat zij elkaar alleen al door hun bestaan in twijfel trekken en een licht vertekenend spiegeleffect op elkaar hebben. Het was soms genoeg dat Diotima ongeveer even groot was als Ulrich om de gedachte op te roepen dat zij met hem verwant was, en hem afkeer in te boezemen van haar lichaam. Hij had haar in die tijd, zij het met enkele wijzigingen, een taak toebedeeld die vroeger zijn jeugdvriend Walter had vervuld; eigenlijk die om zijn trots te krenken en te prikkelen, op dezelfde manier als waarop onflatteuze oude portretten waarop wij onszelf terugzien ons in onze eigen ogen vernederen en tegelijkertijd onze trots tarten. Daaruit vloeide voort dat ook in het wantrouwen dat Ulrich voor Diotima voelde iets verbindends en verenigends, kortom, een vleugje echte affectie moest zitten, zoals de vroegere hartelijke saamhorigheid met Walter nog in de vorm van wantrouwen voortleefde.

Dat bevreemdde Ulrich, omdat hij Diotima toch eigenlijk niet mocht, lange tijd zeer, zonder dat hij erachter kon komen wat het was. Zij maakten soms uitstapjes samen; met Tuzzi's steun werd van het mooie weer geprofiteerd om Arnheim, ondanks het ongunstige jaargetijde, 'de schoonheden van de omgeving van Wenen' te laten zien – Diotima gebruikte daarvoor nooit een andere uitdrukking dan dit cliché – en Ulrich was in de rol van oudere neef die haar chaperonneerde telkens meegetroond omdat directeur-generaal Tuzzi niet beschikbaar was, en later was het zo uitgekomen dat Ulrich ook met Diotima alleen uitging, als Arnheim op reis was. Deze had voor dat soort uitstapjes, en natuurlijk ook voor die welke rechtstreeks verband hielden met de actie, zo veel wagens tot hun beschikking gesteld als maar nodig mochten zijn, want het voertuig van Z. Doorluchtigheid was met al zijn wapenopschik al te bekend in de stad en al te opvallend; het waren overigens ook Arnheims eigen wagens niet, want rijke mensen vinden altijd wel andere rijke mensen die het heerlijk vinden als zij hun van dienst kunnen zijn.

Die tochtjes dienden niet alleen voor hun plezier maar hadden ook tot doel om invloedrijke of welgestelde personen te werven voor de vaderlandse onderneming, en ze vonden veel vaker plaats binnen de stedelijke banmijl dan daarbuiten. Neef en nicht zagen samen veel moois; meubels uit de tijd van Maria Theresia, barokpaleizen, mensen die zich nog op handen van hun personeel door de wereld lieten dragen, eigentijdse huizen met enorme suites, bankpaleizen en de mengeling van Spaanse strengheid met de levensgewoonten van de middenklasse in de woningen van hoge staatsdienaren. Al met al waren het wat de adel betrof de resten van een grote leefstijl zonder stromend water, en in de huizen en conferentiekamers van de gegoede burgerij kwam die terug, als hygiënisch verbeterde, smaakvollere maar blekere kopie. Een herenkaste blijft altijd een beetje barbaars: slakken en resten die het smeulen van de tijd niet had verbrand waren in adellijke kastelen blijven liggen waar ze lagen, vlak naast staatsietrappen betrad de voet planken van zachthout, en afzichtelijke moderne meubels stonden onbekommerd tussen prachtige oude stukken. De klasse van nieuwe rijken daarentegen, verliefd op de imposante en grootse momenten van hun voorgangers, had onwillekeurig een kieskeuriger en verfijnder selectie gemaakt. Was een slot in burgerlijk bezit overgegaan, dan bleek dat niet alleen, als een kroonluchter uit familiebezit waar elektrische bedrading doorheen is getrokken, van moderne gemakken voorzien, maar er waren bij het inrichten ook minder mooie dingen weggedaan en waardevolle stukken bij verzameld, hetzij naar eigen keuze, hetzij op onaanvechtbaar advies van experts. Het nadrukkelijkst manifesteerde deze verfijning zich niet eens in kastelen maar in de stadswoningen, die eigentijds waren ingericht met de onpersoonlijke praal van een oceaanstomer, maar waarin in dit land van verfijnde maatschappelijke ambitie door een ondefinieerbare nuance, een bijna onzichtbare afstand die tussen de meubels was aangebracht of de dominerende plaats van een schilderij aan een wand, de zachte sonore echo uit een groots verleden doorklonk.

Diotima was verrukt van zo veel 'cultuur'; zij had altijd geweten dat haar vaderland zulke schatten in zich borg, maar de hoeveelheid verraste zelfs haar. Zij werden voor bezoeken buiten de stad samen uitgenodigd, en het viel Ulrich op dat hij fruit niet zelden ongeschild zo uit de hand gegeten zag worden, of iets van dien aard, terwijl in de huizen van de hoge burgerij strikt de hand werd gehouden aan het ceremonieel van mes en vork; hetzelfde kon men ook waarnemen bij de conversatie, die vrijwel alleen bij de burgerij thuis volmaakt gedistingeerd was, terwijl daarentegen in adellijke kringen de bekende ongedwongen, aan koetsiers herinnerende spreektrant de boventoon voerde. Diotima verdedigde dat dweperig tegenover haar neef. Heerlijkheden in burgerlijk bezit, gaf zij toe, waren met meer zin voor hygiëne en met grotere intelligentie ingericht. In de kastelen van de adel op het land leed men 's winters kou; smalle, uitgesleten trappen waren geen zeldzaamheid, en bedompte slaapvertrekken met lage plafonds trof men aan naast de prachtigste salons. Er was ook geen etenslift en geen badkamer voor het personeel. Maar dat was nu eenmaal in zekere zin juist het meer heroïsche ervan, het traditionele en het grootse nonchalante! besloot zij verrukt.

Ulrich gebruikte dergelijke rijtoertjes om het gevoel te onderzoeken dat hem met Diotima verbond. Maar omdat hij daarbij telkens op zijpaden terechtkwam moeten die een poosje worden gevolgd om bij het essentiële punt aan te komen:

In die periode droegen vrouwen kleren die van hals tot enkel gesloten waren,'en de mannen, ofschoon zij tegenwoordig nog vrijwel dezelfde kleren dragen als toen, pasten die indertijd beter, want ze presenteerden naar buiten toe nog een levendige samenhang met de onberispelijke geslotenheid en strikte terughoudendheid die het kenmerk waren van de man van de wereld. De glasheldere oprechtheid om je naakt te vertonen zou zelfs iemand die weinig vooroordelen had en die in zijn waardering voor het ontklede lichaam niet werd gehinderd door enigerlei schaamte toentertijd als een terugval in het dierlijke zijn voorgekomen, niet om die naaktheid zelf, maar omdat men daarmee afstand doet van het geciviliseerde liefdesmiddel van de bedekking. Ja, eigenlijk zou men in die tijd waarschijnlijk hebben gesproken van een terugval beneden het dierlijke niveau; want een driejarig paard van goed ras en een spelende windhond zijn in hun naaktheid veel expressiever dan een menselijk lichaam dat ooit kan zijn. Daarentegen kunnen ze geen kleren dragen; ze hebben slechts één huid, de mensen hadden toen echter nog vele huiden. Met het grote gewaad en zijn ruches, pofmouwen, klokkende zomen, jabots, kant en plissés hadden zij voor zichzelf een oppervlak geschapen dat vijf maal zo groot was als het oorspronkelijke en een rijkgeplooide, moeilijk toegankelijke, met erotische spanning geladen kelk vormde, die in zijn binnenste het smalle witte dier verborg, dat naar zich liet zoeken en zich vreselijk begeerlijk maakte. Het was het voorgetekende patroon waarvan de natuur zelf gebruik maakt als ze haar schepselen gebiedt hun veren op te zetten of wolken donkere vloeistof uit te spuiten, om in liefde en vrees de nuchtere processen waar het daarbij om gaat tot een onaardse dwaasheid te verhevigen.

Diotima voelde zich voor het eerst van haar leven, zij het ook op hoogst decente wijze, door dit spel dieper geraakt. Koketterie was haar niet vreemd, want die behoorde bij de sociale plichten die een dame dient te vervullen; ook ontging het haar nooit wanneer de blikken van jonge mannen daarbij nog iets anders dan ontzag voor haar uitdrukten, zij vond dit zelfs wel prettig, omdat het haar de macht liet voelen van de zachte vrouwelijke terechtwijzing als zij de als de horens van een stier op haar gerichte blik van een man dwong zich te wenden tot de ideële afleidingen die uit haar mond kwamen. Maar Ulrich, onder de dekmantel van hun familieband en zijn onbaatzuchtige medewerking aan de Parallelactie, beschermd ook door het ten gunste van hem opgestelde codicil, veroorloofde zich vrijheden die lijnrecht door het vertakte vlechtwerk van haar idealisme heen drongen. Zo was het eens bij een tochtje buiten de stad voorgekomen dat hun wagen langs verrukkelijke dalen reed, waartussen met donkere naaldbossen bedekte berghellingen tot vlak aan de weg kwamen, en Diotima met de versregels 'Wie heeft jou, wonderschoon woud, opgebouwd zo hoog daarboven...?' daarop wees; zij citeerde deze regels vanzelfsprekend als gedicht, zonder de geringste toespeling op het bijbehorende lied, want dat zou haar banaal en nietszeggend zijn voorgekomen. Maar Ulrich antwoordde: 'De Nederoostenrijkse Grondkredietbank. Dat weet u niet, nicht, dat alle bossen hier eigendom zijn van de Grondkredietbank? En de meester die u wilt roemen is een bij haar in dienst zijnde houtvester. De natuur is hier een planmatig produkt van de bosbouwindustrie, een netjes op rijen gezette voorraadschuur van de cellulosefabricage, wat haar ook zondermeer is aan te zien.' Zo waren zijn antwoorden heel vaak. Als zij over schoonheid sprak, sprak hij over vetweefsel dat de huid ondersteunt. Als zij over liefde sprak, sprak hij over de jaarcurve die het automatische stijgen en dalen van het geboortencijfer te zien gaf. Als zij over de grote meesters van de kunst sprak, begon hij met de keten van ontleningen die deze meesters onderling verbond. Het kwam er eigenlijk altijd op neer dat Diotima begon te praten alsof God de mens op de zevende dag als parel in de wereldschelp had gezet, waarna hij eraan herinnerde dat de mens een hoopje stipjes was op het buitenste korstje van een miniatuurglobe. Het was niet zo eenvoudig te doorgronden wat Ulrich daarmee wilde bereiken; blijkbaar was het gericht tegen die sfeer van grootheid waarmee zij zich verbonden voelde, en Diotima onderging het in de eerste plaats als krenkende betweterij. Zij kon niet verdragen dat haar neef, die in haar ogen nu eenmaal een enfant terrible was, iets beter wilde weten dan zij, en zijn materialistische tegenwerpingen, waar zij niets van begreep omdat hij ze uit de lagere civilisatie van het rekenen en de precisie haalde, irriteerden haar mateloos. – 'God zij dank bestaan er nog mensen,' had zij hem eens vinnig geantwoord, 'die ondanks hun ruime ervaring in het eenvoudige kunnen geloven!' 'Uw man, bijvoorbeeld,' antwoordde Ulrich. 'Ik wilde u al een hele tijd zeggen dat ik hem verre verkies boven Arnheim!'

Zij hadden in die tijd de gewoonte aangenomen vaak van gedachten te wisselen door over Arnheim te praten. Want zoals alle verliefden deed het Diotima veel genoegen over het voorwerp van haar liefde te praten, zonder zichzelf, naar zij tenminste aannam, daarbij bloot te geven; en omdat Ulrich dat zo onuitstaanbaar vond, wat het voor elke man is die geen duistere bedoelingen aan zijn eigen terugtreden koppelt, kwam het bij zulke gelegenheden vaak voor dat hij hatelijke opmerkingen over Arnheim maakte. Uit de band die hieruit voortkwam was een verhouding van geheel eigen aard ontstaan. Zij ontmoetten elkaar, als Arnheim niet op reis was, bijna dagelijks. Ulrich wist dat directeur-generaal Tuzzi de vreemdeling wantrouwde, zoals hij zelf diens uitwerking op Diotima van meet af aan had kunnen gadeslaan. Tussen die twee leek tenslotte nog niets verkeerds te bestaan, voor zover een derde dat kan beoordelen, die in die veronderstelling zeer werd gestijfd door het feit dat er onuitstaanbaar veel moois bestond tussen het liefdespaar, dat blijkbaar de hoogste voorbeelden van platonische zielsgemeenschap trachtte te evenaren. Daarbij vertoonde Arnheim een opvallende neiging om de neef van zijn vriendin (of misschien toch geliefde? – vroeg Ulrich zich af; het waarschijnlijkst leek hem iets als geliefde plus vriendin gedeeld door twee) in hun vertrouwelijke relatie te betrekken. Hij richtte vaak het woord tot Ulrich op de toon van een oudere vriend, die door het verschil in leeftijd geoorloofd was, maar door het verschil in positie een nare bijsmaak van neerbuigendheid kreeg. Ulrich reageerde daar dan ook bijna altijd afwijzend op en op een tamelijk uitdagende manier, net alsof hij de omgang met een man die in plaats van met hem met koningen en kanseliers over zijn ideeën kon praten, absoluut niet wist te waarderen. Hij sprak hem onbeleefd vaak en met een onbetamelijke ironie tegen, en ergerde zich zelf over dit gebrek aan zelfbeheersing, dat hij beter had kunnen vervangen door zichzelf het genoegen van zwijgend toekijken te gunnen. Maar het gebeurde tot zijn eigen verbazing dat hij zich door Arnheim zo hevig geïrriteerd voelde. Hij zag in hem het door de gunstige omstandigheden vetgemeste, op zichzelf staande modelvoorbeeld van een intellectuele ontwikkeling die hij haatte. Want deze beroemde schrijver was verstandig genoeg om de bedenkelijke situatie in te zien waarin de mens zichzelf heeft gebracht sinds hij zijn beeld niet langer in de spiegel der beken zoekt doch in de scherpere breukvlakken van zijn intelligentie; maar deze schrijvende ijzerkoning weet dat aan het optreden van de intelligentie en niet aan haar onvolkomenheid. Er zat iets van zwendel in deze verbintenis tussen kolenprijs en ziel, die tegelijk een doelmatige scheiding was tussen wat Arnheim met helder verstand deed en wat hij in de schemering van zijn intuïtie zei en schreef. Daarbij kwam, om nog meer onbehagen in Ulrich op te wekken, iets dat nieuw voor hem was, de combinatie van geest met rijkdom; want als Arnheim ten naaste bij als een specialist over een of andere op zichzelf staande kwestie sprak, om dan plotseling met een nonchalant gebaar de details te laten verdwijnen in het licht van een 'grote gedachte', dan kon dat heel goed voortspruiten uit een niet ongerechtvaardigde behoefte, maar tegelijk deed die vrije beschikking over twee richtingen denken aan de rijke man die zich alles veroorlooft wat maar goed en duur is. Hij was rijk aan geest, in die altijd een beetje aan het optreden van de echte rijkdom herinnerende betekenis. En misschien was het ook zelfs dat dat nog niet wat Ulrich het meest prikkelde om het de beroemde man moeilijk te maken, maar misschien was het wel de neiging die diens geest vertoonde om een waardige hof- en huishouding te voeren, die vanzelf tot een associatie met de beste merken van zowel het traditionele als het ongewone leidt; want in de spiegel van deze genotzuchtige deskundigheid zag Ulrich de geaffecteerde tronie die het gezicht van onze tijd is, als je daar die paar werkelijk krachtige trekken van de hartstocht en het denken vanaf haalt, en daardoor kreeg hij nauwelijks de kans om dieper op de man in te gaan, die je waarschijnlijk ook allerlei verdiensten moest nageven. Het was natuurlijk een volkomen zinloze strijd die hij hier voerde, in een omgeving die Arnheim al bij voorbaat in het gelijk stelde, en voor een zaak die van geen enkel belang was; in het gunstigste geval zou je kunnen zeggen dat de zin van deze zinloosheid totale zelfverspilling was. Het was echter ook een volkomen uitzichtloze strijd, want toen Ulrich er werkelijk een keer in slaagde zijn tegenstander te verwonden, moest hij inzien dat hij diens verkeerde zijde had getroffen; gelijk een gevleugeld wezen verhief zich toen, terwijl de geestesmens Arnheim verslagen op de grond leek te liggen, de werkelijkheidsmens Arnheim met een toegeeflijke glimlach en spoedde zich van zulke ijdele gesprekken naar daden in Bagdad of Madrid.

Deze onkwetsbaarheid maakte het hem mogelijk tegen-

over de vrijpostigheid van de jongere man die vriendschappelijke kameraadschap te stellen over de oorsprong waarvan
Ulrich met zichzelf niet in het reine kwam. Toch was het
voor Ulrich ook van belang zijn tegenstander niet al te zeer
te kleineren, want hij had zich voorgenomen niet zo gauw
weer aan een van die onwaardige en halve avonturen te beginnen waaraan zijn verleden maar al te rijk was, en de vorderingen die hij tussen Arnheim en Diotima waarnam ver-
sterkten die voornemens zeer. Hij kleedde zijn aanvallen
daarom gewoonlijk in als de punt van een floret, die buig-
zaam meegeeft en, om de steek vriendschappelijk af te
zwakken, afgedekt is met een dopje. Deze vergelijking was
trouwens een vondst van Diotima. Het verging haar wonderlijk met haar neef. Zijn open gezicht met het edele voorhoofd, zijn rustig ademende borst, de vrije beweeglijkheid
van al zijn ledematen verraadden haar dat er voor boosaardige, valse, pervers-wellustige verlangens in dit lichaam geen
plaats was; zij was dan ook niet geheel gespeend van trots
op een zo goede verschijning van iemand uit haar familie, en
had meteen bij het begin van hun kennismaking besloten
hem onder haar hoede te nemen. Als hij nu zwart haar, een
scheve schouder, een onzuivere huid en een laag voorhoofd
had gehad, dan zou zij hebben gezegd dat zijn opvattingen
daar bij pasten; maar zoals hij er in werkelijkheid uitzag, viel
haar alleen een zeker gebrek aan overeenstemming met zijn
opinies op, en dat maakte zich voelbaar als een onverklaarbare verontrusting. De voelsprieten van haar beroemde intuïtie tastten vergeefs naar de oorzaak, maar dit tasten bezorgde haar aan het andere sprieteinde prettige sensaties. In
zekere zin, natuurlijk niet in echt serieuze zin, onderhield zij
zich soms zelfs liever met Ulrich dan met Arnheim. Haar
behoefte aan superioriteit vond bij hem meer bevrediging,
zij had zichzelf beter in de hand, en wat zij als zijn frivoliteit,
overdrevenheid of nog niet bereikte rijpheid beschouwde,
verschafte haar een zekere voldoening, die het met de dag
gevaarlijker wordende idealisme dat zij in haar gevoelens
voor Arnheim onberekenbaar zag groeien, compenseerde.
De ziel is een ontzaglijk zware aangelegenheid en materialis-

me dientengevolge een heel luchtige. Het regelen van haar betrekkingen met Arnheim kostte haar soms evenveel inspanning als haar salon, en de geringschatting voor Ulrich vergemakkelijkte haar het leven. Zij begreep zichzelf niet, maar constateerde die invloed, en dat stelde haar in staat om wanneer zij kwaad was op haar neef wegens een van zijn opmerkingen, hem een schuinse blik toe te werpen, eigenlijk niet meer dan een bijna onzichtbaar glimlachje in haar ooghoek, terwijl het oog zelf idealistisch onbewogen, ja zelfs een tikje minachtend strak voor zich uit bleef kijken.

In elk geval, wat de redenen dan ook geweest mogen zijn, Diotima en Arnheim gedroegen zich ten aanzien van Ulrich als twee vechtersbazen die een derde aanklampen die zij in hun angst voor elkaar tussen zich in schuiven, en die positie was voor hem niet zonder gevaar, want door Diotima rees daarbij de vraag: Moeten mensen overeenstemmen met hun lichaam of niet?

– 68 –

Een uitweiding:
Moeten mensen overeenstemmen met hun lichaam?

Onafhankelijk van datgene waarover hun gezichten spraken, deed de beweging van de wagen neef en nicht op hun lange tochten zo schommelen dat hun kleren elkaar raakten, even over elkaar schoven en weer van elkaar afgleden; dat was alleen aan hun schouders te zien, want de rest werd verhuld door een gedeelde deken, maar de lichamen ondergingen dit door de kleren gesmoorde contact even zacht versluierd als men de dingen in een maannacht waarneemt. Ulrich was voor dit kunstige spel van de liefde niet onontvankelijk, zonder het al te serieus te nemen. De uiterst subtiele overdracht van de lichamelijke begeerten op de kleding, van de omhelzing op de weerstanden of, kortweg, van het doel op de middelen, kwam tegemoet aan zijn natuur; deze werd door haar zinnelijkheid naar de vrouw toe gedreven, maar door haar hogere krachten afgehouden van het vreemde, niet bij haar passende wezen, dat ze plotseling onverbiddelijk duidelijk voor zich zag, zodat ze altijd in hevig conflict was tussen liefde en afkeer. Het betekende wel dat de sublieme schoonheid van het lichaam, de menselijke, het moment waarop de melodie van de geest uit het instrument der natuur opklinkt, of dat andere moment, waarop het lichaam als een kelk is, gevuld met een mystieke drank, hem zijn hele leven vreemd was gebleven, als men afziet van de dromen die de majoorsvrouw hadden gegolden en die met dat soort neigingen in hem al lang geleden hadden afgerekend.

Al zijn verhoudingen met vrouwen waren sindsdien vals geweest, en met enige goede wil van beide kanten gebeurt dat helaas heel gemakkelijk. Dan staat er voor man en vrouw een schema van gevoelens, handelingen en intriges klaar om hen te overmeesteren zodra zij er maar één gedachte aan wijden, en het is een in de innerlijke zin omgekeerd verloop, waarbij de laatste gebeurtenissen zich het eerst naar voren dringen, geen stromen meer vanuit de bron; het pure welbehagen in elkaar van twee mensen, dit eenvoudigste en diepste van alle gevoelens in de liefde, dat de natuurlijke bron is van alle andere, komt bij deze psychische omkering helemaal niet meer voor. Zo kwam het ook dat Ulrich tijdens zijn tochtjes met Diotima niet zelden moest denken aan haar afscheid bij zijn eerste bezoek. Hij had toen haar zachte hand in de zijne gehouden, een kunstig en edel vervolmaakte hand zonder gewicht, en zij hadden elkaar daarbij in de ogen gekeken; zij hadden zeker allebei afkeer gevoeld, maar eraan gedacht dat zij elkaar toch konden doordringen tot ze langzaam zouden vervliegen. Iets van dit visioen was tussen hen blijven staan. Zo keren bovenaan twee hoofden elkaar een ontzettende koude toe, terwijl de lichamen daaronder zonder tegenstand te bieden gloeiend in elkaar versmelten. Daar zit iets kwaadaardig mythisch in, als in een tweekoppige god of in de gespleten hoef van de duivel, en het had Ulrich in zijn jeugd, toen hem dat vaker overkwam, dikwijls misleid, maar met de jaren was hem gebleken dat het niets anders was dan een erg burgerlijke methode om de liefde te stimuleren, geheel in dezelfde zin als de vervanging van de naaktheid door de ontklede staat. Niets doet de burgerlijke liefde zo snel ontvlammen als de vleiende ontdekking dat men de kracht bezit iemand in vervoering te brengen, waarin die zich zo idioot gedraagt dat je welhaast een moordenaar zou moeten worden als je op een andere manier de oorzaak zou willen worden van zulke veranderingen. – En waarachtig, dat er zulke veranderingen mogelijk zijn bij beschaafde mensen, dat er zo'n invloed van ons kan uitgaan!: is het niet deze vraag en deze verwondering die in de drieste en glazige blik liggen van al diegenen die bij het eenzame eiland van de wellust aanmeren, waar zij moordenaar, noodlot en god zijn en op uiterst gerieflijke wijze de voor hen hoogst bereikbare graad van irrationaliteit en avontuurlijkheid beleven?

De aversie die hij in de loop der tijd tegen dit soort liefde ontwikkelde, strekte zich tenslotte ook uit tot zijn eigen lichaam, dat het tot stand komen van zulke omgekeerde relaties altijd had bevorderd door de vrouwen een gangbare mannelijkheid voor te spiegelen waarvoor Ulrich te veel geest en innerlijke tegenspraken bezat. Hij was zo nu en dan gewoon jaloers op zijn verschijning, als op een met goedkope en niet helemaal correcte methodes opererende rivaal, in wie een tegenstrijdigheid aan het licht kwam die je ook bij anderen wel aantreft, die haar niet voelen. Want hij was het zelf die dit lichaam in conditie hield met atletische oefeningen en het de allure, de expressie en de soepelheid gaf waarvan het effect op het innerlijk niet te gering is om het te kunnen vergelijken met het effect van een eeuwige glimlach of een eeuwig ernstig gezicht op de gemoedsstemming; en merkwaardig genoeg heeft het merendeel van de mensen of een verwaarloosd, door toevalligheden gevormd en misvormd lichaam dat vrijwel in geen enkele relatie lijkt te staan met hun geest en wezen, of een lichaam dat schuil gaat achter het masker van de sport, dat er het voorkomen aan geeft van de uren waarin het vakantie van zichzelf heeft. Want dat zijn de uren waarin de mens doorfantaseert over een achteloos aan de tijdschriften van de mooie en grote wereld ontleende dagdroom van hoe hij zijn uiterlijk wenst. Al die gebruinde en gespierde tennissers, ruiters en coureurs, die eruitzien of zij de hoogste records breken, terwijl zij gewoonlijk slechts hun sport goed beheersen, die zeer geklede of ontklede dames zijn dagdromers, en ze verschillen alleen van de gewone dagdromers doordat hun droom niet in hun hersenen opgesloten blijft maar collectief in de open lucht, als een produkt van de massaziel, lichamelijk, dramatisch, je zou, denkend aan bepaalde meer dan twijfelachtige occulte fenomenen, bijna willen zeggen ideoplastisch gestalte krijgt. Maar wat zij geheel en al gemeen hebben met de gewone fantasten is een zekere oppervlakkigheid van hun droom, zowel wat betreft zijn geringe afstand tot het ontwaken als inhoudelijk. Het probleem van de collectieve fysionomie lijkt zich tegenwoordig nog schuil te houden; en ofschoon men uit handschrift, stem, slaaphouding en god mag weten wat nog meer conclusies heeft leren trekken omtrent de aard van de mens, die soms zelfs verrassend juist zijn, heeft men voor het lichaam als geheel niets dan modevoorbeelden, waarnaar het zich kan modelleren, of hoogstens een soort morele naturopathische filosofie.

Maar is dat het lichaam van onze geest, van onze ideeën, intuïties en plannen, of – de leuke inbegrepen – dat van onze dwaasheden? Dat Ulrich zeer op deze dwaasheden gesteld was geweest en ze ten dele nog steeds bezat belette hem niet zich slecht op zijn gemak te voelen in het lichaam dat ze hadden geschapen.

– 69 –

Diotima en Ulrich. Vervolg

En het was voornamelijk Diotima die het gevoel dat de oppervlakte en de diepte van zijn levensvorm geen eenheid waren op een nieuwe wijze in hem versterkte. Op die tochtjes met haar, die soms als tochtjes door de maneschijn wa-

ren, waarin de schoonheid van deze jonge vrouw zich losmaakte van haar persoon als geheel en als een droomspinsel
soms enkele ogenblikken over zijn ogen lag, kwam het duidelijk tot ontlading. Hij wist heel goed dat Diotima alles wat
hij zei vergeleek met wat over het algemeen – zij het dan
op een bepaald niveau van algemeenheid – wordt gezegd,
en hij vond het prettig dat zij dat 'onrijp' vond, zodat hij er
voortdurend bijzat als voor een omgekeerd op hem gerichte
kijker. Hij werd steeds kleiner, en geloofde, terwijl hij met
haar praatte, of hij was er tenminste niet ver vanaf het te geloven, als hij – in zijn eigen woorden – de advocaat van
de duivel en de nuchterheid speelde, de gesprekken uit zijn
laatste schooljaren terug te horen, waarin hij en zijn school-
kameraden alle misdadigers en monsters uit de geschiedenis
hadden verheerlijkt juist omdat zij door de leraren met idea-
listische afschuw zo werden aangeduid. En als Diotima hem
dan ontstemd aankeek werd hij nog kleiner, en kwam van
de moraal van het heroïsme en de expansiedrang terecht bij
de koppig oneerlijke, ruwe en onzekeré overdrijving uit zijn
vlegeljaren, – strikt figuurlijk gesproken natuurlijk, zoals
men in een gebaar of een woord een vage gelijkenis kan ontdekken met gebaren of woorden die men al lang heeft afgezworen, of zelfs met gebaren die men slechts heeft gedroomd of wrevelig bij anderen heeft waargenomen; maar
hoe dan ook, in zijn lust om Diotima te choqueren klonk dat
mee. De geest van deze vrouw, die zonder haar geest zo aardig zou zijn geweest, wekte in hem een onmenselijk gevoel,
wellicht een vrees voor geest, een aversie tegen alle grote
dingen, een gevoel dat heel zwak, nauwelijks te onderscheiden was, – en misschien was gevoel al een veel te preten-
tieuze uitdrukking voor zo'n zuchtje weggeblazen lucht!
Maar als je het tot woorden uitvergrootte, zouden die misschien als volgt moeten luiden: hij zag zo nu en dan niet alleen het idealisme van deze vrouw, maar het hele idealisme
van de wereld in al zijn vertakkingen en verstrengelingen,
levensgroot voor zich, een handbreedte boven het Griekse
kapsel zwevend; het scheelde maar een haar of het waren
duivelshorens! Vervolgens werd hij nog eens kleiner, en

keerde hij, alweer figuurlijk gesproken, terug naar de hartstochtelijke vroegste moraal uit zijn kinderjaren, in de ogen
waarvan verlokking en vrees liggen als in de blik van een
gazelle. De tedere indrukken kunnen op die leeftijd binnen
een enkel moment van overgave de hele, dan nog kleine wereld in vuur en vlam zetten, want ze hebben noch een bedoeling, noch een mogelijkheid om iets aan te richten, en
bestaan geheel en al uit oneindig vuur; het paste slecht bij
Ulrich, maar naar deze gevoelens uit zijn kinderjaren, die hij
zich nauwelijks nog kon voorstellen omdat ze met de omstandigheden waaronder een volwassene leeft nog maar zo
weinig gemeen hebben, verlangde hij tenslotte terug als hij
in gezelschap van Diotima verkeerde.

En op een dag scheelde het niet veel of hij had het haar bekend. Zij hadden tijdens een tochtje de wagen verlaten en
waren te voet een klein dal ingegaan dat op een riviermon-
ding van weilanden met beboste steile oevers leek en een
kromme driehoek vormde, in het midden waarvan een
kronkelige en door lichte vorst verstarde beek lag. De hel-
lingen waren gedeeltelijk ontbost, hier en daar waren enkele
bomen blijven staan, die er op de kaalslag en de heuvelkammen uitzagen als in de grond geplante vederbossen. Dit
landschap had hen ertoe verleid om te gaan lopen; het was
een van die aandoenlijke sneeuwvrije dagen die er hartje
winter uitzien als een verschoten, uit de mode geraakte zo-
merjurk. Opeens vroeg Diotima haar neef: 'Waarom noemt
Arnheim u eigenlijk een activist? Hij zegt dat u altijd bezig
bent te bedenken hoe alles anders en beter zou kunnen.' Zij
had zich opeens herinnerd dat haar gesprek met Arnheim
over Ulrich en de generaal zonder afronding geëindigd was.
'Ik begrijp het niet,' vervolgde zij, 'want mij dunkt dat u zelden iets serieus meent. Maar ik moet het u vragen, nu wij
een verantwoordelijke taak gemeen hebben! Kunt u zich ons
laatste gesprek nog herinneren? U zei toen iets, u beweerde
dat niemand zodra hij alle macht had datgene zou verwezenlijken wat hij wil. Nu zou ik wel eens willen weten wat u
daarmee bedoelde. Was dat dan geen vreselijke gedachte?'

Ulrich zweeg aanvankelijk. En tijdens deze stilte, nadat zij haar woorden zo vrijmoedig mogelijk naar voren had gebracht, drong het tot haar door hoezeer haar die ongeoorloofde vraag bezighield of Arnheim en zij datgene zouden verwezenlijken wat elk van hen heimelijk wilde. Zij meende opeens dat zij zich tegenover Ulrich had blootgegeven. Zij werd rood, probeerde dat tegen te houden, werd nog roder en deed haar best met een zo neutraal mogelijke uitdrukking langs hem heen het dal in te kijken.

Ulrich had dit hele proces gevolgd. 'Ik ben bang dat de enige reden waarom Arnheim mij, zoals u zegt, een activist noemt, is dat hij mijn invloed in huize Tuzzi overschat,' antwoordde hij. 'U weet zelf hoe weinig belang u aan mijn woorden hecht. Maar op dit moment, nu u het mij hebt gevraagd, is mij duidelijk geworden welke invloed ik op u zou moeten hebben. Mag ik het u zeggen, zonder dat u mij meteen weer op de vingers tikt?'

Diotima knikte zwijgend ten teken van toestemming, en probeerde zichzelf weer in de hand te krijgen door verstrooidheid voor te wenden.

'Ik beweerde dus,' begon Ulrich, 'dat niemand, ook al zou hij het kunnen, datgene zou verwezenlijken wat hij wil. Herinnert u zich onze mappen wel voorstellen? En nu vraag ik u: wie zou er niet in verlegenheid raken als opeens zou gebeuren wat hij zijn leven lang hartstochtelijk heeft verlangd? Als bijvoorbeeld voor de katholieken plotseling het Rijk Gods zou worden gevestigd of voor de socialisten de staat van de toekomst? Maar misschien bewijst dat niets; men went aan het stellen van eisen en is er niet meteen op voorbereid om ze te verwezenlijken; misschien zullen velen dat niet meer dan natuurlijk vinden. Ik vraag dus door: ongetwijfeld beschouwt een musicus de muziek als het allerbelangrijkste, en een schilder het schilderen; waarschijnlijk zelfs een betonexpert de bouw van betonnen huizen. Denkt u nu dat de een zich Onzelieveheer daarom zal voorstellen als een specialist in gewapend beton en dat anderen een geschilderde of een op de vleugelhoorn geblazen wereld zullen verkiezen boven de werkelijke? U zult die vraag wel als onzinnig beschouwen, maar alle ernst ligt in het feit dat men dit onzinnige toch zou moeten eisen!

En denkt u nu alstublieft niet,' wendde hij zich volkomen serieus tot haar, 'dat ik daarmee niets anders wil zeggen dan dat iedereen wordt aangetrokken tot wat moeilijk te verwezenlijken is en versmaadt wat hij werkelijk kan hebben. Wat ik wil zeggen is dat in de werkelijkheid een onzinnig verlangen naar onwerkelijkheid zit!'

Hij had Diotima ver het kleine dal in gevoerd, zonder rekening met haar te houden; naarmate zij hoger kwamen was de grond, misschien door de sneeuw die van de berghellingen afsijpelde, steeds drassiger geworden, en zij moesten van de ene graspol naar de volgende springen, wat hun gesprek telkens onderbrak en het Ulrich mogelijk maakte het steeds weer sprongsgewijs voort te zetten. Er waren daarom ook zo veel voor de hand liggende bezwaren in te brengen tegen wat hij zei dat Diotima tot geen enkel daarvan kon besluiten. Zij had natte voeten gekregen en bleef een beetje bang en verloren, haar rok ietsje opgetrokken, op een aardkluit staan. Ulrich kwam terug en lachte: 'U hebt iets buitengewoon gevaarlijks ondernomen, grote nicht. De mensen zijn ontzettend blij als men hen in de waan laat dat zij hun ideeën niet kunnen verwezenlijken!'

'En wat zou u dan doen,' vroeg Diotima pinnig, 'als u een dag lang de wereld kon regeren??'

'Er zou mij waarschijnlijk niets anders overblijven dan de werkelijkheid af te schaffen!'

'Ik zou werkelijk wel eens willen weten hoe u dat denkt te doen!'

'Dat weet ik ook niet. Ik weet niet eens precies wat ik daarmee bedoel. Wij overschatten het heden mateloos, het gevoel "heden", dat wat er is; ik bedoel, zoals u nu met mij in dit dal bent, alsof men ons in een mand heeft gezet en het deksel van het ogenblik is erop gevallen. Wij overschatten het. We zullen het onthouden. We zullen misschien over een jaar nog kunnen vertellen hoe we hier stonden. Maar wat ons werkelijk beweegt, mij tenminste, staat — voorzichtig uitgedrukt; ik wil er geen verklaring en geen naam voor zoeken! — altijd in een zekere tegenstelling tot deze wijze van ervaren. Het is verdrongen door heden; het kan op deze wijze geen heden worden!'

375

Wat Ulrich daar zei klonk in het nauwe dal luid en verward. Diotima voelde zich opeens slecht op haar gemak en wilde terug naar de wagen. Maar Ulrich hield haar tegen en wees haar op het landschap. 'Dat was ettelijke duizenden jaren geleden een gletsjer. Ook de wereld is niet van ganser harte wat ze op dit moment voorgeeft te zijn,' verklaarde hij. 'Dit ronde schepsel heeft een hysterisch karakter. Vandaag speelt het het burgerlijke moedertje dat zoogt en koestert. Toentertijd was de wereld frigide en ijzig als een kwaadaardig meisje. En nog een paar duizend jaar daarvoor was ze wulps met de weelde van hete varenwouden, gloeiende moerassen en demonische dieren. Je kunt niet zeggen dat ze een ontwikkeling tot volmaaktheid heeft doorgemaakt, noch wat haar ware toestand is. En datzelfde geldt voor haar dochter, de mensheid. Stelt u zich alleen maar eens voor in wat voor kledij de mensen hier in de loop der tijd hebben gestaan waar wij nu staan. In de termen van een gekkenhuis uitgedrukt lijkt dat allemaal op hardnekkige dwangvoorstellingen met plotseling optredende gedachtenvluchten, na afloop waarvan er een nieuwe levensvisie is geboren. Dus u ziet, de werkelijkheid schaft zichzelf af!'

'Ik zou u nog iets willen zeggen,' begon Ulrich na een poosje van voren af aan. 'Het gevoel vaste grond onder je voeten te hebben en stevig in je vel te zitten, wat de meeste mensen zo natuurlijk lijkt, is bij mij niet erg sterk ontwikkeld. Denkt u maar eens terug aan hoe u was als kind: een en al zachte gloed. En daarna als bakvis, bij wie het verlangen op de lippen brandde. In mij is er in elk geval iets dat zich verzet tegen het idee dat die zogenaamde volwassenheid het hoogtepunt van zo'n ontwikkeling zou moeten zijn. In zekere zin wel, en in zekere zin niet. Als ik de libelachtige myrmeleonina, de mierenleeuw, zou zijn, zou ik het afgrijselijk vinden dat ik nog maar een jaar daarvoor zo'n dikke, grijze achteruitlopende myrmeleon, de larve daarvan, was geweest, die aan de rand van bossen leeft, ingegraven onder de punt van een zandtrechter, en met zijn onzichtbare scharen mieren om hun middel vat, nadat hij ze eerst door een geheimzinnige beschieting met zandkorrels heeft uitgeput. En soms gruw ik werkelijk precies zo van mijn jeugd, ook al was ik toen misschien een libelle en nu een ondier.' Hij wist zelf niet goed wat hij wilde. Hij had met myrmeleon en myrmeleonina een beetje Arnheims alwetende eruditie nageaapt. Het lag op het puntje van zijn tong om te zeggen: 'Omhelst u mij alstublieft, puur uit vriendelijkheid. Wij zijn neef en nicht; niet helemaal gescheiden, geenszins volkomen één; in elk geval hebben wij het volstrekte tegendeel van een waardige en ingetogen verstandhouding.'

Maar Ulrich vergiste zich. Diotima was een van die mensen die tevreden zijn met zichzelf en daarom hun successievelijke levensstadia zien als de treden van een trap die van beneden naar boven leidt. Wat Ulrich zei was dus volstrekt onbegrijpelijk voor haar, te meer omdat zij immers niet wist wat hij had nagelaten te zeggen; maar ze waren inmiddels weer bij de wagen aangekomen, zodat zij zich gerust voelde en zich zijn conversatie weer liet aanleunen als de haar bekende praatjes, soms vermakelijk, soms irritant, waar zij niet meer dan een blik uit haar ooghoek voor over had. Hij had in werkelijkheid op dit moment geen enkele invloed op haar, behalve een ontnuchterende. Een tere wolk van verlegenheid, opgestegen uit het een of andere verborgen hoekje van haar hart, was in een droge leegte opgelost. Misschien zag zij voor het eerst duidelijk het harde feit onder ogen dat haar betrekkingen met Arnheim haar vroeg of laat voor een beslissing moesten stellen die haar hele leven kon veranderen. Men zou niet kunnen zeggen dat dat haar nu gelukkig maakte; maar het had de zwaarte van een gebergte dat er werkelijk stond. Een zwakheid was voorbij. De woorden 'niet doen wat men zou willen' hadden een ogenblik lang voor haar een volkomen onzinnige glans gehad die zij niet meer begreep.

'Arnheim is het volstrekte tegendeel van mij; hij overschat voortdurend het geluk dat tijd en ruimte hebben om met hem samen het huidige tijdsgewricht te vormen!' verzuchtte Ulrich glimlachend, vanuit de nette behoefte om aan wat hij had gezegd een conclusie te verbinden; maar over de kinderjaren praatte ook hij niet meer, en zo kwam het er niet van dat Diotima hem van zijn gevoelige kant leerde kennen.

70

Clarisse bezoekt Ulrich om hem een verhaal te vertellen

De herinrichting van oude paleizen was het specialisme van
de bekende schilder Van Helmond, wiens geniaalste werk
zijn dochter Clarisse was, en op een dag kwam zij onverwacht bij Ulrich langs.

'Papa stuurt me,' deelde zij mee, 'om eens te zien of jij hem
niet een beetje van jouw geweldige aristocratische connecties zou kunnen laten meeprofiteren!' Zij keek nieuwsgierig
de kamer rond, plofte op een stoel en gooide haar hoed op
een andere. Daarna stak zij Ulrich haar hand toe.

'Je papa overschat me,' wilde hij zeggen, maar zij viel hem
in de rede.

'Ach, onzin! Je weet toch dat die ouwe altijd om geld verlegen zit. De zaken lopen niet meer zoals vroeger!' Ze lachte. 'Wat heb je het hier elegant ingericht. Leuk!' Ze keek opnieuw om zich heen en vervolgens naar Ulrich; haar hele
houding had iets van de schattige onzekerheid van een
hondje wiens slechte geweten hem jeuk bezorgt. 'Mooi zo!'
zei ze. 'Dus als je kunt, doe je 't! Zo niet, dan niet! Ik heb
het hem natuurlijk wel beloofd. Maar ik kwam eigenlijk
voor iets anders; dat verzoek van hem heeft mij op een idee
gebracht. Er is namelijk iets aan de hand bij ons in de familie.
Ik zou graag willen horen wat jij ervan vindt.' Mond en
ogen aarzelden en trilden eventjes, toen sprong zij ineens
over het eerste obstakel heen. 'Kun jij je er iets bij voorstellen als ik schoonheidsdokter zeg? Een schilder is een
schoonheidsdokter.'

Ulrich begreep het; hij kende het huis van haar ouders.

'Dus somber, voornaam, prachtig, weelderig, kussens,
kwasten en pluimen!' vervolgde zij. 'Papa is schilder, de
schilder is een soort schoonheidsdokter, en met ons omgaan
gold maatschappelijk altijd als even chic als naar een kuur-
oord gaan. Begrijp je wel. En een van vaders voornaamste
bronnen van inkomsten is altijd de inrichting van paleizen
en landhuizen geweest. Je kent de Pachhofens?'

Dat was een patriciërsfamilie, maar Ulrich kende hen niet; alleen een mejuffrouw Pachhofen had hij, jaren geleden, eens bij Clarisse ontmoet.

'Dat was mijn vriendin,' legde Clarisse uit. 'Zij was toen zeventien en ik vijftien; papa moest het paleis inrichten en verbouwen.'

'? Nou, dat van Pachhofen natuurlijk. Wij waren daar allemaal uitgenodigd. Ook Walter was voor het eerst met ons mee. En Meingast.'

'Meingast?' Ulrich wist niet wie Meingast was.

'Ja toch, die ken je wel; Meingast, die later naar Zwitserland is gegaan. Toentertijd was hij nog geen filosoof, maar haan in alle families met dochters.'

'Ik heb hem nooit persoonlijk gekend,' stelde Ulrich vast, 'maar ik weet nu wie het is.'

'Mooi zo,' – Clarisse was ingespannen aan het hoofdrekenen – 'wacht eens: Walter was toen drieëntwintig en Meingast was iets ouder. Ik geloof dat Walter papa heimelijk ontzettend bewonderde. Hij was voor het eerst in een paleis uitgenodigd. Papa had vaak iets over zich alsof hij een innerlijke koningsmantel droeg. Ik geloof dat Walter in het begin verliefder op papa was dan op mij. En Lucy –'

'In godsnaam, langzaam, Clarisse!' smeekte Ulrich. 'Ik ben geloof ik de draad kwijt.'

'Lucy,' zei Clarisse, 'is toch dat meisje Pachhofen, de dochter van de Pachhofens bij wie wij allemaal waren uitgenodigd. Begrijp je het nu? Goed, nu begrijp je het; als papa Lucy in zijde en brokaat hulde en haar met een lange sleep op een van haar paarden zette, stelde zij zich voor dat hij een soort Titiaan of Tintoretto was. Ze waren weg van elkaar.'

'Dus papa van Lucy en Walter van papa?'

'Wacht nu toch even! Toentertijd had je het impressionisme. Papa schilderde in oude stijl, muzikaal, zoals hij dat nog steeds doet, bruine smurrie met pauwestaarten. Maar Walter was voor buitenlucht, duidelijke lijnen, Engelse functionele gebruiksvormen, voor het nieuwe en eerlijke. Papa kon hem diep in zijn hart net zomin uitstaan als een protestantse preek; hij kon Meingast trouwens ook niet uit-

379

staan, maar hij had twee huwbare dochters en altijd meer geld uitgegeven dan hij had verdiend, en was dus tolerant jegens de zielen van die twee jonge mannen. Walter daarentegen hield heimelijk van papa, dat zei ik al; maar in het openbaar moest hij hem wel minachten, vanwege de nieuwe kunstrichting, en Lucy heeft hoegenaamd nooit iets van kunst begrepen, maar zij was bang om zich tegenover Walter te blameren, en vreesde dat papa, als Walter gelijk mocht hebben, maar een dwaze oude man zou lijken. Zie je het nu voor je?'

Ulrich wilde te dien einde nog weten waar mama toen was.

'Mama was er natuurlijk ook. Zij hadden zoals gewoonlijk elke dag ruzie, niet meer en niet minder. Je begrijpt dat Walter onder die omstandigheden in de gunstigste positie was. Hij werd een soort snijpunt van ons allemaal, papa was bang voor hem, mama stookte hem op, en ik begon verliefd op hem te worden. Maar Lucy wist hem in te palmen. Walter had zo een zekere macht over papa, en hij begon daar met voorzichtige wellust van te genieten. Ik bedoel, toen is het tot hem doorgedrongen dat hij zelf wat waard was; zonder papa en mij zou hij niets geworden zijn. Begrijp je hoe het in elkaar zit?'

Ulrich dacht dat hij deze vraag wel bevestigend kon beantwoorden.

'Maar ik wilde iets anders vertellen!' verzekerde Clarisse hem. Ze dacht na en zei na een poosje: 'Wacht! Denk eerst alleen even aan mij en Lucy: dat was een opwindend ingewikkelde verhouding! Ik maakte me natuurlijk zorgen over vader, die in zijn verliefdheid op het punt stond de hele familie te ruïneren. En tegelijkertijd wilde ik natuurlijk toch ook weten hoe zoiets eigenlijk in zijn werk ging. Ze waren stapelgek allebei. In Lucy was de vriendschap voor mij vanzelfsprekend gemengd met het gevoel dat zij de man als geliefde had tegen wie ik nog braaf papa moest zeggen. Ze was er niet weinig trots op, maar ze geneerde zich ook heel erg tegenover mij. Ik denk dat het oude paleis sinds de bouw ervan nog nooit zulke verwikkelingen onder zijn dak heeft gehad! De hele dag trok Lucy, waar ze maar kon, met papa op, en 's nachts kwam ze bij mij in de toren biechten. Ik sliep namelijk in de toren, en we hadden bijna de hele nacht het licht aan.'

'Hoe ver is Lucy gegaan met je vader?'

'Dat was het enige waar ik nooit achter kon komen. Maar stel je zulke zomernachten eens voor! De uilen kermden, de nacht steunde en kreunde, en als het ons al te griezelig werd gingen wij samen in mijn bed liggen om daar verder te vertellen. Wij konden het ons niet anders voorstellen dan dat een man die aan een zo onzalige hartstocht ten prooi was, zichzelf wel zou moeten doodschieten. Eigenlijk verwachtten wij dat elke dag –'

'Toch heb ik de indruk,' onderbrak Ulrich haar, 'dat er tussen hen niet zo veel was voorgevallen.'

'Dat geloof ik ook: niet alles. Maar toch wel het een en ander. Je zult het zo zien. Lucy heeft namelijk plotseling het paleis moeten verlaten, omdat haar vader onverwacht kwam om haar af te halen voor een reis naar Spanje. Toen had je papa moeten zien, opeens alleen achtergebleven! Ik geloof dat het soms niet veel scheelde of hij had mama gewurgd. Met een opvouwbare ezel die hij achter zijn zadel gespte, reed hij rond, – van 's ochtends vroeg tot 's avonds laat, zonder ooit een streek te schilderen, en als hij thuis bleef raakte hij ook geen penseel aan. Je moet weten dat hij anders schildert als een automaat, maar toen trof ik hem vaak aan in een van die grote lege zalen, zittend achter een boek dat hij niet eens had opengeslagen. Zo zat hij soms urenlang te broeden, dan stond hij op, en in een andere kamer of in de tuin ging dat net zo; soms de hele dag. Tenslotte was hij een oude man, en de jeugd had hem in de steek gelaten; nietwaar, dat kun je je toch voorstellen?! En ik vermoed dat het beeld van Lucy en mij, zoals hij dat vaak moet hebben gezien, twee vriendinnen die hun armen om elkaars middel slaan en die vertrouwelijk met elkaar babbelen, toen bij hem moet zijn opgekomen, – als een wilde zaadkorrel. Misschien heeft hij ook geweten dat Lucy altijd naar mij in de toren kwam. Kortom, op een keer, tegen elf uur 's avonds, alle lichten waren al uit in het paleis, was hij daar! Nou, dat was me wat!' Clarisse werd nu door de gewichtigheid van haar eigen verhaal danig meegesleept. 'Je hoort het getast en geschuifel op de trap, en je weet niet wat het is; je hoort daarna hoe er onhandig aan de deurknop wordt gemorreld, hoort het avontuurlijke opengaan van de deur...'

'Waarom heb je niet om hulp geroepen?'

'Dat is het merkwaardige. Ik wist bij het eerste geluid wie het was. Hij moet roerloos in de deuropening zijn blijven staan, want je hoorde een hele poos niets. Hij was waarschijnlijk ook geschrokken. Daarna trok hij voorzichtig de deur dicht en riep mij zachtjes. Ik geloof dat ik toen dwars door alle hemelsferen ben gesuisd. Ik had hem helemaal niet willen antwoorden, maar dat is het merkwaardige: helemaal onder uit mijzelf, alsof ik een diepe ruimte was, kwam toen een geluid, een soort gejammer. Ken je dat?'

'Nee. Vertel verder!'

'Zo was het, en het volgende moment greep hij zich in een oneindige wanhoop aan mij vast; hij viel zowat op mijn bed, en zijn hoofd lag naast het mijne in de kussens.'

'Tranen?'

'Krampachtige droogte! Een oud, verlaten lichaam! Ik begreep het onmiddellijk. O, ik zeg je, als je later zou kunnen navertellen wat je op zulke momenten dacht, dat zou iets geweldigs zijn! Ik denk dat hij om wat hij had verzuimd te doen in dolle woede tegen alle zedigheid was ontstoken. Ik merk dus opeens dat hij weer bij zijn positieven komt, en weet meteen, hoewel het aardedonker was, dat hij nu helemaal ineengekrompen is door een nietsontziende honger naar mij. Ik weet, nu bestaat er geen mededogen meer en geen consideratie; sinds mijn gejammer was het nog steeds doodstil; mijn lichaam was gloeiend droog, en het zijne net een stuk papier dat je vlak bij het vuur legt. Heel licht werd hij; ik voelde hoe zijn arm zich van mijn schouder losmaakte en als een slang over mijn lichaam naar beneden kronkelde. A propos, ik wilde je iets vragen, daarvoor kwam ik hier –'

Clarisse onderbrak zichzelf.

'Wat dan? Je hebt me toch niets gevraagd!' hielp Ulrich haar na een korte pauze.

'Nee. Ik moet je eerst nog wat anders zeggen: om het idee dat hij mijn onbeweeglijkheid als een teken van instemming moet hebben opgevat, heb ik mezelf verafschuwd; maar ik ben totaal radeloos blijven liggen, de angst drukte op mij als een steen. Wat vind je daarvan?'

'Ik kan er helemaal niets over zeggen.'

'Met zijn ene hand bleef hij aldoor over mijn gezicht strelen, de andere dwaalde. Trillend, met gespeelde onschuld, weet je, over mijn borst, als een kus, daarna hield hij even op, alsof hij op antwoord wachtte. En tenslotte wilde hij – nu ja, je begrijpt me wel, en zijn gezicht zocht tegelijkertijd het mijne. Maar toen heb ik me toch met mijn laatste kracht onder hem uit gewrongen en me op mijn zij gedraaid; en opnieuw ontsnapte daarbij dat geluid, dat ik niet van mezelf ken, zo tussen smeken en kreunen ligt het, uit mijn borst. Ik heb namelijk een moedervlek, een zwart medaillon – '

'En hoe reageerde je vader?' onderbrak Ulrich haar koeltjes.

Maar Clarisse liet zich niet onderbreken. 'Hier!' Zij glimlachte krampachtig en wees door haar japon heen een plek aan, aan de binnenkant van haar heup. 'Tot hier is hij gekomen, hier zit het medaillon. Dat medaillon bezit een wonderbaarlijke kracht, er is in elk geval iets vreemds mee!'

Het bloed steeg haar plotseling naar haar wangen. Ulrichs zwijgen ontnuchterde haar en verbrak de gedachte die haar in haar greep had gehouden. Zij glimlachte verlegen en eindigde snel met de woorden: 'Mijn vader? Hij kwam onmiddellijk overeind. Ik heb niet kunnen zien wat er zich op zijn gezicht aftekende; ik denk dat het wel verlegenheid geweest zal zijn. Misschien dankbaarheid. Ik had hem uiteindelijk op het laatste moment gered. Je moet bedenken: een oude man, en een jong meisje had daartoe de kracht! Ik moet hem opmerkelijk zijn voorgekomen, want hij heeft mij heel teder de hand gedrukt en met de andere streelde hij me twee maal over mijn hoofd, toen is hij weggegaan, zonder iets te zeggen. Je zult dus voor hem doen wat je kunt?! Ik moest het je per slot van rekening toch wel uitleggen.'

Klein en onberispelijk, in een maatjapon die zij alleen

droeg als zij de stad in ging, stond zij daar, klaar om te vertrckkcn, cn stak haar hand uit bij wijze van groet.

71

Het comité tot het nemen van een leidend besluit
met betrekking tot Z. Majesteits Zeventigjarig Regeringsjubileum
begint te vergaderen

Over haar brief aan graaf Leinsdorf en over haar dringende verzoek aan Ulrich om Moosbrugger te redden had Clarisse geen woord gezegd; zij scheen het allemaal te zijn vergeten. Maar ook Ulrich was niet zo gauw in de gelegenheid er weer aan te denken. Want Diotima was eindelijk zo ver met al haar voorbereidingen dat binnen de 'Enquête tot het nemen van een leidend besluit en ter vaststelling van de wensen van de betrokken bevolkingsgroepen met betrekking tot Z. Majesteits Zeventigjarig Regeringsjubileum' het speciale 'Comité tot het nemen van een leidend besluit met betrekking tot Z. Majesteits Zeventigjarig Regeringsjubileum' kon worden bijeengeroepen, waarvan Diotima zich persoonlijk het voorzitterschap had voorbehouden. Z. Doorluchtigheid zelf had de uitnodiging opgesteld, Tuzzi had haar gecorrigeerd, en Arnheim had diens verbeteringen van Diotima te zien gekregen alvorens ze werden goedgekeurd. Desondanks kwam alles wat Z. Doorluchtigheids geest bezighield erin voor. 'Wat ons tot deze bijeenkomst heeft gebracht,' – stond in het schrijven – 'is de overeenstemming inzake de kwestie dat een machtige, uit het midden des volk opwellende manifestatie niet aan het toeval mag worden overgelaten, doch een ver vooruitziende en vanaf een positie die een goed overzicht biedt, dus van bovenaf komende beïnvloeding vereist.' Daarna volgden dan nog de 'unieke viering van de zeventigjarige zegenrijke troonsbestijging', de 'dankbaar geschaarde' volkeren, de Vredeskeizer, het gebrek aan politieke rijpheid, het Wereld-Oostenrijkse Jaar, en tenslotte werden 'Bezit en Beschaving' aangespoord van dit alles een luisterrijke manifestatie van het 'ware' Oostenrijkerdom te maken, maar wel na zeer zorgvuldig overleg.

Uit Diotima's lijsten waren de groepen Kunst, Literatuur en Wetenschap gelicht en na grondige bewerking zorgvuldig aangevuld, terwijl anderzijds van de personen die het evenement mochten bijwonen zonder dat er een actieve bijdrage van hen werd verwacht, na een zeer strenge selectie maar een heel klein aantal was overgebleven; toch bleek het aantal genodigden zo hoog opgelopen dat van een formeel aanzitten aan de groene tafel geen sprake kon zijn, zodat voor de informele vorm van soirees met koud buffet moest worden gekozen. Men zat of stond, al naar het uitkwam, en Diotima's vertrekken leken wel een artistiek en intellectueel legerkamp dat met belegde broodjes, taart, wijn, likeur en thee werd gefourageerd in hoeveelheden die alleen mogelijk konden zijn gemaakt door bijzondere budgettaire concessies van de heer Tuzzi aan zijn vrouw; zonder morren, dat moet erbij worden gezegd, waaruit valt af te leiden dat hij eropuit was zich van nieuwe, meer op de geest gerichte diplomatieke methodes te gaan bedienen.

Om als gastvrouw tegen deze toeloop te zijn opgewassen vergde veel van Diotima, en misschien zou zij aan veel dingen aanstoot hebben genomen als haar hoofd niet zo op een prachtige fruitschaal had geleken, uit de overvloed waarvan de woorden voortdurend over de rand vielen; woorden waarmee de vrouw des huizes elke binnengekomene begroette en door gedetailleerde kennis van diens recentste werk in verrukking bracht. De voorbereidingen daartoe waren buitengewoon geweest en hadden alleen kunnen worden volbracht met Arnheims hulp, die haar zijn privé-secretaris ter beschikking had gesteld om het materiaal te ordenen en door uittreksels te maken de belangrijkste informatie te verzamelen. De prachtige slak die van deze vurige ijver overbleef was een grote bibliotheek, aangeschaft uit de fondsen die graaf Leinsdorf voor de start van de Parallelactie beschikbaar had gesteld, en samen met Diotima's eigen boeken werd deze als enige decoratie opgesteld in de laatste van de leeggeruimde kamers, waarvan het gebloemde behang voor zover er nog iets van te zien was het boudoir verried, een verband dat tot vleiende gedachten over de bewoonster aanzette. Deze bibliotheek bleek echter ook nog in een ander opzicht een goede investering te zijn geweest; want elke genodigde zwierf nadat hij Diotima's genadige verwelkoming in ontvangst had genomen besluiteloos door de kamers en werd daarbij onvermijdelijk, zodra hij die in het oog kreeg, aangetrokken door de muur van boeken die zich aan het einde daarvan bevond; steeds rees en daalde daarvoor inspecterend een schare ruggen, als bijen voor een bloeiende haag, en al was de oorzaak daarvan ook alleen maar die nobele nieuwsgierigheid die elk scheppend mens naar boekencollecties heeft, toch welde er een zoet gevoel van voldoening in zijn hart op als de beschouwer eindelijk zijn eigen werken ontdekte, en daar plukte de patriottische onderneming de vruchten van.

In de geestelijke leiding van de bijeenkomst liet Diotima eerst een mooie willekeur heersen, ofschoon zij er ook waarde aan hechtte met name de dichters meteen te verzekeren dat alles in het leven eigenlijk op een innerlijk dichten berustte, zelfs het bedrijfsleven, als men het 'breeddenkend bekeek'. Het verbaasde niemand, alleen bleek dat de meesten die met zulke woorden werden vereerd, gekomen waren in de overtuiging dat men hen had uitgenodigd om zelf in het kort, dat wil zeggen in zo'n vijf tot vijfenveertig minuten, de Parallelactie van advies te dienen, die als dat eenmaal was opgevolgd niet meer verkeerd kon gaan, ook al zouden latere sprekers de tijd verknoeien met zinloze en verkeerde voorstellen. Diotima stond het huilen in het begin bijna nader dan het lachen, en zij kon haar onbevangen houding maar ternauwernood bewaren, want het kwam haar voor dat iedereen iets anders zei, zonder dat zij in staat was dat onder één noemer te brengen. Zij had nog geen ervaring met zulke hoge concentraties van bel esprit, en omdat een zo universele samenkomst van grote mannen ook niet zo gauw een tweede maal voorkomt, kon die alleen stap voor stap, bijzonder moeizaam en methodisch begrijpelijk worden. Er bestaan trouwens veel dingen op de wereld die apart iets totaal anders voor de mens betekenen dan samen; water bijvoorbeeld is in te grote hoeveelheden een genoegen dat precies zoveel kleiner is dan in kleine hoeveelheden als het verschil bedraagt tussen drinken en verdrinken, en dat geldt ook voor vergiften, genoegens, ledigheid, pianomuziek, idealen, waarschijnlijk zelfs voor alles, zodat het helemaal van zijn graad van dichtheid en andere omstandigheden af-hangt wat iets is. Er moet dus alleen aan toegevoegd worden dat ook het genie daarop geen uitzondering vormt, opdat men de volgende indrukken vooral niet opvat als een soort geringschatting van de grote persoonlijkheden die zich zo onbaatzuchtig ter beschikking van Diotima hadden gesteld.

Want men kan meteen bij deze eerste samenkomst de in-druk krijgen dat elke grote geest zich in een uiterst onzekere positie voelt zodra hij de beschutting van zijn adelaarsnest verlaat en zich op de grond bij de goegemeente verstaanbaar moet maken. De buitengewone conversatie die als het ware als een hemelverschijnsel over Diotima heen trok zolang zij met een van die geweldenaren alleen in gesprek was, maak-te, zodra er een derde of vierde bij kwam staan en er dan verscheidene gesprekken met elkaar in conflict raakten, plaats voor een pijnlijk onvermogen er een orde in te bren-gen, en wie voor dat soort vergelijkingen niet beducht is zou het beeld kunnen krijgen van een zwaan die zich na een fiere vlucht over de grond voortbeweegt. Toch valt ook dat heel goed te begrijpen als men er wat langer mee vertrouwd is. Het leven van grote geesten berust tegenwoordig op een 'men weet niet waartoe'. Zij genieten grote verering, die van hun vijftigste tot hun honderdste verjaardag tot uiting komt of bij de viering van het tienjarig bestaan van een landbouw-hogeschool die zichzelf met eredoctores tooit, maar ook verder bij verscheidene gelegenheden waarbij men over het Duitse geestelijk erfgoed moet spreken. Wij hebben grote mannen gehad in onze geschiedenis en beschouwen dit als een bij ons behorend instituut, net als de gevangenis of het leger; zodra het er is moet men er ook iemand in stoppen. Dus neemt men, met een zeker automatisme dat aan zulke sociale behoeften eigen is, daarvoor altijd diegene die juist aan de beurt is, en bewijst hem die eer die rijp is om te worden verleend. Maar deze eer is niet helemaal reëel; op de bodem ervan gaapt de algemeen bekende overtuiging dat toch eigenlijk niemand hem verdient, en het is moeilijk te onderscheiden of de mond opengaat uit geestdrift of om te gapen. Het heeft iets van dodenverering als tegenwoordig iemand geniaal wordt genoemd, met de stilzwijgende toevoeging dat zoiets helemaal niet meer bestaat, en ook iets van die hysterische liefde die een geweldig spektakel opvoert om geen andere reden dan dat het haar eigenlijk aan gevoel ontbreekt.

Zo'n situatie is begrijpelijkerwijs niet prettig voor gevoelige geesten, en zij proberen zich daar op verschillende manieren uit te redden. Sommigen worden uit wanhoop welgesteld, doordat zij gebruik leren maken van de nu eenmaal bestaande behoefte niet alleen aan grote geesten, maar ook nog aan wildemannen, briljante romanciers, prompte natuurkinderen en leiders van de nieuwe generatie; anderen dragen een onzichtbare koningskroon op het hoofd, die zij onder geen beding afzetten, en verzekeren verbitterd bescheiden dat zij over de waarde van hetgeen zij tot stand hebben gebracht pas over drie tot tien eeuwen wensen te laten oordelen; maar allen ondergaan het als een vreselijke tragiek van het Duitse volk dat de echt groten nooit zijn levend cultuurbezit worden, omdat zij het volk te ver vooruit zijn. Toch moet er nadrukkelijk op worden gewezen dat hier tot dusver over zogenaamde fijnzinnige geesten is gesproken, want er bestaat in de betrekkingen van de geest tot de wereld een zeer opmerkelijk verschil. Terwijl de fijnzinnige geest op dezelfde wijze bewonderd wil worden als Goethe en Michelangelo, Napoleon en Luther, kent tegenwoordig nog ternauwernood iemand de naam van de man die de mensheid de onnoemelijke zegen van de narcose heeft geschonken, niemand zoekt in het leven van Gauss, Euler of Maxwell naar sporen van een Charlotte von Stein, en het kan vrijwel niemand iets schelen waar Lavoisier en Cardanus geboren werden en gestorven zijn. In plaats daarvan leert men hoe hun gedachten en uitvindingen door de gedachten en uitvindingen van andere, niet minder oninteressante personen verder zijn ontwikkeld, en houdt men zich voortdurend met hun prestatie bezig, die in anderen voortleeft nadat het kortstondig vuur van hun persoonlijkheid al lang is uitgebrand. Je staat er het eerste moment versteld van als je waarneemt hoe scherp dit verschil twee soorten menselijk gedrag van elkaar scheidt, maar al gauw dienen de tegenvoorbeelden zich aan en doet het zich voor als de natuurlijkste van alle grenzen. Vertrouwde gewoonte verzekert ons dat het de scheiding is tussen persoon en werk, tussen de grootheid van de mens en grootheid van een zaak, tussen cultuur en kennis, humaniteit en natuur. Werk en nijver genie doen het morele formaat niet toenemen, het mens zijn onder de blik des hemels, de onontleedbare leer van het leven die alleen in exempels voortleeft, van staatslieden, helden, heiligen, zangers, trouwens ook van filmacteurs; dus diezelfde grote, irrationele macht waaraan ook de schrijver voelt deel te hebben zolang hij in zijn eigen woorden gelooft en eraan vasthoudt dat uit hem, al naar gelang zijn levensomstandigheden, de stem van het innerlijk, van het bloed, van het hart, van de natie, van Europa of de mensheid spreekt. Het is dat geheimzinnige geheel waarvan hij zich het werktuig voelt, terwijl de anderen slechts in het begrijpelijke wroeten, en aan die roeping moet je geloven voor je haar kunt leren zien! Wat ons dit garandeert is zonder enige twijfel een stem van de waarheid, maar blijft er niet iets vreemds aan deze waarheid kleven? Want daar waar men minder let op de persoon dan op de zaak, staat merkwaardig genoeg altijd weer een nieuwe persoon klaar die de zaak vooruitbrengt; terwijl daarentegen daar waar men op de persoon acht slaat, men na het bereiken van een zekere hoogte het gevoel krijgt dat er geen persoon van voldoende formaat meer over is en de ware grootheid tot het verleden behoort!

Het waren louter gehelen die bij Diotima bijeen waren gekomen, en dat was veel ineens. Schrijven en denken, voor de mens even natuurlijk als zwemmen voor een jonge eend, zij oefenden het als beroep uit en zij blonken er werkelijk ook meer in uit dan anderen. Maar waartoe? Wat zij deden was mooi, was groot, was uniek, maar zo veel unieks leidde tot een kerkhofatmosfeer en de geconcentreerde geur van vergankelijkheid, zonder werkelijke zin en zonder doel, oorsprong en vervolg. Ontelbare herinneringen aan gebeurtenissen, myriaden elkaar kruisende vibraties van de geest waren in deze hoofden vergaard, die als de naalden van een tapijtwerker in een weefsel staken dat zich rondom hen, voor en achter hen, zonder naad of zoom uitbreidde, zo hier en daar een patroon uitwerkend dat zich elders herhaalde en toch een beetje anders was. Maar is dat nu het juiste gebruik van zichzelf, om zo'n klein stukje op de eeuwigheid te zetten?!

Het gaat waarschijnlijk veel te ver te zeggen dat Diotima dat begrepen moest hebben, maar zij voelde de grafwind over de velden van de geest, en hoe meer deze eerste dag ten einde liep, des te dieper verzonk zij in moedeloosheid. Tot haar geluk herinnerde zij zich toen een zekere hopeloosheid die Arnheim bij een andere gelegenheid, toen er van soortgelijke problemen sprake was, op dat moment nog niet helemaal begrijpelijk voor haar, onder woorden had gebracht; haar vriend was op reis, maar zij herinnerde zich dat hij haar ervoor had gewaarschuwd geen al te hoge verwachtingen van deze bijeenkomst te hebben. En zo was het eigenlijk deze Arnheimiaanse zwaarmoedigheid waarin zij verzonk, die haar op het laatst toch nog een mooi, bijna zinnelijk droef en vleiend genoegen schonk. 'Is het in wezen niet,' vroeg zij zich af, over zijn voorspelling napeinzend, 'het pessimisme dat mensen van de daad altijd voelen zodra zij met mensen van het woord in aanraking komen?!'

72

De wetenschap glimlacht in zijn baard of
Eerste uitvoerige ontmoeting met het kwaad

Er moeten nu een paar woorden volgen over een glimlach, een mannenglimlach nog wel, en er kwam een baard aan te pas, onmisbaar voor de mannelijke bezigheid van het daarin glimlachen; het gaat over de glimlach van de geleerden die aan Diotima's uitnodiging gevolg hadden gegeven en naar de vermaarde fijnzinnige geesten luisterden. Ofschoon zij glimlachten, mag men beslist niet denken dat zij dit ironisch deden. Integendeel, het was hun manier om hun gevoelens van respect en incompetentie te uiten, die immers al ter sprake zijn gekomen. Maar men mag zich ook daardoor niet om de tuin laten leiden. In hun bewustzijn klopte dat, maar in hun onderbewustzijn, om die courante term te gebruiken, of beter gezegd, in hun totaliteit waren het mensen in wie een hang naar het kwaad rommelde als vuur onder een ketel.

Dat lijkt natuurlijk op het eerste gezicht een paradoxale opmerking, en een gewoon hoogleraar die dat recht in zijn gezicht zou worden gezegd, zou vermoedelijk tegenwerpen dat hij eenvoudigweg de waarheid en de vooruitgang diende en verder nergens van wist; want dat is zijn beroepsideologie. Maar alle beroepsideologieën zijn nobel, en bij jagers bijvoorbeeld komt het nooit op zich de slagers van het woud te noemen, zij noemen zichzelf veeleer de weidelijke vriend van dier en natuur, net zoals kooplui het principe van eerzame winst huldigen en dieven op hun beurt de god van de kooplui, te weten de gedistingeerde en volkeren verbindende internationale Mercurius, ook de hunne noemen. Aan de voorstelling van hoe een bezigheid eruitziet in het bewustzijn van degenen die haar uitoefenen, kan men dus beter niet al te veel waarde hechten.

Vraagt men zich onbevangen af hoe de wetenschap haar tegenwoordige gedaante heeft gekregen – wat op zichzelf belangrijk is, omdat ze immers over ons heerst en zelfs een analfabeet niet veilig voor haar is, want hij leert met ontelbare geleerd geboren dingen samen te leven – dan krijgt men al een ander beeld. Volgens geloofwaardige overleveringen is het in de zestiende eeuw, een tijdperk van intense spirituele bewogenheid, ermee begonnen dat men niet langer, zoals tot dan toe gedurende twintig eeuwen van religieuze en filosofische speculaties geschied was, in de geheimen der natuur poogde door te dringen, maar zich op een wijze die niet anders dan oppervlakkig kan worden genoemd, tevreden stelde met de bestudering van haar oppervlak. De grote Galileo Galilei, die daarbij altijd als eerste wordt genoemd, rekende bijvoorbeeld definitief af met de vraag om welke in haar wezen liggende reden de natuur een afkeer heeft van lege ruimten, zodat ze een vallend lichaam net zo lang ruimte na ruimte laat doordringen en opvullen tot het eindelijk vaste grond raakt, en nam genoegen met een veel banaler constatering: hij ging eenvoudig na hoe snel zo'n lichaam valt, welke weg het aflegt, hoeveel tijd het daarvoor nodig heeft en welke versnellingen het ondergaat. De katholieke Kerk heeft een ernstige fout begaan toen ze deze man onder bedreiging met de dood tot herroeping dwong in plaats van hem zonder veel plichtplegingen uit de weg te ruimen; want uit de wijze waarop hij en zijn geestverwanten naar de dingen keken, zijn daarna – binnen de kortste keren, als men in historische tijdmaten rekent – de dienstregelingen van de spoorwegen, de automaten, de fysiologische psychologie en de morele corruptie van onze tijd ontstaan, waartegen ze niet meer opgewassen is. Ze heeft deze fout waarschijnlijk begaan uit een overmaat aan intelligentie, want Galilei was immers niet alleen de ontdekker van de valwet en de beweging van de aarde, maar ook een uitvinder in wie, zoals men tegenwoordig zou zeggen, het grootkapitaal geïnteresseerd was, en bovendien was hij niet de enige die toen door de nieuwe geest werd gegrepen; integendeel, uit de historische verslagen blijkt dat de nuchterheid waardoor hij was bezield met de hevigheid van een epidemie overal om zich heen greep, en hoe aanstootgevend het heden ten dage ook mag klinken om iemand door nuchterheid bezield te noemen nu wij daarvan al te veel menen te hebben, destijds moet het ontwaken uit de metafysica tot de scherpe waarneming van de dingen volgens allerlei getuigenissen gewoonweg een roes en een vuur van nuchterheid zijn geweest! Vraagt men zich echter af hoe de mensheid er nu eigenlijk bij kwam om zichzelf zo te veranderen, dan luidt het antwoord dat ze daarmee niets anders deed dan wat elk verstandig kind doet als het te vroeg heeft geprobeerd te lopen; ze ging op de grond zitten en raakte die aan met een betrouwbaar maar weinig edel lichaamsdeel, het moet worden gezegd: ze deed het gewoon met dat waarop men zit. Want het merkwaardige is dat de aarde zich daarvoor zo buitengewoon ontvankelijk heeft betoond en zich sinds deze aanraking zo'n schat aan uitvindingen, gerieflijkheden en kennis laat ontlokken dat het aan een wonder grenst.

Men zou na deze voorgeschiedenis niet geheel ten onrechte kunnen denken dat het het wonder van de antichrist is waar wij ons middenin bevinden; want de gebruikte vergelijking van het aanraken kan niet alleen worden geduid in de zin van de betrouwbaarheid, maar evenzeer in de zin van het onfatsoenlijke en ontoelaatbare. En inderdaad hebben, voor intellectuelen hun hartstocht voor de feiten ontdekten, alleen soldaten, jagers en kooplui, dus juist listige en gewelddadige naturen, die gehad. In de strijd om het bestaan is geen plaats voor filosofische sentimentaliteiten, maar telt alleen de wens de tegenstander op de vlugste en effectiefste manier uit de weg te ruimen, daarin is iedereen positivist; en evenmin zou het bij het zakendoen als een deugd gelden zich iets te laten wijsmaken in plaats van bij de vaststaande feiten te blijven, waarbij de winst tenslotte op een psychologische en uit de omstandigheden geboren overmeestering van de ander neerkomt. Bekijkt men anderzijds welke eigenschappen het zijn die tot ontdekkingen leiden, dan ziet men afwezigheid van alle traditionele scrupules en remmingen, moed, even veel ondernemingslust als vernielzucht, uitschakeling van morele overwegingen, geduldig marchanderen om het kleinste voordeeltje, taai afwachten op de weg naar het doel als het moet, en een respect voor maat en getal dat de markantste uitdrukking is van wantrouwen jegens alles wat onzeker is; met andere woorden, men neemt niets anders waar dan gewoon die oude zonden van jagers, soldaten en handelaars, die hier alleen in geestelijke termen zijn vertaald en nu uitgelegd worden als deugden. En ze zijn daarmee weliswaar aan het streven naar persoonlijk en relatief laag bij de gronds profijt onttrokken, maar het element van het oerkwaad, zoals men het zou kunnen noemen, is ook na deze gedaanteverwisseling niet verloren gegaan, want het is klaarblijkelijk onverwoestbaar en eeuwig, minstens even eeuwig als al het menselijk hoge, omdat het uit niets meer of minder bestaat dan uit het genoegen om dat hoge een beentje te lichten en op zijn gezicht te zien vallen. Wie kent niet die boosaardige verleiding die bij het bekijken van een mooi geglazuurde, weelderige vaas schuilt in de gedachte dat je hem met één stokslag aan gruzelementen zou kunnen slaan? Verhevigd tot de heroïek der bitterheid dat men zich in het leven op niets anders kan verlaten dan op wat spijker- en nagelvast is, is die verleiding een in de nuchterheid van de wetenschap besloten basisgevoel, en als men dat uit eerbied niet de duivel wil noemen, zit er toch op zijn minst een zwavelluchtje aan.

Men kan meteen beginnen met de eigenaardige voorliefde die het wetenschappelijk denken heeft voor mechanische, statistische en materiële verklaringen, waaruit als het ware het hart is weggesneden. Goedheid alleen te beschouwen als een bijzondere vorm van egoïsme; gemoedsaandoeningen in verband te brengen met interne secreties; vast te stellen dat de mens voor acht of negen tiende uit water bestaat; de befaamde morele vrijheid van het karakter uit te leggen als een automatisch ontstaan ideëel aanhangsel van de vrijhandel; schoonheid te herleiden tot een goede spijsvertering en een juiste hoeveelheid vetweefsel; voortplanting en zelfmoord terug te brengen tot jaarcurven die wat de meest vrije beslissing lijkt te zijn als iets dwangmatigs ontmaskeren; roes en geestesziekte als verwant te ondergaan; aars en mond als het rectale en orale uiteinde van een en hetzelfde aan elkaar gelijk te stellen –: dat soort ideeën, die in de goocheltoer van de menselijke illusies in zekere zin de truc blootleggen, ontmoeten altijd een soort positief vooroordeel, en gaan dan door voor bijzonder wetenschappelijk. Het is ongetwijfeld de waarheid die men daarin liefheeft; maar rondom deze blanke liefde ligt een voorliefde voor desillusie, dwang, onverbiddelijkheid, koude intimidatie en droge terechtwijzing, een boosaardige voorliefde of op zijn minst een ongewilde uitstraling van dat soort gevoelens.

Met andere woorden, de stem van de waarheid heeft een verdacht bijgeluid, maar zij die er het nauwst bij betrokken zijn willen daar niets van horen. Welnu, de psychologie kent tegenwoordig veel van zulke onderdrukte bijgeluiden, en ze staat ook klaar met de raad dat men ze te voorschijn moet halen en zich er zo duidelijk mogelijk van bewust moet worden om hun schadelijke invloed te voorkomen. Wat zou er gebeuren als men de proef eens nam en aan de verleiding toegaf om die dubbelzinnige waardering voor de waarheid en haar kwaadaardige ondertonen van de misantropie en het hellehondachtige openlijk te tonen, haar als het ware vol vertrouwen naar het leven toe te keren? Wel, de uitkomst zou ongeveer hetzelfde gebrek aan idealisme zijn dat onder de titel 'De utopie van het exacte leven' al is beschreven, een instelling gebaseerd op experiment en herroeping, maar onderworpen aan de ijzeren krijgswet van de intellectuele verovering. Deze houding ten aanzien van hoe men het leven vorm geeft is echter volstrekt niet koesterend en vrede brengend; ze zou het levenswaardige volstrekt niet alleen met eerbied bekijken, maar veeleer als een demarcatielijn, die door de strijd om de innerlijke waarheid voortdurend wordt verlegd. Ze zou twijfelen aan de heiligheid van de toestand waarin de wereld op dat moment verkeert, niet uit scepticisme maar vanuit de mentaliteit van het klimmen, waarbij de voet die het stevigst staat ook altijd de onderste is. En in het vuur van zo'n ecclesia militans, die de leer haat omwille van het nog niet geopenbaarde, en die wet en wat geldig is opzij schuift uit naam van een veeleisende liefde voor hun volgende gedaante, zou de duivel zijn weg naar God terugvinden of, eenvoudiger gezegd, de waarheid zou daarin weer de zuster van de deugd zijn en hoefde haar niet langer al die achterbakse streken te leveren die een jong nichtje tegen haar ongetrouwde tante uitbroedt.

Dit alles neemt een jonge man tegenwoordig, min of meer bewust, in zich op in de collegezalen van de kennis, en hij leert daarbij de elementen kennen van een grote constructieve instelling, waarin zo ver uiteenliggende dingen als een steen die valt en een ster die draait spelenderwijs worden samengebracht, en iets dat schijnbaar één en ondeelbaar is, zoals het ontstaan van een eenvoudige handeling uit de centra van het bewustzijn, in stromen wordt ontleed waarvan de innerlijke bronnen duizenden jaren uit elkaar liggen. Mocht echter iemand op het idee komen om van die zo verworven instelling buiten de grenzen van zijn gespecialiseerde vakopdracht gebruik te maken, dan zou hem aanstonds aan het verstand worden gebracht dat de behoeften van het leven andere zijn dan die van het denken. In het leven speelt zich ongeveer het tegendeel af van alles waaraan de geschoolde geest gewend is. De natuurlijke verschillen en overeenkomsten worden hier zeer hoog gewaardeerd; het bestaande, wat het ook is, wordt tot een bepaald niveau als natuurlijk gevoeld en liever niet aangetast; de noodzakelijk wordende veranderingen voltrekken zich slechts aarzelend en als het ware in een heen en weer walsende beweging. En als iemand bijvoorbeeld uit zuiver vegetarische overtuiging een koe met 'u' zou aanspreken (heel terecht bedenkend dat men zich jegens een wezen dat men met 'jij' aanspreekt veel gemakkelijker meedogenloos gedraagt), dan zou men hem voor dwaas, zo al niet voor gek uitschelden; maar niet wegens zijn diervriendelijke of vegetarische overtuiging, want die vindt men hoogst humaan, maar wegens de directe vertaling daarvan naar de werkelijkheid. Kortom, tussen geest en leven bestaat een ingewikkeld compromis, waarbij de geest hoogstens een half promille van zijn vorderingen krijgt uitbetaald en als compensatie wordt getooid met de titel schuldeiser honoris causa.

Is echter de geest, in de machtige gedaante die hij tenslotte heeft aangenomen zoals daarnet is verondersteld, zelf een heel mannelijke heilige, met de bijbehorende krijgszuchtige en jachtlustige ondeugden, dan zou men uit de geschilderde omstandigheden kunnen opmaken dat de in hem aanwezige neiging tot het zondige nergens in haar toch grandioze geheel naar buiten kan komen, noch kans ziet zichzelf door contact met de werkelijkheid te louteren, en daarom op allerlei nogal zonderlinge ongecontroleerde wegen zou kunnen worden aangetroffen waarlangs zij uit die onvruchtbare ingeslotenheid ontglipt. Ook al blijft nu open of het tot hiertoe allemaal een spel met illusies is geweest of niet, toch valt niet te ontkennen dat dit laatste vermoeden op een heel eigen wijze wordt bevestigd. Er bestaat een naamloos levensgevoel dat niet bepaald weinig mensen tegenwoordig in het bloed zit, een verwachting van groter kwaad, een bereidheid tot oproer, een wantrouwen jegens alles wat men vereert. Er zijn mensen die klagen over het gebrek aan idealen bij de jeugd, maar die op het moment waarop zij moeten handelen geheel vanzelf geen andere beslissing nemen dan iemand die uit een zeer gezond wantrouwen jegens ideeën de zachte krachten daarvan door het effect van een of andere knoet versterkt. Bestaat er, anders gezegd, een of ander vroom doel dat zich niet van een tikkeltje corruptie en berekening van de lagere menselijke eigenschappen moet voorzien, wil het in deze wereld voor ernstig en eerlijk bedoeld doorgaan? Uitdrukkingen als: vasthouden, dwingen, de duimschroeven aanleggen, niet bang zijn om een ruit te breken, de harde methode, hebben een prettige klank van betrouwbaarheid. Denkbeelden van het soort dat de grootste geest, opgesloten op de binnenplaats van een kazerne, binnen acht dagen leert opspringen bij het stemgeluid van een sergeant-majoor, of dat een tweede luitenant met acht man voldoende is om alle parlementen ter wereld te arresteren, hebben weliswaar pas later, toen men ontdekte dat je met een paar lepels wonderolie, toegediend aan een idealist, de onwrikbaarste overtuigingen belachelijk kunt maken, hun klassieke vorm gevonden, maar ze hadden reeds lang, ofschoon ze met verontwaardiging in de ban werden gedaan, de wilde stijgkracht van boze dromen. Het is nu eenmaal zo dat op zijn minst de tweede gedachte van ieder mens die voor een overweldigend fenomeen wordt geplaatst, ook als dit hem door zijn schoonheid overweldigt, tegenwoordig deze is: Ik laat me door jou niets wijsmaken, ik krijg je wel klein! En deze verkleiningswoede van een niet alleen de jagende meute te slim af zijnde maar ook zelf jagende tijd kan men nauwelijks meer de in het leven natuurlijke tweedeling noemen tussen het barbaarse en het verhevene, veeleer is het een masochistisch trekje van de geest om een onuitsprekelijk behagen te scheppen in het schouwspel dat het goede zich laat vernederen en wonderbaarlijk eenvoudig laat vernietigen. Het lijkt wel enigszins op een hartstochtelijk verlangen om zichzelf te logenstraffen, en misschien is het eigenlijk helemaal zo troosteloos nog niet om te geloven in een tijd die met zijn stuit naar voren ter wereld is gekomen en door de handen van de Schepper alleen behoeft te worden gekeerd.

Een mannenglimlach zal dus velerlei van dat soort dingen uitdrukken, ook als hij zich onttrekt aan de zelfwaarneming of zelfs nog nooit tot het bewustzijn is doorgedrongen, en van dien aard was de glimlach waarmee het merendeel van de uitgenodigde vermaarde deskundigen zich in Diotima's prijzenswaardige streven schikte. Hij kroop als een kriebel omhoog langs hun benen, die niet goed wisten waar ze het hier moesten zoeken, en belandde als welwillende verbazing op hun gezicht. Men was blij als men een kennis of een goede collega zag en kon aanspreken. Men had het gevoel dat men na het verlaten van de voordeur, op weg naar huis, bij wijze van proef even een paar stevige stappen moest doen. Maar de bijeenkomst was toch niet onaardig. Zulke algemene ondernemingen zijn natuurlijk iets dat nooit een echte inhoud krijgt, wat trouwens geldt voor alle algemeenste en verhevenste ideeën: het idee hond kunt u zich al niet voorstellen, dat is slechts een verwijzing naar bepaalde honden en hondeëigenschappen, en patriottisme of het mooiste, meest vaderlandslievende idee kunt u zich al helemaal niet voorstellen. Maar al mogen ze dan ook geen inhoud hebben, ze hebben wel degelijk zin, en het is heel goed die zin van tijd tot tijd wakker te schudden! Dit was wat de meesten tegen elkaar zeiden, weliswaar eerder in hun zwijgzame onbewuste, maar Diotima, die nog altijd in het hoofdontvangstvertrek stond en laatkomers met een paar woorden vereerde, hoorde verbaasd en vagelijk hoe overal om haar heen geanimeerde gesprekken werden aangeknoopt waaruit, als zij zich niet heel erg vergiste, niet zelden zelfs discussies over het verschil tussen Boheems en Beiers bier of over uitgeverstarieven haar oor troffen.

Het was jammer dat zij haar soiree niet ook vanaf de straat kon zien. Van daaraf zag het er prachtig uit. Het licht scheen helder door de gordijnen van de rij vensters hoog in de gevel, versterkt door het aureool van autoriteit en voornaamheid dat de wachtende koetsen en auto's daaraan toevoegden, en door de blikken van de nieuwsgierigen die in het voorbijgaan bleven staan om een poosje omhoog te kijken, zonder eigenlijk goed te weten waarom. Het zou Diotima plezier hebben gedaan als zij dat had gezien. Er stonden voortdurend mensen in het gedempte licht dat dit feest over de straat strooide, en achter hun ruggen begon de grote duisternis, die iets verderop al snel ondoordringbaar werd.

— 73 —

Leo Fischels dochter Gerda

In al die drukte duurde het lang voor Ulrich tijd vond om zijn belofte aan directeur Fischel na te komen en een bezoek aan zijn huis te brengen. Juister gezegd, hij kon daar in het geheel geen tijd voor vinden totdat er iets onverwachts gebeurde: dat was het bezoek van Fischels vrouw Klementine.

Zij had haar komst telefonisch aangekondigd, en Ulrich zag die niet zonder bezorgdheid tegemoet. De laatste keer dat hij bij haar thuis was geweest was drie jaar geleden, toen hij enkele maanden in de stad verbleef; nu was hij er nog maar één keer heen gegaan, omdat hij geen zin had een oude flirtation op te rakelen en bang was voor mevrouw Klementines moederlijke teleurstelling. Maar Klementine Fischel was een vrouw met een 'ruimdenkend hart', en in de dagelijkse schermutselingen met haar man Leo had zij zo weinig gelegenheid daar gebruik van te maken dat zij voor bijzondere gevallen, die helaas zelden voorkwamen, een waarlijk heroïsche gevoelshoogte tot haar beschikking had. Maar toch voelde de magere vrouw met haar strenge, wat verbitterde gezicht zich een beetje gegeneerd toen zij zich tegenover Ulrich bevond en hem om een gesprek onder vier ogen vroeg, ofschoon ze al alleen waren. – Maar hij was de enige naar wie Gerda nog zou willen luisteren, zei zij, en of hij haar verzoek niet verkeerd wilde begrijpen, voegde zij er nog aan toe.

Ulrich kende de verhoudingen in huize Fischel. Niet alleen waren vader en moeder voortdurend in staat van oorlog, ook Gerda, hun reeds drieëntwintigjarige dochter, had zich omringd met een schare zonderlinge jongelui die de tandenknarsende papa Leo zeer tegen zijn zin tot mecenas en beschermheer van hun 'nieuwe geest' maakten, omdat je nergens zo comfortabel bij elkaar kon komen als bij hem. – Gerda was zo nerveus en bloedarm en wond zich meteen zo vreselijk op als je deze omgang probeerde te beperken, – vertelde mevrouw Klementine – en het waren tenslotte maar gewoon domme, ongemanierde jongelui, maar hun mystieke antisemitisme, waarmee zij opzettelijk te koop liepen, was niet alleen tactloos maar ook een teken van innerlijke onbeschaafdheid. – Nee, voegde zij eraan toe, zij wilde niet klagen over dat antisemitisme, het was een tijdsverschijnsel, en daar had je nu eenmaal in te berusten; je zou zelfs kunnen toegeven dat er in sommige opzichten reden voor kon zijn. – Klementine hield even pauze en zou met haar zakdoek een traan hebben gedroogd ware het niet dat zij een sluier droeg; dus liet zij die traan achterwege en stelde zich ermee tevreden haar witte zakdoekje alleen uit haar handtasje te halen.

'U weet hoe Gerda is,' zei ze, 'een mooi en talentvol meisje, maar –'

'Een beetje bruusk,' vulde Ulrich aan.

'Ja, het is godgeklaagd, altijd overdreven.'

'En dus ook nog altijd Germaans?'

Klementine sprak over de gevoelens van ouders. 'De gang

van een moeder' noemde zij haar bezoek ietwat pathetisch, dat de bijbedoeling had Ulrich voor haar huis te heroveren aangezien hij in de Parallelactie, naar men zei, zo veel succes had. 'Ik zou me wel voor het hoofd kunnen slaan,' ging zij verder, 'dat ik deze omgang tegen Leo's wil de laatste jaren heb aangemoedigd. Ik vond er niets op aan te merken; die jongelui zijn op hun manier idealisten; en als je onbevooroordeeld bent, moet je ook wel eens tegen een kwetsende opmerking kunnen. Maar Leo – u weet immers hoe hij is – windt zich op over dat antisemitisme, of dat nu zuiver en alleen mystiek en symbolisch is of niet.'

'En Gerda, met haar vrije, Duits blonde manier van doen, wil het probleem niet zien?' vulde Ulrich aan.

'Zij is wat dat betreft net als ik zelf was in mijn jeugd. Gelooft u overigens dat Hans Sepp een jongen met toekomst is?'

'Is Gerda met hem verloofd?' vroeg Ulrich voorzichtig.

'Die jongen biedt toch niet het geringste vooruitzicht op een goed verzorgde toekomst!' verzuchtte Klementine. 'Hoe kun je dan van een verloving spreken; maar toen Leo hem de toegang tot ons huis ontzegde, at Gerda drie weken lang zo weinig dat je haar ribben kon tellen.' En plotseling zei ze kwaad: 'Weet u, ik vind het soms net hypnose, een geestelijke infectie! Ja, ik vind Gerda soms net gehypnotiseerd! Die jongen zet bij ons thuis onophoudelijk zijn wereldbeschouwing uiteen, en Gerda merkt zelfs niets van de voortdurende belediging van haar ouders die daarin opgesloten ligt, terwijl het vroeger toch altijd zo'n goed en hartelijk kind was. Maar zodra ik daar iets van zeg, antwoordt ze: "Je bent ouderwets, mama." Ik dacht bij mezelf – u bent de enige voor wie zij nog een beetje respect heeft, en Leo heeft zo veel waardering voor u! – zou u niet een keer bij ons langs kunnen komen om Gerda een beetje de ogen te openen voor de onvolwassenheid van die Hans en zijn makkers?'

Omdat Klementine heel correct was en dit een overrompeling was, moest zij wel heel ernstige zorgen hebben. Ondanks al hun ruzies voelde zij in deze situatie iets van gezamenlijke verantwoordelijkheid, van solidariteit met haar man. Ulrich trok bezorgd zijn wenkbrauwen op.

'Ik vrees dat Gerda zal zeggen dat ook ik ouderwets ben. Die jongelui van tegenwoordig luisteren niet naar ons ouderen, en het gaat om principekwesties.'

'Ik dacht zo dat Gerda misschien het best op andere gedachten zou kunnen worden gebracht als u iets voor haar te doen zou hebben in die grote actie waar iedereen het over heeft,' vlocht Klementine erdoorheen, maar het leek Ulrich beter haar gauw zijn bezoek toe te zeggen, en haar te verzekeren dat de Parallelactie daar nog lang niet rijp genoeg voor was.

Toen Gerda hem enkele dagen later zag binnenkomen kreeg zij cirkelronde rode vlekken op haar wangen, maar zij schudde hem stevig de hand. Zij was een van die charmante doelbewuste moderne jonge meisjes die onmiddellijk busconducteur worden als de algemene opinie dit zou eisen.

Ulrich had het met zijn veronderstelling dat hij haar alleen zou aantreffen niet bij het verkeerde eind gehad; mama was rond dit uur winkelen en papa was nog op kantoor. En Ulrich had nauwelijks een stap in de kamer gezet of alles herinnerde hem heel precies aan een dag van hun vroegere samenzijn. Het was toen weliswaar al ettelijke weken later in het jaar geweest; het was een lentedag, maar een van die doordringend hete dagen die soms als vonken voor de zomer uit vliegen en die door de nog niet geharde lichamen slecht worden verdragen. Gerda's gezicht zag er vermoeid en smalletjes uit. Zij was gekleed in het wit en rook wit, als op de bleek gedroogd linnen. De jaloezieën waren in alle kamers neergelaten en het hele huis baadde in een weerbarstig twijfellicht vol hittepijlen die met afgebroken punten door de zakgrauwe hindernis heen drongen. Ulrich had het gevoel alsof Gerda door en door uit net zulke pasgewassen linnen coulissen bestond als haar japon. Het was een volstrekt objectief gevoel, en hij had ze gerust een voor een van haar af kunnen nemen zonder daar ook maar de minste amoureuze aandrift voor nodig te hebben. En juist dat gevoel had hij ook nu weer. Het was een schijnbaar heel natuurlijke, maar zinloze vertrouwelijkheid, en zij waren er allebei bang voor.

'Waarom bent u zo lang niet bij ons geweest?' vroeg Gerda.
Ulrich zei haar ronduit dat hij de indruk had gekregen dat haar ouders niet zo'n intieme omgang wensten zonder de bedoeling van een huwelijk.

'Ach, mama,' zei Gerda, 'mama is belachelijk. Wij zouden dus geen vrienden mogen zijn zonder dat je daar meteen aan denkt?! Maar papa wil juist dat u vaker komt; bent u niet iets belangrijks geworden bij die grote affaire?'

Zij praatte volkomen openhartig over de domheid van die oudjes, overtuigd van het natuurlijke bondgenootschap dat hen tweeën daartegen verenigde.

'Ik zal komen,' antwoordde Ulrich, 'maar vertel mij nu eens, Gerda, waar brengt ons dat?'

De kwestie was dat zij elkaar niet beminden. Zij hadden vroeger vaak samen getennist of hadden elkaar op feestjes ontmoet, waren met elkaar uitgegaan, hadden belangstelling voor elkaar gekregen en waren op die wijze onmerkbaar de grens gepasseerd die een vertrouwd iemand aan wie men zich vertoont zoals men in zijn emotionele verwarring is, onderscheidt van al diegenen tegenover wie men zich mooi voordoet. Zij waren zonder er erg in te hebben even intiem geworden als twee mensen die al heel lang van elkaar houden, ja zelfs al bijna niet meer van elkaar houden, maar van de liefde hadden zij elkaar ontheven. Zij zaten elkaar in de haren zodat men zou kunnen denken dat ze elkaar niet mochten, maar dat schiep tegelijkertijd zowel een barrière als een band. Zij wisten dat er maar een klein vonkje voor nodig was om daaruit een vuur te laten oplaaien. Als het leeftijdsverschil tussen hen kleiner of Gerda een getrouwde vrouw was geweest, zou van de gelegenheid waarschijnlijk de dief, en van de diefstal op zijn minst achteraf een hartstocht zijn gemaakt, want men praat zich de liefde in zoals men in woede ontsteekt als men daar de gebaren van maakt. Maar juist omdat zij dit wisten deden zij het niet. Gerda was meisje gebleven en dat zat haar verschrikkelijk dwars.

In plaats van Ulrichs vraag te beantwoorden was zij bedrijvig bezig in de kamer, en opeens stond hij naast haar. Dat was erg ondoordacht, want op zo'n moment kun je niet vlak bij een meisje gaan staan en over een bepaalde kwestie beginnen te praten. Zij volgden de weg van de minste weerstand, zoals een beek die hindernissen uit de weg gaand over een weiland naar beneden stroomt, en Ulrich legde zijn arm om Gerda's heupen, met de toppen van zijn vingers tot op de lijn reikend die, omlaag schietend, de binnenste jarretel van de kousegordel pleegt te volgen. Hij draaide zijn gezicht naar dat van Gerda, dat er boos en bezweet uitzag, en kuste haar op de lippen. Zo bleven zij staan, zonder elkaar los te kunnen laten of nader tot elkaar te komen. Zijn vingertoppen waren nu bij het brede elastiek van haar kousegordel gekomen en lieten dat zachtjes een paar keer tegen haar been slaan. Toen rukte hij zich los en herhaalde schouderophalend zijn vraag: 'Waar brengt ons dat, Gerda?'

Gerda werd haar opwinding weer de baas en zei: 'Moet dat dan?!'

Ze scheldde en liet iets te drinken brengen; ze zette het huis in beweging.

'Vertel mij eens iets over Hans!' vroeg Ulrich zachtjes nadat ze waren gaan zitten en weer een gesprek moesten beginnen. Gerda, die haar kalmte nog niet helemaal had hervonden, gaf aanvankelijk geen antwoord, maar na een poosje zei ze: 'U bent zo verwaand, u zult ons jongeren nooit kunnen begrijpen!'

'Mij maak je niet bang!' probeerde Ulrich het gesprek in andere banen te leiden. 'Ik denk, Gerda, dat ik de wetenschap er nu maar aan geef. Ik ga dus over tot de nieuwe generatie. Stelt het u gerust als ik plechtig verklaar dat kennis verwant is aan hebzucht; niets anders dan armzalige schraperigheid, een aanmatigend innerlijk kapitalisme is? Ik heb meer gevoel in mij dan u denkt. Maar ik zou u graag willen beschermen tegen al dat soort gepraat in holle frases!'

'U moet Hans beter leren kennen,' antwoordde Gerda mat, maar voegde er plotseling fel aan toe: 'Overigens zult u toch nooit kunnen begrijpen dat men met andere mensen tot een gemeenschap zonder egoïsme kan versmelten!'

'Komt Hans u nog steeds zo vaak opzoeken?' hield Ulrich voorzichtig vol. Gerda haalde haar schouders op.

Haar ouders waren zo verstandig geweest Hans Sepp de toegang tot hun huis niet te ontzeggen maar hem een aantal dagen per maand toe te staan. Op zijn beurt moest Hans Sepp, de student die niets was en nog geen vooruitzichten had iets te worden, hun op zijn erewoord beloven Gerda in het vervolg niet tot verkeerde dingen te verleiden en op te houden met zijn propaganda voor de Duitse mystieke daad. Zij hoopten hem daarmee de attractie van het verbodene te ontnemen. En Hans Sepp had in zijn kuisheid (want alleen zinnelijkheid verlangt naar bezit, is echter joods-kapitalistisch) rustig het gevraagde erewoord gegeven, waaronder hij echter niet verstond dat hij niet heimelijk vaker in huis zou komen of zou afzien van gloedvolle betogen, vurige handdrukken of zelfs kussen, wat allemaal nog deel uitmaakt van het natuurlijke leven van bevriende zielen; maar alleen van de propaganda die hij tot dusver theoretisch had bedreven, voor een verbond zonder priester en zonder staat. Hij had zijn erewoord des te gretiger gegeven omdat hij de innerlijke rijpheid om zijn principes in de daad om te zetten bij zichzelf en bij Gerda nog niet aanwezig achtte en een grendel tegen de influisteringen van de lagere natuur hem helemaal naar de zin was.

Maar de beide jongelui leden natuurlijk onder deze dwang, die hun van buitenaf een grens stelde nog voor zij hun innerlijke, eigen grens hadden gevonden. Met name Gerda zou zich deze ingreep van haar ouders niet hebben laten welgevallen als zij niet zelf zo onzeker was geweest; maar des te verbitterder onderging zij hem. Zij hield eigenlijk niet echt veel van haar jonge vriend; het was veeleer de oppositie tegen haar ouders die zij omzette in aanhankelijkheid jegens hem. Als Gerda enkele jaren later geboren was zou haar papa een van de rijkste mannen van de stad zijn geweest, hoewel ook dan nog niet erg in aanzien, en haar moeder zou hem weer hebben bewonderd voordat Gerda in de positie had kunnen komen waarin zij de vetes tussen haar ouders als tweespalt in zichzelf ervoer. Zij zou zich dan waarschijnlijk trots een produkt van rassenvermenging hebben gevoeld; maar zoals de situatie in werkelijkheid was, zette zij zich af tegen haar ouders en hun levensproblemen, wilde door hen niet erfelijk belast zijn, en was blond, vrij, Duits en sterk, alsof zij niets met hen te maken had. Dat had, hoe goed het er ook uitzag, het nadeel dat zij er nooit in was geslaagd de worm die aan haar vrat naar buiten te brengen. In haar huiselijke omgeving werd het feit dat nationalisme en rassenideologie bestonden volkomen genegeerd, hoewel deze ideeën half Europa al in hysterische gedachten verwikkelden en juist binnen de muren van huize Fischel alles daarom draaide. Wat Gerda erover wist was haar van buitenaf, in de vorm van vage geruchten, als toespeling en overdrijving ter ore gekomen. De tegenstrijdigheid dat haar ouders, die anders zo veel belang hechtten aan wat 'men' zegt, in dit geval een merkwaardige uitzondering maakten, had zich al vroeg in haar geheugen geprent; en omdat zij in dit spookachtige probleem geen enkele precieze en nuchtere zin kon ontdekken, bracht zij met name in haar eerste adolescentiejaren alles wat in haar ouderlijk huis maar akelig en verontrustend was daarmee in verband.

Op een dag kwam zij in aanraking met de kring van christelijk-Germaanse jongelui waar Hans Sepp deel van uitmaakte, en vanaf dat moment meende zij haar ware vaderland te hebben gevonden. Het zou moeilijk te zeggen zijn waar deze jonge mensen in geloofden; zij vormden een van die ontelbare kleine, ondefinieerbare vrije sektes waar het onder de Duitse jeugd na het verval van het humanistisch ideaal van krioelt. Het waren geen antisemieten uit racisme, maar tegenstanders van de 'joodse mentaliteit', waaronder zij kapitalisme en socialisme, wetenschap, rationalisme, ouderlijke autoriteit en aanmatiging, rekenen, psychologie en scepsis verstonden. Hun voornaamste leerstelling was het 'symbool'; voor zover Ulrich het kon volgen, en hij had wel enig begrip voor dat soort dingen, verstonden ze onder symbool de grote scheppingen van de genade, waardoor al het verwarde en dwergachtig kleine van het leven, zoals Hans Sepp zei, helder en groot wordt, die het tumult van de zinnen verdringen en het voorhoofd in de stromen van het hiernamaals bevochtigen. Het Isenheimer altaar, de Egyptische piramides en Novalis waren symbolen, Beethoven en Stefan George kwamen al een eind in de goede richting, en wat, in nuchtere woorden uitgedrukt, een symbool was, dat zeiden ze niet, ten eerste omdat symbolen niet in nuchtere woorden zijn te vangen, ten tweede omdat Ariërs niet nuchter mogen zijn, waardoor het hun in de laatste eeuw alleen is gelukt om slechts aanzetten tot symbolen voort te brengen, en ten derde omdat er nu eenmaal eeuwen zijn die het diep eenzame ogenblik van genade in de diep eenzame mens nog maar hoogst zelden opwekken.

Gerda, die een verstandig meisje was, koesterde heimelijk niet weinig wantrouwen tegen deze overdreven gezichtspunten, maar zij wantrouwde ook dit wantrouwen, waarin zij een erfenis van het ouderlijke gezonde verstand meende te herkennen. Hoe onafhankelijk zij zich ook voordeed, zij deed angstvallig haar best om haar ouders niet te gehoorzamen, en zij leed onder de angst dat haar afstamming haar zou kunnen beletten de gedachten van Hans te volgen. Zij verzette zich vanuit haar diepste innerlijk tegen de morele taboes van de zogenaamde goede families, tegen de aanmatigende en verstikkende ingreep door het ouderlijke beschikkingsrecht in haar persoonlijkheid, terwijl Hans, die uit 'hoegenaamd geen familie' stamde, zoals haar moeder dat uitdrukte, daar veel minder onder leed; hij was uit die vriendenkring als Gerda's 'zielegids' naar voren gekomen, voerde hartstochtelijke gesprekken met zijn even oude vriendin en probeerde haar met zijn grote uiteenzettingen, vergezeld gaand van zijn kussen, op te stoten in de 'regionen van het onvoorwaardelijke', maar in de praktijk wist hij zich uitstekend te schikken in de voorwaardelijkheid van huize Fischel, voor zover men hem maar vergunde deze 'uit overtuiging' te verwerpen, wat natuurlijk voortdurend aanleiding gaf tot ruzies met papa Leo.

'Lieve Gerda,' zei Ulrich na een poosje, 'uw vrienden treiteren u met uw vader en zijn de ergste chanteurs die ik ken!'

Gerda werd bleek en toen rood. 'U bent zelf niet jong meer,' reageerde zij, 'u denkt anders dan wij!' Ze wist dat zij Ulrichs ijdelheid had geraakt, en voegde er verzoenend aan toe: 'Ik stel me van de liefde helemaal niet zo geweldig veel voor. Misschien verdoe ik mijn tijd met Hans, zoals u zegt; misschien moet ik er wel helemaal van afzien en zal ik nooit zo veel van iemand houden dat ik hem alle schuilhoeken van mijn ziel in mijn gedachten en gevoelens, werken en dromen kan openbaren: dat lijkt me niet eens zo heel verschrikkelijk!'

'Wat bent u toch wijsneuzig, Gerda, als u net zo praat als uw vrienden!' viel Ulrich haar in de rede.

Gerda werd fel. 'Als ik met mijn vrienden praat,' riep zij uit, 'dan gaan de gedachten van de een naar de ander, en wij weten dat wij leven en praten te midden van ons eigen volk: begrijpt u dat eigenlijk wel? Wij staan tussen ontelbare soortgenoten en voelen ze; dat is zinnelijk-lichamelijk op een manier die u beslist – nee, die u zich beslist niet eens kunt voorstellen; omdat u altijd alleen begeerte hebt gevoeld naar één individu; u denkt als een roofdier!'

Waarom als een roofdier? Die zin, zoals die in de lucht bleef hangen, verraderlijk, kwam haar zelf onzinnig voor, en zij schaamde zich over haar ogen die zich, angstig opengesperd, op Ulrich vestigden.

'Daar wil ik geen antwoord op geven,' zei Ulrich zacht. 'Ik wil u, om van onderwerp te veranderen, liever een verhaal vertellen. Kent u' – en met zijn hand waarin haar pols verdween als een kind in een bergkloof trok hij haar dichter naar zich toe – 'het spannende verhaal over het maanvangen? U weet toch dat onze aarde vroeger verscheidene manen had? En er bestaat een theorie die veel aanhangers heeft, volgens welke zulke manen niet zijn wat wij denken dat ze zijn, afgekoelde hemellichamen zoals de aarde zelf, maar grote ballen ijs die op hun baan door het heelal te dicht bij de aarde zijn gekomen en door haar worden vastgehouden. Onze maan zou daar de laatste van zijn. Kijk eens even naar haar!' Gerda was hem gevolgd en zocht de zonnige lucht af naar de bleke maan. 'Ziet ze er niet uit als een schijf ijs?' vroeg Ulrich. 'Dat is niet de belichting! Hebt u zich wel eens afgevraagd hoe het komt dat het mannetje in de maan ons altijd dezelfde kant van zijn gezicht toekeert? Ze draait namelijk niet meer, onze laatste maan, ze wordt al vastgehouden! Ziet u, zodra de maan eenmaal in de macht van de aarde is gekomen, draait ze er niet alleen omheen, maar wordt ook steeds dichter naar haar toe getrokken. Wij merken dat alleen niet omdat dit aan komen schroeven duizenden eeuwen duurt of nog langer. Maar het valt niet te ontkennen, en in de geschiedenis van de aarde moeten er periodes van duizenden jaren zijn voorgekomen waarin de manen die er vóór deze waren heel dicht naar onze aarde toe waren getrokken en met een enorme snelheid om haar heen raasden. En zoals de maan nu een vloedgolf achter zich aan trekt van een of twee meter hoog, zo sleurde ze toen in duizelingwekkende vaart een water- en moddermassa om de aarde achter zich aan die zo hoog was als een gebergte. Je kunt je eigenlijk nauwelijks voorstellen hoeveel angsten geslacht op geslacht al die duizenden jaren uitgestaan moet hebben op die krankzinnige wereld – '

'Bestonden er toen dan al mensen?' vroeg Gerda.

'Jazeker. Want op het laatst springt zo'n ijsmaan uit elkaar en klettert naar beneden, en de vloed die ze in haar baan bergenhoog heeft samengetrokken valt terug en omspoelt de hele wereldbol met een enorme golf die zich dan weer verspreidt: dat is niets anders dan de zondvloed, wat zoveel betekent als grote algehele overstroming! Hoe zouden alle legenden dat zo eensluidend kunnen overleveren als de mensen het niet werkelijk hadden meegemaakt? En omdat we één maan nog hebben, zullen zulke tijden ook nog een maal terugkomen. Het is een vreemd idee...'

Gerda keek ademloos door het raam naar de maan; zij liet haar hand nog steeds in de zijne liggen, de maan stond als een bleke, lelijke vlek tegen de hemel, en juist die onbeduidende aanwezigheid verleende dit fantastische wereldavontuur, waarvan zij zichzelf door een of andere gevoelsassociatie het slachtoffer voelde, een simpele alledaagse waarheid.

'Maar er klopt niets van dit verhaal,' zei Ulrich. 'Zij die er verstand van hebben zeggen dat het een idiote theorie is, en de maan komt in werkelijkheid ook niet dichter bij de aarde maar is er zelfs zo'n tweeëndertig kilometer verder van verwijderd dan ze dat volgens de berekeningen zou moeten zijn, als ik me goed herinner.'

'Waarom hebt u mij dit verhaal dan verteld?' vroeg Gerda, en probeerde haar hand uit de zijne te trekken. Haar verzet had echter al zijn kracht verloren; zo verging het haar altijd als zij met een man praatte die beslist niet dommer was dan Hans, maar die er geen overdreven meningen op na hield, schone nagels had en gekamd haar. Ulrich zag het fijne zwarte dons dat zich als een tegenspraak op Gerda's blonde huid aftekende; de enorme complexiteit van de arme moderne mens leek met deze haartjes uit haar lichaam te groeien. 'Ik weet het niet,' antwoordde hij. 'Zal ik nog eens langskomen?'

Gerda reageerde de opwinding van haar nu weer vrije hand af op verscheidene kleine voorwerpen die zij heen en weer schoof, en gaf geen antwoord.

'Ik kom dus gauw weer eens langs,' bcloofde Ulrich, ofschoon dat vóór dit weerzien niet zijn bedoeling was geweest.

– 74 –

De 4e eeuw v. Chr. versus het jaar 1797
Ulrich ontvangt wederom een brief van zijn vader

Het gerucht dat de bijeenkomsten bij Diotima een buitengewoon succes waren, had zich snel verspreid. In die tijd ontving Ulrich een ongebruikelijk lange brief van zijn vader, waarin een dik convoluut brochures en overdrukken was bijgesloten. In de brief stond ongeveer: 'Beste zoon! Jouw langdurig zwijgen... Ik heb nochtans van derden met genoegen vernomen dat de moeite die ik mij voor je heb getroost... mijn welmenende vriend graaf Stallburg... Z. Doorluchtigheid graaf Leinsdorf... Onze bloedverwante, de vrouw van directeur-generaal Tuzzi... De kwestie waarvoor ik je nu moet verzoeken bij je nieuwe relaties al je invloed aan te wenden is de volgende:

De wereld zou instorten als alles als waarheid zou gelden

wat daar voor wordt gehouden, en elke wil als geoorloofd die zichzelf als zodanig beschouwt. Het is daarom ons aller plicht de enig echte waarheid en juiste wil vast te stellen en, in zoverre ons dat is gelukt, er met onverbiddelijk plichtsbesef over te waken dat die dan ook in de duidelijke vorm van wetenschappelijke inzichten worden vastgelegd. Daaruit mag je opmaken wat het betekent als ik je mededeel dat er in lekenkringen, maar helaas ook vaak in wetenschappelijke kringen die zijn bezweken voor de influisteringen van een verwarde tijd, al een hele poos een hoogst gevaarlijke tendens heerst om bij de herziening van ons strafrecht bepaalde vermeende verbeteringen en verzachtingen in te voeren. Ik moet vooropstellen dat er met het oog op die herziening al enkele jaren een door de Minister bijeengeroepen commissie van bekende deskundigen bestaat, waartoe ik de eer heb te behoren, evenals mijn collega aan de universiteit, professor Schwung, die jij je wellicht nog van vroeger herinnert, uit een tijd waarin ik hem nog niet had doorzien, zodat hij vele jaren lang voor mijn beste vriend kon doorgaan. Wat nu de verzachtingen betreft waarover ik sprak, heb ik ondertussen bij geruchte vernomen − wat echter ook op zichzelf helaas maar al te waarschijnlijk is − dat in het op handen zijnde Jubileumjaar van onze eerbiedwaardige en genadige Soeverein, zogezegd dus door gebruik te maken van alle mogelijke grootmoedige stemmingen, bijzondere inspanningen kunnen worden verwacht om die rampzalige verslapping van de rechtspleging bij ons ingang te doen vinden. Het spreekt vanzelf dat professor Schwung en ik even vastbesloten zijn daar een stokje voor te steken.

Ik houd er rekening mee dat jij juridisch ongeschoold bent, maar het zal je wel bekend zijn dat het favoriete infiltratiepunt van deze zich valselijk humaniteit noemende rechtsonzekerheid wordt gevormd door het streven om het straf uitsluitende begrip ontoerekeningsvatbaarheid in de vage vorm van verminderde toerekeningsvatbaarheid ook uit te strekken tot die talrijke individuen die noch geestesziek noch moreel normaal zijn, en die het leger van minderwaardigen, van moreel zwakzinnigen vormen waar onze cultuur helaas steeds meer door wordt verziekt. Je zult zeggen dat dit begrip verminderde toerekeningsvatbaarheid – als je al van een begrip kunt spreken, wat ik bestrijd! – ten nauwste moet samenhangen met de interpretatie die wij aan de voorstellingen volledige toerekeningsvatbaarheid resp. ontoerekeningsvatbaarheid geven, en daarmee kom ik op het eigenlijke onderwerp van mijn brief.

In aansluiting op reeds bestaande wetsformuleringen en de aangevoerde omstandigheden in aanmerking nemende heb ik namelijk in de voornoemde adviescommissie voorgesteld de betr. § 318 van het toekomstig strafrecht als volgt te formuleren:

"Van een strafbare handeling is dan geen sprake wanneer de dader zich tijdens het begaan dier handeling in een staat van bewusteloosheid of ziekelijke storing zijner geestvermogens bevond zodat...", en professor Schwung bracht een voorstel ter tafel dat met precies dezelfde woorden begon.

Daarna echter ging het zijne verder met de woorden: "... zodat hij niet de vrije beschikking had over zijn wil", terwijl het mijne woordelijk zou luiden: "zodat hij niet in staat was om de onrechtmatigheid van zijn handeling in te zien." – Ik moet toegeven dat ik de kwaadaardige bedoeling van deze tegenspraak aanvankelijk zelf in het geheel niet had opgemerkt. Ik persoonlijk heb altijd de opvatting verdedigd dat de wil, door de voortgaande ontwikkeling van de intelligentie en de rede, de begeerte resp. de drift aan zich onderwerpt door middel van de overweging en het daaruit volgende besluit. Een gewilde daad is derhalve altijd een met het denken verbonden daad, geen instinctmatig handelen. In zoverre de mens zijn wil verkiest, is hij vrij; als hij menselijke begeerten heeft, d.w.z. begeerten die volgen uit zijn zinnelijk organisme, zodat zijn denken gestoord is, dan is hij onvrij. Het willen is nu eenmaal niet iets toevalligs, maar een zelfbeschikking die noodzakelijkerwijs uit ons Ik voortkomt, en dus is de wil door het denken bepaald, en als het denken gestoord is dan is de wil geen wil meer maar handelt de mens nog slechts overeenkomstig zijn begeerten! – Het is mij natuurlijk bekend dat in de literatuur ook de tegengestelde opvatting wordt verdedigd, volgens welke het denken door de wil zou worden bepaald. Dat is een opvatting die onder de moderne juristen evenwel pas sinds het jaar 1797 aanhangers heeft, terwijl de door mij geadopteerde sinds de 4e eeuw v. Chr. alle aanvallen heeft weerstaan, doch ik wilde mijn tegemoetkomendheid bewijzen en stelde derhalve een formulering voor die beide voorstellen verenigde en die dan aldus zou hebben geluid:

"Van een strafbare handeling is dan geen sprake wanneer de dader zich tijdens het begaan dier handeling in een staat van bewusteloosheid of ziekelijke storing van zijn geestvermogens bevond, zodat hij niet in staat was de onrechtmatigheid van zijn handeling in te zien en hij niet de vrije beschikking had over zijn wil."

Maar toen toonde professor Schwung zijn ware aard! Hij ignoreerde mijn tegemoetkomendheid en beweerde hooghartig dat het "en" in deze zin door een "of" diende te worden vervangen. Je begrijpt de bedoeling. Dat is toch precies waarin de denker verschilt van de leek, dat hij een "of" onderscheidt daar waar de leek domweg een "en" zet, en Schwung probeerde mij te betichten van oppervlakkig denken door te insinueren dat ik door mijn bereidheid om tot een vergelijk te komen en beide formuleringen samen te trekken, tot uitdrukking komend in dat "en", de omvang van de te overbruggen tegenstelling niet in zijn volle draagwijdte had overzien!

Het spreekt vanzelf dat ik vanaf dat moment onverbiddelijk hard tegen hem ben opgetreden.

Ik heb mijn bemiddelingsvoorstel ingetrokken en mij gedwongen gezien te staan op de aanvaarding van mijn eerste formulering, zonder enige wijziging; Schwung echter tracht het mij sindsdien met perfide raffinement lastig te maken. Zo werpt hij bijvoorbeeld tegen dat volgens mijn voorstel, dat gefundeerd is op het vermogen de onrechtmatigheid van een daad in te zien, een persoon die, zoals wel voorkomt, aan een bijzonder soort waanvoorstellingen lijdt maar verder gezond is, alleen dan wegens geesteziekte zou mogen worden vrijgesproken indien kan worden aangetoond dat hij als gevolg van die bijzondere waanvoorstellingen de aanwezigheid van omstandigheden aannam welke zijn handeling zouden rechtvaardigen of de strafbaarheid daarvan zouden opheffen, zodat hij zich in een ofschoon verkeerd voorgestelde wereld toch correct zou hebben gedragen. Maar dat is een volstrckt ongeldige tegenwerping, want ook al kent de empirische logica personen die deels ziek en deels gezond zijn, de juridische logica mag met betrekking tot diezelfde daad nooit een vermenging van twee rechtstoestanden erkennen, voor haar zijn personen óf toerekeningsvatbaar óf zij zijn het niet, en wij mogen aannemen dat ook in personen die aan een bijzonder soort waanvoorstellingen lijden het vermogen om te onderscheiden wat juist is en wat niet, nog aanwezig is. Als dit vermogen in het bijzondere geval door waanvoorstellingen vertroebeld werd, zou het eenvoudig slechts een extra inspanning van de intelligentie hebben gevraagd om het weer in overeenstemming te brengen met de rest van hun Ik, en er is geen enkele reden om daarin een bijzonder bezwaar te zien.

Ik heb professor Schwung dan ook onmiddellijk geantwoord dat, als de toestanden van toerekeningsvatbaarheid en ontoerekeningsvatbaarheid logisch niet gelijktijdig kunnen bestaan, men moet aannemen dat ze bij dergelijke individuen in een snelle wisseling op elkaar volgen, waaruit dan juist voor zijn theorie de moeilijkheid ontstaat voor elke daad afzonderlijk de vraag te beantwoorden uit welke van die wisselende toestanden ze is voortgekomen; want te dien behoeve zou men alle oorzaken moeten aanvoeren die sinds zijn geboorte op de beklaagde hebben ingewerkt, en alle oorzaken die invloed hebben gehad op zijn voorouders die hem met hun goede en slechte eigenschappen belasten. – Nu zul je het nauwelijks geloven, maar Schwung had inderdaad de onbeschaamdheid mij te antwoorden dat dit ook volstrekt juist was, want de juridische logica mocht wanneer het een en dezelfde daad betrof nooit een vermenging van twee rechtstoestanden toestaan, en daarom zou ook juist met betrekking tot elk afzonderlijk willen moeten worden beslist of het voor de beklaagde gezien zijn psychische ontwikkeling mogelijk was geweest om dit willen te beheersen of niet. Wij zijn ons, meent hij te moeten stellen, veel duidelijker bewust van het feit dat onze wil vrij is dan van het feit dat alles wat er gebeurt een oorzaak heeft, en zolang wij fundamenteel vrij zijn, zijn wij dat ook in afzonderlijke gevallen, zodat men dus moet aannemen dat er in een dergelijk geval alleen een extra inspanning van de wilskracht voor nodig is om de oorzakelijk bepaalde misdadige impulsen te weerstaan.'

Op dit punt onderbrak Ulrich de verdere bestudering van zijn vaders plannen en woog peinzend de vele in de marge genoemde bijlagen van de brief op zijn hand. Hij wierp alleen nog een blik op het einde van het epistel en begreep dat zijn vader van hem een 'objectieve beïnvloeding' van de graven Leinsdorf en Stallburg verwachtte en nadrukkelijk adviseerde om in de bevoegde comités van de Parallelactie bijtijds te wijzen op de gevaren die er voor de geest van de staat als geheel zouden kunnen ontstaan als een zo gewichtig probleem in het Jubileumjaar niet goed zou worden geformuleerd en opgelost.

- 75 -

Generaal Stumm von Bordwehr beschouwt bezoeken aan
Diotima als een mooie afwisseling van zijn officiële verplichtingen

De kleine dikke generaal had opnieuw zijn opwachting bij Diotima gemaakt. – Ofschoon de soldaat in de raadkamer een bescheiden rol paste, zo was hij begonnen, waagde hij het toch te voorspellen dat de staat de macht was om zich in de volkenstrijd te handhaven, en dat de militaire kracht die men in vredestijd ontplooide de oorlog op afstand hield. Maar Diotima was hem meteen in de rede gevallen. 'Generaal!' zei zij, trillend van woede, 'alle leven berust op vredeskrachten; zelfs het zakenleven is, als men het goed beschouwt, een dichtwerk.' De kleine generaal keek haar een ogenblik verbijsterd aan, maar zat meteen wccr rechtop in het zadel. 'Excellentie,' beaamde hij – en om deze aan-spreekvorm te begrijpen moet eraan worden herinnerd dat Diotima's echtgenoot directeur-generaal was, dat in Kaka-nië een directeur-generaal dezelfde rang had als een divisie-commandant, dat echter alleen divisiecommandanten for-meel recht hadden op de titel van excellentie, en dat ook hun dit recht alleen toekwam als zij in functie waren; maar om-dat het soldatenberoep een ridderlijk beroep is, zouden zij daar geen stap mee vooruit zijn gekomen als men hen niet ook buiten diensttijd met excellentie zou hebben aangespro-ken, en geheel in de geest van die ridderlijkheid sprak men hun echtgenotes meteen ook maar met excellentie aan, zon-der zich lang het hoofd te breken over de vraag wanneer die dan wel in dienst waren – : de kleine generaal ging vlie-gensvlug door zulke ingewikkelde samenhangen heen om Diotima meteen al met zijn eerste woord van zijn onvoor-waardelijke bijval en toegenegenheid te verzekeren, en zei dus: 'Uwe excellentie haalt mij de woorden uit de mond. Het ministerie van Oorlog kwam vanzelfsprekend om poli-tieke redenen niet in aanmerking bij de formatie van de co-mités, maar wij hebben vernomen dat de grote Beweging een pacifistisch doel moet krijgen – een internationale vre-desactie, zegt men, of de schenking van wandschilderingen van vaderlandse kunstenaars aan het Vredespaleis in Den Haag? – en ik kan uwe excellentie verzekeren dat wij dat ontzettend sympathiek vinden. Men vormt zich over het al-gemeen toch een verkeerd beeld van het krijgswezen; na-tuurlijk, ik wil niet beweren dat een jonge luitenant niet naar oorlog zou verlangen, maar alle verantwoordelijke instan-ties zijn er ten diepste van overtuigd dat men de sfeer van de macht, die wij nu eenmaal helaas representeren, met de zegeningen van de geest moet verbinden, precies zoals uwe excellentie het zojuist al zei.'

Hij diepte een klein borsteltje uit zijn broekzak op en streek daarmee een paar keer over zijn snorretje; dat was nog een slechte gewoonte uit zijn cadettentijd, wanneer de snor nog de grote met ongeduld verbeide hoop des levens vormt, en hij had er helemaal geen erg in. Met zijn grote bruine ogen staarde hij naar Diotima's gezicht en probeerde daar het effect van zijn woorden op af te lezen. Diotima zag er kalm uit, ook al was zij dat in zijn aanwezigheid nooit helemaal, en verwaardigde zich de generaal enkele inlichtingen te verschaffen over hetgeen er sinds de grote zitting zoal was gebeurd. De generaal bleek vooral enthousiast over het grote concilie, drukte zijn bewondering voor Arnheim uit en sprak de overtuiging uit dat een dergelijke samenkomst niet anders dan uitermate vruchtbaar zou kunnen zijn. 'Veel mensen hebben er absoluut geen idee van hoezeer het de geest aan orde ontbreekt!' zette hij uiteen. 'Ik ben er zelfs, als uwe excellentie het mij toestaat, van overtuigd dat de meeste mensen elke dag enige vooruitgang van de algemene orde denken te beleven. Zij zien overal om zich heen orde; de fabrieken, de kantoren, de dienstregelingen bij de spoorwegen en de onderwijsinstellingen, – ik mag hierbij misschien ook met een zekere trots nog wijzen op onze kazernes, die ondanks de bescheiden middelen welhaast doen denken aan de discipline binnen een goed orkest –, en men kan kijken waar men maar wil, men ziet niets anders dan orde: reglementen voor voetgangers, voertuigen, belastingen, kerk, zakenleven, rangen, bals, moraal enzovoorts. Ik ben er dan ook van overtuigd dat vrijwel iedereen onze tijd de geordendste vindt die er ooit heeft bestaan. Heeft uwe excellentie ook niet, diep in uw hart, dat gevoel? Ik heb dat tenminste wel. Ik persoonlijk dus heb, als ik niet heel goed oppas, meteen het gevoel dat de geest van de moderne tijd juist in deze grotere orde ligt en dat de rijken van Ninive en Rome aan een soort verslonzing ten onder moeten zijn gegaan. Ik geloof dat bijna iedereen dat zo voelt, en stilzwijgend aanneemt dat het verleden voor straf, omdat iets niet in orde was, verleden tijd is. Maar dit idee is vanzelfsprekend bedrieglijke schijn waaraan ontwikkelde mensen zich niet zouden moeten overgeven. En daarin ligt helaas de noodzaak besloten van de macht en van het soldatenberoep!'

De generaal beleefde er intense voldoening aan op deze wijze wat met die intelligente jonge vrouw te babbelen; zo had hij eens een mooie afwisseling van zijn officiële verplichtingen. Maar Diotima wist niet wat zij hem moest antwoorden; op goed geluk herhaalde zij: 'Wij hopen werkelijk de belangrijkste mannen bijeen te brengen, maar ook dan blijft het nog een zware taak. U hebt geen idee hoe verschillend de suggesties zijn die wij binnenkrijgen, en men wil daaruit natuurlijk toch het beste kiezen. Maar u had het over orde, generaal: nooit zullen wij door orde, door nuchter afwegen, vergelijken en onderzoeken ons doel bereiken; de oplossing moet een bliksemschicht, een vuur, een ingeving, een synthese zijn! Als men naar de geschiedenis van de mensheid kijkt ziet men geen logische ontwikkeling, maar veeleer doet ze met haar plotselinge ingevingen, waarvan de zin pas veel later blijkt, denken aan een dichtwerk!'

'Houdt u mij ten goede, excellentie,' antwoordde de generaal, 'de soldaat begrijpt weinig van poëzie, maar als iemand bliksem en vuur kan schenken aan een beweging, dan bent u het wel, excellentie, dat begrijpt zelfs een oude officier!'

– 76 –

Graaf Leinsdorf toont zich terughoudend

Tot zover was de dikke generaal werkelijk heel urbaan, ook al kwam hij dan op bezoek zonder te zijn uitgenodigd, en Diotima had hem meer toevertrouwd dan zij had gewild. Wat hem desondanks in afschrikwekkendheid hulde en haar achteraf spijt deed krijgen van haar vriendelijkheid, was eigenlijk niet zozeer hijzelf maar, zo verklaarde Diotima dat voor zichzelf, haar oude vriend graaf Leinsdorf. Was Z. Doorluchtigheid jaloers? En zo ja, op wie? Leinsdorf bleek het 'concilie', hoewel hij het elke keer met een korte aanwezigheid vereerde, minder welgezind dan Diotima had verwacht. Z. Doorluchtigheid had een uitgesproken afkeer van iets dat hij 'maar-literatuur' noemde. Dat begrip was voor hem geassocieerd met joden, kranten, sensatiebeluste boekverkopers en de liberale, slap zwetsende, voor geld producerende geest van de burgerij, en het woord maar-literatuur was welhaast een nieuwe term van hem geworden. Elke keer als Ulrich aanstalten maakte om hem de met de post binnengekomen voorstellen voor te lezen, waaronder zich al die suggesties bevonden om de wereld vooruit of achteruit te helpen, weerde hij dat nu af met de woorden die iedereen gebruikt als hij naast zijn eigen bedoelingen ook nog de bedoelingen van alle andere mensen moet aanhoren, hij zei: 'Nee, nee, ik ga vandaag iets belangrijks doen, en dat daar is toch maar literatuur!' Hij dacht dan aan velden, boeren, dorpskerkjes en de door God zo stevig als garven op een gemaaid veld gebonden orde die zo mooi, gezond en lonend is, zelfs al tolereert die daar soms een jeneverstokerij, om rekening te houden met de ontwikkeling. Heeft men echter eenmaal deze kalme panoramische blik verworven, dan verschijnen daarin schietverenigingen en zuivelcoöperaties, al zijn ze nog zo misplaatst, als een stuk vaste orde en samenhang; en zouden ze zich genoodzaakt zien op wereldbeschouwelijke grondslag een eis naar voren te brengen, dan verdient deze, zou men kunnen zeggen, de voorrang van een kadastraal ingeschreven geestelijk eigendom boven de eisen die de geest van een of andere particulier stelt. Zo kwam het dat graaf Leinsdorf, zodra Diotima met hem een serieus gesprek wilde hebben over wat zij van de grote geesten te weten was gekomen, gewoonlijk het verzoekschrift van een of andere vereniging van vijf domkoppen in zijn hand had of uit zijn zak haalde en beweerde dat dit papier in de wereld van de reële zorgen zwaarder woog dan de invallen van genieën.

Dat was een vergelijkbare geest als die welke directeurgeneraal Tuzzi zo prees in de archieven van zijn ministerie, die het uitsloten het concilie officieel als bestaand te erkennen maar daarentegen elke vlooiebeet van de kleinste provinciebode bloedserieus namen; en Diotima had in deze zorgen niemand die zij in vertrouwen kon nemen behalve Arnheim. Maar juist Arnheim nam Z. Doorluchtigheid in bescherming. Hij was het die de kalme panoramische blik van deze grand-seigneur voor haar verklaarde als zij zich beklaagde over de voorliefde die graaf Leinsdorf aan de dag legde voor schietverenigingen en zuivelcoöperaties. 'Z. Doorluchtigheid gelooft aan de richtinggevende kracht van de grond en de tijd,' legde hij haar ernstig uit. 'Gelooft u mij, dat komt door het grondbezit. De grond ontcompliceert, zoals hij het water zuivert. Zelfs ik onderga op mijn zeer bescheiden landgoed telkens als ik er vertoef die invloed. Het werkelijke leven maakt eenvoudig.' En na enige aarzeling voegde hij eraan toe: 'Z. Doorluchtigheid is in zijn grootlijnige levenshouding ook uiterst tolerant, om niet te zeggen roekeloos geduldig – ' Omdat dit aspect van haar doorluchtige weldoener nieuw was voor Diotima, keek zij belangstellend op. 'Ik zou niet met zekerheid willen beweren,' vervolgde Arnheim met vage nadrukkelijkheid, 'dat graaf Leinsdorf merkt hoezeer uw neef als secretaris misbruik maakt van zijn vertrouwen, natuurlijk alleen wat zijn instelling betreft, wil ik daar meteen aan toevoegen, door zijn scepsis ten aanzien van grootse plannen en door zijn sarcastische sabotage. Ik ben zelfs bang dat zijn invloed op graaf Leinsdorf ongunstig zou zijn wanneer deze ware edelman niet juist zo stevig ingebed was in de grote traditionele gevoelens en ideeën waarop het werkelijke leven berust, dat hij zich dit vertrouwen waarschijnlijk kan permitteren.'

Dat was een krasse en verdiende uitspraak over Ulrich, maar Diotima schonk er niet zo veel aandacht aan omdat zij onder de indruk was van het andere deel van Arnheims opvatting, namelijk om landgoederen als het ware niet te bezitten als een eigenaar maar te ondergaan als een massage van de ziel; zij vond dat groots en peinsde over de gedachte zichzelf op een dergelijk landgoed als vrouw des huizes voor te stellen. 'Ik heb er soms bewondering voor,' zei zij, 'met hoeveel begrip u over Z. Doorluchtigheid oordeelt! Hij behoort tenslotte toch tot een verdwijnende episode in de geschiedenis?' 'Ja, dat doet hij zeker,' antwoordde Arnheim, 'maar de eenvoudige deugden als moed, ridderlijkheid en zelfdiscipline, die deze kaste zo voorbeeldig heeft ontwikkeld, zullen altijd hun waarde behouden. Kortom, de heer! Ik heb aan het element van de heer ook in het zakenleven steeds grotere waarde leren hechten.'

'Dan zou de heer uiteindelijk bijna evenwaardig zijn aan het gedicht?' vroeg Diotima peinzend.

'Daar hebt u iets heel moois gezegd!' bevestigde haar vriend. 'Het is het geheim van het krachtige leven. Men kan met zijn verstand alleen noch moreel zijn, noch politiek bedrijven. Het verstand is daartoe niet toereikend, de doorslaggevende dingen voltrekken zich daar buitenom. Mensen die iets groots tot stand brachten hebben altijd van de muziek, het gedicht, de vorm, discipline, religie en ridderlijkheid gehouden. Ik zou zelfs willen beweren dat alleen mensen die dat doen iets bereiken. Want het zijn de zogenaamde imponderabilia die de heer, de man maken, en wat nog in de bewondering van het volk voor de acteur meetrilt is een onbegrepen overblijfsel daarvan. Maar om op uw neef terug te komen: het is natuurlijk niet eenvoudigweg zo dat men conservatief begint te worden zodra men te gemakzuchtig voor uitspattingen geworden is; maar al worden wij dan ook allemaal als revolutionairen geboren, er komt een dag dat een eenvoudig goed mens, hoe men zijn intelligentie ook moge beoordelen, een betrouwbaar, vrolijk, dapper en trouw mens dus, niet alleen een buitengewone vreugde verschaft, maar ook de werkelijke humus van het leven zelf vormt. Dat is een voorouderlijke wijsheid, die echter de beslissende verandering van de smaak betekent, die in de jeugd van nature op het exotische is gericht, naar de smaak van de volwassene. Ik bewonder uw neef in menig opzicht, of, al is dat misschien te veel gezegd, want men kan weinig van wat hij allemaal zegt rechtvaardigen, ik zou bijna zeggen dat ik zeer op hem gesteld ben, want hij heeft naast veel dat innerlijk star en vreemd is ook iets van buitengewone vrijheid en onafhankelijkheid in zich; misschien is het trouwens die mengeling van vrijheid en innerlijke starheid die hem juist zo charmant maakt, maar hij is een gevaarlijke man, met zijn infantiele morele exotisme en zijn goed ontwikkelde verstand, die altijd het avontuur zoekt zonder te weten wat hem daar eigenlijk toe drijft.'

77

Arnheim als vriend van de journalisten

Diotima was herhaaldelijk in de gelegenheid om bij Arnheim de imponderabilia van het gedrag te observeren.

Zo werden bijvoorbeeld op zijn advies op de bijeenkomsten van 'het concilie' (zoals directeur-generaal Tuzzi het 'Comité tot het nemen van een leidend besluit met betrekking tot Z. Majesteits Zeventigjarig Regeringsjubileum' ietwat gekscherend had gedoopt) soms ook vertegenwoordigers van grote kranten uitgenodigd, en Arnheim, ofschoon hij zelf slechts als gast zonder functie aanwezig was, mocht zich van hun kant in een aandacht verheugen welke die voor alle andere beroemdheden overschaduwde. Want om een of andere imponderabele reden zijn de kranten toch niet die laboratoria en proefstations van de geest die ze tot heil van allen zouden kunnen zijn, maar gewoon magazijnen en beurzen. Plato – om hem als voorbeeld te nemen, omdat men hem naast een dozijn anderen de grootste denker noemt – zou, als hij nog leefde, vast en zeker in vervoering zijn geraakt over een krantebedrijf, waarin elke dag een nieuw idee geschapen, omgeruild en verfijnd kan worden, waarin berichten van over de hele wereld samenstromen met een snelheid die hij van zijn leven niet heeft meegemaakt en waar een staf van demiurgen klaarstaat om ze ogenblikkelijk op hun gehalte aan geest en werkelijkheid te toetsen. Hij zou in een kranteredactie die topos uranios, het hemelse oord der ideeën hebben vermoed waarvan hij het bestaan zo overtuigend heeft beschreven dat nog heden ten dage alle betere mensen wanneer zij tegen hun kinderen of personeel spreken idealisten zijn. En natuurlijk zou Plato als hij vandaag onverwacht bij een redactie langs zou gaan en zou kunnen bewijzen dat hij werkelijk die grote schrijver was die al meer dan tweeduizend jaar geleden is gestorven, daarmee geweldig opzien baren en de lucratiefste aanbiedingen krijgen. Als hij dan kans zou zien om binnen drie weken een bundel filosofische reisbrieven te schrijven en een paar duizend van zijn bekende korte verhalen en misschien ook nog iets van zijn eerdere werk te verfilmen, zou het hem zeker geruime tijd heel goed gaan. Maar zodra de actualiteit van zijn wederkomst voorbij zou zijn en meneer Plato zou dan nog een van zijn bekende ideeën, die nooit helemaal ingang konden vinden, in praktijk willen brengen, dan zou zijn hoofdredacteur hem alleen nog maar vragen om daar zo af en toe een leuk populair-wetenschappelijk artikel over te schrijven voor de amusementsbijlage (maar liefst wel luchtig en vlot, en niet zo ingewikkeld van stijl, met het oog op de lezerskring), en de bijlageredacteur zou eraan toevoegen dat hij een dergelijke bijdrage helaas hoogstens eens per maand zou kunnen plaatsen omdat hij toch ook rekening moest houden met al die andere talenten. En de beide heren zouden daarna het gevoel hebben heel veel te hebben gedaan voor een man die weliswaar de nestor van de Europese publicisten is, maar toch ietwat achterhaald en qua actualiteitswaarde beslist niet gelijk te stellen aan iemand als Paul Arnheim.

Wat Arnheim betreft, die zou het daar natuurlijk nooit mee eens zijn omdat zijn eerbied voor al wat groot was daardoor gekwetst zou worden, maar in veel opzichten zou hij het toch heel begrijpelijk vinden. In deze tijd, waarin van alles door elkaar gepraat wordt, waarin profeten en charlatans zich van dezelfde frasen bedienen, op kleine verschillen na die geen drukbezet mens kan opsporen omdat hij er de tijd niet voor heeft om ze na te gaan, en waarin redacties voortdurend lastig worden gevallen met de ontdekking van een of ander genie, is het erg moeilijk de waarde van een mens of een idee goed te beoordelen; men kan zich eigenlijk alleen op zijn oren verlaten om te beoordelen wanneer het gemompel, gefluister en geschuifel voor de deur van de redactie luid genoeg is om als stem van de algemeenheid te worden binnengelaten. Vanaf dat moment treedt het genie evenwel een andere toestand binnen. Het is dan niet langer eenvoudig een opgeblazen zaak van de literatuur- of toneelkritiek, waarvan een lezer zoals de krant die zich wenst de tegenstrijdigheden even weinig serieus neemt als het geklets van kinderen, maar het verkrijgt de rang van een feit, met alle gevolgen van dien.

Blinde ijveraars zien in hun dwaasheid voorbij aan de wanhopige behoefte aan idealisme die daarachter schuilgaat. De wereld van het schrijven en van het moeten schrijven is vol grote woorden en begrippen die hun onderwerp zijn kwijtgeraakt. De attributen van grote mannen en geestdriften leven langer dan hun aanleidingen, en daarom blijven er een heleboel attributen over. Ze zijn ooit door een belangrijk man voor een ander belangrijk man geformuleerd, maar die mannen zijn al lang dood, en de overlevende begrippen moeten worden gebruikt. Daarom wordt voortdurend bij de epitheta de man gezocht. De 'machtige volheid' van Shakespeare, de 'universaliteit' van Goethe, de 'psychologische diepgang' van Dostojevski en al die andere begrippen die een lange literaire ontwikkeling heeft nagelaten, zitten met honderden tegelijk in de hoofden van degenen die schrijven, en puur omdat de afzet anders stagneert noemen zij tegenwoordig een tennisstrateeg al onpeilbaar of een modedichter groot. Men begrijpt dat zij dan dankbaar zijn dat zij hun voorraad woorden zonder verlies aan de man kunnen brengen. Maar het moet een man zijn wiens belangrijkheid al een voldongen feit is, zodat men weet dat de woorden bij hem een plaatsje vinden, al komt het er ook helemaal niet op aan waar. En zo'n man was Arnheim; want Arnheim was Arnheim, aan Arnheim zat nog meer Arnheim vast, als erfgenaam van zijn vader was hij al als gebeurtenis geboren, en er kon geen twijfel bestaan aan de actualiteit van wat hij zei. Hij hoefde zich alleen maar de kleine moeite te getroosten iets te zeggen dat men met een beetje goede wil belangrijk kon vinden. En Arnheim zelf formuleerde dat ook in een echt beginsel: 'Een groot deel van iemands werkelijke betekenis bestaat eruit zich verstaanbaar te kunnen maken voor zijn tijdgenoten,' placht hij te zeggen.

Hij kon dus ook ditmaal uitstekend overweg met de kranten, die zich op hem stortten. Hij glimlachte slechts over eerzuchtige financiers of politici die het liefst hele bossen bladen zouden willen opkopen; die poging om de publieke opinie te beïnvloeden leek hem even onbehouwen en lafhartig als wanneer een man een vrouw geld aanbiedt voor haar liefde terwijl hij alles toch veel goedkoper kan krijgen door haar fantasie te prikkelen. Hij had de journalisten die hem vragen stelden over het concilie geantwoord dat alleen al het feit dat de samenkomst plaatsvond de diepe noodzaak ervan bewees, want in de wereldgeschiedenis gebeurde niets redeloos; en daarmee had hij hun journalistenhart zo uitstekend weten te raken dat deze uitspraak in tal van kranten werd geciteerd. Het was op de keper beschouwd ook echt een mooie zin. Want mensen die alles wat er gebeurt serieus nemen zouden onwel worden als zij niet de overtuiging hadden dat er niets redeloos gebeurt; maar anderzijds zouden zij, zoals bekend, ook liever op hun tong bijten dan iets al te serieus te nemen, al was het de belangrijkheid zelf. Het vleugje pessimisme dat in Arnheims uitspraak school droeg er veel toe bij dat aan de onderneming reële waardigheid werd verleend, en nu kon ook de omstandigheid dat hij een buitenlander was worden uitgelegd als belangstelling van het buitenland in zijn geheel voor de geweldig interessante geestelijke ontwikkelingen in Oostenrijk.

De overige beroemdheden die aan het concilie deelnamen beschikten niet over zo'n zelfde onbewuste gave om bij de pers in de smaak te vallen, maar zij zagen het effect; en omdat beroemdheden over het algemeen weinig van elkaar weten en elkaar in de trein van de eeuwigheid die hen allemaal samen vervoert meestal alleen in de restauratiewagen te zien krijgen, werkte de bijzondere autoriteit die Arnheim bij het publiek genoot, zonder dat die werd geverifieerd, ook op hen in, en ofschoon hij de zittingen van alle aangestelde commissies nog steeds bleef mijden, viel hem tijdens het concilie helemaal vanzelf de rol van middelpunt ten deel. Hoe meer die bijeenkomst vorderde, des te duidelijker bleek dat hij de eigenlijke sensatie ervan was, ook al deed hij daar in feite niets voor, behalve misschien dat hij ook in de omgang met zijn beroemde mededeelnemers een oordeel aan de dag legde dat men in die zin als openhartig pessimisme kon interpreteren dat er weliswaar nauwelijks iets van het concilie te verwachten viel, maar dat anderzijds een zo nobele taak op zichzelf al alle vertrouwen en toewijding verdiende waarover men beschikte. Dat soort zachtmoedig pessimisme wekt zelfs bij grote geesten vertrouwen; want om de een of andere reden is het idee dat de geest tegenwoordig nooit helemaal echt succes heeft sympathieker dan het idee dat de geest van een der collega's dat succes zou hebben, en men kon Arnheims terughoudend oordeel over het concilie opvatten als een concessie aan die mogelijkheid.

78

Diotima's veranderingen

Diotima's gevoelens volgden niet precies dezelfde recht opgaande lijn als Arnheims succes.

Het kwam voor dat zij midden in een gezelschap en midden in haar tot in de verste kamers leeggeruimde en onherkenbaar veranderde huis dacht wakker te worden in een gedroomd land. Zij stond dan omringd door ruimte en mensen, het licht van de kroonluchter vloeide zachtjes over haar haren en vandaar over haar schouders en heupen naar beneden, zo dat zij de lichte stromen ervan bijna meende te voelen, en zij was een standbeeld, een gebeeldhouwde figuur op een fontein had zij kunnen zijn, in het middelpunt van een van 's werelds middelpunten, overstroomd door de hoogste spirituele gratie. Deze situatie leek haar een nooit terugkomende gelegenheid om al die dingen te verwezenlijken waarvan men in de loop van zijn leven heeft geloofd dat ze het belangrijkste en het grootste waren, en het kon haar maar weinig schelen dat zij zich daar niets bepaalds bij kon voorstellen. Haar hele huis, de aanwezigheid van de mensen daarin, de hele avond omhulde haar als een japon die gevoerd is met gele zijde; zij voelde het geel tegen haar huid, maar zag het niet. Van tijd tot tijd wendde haar blik zich naar Arnheim, die gewoonlijk ergens anders te midden van een groepje mannen stond te praten; maar dan merkte zij dat haar blik al die tijd al op hem had gerust, en het was slechts haar ontwaken dat zij hem nazond. Ook zonder dat zij ernaar keek bleven de uiterste tippen van de vleugels van haar ziel, als je dat zo mag zeggen, aldoor op zijn gezicht rusten en meldden wat daarin omging.

En om bij veren te blijven zou daaraan kunnen worden toegevoegd dat er ook in zijn verschijning iets verdrooms lag, misschien iets van een koopman met gouden engelenvleugels die te midden van de vergadering was neergedaald. Het snerpen van sneltreinen en luxewagons, het zoeven van auto's, de stilte van jachthuizen, het klapperen van de zeilen van een boot, het zat allemaal in die onzichtbare, dichtgevouwen, bij een uitleggend armgebaar zachtjes ruisende wieken waarmee haar gevoel hem uitrustte. Arnheim was nog altijd vaak afwezig omdat hij veel reisde, en zijn aanwezigheid leek daardoor elke keer iets dat verder reikte dan het moment en de lokale gebeurtenissen, die voor Diotima al zo belangrijk waren. Zij wist dat er als hij hier was een verborgen komen en gaan plaatshad van telegrammen, bezoekers en afgevaardigden van zijn eigen bedrijf. Zij had zo langzamerhand een voorstelling gekregen, misschien wel een overdreven voorstelling, van de betekenis van een wereldconcern en hoe dit verbonden was met de gebeurtenissen in het grote leven. Arnheim vertelde soms adembenemend interessant over de betrekkingen van het internationale kapitaal, over overzeese handel en de politieke achtergronden; geheel nieuwe horizonten, trouwens voor het eerst horizonten, openden zich voor Diotima, het was al voldoende om hem maar één enkele keer te hebben horen spreken over de Frans-Duitse tegenstelling, waarover Diotima niet veel meer wist dan dat bijna iedereen in haar omgeving een lichte afkeer had van Duitsland, gemengd met een zeker lastig gevoel van broederlijke verplichtingen; in zijn beschrijving werd het een Gallisch-Keltisch-Ostide-Thyreologisch probleem, verbonden met de Lotharingse kolenmijnen en bovendien nog met de Mexicaanse olievelden en met de tegenstelling tussen Angelsaksisch en Latijns-Amerika. Van dat soort samenhangen had directeur-generaal Tuzzi geen idee, of in ieder geval liet hij dat niet merken. Hij beperkte zich ertoe Diotima van tijd tot tijd er opnieuw op te wijzen dat volgens hem Arnheims aanwezigheid in en voorkeur voor hun huis onbegrijpelijk waren als je niet aannam dat hij daar verborgen bedoelingen mee had, maar over de mogelijke aard daarvan zweeg hij, meer wist hij zelf niet.

Zo voelde zijn echtgenote indrukwekkend de superioriteit van de nieuwe mens over de methoden van de verouderde diplomatie. Zij was het moment waarop zij had besloten om Arnheim aan het hoofd van de Parallelactie te stellen niet vergeten. Het was het eerste grote idee van haar leven geweest, en zij had zich daarbij in een wonderlijke toestand bevonden; er was een soort droom- en smelttoestand over haar gekomen, het idee was in zulke fantastische verten terechtgekomen, en alles wat tot dan toe Diotima's wereld had uitgemaakt was in de confrontatie met dit idee weggesmolten. Wat je daarvan in woorden kon uitdrukken stelde wel heel weinig voor; een flonkeren was het geweest, een flikkeren, een eigenaardige leegte en ideeënvlucht, en je kon zelfs gerust toegeven – dacht Diotima – dat de hele kern van het idee zelf, namelijk om Arnheim aan het hoofd te stellen van de nog jonge patriottische actie, onmogelijk was geweest. Arnheim was een buitenlander, dat bleef waar. Zo rechtstreeks als zij het aan graaf Leinsdorf en haar echtgenoot had voorgesteld was deze inval dus niet te verwezenlijken. Maar niettemin was alles toch precies gegaan zoals het haar in die toestand was ingegeven. Want ook alle andere inspanningen om aan de actie een werkelijk verheffende inhoud te geven waren tot nog toe vergeefs gebleven; de grote eerste zitting, het werk van de commissies, zelfs dit privé-congres, waarvoor Arnheim overigens, gehoorzamend aan een merkwaardige ironie van het lot, had gewaarschuwd, had tot nu toe niets anders opgeleverd dan – Arnheim, rond wie men zich verdrong, die onophoudelijk moest spreken en het geheime middelpunt vormde van ieders verwachtingen. Dat was het nieuwe type mens, dat geroepen is de oude machten in de sturing van het lot af te lossen. Zij mocht er trots op zijn dat zij het was geweest die hem direct had ontdekt, die met hem over het binnendringen van de nieuwe mens in de sferen van de macht had gesproken en hem had geholpen om ondanks het verzet van alle anderen hierin door te zetten. Als Arnheim dus werkelijk nog iets bijzonders in zijn schild zou hebben gevoerd, zoals directeur-generaal Tuzzi vermoedde, dan zou Diotima ook in dat geval bijna bij voorbaat vastbesloten zijn geweest hem met alle middelen te steunen, want een groots moment verdraagt geen kleingeestig onderzoek, en zij voelde duidelijk dat haar leven zich op een hoogtepunt bevond.

Afgezien van de pech- en geluksvogels hebben alle mensen een even slecht leven, maar het speelt zich op verschillende verdiepingen af. Dit zelfgevoel van de verdieping is voor de mens van tegenwoordig, die over het algemeen toch al weinig zicht heeft op de zin van zijn leven, een zeer nastrevenswaardig surrogaat. In buitengewone gevallen kan dat zelfs leiden tot een hoogte- en machtsroes, zoals er ook mensen zijn die op een hogere verdieping van een huis duizelig worden, zelfs al weten zij dat zij midden in de kamer staan en dat alle ramen dicht zijn. Als Diotima bedacht dat een van de invloedrijkste mannen van Europa er samen met haar aan werkte om geest in machtssferen te brengen, hoe zij beiden welhaast door een speling van het lot waren samengebracht en wat er allemaal gebeurde, zelfs als er op een hogere verdieping van een Wereld-Oostenrijks mensheidsbouwwerk op die dag juist niets bijzonders gebeurde: als zij dat bedacht had de kluwen verbindingen van haar gedachten dadelijk iets van knopen die zich tot losse lussen ontwarden, haar denksnelheid nam toe, het verloop was vergemakkelijkt, een eigenaardig gevoel van geluk en welslagen ging met haar invallen gepaard, en een toestand van toestromen bracht haar inzichten die haar zelf verrasten. Haar zelfbewustzijn was gegroeid; successen waarvan zij vroeger niet had durven dromen lagen binnen handbereik, zij voelde zich opgewekter dan gewoonlijk, soms vielen haar zelfs gewaagde grapjes in, en iets dat zij haar hele leven nog nooit bij zichzelf had waargenomen, golven van vrolijkheid, uitgelatenheid zelfs, gingen door haar heen. Zij voelde zich als in een torenkamer met overal ramen. Maar dat had ook zijn verontrustende kanten. Zij werd geplaagd door een vaag, algemeen, onuitsprekelijk gevoel van welbehagen dat haar dwong tot wat voor handelingen dan ook, tot een veelomvattend handelen waarvan zij zich geen voorstelling kon maken. Men zou bijna kunnen zeggen dat zij zich plotseling bewust werd van het draaien van de aardbol onder haar voeten, en dat gevoel raakte zij niet kwijt; of deze hevige voorvallen zonder concrete inhoud waren even hinderlijk als een hond die je voor de voeten springt zonder dat iemand hem heeft zien aankomen. Diotima was daarom soms bang van de verandering die zich zonder haar uitdrukkelijke toestemming in haar had voltrokken, en al met al leek haar toestand nog het meest op dat lichte nerveuze grijs dat de kleur is van de ijle, van alle zwaarte bevrijde hemel in het ontmoedigende uur van de grootste hitte.

Diotima's streven naar het ideaal onderging daarbij een grote verandering. Dit streven was nooit helemaal goed te onderscheiden geweest van de correcte bewondering voor grote dingen, het was een voornaam idealisme, een decente plechtstatigheid, en omdat men in onze moderne, robuustere tijden nauwelijks nog weet wat dat is, kan het nuttig zijn daar in het kort nog iets over te schrijven. Het was niet tastbaar, dit idealisme, omdat het tastbare verbonden is met handwerk en handwerk altijd smerig is; het had veeleer iets van het schilderen van bloemen door aartshertoginnen, voor wie andere modellen dan bloemen ongepast waren, en wat heel karakteristiek was voor dit idealisme was het begrip cultuur, het voelde zich hoogst cultureel. Je kon het echter ook harmonisch noemen, omdat het alle onevenwichtigheid verafschuwde en het als een taak van de beschaving beschouwde de grove tegenstellingen die er helaas op de wereld bestonden met elkaar in harmonie te brengen; kortom, het verschilde misschien niet eens zo heel veel van wat men tegenwoordig nog steeds − natuurlijk alleen daar waar men hecht aan de grote burgerlijke traditie − onder een gedegen en proper idealisme verstaat, dat immers een zeer groot onderscheid maakt tussen zaken die het waardig zijn en zaken die dat niet zijn, en dat om redenen van hogere humaniteit weigert geloof te hechten aan de overtuiging van heiligen (en van artsen en ingenieurs) dat ook moreel afval onbenutte hemelse verwarmingsenergie bevat. Als men Diotima vroeger uit haar slaap zou hebben gewekt en gevraagd zou hebben wat ze graag zou willen, zou zij, zonder daarover na te hoeven denken, hebben geantwoord dat de liefdeskracht van een levende ziel behoefte had zich aan de hele wereld mee te delen; maar eenmaal een tijdje wakker zou zij een restrictie hebben gemaakt door op te merken dat men in de wereld zoals die nu, overwoekerd door civilisatie en intellect, was geworden zelfs bij de meest hoogstaande naturen voorzichtigheidshalve nog slechts kon spreken van een aan de liefdeskracht analoog streven. En zij zou dat ook werkelijk hebben gemeend. Er bestaan tegenwoordig nog duizenden van zulke mensen die op verstuivers van liefdeskracht lijken. Als Diotima ging zitten om in haar boeken te lezen streek zij het mooie haar uit haar voorhoofd, wat haar een logisch aanzien gaf, en zij las met verantwoordelijkheidsbesef; zij trachtte in datgene wat zij cultuur noemde een hulpmiddel te vinden voor de niet makkelijke maatschappelijke positie waarin zij zich bevond; zo leefde zij ook, zij verdeelde zich in kleine druppeltjes van ragfijne liefde over alle dingen die het verdienden, sloeg daar als een waas van condens op enige afstand van zichzelf op neer, en voor haarzelf bleef eigenlijk alleen de lege flacon van haar lichaam over, die deel uitmaakte van directeur-generaal Tuzzi's huisraad. Dat had op het laatst, voor Arnheim op het toneel verscheen, toen Diotima nog alleen tussen haar echtgenoot en de grootste lichtbron van haar leven, de Parallelactie, had gestaan, tot vlagen van zware melancholie geleid, maar sindsdien had haar toestand zich weer op een heel natuurlijke wijze hersteld. De liefdeskracht had zich krachtig samengetrokken en was bij wijze van spreken tot haar lichaam weergekeerd, en het 'analoge' streven had zich tot een zeer zelfzuchtig en ondubbelzinnig streven ontwikkeld. Het denkbeeld, voor het eerst opgeroepen door haar neef, dat zij zich in het voorstadium van een daad bevond, en dat iets dat zij zich nog niet wilde voorstellen op het punt stond tussen haar en Arnheim te gebeuren, bezat een zo veel hogere concentratiegraad dan alle denkbeelden die haar tot dan toe hadden beziggehouden, dat zij het niet anders kon voelen dan alsof zij van een droomtoestand in een toestand van waken was overgegaan. Er was daardoor in Diotima ook een leegte ontstaan die aanvankelijk voor deze overgang zo kenmerkend is, en uit beschrijvingen kon zij zich herinneren dat dit een teken was van ontluikende grote hartstochten. Zij geloofde veel van wat Arnheim de laatste tijd had gezegd in dat licht te kunnen begrijpen. Zijn mededelingen over zijn positie, over de voor zijn leven noodzakelijke deugden en plichten waren voorbereidingen op iets onafwendbaars, en Diotima voelde, alles wat tot dan toe haar ideaal was geweest in beschouwing nemend, het spirituele pessimisme van de daad, zoals iemand die zijn koffers heeft gepakt een laatste blik werpt op de al half ontzielde kamers die hem jarenlang hebben gehuisvest. Het onverwachte gevolg was dat Diotima's ziel, tijdelijk zonder het toezicht van de hogere krachten, zich gedroeg als een uitgelaten schooljongen die net zo lang ronddolt tot de treurigheid van zijn zinloze vrijheid hem overvalt, en door deze merkwaardige omstandigheid ontstond er in haar relatie tot haar echtgenoot korte tijd iets dat ondanks een groeiende vervreemding zoal niet op een late liefdeslente, dan toch verbazend veel op een mengeling van alle seizoenen der liefde leek.

De kleine directeur-generaal, met zijn bruine droge huid die zo prettig rook, begreep niet wat er aan de hand was. Het was hem een paar maal opgevallen dat zijn vrouw in het bijzijn van gasten een eigenaardig dromerige, in zichzelf gekeerde, afgetrokken en hoogst nerveuze indruk maakte, werkelijk nerveus en op de een of andere manier tegelijkertijd zeer afwezig; maar zodra zij alleen waren en hij haar ietwat schuchter en bevreemd benaderde om haar ernaar te vragen, viel zij hem zonder enige aanleiding tot vrolijkheid plotseling om de hals en drukte een buitengewoon heet lippenpaar op zijn voorhoofd, dat hem deed denken aan de krultang van de kapper als die tijdens het friseren van de baard te dicht bij de huid komt. Ze was onaangenaam, zo'n onverwachte tederheid, en hij wiste haar stiekem weg als Diotima niet keek. Maar als hij haar eens in zijn armen wilde sluiten of, wat nog hinderlijker was, al had gesloten, verweet zij hem geagiteerd dat hij nooit van haar had gehouden maar zich alleen als een beest op haar wierp. Nu paste een zekere mate van lichtgeraaktheid en grilligheid wel helemaal in het beeld dat hij zich sinds zijn jeugd van een begerenswaardige, de mannelijke natuur aanvullende vrouw had gevormd, en de van geest doortrokken bevalligheid waarmee Diotima een kopje thee aanreikte, een nieuw boek ter hand nam of over een of ander probleem oordeelde waar zij volgens haar echtgenoot onmogelijk iets van kon begrijpen, had hem altijd door haar volmaakte vorm in verrukking gebracht. Dat werkte op hem als discrete tafelmuziek, iets waar hij buitengewoon op gesteld was; maar natuurlijk was Tuzzi ook geheel van mening dat muziek, losgemaakt van de maaltijd (of de kerkgang) en omwille van zichzelf bedreven, al burgerlijke opgeblazenheid was, hoewel hij wist dat je dat niet hardop mocht zeggen, en hij zich bovendien nooit uitvoerig afgaf met dat soort gedachten. Wat stond hem dus te doen als Diotima hem de ene keer omhelsde en vervolgens weer geïrriteerd beweerde dat een gevoelvol mens aan zijn zijde niet de vrijheid had om zich tot zijn ware wezen te verheffen? Wat moest hij antwoorden op eisen om meer aan de diepe wateren van haar innerlijke schoonheid te denken dan zich met haar lichaam bezig te houden? Opeens diende hij te beseffen wat het verschil was tussen een eroticus, in wie de geest der liefde zweeft, vrij van de last der begeerten, en een seksualist. Eigenlijk waren dat natuurlijk maar boekenwijsheden waar je om kon lachen; maar als ze werden opgedist door een vrouw die zich onderwijl ontkleedt – met zulke lessen op haar lippen! – dacht Tuzzi, worden het beledigingen. Want het was hem niet ontgaan dat Diotima's lingerie enige vorderingen had gemaakt in de richting van een mondain soort frivoliteit. Zij had zich altijd met veel zorg en weloverwogen gekleed, omdat haar maatschappelijke positie weliswaar vereiste dat zij er elegant uitzag maar desondanks de adellijke dames geen concurrentie mocht aandoen; maar in de tussen eerbare onverscheurbaarheid en het spinneweb van de wulpsheid liggende nuances op ondergoedgebied deed zij nu concessies aan de schoonheid die zij vroeger zou hebben bestempeld als zijnde een intelligente vrouw onwaardig. En als Giovanni (Tuzzi heette Hans, maar hij was om stilistische redenen passend bij zijn achternaam omgedoopt) er eens iets over zei dan bloosde zij tot aan haar schouders en vertelde iets over mevrouw von Stein, die zelfs aan iemand als Goethe geen concessies had gedaan! Directeur-generaal Tuzzi kon zich dus niet meer, als híj de tijd daarvoor gekomen achtte, uit de omgang met gewichtige, voor privé-personen ontoegankelijke staatszaken bevrijden om zijn ontspanning in de huiselijke schoot te zoeken, maar voelde zich aan Diotima overgeleverd, en wat tot dan toe zo zorgvuldig gescheiden was geweest, inspanning van de geest en het risicoloos ontspannen van het lichaam, moest praktisch weer tot de vermoeiende en een beetje lachwekkende eenheid van lichaam en geest als bij het hofmaken uit hun verlovingstijd worden teruggebracht, alsof hij een korhaan was of een gedichten schrijvende adolescent.

Men overdrijft nauwelijks met de bewering dat hij er soms diep in zijn hart welhaast van walgde, en in verband daarmee deed het publieke succes dat zijn echtgenote in die tijd had hem bijna pijn. Diotima had de algemene stemming mee, en dat was iets waar directeur-generaal Tuzzi onder alle omstandigheden zo veel respect voor had dat hij bang was om begriploos te lijken als hij autoritair of met al te bijtende spot tegen de voor hem onbegrijpelijke kuren van Diotima optrad. Het werd hem allengs duidelijk dat het feit dat je de echtgenoot bent van een belangrijke vrouw een pijnlijk lijden is dat je maar beter zorgvuldig kunt verbergen, en dat het in zekere zin zelfs leek op ontmanning door een ongeluk. Hij droeg er de uiterste zorg voor niets te laten merken, kwam en ging, gehuld in een wolk van beminnelijk ambtelijke ondoorzichtigheid, geruisloos en onopvallend als Diotima bezoek had of als er bij haar besprekingen plaatsvonden, maakte bij gelegenheid enkele beleefde, praktische of ook wel troostend ironische opmerkingen, leek zijn leven door te brengen in een afgesloten maar vriendelijke buurwereld, leek het altijd met Diotima eens te zijn, had zelfs onder vier ogen altijd nog van tijd tot tijd een kleine opdracht voor haar, stimuleerde openlijk de aanwezigheid van Arnheim in zijn huis, en in de uren die de gewichtige zorgen op zijn werk hem overlieten bestudeerde hij Arnheims geschriften en haatte schrijvende mannen als de oorzaak van zijn lijden.

Want dat was een probleem waarop het voornaamste probleem, namelijk wat Arnheim eigenlijk in zijn huis te zoeken had, zich nu soms toespitste: Waarom schreef Arnheim? Schrijven is een bijzondere vorm van kletsen en Tuzzi vond kletsende mannen onuitstaanbaar. Hij kreeg dan de hevige behoefte zijn kaken op elkaar te klemmen en als een matroos tussen zijn tanden door te spugen. Er waren natuurlijk uitzonderingen op die hij acceptabel vond. Hij kende een paar hogere ambtenaren die na hun pensionering hun herinneringen hadden opgeschreven, en ook een paar die nu en dan in kranten publiceerden; Tuzzi gaf daarvoor de verklaring dat een ambtenaar alleen schrijft als hij ontevreden is of een jood, want joden waren naar zijn overtuiging ambitieus en ontevreden. Ook hadden grote mannen van de praktijk wel eens boeken geschreven over hun ervaringen; maar dat was in hun levensavond, en in Amerika of hooguit in Engeland. Verder was Tuzzi literair goed onderlegd en gaf zoals alle diplomaten de voorkeur aan memoires, waar je intelligente uitspraken en mensenkennis van kon opsteken; maar het moest toch ook wel ergens op wijzen dat die tegenwoordig niet meer worden geschreven, en waarschijnlijk betreft het in dit geval een verouderde behoefte die niet langer past in een tijd van nieuwe zakelijkheid. En tenslotte schrijft men ook nog omdat het een beroep is; dat erkende Tuzzi ten volle, als men daar voldoende mee verdient of op de een of andere manier onder het nu eenmaal gegeven begrip schrijver valt; hij voelde zich zelfs tamelijk vereerd bij zich thuis de kopstukken van dit beroep te ontmoeten, waartoe hij tot dusver die schrijvers had gerekend die door het geheime fonds van het ministerie van Buitenlandse Zaken werden onderhouden, maar zonder er lang over na te denken zou hij ook de Ilias en de Bergrede, die hij toch allebei zeer wist te waarderen, tot die werken hebben gerekend waarvan het bestaan verklaard kan worden uit de uitoefening van een beroep, vrijwillig of om den brode. Alleen hoe zo'n man als Arnheim, die het geenszins nodig had, ertoe kwam om zo veel te schrijven, dat was iets waar Tuzzi nu pas echt iets achter zocht, maar waar hij geen stap dichterbij was gekomen.

79

Soliman heeft lief

Soliman, de kleine negerslaaf, ook wel negerprins, had Rachel, het kamenierstertje, ook wel vriendin van Diotima, gedurende die tijd de overtuiging bijgebracht dat zij de gang van zaken in huis in de gaten moesten houden, om als het moment gekomen was een duister plan van Arnheim te verhinderen. Preciezer gezegd, hij had haar weliswaar niet overtuigd, maar niettemin waren zij als samenzweerders allebei op hun hoede en luisterden steeds aan de deur als er bezoek was. Soliman vertelde verschrikkelijk veel over heen en weer reizende koeriers en over geheimzinnige figuren die in het hotel bij zijn meester in- en uitliepen, en verklaarde zich bereid er een Afrikaanse vorsteneed op te zweren dat hij de geheime bedoeling zou ontdekken; de Afrikaanse vorsteneed bestond eruit dat Rachel haar hand tussen de knopen van zijn jasje en zijn hemd door op zijn blote borst moest leggen terwijl hij de bezwering zou uitspreken en met zijn eigen hand bij Rachel hetzelfde zou doen als zij bij hem; maar Rachel wilde niet. Maar toch, diezelfde kleine Rachel, die haar meesteres mocht aan- en uitkleden en voor haar de telefoon mocht aannemen, door wier handen elke ochtend en avond Diotima's zwarte haar gleed terwijl er door haar oren gouden woorden stroomden, deze kleine eerzuchtige die boven op een zuil had geleefd sinds de Parallelactie bestond, en elke dag sidderde in de stromen aanbidding die van haar ogen naar de godgelijke vrouw opstegen, had er sinds enige tijd plezier in deze vrouw eenvoudigweg te bespioneren.

Door open deuren uit aangrenzende kamers of door de kier van een aarzelend gesloten deur of gewoon terwijl zij op haar gemak iets in haar buurt aan het doen was, begluurde zij Diotima en Arnheim, Tuzzi en Ulrich, en nam blikken, zuchten, handkussen, woorden, lachjes en gebaren onder haar hoede, als de snippers van een verscheurd document dat ze niet in elkaar kon passen. Maar vooral de kleine opening van het sleutelgat gaf blijk van een vermogen dat Rachel vreemd genoeg herinnerde aan die lang vergeten tijd waarin zij haar eer had verloren. Diep drong de blik in het binnenste van de kamer door; tot tweedimensionale flarden teruggebracht dreven daarin de personen, en de stemmen waren niet langer gevat in de smalle rand van woorden, maar woekerden als klank zonder zin; schroom, aanbidding en bewondering, waardoor Rachel met deze personen was verbonden, werden nu door een hevig uiteenvallen verscheurd, en dat was net zo opwindend als wanneer een geliefde met zijn hele wezen plotseling zo diep in zijn geliefde binnendringt dat het haar zwart voor de ogen wordt en achter het gesloten gordijn van de huid het licht opflikkert. De kleine Rachel zat op haar hurken voor het sleutelgat, haar zwarte jurkje spande om haar knieën, om haar hals en schouders, Soliman zat in zijn livrei naast haar gehurkt als hete chocola in een donkergroene kom, en zo nu en dan hield hij zich met een snelle, een ogenblik rustende, dan tot in zijn vingertoppen en teder aarzelend tenslotte ook deze losmakende beweging van zijn hand vast aan Rachels schouder, knie of rok als hij zijn evenwicht verloor. Hij kon zijn lachen niet inhouden en Rachel legde haar kleine zachte vingers op de volle ronde kussens van zijn lippen.

Soliman vond het concilie overigens niet interessant, in tegenstelling tot Rachel, en onttrok zich als het maar even kon aan zijn taak samen met haar de gasten te bedienen. Hij verkoos mee te komen als Arnheim alleen op bezoek kwam. Dan moest hij weliswaar in de keuken zitten en wachten tot Rachel weer vrij was, en de kokkin, die de eerste dag zo aardig met hem had gepraat, werd nijdig omdat hij sindsdien bijna stom was geworden. Maar Rachel had nooit tijd om lang in de keuken te zitten, en als zij weer wegging bewees de kokkin, een juffrouw van in de dertig, Soliman moederlijke attenties. Hij liet zich dat een poosje welgevallen met zijn hooghartigste chocoladegezicht, maar dan placht hij op te staan en net te doen alsof hij iets vergeten was of zocht, richtte peinzend zijn ogen naar het plafond, ging met zijn rug naar de deur staan en begon achteruit te lopen, alsof hij zo het plafond alleen beter wilde bekijken; de kokkin had deze onhandige komedie al door zodra hij opstond en het wit van zijn ogen naar buiten draaide, maar uit nijd en jaloezie deed zij alsof zij niets in de gaten had, en Soliman getrooste zich uiteindelijk ook niet veel moeite meer voor zijn vertoning, die al tot een formule was bekort, tot het moment waarop hij op de drempel van de helder verlichte keuken stond en met een zo onschuldig mogelijk gezicht nog even bleef treuzelen. De kokkin keek dan expres niet. Soliman gleed als een donker beeld in donker water ruggelings de duistere hal in, luisterde ten overvloede nog even en begon dan plotseling met fantastische capriolen Rachels spoor door het vreemde huis te volgen.

Directeur-generaal Tuzzi was nooit thuis, en van Arnheim en Diotima had Soliman niets te duchten omdat hij wist dat zij alleen maar oor voor elkaar hadden. Hij had zelfs een aantal malen de proef genomen door iets om te gooien, en was niet opgemerkt. Hij was in alle kamers even thuis als een hert in het bos. Zijn bloed zocht als een gewei met achttien takken, scherp als dolken, een uitweg uit zijn hoofd. De punten van dit gewei streken langs muren en plafonds. Het was een gewoonte van het huis dat in alle kamers die op dat moment niet werden gebruikt, de gordijnen werden dichtgetrokken opdat de kleuren van het meubilair niet van de zon te lijden zouden hebben, en Soliman roeide door het halfdonker als door een wildernis van gebladerte. Hij had er plezier in dat met overdreven gebaren te doen. Hij droomde van geweld. Deze door de nieuwsgierigheid van vrouwen verwende knaap had in werkelijkheid nog nooit met een vrouw omgang gehad, maar alleen kennis gemaakt met de zonde van de Europese jongens, en zijn begeerten waren nog zo weinig door ervaring tot rust gekomen, zo ongebreideld en naar alle kanten brandend, dat zijn verlangen niet wist of het zich in Rachels bloed, in haar kussen of in een verstijven van alle aderen van zijn eigen lichaam moest stillen zodra hij zijn geliefde zag.

Waar Rachel zich ook verborg dook hij plotseling op en glimlachte over zijn geslaagde list. Hij sneed haar de pas af en noch de studeerkamer van de heer des huizes, noch Diotima's slaapkamer was heilig voor hem; hij sprong achter gordijnen, bureaus, kasten en bedden vandaan, en Rachels hart stond telkens weer bijna stil van schrik over zo veel vrijpostigheid en genomen risico zodra het schemerdonker zich ergens verdichtte tot een zwart gezicht waar twee rijen witte tanden uit oplichtten. Maar zodra Soliman tegenover de echte Rachel stond werd hij door zedigheid overweldigd. Dit meisje was zo veel ouder dan hij en zo mooi als een fijn overhemd dat je met de beste wil van de wereld niet meteen vuil kunt maken als het smetteloos uit de was komt, en bovendien eenvoudigweg zo echt dat alle fantasieën in haar aanwezigheid verbleekten. Zij maakte hem verwijten over zijn ongemanierde gedrag en loofde Diotima, Arnheim en de eer om aan de Parallelactie te mogen meewerken; maar Soliman had altijd kleine cadeautjes voor haar bij zich en bracht nu eens een bloem voor haar mee die hij handig uit een boeket had getrokken dat zijn meester aan Diotima had gestuurd, dan weer een sigaret die hij thuis had gestolen, of een handvol bonbons die hij in het voorbijgaan uit een schaal had gegraaid; hij drukte dan alleen Rachels vingers, en terwijl hij haar zijn presentje overhandigde bracht hij haar hand naar zijn hart dat in zijn zwarte lichaam brandde als een rode toorts in het nachtelijk donker.

En op een keer was Soliman zelfs Rachels kamer binnengedrongen, waarin zij zich met een naaiwerkje had moeten terugtrekken op streng bevel van Diotima, die tijdens Arnheims aanwezigheid de vorige dag was gestoord door onrustige geluiden uit de hal. Zij had, alvorens zij aan haar huisarrest begon, even snel naar hem uitgekeken zonder hem te vinden, en toen zij treurig haar kamertje binnenging, keek hij haar stralend vanaf haar bed aan. Rachel aarzelde om de deur dicht te doen, maar Soliman sprong op en deed het zelf. Daarna woelde hij in zijn zakken en diepte iets op, blies het schoon en schoof als een heet strijkijzer naar het meisje toe.

'Geef hier je hand!' commandeerde hij.

Rachel stak hem uit. Hij had een paar kleurige manchetknopen in de zijne en probeerde die in de omslag van Rachels mouwen te steken. Rachel dacht dat het glas was.

'Edelstenen!' verklaarde hij trots.

Het meisje, dat bij dit woord kwaad vermoedde, trok meteen haar arm terug. Er kwam niets bepaalds bij haar op; de zoon van een negerkoning kon, zelfs als hij ontvoerd was, heimelijk in zijn hemd genaaid nog wel een paar edelstenen bezitten, dat wist je maar nooit; maar onwillekeurig was ze bang voor deze knopen, alsof Soliman haar vergif aanbood, en opeens kwamen alle bloemen en bonbons die hij haar daarvoor had geschonken haar heel vreemd voor. Zij drukte haar handen tegen haar lichaam en keek Soliman verbijsterd aan. Zij voelde dat zij een hartig woordje met hem moest spreken; zij was ouder dan hij en meneer en mevrouw waren goed voor haar. Maar er schoten haar op dat moment alleen spreuken te binnen als 'Eerlijk duurt het langst' of 'Gestolen goed gedijt niet'. Ze werd bleek; dat leek haar te simpel. Ze had haar levenswijsheid in haar ouderlijk huis ontvangen, en het was een sobere wijsheid, zo mooi en eenvoudig als oud huisraad, maar veel kon ze er niet mee beginnen, want dat soort spreuken bestond altijd maar uit één zin en meteen daarna kwam de punt. En op dat moment schaamde zij zich voor zulke kinderwijsheden, zoals men zich schaamt voor oude versleten dingen. Dat de oude kist die bij arme mensen op zolder staat honderd jaar later een pronkstuk wordt in de salon van de rijken wist zij niet, en zoals alle eerlijke eenvoudige mensen bewonderde zij een nieuwe stoel van rotan. Daarom zocht zij in haar herinnering naar wat zij had opgestoken in haar nieuwe leven. Maar hoeveel prachtige liefdes- en gruwelscènes zij zich ook herinnerde uit de boeken die ze van Diotima had gekregen, niet een daarvan was precies zo als zij hier had kunnen gebruiken, al die mooie woorden en gevoelens hadden hun eigen situaties en pasten even weinig in de hare als een sleutel in een vreemd slot. Hetzelfde gold voor de heerlijke gezegden en waarschuwingen die zij van Diotima had ontvangen. Rachel voelde een gloeiende nevel ronddraaien en was bijna in tranen. Uiteindelijk zei ze heftig: 'Ik besteel mijn mevrouw en meneer niet!'

'Hoezo niet?' Soliman ontblootte zijn tanden.

'Ik doe zoiets niet!'

'Ik heb niet gestolen. Het is van mij!' riep Soliman uit.

'Een goede mevrouw en meneer zorgen voor ons arme mensen,' voelde Rachel. Liefde voor Diotima voelde zij. Grenzeloos respect voor Arnheim. Diepe afschuw voor die oproerkraaiers en onruststokers die door een goede politie subversieve elementen worden genoemd; – maar haar ontbraken de woorden voor dat alles. Als een reusachtige kar, overladen met hooi en vruchten, waarvan rem en remblok weigeren, raakte die hele baal van gevoel in haar aan het rollen.

'Het is van mij! Neem het!' herhaalde Soliman, die weer naar Rachels hand greep. Zij trok met een ruk haar arm terug, hij wilde hem vasthouden, werd steeds woedender, en toen hij hem bijna los moest laten omdat zijn jongenskracht niet was opgewassen tegen het verzet van Rachel die zich met haar hele lichaamsgewicht aan de greep van zijn handen onttrok, boog hij zich radeloos voorover en beet als een dier in de arm van het meisje.

Rachel wilde het uitschreeuwen, maar moest haar schreeuw inhouden en gaf Soliman een stomp in zijn gezicht.

Maar op dat moment stonden de tranen hem al in de ogen, hij liet zich op zijn knieën vallen, drukte zijn lippen tegen Rachels jurk en huilde zo hartstochtelijk dat Rachel de hete nattigheid tot op haar dij voelde doordringen.

Zij bleef machteloos voor de geknielde jongen staan die zich aan haar rok vastklampte en zijn hoofd in haar schoot begroef. Zij had nog nooit in haar leven zo'n gevoel leren kennen en streek Soliman zachtjes met haar vingers door het zachte pekdraad van zijn haarbos.

– 80 –

Men maakt nader kennis met generaal Stumm, die onverwacht
op het concilie verschijnt

Het concilie had intussen een merkwaardige verrijking ondergaan: ondanks de strenge selectie van degenen die waren uitgenodigd, was op een avond de generaal opgedoken en had tegenover Diotima zijn grote erkentelijkheid uitgesproken voor de eer die haar uitnodiging hem bewees. De soldaat paste in de raadkamer een bescheiden rol, zo verklaarde hij, maar een zo eminente bijeenkomst al was het slechts als zwijgend toehoorder te mogen bijwonen was al vanaf zijn jeugd een vurige wens van hem geweest. Diotima keek zwijgend over zijn hoofd heen rond en zocht de schuldige; Arnheim onderhield zich, als de ene staatsman met de andere, met Z. Doorluchtigheid, Ulrich keek uitermate verveeld naar het buffet en leek de taarten die erop stonden te tellen; het front dat de gewone aanblik bood was geheel gesloten en had niet de kleinste opening waardoor een zo ongewone argwaan kon infiltreren. Anderzijds was Diotima echter nergens zo zeker van als dat zij zelf de generaal niet had uitgenodigd, tenzij zij moest aannemen dat zij slaapwandelde of aan vlagen van bewustzijnsverlies leed. Het was een onheilspellend moment. Daar stond de kleine generaal en zonder enige twijfel had hij een uitnodiging in de binnenzak van zijn vergeetmijnietjesblauwe uniformjas, want een zo sterk staaltje als zijn komst anders zou zijn geweest kon van een man in zijn positie niet worden verwacht; anderzijds stond daar in de boekenkamer Diotima's elegante schrijftafel, en in de lade daarvan lagen achter slot de overtollige gedrukte uitnodigingen, waar bijna niemand behalve Diotima bij kon. Tuzzi? – speelde even door het hoofd; maar ook dat leek haar nauwelijks waarschijnlijk. Het bleef zogezegd een spiritistisch raadsel hoe de uitnodiging en de generaal bij elkaar waren gekomen, en omdat Diotima in persoonlijke aangelegenheden licht geneigd was te geloven aan bovenaardse krachten, voelde zij een huivering van haar kruin tot aan haar voetzolen. Er bleef haar echter niets anders over dan de generaal welkom te heten.

Overigens was ook hij een beetje verbaasd geweest over de uitnodiging; dat die alsnog gekomen was had hem verrast omdat Diotima bij zijn twee bezoeken helaas helemaal niets van een dergelijk voornemen had laten merken, en het was hem opgevallen dat de, duidelijk door een huurhand geschreven, adressering in de aanduiding en aanspreektitel van zijn rang en functie onjuistheden vertoonde die niet strookten met de maatschappelijke positie van een dame als Diotima. Maar de generaal was een opgewekt man en kwam niet zo gemakkelijk op het idee aan iets ongewoons te denken, laat staan aan iets bovenaards. Hij nam aan dat er een of andere kleine vergissing was ingeslopen, wat hem er niet van mocht weerhouden van zijn succes te genieten.

Want generaal-majoor Stumm von Bordwehr, hoofd van de afdeling Militair Onderwijs- en Opleidingswezen op het ministerie van Oorlog, verheugde zich oprecht over de dienstopdracht die hij in de wacht had gesleept. Toen indertijd de grote oprichtingszitting van de Parallelactie ophanden was geweest, had de chef van het presidiaal kabinet hem bij zich laten roepen en tegen hem gezegd: 'Stumm, beste kerel, jij bent toch zo geleerd, wij geven jou een introductiebrief mee en jij gaat erheen. Hou je ogen goed open en vertel ons wat ze nu eigenlijk van plan zijn.' En achteraf had hij hun kunnen bezweren wat hij wou; dat hij geen kans had gezien om voet aan de grond te krijgen in de Parallelactie was een roetvlek op zijn akte van bekwaamheid, die hij door zijn bezoeken aan Diotima vergeefs had proberen uit te wissen. Daarom was hij spoorslags naar de chef van het presidiale kabinet gegaan toen de uitnodiging alsnog kwam, en had, zwierig en ietwat nonchalant vrijmoedig onder zijn buik zijn ene been voor het andere zettend maar ademloos gemeld dat het door hem voorbereide en verwachte natuurlijk nu toch was gebeurd.

'Zie je wel,' zei luitenant-veldmaarschalk Frost von Aufbruch daarop, 'ik had ook niet anders verwacht.' Hij bood Stumm een stoel en een sigaret aan, schakelde het lichtsignaal boven zijn deur op 'Toegang verboden, belangrijke conferentie' en maakte Stumm nu bekend met zijn opdracht, die in essentie neerkwam op observeren en rapport uitbrengen. 'Begrijp me goed, we hebben geen specifieke bedoeling, maar je gaat zo vaak als je kunt om ze te laten zien dat wij er ook nog zijn; dat wij niet in de comités zitten is misschien nog tot daar aan toe, maar dat wij er niet bij zouden zijn als er voor de verjaardag van onze Allerhoogste Bevelhebber over een, zo zou je kunnen zeggen, geestelijk geschenk wordt beraadslaagd, daar is geen enkele reden voor. Daarom heb ik ook juist jou voorgesteld aan Z. Excellentie de minister, daar kan niemand ook maar iets op aan te merken hebben; dus tot kijk, beste kerel, maak er het beste van!' Luitenant-veldmaarschalk Frost von Aufbruch knikte vriendelijk, en generaal Stumm von Bordwehr vergat dat de soldaat geen emotie behoort te tonen, sloeg zijn sporen, je zou haast kunnen zeggen uit de grond van zijn hart, tegen elkaar en zei: 'Tot je orders hoor, excellentie.'

Als er burgers bestaan die oorlogszuchtig zijn, waarom zouden er dan geen officieren bestaan die de kunsten van de vrede beminnen? Kakanië bezat er een hele hoop van. Zij schilderden, verzamelden kevers, legden postzegelalbums aan of studeerden algemene geschiedenis. De vele miniatuurgarnizoenen en het feit dat het officieren verboden was met geestelijke prestaties in de openbaarheid te treden zonder toestemming van hun superieuren, gaf hun pogingen gewoonlijk iets bijzonder persoonlijks, en ook generaal Stumm had zich in vroeger jaren aan dat soort liefhebberijen overgegeven. Hij had oorspronkelijk gediend bij de cavalerie, maar als ruiter was hij onbruikbaar; zijn kleine handen en korte benen waren niet geschikt voor het omklemmen en intomen van een zo dwaas dier als het paard, en hij was zelfs zozeer van alle autoriteit gespeend dat zijn superieuren indertijd over hem plachten te beweren dat hij, als men een eskadron op de binnenplaats van de kazerne opstelde met de hoofden in plaats van zoals normaal gebeurt met de staarten naar de muur van de stal, al niet meer in staat was ze de poort uit te leiden. Uit wraak had de kleine Stumm toen zijn baard laten groeien, zwartbruin en rondgeknipt; hij was de enige officier in de hele keizerlijke cavalerie die een baard droeg, maar uitdrukkelijk verboden was het niet. En hij was begonnen op wetenschappelijke wijze zakmessen te verzamelen; voor een wapenverzameling was zijn inkomen niet toereikend, maar messen, gerangschikt naar type, met en zonder kurketrekker en nagelvijl, en naar staalsoort, herkomst, materiaal van het heft enzovoorts, bezat hij al gauw in groten getale, en in zijn kamer stonden hoge kasten met vele platte schuifladen en beschreven kaartjes, wat hem een reputatie van geleerdheid bezorgde. Hij kon ook gedichten schrijven, had al als cadet altijd 'uitmuntend' gehad voor godsdienst en opstel, en op een dag liet de kolonel hem op het regimentskantoor komen. 'Een bruikbaar cavalerie-officier zult u nooit worden,' zei hij tegen hem. 'Als ik een zuigeling op een paard zet en voor het front plaats, kan die zich ook niet anders gedragen dan u doet. Maar het regiment heeft al lang niemand meer op de Militaire Academie gehad, jij zou je daar kunnen aanmelden, Stumm!'

Zo kwam Stumm aan twee heerlijke jaren op de stafacademie in de hoofdstad. Ook zijn geest vertoonde daar het gebrek aan scherpte die men nodig heeft om paard te kunnen rijden, maar hij miste geen enkel militair concert, bezocht de musea en verzamelde toneelprogramma's. Hij vatte het plan op over te gaan naar de burgermaatschappij, maar wist niet hoe hij het moest uitvoeren. Het eindresultaat was dat hij voor de stafdienst noch geschikt, noch uitgesproken ongeschikt werd bevonden; hij stond bekend als onhandig en te weinig ambitieus maar ging door voor een filosoof, werd nog twee jaar op proef toegevoegd aan de staf van een divisiecommandant bij de infanterie, en hoorde na afloop van die periode als ritmeester tot het grote aantal van diegenen die als reserve-officier bij de generale staf nooit meer van de troepen wegkomen, of er moeten zich heel ongewone omstandigheden voordoen. Ritmeester Stumm diende nu bij een ander regiment, ging nu ook door voor militair expert, maar die kwestie met die zuigeling en die praktische vaardigheden waren ook zijn nieuwe superieuren al spoedig aan de weet gekomen. Hij doorliep zo de carrière van een martelaar, tot aan de rang van luitenant-kolonel, maar al als majoor droomde hij alleen nog van een lang verlof op wachtgeld, om zo het tijdstip te bereiken waarop hij als kolonel ad honores, dat wil zeggen met de titel en het uniform maar zonder kolonelswedde, met pensioen zou worden gestuurd. Hij wilde niets meer weten van bevordering, die bij de troepen volgens de ranglijst voortkroop als de wijzers van een ontzettend langzaam uurwerk, noch van de ochtenden waarop men, nog voor de zon hoog aan de hemel staat, van onder tot boven afgebekt, terugkeert van het exercitieplein en met bestofte rijlaarzen de officierskantine betreedt om aan de leegte van de dag, die nog zo lang zal zijn, lege wijnflessen toe te voegen; niets meer van die gezelligheid op staatskosten, regimentsverhalen en die regimentsdiana's die hun leven aan de zijde van hun man doorbrengen, diens carrièreladder op een als zilver zo zuivere, onverbiddelijk subtiele nog maar net hoorbare toonladder herhalend; en niets wilde hij weten van die nachten waarin stof, wijn, verveling, galopperen door de uitgestrektheid van akkers en de dwang van het eeuwige gespreksthema paard zowel getrouwde als ongetrouwde heren tot die feestjes achter gesloten gordijnen dreven waarbij men vrouwen op hun hoofd zette om ze champagne in hun rokken te gieten, en van de universele jood die in zo'n van god vergeten Galicisch garnizoensnest een soort kleine ongure bazar was waar je van liefde tot zadelzeep alles op de lat en met rente kon krijgen en meisjes liet aanslepen die van eerbied, angst en nieuwsgierigheid sidderden. Zijn enige troost in die tijd vormde het omzichtig aanvullen van zijn verzameling messen en kurketrekkers, en ook daarvan bracht de jood er heel wat bij de mesjoche luitenant-kolonel thuis en veegde ze aan zijn mouw schoon voor hij ze op tafel legde, met een eerbiedig gezicht alsof het om prehistorische grafvondsten ging.

De onverwachte wending was gekomen toen een bevriende jaargenoot van de Militaire Academie zich Stumm had herinnerd en had voorgesteld hem op het ministerie van Oorlog te detacheren, waar op de afdeling Onderwijs voor het hoofd een assistent werd gezocht die over een uitnemend burgerverstand moest beschikken. Twee jaar later had men Stumm, die intussen kolonel was geworden, de afdeling al toevertrouwd. Hij was een ander mens sinds hij in plaats van het heilige dier van de cavalerie een stoel onder zich had. Hij werd generaal en kon er tamelijk zeker van zijn het zelfs nog tot luitenant-veldmaarschalk te brengen. Hij had zijn baard natuurlijk al lang tevoren laten afscheren, maar nu groeide er een voorhoofd met zijn leeftijd mee, en zijn aanleg tot corpulentie gaf zijn verschijning iets van een zekere universele ontwikkeling. Hij werd ook nog gelukkig, en geluk vermenigvuldigt iemands produktiviteit pas goed. Hij was als gemaakt voor grootse dingen, en dat bleek in alles. In de japon van een extravagant geklede vrouw, in de gedurfde smakeloosheden van de toentertijd nieuwe Weense bouwstijl, in de bonte uitstalling van een grote groentemarkt, in de grijsbruine asfaltlucht van de straten, dit zachte luchtasfalt, vol miasmen, luchtjes en welriekende geuren, in het lawaai dat enkele seconden openbarst om één enkel geluid te laten ontsnappen, in de enorme veelsoortigheid van de burgers en zelfs in de kleine witte tafeltjes van de restaurants die zo ongelooflijk individueel zijn, al zien ze er ook onmiskenbaar allemaal hetzelfde uit, in dat alles zat een geluk dat als sporengerinkel in zijn hoofd klonk. Het was een geluk dat gewone burgers slechts ondergaan als zij de trein naar buiten nemen; je kunt het niet uitleggen, maar je gaat die dag groen, gelukkig en door iets overkoepeld doorbrengen. In dit gevoel lag ook zijn eigen belangrijkheid besloten, en die van zijn ministerie, van de cultuur, de belangrijkheid van ieder ander mens, en dat in die mate dat het bij Stumm, sinds hij hier was, nog geen enkele maal was opgekomen om weer naar musea te gaan of naar een theater. Het was iets dat zelden tot bewustzijn komt maar dat alles doordrong, van het generaalsgalon tot de stemmen van de torenklokken, en dat net zo belangrijk is als muziek, zonder welke de dans des levens ogenblikkelijk zou stilstaan.

Drommels nog aan toe, hij had het ver gebracht! Dat dacht Stumm van zichzelf terwijl hij nu ten overvloede ook nog hier, op zo'n illustere bijeenkomst van grote geesten, midden in de kamer stond. – Daar stond hij nu! Hij was het enige uniform in deze van geest doortrokken omgeving! En daar kwam nog iets bij om hem in verbazing te brengen. Men stelle zich de hemelsblauwe aardbol voor, een beetje naar het lichtere vergeetmijnietjesblauw van Stumms uniformjas zwemend en helemaal bestaand uit geluk, uit gewichtigheid, uit het geheimzinnige hersenfosfor van de innerlijke verlichting, maar dan met het hart van de generaal midden in die bol, en op dat hart, als Maria op de kop van de slang, een goddelijke vrouw, wier glimlach met alle dingen is verweven en de geheime zwaarte van alle dingen is: zo krijgt men bij benadering een idee van de indruk die Diotima, vanaf het eerste uur waarin haar beeld zijn zich traag bewegende ogen had gevuld, op Stumm von Bordwehr maakte. Generaal Stumm gaf eigenlijk evenmin iets om vrouwen als om paarden. Zijn mollige, ietwat korte benen hadden zich in het zadel ontheemd gevoeld, en toen hij dan ook nog als hij vrij van dienst was over paarden moest praten, had hij 's nachts gedroomd dat hij tot op het bot beurs was gereden en niet kon afstijgen; maar op dezelfde manier had zijn gemakzucht ook altijd liefdesuitspattingen afgekeurd, en omdat de dienst hem al genoeg vermoeide, hoefde hij zijn krachten niet door nachtelijke ventielen te laten ontsnappen. En in zijn tijd was hij nu ook weer geen spelbreker geweest, maar als hij zijn avonden niet met zijn messen maar met zijn kameraden doorbracht, nam hij gewoonlijk zijn toevlucht tot een wijs redmiddel, want zijn zin voor lichamelijke harmonie had hem al gauw geleerd dat je je van het excessieve stadium al snel in het slaperige kon drinken, en dat was hem veel aangenamer geweest dan de gevaren en teleurstellingen van de liefde. Toen hij later trouwde en al gauw twee kinderen plus hun eerzuchtige moeder moest onderhouden, besefte hij pas goed hoe verstandig zijn levensgewoonten vroeger waren geweest, voor hij bezweken was voor de verleiding van het huwelijk, waartoe hij ongetwijfeld alleen was overgehaald door dat ietwat onmilitaire dat het beeld van een getrouwde krijgsman aankleeft. Sindsdien kwam er in hem zeer levendig een buitenechtelijk ideaal van vrouwelijkheid tot ontwikkeling dat hij blijkbaar onbewust ook daarvóór al in zich had gedragen, en dat bestond uit een milde dweepzucht jegens vrouwen die hem imponeerden en hem zo van elke moeite ontsloegen. Als hij de afbeeldingen van vrouwen bekeek die hij in zijn vrijgezellentijd uit geïllustreerde tijdschriften had geknipt – maar dat was altijd maar een zijtak van zijn verzamelactiviteiten geweest – hadden zij allemaal dat trekje; maar vroeger had hij dat niet geweten, en zijn dweperij werd pas overweldigend door zijn ontmoeting met Diotima. Helemaal afgezien van de indruk die haar schoonheid maakte, had hij al meteen in het begin, toen hij hoorde dat zij een tweede Diotima was, in de encyclopedie moeten naslaan wat een Diotima eigenlijk was; hij begreep de beschrijving niet helemaal, maar merkte wel op dat ze verbonden was met het grote domein van de burgerlijke cultuur, waarvan hij helaas ondanks zijn positie nog altijd veel te weinig wist, en de intellectuele overmacht van de wereld versmolt met de lichamelijke gratie van deze vrouw. Tegenwoordig, nu de betrekkingen tussen de geslachten zo vereenvoudigd zijn, moet er wel nadrukkelijk op worden gewezen dat dit het hoogste is wat een man kan meemaken. Generaal Stumms armen voelden zich in gedachten veel te kort om Diotima's statige weelde te omspannen, terwijl zijn geest op hetzelfde moment ten aanzien van de wereld en haar cultuur hetzelfde onderging, zodat er over alle gebeurtenissen een zachte liefde kwam en in 's generaals ronde lichaam iets als de zwevende rondheid van de wereldbol.

Het was deze dweperij die Stumm von Bordwehr, kort

nadat Diotima hem uit haar nabijheid had ontslagen, naar haar terugvoerde. Hij ging vlak bij de bewonderde vrouw staan, te meer omdat hij verder niemand kende, en luisterde haar gesprekken af. Het liefst zou hij aantekeningen hebben gemaakt, want hij had het niet voor mogelijk gehouden dat men zo glimlachend met zo'n geestelijke rijkdom kon spelen als met een parelsnoer als hij geen oorgetuige was geweest van de gesprekken waarmee Diotima de meest uiteenlopende beroemdheden begroette. Pas haar blik deed hem, nadat zij zich een paar maal onbarmhartig had afgewend, inzien dat het voor een generaal ongepast was om haar af te luisteren en joeg hem weg. Hij liep een paar maal eenzaam heen en weer door de overvolle vertrekken, dronk een glas wijn en wilde net bij een muur een decoratieve plaats zoeken toen hij Ulrich ontdekte, die hij al op de eerste zitting had gezien, en op dat moment ging hem een licht op, want Ulrich was een inventieve en rusteloze tweede luitenant geweest in een van de twee eskadrons die generaal Stumm in de tijd dat hij nog luitenant-kolonel was met zachte hand had geleid. 'Iemand van mijn soort,' dacht Stumm, 'en zo jong als hij is heeft hij het toch al tot deze hoge positie gebracht!' Hij stevende op hem af, en nadat zij de herkenning hadden bekrachtigd en een poosje over de ingetreden veranderingen hadden gekeuveld, zei Stumm, op het gezelschap wijzend: 'Een uitmuntende gelegenheid voor mij om kennis te nemen van de voornaamste problemen van de burgermaatschappij!'

'U zult verbaasd staan, generaal,' antwoordde Ulrich hem.

De generaal, die een bondgenoot zocht, schudde hem warm de hand: 'Jij was tweede luitenant in het negende regiment ulanen,' zei hij veelbetekenend, 'en dat zal op een dag een grote eer voor ons zijn geweest, ook al zien de anderen dat nog niet zo goed in als ik!'